OLÁ, QUERIDA

Olá, querida

Tordesilhas é um selo da Alaúde Editora Ltda, empresa do Grupo Editorial Alta Books (Starlin Alta Editora e Consultoria LTDA).

ISBN: 978-65-5568-173-4

Translated from original Hello Beautiful. Copyright © 2023 by Ann Napolitano. ISBN 9780593243732. This translation is published and sold by permission of The Dial Press, an imprint of Random House, a division of Penguin Random House LLC. PORTUGUESE language edition published by Starlin Alta Editora e Consultoria Eireli, Copyright © 2024 by Starlin Alta Editora e Consultoria Eireli.

Impresso no Brasil – 1ª Edição, 2024 – Edição revisada conforme o Acordo Ortográfico da Língua Portuguesa de 2009.

Dados Internacionais de Catalogação na Publicação (CIP)
(Câmara Brasileira do Livro, SP, Brasil)

Napolitano, Ann
Olá, querida / Ann Napolitano. -- 1. ed. --
Rio de Janeiro : Tordesilhas, 2024.

ISBN 978-65-5568-173-4

1. Ficção norte-americana I. Título.

24-197659 CDD-813

Índices para catálogo sistemático:

1. Ficção : Literatura norte-americana 813

Tábata Alves da Silva - Bibliotecária - CRB-8/9253

Produção Editorial: Grupo Editorial Alta Books
Diretor Editorial: Anderson Vieira
Editor da obra: Rodrigo de Faria e Silva
Vendas Governamentais: Cristiane Mutüs
Gerência Comercial: Claudio Lima
Gerência Marketing: Andréa Guatiello

Produtora Editorial: Caroline David
Tradução: Rafael de Oliveira
Copidesque: Giovanna Chinellato
Revisão: Alessandro Thomé e Wendy Campos
Projeto Gráfico: Marcelli Ferreira
Diagramação: Rita Motta

ALTA BOOKS
GRUPO EDITORIAL

Rua Viúva Cláudio, 291 – Bairro Industrial do Jacaré
CEP: 20.970-031 – Rio de Janeiro (RJ)
Tels.: (21) 3278-8069 / 3278-8419
www.altabooks.com.br – altabooks@altabooks.com.br
Ouvidoria: ouvidoria@altabooks.com.br

Editora **afiliada à:**

OLÁ, QUERIDA

ANN NAPOLITANO

Tradução de ***Rafael de Oliveira***

TORDSILHAS
Rio de Janeiro, 2024

OUTROS LIVROS DE ANN NAPOLITANO

Querido Edward
A Good Hard Look
Within Arm's Reach

Para Julie e Whit

Alguém pensa ser uma sorte ter nascido?
Apresso-me a informar esse homem ou mulher que é igual sorte morrer, bem o sei.
Transponho a morte com os moribundos e o nascimento com a criança acabada de lavar, e não fico confinado entre o meu chapéu e as minhas botas,
E examino os mais variados objetos, nenhum igual ao outro e todos bons,
Boa a terra e boas as estrelas, e os seus coadjuvantes também.

— WALT WHITMAN,
"Canto de mim mesmo", verso 7

WILLIAM

Fevereiro de 1960 — Dezembro de 1978

Nos primeiros seis dias de vida de William Waters, ele não era filho único. Era irmão de Caroline, uma menina ruiva de três anos. Havia filmes caseiros mudos de Caroline nos quais seu pai parecia rir, algo que William nunca mais viu. O rosto dele parecia radiante, e a pequena ruiva, que puxava o vestido sobre a face e, rindo, corria em círculos em um dos filmes, era aparentemente o motivo. Caroline desenvolveu febre e tosse enquanto William e sua mãe estavam no hospital após seu nascimento. Quando chegaram à casa, a menininha parecia estar se recuperando, mas a tosse ainda era forte, e quando seus pais foram até seu quarto para buscá-la em uma manhã, encontraram-na morta no berço.

Os pais de William nunca mencionaram Caroline enquanto ele crescia. Havia uma fotografia dela na mesinha de canto da sala, para a qual William viajava ocasionalmente a fim de se convencer de que realmente tinha uma irmã. A família mudou-se para uma casa de telhas azul-marinho do outro lado de Newton — um subúrbio de Boston —, e naquela casa, William era filho único. Seu pai era um contador que trabalhava horas a fio no centro da cidade. Com a morte da filha, o semblante do homem nunca mais se iluminou. A mãe de William fumava cigarros e bebia bourbon na sala, ora sozinha, ora com uma vizinha. Ela tinha uma coleção de aventais com babados que usava enquanto preparava as refeições, e ficava agitada sempre que algum manchava ou sujava.

— Talvez você não devesse usar aventais enquanto cozinha — disse William uma vez, quando viu sua mãe com o rosto vermelho e à beira das lágrimas por causa de uma mancha escura de molho no tecido. — Em vez disso, você poderia prender um pano de prato no cinto, como a Sra. Kornet faz.

Sua mãe o olhou como se ele tivesse falado em grego. Então William acrescentou:

— A Sra. Kornet, que mora ao lado? O pano de prato dela?

Desde os cinco anos de idade, William costumava caminhar até o parque próximo quase todas as tardes com uma bola de basquete, porque, ao contrário do beisebol ou do futebol americano, era um jogo que ele podia jogar sozinho. Havia uma quadra aberta que geralmente tinha uma cesta livre, e ele arremessava a bola por horas, fingindo ser um jogador do Celtics. Bill Russell era seu favorito, mas, para sê-lo, precisaria de outra pessoa para bloquear ou defender. Sam Jones era o melhor armador, então William geralmente era Jones. Tentava imitar a forma perfeita de arremesso do armador enquanto fingia que as árvores que cercavam a quadra eram torcedores.

Em uma tarde, quando tinha dez anos, William apareceu na quadra e a encontrou ocupada. Garotos — talvez seis deles, mais ou menos da idade dele — estavam perseguindo uns aos outros e uma bola entre as cestas. William começou a se afastar, mas um dos meninos o chamou:

— Ei, quer jogar? — E então, sem esperar que ele respondesse: — Você está no time azul.

Em segundos, William foi arrastado para o jogo, com o coração batendo forte. Um garoto passou a bola para ele, que devolveu imediatamente, com medo de arremessar, errar e ouvir que era péssimo. Alguns minutos depois, o jogo foi interrompido abruptamente porque alguém precisava ir embora, e assim, os meninos saíram da quadra em direções diferentes. William voltou para casa, com o coração ainda martelando. Depois disso, ocasionalmente os meninos estavam na quadra quando William aparecia com sua bola. Não havia um cronograma definido para suas aparições, mas eles sempre o convidavam para o jogo como se fosse um deles. Isso nunca deixou de ser chocante para William. Crianças e adultos sempre o ignoravam, como se fosse invisível. Seus pais quase não o olhavam. William só aceitava e considerava compreensível, afinal, ele era chato e esquecível. Sua principal característica era a palidez: tinha cabelos cor de areia, olhos azul-claro e a pele muito branca compartilhada por descendentes de ingleses e irlandeses. Em seu interior, William sabia, ele era tão desinteressante e apagado quanto sua aparência. Ele nunca falava na escola, e ninguém brincava com ele. Mas os meninos na quadra de basquete ofereceram a William a chance de fazer parte de algo pela primeira vez, sem precisar falar.

No quinto ano, o professor de educação física de sua escola disse:

— Tenho visto você lá fora jogando basquete à tarde. Qual é a altura do seu pai?

William olhou para o homem inexpressivamente.

— Eu não tenho certeza. Altura normal?

— Ok, então provavelmente você será um armador. Isso significa que precisa trabalhar seu controle de bola. Você conhece Bill Bradley? Aquele cara desajeitado dos Knicks? Quando criança, ele colava papelão nos óculos para não olhar para baixo, para não ver os pés. Assim, ele passou a driblar para cima e para baixo na calçada usando aqueles óculos. Parecia louco, sem dúvida, mas seu controle de bola ficou realmente bom. Ele passou a ter uma sensação perfeita de como a bola quicará e de como encontrá-la sem olhar.

William correu para casa naquela tarde, com o corpo vibrando. Fora a primeira vez que um adulto o olhou diretamente — reparando nele e no que ele estava fazendo —, e a atenção lhe causou certa angústia. William teve um ataque de espirros enquanto procurava um par de óculos de brinquedo no fundo da gaveta de sua escrivaninha. Ele foi ao banheiro duas vezes antes de colar cuidadosamente pedaços retangulares de papelão na parte inferior dos óculos.

Sempre que William se sentia doente ou estranho, tinha medo de morrer. Pelo menos uma vez por mês, rastejava para debaixo das cobertas depois da escola, convencido de que estava com uma doença terminal. Ele não contaria aos pais, porque doença não era algo permitido em sua casa. A tosse, em particular, era tratada como uma terrível traição. Quando William ficava resfriado, permitia-se tossir apenas em seu armário, com a porta fechada e o rosto abafado pela fileira de camisas de botão penduradas, que precisava usar para ir à escola. Ele estava ciente daquela preocupação familiar fazendo cócegas em seus ombros e em sua nuca enquanto corria para fora com a bola e os óculos. Mas William não tinha tempo para doenças agora, nem para o medo. Parecia o clique final de sua identidade se encaixando. Os meninos da quadra o reconheceram, e o professor de educação física também. William podia até não ter ideia de quem costumava ser, mas o mundo lhe disse: ele era um jogador de basquete.

O professor de educação física lhe deu dicas adicionais que o permitiram desenvolver mais habilidades. "Para defesa: empurre os outros com o ombro e a bunda. Os árbitros não marcarão falta. Faça *sprints*: dê um primeiro passo rápido e vença-os no drible." William também trabalhou no passe, para passar a bola para os melhores jogadores do parque. Ele queria manter seu lugar na quadra e sabia que, caso melhorasse o desempenho dos demais, teria valor. Então, aprendeu para onde correr para dar espaço para os atacantes cortarem. Ele bloqueava para que eles pudessem arremessar melhor. Os meninos davam tapinhas nas costas de William depois de uma jogada bem-sucedida e sempre o queriam em seus times. Essa aceitação acalmou parte do medo que William carregava em seu interior. Na quadra de basquete, ele sabia o que fazer.

Quando William entrou para o ensino médio, era um jogador bom o suficiente para ser titular do time do colégio. Ele tinha 1,72 metro e jogava como armador. Suas horas de prática com os óculos valeram a pena; ele era de longe o melhor driblador do time e tinha um bom salto de média distância. Trabalhou em seus rebotes, o que ajudou a compensar as perdas de bola de sua equipe. O passe ainda era a melhor habilidade de William, e seus companheiros apreciavam o fato de terem jogos melhores quando ele estava na escalação. Era o único calouro no time do colégio, e, portanto, quando seus companheiros mais velhos bebiam cerveja no porão de alguém cujos pais estivessem dispostos a fazer vista grossa, William nunca era convidado. Seus companheiros ficaram chocados — todos ficaram chocados — quando, no verão após seu segundo ano, William cresceu doze centímetros. Depois que começou a crescer, seu corpo parecia incapaz de parar, e no final do ensino médio, ele tinha dois metros. Ele não conseguia comer o suficiente para acompanhar seu crescimento e ficou incrivelmente magro. Sua mãe parecia assustada quando ele entrava cambaleando na cozinha todas as manhãs, e ela lhe dava um lanche sempre que ele passava por perto. Ela parecia pensar que a magreza dele refletia mal nela, porque alimentá-lo era seu trabalho. Seus pais às vezes iam aos seus jogos de basquete, mas com uma frequência aleatória, e sentavam-se educadamente nas arquibancadas, parecendo não conhecer ninguém na quadra.

Seus pais não estavam no jogo quando William tentou pegar um rebote e foi empurrado no ar. Seu corpo se contorceu enquanto ele caía, e ele pousou desajeitadamente sobre o joelho direito. A articulação absorveu todo o impacto e todo seu peso. William ouviu um barulho que vinha de seu joelho, e então uma névoa o envolveu. Seu treinador, que parecia ter apenas duas reações — gritar e resmungar — berrava em seu ouvido:

— Você está bem, Waters?

William geralmente respondia tanto aos gritos quanto aos resmungos formulando tudo o que dizia como uma pergunta; nunca se sentira seguro o suficiente para afirmar algo com certeza. Então limpou a garganta. A névoa ao seu redor, e em seu interior, era densa e permeada pela dor que irradiava de seu joelho. Ele disse:

— Não.

Fraturara a rótula, o que significava que perderia as sete semanas finais da temporada de seu penúltimo ano. A perna de William foi imobilizada com gesso e ele usou muletas por dois meses. Isso significava que, pela primeira vez desde os cinco anos de idade, ele não poderia jogar basquete. William sentou-se na cadeira da escrivaninha de seu quarto e jogou um papel amassado na lixeira ao lado da parede. A névoa que surgiu com o ferimento permaneceu; sua pele estava úmida e fria. O médico informou que ele se recuperaria e poderia jogar em sua temporada de último ano, mas, ainda assim, William sentia um leve pânico a cada minuto do dia. O tempo também parecia estranho. Ele sentiu como se fosse ficar preso no gesso, na cadeira, na casa, para sempre. Começou a pensar que não conseguiria fazer isso, não poderia mais ficar parado dentro daquele corpo quebrado. Pensou em sua irmã, em como Caroline se fora. Pensou em sua partida, o que ele não entendia, mas enquanto o ponteiro do relógio trabalhava de um minuto para o outro, ele desejou ter partido também. Fora da quadra de basquete, ele não tinha utilidade. Ninguém sentiria falta dele. Caso desaparecesse, seria como se nunca tivesse existido. Ninguém falava de Caroline e nem falariam dele. Somente quando retiraram o gesso da perna de William e ele pôde correr e arremessar novamente, a névoa e a vontade de desaparecer diminuíram.

Graças às suas notas decentes e a seu desempenho promissor como jogador de basquete, William recebeu um punhado de bolsas de estudos de faculdades com programas de basquete da primeira divisão. Sentiu-se grato pela bolsa de estudo, porque seus pais nunca haviam sinalizado que pagariam a faculdade e porque ela representava uma promessa de basquete garantido. William queria deixar Boston — nunca estivera a mais de 100 quilômetros do centro da cidade —, mas o calor pantanoso do Sul o deixava nervoso, então aceitou uma bolsa de estudos da Universidade Northwestern, em Chicago. No final de agosto de 1978, William deu um beijo de despedida em sua mãe na estação de trem e apertou a mão de seu pai. Com sua palma pressionada contra a do pai, William teve o estranho pensamento de que talvez nunca mais os visse — que eles só tiveram um filho, e não era ele.

Na faculdade, William matriculou-se em aulas de história ao preencher sua grade. Ele sentia ter uma espécie de lacunas para preencher em seu conhecimento de como o mundo funcionava, e lhe parecia que a história tinha as respostas. Ele apreciava que o assunto acadêmico observava eventos díspares e encontrava um padrão. *Se* isso aconteceu, *então* isso aconteceu. Nada era completamente aleatório e, portanto, era possível traçar uma linha entre o assassinato de um arquiduque austríaco e uma guerra mundial. A vida na faculdade era muito nova para ser previsível, e William tinha dificuldade em encontrar um senso de equilíbrio diante de alunos entusiasmados que o cumprimentavam efusivamente enquanto ele caminhava pelo corredor barulhento de seu dormitório. Dividia seus dias entre estudar na biblioteca, treinar na quadra de basquete e assistir às aulas. Em cada um desses locais, ele sabia o que fazer. Afundava nas cadeiras da sala de aula, abria seu caderno e sentia seu corpo relaxar de alívio quando o professor começava a falar.

William raramente notava outros alunos durante as aulas, mas Julia Padavano se destacava no seminário de história europeia porque seu rosto parecia iluminado de indignação e porque deixava o professor — um inglês idoso que segurava um lenço enorme amarrotado em um dos punhos — louco com suas perguntas. Seus cabelos longos e encaracolados balançavam ao redor de seu rosto brilhante como cortinas enquanto ela dizia coisas como: "*Professor, estou interessada no papel de Clementine nisso tudo. Não é verdade que ela foi a principal conselheira de Churchill?*" Ou: "*Você pode explicar o sistema de codificação do tempo de guerra? Quero dizer, os detalhes de como funcionou? Gostaria de ver um exemplo.*"

William nunca falou em sala de aula ou utilizou o horário de expediente do professor. Ele acreditava que o papel do aluno era manter a boca fechada e absorver o máximo de conhecimento possível. Compartilhava a opinião do professor sobre a garota de cabelos cacheados, que era a de que suas frequentes interjeições e perguntas, embora muitas vezes interessantes para William, eram indelicadas. A estrutura de uma sala de aula séria era criada por alunos ouvindo e o professor fornecendo sabedoria em um tapete de palavras cuidadosamente desenrolado; essa menina fazia furos naquele tecido, como se nem soubesse que ele existia.

William ficou surpreso uma tarde, depois da aula, quando ela apareceu ao lado dele e disse:

— Oi. Meu nome é Julia.

— William. Oi.

Ele teve de limpar a garganta; esta pode ter sido a primeira vez que ele falara naquele dia. A garota o observava com olhos arregalados e sérios. Ele notou que, à luz do sol, seus cabelos castanhos tinham mechas cor de mel. Ela parecia iluminada, por fora e por dentro.

— Por que você é tão alto?

Não era incomum as pessoas comentarem sobre a altura de William; ele entendia que seu tamanho era uma surpresa sempre que ele entrava em uma sala e que a maioria das pessoas se sentia compelida a dizer alguma coisa. Várias vezes por semana, ele ouvia: "*Como está o ar aí em cima?*"

No entanto, Julia pareceu desconfiada quando fez a pergunta, e sua expressão o fez rir. Ele parou no caminho que cruzava o pátio, então ela fez o mesmo. William raramente ria, e suas mãos formigavam, como se tivessem acabado de acordar de um sono privado de oxigênio. A sensação geral era de um agradável formigamento. Mais tarde, William olharia para trás e saberia que fora naquele momento em que ele se apaixonou por ela. Ou, mais precisamente, quando seu corpo se apaixonou por ela. No meio do pátio, a atenção de uma garota específica acarretava gargalhadas dos cantos e recantos no interior dele. O corpo de William — cansado e entediado por sua mente hesitante — teve de disparar fogos de artifício em seus nervos e músculos para alertá-lo de que algo importante estava acontecendo.

— Por que você está rindo? — perguntou Julia.

Ele conseguiu se acalmar.

— Por favor, não se ofenda — disse ele.

Ela deu um aceno impaciente.

— Não me ofendi.

— Eu não sei por que sou tão alto.

Secretamente, porém, ele acreditava que seu desejo o levara a chegar a essa altura. Um jogador de basquete sério precisava ter, pelo menos, 1,90 metro, e William se importava tanto com isso que de alguma forma acabou desafiando sua genética.

— Faço parte do time de basquete daqui.

— Pelo menos você está fazendo disso uma virtude então — disse ela. — Talvez eu vá ver um de seus jogos. Geralmente não me interesso por esportes e só venho ao campus para as aulas. — Ela fez uma pausa e rapidamente acrescentou, como se estivesse envergonhada: — Eu moro na casa dos meus pais para economizar dinheiro.

Julia disse a ele para escrever o número de telefone dela em seu caderno de história, e antes que ela fosse embora, ele concordou em ligar para ela na noite seguinte. Até certo ponto, era irrelevante se ele havia se apaixonado por ela ou não. No meio do pátio, essa jovem parecia ter decidido que seriam um casal. Mais tarde, ela diria a ele que o observava nas aulas havia semanas e gostava de como ele era atencioso e sério.

— Não é bobo, como os outros meninos — disse ela.

Mesmo depois de conhecer Julia, o basquete ainda ocupava a maior parte do tempo e dos pensamentos de William, que foi o melhor jogador do time do colégio; na Northwestern, ele ficou consternado ao descobrir que estava entre os mais fracos. Nessa equipe, sua altura não era suficiente para diferenciá-lo, e os outros jovens eram mais fortes do que ele. A maioria deles praticava levantamento de peso havia alguns anos, e William estava em pânico por não ter feito o mesmo. Era facilmente empurrado para o lado e derrubado durante os treinos. Então, começou a frequentar a sala de musculação antes do treino e ficava na quadra até tarde para praticar arremessos de diferentes ângulos. Sentia fome o tempo todo e guardava sanduíches extras nos bolsos do casaco. Percebeu que seu papel nessa equipe provavelmente seria o de “cara da cola”. Ele era bom o suficiente em passes, arremessos e defesa para se tornar útil, mesmo não sendo um atleta talentoso. Sua habilidade mais valiosa era que ele raramente cometia erros na quadra. "QI de basquete alto, mas sem impulsão", William ouviu um dos treinadores dizer sobre ele quando não sabiam que ele estava ao alcance da voz.

Sua bolsa exigia que ele trabalhasse no campus e, da lista de possibilidades, escolheu aquela que acontecia no prédio do ginásio, porque seria conveniente para o basquete. Apresentou-se à lavanderia no subsolo do enorme prédio na hora marcada, onde foi confrontado por uma mulher magra, com cabelo afro alto e óculos, que balançou a cabeça e disse:

— Você está no lugar errado. Disseram para vir aqui? Meninos brancos não são designados para lavar roupas. Você precisa ir à biblioteca ou ao centro de recreação estudantil. Prossiga.

William olhou para a extensão da longa e estreita sala. Havia uma fileira de trinta máquinas de lavar em uma parede e trinta secadoras na outra. Era verdade que, até onde ele podia ver, ninguém mais era branco.

— Por que isso importa? — perguntou ele. — Eu quero fazer este trabalho. Por favor.

Ela balançou a cabeça novamente, fazendo seus óculos dançarem em seu nariz, mas antes que ela pudesse falar, uma mão deu um tapinha nas costas de William, e uma voz profunda chamou seu nome. Ele se virou e viu um dos outros calouros do time de basquete, um poderoso atacante chamado Kent, que tinha quase o oposto das habilidades de William no jogo: era um atleta supremo que enterrava teatralmente, recuperava rebotes e corria a cada minuto que estava em quadra, mas fazia leituras ruins das jogadas, perdia a posse da bola e nunca sabia onde se posicionar na defesa. O treinador levava as mãos à cabeça enquanto observava Kent correr na quadra, provavelmente chocado com a disparidade entre o potencial físico do jovem e seu jogo errático e de alta velocidade.

— Ei, cara — disse Kent. — Você está trabalhando aqui também? Se quiser, posso mostrar a ele como tudo funciona, senhora. — Kent ofereceu à severa mulher um sorriso largo e encantador.

Ela suavizou a expressão e disse:

— Tudo bem, então. Tome conta dele e vou fingir que ele não está aqui.

A partir daí, William e Kent cronometraram seus turnos na lavanderia para que pudessem trabalhar lado a lado. Lavavam centenas de toalhas e uniformes de todos os times. Os uniformes de futebol americano eram os piores, por causa do cheiro e das manchas profundas de grama que exigiam um alvejante especial para esfregar o tecido. William e Kent desenvolveram um ritmo para cada etapa do processo de lavanderia; focando tempo e eficiência, o trabalho parecia uma extensão da prática de basquete. Eles usaram o tempo para estudar as jogadas e descobrir como seu time poderia melhorar.

Certa tarde, enquanto dobravam uma enorme pilha de toalhas, William explicou:

— É assim: passe de armador para amador para iniciar, seguido de um ala saindo da linha de fundo e um armador indo em direção ao pivô. — William fez uma pausa para se certificar de que Kent acompanhava seu raciocínio. — Se o passe vai para o pivô, o lateral sai para o canto e o outro armador sai, e o outro guarda faz um corta-luz do lado fraco.

— Escolha o seletor.

— Sim. E se o pivô tomar a frente, o *flex* se repete.

— Previsível demais! O treinador quer que façamos a mesma coisa indefinidamente...

— Se fizermos isso direito, não há muito o que a defesa possa fazer para impedir, mesmo que saiba o que a espera, especialmente se nós...

— Meninos — disse o homem na secadora ao lado —, vocês sabem que isso não faz sentido, não é? Quero dizer, eu assisto basquete e não tenho ideia do que vocês estão falando.

Kent e William sorriram para ele. No final do turno, eles subiram para o ginásio, onde estava seis graus mais frio, e fizeram arremessos.

Kent, que era de Detroit, tinha opiniões fortes sobre os jogadores e times da NBA e geralmente pausava suas frases no meio para rir de uma das piadas idiotas que voavam como aviões de papel pelo vestiário. Durante os treinos, o treinador costumava gritar repetidamente com ele por exibicionismo, pelo que Kent se desculpava, mas repetia cinco minutos depois. E o treinador gritava "Fundamentos!" de novo e de novo.

Kent afirmou ser parente de Magic Johnson, que estava no último ano na Universidade Estadual de Michigan e era amplamente considerado escolha certa na primeira seleção no próximo *draft* da NBA. Era tão fácil para ele fazer amigos — todos gostavam dele — que William se perguntava por que Kent escolhera passar seu tempo com ele. Só conseguia imaginar que Kent via em sua tranquilidade uma oportunidade para assumir um papel de liderança na amizade. Kent falava a maior parte do tempo, e, aos poucos, William percebeu que ele contava histórias pessoais para fazê-lo compartilhar as suas. Depois de ouvir sobre a leucemia da avó de Kent, que surpreendeu a todos na família — aparentemente, ela alegou que viveria para sempre e tinha uma força tão poderosa dentro de si que todos simplesmente acreditaram —, William confidenciou a Kent que havia trocado apenas uma carta com seus pais até então e que ficaria na faculdade nas férias de Natal.

Depois de uma longa noite de treino, enquanto eles caminhavam lentamente pelo pátio tranquilo, com os músculos doloridos de exaustão, Kent disse:

— Às vezes tenho que me lembrar de que não importa se o treinador me coloca no banco ou me repreende porque não aprecia a beleza do meu jogo. Eu vou cursar medicina. Ele não pode impedir que meu futuro aconteça.

William ficou surpreso.

— Você vai ser médico?

— Com certeza. Ainda não resolvi a questão da mensalidade, mas isso é questão de tempo. O que você vai fazer depois da faculdade?

William percebeu que seus dedos estavam congelando. Era início de novembro, e quando ele inspirou, sentiu o ar gelado em seus pulmões. Ele nunca considerara a vida após a faculdade; estava ciente de que evitava vislumbrar o futuro de propósito. Ele queria responder *basquete*, mas não era bom o suficiente para que essa fosse sua carreira. Kent, ao fazer a pergunta, confirmou que também não achava que William era bom o suficiente.

— Não sei — disse William.

— Vamos começar a pensar nisso, então — disse Kent. — Você é um cara talentoso. E temos tempo.

"*Sou talentoso?*", William pensou. Ele não estava ciente de nenhum talento fora da quadra.

No início de dezembro, Julia compareceu a um jogo de basquete em uma sexta-feira à noite, e quando William a notou nas arquibancadas, sua visão ficou turva e ele passou a bola para o outro time.

— Ei — gritou Kent enquanto passava por William na quadra. — Que besteira foi essa?

Na ponta defensiva, William fez duas roubadas de bola que mudaram a dinâmica do jogo a favor dos Wildcats. No ataque, na parte superior do garrafão, ele fez um passe quicado para um arremessador que estava livre na lateral. Kent exultou pouco antes do intervalo:

— Entendi! Você tem uma garota aqui! Onde ela está?

Depois do jogo — os Wildcats venceram, e William havia jogado seus melhores minutos do início da temporada —, ele subiu na arquibancada para ver Julia. Só quando se aproximou, ele viu que ela estava acompanhada de três garotas parecidas com ela. Tinham os mesmos cachos revoltos na altura dos ombros.

— São minhas irmãs — explicou Julia. — Eu as trouxe para assistir você dar suas enterradas. Essa é a linguagem do basquete, certo?

William assentiu e, sob o escrutínio das quatro garotas, de repente se deu conta do quanto seu short era curto e da vulnerabilidade da regata cavada.

— A gente adorou! — disse uma das meninas de aparência mais jovem. — Pareceu muito cansativo. Acho que em toda a minha vida nunca suei tanto quanto você suou hoje. Eu sou Cecelia, e esta é minha irmã gêmea, Emeline. Temos catorze anos.

Emeline e Cecelia sorriram amigavelmente para ele, que sorriu de volta. Julia e a outra irmã o estudavam como avaliadores de joias analisando uma pedra. Ele não teria ficado surpreso se uma delas tirasse uma lupa de relojoeiro de sua bolsa para examiná-lo.

— Você parecia tão poderoso... lá na quadra — disse Julia.

William corou, assim como as bochechas de Julia. Ele percebia o desejo dessa linda garota por ele e não podia acreditar em sua sorte. Ninguém nunca se interessara por ele. Ele gostaria de poder tomá-la em seus braços, na frente de suas irmãs, na frente de toda a arena, mas esse tipo de ação ousada não era de sua natureza. Ele estava encharcado de suor, e Julia estava falando de novo.

— Esta é minha irmã Sylvie — acrescentou ela. — Eu sou a mais velha, mas apenas por dez meses.

— Prazer em conhecê-lo — disse Sylvie. Seu cabelo era um tom mais escuro que o de Julia, e ela era menor, menos curvilínea. Ela continuou analisando William, enquanto Julia sorria, radiante como um pavão exibindo as penas. Parado diante dela, ele notou um dos botões da camisa de Julia se abrir, pressionado contra o peito volumoso. Ele teve um vislumbre do sutiã rosa antes que ela percebesse e ajeitasse a camisa.

— Quantos irmãos você tem? — perguntou Emeline ou Cecelia.

Elas não eram idênticas, mas eram parecidas demais para William. A mesma tez morena, o mesmo cabelo castanho-claro.

— Irmãos? Nenhum — disse ele, embora, é claro, pensasse na foto emoldurada da criança ruiva na sala de estar de seus pais.

Julia já sabia que ele era filho único — fora uma de suas primeiras perguntas durante o primeiro telefonema —, mas as outras três meninas pareciam comicamente chocadas.

— Isso é terrível — disse Emeline ou Cecelia.

— Devíamos convidá-lo para jantar em nossa casa — disse Sylvie, e as outras garotas assentiram. — Ele parece solitário.

E assim, depois de quatro meses na faculdade, William se viu com sua primeira namorada e uma nova família.

JULIA

Dezembro de 1978 — Julho de 1981

Julia estava na horta dos fundos, um retângulo de 5 x 4 metros rodeado por cercas de madeira, observando sua mãe desenterrar as últimas batatas da estação bem na hora em que William deveria chegar à casa. Ela sabia que ele seria pontual e que uma de suas irmãs o deixaria entrar. William provavelmente ficaria agitado com o pai dela, que lhe perguntaria se ele sabia alguma poesia de cor, e com Emeline e Cecelia, que não parariam de se mover ou falar. Sylvie estava trabalhando na biblioteca, então ele seria poupado de seu olhar inquisitivo. Alguns minutos a sós com as irmãs e o pai dela ajudariam William a conhecê-los — Julia queria que ele visse como eram adoráveis —, e, como bônus, ele ficaria extremamente emocionado ao vê-la quando *ela* entrasse. Julia era famosa em sua família por suas entradas triunfais, o que significava que ela realmente pensava no momento certo de aparecer, algo com que ninguém mais da família se importava. Quando criança, Julia rodopiava para dentro da cozinha ou da sala de estar, gritando: "*Ta-dá!*"

O que William pensaria de sua pequena casa de tijolinhos espremida entre outras idênticas na 18th Place? Os Padavano viviam em Pilsen, um bairro operário cheio de imigrantes. Murais coloridos adornavam as laterais dos prédios, e, no supermercado local, era tão provável que você ouvisse espanhol ou polonês quanto inglês. Julia temia que William considerasse a vizinhança e o interior da casa de sua família decadentes demais. Havia um sofá floral coberto de plástico, um crucifixo de madeira na parede e um punhado de imagens emolduradas de santas ao lado da mesa de jantar. Quando a mãe de Julia estava frustrada, ela falava o nome de cada uma em voz alta, com os olhos fixos no rosto das mulheres como se implorasse para a salvarem de sua família. *Adelaide, Inês de Roma, Catarina de Siena, Clara de Assis, Brígida da Irlanda, Maria Madalena, Filomena, Teresa de Ávila, Maria Goretti*. As quatro garotas Padavano sabiam recitar esses nomes melhor do que o rosário. Era incomum um jantar em família terminar sem que o pai recitasse poesia ou a mãe mencionasse suas santas.

Julia estremeceu. Ela não estava usando casaco; fazia quatro graus lá fora, mas a maioria dos habitantes de Chicago não considerava frio até que a temperatura caísse para abaixo de zero.

— Gosto dele — disse ela para as costas da mãe.

— Ele é um bêbado?

— Não. É um jogador de basquete. E um aluno de destaque, que vai se formar em história.

— Ele é tão inteligente quanto você?

Julia refletiu sobre isso. William era claramente inteligente. Seu cérebro funcionava. Fazia perguntas que explicitavam seu interesse em entendê-la. Não demonstrara sua inteligência por meio de opiniões fortes, no entanto. Era interessado nas perguntas e incerto nas respostas; ele era moldável. William havia estudado algumas vezes com Julia na Biblioteca Lozano, que ficava a apenas alguns quarteirões da casa dos Padavano. Sylvie trabalhava na biblioteca, que era usada como ponto de encontro por toda a vizinhança, mas estudar lá significava que William tinha de se deslocar tarde da noite por uma hora para chegar em seu dormitório. Ao fazer planos para o fim de semana, ele sempre dizia:

— Vamos fazer o que você quiser. Você tem as melhores ideias.

Julia nunca considerara a ideia de uma inteligência física até assistir ao último jogo de basquete de William. E ficara surpresa com a empolgação que sentiu ao vê-lo competir com sua equipe. Viu um lado mais forte dele do que o exibido fora da quadra: gritando comandos para seus companheiros de equipe, usando seu corpo forte e alto para bloquear um adversário perto da cesta. Julia não se interessava por esportes e não entendia as regras, mas seu belo namorado tinha corrido, pulado e girado com tanta fisicalidade e intensidade de foco que ela se pegou pensando: *Sim.*

— Ele é uma pessoa séria — disse Julia — e leva a vida a sério, como eu.

Rose ficou de pé. Um estranho poderia ter rido ao vê-la, mas Julia estava acostumada com o traje da mãe. Quando cuidava da horta, Rose usava um uniforme de receptor de beisebol, com um sombreiro azul-marinho. Coisas que encontrara na rua. O final do quarteirão era 100% italiano, mas muitas ruas do bairro estavam cheias de famílias mexicanas, e Rose havia recolhido o chapéu na lata de lixo de alguém depois de uma celebração do Cinco de Mayo. O equipamento de receptor ela encontrou quando Frank Ceccione, que morava duas casas abaixo, se envolveu com drogas e largou o time de beisebol do colégio. Rose usava os enormes protetores de perna e havia costurado grandes bolsos para suas ferramentas de jardinagem no protetor de peito. Parecia pronta para algum jogo — só não estava claro qual.

— Então ele não é mais esperto que você. — Rose ergueu o sombreiro e passou a mão pelo cabelo, que era ondulado como o das filhas, mas com fios grisalhos. Não era nem de perto tão velha quanto parecia. Anos antes, havia proibido qualquer comemoração de seu aniversário, uma declaração pessoal de guerra contra a passagem do tempo.

Rose fixou os olhos nas fileiras de terra de sua horta. Ainda faltava colher batatas e cebolas; a maior parte do trabalho dela era dedicada a preparar a horta para o inverno. As únicas seções de solo não cultivado foram reservadas para um caminho estreito entre as plantas e uma escultura branca da Virgem Maria encostada no canto esquerdo traseiro da cerca. Rose suspirou:

— Está tudo bem, eu acho. Veja o meu caso... sou 1 milhão de vezes mais inteligente que seu pai.

Julia podia ver como "inteligente" era um termo complicado — como quantificá-lo, especialmente quando nenhum dos pais tinha feito faculdade? —, mas sua mãe estava certa. Julia tinha visto fotos de Rose no início do casamento, bonita, arrumada e sorridente naquela mesma horta, ao lado de Charlie. Com o passar do tempo, sua mãe aceitou e vestiu a decepção conjugal da mesma forma que vestira sua ridícula roupa de jardinagem. Seus esforços consideráveis para impulsionar o marido em direção a algum tipo de estabilidade financeira e sucesso morreram no meio do caminho. A casa se tornara o espaço de Charlie, e a horta, o refúgio de Rose.

O céu estava escurecendo, e o ar, ficando mais frio. Quando as temperaturas congelantes chegavam para ficar, o bairro se tornava silencioso, mas naquela noite, tagarelava como se tentasse colocar para fora suas palavras finais: crianças gargalhavam alto à distância; a idosa Sra. Ceccione gorjeava em seu jardim; uma motocicleta engasgou três vezes antes de dar a partida.

— Acho que é hora de entrar — disse Rose. — Sente vergonha por sua mãe estar vestida assim?

— Não — disse Julia.

Ela sabia que a atenção de William estaria nela. Adorava o olhar esperançoso que ele lhe dirigia, como um navio fitando o porto ideal. William cresceu em uma bela casa, com um grande gramado e o próprio quarto, além de ter um pai com uma carreira sólida. Ele claramente sabia o que era sucesso e segurança, e o fato de ver essas possibilidades em Julia a agradou imensamente.

Rose tentou construir uma vida sólida, mas Charlie havia destruído, ou chutado para longe, cada tijolo que ela assentava. Julia havia decidido, durante sua primeira conversa com William, que ele era o homem para ela. Ele tinha tudo o que ela procurava, e, como disse à mãe, ela realmente gostava dele, simples assim. Vê-lo a fazia sorrir, e ela adorava encaixar sua pequena mão dentro da mão grande dele. Eles formavam uma excelente equipe: William experimentara o tipo de vida que Julia desejava, então ele seria capaz de direcionar a infinita energia que se agitava dentro dela enquanto construíam seu futuro juntos. Assim que ela e William estivessem casados e estabelecidos na própria casa, ela ajudaria sua família. Sua base sólida se estenderia para se tornar a deles.

Ela quase riu alto com o alívio no rosto do namorado quando ela entrou na sala. William estava sentado ao lado de seu pai no sofá rangente, e Charlie tinha a mão sobre o ombro do jovem. Cecelia estava deitada na velha poltrona vermelha, e Emeline ajeitava o cabelo diante do espelho pendurado ao lado da porta da frente.

Cecelia dizia, em tom sério:

— Você tem um nariz excelente, William.

— Ah — disse ele, claramente surpreso. — Obrigado?

Julia sorriu:

— Não ligue para Cecelia. Ela fala assim porque é uma artista.

Cecelia tinha acesso especial à sala de arte da escola e considerava tudo em seu campo de visão como material para futuras pinturas. A última vez que Julia — intrigada com a expressão concentrada no rosto de Cecelia — perguntou à irmã no que ela estava pensando, Cecelia respondeu: "*Roxo.*"

— Você *realmente* tem um nariz bonito — disse Emeline educadamente, porque notara que William corou e queria fazê-lo se sentir melhor. Ela lia o emocional de cada um e desejava que todos se sentissem confortáveis e contentes o tempo todo.

— Ele não sabe nada sobre Whitman — disse Charlie a Julia. — Pode imaginar? William chegou aqui na hora certa. Recitei alguns versos para ajudá-lo a se familiarizar.

— Ninguém conhece Whitman, exceto você, papai — disse Cecelia.

O fato de William não conhecer nenhum dos poemas de Walt Whitman foi uma validação adicional para Julia de que seu namorado era diferente de seu pai. Ela sabia pela voz de Charlie que ele tinha bebido, mas ainda não estava bêbado. Ele segurava um copo com os resquícios do gelo derretido.

— Posso reservar *Folhas de Relva* para você na biblioteca, se quiser — disse Sylvie a William. — Vale a pena ler.

Julia não notara Sylvie, que estava parada na porta da cozinha. Provavelmente, ela acabara de chegar do turno na biblioteca; seus lábios estavam naquele vermelho-escuro que significava que ela estava beijando um de seus ficantes em alguma estante. Sylvie estava no último ano do ensino médio e passava as horas livres trabalhando em tantos turnos quanto possível para juntar dinheiro para a faculdade comunitária. Não ganharia uma bolsa de estudos acadêmica como Julia, porque não igualara a determinação de sua irmã mais velha em conseguir uma. Sylvie foi bem nas aulas em que estava interessada, mas tirou notas baixas no resto. Julia, por outro lado, operou sua determinação como um cortador de grama, avançando pelo ensino médio com o passo seguinte em vista.

— Obrigado — disse William. — Não costumo ler muita poesia.

Julia tinha certeza de que ele não notara os lábios de sua irmã e, mesmo que tivesse, não saberia o que significavam. Sylvie era a irmã com quem Julia tinha mais proximidade, e também era a única pessoa que a desconcertava, que a deixava sem palavras. Sua irmã lera centenas de romances — fora o único interesse e hobby de Sylvie durante a vida —, dos quais extraíra um objetivo de vida: viver o caso de amor do século. Era um sonho de criança, mas Sylvie ainda o nutria fielmente. Ela buscava por *ele* — sua alma gêmea — todos os dias de sua vida. E ficava com meninos durante seus turnos na biblioteca para praticar e aplicar quando o conhecesse.

"Não é certo praticar assim", disse Julia a Sylvie, quando estavam deitadas lado a lado em seu quarto escuro à noite. *"Sem contar que o tipo de amor que você está procurando é inventado. A ideia nesses livros, O Morro dos Ventos Uivantes, Jane Eyre, Anna Karenina, é a de que o amor é uma força destrutiva. São tragédias, Sylvie. Pense nisso; esses romances terminam em desespero ou morte."*

Sylvie suspirara.

"A tragédia não é o ponto", disse ela. *"Lemos esses livros hoje porque o romance é tão grande e verdadeiro que não conseguimos desviar o olhar. Não é obliteração; é uma espécie de expansão, eu acho. Se eu tiver a sorte de conhecer um amor assim..."* E se calara, incapaz de colocar em palavras quão significativo isso seria.

Julia balançou a cabeça ao ver os lábios vermelhos da irmã, porque esse tiro estava fadado a sair pela culatra. Sylvie se importava demais e vivia presa nas próprias fantasias. Ela seria rotulada de vagabunda e acabaria se casando com um perdedor bonito porque ele olhava para ela de uma maneira que a lembrava Heathcliff.

Emeline estava falando sobre seu professor de sala, que fora suspenso por fumar maconha.

— Ele é tão honesto — disse ela. — Ele nos contou sobre como foi pego e tudo mais. Estou preocupada que ele tenha mais problemas por nos contar sobre isso. Ele não parece entender as regras dos adultos sobre o que dizer e o que guardar para si. Fiquei com vontade de pedir a ele para se calar.

— Você também deveria dizer a ele para não fumar maconha — comentou Cecelia.

— Acho que devemos comer, não? — Rose tinha saído de seu quarto, limpa e usando um de seus vestidos de ficar em casa mais bonitos. — É um prazer conhecê-lo, William. Você gosta de vinho tinto?

Ele se levantou, desenrolando seu longo corpo do sofá baixo. E assentiu.

— Olá, senhora.

— Minha Nossa Senhora. — Rose, que mal tinha 1,50 metro de altura, inclinou a cabeça para trás para olhá-lo. — Você não pensou em mencionar que ele é um gigante, Julia?

— Mas ele é incrível, não é? — perguntou Charlie. — Conquistou nossa Julia, o que eu não imaginava ser possível. Olhe para o sorriso dela.

— Papai! — disse Julia.

— Em que posição você joga? — perguntou Charlie a William.

— Ala.

— Ah! Se você é o pequeno da ala, eu odiaria conhecer o pivô.

— Eu me pergunto qual é a explicação evolutiva para esse tipo de altura — disse Sylvie. — Precisávamos de pessoas que pudessem espiar por cima das muralhas para ver se o inimigo estava chegando?

Todos na sala, inclusive William, riram, e Julia achou que os olhos dele pareceram lacrimejar. Então, foi até ele e sussurrou:

— Somos demais para você?

Ele apertou a mão dela, um gesto que ela entendeu que significava tanto "sim" quanto "não".

O jantar não estava delicioso. Apesar de cultivar lindos vegetais, Rose odiava cozinhar, então elas se revezavam para preparar a comida. De qualquer modo, os vegetais não eram destinados para o consumo da família — eram vendidos pelas gêmeas todo fim de semana em uma feira livre em um bairro rico próximo. Era a vez de Emeline cozinhar, o que significava que teriam refeições prontas congeladas. O convidado deveria escolher primeiro; William selecionou peru, que veio em uma bandeja com pequenos compartimentos contendo purê de batatas, ervilhas e molho de cranberry. Os membros da família escolheram despreocupadamente depois dele e começaram a comer. Emeline pegou rolinhos Pillsbury, tirou-os da embalagem e assou-os no forno. Eles pareceram despertar o apetite e desapareceram em dez minutos.

— Minha mãe preparava essa mesma marca de congelados quando eu era criança — disse William. — É bom reviver isso. Obrigado.

— Estou feliz que você não esteja estarrecido com nossa hospitalidade — comentou Rose. — Você foi criado como católico?

— Frequentei uma escola católica em Boston até o fim.

— Você vai seguir a profissão de seu pai? — perguntou Charlie.

Essa pergunta surpreendeu Julia, que percebeu também ser motivo de susto para suas irmãs. Charlie nunca mencionava trabalho, nunca perguntava o que uma pessoa fazia da vida. Odiava seu trabalho na fábrica de papel. A única razão para não ser demitido — de acordo com Rose — era que o dono da empresa era seu amigo de infância. Charlie dizia regularmente às filhas que um trabalho não define quem uma pessoa é.

"O que te define, papai?", perguntara Emeline alguns anos antes em resposta a esse comentário, com toda a sua doçura de menininha; todos concordavam que ela era a mais gentil e sincera das quatro meninas.

"Seu sorriso", respondera Charlie. *"O céu noturno. O corniso florido em frente à casa da senhora Ceccione."*

Julia ouvira e pensara: *Isso é tudo bobagem. E inútil para mamãe, que toda semana lava roupas de estranhos para pagar as contas.*

Talvez Charlie estivesse tentando fazer o tipo de pergunta que ele acreditava que outros pais faziam aos namorados de suas filhas. Depois que as palavras saíram de sua boca, ele esvaziou seu copo e pegou a garrafa de vinho.

"Papai parecia assustado", diria Sylvie a Julia mais tarde naquela noite, no escuro. *"E você ouviu mamãe usar a palavra estarrecido? Ela nunca fala assim. Ambos estavam se exibindo para William."*

— Não, senhor — disse William. — Meu pai é contador. Eu...

Ele hesitou, e Julia pensou: *Isso é difícil para ele porque ele não tem a resposta. Ele carece de respostas.* Um arrepio de prazer subiu por sua espinha. Julia se especializou em respostas. Desde quando ela passara a ter idade suficiente para falar, mandava nas irmãs, apontando seus problemas e fornecendo soluções. Às vezes, suas irmãs achavam isso irritante, mas também admitiam que ter uma "mestre solucionadora de problemas" em casa era uma vantagem. Uma por uma, elas a procuravam e diziam timidamente: "*Julia, estou com um problema.*" Seria sobre um menino malvado, ou um professor rígido, ou um colar emprestado que fora perdido. E Julia ficava emocionada com o pedido delas, esfregava as mãos e pensava no que fazer.

William disse:

— Se o basquete não der certo, talvez eu... — Sua voz parou, e ele parecia tão perdido quanto Charlie um momento antes, suspenso no tempo, como se sua única esperança fosse a de que o final da frase pudesse surgir magicamente.

Julia interveio:

— Talvez ele se torne professor universitário.

— Aaaaah — disse Emeline com aprovação. — Existe um professor bonito dois quarteirões adiante, e as senhoras o seguem por todo canto. Ele usa jaquetas excelentes.

— Professor de quê? — perguntou Sylvie.

— Não faço ideia — respondeu Emeline. — Não importa, não é?

— Claro que importa.

— Um *professor universitário* — comentou Charlie, como se Julia tivesse dito *astronauta* ou *presidente dos Estados Unidos*. Rose falava sobre a faculdade o tempo todo, mas seus estudos terminaram quando ela concluiu o ensino médio, e Charlie abandonou a faculdade depois que Julia nasceu. — Isso seria algo grandioso.

William lançou um olhar para Julia, em parte de agradecimento, em parte outra coisa, e a conversa na mesa continuou ao redor deles.

Mais tarde naquela noite, quando os dois foram passear pela vizinhança, William perguntou:

— O que foi aquilo sobre eu ser professor?

Julia sentiu suas bochechas corarem.

— Eu queria ajudar, e Kent me disse que você estava escrevendo um livro sobre a história do basquete — respondeu ela.

William soltou a mão dela, sem parecer notar.

— Ele disse? Não é um livro, por ora são só anotações. Não sei se algum dia será um livro. Não sei o que será.

— É impressionante — disse ela. — Não conheço nenhum outro universitário que esteja escrevendo um livro em seu tempo livre. É muito ambicioso. Soa como um futuro professor para mim.

Ele deu de ombros, mas ela podia vê-lo considerando a ideia.

A figura de William se projetava, alta e sombria, sobre ela. Um homem, mas jovem. Pilsen estava silencioso aquela noite sob um céu azul-marinho. Eles estavam em uma rua lateral menor. Ela podia avistar a torre da St. Procopius, onde sua família assistia à missa dominical, alguns quarteirões à direita. Julia pensou em Sylvie sendo beijada contra uma fileira de romances de ficção científica sob as luzes fortes da biblioteca. Ela estendeu a mão e puxou a frente do casaco de William. *Desce aqui.*

Ele conhecia esse sinal e abaixou a cabeça. Seus lábios se encontraram — gentis e quentes — e permaneceram colados no meio da rua, no meio do romance deles, no meio do bairro dela. Julia adorava beijá-lo. Ela até beijara alguns garotos antes dele, mas todos encaravam o beijo como o tiro de largada em uma corrida. Presumivelmente, a linha de chegada era o sexo, mas nenhum deles esperava chegar tão longe; estavam simplesmente tentando cobrir o máximo de terreno possível antes de Julia cancelar a corrida. Um beijo na bochecha transformava-se em beijo nos lábios, que evoluía rapidamente para beijo de língua, e então o menino estava acariciando seus seios como se tentasse adivinhar suas medidas. Julia nunca deixou ninguém ir além desse ponto, mas o esforço era tão estressante que ela só havia conseguido experimentar beijos molhados e imprudentes. Com William, porém, era diferente. Seus beijos eram lentos e não faziam parte de uma corrida, o que permitia que Julia relaxasse. Como ela se sentia segura, diferentes partes de seu corpo despertavam, e ela pressionava seu corpo macio contra o dele. Com William, ela queria mais pela primeira vez. Ela o desejava.

Quando eles finalmente se separaram, ela sussurrou em seu peito:

— Vou sair deste lugar.

— Que lugar? A casa dos seus pais?

— Sim, e deste bairro. Depois da faculdade. Quando... — Foi a vez de Julia hesitar. — Quando minha vida real começar. Nada começa aqui; você viu minha família. As pessoas ficam presas aqui. — Ela imaginou o solo na horta de Rose: rico, pedregoso, pegajoso ao toque. E então esfregou a mão na jaqueta de William, como se tentasse limpar a sujeira. — Existem bairros muito melhores em Chicago. São um mundo diferente daqui. Você vai querer voltar para Boston?

— Gosto daqui. E gosto da sua família.

Julia percebeu que estava prendendo a respiração enquanto esperava a resposta dele. Ela havia decidido que William era seu futuro, mas não tinha certeza se ele sentia o mesmo, embora suspeitasse que sim.

— Eu também gosto deles — disse ela. — Só não quero *ser* igual a eles.

Quando Julia voltou para casa mais tarde naquela noite e entrou no minúsculo quarto que dividia com Sylvie, encontrou as irmãs a esperando em suas camisolas. Elas lhe ofereceram sorrisos triunfantes.

— O quê? — sussurrou ela, incapaz de não sorrir de volta.

— Você está apaixonada! — sussurrou Emeline, e as meninas puxaram Julia para sua cama, uma celebração por ser a primeira delas a dar este passo, a entregar seu coração a um rapaz. As gêmeas e Sylvie se jogaram na cama de solteiro com ela. Era um velho hábito, algo que ficou mais complicado à medida que seus corpos cresciam, mas sabiam como se encaixar para que todas coubessem na cama.

Julia ria com a mão na boca, tomando cuidado para não fazer barulho e acordar seus pais. Ela ficou surpresa ao perceber as lágrimas brotando em seus olhos, envolta nos braços de suas irmãs.

— Pode ser que eu esteja — disse ela.

— Nós aprovamos — disse Sylvie. — Ele te olha como se você fosse o máximo, e você é mesmo.

— Gosto da cor dos olhos dele — disse Cecelia. — Eles têm um tom incomum de azul. Vou pintá-los.

— Não é o seu tipo de amor, Sylvie — disse Julia, querendo deixar isso claro. — É um tipo sensato.

— Eu sei — disse Sylvie, e beijou-a na bochecha. — Você é uma pessoa sensata. E estamos muito felizes por você.

William a pediu em casamento quando eles estavam no terceiro ano de faculdade. Esse sempre fora o plano de Julia. Iriam se casar logo após a formatura. Ela mudou seu foco das ciências humanas para economia, depois de fazer um fascinante curso de psicologia organizacional. Aprendera sobre sistemas, como todo negócio era feito de uma coleção de partes, motivações e movimentos intrincados. E como, caso uma dessas partes estivesse quebrada ou fora de sintonia, toda a empresa estaria condenada. Seu professor era um consultor de negócios que aconselhava as empresas sobre como tornar seu fluxo de trabalho mais "eficiente" e "eficaz". Julia trabalhou para o professor Cooper durante o verão entre o penúltimo e o último ano, fazendo anotações e desenhando gráficos de operações comerciais em papel arquitetônico. Sua família zombava de seus escarpins azul-marinho e de seu terninho de saia, mas ela adorava entrar no frio do ar-condicionado dos prédios de escritórios, adorava como todos se vestiam como se levassem a si e ao trabalho a sério, adorava até caminhar entre nuvens de fumaça de cigarro até o banheiro feminino. Os homens eram como ela achava que deveriam ser, e até comprou para William uma camisa branca como presente de aniversário naquele ano. Ela planejava adicionar um blazer de veludo cotelê no Natal. William decidiu tornar realidade a sugestão de Julia de que ele se formasse professor de história. Ela apreciou a elegância de seus planos: noiva em um verão, formatura e casamento no ano seguinte, e então William entraria em um programa de doutorado. Julia adorava viver esse momento, com a vida bem à sua frente, em vez de distante. Havia passado a infância toda esperando para crescer a fim de que pudesse estar *ali*, tocando os sinos da idade adulta.

William estava passando seu último verão na Northwestern dentro da quadra de basquete, e Julia costumava encontrá-lo no centro de atletismo no final do dia para que pudessem jantar juntos. Ela esbarrava com Kent no pátio ocasionalmente, quando ele saía cedo do treino para seu emprego temporário de verão na enfermaria da faculdade. Julia gostava de Kent, mas sempre se sentia um pouco desconfortável perto dele. Parecia que estavam sempre fora de sintonia, já que muitas vezes falavam ao mesmo tempo. Quando estavam com William e ele falava alguma coisa, os dois respondiam e atropelavam as palavras um do outro. Julia respeitava Kent — afinal, ele planejava ingressar na faculdade de medicina — e achava que ele era uma boa influência para William. Parte de seu desconforto era porque desejava que Kent gostasse dela. Não tinha certeza se ele gostava. Na presença dele, vasculhava possíveis conversas em sua cabeça, procurando por uma que os colocasse em terreno seguro.

— Boa noite, general — disse Kent, quando a viu naquela noite. — Ouvi dizer que você está mandando bem no mundo corporativo.

— Não me chame assim — disse ela, mas sorriu. Era impensável considerar qualquer coisa que Kent dissesse como um insulto; seu tom e seu sorriso pronto não permitiam essa possibilidade. — Como está o basquete?

— Animado — disse ele, e a maneira como pronunciou a palavra lembrou a Julia de quando Cecelia tinha respondido a uma pergunta com um empolgado *roxo*. — Nosso garoto estava ótimo no treino hoje. Ele tem se divertido neste verão. É bom de ver — acrescentou Kent.

Aos ouvidos de Julia, parecera um tom de repreensão, mas ela não conseguia entender por que Kent agiria assim. Ele achava que ela não queria que William se divertisse?

Quando Kent se despediu, ela se sentou em um banco para esperar e balançou a cabeça, irritada por permitir que o amigo de William a perturbasse. Retirou um espelhinho da bolsa e reaplicou o batom, então se levantou quando viu seu belo noivo saindo do ginásio cercado por um bando de jovens altos e desengonçados. Recentemente, Julia encontrara uma conhecida de sua turma de biologia do primeiro ano na rua, e a garota comentara: "*Ouvi dizer que você está noiva daquele garoto alto com os olhos lindos. Ele é muito fofo.*" Julia segurou firme a mão de William enquanto caminhavam até uma lanchonete para jantar.

William era lento e incapaz de manter uma conversa até que tivesse comido mil calorias e a cor voltasse ao seu rosto. Julia, por outro lado, vibrava de empolgação, sem conseguir parar de falar sobre cada momento de seu dia.

— O professor Cooper diz que sou uma solucionadora de problemas nata — comentou ela.

— Ele tem razão. — William cortou sua batata assada em quadradinhos e comeu um pedaço.

— Eu estava me perguntando... você tem trabalhado em sua escrita? — Ela aprendera a não chamar de livro. — Poderia usá-la no seu TCC.

— Está uma bagunça. Não tenho tido muito tempo para isso ultimamente e não consigo descobrir como organizar o material.

— Eu adoraria ler.

Ele balançou a cabeça.

Ela queria perguntar: "*Kent leu?*" Mas não queria ouvir William dizer "sim". Queria ler o livro porque estava interessada e para ter uma noção do quanto era bom. Se tinha potencial para ser a base de uma carreira.

— Vou começar jogando este ano — contou ele. — O treinador disse que meu jogo melhorou.

— Começar?

— Cada jogo, como titular. Farei parte dos cinco melhores. Quando os olheiros da NBA vierem, eles vão me ver jogar.

— Que legal! — disse ela. — Vou torcer por você.

Ele sorriu.

— Obrigado.

— Você já contou a seus pais sobre nosso noivado?

Ele balançou sua cabeça.

— Não contei. Eu deveria, eu sei. Mas — ele hesitou — eu não acho que eles vão se interessar.

Julia deu um sorriso porque entendia a tensão no ar. Ele vinha evitando contar a seus pais havia semanas. Ela acreditava que era porque ele estava com vergonha de dizer-lhes que havia pedido em casamento uma garota ítalo-americana de uma família pobre. Ele contara a ela o suficiente sobre sua educação para que ela soubesse que seu pai tinha um emprego excelente e sua mãe não precisava trabalhar. Provavelmente, eram pessoas pretensiosas, com grandes expectativas para seu único filho, mas William não admitiria isso, e ela não expressaria seu medo.

Agora disse, com uma voz firme para combinar com seu sorriso tenso:

— Não seja ridículo. Eles são seus pais.

— Escuta — disse ele —, eu sei que seria estranho *não* os convidar para o casamento, mas acho que não é necessário. — Ele viu a expressão dela e acrescentou: — Só estou sendo honesto. Eu sei que é incomum.

— Você vai ligar para eles hoje à noite — disse ela. — E eu participarei da conversa. Sabe que eu tenho meu charme. Eles vão me adorar.

William ficou em silêncio por um momento, e suas pálpebras caíram de uma forma que indicava que seus pensamentos voaram para longe. Quando olhou para cima, ele a encarou como um problema que precisava resolver.

— Você me ama — disse ela.

— Sim — disse ele, e isso pareceu resolver algo dentro dele. — Tudo bem, vamos fazer isso.

Uma hora depois, dividindo o banco de madeira dura na cabine telefônica antiquada no corredor do dormitório, eles ligaram para Boston. Quando sua mãe atendeu a ligação, William disse "oi". A mulher parecia surpresa ao ouvi-lo, embora fosse educada. Então Julia também falou — sua voz soando amplificada aos próprios ouvidos, como se ela estivesse falando através de um megafone —, e a mãe de William parecia muito distante. Ela disse que era bom que eles fossem se casar, mas que, como tinha algo no forno, precisava desligar.

A ligação terminou em menos de dez minutos.

Julia respirou fundo quando desligou o telefone, sem fôlego pelo esforço de tentar alcançar, tocar, a mulher distante do outro lado da linha. Quando conseguiu falar, disse:

— Você estava certo. Ela não quer ir.

— Sinto muito — disse ele. — Eu sei que isso é decepcionante para você. E que você queria que todos estivessem presentes no casamento.

Os dois se espremiam no assento minúsculo. A cabine telefônica estava quente. A raiva, o desapontamento e a empatia de Julia por aquele garoto cresceram dentro dela — um garoto que merecia pais que beijassem sua bochecha do jeito que os pais dela beijavam a dela. Eles haviam planejado não fazer sexo até que se casassem, embora quase tivessem quebrado essa promessa uma ou duas vezes. A mulher distante ao telefone entregou William a Julia de uma forma que parecia tão significativa quanto um voto de casamento. Ela precisava cuidar dele, precisava amá-lo, com cada parte de seu corpo. Na verdade, ela tinha de fazer isso agora. Estava corada, sua saia estava enrolada na cintura por causa da disposição dos assentos, e ela precisava se sentir mais perto dele para que tudo ficasse bem.

Então, perguntou:

— Podemos ter privacidade no seu quarto?

O colega de quarto dele tinha ido para casa no verão. William assentiu com a cabeça, havia uma pergunta em seu rosto.

Ela o pegou pela mão, o conduziu pelo corredor até o quarto dele e trancou a porta.

SYLVIE

Agosto de 1981 — Junho de 1982

A Biblioteca Lozano dava para um cruzamento de três vias no centro de Pilsen. Sylvie adorava cada centímetro dela, bem como a parede de janelas do chão ao teto que mostravam qualquer luz e clima que a cidade tinha a oferecer. Adorava como a biblioteca dava as boas-vindas a todos e como os bibliotecários respondiam obedientemente a todas as perguntas apresentadas a eles, não importando o quão enigmáticas ou ridículas fossem. Sylvie trabalhava na biblioteca desde os treze anos; ela começou guardando livros nas estantes, e agora, aos vinte, ostentava o título de auxiliar de biblioteca.

Sylvie estava guardando exemplares de *Qual a cor do seu paraquedas?* quando Ernie, um menino de sua idade, com uma covinha no queixo, ofereceu-lhe um sorriso. Eles haviam cursado o ensino médio juntos, e às vezes ele aparecia depois da aula matinal de seu curso de eletricista. Depois de verificar se não havia mais ninguém à vista, Sylvie caiu em seus braços. Beijaram-se por cerca de noventa segundos, girando e girando lentamente no corredor com a mão dele na parte inferior das costas dela, até que, por fim, ela deu um tapinha no ombro dele, que se foi.

Sylvie confidenciara à Julia que beijava meninos para praticar enquanto aguardava seu grande amor, e isso era verdade. Mas também o fazia porque era divertido. Durante a infância, esperou, analisando as salas de aula em busca de sua alma gêmea, sua versão de Gilbert Blythe de *Anne de Green Gables*. Sylvie não o encontrara ainda, mas gostava da emoção que sentia quando um menino a tomava em seus braços. Sylvie era naturalmente tímida e estudiosa; ela corou quando Ernie olhou em seus olhos.

— Estou melhorando no beijo — disse ela a Julia quando retomaram o assunto à noite em suas camas. — É claramente uma habilidade aprendida.

Julia balançou a cabeça.

— As pessoas estão falando sobre o que você anda fazendo com esses meninos. Se a mamãe ficar sabendo disso...

Não havia necessidade de terminar a frase, pois ambas sabiam que Rose ficaria furiosa. E se Sylvie tentasse explicar que estava treinando para aplicar com o amor de sua vida, sua mãe ficaria perplexa e provavelmente a trancaria no quarto. Rose nunca pronunciara a palavra *amor* na frente das meninas; elas simplesmente sabiam que a mãe as amava por causa da intensa atenção que lhes era dedicada. Sabiam também, tacitamente, que Rose amava Charlie. Eis o *motivo* de ela ficar tão desapontada com seu casamento e por que era essencial que suas filhas crescessem fortes e educadas, capazes de se sustentar sozinhas, inabaláveis por algo tão complicado e pouco confiável quanto o amor.

Julia costumava rejeitar a ideia de amor também, mas agora estava apaixonada por William Waters. Sylvie achou fascinante ver a pessoa que ela conhecia melhor do que ninguém sucumbir ao romance. Julia passava os dias sorrindo, sem se incomodar com as coisas que normalmente a perturbavam: ver Charlie servindo-se de um segundo ou terceiro drinque; Cecelia deslizando em sua cadeira, atrasada para o jantar; Emeline brincando do lado de fora com as crianças mais novas da vizinhança, quando Julia a considerava velha demais para isso. O amor havia deixado Julia mais feliz e leve, mas ela o via como parte de uma vida bem construída, não como uma razão para viver, assim como Sylvie.

Julia acreditava em uma vida moldada por etapas dependentes: a educação levava a um bom casamento, que levava a um número razoável de filhos, à segurança financeira e, depois, a imóveis. Julia considerara o comportamento de Sylvie na biblioteca angustiante, porque havia um obscuro abandono implícito em permitir que os meninos, no plural, cobrissem seu rosto com beijos, deslizassem a mão sobre seu suéter e tocassem seu seio, embora a bibliotecária-chefe Elaine — que insistia que todos se dirigissem a ela dessa forma — estivesse a apenas duas fileiras de distância.

— Namore um de cada vez, como uma pessoa normal — pediu Julia a Sylvie. Ela queria que sua irmã se comportasse de uma maneira que fizesse sentido.

— Não tenho interesse em namorar — disse Sylvie. — Namorar é basicamente se arrumar e fingir ser uma garota bonita que não pensa em nada além de casamento e bebês. *Não* penso nessas coisas e fico triste em fingir ser algo que não sou. Poxa... — Ela se apoiou no cotovelo para ver a irmã na penumbra. — Pensei em uma metáfora hoje, enquanto estava lá arrumando as prateleiras. Imagine que sou uma casa e, quando encontrar meu grande amor, serei o mundo inteiro. Nosso amor vai me mostrar muito mais do que sou capaz de ver sozinha.

— Você é ridícula — disse Julia, sorrindo, porque estava imersa na ternura da própria história de amor e porque queria que Sylvie fosse feliz, mesmo que Julia achasse que seu sonho não fazia sentido.

Sylvie também tinha seu lado prático. Ela se formaria em literatura inglesa, o que lhe permitiria entender um pouco do mistério, da beleza e da simetria dos romances que amava e a qualificaria para um emprego como professora ou editora. Daria à mãe o dinheiro que pudesse dispensar, para tornar a vida de Rose mais fácil. Elas não se davam bem; protagonizavam pequenas brigas o dia todo. Sylvie não gostava de como Rose deixava copos e pratos usados por toda a casa; as gêmeas também deixavam, mas ela as desculpava porque eram as bebês da família. Rose reclamava que Sylvie não se importava com sua horta, o que era verdade. Ela era a única filha que insistia que todas suas tarefas fossem realizadas dentro de casa; saía apenas para pendurar roupas no varal. Quando Rose a encontrava lendo um livro, fazia uma careta e suspirava ruidosamente, o que deixava Sylvie perplexa — como a mãe poderia desaprovar sua leitura quando fora ela quem exigira que todas as quatro meninas fossem para a faculdade? Sylvie observara que sua mãe e Julia frequentemente compartilhavam um silêncio pacífico à mesa da cozinha. Mas quando Sylvie e sua mãe estavam juntas, o ar crepitava como se estivesse carregado com eletricidade estática.

Rose alisava os cabelos de Emeline e Cecelia e mandava nelas como se ainda fossem crianças, e as meninas aceitavam. Arrancavam a maior parte das ervas daninhas da horta e ajudavam Rose a dobrar a roupa. As gêmeas sempre pareceram precisar apenas uma da outra e, muitas vezes, pareciam agradavelmente surpresas com o afeto que seus pais e suas irmãs mais velhas lhes ofertavam. Emeline, em particular, parecia assustada quando outro membro da família se metia em uma de suas conversas com Cecelia, como se ela tivesse esquecido que outras pessoas moravam na casa. As gêmeas inventaram a própria língua, que falaram até o final do ensino fundamental, e ainda usavam parte do vocabulário quando estavam sozinhas.

Sylvie fechou os olhos, com um livro nas mãos, para reviver o beijo de Ernie. As pessoas que a chamavam de fácil ou vagabunda eram pensadores preguiçosos. Ela nunca fez mais do que beijar Ernie, ou Miles, ou o homem de terno com sobrancelhas grossas. Esses rapazes pareciam felizes em beijá-la, e o limite de noventa segundos significava que nada sério poderia acontecer, o que combinava perfeitamente com Sylvie. Se um namorado ou uma safadeza fossem as duas portas disponíveis, ela encontraria e abriria uma terceira. O que a deixou mais animada com seu futuro foi a ideia de encontrar mais "terceiras portas". Sua alma gêmea se qualificaria; seria mais do que um namorado ou um marido. Ele a veria exatamente como ela era e não desejaria mudar nada. Sylvie observava diariamente sua mãe tentando mudar seu pai, e agora ela podia ver Julia amorosamente moldando William para ser seu futuro marido ideal. Sylvie amaria de forma diferente. Ela celebraria quem quer que fosse seu amado; ficaria curiosa com sua distinção e mergulharia em um amor que era incrivelmente honesto.

Meu coração está aberto, ela pensou e, então, se surpreendeu com a frase. Seria o verso de um poema? Ouvira seu pai recitar essas palavras em casa? Ela compartilhava a afeição de seu pai por Whitman. Quando Charlie recitava seus poemas, ela imaginava o poeta barbudo parado na varanda dos fundos de um trem a vapor — as palavras, a beleza que ele via no mundo, trazendo lágrimas aos seus olhos.

Quando Sylvie saiu da fileira com seu carrinho, avistou Julia e William sentados à mesa favorita deles. Era parcialmente escondida da frente da biblioteca por uma viga estrutural, então ofertava certa privacidade, embora Sylvie nunca os tivesse visto fazer mais do que dar as mãos. Estavam inclinados um para o outro, com os olhos fixos. Sylvie entendia a irmã. Sabia que Julia apostara tudo em William Waters; ele seria seu marido, a viga estrutural de seu futuro. Julia era obstinada, e seu formidável motor os impulsionava para a frente.

— Eu sei por que você gosta tanto dele — provocou Cecelia. — Porque ele faz tudo o que você manda.

Sylvie não conhecia William tão bem quanto conhecia a irmã, é claro, mas sentira algum tipo de medo nele, embora ele se apresentasse como firme e calmo. Ele se agarrava a Julia como um bote salva-vidas, e Sylvie se perguntava por quê. Não era propensa a fofocas, mas gostava de entender todo o contexto de uma história, especialmente quando vinha na forma de um homem de 2 metros de altura incorporado à família pela sua amada irmã.

Empurrou o carrinho até a mesa deles, e os dois sorriram para ela.

— Você é tão dedicado aos estudos. — Sylvie olhou avidamente para a pilha de livros que cobria a mesa. Ela teve de abandonar a faculdade comunitária quando Charlie teve outro corte salarial. Agora trabalhava em todos os turnos disponíveis na biblioteca, economizando dinheiro para se matricular novamente.

— Não sou tão inteligente quanto sua irmã — comentou William. — Tenho que estudar muito ou minhas notas vão cair e não poderei jogar basquete.

— Em breve você estará de volta à faculdade — disse Julia à irmã.

Sylvie deu de ombros e sentiu as bochechas esquentarem. Ela não queria discutir seus problemas financeiros na frente do futuro cunhado.

— Como estão os planos do casamento? — perguntou ela. — Será um prazer conhecer sua família, William.

Um olhar estranho cruzou o rosto dele, e Sylvie se perguntou se havia dito algo errado.

— Na verdade — interveio Julia rapidamente —, os pais dele não vão ao casamento. Eles não querem.

Sylvie inclinou a cabeça para o lado e tentou entender isso. As pessoas "não querem" se exercitar, comer saladas ou acordar cedo. Dizer que os próprios pais não querem ir ao seu casamento soa como um erro.

— Eu não entendo — disse ela.

William parecia cansado; algo nele desapareceu, para combinar com seus olhos azuis desbotados.

— Acho que *não tem como* você ou sua irmã entenderem — argumentou ele. — Sua família se ama. Não acho que meus pais me amem.

Ele pareceu surpreso com o que acabara de revelar, assim como Sylvie, que se sentou na cadeira vazia à mesa deles. Julia pôs a mão sobre a de William e disse, com sua voz mais determinada:

— Nosso casamento vai ser maravilhoso sem eles.

— Claro que vai! — disse Sylvie. — Me desculpe por ter perguntado... Eu não sabia.

— Eles não são más pessoas — disse William. — Vocês só têm sorte de ter Rose e Charlie como seus pais.

— Sim — concordou Sylvie.

A luz do Sol invadia a biblioteca através das amplas janelas. Por um momento, eles foram atingidos pelo brilho intenso — piscaram e ergueram as mãos para proteger os olhos —, até que uma nuvem se moveu ou o Sol baixou levemente, e a sala ao redor deles recuperou a cor normal. A bibliotecária-chefe Elaine fez um barulho alto de algum lugar, e Sylvie se levantou.

— Você está escondendo um menino em uma dessas estantes? — perguntou Julia.

— Agora não — disse Sylvie. — Sou só eu e mil livros.

Um mês depois, Sylvie estava de volta à faculdade, graças à irmã. Certa tarde, Julia sentou-se na Biblioteca Lozano e observou atentamente os frequentadores regulares. Um homem mais velho, que chegou na hora do almoço e leu o horóscopo de Sylvie no jornal, trabalhava no banco do bairro. Julia foi até ele, e quando explicou a situação de Sylvie, ele disse que ficaria feliz em ajudar.

Naquela mesma tarde, ele providenciou para que Sylvie conseguisse um pequeno empréstimo estudantil.

— Não podemos permitir que uma luz como a sua seja apagada — disse ele quando entregou os papéis a Sylvie.

Essa generosidade — do homem e de sua irmã — deixou Sylvie chorosa, embora ela raramente chorasse. A bibliotecária-chefe Elaine fez uma careta ao ver seu rosto rosado e seus olhos lacrimejantes e comentou:

— Bem, suponho que você queira reorganizar sua escala em torno de suas aulas novamente.

— Sim, por favor, senhora.

Suas irmãs fizeram um bolo para ela, e Cecelia desenhou uma faixa que dizia: "*Parabéns, Sylvie!*" Ela a pendurou no minúsculo quarto de Sylvie e Julia, para que a visão não ferisse os sentimentos de Charlie, que decidiu ignorar o fato de Sylvie estar fora da faculdade — porque era culpa dele — e preferia ignorar que ela tivera de se matricular novamente. As quatro meninas comeram o bolo no chão do quarto, de pernas cruzadas e conversando entre si.

— Este bolo é para você também. — Sylvie acenou com a cabeça para a irmã mais velha. — Eu não voltaria a estudar se não fosse por você.

Julia engoliu um pedaço e disse:

— Você mesma deveria ter pensado nessa solução, sabe? Todos naquela biblioteca te adoram. Se eles soubessem que precisava de ajuda, você já teria recebido há tempos.

Vozes irromperam do lado de fora da porta, vindas da sala de estar, e as quatro garotas ficaram em silêncio para ouvir. A voz de Rose subiu para um tom que significava que ela estava descontente, então Charlie respondeu, e a voz de Rose voltou ao tom normal. O que a princípio parecia uma briga conjugal transformou-se em uma conversa, e as meninas relaxaram.

— Eis o que você vai fazer — disse Julia.

— Oh, céus! — disse Cecelia, e Emeline largou o garfo em antecipação.

As gêmeas tinham acabado de completar dezessete anos e começado o último ano do ensino médio. Sylvie tinha vinte, e Julia, vinte e um.

Elas estavam ficando velhas demais para esse jogo, que começou na infância, mas não conseguiam parar. Julia liderava e dizia a cada uma seu futuro. Então, pegava uma bola de cristal invisível e a balançava como um globo de neve para encontrar respostas diferentes para as quatro meninas, uma por vez. Quando estavam no ensino fundamental, ela passou por uma fase de amor aos animais em que dizia que seria veterinária, e Sylvie, sua assistente. Julia não suportava vacinar os animais, então ela precisava de uma assistente para assumir essa responsabilidade. Nessa visão futura, Emeline e Cecelia seriam as tratadoras do zoológico. Houve uma miríade de profissões e maridos desde então, uma visão caleidoscópica dos anos vindouros.

— Sylvie vai conhecer um estranho alto e de olhos escuros chamado Balthazar em um trem e começará o grande caso de amor de sua vida. Vai escrever um memorável romance e receber o Prêmio Pulitzer antes dos trinta anos.

Sylvie empurrou o pé descalço contra a coxa da irmã em agradecimento, com a boca cheia de glacê açucarado.

— Vou me casar com William no próximo verão, e teremos dois filhos perfeitos. Vamos morar em uma elegante casa unifamiliar com um quintal de verdade, provavelmente em Forest Glen, e vocês três nos visitarão todos os domingos, pelo menos para jantar. Administrarei o conselho escolar da escola dos meus filhos e serei a esposa perfeita, parte do corpo docente.

— E se ele entrar na liga de basquete? — disse Emeline. — Não é isso que ele realmente quer fazer?

Julia afastou os cachos do rosto.

— Ser um atleta não é uma carreira, é algo que se faz durante a escola.

— Então você vai cuidar de tudo — disse Cecelia, querendo que Julia seguisse em frente.

— Sim. E você, Emmie, vai se casar com um médico escocês e ter três pares de gêmeos. Você vai morar em uma fazenda perto de um pântano.

Um dos futuros sempre envolvia um pântano — as meninas eram fascinadas pela ideia daquela paisagem misteriosa que aparecia em quase todos os romances ingleses que elas adoravam.

— Aaaaaaah — disse Emeline, e se jogou na cama, encantada. Seu maior desejo era ser mãe, função que praticou durante toda a vida. Desde pequena, ela carregava lanches e Band-Aids em uma bolsinha, para cuidar das irmãs sempre que estivessem com fome ou feridas. As crianças mais novas de seu quarteirão seguiam Emeline como patinhos, aproveitando a atenção que ela lhes dava. Ela era a babá mais requisitada daquela parte de Pilsen e, como resultado, tinha um valor impressionante guardado sob o colchão.

— Três meninos e três meninas — disse Julia, antes que Emeline pudesse perguntar. A garota assentiu, satisfeita.

— Minha vez! — pediu Cecelia.

— Você irá para a escola de arte e se tornará uma pintora famosa. Mas não pode ficar longe de Emeline por muito tempo...

— Ou morreremos — disse Emeline.

— ...então você vai ter um apartamento em Paris e outro na Escócia, perto da fazenda dela, o que faz sentido porque você ama a chuva.

— Sim — disse Cecelia. — Gostaria de pintar a chuva da mesma forma que Van Gogh pintou o céu noturno.

Emeline assentiu.

— Vou pendurar suas pinturas por toda a minha casa de fazenda.

Sylvie teve de se forçar a engolir o próximo pedaço de bolo, porque o sabor de repente se misturou à amargura. Ela quase disse algo indelicado, como: *Nada disso vai acontecer.* Mas se conteve. O jogo não era mais divertido para ela, que percebeu que Julia também tinha que fingir entusiasmo. Sylvie nunca admitira, nem para si, que escrever um romance era um sonho. Mas sua irmã arrancara a verdade dela e a dissera na frente de todos, e — embora Sylvie soubesse que Julia tinha boas intenções — isso parecia dolorosa e estranhamente uma perda. O sonho agora estava no ar, exposto às intempéries, além de seu alcance.

No dia do casamento de Julia, Rose acordou as quatro meninas de madrugada.

— O que há de errado, mamãe? — perguntou Emeline, em resposta à expressão exaltada de Rose.

As meninas esfregaram os olhos e bocejaram em um silêncio de pânico, esperando o pior. William morreu, ou fugiu, ou a igreja pegou fogo, ou Charlie estava bêbado demais para ir ao casamento. Ou talvez algo terrível ocorrera com a horta: uma inundação repentina ou um exército de formigas assassinas.

— Há. Muito. A fazer — disse Rose, sem fôlego por ter que falar as palavras. — Levantem!

Julia já estava de pé, alisando o cabelo. Ela seguiu a mãe até a cozinha, narrando em voz alta a própria lista de tarefas.

— Precisamos garantir que haja uma cadeira para William, separada das cadeiras para os idosos. Ele não consegue ficar em pé por muito tempo por causa do joelho. Sylvie buscará as flores no Sr. Luis. Os biscoitos?

— Estão prontos para ir aos fornos.

As quatro casas acima e abaixo da deles ofereceram suas cozinhas para Rose e estavam prontas para assar suas porções dos quinhentos biscoitos necessários para a recepção. Às dez horas, Emeline deveria correr de casa em casa e gritar "*Agora!*" E os biscoitos seriam colocados nos fornos simultaneamente.

O casamento seria na St. Procopius ao meio-dia, e depois uma recepção com vinho e biscoitos seria realizada no pátio lateral da igreja. O vestido de Julia fora feito por uma costureira italiana duas ruas adiante. Rose lavava os vestidos e tecidos da costureira gratuitamente havia meses em troca do vestido de noiva. Rose era uma exímia negociante. No canto esquerdo dos fundos de sua horta, cultivava uma variedade específica de abóbora apenas porque o açougueiro local sentia muita falta do vegetal desde a infância na Grécia; ela lhe dava, anualmente, toda a colheita em troca de cortes de frango e carne bovina para sua família. Ela havia orquestrado tudo de que eles precisavam para o casamento, exceto o vinho.

Charlie era amigo dos donos das quatro lojas de bebidas do bairro, e Rose insistiu que, por ele ser um cliente tão fiel, o mínimo que eles podiam fazer era doar uma caixa cada um para o casamento de sua filha mais velha.

— Sylvie, você não vai se casar e me deixar, vai? — Charlie estava em sua poltrona na sala de estar, vestindo uma velha camiseta branca e segurando uma caneca de café com as duas mãos.

— Ai, papai — Sylvie atravessou a sala e beijou o topo de sua cabeça. — Não importa o que aconteça, eu nunca vou te deixar.

— Emmie? Cece?

— Não seja bobo, papai — gritou uma das meninas do quarto. — Claro que vamos nos casar. Algum dia.

Charlie recostou-se na cadeira. Ele parecia mais velho do que Sylvie jamais o vira. Virou-se para a janela, que começava a mostrar a primeira luz do dia, e acenou com a cabeça.

— Vocês todos vão zarpar, como deveriam, e deixar sua mãe e eu aqui. É uma história tão antiga quanto o tempo.

Depois do café da manhã, Sylvie caminhou até a floricultura, que ficava a seis quarteirões de distância. O Sr. Luis, um equatoriano franzino, cheirou-a por detrás do balcão e disse-lhe que as flores seriam entregues na igreja a tempo. Ficara ofendido por ela ter ido conferir com ele.

— Certamente você tem algo melhor para fazer em um dia como este. Arrume o cabelo, passe batom. Faça algo para parecer especial, criança.

Sylvie franziu a testa. Estava com uma aparência tão ruim assim? Era a dama de honra, o que significava que ficaria no altar ao lado de sua irmã durante a cerimônia. Ela queria parecer bem apresentável para Julia, mas isso exigia um daqueles dias mágicos de cabelo bonito; Sylvie nunca foi capaz de convencer o próprio cabelo a ficar aprazível. Ela não havia se visto no espelho aquela manhã, mas o Sr. Luis parecia sugerir que ela não estava com sorte. Sylvie agradeceu e saiu da loja. Contou quantos passos teve de percorrer para longe da porta antes de não sentir mais o cheiro de rosas: treze.

Passou pela biblioteca, que estava prestes a abrir, e acenou pela janela para as meninas atrás da mesa. Desejou entrar e trabalhar um turno. Passar aquele dia em meio ao frescor das estantes da biblioteca. O casamento, a luz do Sol, o sorriso obrigatório — tudo parecia cansativo para ela. Sabia que era uma estranha contradição, mas, apesar de seu interesse pelo amor, os casamentos a incomodavam. Eram muito pomposos e públicos. O amor profundo entre duas pessoas era um empreendimento privado e sem palavras, e colocar os amantes em roupas elegantes na frente de uma multidão parecia antitético à natureza da coisa. Ninguém podia *ver* o amor — era nisso que Sylvie acreditava, de qualquer maneira. Era um estado interno. Observar aquele momento entre dois amantes parecia errado para ela, quase uma blasfêmia.

Sylvie estava feliz por Julia e William, mas, ainda assim, teria de fingir o tipo de alegria de menina que supostamente deveria sentir em casamentos. E seria beijada por todas as senhoras da vizinhança. *Você é a próxima* diriam a ela repetidas vezes, e isso a deixaria melancólica também, porque seu verdadeiro amor ainda não havia aparecido. E quais eram as chances de ele aparecer na Biblioteca Lozano, onde ela passava a maior parte do tempo? E se ela nunca o encontrasse?

Sylvie quase tropeçou em Cecelia, que estava sentada na calçada logo depois da biblioteca.

— O que você está fazendo aqui? — perguntou ela, surpresa.

Será que Rose dera um tempo na programação para que elas se sentassem no meio-fio, olhando para o nada?

— Ah — disse Cecelia. — Estou esperando por Emeline. Ela foi à farmácia.

Sylvie sentou-se no concreto, ao lado da irmã. Se havia uma pausa na programação para isso, ela queria fazer parte também. E poderia se beneficiar de um momento de silêncio antes de penetrar na energia maníaca de sua casa.

— Hoje sou Beth — disse Cecelia.

Sylvie assentiu. Isso veio de uma longa conversa entre as quatro irmãs Padavano. Quando Julia leu *Mulherzinhas* pela primeira vez, contou às outras sobre as quatro irmãs fictícias do livro, e elas começaram a discutir sobre qual delas era qual garota March. Julia e Sylvie se viam como a mal-humorada Jo, *e ambas estavam certas*, pensou Sylvie. Elas dividiam Jo entre si. Julia tinha a exuberância e a paixão de Jo March, e Sylvie tinha sua independência e inclinação literária. Emeline e Cecelia alternavam as identidades de Meg e Amy entre si, mas sempre que alguma das irmãs estava doente ou desamparada, ela se declarava Beth. *Uma de nós será a primeira a morrer*, revezaram-se contando uma a outra, e todas estremeciam com a ideia.

— O que aconteceu? Você não se sente bem?

— É segredo — disse Cecelia. — Você não pode contar à Julia. Vou contar a ela depois da lua de mel. Talvez.

Sylvie esperou. A vizinhança fluiu ao redor delas. Adolescentes barulhentos se empurravam enquanto caminhavam; uma criança quicava uma bola de basquete, esperando para atravessar a rua; uma fileira de homens hassídicos dobrou a esquina. Pessoas com ancestrais de todas as partes do mundo seguiam em todas as direções. Era um sábado e uma linda manhã de junho, então todos pareciam um pouco mais felizes do que o normal, um pouco mais livres.

— Estou grávida.

A respiração de Sylvie ficou presa na garganta, e ela engasgou. Ela pensou: *Mas ainda nem fiz sexo.* E disse:

— Não, você não pode estar. Só tem dezessete anos. Está enganada.

Cecelia deu de ombros. Ela e Emeline tinham acabado de terminar o ensino médio, um evento que fora ofuscado pela formatura e pelo casamento de Julia. Charlie parecia mais velho naquela manhã; Cecelia agora também.

— É de um menino da minha sala que eu sempre gostei. Bebi demais na festa de Laurie Genovese. Ele não sabe. Não tenho certeza do que vou fazer.

A segunda reação de Sylvie foi a raiva. Fora tão *cuidadosa* apenas beijando meninos, permitindo-se apenas momentos de prazer sem riscos. Julia planejava e executava sua vida com precisão militar desde a escola primária. Nenhuma das duas deixou espaço para surpresas. Sylvie podia ver agora que eles acreditavam que seu simples exemplo manteria Emeline e Cecelia seguras, seguindo diretamente atrás delas no caminho para a vida adulta. Mantenha-as cuidadosas. Mas isso foi preguiçoso da parte de Sylvie. Ela sabia sobre terceiras portas. Se ela e Julia estivessem entrando e saindo pela mesma porta, é claro que havia uma chance de que Emeline e Cecelia encontrassem outra saída. Cecelia era adorável: pequena e curvilínea. Ela dava uma risada generosa e desenhava retratos de seus muitos amigos em seus aniversários. Os meninos a rodeavam, e suas irmãs mais velhas não lhe disseram como e por que afastar aqueles meninos. Como Charlie havia dito naquela manhã, era uma história tão antiga quanto o tempo.

Sylvie sentiu-se colada ao meio-fio. Mesmo quando ela se levantou, quando voltou para casa com suas duas irmãzinhas, quando deixou Rose apressá-la para vestir seu vestido rosa de dama de honra e tentou melhorar seu cabelo rebelde, sentiu como se estivesse naquele meio-fio vendo a vida passar. A biblioteca atrás dela, Cecelia uma bomba-relógio ambulante, Julia tão feliz que parecia soltar faíscas, William prestes a ingressar em uma nova família, Rose e Charlie sem saber que uma nova geração já estava a caminho. Quando o Sol estava alto no céu e Sylvie de pé no altar com um sorriso fixo no rosto, ela ainda estava sentada no meio-fio, tentando descobrir se era tarde demais para puxar todos de volta.

WILLIAM

Março de 1982 — Junho de 1982

A ação — desde os ângulos do corpo dos jogadores até seu salto no ar — era tão familiar que, quando William se levantou para o bloqueio, pensou: *Tenha cuidado.* Essas palavras ainda ecoavam em sua cabeça quando um pivô gigantesco com dread e óculos de proteção bateu em seu peito. William estava mais forte do que costumava ser, então empurrou de volta, ainda no ar, e foi lançado para trás. Colidiu com outro jogador e tombou para o lado. Quando atingiu o chão, caiu com força sobre o joelho direito.

Kent se inclinou sobre ele e estendeu a mão para ajudá-lo a se levantar.

— Você está bem? — perguntou.

William mal conseguia ouvir o amigo. Seu joelho estava latejando. Ele estava extraordinariamente consciente da parte *interna* do joelho, que parecia um castelo de areia sendo derrubado por uma onda sorrateira. Ficou encarando a articulação enquanto o árbitro apitava e homens carregavam uma maca para a quadra. William reconhecera a jogada e agora reconhecia a névoa que a acompanhava, e também a dor.

Ele precisou de duas cirurgias, porque o joelho teve de ser reconstruído. Cada vez que o cirurgião ou atendente entrava no quarto do hospital, William ouvia atentamente, querendo entender. O joelho era o único assunto em que ele conseguia prestar atenção; as outras informações pareciam incompreensíveis e distantes. Ele captava palavras, fragmentos, mas não o significado.

Teve sorte de ter um quarto de hospital só para ele. Normalmente, um paciente seria encaminhado para casa pelas duas semanas entre suas cirurgias, mas como William precisava manter a perna ferida imóvel e elevada, e seu dormitório ficava três lances de escada acima, eles o mantiveram no hospital. As enfermeiras disseram que outro paciente poderia chegar a qualquer momento, mas ninguém apareceu. Kent visitava quando podia, mas entre os deveres acadêmicos, o basquete e seu trabalho na lavanderia, não tinha muito tempo de sobra. Julia o visitava pelo menos uma vez por dia, às vezes duas. Costumava tentar fazê-lo rir com uma entrada performática: ela rodopiava, como uma bailarina entrando no palco, ou chegava com o queixo erguido, fazendo o papel de enfermeira severa. Certa vez, entrara com vários livros equilibrados sobre a cabeça e atravessou metade do quarto antes que caíssem. William gostava das encenações, mas não precisava delas. Estava feliz só por ela estar lá.

Julia levava seus livros didáticos para que ele tentasse acompanhar o curso. Faltavam menos de dois meses para as provas finais, e então veio a formatura.

— Vamos nos lembrar de junho de 1982 como o melhor mês de nossas vidas — disse Julia. — Formatura e casamento.

Pronunciara os dois eventos com prazer, saboreando a solidez dos marcos. William gostava quando sua noiva falava assim; admirava o modo como Julia via sua vida como um sistema de rodovias a serem percorridas com habilidade e era grato por estar no carro dela.

Quando ela saía do quarto, porém, William costumava ficar sozinho por horas. Ele ignorava os livros e ficava mudando os canais da televisão. Assistia aos jogos do Bulls no mudo. Em sua última visita, Kent levara a correspondência de William, que reconheceu a caligrafia de seu pai em um dos envelopes. Ao tocar a carta pela primeira vez, um suor gelado cobriu sua pele. William pensou que tinha amortecido a esperança em relação a seus pais, mas, com o aparecimento da carta, a emoção disparou, indesejada, através de seu corpo. Enfiara o envelope debaixo do travesseiro enquanto lutava para espantar a esperança, como um pássaro pela janela. William sempre aceitou o fato de que seus pais não o queriam em suas vidas. Manteve a calma quando ele e Julia telefonaram para sua mãe a fim de contar sobre o casamento, porque sabia qual seria o resultado; sua única preocupação naquela noite fora com Julia e sua decepção.

Mas seus pais teriam tido tempo para pensar em tudo, depois daquele telefonema, e agora se deram ao trabalho de escrever uma carta para ele. Eles não tinham como saber que ele estava no hospital. Como saberiam? A universidade estava cobrindo suas contas médicas, e quando o cirurgião se ofereceu para falar com os pais de William, ele disse que não era necessário. William pensou que era *possível* que sua mãe e seu pai tivessem escrito para ele porque sentiam algum remorso. Agora que William era um homem e estava se casando, talvez eles percebessem o quanto haviam perdido de sua vida. Talvez quisessem participar de sua vida adulta. Ele tinha esperança — que, mais uma vez, surgiu na forma de um suor gelado — de que eles pudessem ter escrito uma longa carta, uma que incluísse um pedido de desculpas pelo longo período de desinteresse. Na carta eles poderiam estar pedindo o perdão a William e a chance de comparecerem ao seu casamento.

Ele desligou a televisão e abriu o envelope. Imediatamente percebeu que não havia nenhuma carta dentro. Era apenas um cheque. Um bilhete de uma única linha dizia:

Parabéns pelo casamento/formatura.

O cheque era de dez mil dólares. William olhou para os zeros e pensou: *Agora acabou mesmo.* Ele não depositaria o cheque — soube disso imediatamente. Não tocaria no dinheiro deles. Os batimentos cardíacos de William diminuíram para um murmúrio em seu peito, e ele teve de respirar de uma maneira estranha para não chorar. Ficou surpreso com o quão chateado estava; parecia que algo havia se quebrado dentro dele.

O time de basquete e o técnico de William o visitaram entre as duas cirurgias. Seus companheiros de equipe, vários dos quais tiveram de se abaixar ao passar pelo batente da porta, usavam moletons do time. O peito de William se apertara enquanto o grupo se reunia em torno de sua cama de hospital. Parecia que seu interior — seu eu — havia se reduzido à ponta de um lápis. Todas as cores e linhas desapareceram.

Cada visitante exibia um sorriso cuidadoso com a intenção de animá-lo.

— Você está bem — disse Kent. Ele estava mais próximo de William e bateu duas vezes em seu ombro, como se quisesse martelar para dentro algum tipo de certeza com as palavras. *Você está bem.*

Acho que não, pensou William.

O treinador pigarreou e disse:

— Filho, você teve sorte de acontecer quando aconteceu. Chegou ao torneio e conseguiu essa experiência. Você foi ótimo durante a temporada de mata-mata. E ouvi dizer que você vai se casar em breve?

— Sim, senhor.

— Notícias maravilhosas. Essa é a vida real. Veja, tudo está melhorando.

Você não quis dizer isso, pensou William. *Você sabe que não poderei mais jogar. Você sabe que estou acabado.*

O armador deles, Gus, entregou-lhe um cartão de melhoras assinado por todos; alguns caras fizeram piadas sobre comida de hospital, e em seguida, felizmente, eles foram embora.

No entanto, o fisioterapeuta — um homem barbudo chamado Arash — ficou para trás e se aproximou da cama do hospital. Então, franziu a testa e perguntou:

— Qual a história desse joelho?

William assentiu em apreciação à pergunta; o joelho tinha mesmo uma história. A ponta do lápis dentro dele suavizou, e ele foi capaz de reunir ar suficiente para respirar.

— Quebrei a rótula no primeiro ano do ensino médio. Durante uma jogada muito semelhante, na verdade.

— Imaginei. Então a rótula quebrou desse jeito agora por causa de uma lesão anterior.

Arash tinha o raio-X na mão; ele olhou para a imagem. A rótula de William parecia mais empoeirada e bagunçada do que os ossos acima e abaixo no raio-X. A bola branca foi traçada com várias linhas.

— Parece um mosaico.

— Um fim de carreira — rebateu William.

— Isso também. Olha, eu sei que você ama jogar — disse Arash. — Eu vi isso, e vi seu joelho fraco. Você sabe que pode continuar no basquete. Pode ser técnico, treinador ou desempenhar outro papel. Olhe em volta, para a equipe de suporte, e veja o que te agrada. O basquete é uma grande engrenagem com muitas peças.

William inclinou-se para a frente.

— O que quer dizer quando diz que viu meu joelho fraco?

Arash era um homem atarracado com antebraços de aparência poderosa.

— Você o protegeu uma ou duas vezes. Também pude ver como você usava o outro lado para girar e pular. Isso é o que acontece quando ocorre uma lesão enquanto a pessoa é jovem. O joelho não opera isoladamente. O quadril e o tornozelo se acostumam a se movimentar de maneira diferente, e seu equilíbrio geral é prejudicado. Há uma interação entre as várias articulações, e ninguém lhe disse para recuperar a força total da perna fraca. Aposto que da última vez você saiu do gesso e voltou imediatamente para a quadra sem mudar nada, certo?

William assentiu.

— Foi o que eu pensei.

Julia chegou alguns minutos depois de Arash ter ido embora. Ela examinou o rosto de William; podia ver que ele estava irritado.

— Aconteceu alguma coisa?

— Meu joelho está me matando.

— Pobrezinho. Tente pensar em outra coisa. Pense no casamento. Você tem algo maravilhoso pelo que esperar, certo?

— O treinador disse o mesmo.

Ela se iluminou.

— Que legal!

Julia entregou a ele sua prancheta, que continha páginas com planos: a lista de convidados, arranjos florais com fotos de diferentes flores coladas com fita adesiva, um minucioso passo a passo. Uma linha do tempo de coisas a fazer e datas para a conclusão de cada item. Uma planilha para mostrar quem era responsável pelo quê. Quase todas as caixas tinham o nome de Julia ou Rose ao lado.

William folheou as páginas. O casamento seria dali a nove semanas. Era um evento concreto que ele podia compreender, como a realidade de seu joelho. E precisava comparecer a um e ter cuidado com o outro.

Julia alisou o cabelo de William; seu toque era reconfortante.

Ela estava falando, então ele tentou se concentrar.

— Quando fui ao departamento de história para pegar seu trabalho, perguntei sobre empregos como professor assistente. Há uma posição para o segundo semestre que ainda não foi anunciada. Devo entregar seu currículo?

William iniciaria o programa de pós-graduação em história na Northwestern em setembro. Ficara surpreso e aliviado quando o programa o aceitou. Ele se considerava um aluno medíocre, mas a verdade é que estudar ao lado de Kent e Julia nos quatro anos anteriores mudou isso. Seu amigo e sua namorada haviam sido exemplos de trabalho árduo e o ensinado a estudar com eficiência. Essas habilidades, combinadas com o medo constante de William de que uma baixa média de notas o retirasse do time de basquete, colocara-o na lista do reitor.

A candidatura ao doutorado exigia que ele escolhesse um período histórico no qual se concentrar, e ele se debateu com a escolha. Sua parte favorita da história era sua *amplitude*, as amplas conexões entre eventos e figuras. Como Leo Tolstoi inspirou Mahatma Gandhi, que, por sua vez, inspirou Martin Luther King Jr. William não via como poderia fincar seus pés com confiança em qualquer século, continente ou guerra. Quando ele discutiu esse dilema com Kent, seu amigo tinha balançado a cabeça e comentado: *"Você já tem uma área de foco, idiota. Você está escrevendo um livro sobre a história do basquete."*

As palavras surpreenderam William, não havia pensado nisso, mas ele respondeu: *"Não posso estudar* basquete. *Isso não seria visto como um assunto acadêmico sério."* Então, ele se inscreveu para estudar a história norte-americana de 1890 a 1969, um período que permitiria que seu interesse pessoal e seu trabalho legítimo ao menos coexistissem.

William precisaria de um emprego como professor assistente para fornecer a ele e a Julia alguma renda durante o longo programa de doutorado. Ajustou o rosto para mostrar que estava prestando atenção em sua noiva e em seus planos, mas em algum lugar em seu interior, havia um sussurro incessante: *casamento, joelho.*

— Claro! — respondeu ele. — Mas não tenho certeza se meu currículo está pronto.

— Vou ajustá-lo; sou boa nisso. Li muitos currículos para o professor Cooper no verão passado, lembra? Você precisa cortar o cabelo quando sair daqui. — Julia tocou seu braço. Ela fez uma pausa e acrescentou em voz baixa: — Eu gostaria de poder subir nessa cama com você.

William imaginou as curvas dela se encaixando ao seu lado. Imaginou o que aconteceria quando puxasse o lençol sobre a cabeça deles.

— Beija minha mão? — pediu ele.

Ela se inclinou para a frente e pegou a mão dele. Então, beijou a parte externa, no ponto macio entre o polegar e o indicador. Virou a mão dele e beijou a palma. Suavemente, de novo e de novo. *Casamento. Joelho.*

Rose e Julia presidiram uma reunião geral na mesa da sala de jantar dos Padavano alguns dias antes do casamento. Charlie não estava lá, mas sua ausência não fora mencionada, e William se perguntou se a reunião havia sido marcada para quando ele estaria fora. Sylvie se sentou no canto mais distante da mãe e ficou lendo um livro que segurava no colo. Ela só prestava atenção quando se dirigiam a ela. Emeline foi instruída a tomar notas sobre as decisões conforme fossem tomadas, então ela se sentou com um bloco e um lápis. Cecelia encostou-se no braço de sua irmã gêmea, parecendo entediada ou sonolenta.

Levara um tempo para William entender as diferenças entre as gêmeas, mas agora ele não tinha problemas em diferenciá-las. Cecelia sempre tinha manchas de tinta nas mãos e nas roupas e passava de alegre a irritada com uma velocidade surpreendente. Ela gostava de lançar olhares severos às pessoas, de um jeito que fazia William se lembrar de Julia. Emeline era mais plácida e lenta para reagir do que sua gêmea. Era a mais quieta das quatro irmãs, mas quando o telefone tocava na pequena casa, geralmente era um pedido para que Emeline fosse babá. William uma vez pensou que sua noiva parecia andar pelo mundo com uma batuta de maestro, enquanto Sylvie brandia um livro, e Cecelia, um pincel.

Emeline, porém, mantinha as mãos livres para ser prestativa ou poder pegar no colo e acalmar uma criança da vizinhança. Cada vez que ela via William desde a lesão, perguntava se poderia carregar algo para ele ou abrir a porta em seu caminho.

William ouviu enquanto Julia e sua mãe se revezavam recitando a programação e as tarefas atribuídas. Quando Rose afirmou que na manhã do casamento Charlie o buscaria na Northwestern, William retrucou:

— Isso não é necessário. Eu posso ir sozinho para a igreja.

— Você está ferido — disse Rose, em um tom que sugeria que a rótula quebrada era culpa dele. — E como exatamente você pretende chegar à igreja em seu terno de casamento, de muletas, no ônibus? Charlie pegará emprestado o carro do nosso vizinho e o levará. É isso.

Emeline sorriu:

— Mamãe só quer ter certeza de que você chegará na igreja na hora.

— Se isso for verdade, então ela não deveria ter designado papai como motorista — disse Cecelia.

Rose balançou a cabeça, seu cabelo grisalho esvoaçando.

— Vocês, meninas, fiquem quietas. William e Charlie cuidarão um do outro e chegarão na hora certa.

— Ah! — disse Emeline, e deu um tapinha na mesa com a palma da mão aberta. — Isso faz sentido. Você está dando uma responsabilidade ao papai e ao mesmo tempo tornando-o responsabilidade de William. Você é um gênio do mal, mamãe.

Ela levantou a mão na frente do rosto da mãe como se esperasse que ela retribuísse com um cumprimento efusivo, mas Rose a ignorou e disse:

— Você instruiu o padrinho?

— Kent sabe onde ele precisa estar e a que horas.

— Ele vai estar bêbado?

William olhou para ela, surpreso.

— Não!

— Não ligue para ela — disse Julia. — Ela sempre acha que todo homem bebe demais.

— Só até que me provem o contrário — disse Rose. — Cecelia, por que você está debruçada na mesa durante uma reunião? Sente-se direito, por favor.

— Sinto que estamos prontos — disse Sylvie. — Este casamento vai correr como um relógio afinado. Tenho que ir trabalhar logo, lembra?

Rose virou-se para William e declarou:

— Depois do casamento, você vai me chamar de mãe, ou mamãe. Chega de Sra. Padavano.

Ela olhou firme para ele enquanto dizia isso, mas ele podia sentir que havia outra mensagem oculta naquele olhar. Ela lamentava que os pais dele não fossem ao casamento e não o amassem. Ela o amaria, para preencher a ausência deles.

Julia apertou o joelho bom de William sob a mesa.

Levou um momento para ele encontrar a voz.

— Obrigado — disse.

— Imagine. — Rose já havia voltado para sua lista.

Mas ele agradeceu novamente e cobriu a mão de Julia com a sua.

Mais tarde, ocorreu a William que Rose havia convocado a reunião para lhe dizer isso. Ela não precisava repassar os planos. Era a comandante suprema e daria ordens aos seus soldados naquele dia. Não delegava, ordenava. Ela simplesmente queria fazer essa declaração para ele, diante de testemunhas.

A formatura seria uma semana antes do casamento, e como esse evento incluía celebrações próprias de vários tamanhos, os dias pareciam pontuados por William vestindo ou tirando roupas bonitas. Na noite anterior ao casamento, ele e Kent saíram para comer burritos e brindar com muitas cervejas. Na segunda-feira, Kent se mudaria para Milwaukee para estudar medicina.

— São menos de duas horas de distância — disse ele. — Eu sei que você vai sentir minha falta, mas podemos nos visitar. Lavaremos roupa juntos, pelos velhos tempos.

Sareka, a chefe da lavanderia que tentara mandar William embora na primeira vez que ele apareceu no porão, compareceu à formatura e comemorou muito quando os nomes de William e Kent foram anunciados. Ela nunca mudou oficialmente de tom; sempre dizia desconfiar de William e gostar de Kent, mas em seu primeiro ano ficou claro que ela estava fingindo, e William considerou seu afeto o maior elogio. Ele a convidou para o casamento, mas ela disse não sem hesitar. *"Prefiro não estar perto de tantos brancos"*, argumentara.

— Você vai ser um ótimo médico — disse William.

Kent olhou para ele.

— Você está ansioso para ser professor?

— Eu contei a você que Arash notou que meu joelho direito tinha uma fraqueza antes da lesão? Ele me contou no hospital.

— Não me diga. Isso é interessante. Eu não estou surpreso, no entanto. Esse cara tem um talento. Ele disse a Butler que os tornozelos dele estavam se movendo com rigidez, e alguns dias depois, ele quebrou um deles em um jogo de treino. Lembra disso?

— Se eu soubesse, poderia ter fortalecido o joelho e evitado essa fratura.

— Humm.

— Humm o quê?

Kent balançou a cabeça.

— Pare de falar assim. Somos graduados. Reabilite esse joelho e podemos continuar jogando basquete nas horas vagas, mas é hora de sermos homens adultos agora. — Ele ergueu a garrafa de cerveja. — Um brinde a você e à General, e a mim e a um milhão de horas de estudo.

Charlie chegou na hora certa, e William estava esperando no meio-fio. Levara muito tempo para se vestir naquela manhã. Tomara dois banhos gelados, porque sentia muito calor e estava preocupado em suar no belo terno. Depois de vestir o traje, prendeu e retirou a joelheira inúmeras vezes, tentando se certificar de que suas calças estavam bem esticadas ao redor da braçadeira de metal, e não amarrotadas.

William deslizou as muletas pelo banco de trás do sedã azul que Charlie havia emprestado e sentou-se no banco da frente, depois de deslizá-lo para trás para maximizar o espaço para as pernas.

— Grande dia. — Charlie estava vestindo um terno; parecia pequeno e desconfortável ao volante. — Geralmente, eu só uso isso para funerais — disse enquanto se juntava ao tráfego.

William olhou para os prédios e as casas do lado de fora da janela. Sentia-se como se estivesse representando uma cena de filme: um jovem com o quase sogro à beira do casamento. Ele queria desempenhar seu papel da melhor maneira possível.

— Você vai ser bom para Julia. — Charlie afirmou isso como se fosse um fato.

— Sim, senhor. Eu vou ser.

Charlie fez uma curva suavemente, então mudou de faixa depois de verificar os retrovisores. Um enorme caminhão apareceu na frente do carro deles, e ele diminuiu a velocidade para permitir uma distância suficiente entre os veículos. Era um bom motorista, o que surpreendeu William. O pai de Julia sempre se apresentou como o homem distraído e ligeiramente incompetente que suas filhas e esposa acreditavam que ele era. Era interessante vê-lo ser competente, e William se perguntou, pela primeira vez, quanto do comportamento habitual de Charlie não passava de uma encenação.

— Você sabia que Rose e eu fugimos? Nós não tivemos um casamento. Acho que isso explica o entusiasmo dela por essa cerimônia. É para ela *e* para Julia.

William balançou a cabeça.

— Eu não sabia disso.

— Ela estava grávida de Julia e nossas mães não se gostavam. Por alguma desavença do passado. Nós dirigimos para Las Vegas.

William sorriu com a ideia de Rose e Charlie na Las Vegas Strip. *Julia sabia que fora concebida antes do casamento de seus pais?*

Como se tivesse ouvido seu pensamento, Charlie continuou:

— Julia sabe. É tradição familiar; nunca escondemos a verdade. Mas Rose odiou Las Vegas. Disse que estava desapontada com as pessoas que vão lá todos os anos. Ela nunca saiu do estado depressivo em que Las Vegas a colocou.

Isso era para ser uma piada, mas o humor geral de Charlie estava muito sombrio para que tivesse graça. William se sentiu mal por ele. Charlie estava prestes a entregar sua filha mais velha e estava completamente sóbrio, o que era uma ocorrência rara. O álcool o deixava mais leve.

— Nunca fui bom em proporcionar a Rose o que ela queria, além das meninas — disse ele. — Tente dar a Julia o que ela quiser, sempre que puder. Julia é forte, obstinada, como a mãe, ela dará uma espinha dorsal à sua vida. Rose é meu suporte, de várias maneiras, e eu sou um homem de sorte. Assim como você.

William sentiu que era verdade: ele teve sorte. Julia já havia lhe dado tanto! Tudo o que ela parecia querer dele era seu amor e seu entusiasmo por seus planos. Ele poderia continuar fornecendo essas duas coisas facilmente, e esperava que isso fosse o suficiente. Do lado de fora, o casamento de Charlie e Rose parecia complicado, como um relógio com engrenagens que giravam, mas não se conectavam.

Charlie se inclinou para a frente e espiou pelo amplo para-brisa.

— Lá está a igreja. Procure uma vaga onde eu possa estacionar.

Nas seis horas seguintes, com exceção do tempo no altar, William sentiu que estava sempre no lugar errado. Julia, Rose ou Charlie não paravam de chamar seu nome. Pedindo a ele para falar com um primo distante, abraçar a professora da primeira série das meninas, conversar sobre basquete com um torcedor do Bulls ou falar sobre Boston com um tio que já estivera lá uma vez. Seu joelho doía, não importava em que posição estivesse. Julia ficava chateada por ele não estar sentado e, então, o puxava pelo gramado para apertar a mão do homem que havia arranjado as flores. Kent, que tinha a habilidade mágica de se sentir confortável em qualquer situação, abriu caminho apertando mãos pela grama como se fosse um candidato a prefeito. William notou que era sempre seguido por um bando de belas moças. Sylvie, Emeline e Cecelia giravam em torno de William e Julia como constelações cor-de-rosa.

— Tantos sorrisos — Sylvie disse a ele uma vez, de passagem.

Perto do crepúsculo, Cecelia entregou a William seus sapatos de salto alto e depois atravessou o gramado. Charlie, com o cabelo espetado e uma bebida na mão, dava tapinhas nas costas de William sempre que eles se aproximavam.

Tudo isso fora ofuscado, porém, pela luminescência de Julia. Seu vestido branco estava coberto de minúsculas contas também brancas que balançavam quando ela andava. Sua silhueta de ampulheta fora abraçada pelo tecido; seu cabelo estava preso no alto da cabeça; seus olhos brilhavam. Ela parecia ter sido conectada a uma fonte de energia à qual o resto deles não tinha acesso. William se sentia grato toda vez que ela pegava seu braço ou beijava sua bochecha.

— Minha esposa — sussurrou.

Rose foi procurá-los quando a limusine chegou.

— É hora de vocês irem embora. Vocês dois se divertiram muito, e eu vou dormir por três dias.

Julia abraçou a mãe, elas se agarraram com força e por um longo momento. Quando se afastou, Rose o chamou:

— William?

William observou a cena: a igreja de pedra, as pessoas embriagadas e sorridentes, seus companheiros de time de basquete, mais altos do que os outros, suas longas pernas vacilando com a bebida. As flâmulas brancas conectando os galhos das árvores acima. Suas novas cunhadas trabalhando nas bordas da festa, dando um beijo de despedida nos convidados mais velhos.

— Obrigado por tudo, mãe — disse ele. A palavra *mãe* machucou a garganta dele ao sair; ele raramente usava o termo, sua própria mãe parecia preferir que ele a chamasse de nada, então ele fazia isso. A palavra há muito estava adormecida, coberta de ferrugem, dentro dele.

Rose assentiu, satisfeita, e virou-se para abrir caminho para eles até o carro que os esperava, para o que quer que acontecesse depois do *casamento*, do *joelho* e do resto de sua vida.

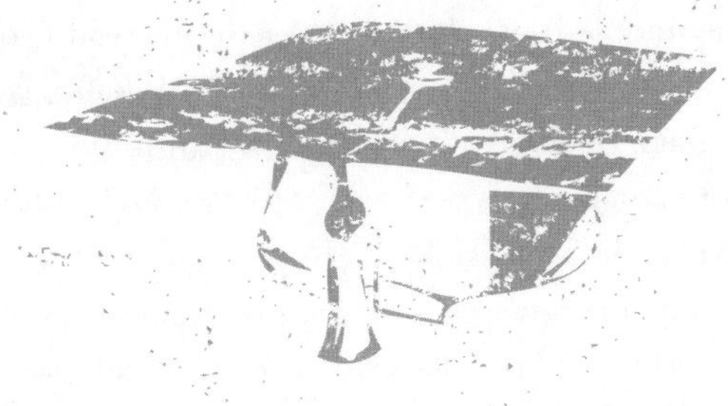

JULIA

Junho de 1982 — Outubro de 1982

Julia se viu estranhamente despreparada para a lua de mel, que aconteceu em um resort às margens do Lago Michigan. Gastara tanto tempo e energia planejando o casamento que não pensou muito na viagem dos dois. Em momentos de devaneio, ela os imaginou deitados lado a lado em espreguiçadeiras, de mãos dadas. Porém, na verdade, durante os cinco dias em que estiveram no hotel à beira do lago, houve ventos fortes, que encheram a praia de areia fustigante, e William teve dificuldade para caminhar nos terrenos irregulares com suas muletas. Era difícil para ele andar em qualquer lugar. Depois de percorrer cerca de trinta metros, sua testa se enrugava e ele empalidecia. Os passos que ele dava eram tão lentos que Julia tinha dificuldade de se controlar para acompanhá-lo. Desenvolvera o hábito de andar na frente e depois voltar. Ambos estavam exaustos com o final do ano letivo e o casamento, então, quando Julia parou de achar que eles tinham de *fazer alguma coisa* — explorar a cidade, sair para almoçar, ver antiguidades, já que a região era conhecida por elas —, puderam aproveitar o último dia e meio, quando mal saíram do quarto.

De volta a Chicago, foram direto para seu novo apartamento no prédio residencial do *campus* da Northwestern. Qualificaram-se para o alojamento porque William começaria a pós-graduação lá, no segundo semestre, e ele conseguiu um emprego de verão no escritório de admissões do *campus*, ajudando a reorganizar seu sistema de arquivamento. Julia imediatamente amou o lugar. Era um apartamento de um quarto com uma janela que dava para um pátio. A luz do Sol entrava. Nunca morara em outro lugar que não fosse a pequena casa na 18th Place, com seus pais e suas irmãs. O novo apartamento era incrivelmente tranquilo, apenas com ela e William. Eles tinham a própria cozinha, banheiro e uma pequena mesa redonda amarela para as refeições.

Ela foi com William para o check-up com o cirurgião, que examinou as cicatrizes ao redor da rótula dele e considerou sua recuperação excelente.

— Hora de largar as muletas, jovem. Você precisa caminhar mais também — disse o médico. — Esses músculos precisam se mover ou não se fortalecerão. Como você joga basquete, eu recomendo que faça uma longa caminhada todos os dias enquanto dribla com a bola.

— Eu *jogava* basquete — disse William.

— Driblar com a bola serve para se distrair e para recuperar o equilíbrio — disse o médico. — De qualquer forma, sua esposa está prestando atenção.

— Eu estou prestando atenção. — William parecia ofendido.

O médico olhou para Julia.

— Certifique-se de que seu marido ande. Se ele ficar sedentário, o joelho sempre será um problema. Não deixe que ele desrespeite meu trabalho.

Na segunda-feira seguinte, William se apresentou no escritório de admissões da Northwestern, e Julia foi às compras. Isso foi delicioso também. Ela podia comprar bananas, embora Rose detestasse o cheiro dessa fruta e se recusasse a tê-la em casa. Emeline era alérgica a amendoim, então elas nunca compravam manteiga de amendoim, mas Julia podia colocar um pote em sua cesta agora. Comprou frios, pão e uma mostarda chique para a marmita de William. Levou mais tempo do que o necessário, indo e voltando pelos corredores do mercado. Quando retornou ao apartamento, ela encontrou suas três irmãs paradas na frente de sua porta. Seu coração saltou ao vê-las.

— Senti tanta saudade! — disse ela. — Mas o que vocês estão fazendo aqui? Vamos jantar lá em casa hoje à noite.

— Queríamos conhecer sua casa — disse Sylvie.

Julia tentou franzir a testa, mas seu rosto não parava de sorrir. Estava feliz por ser o foco da atenção coletiva de suas irmãs. Sabia que estava radiante e podia ver o prazer das meninas em causar isso.

— Já disse que só na próxima semana. Quero dar uns toques especiais primeiro, pendurar os quadros. Então, quando a virem pela primeira vez, vai parecer incrível.

— A lua de mel foi terrivelmente romântica? — Emeline se apoiou contra a parede, como se estivesse desmaiada.

— Não estamos aqui para ver sua casa — disse Cecelia. — Mas vamos entrar.

Julia entregou suas sacolas de compras e abriu a porta com a chave.

Suas irmãs deram suspiros semelhantes de prazer.

— Que adorável! — comentou Sylvie.

Com a luz do Sol entrando, a casa estava linda mesmo. As três visitantes entenderam a preciosidade de ter o próprio espaço. Quando se cresce em uma casa pequena e lotada, como acontecera com elas, muito do sonho da vida adulta passa a ser viver em um lugar menos lotado. Um lugar que seja só seu e que não precise ser compartilhado.

Julia fez um breve *tour*, e elas se distribuíram entre o sofá e a poltrona da sala. Julia notou que Cecelia carregava algo debaixo do braço e perguntou:

— O que é isso?

— Ah. — Cecelia puxou o objeto. — É a minha letra escarlate, da mamãe. Ela quer que eu a carregue para todo lugar por uma semana, pelo menos. Eu concordei.

Era um dos santos emoldurados que ficava na parede da sala de jantar. Julia olhou para a imagem, tentando associar a mulher a um nome. Ela conhecia as santas apenas dentro de um contexto, dispostas em fileira, na parede de sua casa.

— Santa Clara de Assis — disse Cecelia.

Sylvie e Emeline olharam para baixo, como se examinassem suas pernas e seus pés. A mãe as ensinara lições relacionadas a cada santo, mas nunca removeu um retrato da parede, muito menos designou um como penitência itinerante para uma filha.

Julia, então, se lembrou daquela santa. Santa Clara recusou-se a casar aos quinze anos e fugiu de casa. Cortou todo o cabelo e dedicou a vida a Deus. Criou a Ordem de Santa Clara; e acolheu a própria irmã e a mãe em sua abadia. Foi a primeira mulher na história a escrever uma regra monástica, pela qual a Ordem de Santa Clara vivia. Julia estudou sua irmã mais nova. Cecelia nasceu três minutos depois de Emeline, então às vezes a chamavam de bebê. Charlie gostava de cantarolar Frank Sinatra para ela: *Yes, sir, that's my baby.**

— O que aconteceu? — Julia percebeu que suas mãos estavam congelando e que ela estava com medo.

— Estou grávida. De quase cinco meses. — Cecelia pronunciou as palavras calmamente. — Mamãe acha que meu destino é uma vida miserável. Mas vou ficar com o bebê. E não vou contar ao pai, porque... — Ela parou por um segundo. — Porque isso não vai trazer nada de bom.

Julia balançou a cabeça em recusa. Isso não poderia estar certo.

— Você está grávida?

— Sim.

— Você vai ter um bebê, aos dezessete anos.

— Já vou ter dezoito quando o bebê nascer.

* "Sim, senhor, esse é o meu bebê", em tradução livre. [N. do T.]

Julia sentiu algo endurecer em seu interior. Analisou suas outras irmãs; claramente ela havia sido a última a saber. Elas já haviam processado essa notícia e dado um jeito de aceitá-la. Emeline era incondicionalmente leal à irmã gêmea e, além disso, adorava bebês. Sylvie *estava* desapontada com Cecelia — Julia vira isso nos olhos da irmã —, mas Sylvie encarava a vida como uma história e provavelmente estava impressionada com a maneira como a irmã mais nova se tornara a personagem principal da narrativa compartilhada.

— Eu é que deveria ter filho primeiro — argumentou Julia.

Sylvie e Emeline ergueram os olhos, surpresas.

— Sinto muito — continuou Julia. — Mas isso é ridículo. Você obviamente deveria dar o bebê para adoção. Por que arruinar sua vida por causa de um erro?

Cecelia se levantou e, quando o fez, endireitou a postura, e a gravidez ficou visível pela primeira vez. Há quanto tempo ela andava curvada, com roupas cuidadosamente escolhidas? Estava vestindo uma camisa de botão lilás, e a protuberância em sua barriga empurrou o tecido.

— Você e Sylvie nos veem como crianças — disse ela. — Mamãe acha que todo mundo está sempre à beira de uma catástrofe. Eu não sou nada disso. Nunca quis ir para a faculdade. Vou estudar e fazer arte sozinha, com meu bebê. Esta é a minha vida e a minha escolha. Não serei um fardo para ninguém. — Com 1,57 metro e os ombros para trás, ela rosnara a última frase.

— A Sra. Ceccione disse que Cecelia poderia se mudar para o quarto de Frank e que ela ajudaria com o bebê, se nós fizéssemos o jantar e as tarefas da casa. Vou começar a faculdade no segundo semestre, claro, mas também vou trabalhar. E eu tenho uma quantia razoável dos serviços de babá que nos ajudará a comprar tudo que precisamos — argumentou Emeline.

Julia ficou olhando.

— Você vai mudar para duas casas depois da nossa?

— Não posso ficar em casa — disse Cecelia. — Mamãe deixou isso claro. E lamento que você sinta que tomei seu lugar, Julia. Eu sei o quanto você gosta de ser a primeira.

Cecelia disse isso gentilmente, e embora as mãos de Julia estivessem geladas e ela estivesse furiosa com a verdade diante dela — esse caos —, ela concordou com um sinal de cabeça. Tentou se forçar a levantar e abraçar a irmã, mas seu corpo frio se recusou a se mover.

Sylvie limpou a garganta e olhou para Julia.

— Mamãe nos pediu para dizer a você para não vir jantar esta noite. Ela falou que vai recebê-la quando o período de luto terminar.

— Gostaria de ir embora agora — disse Cecelia —, mas preciso fazer xixi. Posso usar seu banheiro?

Quando saiu da sala, Julia, Sylvie e Emeline se entreolharam. O rosto de Sylvie indicava preocupação, enquanto Emeline apresentava uma linha triste entre as sobrancelhas.

— E o papai? — perguntou Julia.

— Ele não fala nada. Mamãe diz que não vai falar também, mas nunca se cala. Papai está voltando para casa mais tarde do que o normal. — Isso significava mais bêbado do que o normal.

— Eles parecem velhos — disse Emeline. — Não querem que Cecelia se mude, mas mamãe disse a ela que se ela tomasse essa decisão e realmente não fosse para a faculdade, tinha que sair.

Por quê?, pensou Julia quando sua irmãzinha voltou para a sala e todas foram embora. *Por que estragar tudo? Por que você faria isso conosco?* Julia tinha se esforçado tanto para fazer tudo certo, e conseguiu. Sentiu uma onda de calor e abriu a janela. Lembrou-se da imagem de Cecelia parada no meio de seu lindo e perfeito apartamento em sua camisa roxa. E desejou que tivessem lhe dado a notícia em outro lugar. Em qualquer outro lugar. Momentos depois, Julia saiu e contornou o caminho que emoldurava o pátio. Havia um banco do outro lado, no qual se sentou até precisar retornar à realidade.

Quando William chegou em casa naquela noite, Julia declarou:

— Acho que deveríamos ter um bebê.

Ele parou onde estava, com as muletas apoiadas à frente, prestes a dar o passo seguinte. Parecia uma árvore sustentada por estacas de madeira. William usava as muletas apenas em casa, quando sua perna estava exausta e dolorida.

— Agora? — E engoliu ruidosamente. — Eu pensei... precisamos nos firmar primeiro. Julia, ainda nem *comecei* a pós-graduação.

— Você conseguiu o emprego de professor assistente para o segundo semestre. Você é maravilhoso.

Ela estava organizando suas ideias. Uma resposta para o problema, uma maneira de consertar tudo, de colocar sua família em ordem. Julia economizaria o máximo que pudesse com o pequeno salário de William e daria esse dinheiro para Cecelia, ou para Dona Ceccione, para garantir que sua irmã tivesse aquilo de que precisava e ficasse bem. A independência que Cecelia demonstrara naquela tarde parecia uma bandeira plantada em solo arenoso. Era uma proclamação, um desejo, de uma garota grávida; não era ela. Cecelia não tinha a força que fingia ter, e viver no mesmo quarteirão que o tsunami de dor e julgamento de Rose a jogaria contra as rochas. Então, mais dinheiro ajudaria. E Julia engravidaria o quanto antes, pois, como recém-casada, sua gravidez seria comemorada.

Seria inegavelmente aceita. Julia posicionaria sua barriga de grávida ao lado da de Cecelia. Então Rose e Charlie abraçariam os dois netos, pois viriam como um pacote. Estariam juntos novamente e haveria amor suficiente para todos. Julia teve uma imagem ensolarada de dois bebês sentados em um cobertor; um era dela, mas ela não tinha certeza de qual.

— Você nem perguntou sobre meu primeiro dia — disse William. — Aconteceu alguma coisa? — Ele fez uma pausa e puxou as muletas de volta para as laterais do seu corpo. Ele agora era uma árvore ereta. — Você parece... agitada.

Julia sorriu com a entonação interrogativa na voz do marido. Ele era cheio de perguntas, e ela o amava. Estava cheia de respostas. Então, se aproximou e pressionou o corpo o contra o dele. Estendeu a mão e abriu o primeiro botão da camisa branca que lhe dera de aniversário. E, então, o botão abaixo. Passou o dedo pela camiseta branca macia que ele usava por baixo.

— Está com fome? — perguntou ela, em um tom de voz que não era mais do que um sussurro.

Ele balançou a cabeça.

Ela puxou sua camisa, e ele se abaixou para ela. *Vai dar tudo certo*, ela pensou, distraída, enquanto os lábios dele cobriam os dela e ela o conduzia em uma caminhada lenta e cambaleante em direção ao sofá.

No dia seguinte, Julia pegou o ônibus da Northwestern para Pilsen. Ela não queria ir, mas era impossível ouvir aquela notícia e não aparecer diante da mãe. Julia não saberia explicar exatamente por que, mas precisava demonstrar seu respeito à mãe com sua presença.

Encontrara Rose suando na horta, debruçada sobre as ervas. O calor subia do solo em ondas; o verão em Chicago era castigante. Julia sabia por experiência que cuidar das ervas exigia muito rigor e atenção aos detalhes. Rose insistia para que quem trabalhasse naquela parte da horta usasse lupa e pinça. Insetos minúsculos precisavam ser detectados e removidos, e uma certa erva daninha esguia, que tinha tendência a subir nas ervas e estrangulá-las, precisava ser eliminada o quanto antes.

— Ela não está aqui — disse Rose. — Se é *ela* quem você veio ver.

— Eu vim ver você.

Isso pareceu surpreender Rose, e ela parou no meio do gesto para arrancar uma moita de capim-colchão. Ela colocou as mãos nas coxas, e Julia pôde ver o rosto da mãe. Rose parecia destruída, como se tivesse sofrido um acidente de carro. As feições familiares ainda estavam lá, mas pareciam erradas e distorcidas.

— Eu tive que impor um limite — disse Rose.

Julia achou difícil suportar o rosto angustiado de sua mãe, então olhou para o céu quente e baixo. Buscou em sua mente a coisa certa a dizer, palavras que poderiam confortá-la. Antes que pudesse encontrá-las, Rose disse:

— Eu só pedi uma coisa a vocês, meninas.

— Que fôssemos para a faculdade.

Rose a encarou.

— Não. Eu pedi para vocês não estragarem tudo, como eu fiz. Foi pedir demais?

Julia balançou a cabeça, embora não se lembrasse de sua mãe ter feito esse pedido específico. Rose tinha repetido de novo e de novo: *Vocês têm de ir para a faculdade*. Ela nunca de fato lhes disse para não engravidar antes do casamento. Essa expectativa não fora externalizada, mas acabou envolvendo os maiores riscos.

— Vocês, garotas, deveriam ser melhores do que eu — disse Rose. — Eu queria que se saíssem bem. Esse — continuou ela, com a voz tão pedregosa quanto o solo a seus pés — era o objetivo da minha vida.

— Ai, mamãe — disse Julia, surpresa.

No calor das notícias do dia anterior, não pensara que Cecelia estava repetindo a história da mãe, que engravidou de Julia aos dezenove anos, ainda solteira; e como consequência, a mãe de Rose cortou relações com ela. Mãe e filha nunca mais se falaram. As meninas nunca conheceram a avó. Charlie sempre dizia que não era uma perda, porque a avó delas era uma mulher antipática e amarga. Mas quando sua mãe era o assunto, Rose se afastava. Nunca disse uma palavra a respeito. Agora Rose era a mãe se afastando da filha, e do neto. Estava cortando um galho de sua árvore genealógica, o que significava que, ao mesmo tempo, ela estava infligindo e sentindo a dor.

— Eu falhei — disse.

— Não, isso não é verdade. Você foi uma ótima mãe.

— Eu falhei.

Dessa vez, ela disse isso com uma voz suave que soava como a de Emeline. Julia nunca tinha ouvido sua mãe falar naquele tom e não teria acreditado que ela fosse capaz disso. Julia se perguntou se as vozes das quatro meninas viviam dentro da mãe. A seriedade de Emeline, as diretrizes claras de Julia, a empolgação de Cecelia com a paleta de cores que compunha o mundo, o anseio romântico de Sylvie. Talvez Rose simplesmente mascarasse as vozes de suas filhas com seu tom áspero, sua pitada de raiva e sua decepção; independentemente disso, estavam todas lá, enterradas em seu interior.

— Olhe para mim — pediu Julia. — Sou casada, tenho um diploma universitário. Você ter engravidado de mim antes de casar não *significa nada*. Não precisa significar nada.

Julia nunca se incomodou com o fato de ter sido concebida antes do casamento de seus pais. Não era incomum em sua vizinhança, e, na verdade, ela sempre sentiu uma pontada de orgulho por ter dado início a sua família. Se não fosse por ela, Charlie e Rose poderiam não ter se casado. Sylvie, as gêmeas, a casa, nada disso teria existido. Julia fora o catalisador.

— Pelo menos Charlie se casou comigo — disse Rose. — Sua irmã está fingindo que o pai não existe, que não importa. Ela se recusou a me dizer o nome dele, então não pude ligar para os pais dele e consertar isso. Você sabe quem é? — Seus olhos brilharam com uma esperança repentina.

— Não, não sei.

— Maldição! — exclamou Rose para a terra.

Julia não conseguia entender como envolver outra pessoa em um erro poderia fazer algo além de aumentá-lo, mas guardou a opinião para si.

— Cecelia tem todos nós — argumentou. — Tem a nossa família. Podemos dar ao bebê tudo de que ele precisa.

O rosto de Rose escureceu.

— O bebê pode até ficar bem — retrucou ela. — Mas a vida de Cecelia acabou.

Foi o mesmo que dizer: *Minha vida acabou quando engravidei de você*. Porém, Julia não se ofendeu, porque sua mãe estava equivocada. Rose estava de mau humor, então só via problemas. Ela examinou a horta, e Julia percebeu que estava vendo apenas o que havia de errado: os insetos devoradores, as folhas com buracos, a possível podridão, os caules fracos.

— Como está William? — perguntou Rose, em um tom desinteressado.

— Está bem. Quase não usa mais as muletas.

Rose assentiu, mas Julia sabia que a mãe não tinha escutado, não podia ouvi-la. Rose havia fracassado, e por isso se sentia despedaçada: uma estátua rachada como a Virgem Maria encostada na cerca no canto do quintal. Julia queria dizer: *Não se preocupe, mamãe. Vou engravidar. Vou garantir que os galhos de nossas árvores permaneçam intactos.* Mas não podia. Seu plano era apenas isso, um plano. Ainda não era uma resposta para o desgosto de sua mãe. Julia pensou no bebê de Cecelia e em como, a menos que ela consertasse isso, aquela criança nasceria da mesma forma que ela, nos encalços do desprezo e da indignação. Com uma separação entre mãe e filha. Ela sentiu um carinho pelo bebê de Cecelia, um parentesco, pela primeira vez.

Quando Julia saiu, estava exausta, como se tivesse pegado uma pá e ajudado a mãe na horta. No ônibus para casa, ela se perguntou qual era o sentido de sua vida. Nunca havia considerado isso nesses termos. Seu pai a chamava de seu foguete desde que era uma garotinha — *Mal posso esperar para ver você voar*, ele dizia —, pois era ela quem resolvia os problemas. Um grande desafio estava diante dela agora: o maior até então. Era um novelo de lã em que toda sua família se emaranhara, o que significava que a relação com todos com quem ela se importava estava em jogo. Suas irmãs, seus pais, William, os bebês que ainda nem nasceram. Julia sentiu uma onda de medo de não conseguir, e então o reprimiu. Nunca falhara em nada a que se propôs, e não seria diferente agora. Não poderia ser.

Cecelia entrou em trabalho de parto no final de outubro, quando Julia estava grávida de quase quatro meses. Dona Ceccione levou Cecelia ao hospital, e suas irmãs a encontraram lá. Apenas uma pessoa tinha permissão para entrar na sala de parto, e a enfermeira, de jaleco e máscara, anunciou à sala de espera que a jovem mãe requisitava a presença de uma mulher chamada Julia.

Emocionada, Julia vestiu uma bata de hospital e fez o possível para conter o cabelo sob a touca plástica que lhe foi entregue. Ao entrar no quarto, encontrou Cecelia chorando:

— Quero a mamãe. Preciso dela, e você me lembra ela.

— Minha bebezinha — disse Julia, pouco antes de acariciar o cabelo da irmã, afastando uma mecha de cabelo de seu rosto corado. Era assim que Rose chamava suas filhas em momentos de doença ou tristeza.

— Sinto tanta falta dela! — Cecelia olhou com olhos arregalados para a irmã. — Você não acreditaria. Todos os dias, eu tive que lutar para não ir para casa. É como se o bebê quisesse vê-la. Meu corpo odeia ficar longe dela.

— Você quer que eu ligue para ela agora? — perguntou Julia — Ela viria.

Ela não tinha certeza se isso era verdade, mas sabia que era o que sua irmã queria que fosse verdade, e diante da angústia de Cecelia, Julia faria o possível para alterar a realidade.

Cecelia contorceu o corpo sob os lençóis e gritou. Ela agarrou a mão de Julia e apertou com tanta força, que ela engasgou. Como sua irmã ficara tão forte? Julia experienciou cada onda de contração com Cecelia pelos vinte minutos seguintes, sentindo a magnitude de criar e trazer para o mundo um novo ser humano. Enxugava o suor da testa de Cecelia com um pano e permitia que sua mão fosse estrangulada. Tinha certeza de que sua mãe estava errada ao virar as costas para isso: para a própria filhinha, para a chegada de seu primeiro neto. Julia prometeu a si mesma que nunca seria tão teimosa.

— Parece que eu preciso fazer cocô — disse Cecelia, em um sussurro alto.

— Isso significa que é hora de empurrar o bebê para fora. — Isso veio da enfermeira de aparência entediada no canto, que Julia sequer notara que estava lá. — Vou chamar o médico.

A criança chegou — gritando, rosada, enrugada — tão furiosa que Julia e Cecelia choraram de alívio.

— Ela está aqui — disse Cecelia, quando a bebê foi colocada em seu peito.

A criança bateu com o punho na pele da mãe. Julia a observou respirar fundo e depois expirar. Aquele novo ser parecia concentrar sua pequena forma no ato de viver.

— Olha para ela — disse Julia.

E desejou que todo mundo que conhecia estivesse lá para ver. Na verdade, desejou que milhares de pessoas estivessem ao redor delas — toda a humanidade —, porque a visão era indescritível.

— Isabella Rose Padavano — disse Cecelia. — Vamos te chamar de Izzy. Bem-vinda ao mundo.

— Mamãe não vai conseguir resistir a ela. — Julia olhou maravilhada para a bebê. Os olhos perfeitos, o narizinho perfeito e a boca rosada perfeita. — Ela é irresistível.

Mais tarde, naquela noite, depois que Julia e suas irmãs deixaram o hospital, Charlie a visitou. Dona Ceccione deve ter lhe contado a novidade.

Quando apareceu na porta do quarto de Cecelia, não mencionou os cinco meses anteriores, nem a raiva de Rose, nem o fato de nunca ter dado os vinte e quatro passos de sua casa até a casa da senhora Ceccione para visitar sua filha rejeitada. Ele apenas olhou para Cecelia e para a bebê por um longo momento. Então sorriu com tanto calor que era como se um sol tivesse nascido dentro dele.

— Olá, querida! — disse ele.

E por meio dessas palavras, Cecelia soube que estava perdoada, e também o perdoou. Ele beijou a bochecha da filha e sentou-se na cadeira ao lado da cama com a bebê nos braços. Izzy olhou para o avô, com seus olhos escuros, sérios e brilhantes. Então, Charlie olhou para ela e disse:

— Ela quase não ouviu nenhum idioma ainda. Devemos começar com um encantamento, com um pouco de magia?

— Sim, por favor — disse Cecelia.

Ele embalou o bebê e sussurrou em seu ouvido minúsculo:

— *Pois cada átomo que pertence a mim pertence a você.* — E beijou sua bochecha macia algumas vezes.

"Ele parecia sóbrio e deu à neta todo seu amor", diria Cecelia às irmãs mais tarde. Então ele se levantou e cuidadosamente devolveu Izzy para Cecelia. E beijou a filha novamente.

— Obrigado, querida — disse ele.

Charlie percorreu metade do corredor do hospital antes de cair no chão. Uma enfermeira mais adiante ouviu e reconheceu o som de um corpo desabando. Ela o alcançou em menos de um minuto, mas seu coração já havia parado. Nenhuma máquina ou especialista do hospital foi capaz de trazê-lo de volta.

SYLVIE

Outubro de 1982 — Março de 1983

Houve fila no exterior da funerária durante as três sessões do velório. No interior, Sylvie estava em uma fileira ao lado de Rose, Julia e Emeline, dizendo *muito obrigada* sempre que um estranho lhe dizia como seu pai fora maravilhoso. Uma mulher contou que há anos o encontrava diariamente no ponto de ônibus da Loomis, porque seus trajetos coincidiam e ele foi mais gentil com ela do que qualquer outra pessoa em sua vida. O Sr. Luis, quem fornecera as flores para o casamento de Julia e agora para o velório e o funeral, disse que quando se mudou para Pilsen, Charlie o ajudou a negociar o aluguel da floricultura.

— Meu negócio não existiria sem ele — disse às mulheres Padavano. — Eu não acreditava em mim, mas Charlie, que havia acabado de me conhecer, de alguma forma acreditou.

Charlie parecia ter o hábito de ajudar jovens mães: várias mulheres disseram que ele comprava fórmula para seus bebês quando elas não podiam. A bibliotecária-chefe Elaine apareceu diante de Sylvie no segundo velório e disse a ela, em um tom austero, que seu pai fora um cavalheiro adorável e que certa vez lhe fizera um favor significativo. Sylvie não sabia que seu pai e a bibliotecária-chefe Elaine — que era quinze anos mais velha que seus pais — se conheciam ou haviam estado juntos na mesma sala. Alguns homens, que deviam ser amigos de bar, entraram na casa funerária em péssimo estado e foram observados com nervosismo pelos amigos de Rose. Chegaram colegas de trabalho vestindo camisas brancas e gravatas escuras, como se fosse seu uniforme.

— Não acredito que ele se foi — disse um dos colegas mais jovens.

Sylvie concordou. Era inacreditável.

Muitos convidados choraram, intermitentemente, como se suas lágrimas fossem por Charlie, mas também pelos próprios desgostos pessoais. Um amor perdido cedo, um aborto espontâneo, a dor de cabeça latejante de nunca ter dinheiro suficiente. Em um ambiente onde o choro era aceitável, certamente aproveitariam a oportunidade. Seguiam um caminho claro: esperavam na fila que abraçava a parede oposta, paravam em frente ao caixão aberto e viravam à esquerda para dar condolências às mulheres Padavano. Nesse ponto, eles saíam da sala ou se moviam para o centro, onde havia assentos. As mulheres Padavano não falaram publicamente no velório, mas, durante cada sessão, um homem diferente, de uma parte distinta da vida de Charlie, levantava-se e falava sobre ele com a voz embargada.

Sylvie não se aproximou do caixão. Vislumbrou seu pai quando chegaram à sala. Morto, Charlie parecia inerte, ceroso, ausente, e ela não tinha vontade de ver seu corpo vazio de perto. Permaneceu imóvel em seu lugar como se estivesse em uma cela trancada. Ela ouviu sua voz expressando agradecimento ou qualquer outra palavra que parecesse apropriada. Observou suas mãos serem envolvidas por mãos de estranhos. Quando as senhoras insistiam em beijá-la, ela lhes dava a bochecha. William carregou uma cadeira até sua esposa grávida, mas foi Rose quem se sentou, apesar de ter recusado ofertas de cadeiras a noite inteira.

Dona Ceccione entrou e saiu apressada sem se aproximar das mulheres Padavano. Ela vinha evitando Rose desde que Cecelia fora morar com ela, mas, sem dúvida, estava preocupada em ir para o inferno se não demonstrasse respeito pelos mortos. Parentes e primos que Sylvie encontrara apenas algumas vezes porque fulano odiava ciclano chegavam e partiam em lágrimas ou resmungos.

— Aquela desgraçada — sussurrou Rose, com raiva, para as filhas pelo menos uma vez por sessão de velório, mas geralmente Sylvie nem sabia a quem ela se referia.

Havia uma infraestrutura de ressentimentos que moldou as famílias de Charlie e Rose e as manteve afastadas uma da outra. Quando as irmãs Padavano pensavam em família, sempre imaginavam apenas as seis pessoas que viviam sob seu teto. Tias, tios, avós e primos sempre foram encarados como inimigos ou inimigos em potencial. Sylvie observou as pessoas entrarem e saírem da sala em ondas de luto teatral, mas ela estava mais ciente de quem estava faltando: Cecelia e a bebê.

Cecelia e Izzy tiveram alta do hospital naquela tarde. O plano original, criado em grande parte por Julia, era que Cecelia fosse direto do hospital até Rose, onde o bebê serviria como oferta de paz entre a mãe e a filha mais nova. Mas esse plano evaporou quando Charlie morreu. Foi Sylvie quem atendeu o telefone da cozinha quando Cecelia ligou do hospital, chorando tanto que, a princípio, Sylvie não soube quem era. Rose recebeu a notícia como se fosse um raio. Seu corpo se contraiu, depois relaxou, e ela caiu no chão da sala. Sylvie se ajoelhou ao lado dela. Emeline — a frase terrível, *papai está morto*, ainda ecoando em seus ouvidos — correu até o hospital para ficar com Cecelia. Julia ainda não sabia; ela estava sentada tranquilamente em um ônibus para Northwestern.

A primeira coisa que Rose disse, com uma voz nova e estranha, foi:

— *Ela* foi a última a vê-lo? Ele estava com *ela*?

Sylvie ficou confusa no começo.

— Cecelia?

— Ela — disse Rose, com a voz estranha.

— Ele morreu no corredor do hospital — disse Sylvie. Mas ela soube então que a porta para Cecelia e a linda bebê fora fechada. A morte e a traição de Charlie arruinaram qualquer chance de reencontro.

Sylvie permaneceu no chão, mas se afastou da mãe. Charlie sempre apaziguava Rose e insistia que ela fosse mais flexível. Ele, sem dúvida, também havia pensa que a bebê seria a solução. Sylvie desejou ter falado com ele sobre isso; ela e suas irmãs deveriam tê-lo incluído no plano. Se tivessem, talvez ele não tivesse ido visitar Cecelia no hospital. Talvez isso não tivesse acontecido.

Ainda assim, ela disse à mãe:

— Não tem nada a ver com Cecelia. Seu coração simplesmente parou.

— Comigo não aconteceria — disse Rose. — Isso não teria acontecido se eu estivesse com ele.

A poltrona favorita de Charlie estava atrás delas. A poltrona onde ele falava sobre métrica, tomava suas bebidas e dizia às filhas o quanto as amava. Sylvie nunca se importou se o contracheque dele diminuísse ou se bebesse demais. Charlie fora seu melhor amigo; trocaram livros entre eles durante toda a vida. Ela notara, quando era uma garotinha, que Charlie nunca ia ao jardim dos fundos, então Sylvie também não ia. Aquele impulso inicial de seguir o pai, de imitá-lo, erguera uma cerca entre ela e Rose.

O funeral ocorreu cinco dias após a morte. Tantas pessoas apareceram na St. Procopius que o espaço da igreja parecera insuficiente. Rose usava um vestido preto e um pedaço de renda preta preso no cabelo. Sentou-se na primeira fila entre Sylvie e Julia. William flanqueava Julia em seu terno escuro de casamento. Do outro lado de Sylvie, Emeline se virou na cadeira para ver se sua gêmea entrara na igreja, porque com certeza Cecelia não perderia isso. Sylvie encarou a irmã em uma pergunta silenciosa: *Você a vê?* Emeline balançou a cabeça.

Suando sob o vestido grosso e as meias-calças, Sylvie lembrou-se da última vez que estivera sozinha com o pai, cerca de um mês antes. Certa noite, depois do jantar, Rose os mandou buscar um grande pedido no mercado. Ela fizera as compras mais cedo; o trabalho deles era carregar tudo para casa. O pedido não estava pronto, então a Sra. DiPietro deu a Charlie um copinho de cerveja, e eles esperaram nos degraus dos fundos da loja. Havia um pequeno jardim espinhoso a seus pés, que Charlie analisou.

— Não chega aos pés do jardim da sua mãe — disse ele.

— Como você pode saber? — Sylvie segurou o cabelo acima da cabeça, tentando refrescar o pescoço. O Sol estava se pondo, mas era um dia de setembro excepcionalmente quente. — Você nunca vai ao quintal.

Ele deu um leve sorriso.

— Eu presumo a grandeza dela.

Seu pai parecia cansado, e Sylvie se lembrava de ter se perguntado se ele estava dormindo mal. Provavelmente seu coração estava começando a falhar; estava falhando naquele dia nos degraus, com a cerveja na mão. Talvez Charlie tenha percebido isso, porque disse:

— Querida, eu sabia que você matava um monte de aulas no ensino médio.

Sylvie olhou para ele surpresa.

— Você sabia?

— Butch era um velho amigo, então eu disse a ele para fazer vista grossa o máximo que pudesse e desse a você uma punição inofensiva.

Butch McGuire foi o diretor do colégio de Sylvie, e depois de mais de um ano com Sylvie faltando a mais aulas de matemática e química do que frequentava, ele determinou que a punição seria repintar o muro atrás da escola. Cecelia a ajudara, sempre feliz por ter um pincel na mão. Emeline as apoiou, fornecendo os lanches. Sylvie achava que os pais desconheciam suas faltas e sua punição.

— Por quê? — perguntou ela, querendo dizer: *Por que você fez isso e por que está me contando agora?*

— O que você fazia enquanto matava aula?

— Lia — respondeu Sylvie, com um gesto de desdém. — As aulas eram uma perda de tempo. Se não estiver interessada em algo, não tenho esperança de aprendê-lo.

Costumava ler em um parque perto da escola, guardando romances no tronco oco de um antigo carvalho que considerava seu amigo. Sylvie não contou às irmãs o que estava fazendo, porque sabia que Julia ficaria furiosa e insistiria para que ela voltasse para a sala de aula, e não queria que as gêmeas pensassem que o que ela estava fazendo era aceitável. Foi naquele tempo, talvez, que Sylvie percebeu pela primeira vez que estava escolhendo um caminho diferente daquele de Julia. Sylvie estava lendo romances que ela escondia em uma árvore — uma árvore com a qual compartilhava pensamentos e preocupações —, enquanto Julia superava todos os obstáculos acadêmicos colocados à sua frente.

Charlie assentiu.

— Você é muito jovem para realmente entender que a vida é curta, mas é. Eu não queria te impedir de trocar algo com que não se importava por algo com que se importava. Você e eu somos farinha do mesmo saco, garotinha. Nenhum de nós esperaria que a escola ou o trabalho nos preenchesse. Olhamos pela janela, ou para dentro de nós mesmos, em busca de algo mais. — Ele a analisou. — Você sabe que é mais do que uma auxiliar de biblioteca e uma estudante universitária, certo? Você é Sylvie Padavano. — Ele disse o nome dela com prazer, como se ela fosse uma aventureira famosa ou guerreira. — É *porque* você sabe que o além é possível e que você sempre verá a inutilidade de seguir uma regra estúpida ou entrar e sair de uma aula chata. A maioria das pessoas não consegue ver essa distinção, então elas apenas fazem o que lhes é dito. Claro, isso as deixa entediadas e irritadas, mas elas acham que essa é a condição humana. Você e eu temos a sorte de ver que não precisa ser assim.

A verdade nas palavras de Charlie arrepiou a espinha de Sylvie.

Ele sorriu para ela.

— Estou fazendo um pequeno discurso, não estou? Bem, que assim seja. Não estamos separados do mundo pelos nossos corpo. — Charlie pousou o copo de cerveja, vazio agora, e esfregou a mão pelo braço, para ilustrar suas palavras. — Somos parte do céu, das pedras na horta de sua mãe e daquele velho que dorme na estação de trem. Estamos todos interconectados, e quando você percebe isso, vê como a vida é linda. Sua mãe e suas irmãs não têm essa consciência. Ainda não. Elas acreditam que estão contidas em seu corpo, nos fatos biográficos de sua vida.

Sylvie sentiu como se seu pai tivesse mostrado a ela uma parte de si mesma que ela não sabia que existia. Ao pensar naquele momento — agora, no funeral, e mais tarde, ao longo de sua vida —, sempre seria uma de suas grandes alegrias que ele tivesse lhe dito aquilo e que ela tivesse sido capaz de deleitar o *pai,* parafraseando um de seus poemas favoritos: “Não estamos contidos entre nossos chapéus e nossas botas.” E então a Sra. DiPietro saiu com as sacolas, e pai e filha voltaram para casa, seus braços se tocando, moléculas dançando entre eles, e as estrelas acendendo como pequenas lâmpadas no céu noturno.

O padre estava falando sobre Charlie, tentando fazer seu trabalho parecer importante, tentando fazer parecer que Charlie comandava sua casa, embora o padre soubesse que era Rose quem tomava todas as decisões, e Sylvie sofria ao ver como esse padre e as pessoas no velório definiram Charlie com seus fatos biográficos, sendo que ele era muito mais. Era grande, bonito e mais presente ao dar fórmula infantil para uma jovem mãe do que fora em qualquer dia que passou na fábrica de papel. Ele *era* seus atos de bondade, seu amor pelas filhas e os vinte minutos que passara com Sylvie atrás da mercearia naquela noite.

Essa conversa ajudou Sylvie a se entender de uma nova maneira. Procurara terceiras portas porque era como o pai. Julia procurava colecionar rótulos como *estudante de honra*, *namorada* e *esposa*, mas Sylvie os evitava. Desejara ser fiel a si mesma com cada palavra que proferiu, cada ação que realizou e cada crença que manteve. Não havia rótulo para beijar garotos por noventa segundos na biblioteca, o que era parte do motivo de deixar Sylvie feliz e Julia desconfortável. Sylvie continuaria boicotando aulas chatas para ler nos parques. Não se contentaria com menos do que o amor verdadeiro, embora suas irmãs tenham emitido um suspiro coletivo quando ela lhes disse que Ernie a convidou para um encontro de verdade e ela o recusou. Ela esperaria, para sempre, se fosse preciso, por um homem que visse sua extensão, como seu pai via. Sylvie se mexeu no banco da igreja, seus pensamentos emaranhados em sua mente. Acelerados, intensos e turvos com as lágrimas que ela ainda não derramara. Sabia agora — no interior de seu corpo, seus ossos, suas células — que seu pai havia partido. Ele havia partido, e ninguém mais a conhecia de verdade. Julia, Emeline e Cecelia viam uma Sylvie ligeiramente diferente: ela era suave com Emeline, em resposta à suavidade de sua irmã, e brincalhona com Julia porque elas gostavam de se desafiar. Na presença de Cecelia, era curiosa porque sua irmã artista falava e pensava diferente de qualquer outra pessoa que ela conhecia.

Sylvie olhou em volta para as cabeças curvadas, para as irmãs suadas e chorosas e a mãe com a cara fechada, e sabia que todas estavam em apuros. Charlie as viu e amou por quem eram. Quando qualquer uma de suas garotas — incluindo Rose — aparecia, ele sempre dava as mesmas boas-vindas, gritando: *Olá, querida!* A saudação era gentil o suficiente para fazê-las querer sair da sala e entrar novamente. Ficara encantado com a ambição de Julia e a apelidou de seu foguete. Levava Cecelia ao museu de arte nas manhãs de sábado. Mantinha um inventário compartilhado das crianças da vizinhança com Emeline, porque Charlie adorava ver sua filha radiante enquanto explicava os interesses de uma criança e as razões específicas pelas quais ela era notável. Sylvie e suas irmãs aprenderam a se conhecer sob o olhar do pai. E na ausência desse olhar, os fios que amarravam sua família tão firmemente se afrouxaram. O que antes não requeria esforço agora exigiria. O que fora o lar de todos eles agora era apenas a casa de Rose. Emeline já estava dormindo no chão do quarto de Cecelia na casa de Dona Ceccione para ajudar com a bebê. Julia estava casada. E Sylvie soube, naquele momento, que também teria de se mudar.

Ela voltou para casa com Rose após o funeral; até pretendia falar com a mãe sobre a mudança, mas não desejava fazer isso naquele dia. Talvez elas pudessem concordar com um cronograma que não parecesse muito abrupto — talvez um mês? Mas Rose não a olhou, nem se comunicou, no caminho para casa. Rose foi direto para o quarto e vestiu suas roupas de jardinagem. No caminho para fora, passou por Sylvie sem olhar na sua direção.

— Posso fazer algo por você, mamãe? — perguntou Sylvie. — O que você gostaria para o jantar?

Rose parou.

— Suas irmãs me deixaram — disse ela, com a voz fraca. — Todo mundo foi embora.

Sylvie disse:

— Estou bem aqui. — Mas a mãe não deu nenhuma indicação de tê-la ouvido, e Sylvie se perguntou se de fato estava lá. Sua certeza vacilou, e com ela seu senso de identidade. Sylvie teve a sensação de desaparecer em seu vestido preto e meia-calça. Sob o olhar de Charlie, ela estava inteira; agora, diante de sua mãe, estava porosa, desaparecendo.

— Você deveria ficar com uma de suas irmãs — disse Rose. — Eu gostaria de ficar sozinha. — Então, ela abriu a porta dos fundos e saiu.

Sylvie ficou parada por um momento na casa vazia, lutando para respirar, porque parecia que seus pulmões haviam parado. A segunda filha de Rose não era e nunca seria suficiente. Quando conseguiu respirar normalmente, ela foi para o quarto arrumar seus pertences.

Naquela noite, dormiu no sofá de William e Julia. Ela levara suas roupas em sacolas de papel. Sylvie ficou surpresa com quão pouco possuía. O quarto que ela e Julia dividiram durante a vida era tão pequeno que nunca houvera espaço para mais do que suas camas de solteiro e uma cômoda. Sylvie nunca comprou livros, por causa de sua ligação com a biblioteca. Deitada no sofá, de camisola, sob um cobertor áspero, com as sacolas bem alinhadas à vista, sentia-se presa em uma rede de dor. Seu pai estava morto e sua mãe a rejeitara. *Minha alma gêmea me salvaria*, pensou ela. *Ele me veria, e eu me sentiria mais inteira.* Mas isso trouxe uma nova tristeza, porque, se conhecesse esse homem, ele não conheceria seu pai. Sylvie analisou o teto durante a maior parte da noite. Em seu interior, sentiu lágrimas profundas, que não conseguiam encontrar uma saída. Ela ainda não havia chorado.

Na manhã seguinte, na biblioteca, ela afixou um aviso no enorme quadro de avisos público: *Precisa de alguém para cuidar de sua casa ou de seu animal de estimação? Precisa de alguém para regar as plantas durante as férias? Farei as tarefas domésticas em troca de uma cama. Interessados, por favor, procurem a auxiliar de biblioteca Sylvie na recepção.*

Mas ninguém a procurou. Nem mesmo seus ficantes, embora ela teria adorado ser beijada ou abraçada, ainda que por um momento. Dois deles, Ernie e Miles, compareceram ao velório, mas evitaram fazer qualquer contato visual.

Ela não havia contado a eles sobre o pai, mas alguém afixara o anúncio do falecimento e a data da missa fúnebre no quadro de avisos da biblioteca. Todos com quem Sylvie encontrava pareciam sentir o peso de seu luto, então lhe deram um tempo. Uma ou duas vezes, ela cheirou suas roupas, para se certificar de que não estava exalando um odor terrível. Empurrava o carrinho para cima e para baixo pelos corredores. Ela fazia as leituras da faculdade na biblioteca quando não estava de plantão e depois dormia no sofá de Julia e William à noite.

— Você disse à mamãe que ficaria aqui por um tempo? — perguntou Julia.

Sylvie balançou a cabeça.

— Ela está aliviada por eu não estar lá.

— Mas ela está tão sozinha! — disse Julia. — Ela nunca morou sozinha.

— Você a visitou esta tarde.

Julia ergueu a mão para se certificar de que seu cabelo estava em ordem.

— Acho que ela fica na horta o dia todo, todos os dias. Ela quase não falou enquanto eu estava lá. Eu sei que ela está de luto, mas...

— Mamãe não me quer lá — disse Sylvie com convicção.

Na tarde seguinte, na biblioteca, Sylvie viu a mãe passar pelas amplas janelas. Rose ainda vestia preto, embora não tivesse mais o pedaço de renda na cabeça. Ela caminhava lentamente, com uma postura ereta. Não olhou para a biblioteca, embora a chance de sua filha estar lá fosse sempre alta. Sylvie também não saiu correndo para falar com ela. Ficou congelada na mesa e observou enquanto Rose caminhava por toda a extensão das janelas antes de desaparecer.

Julia desenvolveu o hábito de se deitar no sofá com Sylvie no meio da noite. Como Julia tinha uma nova silhueta — não estava visivelmente grávida para estranhos, mas já precisara comprar sutiãs maiores —, isso obrigava Sylvie a ficar deitada de lado bem na beira das almofadas. Ela tinha de abraçar Julia para não cair. A noite pulsava ao redor delas, e Sylvie ficou grata por poder se espremer ao lado da irmã. Era final de novembro; várias semanas borradas haviam se passado desde que seu pai morrera.

— O que vamos fazer? — sussurrou Julia.

Com os olhos fechados, Sylvie podia fingir que estavam em suas camas de solteiro, no quarto de sua infância. Afinal, falavam pelos cotovelos na escuridão desde que qualquer uma delas conseguia se lembrar.

— Você vai ter um bebê. Eu vou me qualificar para receber um salário mais alto em breve e encontrarei um lugar meu para morar — respondeu ela.

Sylvie mudou de curso na faculdade, de literatura inglesa para biblioteconomia, porque sabia que a bibliotecária-chefe Elaine precisava de uma nova bibliotecária e a contrataria se ela tivesse as qualificações necessárias. Todos os dias, Sylvie olhava os imóveis nos classificados, certa de que com o novo emprego poderia pagar por um pequeno estúdio.

— Estou me sentindo meio Beth hoje — comentou Julia.

Sylvie abraçou mais forte a irmã. Enquanto cresciam, apenas Sylvie, Emeline e Cecelia fizeram essa declaração. Mas nunca Julia. Quando estava com gripe ou resfriado, ela bebia suco de laranja, chupava pastilhas de zinco e comia saladas para se fortalecer e superar a situação. Doença ou decepção era simplesmente algo a ser vencido. Ela nem cogitaria se render.

Mas os olhos de Julia pareciam apavorados desde a morte de Charlie. Como Sylvie conhecia muito bem sua irmã mais velha, sabia que Julia não estava apenas de luto por ele, mas se recuperando do fato de que ele havia morrido. Julia nunca se preparou para a morte do pai, e esse choque ameaçou sua visão de mundo. A ausência dele era, afinal, irremediável.

— Nós vamos dar um jeito — disse Sylvie. — Você vai bolar um novo plano, como sempre faz. Só deve ser difícil fazer isso no meio de uma gestação. Dê a si mesma algum tempo.

— Errei em tentar consertar tudo? — Julia colocou a mão de Sylvie em seu abdômen. Os movimentos do bebê tornaram-se perceptíveis havia apenas alguns dias.

Sylvie ficou quieta, porque quando o bebê se movia, a sensação era delicada e impossível de captar a menos que você estivesse imóvel. Ela pensou que a pequena protuberância de Julia parecia um tambor, mas a percussão estava dentro do instrumento. Sylvie sentiu algo e ficou emocionada: bolhas, talvez o aceno de uma mãozinha.

— Não — disse. — Você não estava errada.

Havia momentos de silêncio, quando uma ou outra irmã quase adormecia. Apenas uma vez, as duas dormiram profundamente, e William as encontrou enroladas uma na outra pela manhã. Normalmente, ficavam acordando e despertando. Sylvie se agarrou à irmã em parte porque se sentia à deriva durante a noite. Era engolida pelo céu, pelo cobertor e pelos sacos de papel em que guardava suas roupas. Na escuridão, faltava Charlie; e Rose encarava Sylvie com uma raiva que ela não entendia, mas que, mesmo assim, fazia seu corpo se contrair de culpa. Ela sabia que Cecelia chorava a cada marco que Izzy alcançava porque perdera os pais e o mundo em que sua filhinha deveria crescer. Rose, brutalmente silenciosa, a duas casas de distância de Cecelia e da neta, estava afundando cada vez mais em um luto obstinado. Na última vez que Julia fora vê-la, Rose a mandou embora.

Sylvie estava quase dormindo quando sua irmã disse:

— Depois do funeral, William pediu para ser dispensado de seu trabalho de professor assistente pelo resto do semestre. Ele disse ao departamento que precisava de um tempo comigo porque meu pai morreu.

— Isso foi legal da parte dele.

— Mas precisamos do dinheiro. Eu estava contando com isso, e ele não me perguntou antes de falar com seu orientador. Preferiria que William desse as aulas, mesmo assim. Isso causa uma péssima primeira impressão. Os professores de lá vão pensar que ele é preguiçoso ou um fraco. — Julia disse a palavra *fraco* como se fosse a crítica mais contundente que ela poderia pensar.

Sylvie pensou sobre isso. Seu cunhado mancava pelo apartamento e sorria para ela, tentando deixar claro que não se importava que ela morasse lá, embora tivesse todo direito de se importar. Ela não se sentia em posição de criticá-lo.

— Você disse alguma coisa a ele? — perguntou ela.

— É tarde demais para mudar alguma coisa. Você poderia me fazer um favor?

Isso não precisava de uma resposta, então Sylvie simplesmente esperou.

— Pode ler o livro dele? Ele chama isso de um trabalho em andamento. Eu o importunei até que ele finalmente me deixasse ler, e agora não sei o que pensar disso. Simplesmente não sei. — Julia olhou para Sylvie com os olhos arregalados. — Tenho evitado conversar com ele, porque não sei o que dizer. Como ávida leitora, você verá o que ele está tentando fazer. Será que tem algum potencial para ajudá-lo? Com isso, ele conseguirá um emprego depois da pós-graduação?

Tantos pontos de interrogação eram incomuns para Julia. *Estamos perdidos*, pensou Sylvie. *Quanto tempo mais isso vai durar?*

— Claro. Vou ler amanhã na biblioteca. Ou hoje, dependendo da hora.

Julia beijou sua bochecha.

— Muito obrigada. Não conte a ele que leu, obviamente.

Sylvie tentou ler o relógio no escuro, uma bolha de pânico subindo pelo corpo. Que horas eram? Era perto do amanhecer? Sem dormir, os dias adquiriam a atmosfera emocional — e a pungência das perdas — da noite.

Começara a ler em uma mesa da biblioteca antes de seu turno, continuou enquanto comia um sanduíche no almoço e o pegou novamente no ônibus a caminho da aula. Julia lhe entregou uma bagunça: cerca de duzentas páginas datilografadas presas por um elástico, dentro de um saco de papel. A primeira impressão de Sylvie foi a de que realmente era um trabalho em andamento. Alguns capítulos foram iniciados, mas interrompidos no meio de um parágrafo. Havia pontos de interrogação dentro das frases, para William responder em algum momento. Havia notas de rodapé cheias de sugestões, ideias e observações dele sobre a direção que o material poderia tomar.

Era ostensivamente um livro sobre a história do basquete. Começava em 1891 em Massachusetts, quando o Dr. James Naismith inventou o jogo — usando cestas de pêssego como aros — para manter os profissionais de atletismo em forma durante o inverno gelado, fora da temporada. O livro saltava de acordo com o que pareciam ser os caprichos de William, mas, ainda assim, seguia uma certa cronologia. Cobria a primeira liga do esporte em 1898, as treze regras do Dr. Naismith e o fato de que, até 1950, todos os jogadores e treinadores nos jogos oficiais eram brancos. Quando a narrativa foi interrompida, William estava explicando a batalha entre a American Basketball Association e a National Basketball Association na década de 1970, quando as duas ligas disputavam estrelas como Dr. J e Spencer Haywood. Intercaladas com a história, estavam as descrições de jogos específicos: um jogo na Filadélfia, quando Bill Russell lutou contra o gigante Wilt Chamberlain; e um jogo universitário de 1959 em que Oscar Robertson fez 45 pontos, 23 rebotes e 10 assistências. O manuscrito terminava no meio do jogo cinco da final de 1976 entre o Boston Celtics e o Phoenix Suns. O jogo foi para a prorrogação tripla, e aquela foi a final mais longa de todos os tempos. A escrita de William era consistente — limpa e irrepreensível —, mas Sylvie se viu pouco interessada na narrativa principal; eram as notas de rodapé e as perguntas embutidas que a fascinavam. As notas de rodapé pareciam ser uma conversa de William consigo mesmo. Ele escrevera coisas como:

Por que estou tão interessado nos ferimentos de Bill Walton?

Estou apenas escrevendo para chegar nos dias atuais? Isso é suficiente?

Como meu pai e tantos outros homens em Boston podiam odiar tanto Russell? Não consigo nem escrever sobre o que aconteceu com a casa dele lá.

Onde está a ciência sobre por que esses homens crescem tanto, quando seus pais costumam ser baixos?

Não há um fio condutor neste projeto.
Isso é terrível, eu sou terrível.

Várias vezes, William escreveu:

O que estou fazendo? Por que estou fazendo isto? Quem sou eu?

Em certo ponto, no final da narrativa inacabada, uma nota de rodapé dizia:

Deveria ter sido eu, não ela.

Sylvie releu as notas de rodapé. Pareciam uma chave para abrir a porta de uma história diferente, não a história do basquete à qual estavam ligadas. O que *deveria ter sido eu, não ela* queria dizer? Essa afirmação não poderia estar ligada ao basquete, poderia? O *ela* era Julia?

A ansiedade embutida nas perguntas fez Sylvie estremecer, e o ônibus chacoalhou embaixo dela como se concordasse. Charlie lhe dissera: "*Olhamos pela janela, ou para dentro de nós mesmos, em busca de algo mais*." Nessas notas de rodapé, William estava olhando para dentro de si, mas o que refletia era apreensão e incerteza. *Quem sou eu?* William não parecia reconhecer a pessoa no espelho, ou talvez não visse ninguém ali. Sylvie se lembrou da última vez em que estivera diante de Rose e da sensação de que estava desaparecendo. Ela se sentia assim, até certo ponto, a cada minuto desde a morte de seu pai. E ficou preocupada que fosse a atenção do pai o que a mantivera intacta, como *Sylvie*, e agora ela sentia uma grande empatia por seu cunhado. Sylvie estava se sentindo assim havia apenas um mês, e era terrível. O tamanho daquele manuscrito e o esforço em suas páginas mostraram que William estava naquela estado havia muito tempo.

Quando terminou de ler, estava no ônibus de volta para o apartamento de Julia depois da aula noturna. Sylvie colocou o manuscrito no saco de papel e olhou para a janela, que mostrava seu reflexo vítreo. Ela viu o contorno do rosto de William se sobrepondo ao seu. Sylvie sempre gostou do cunhado; sentia-se confortável perto dele, e eles ocasionalmente compartilhavam um sorriso quando Julia falava com muitos pontos de exclamação. Emeline, o barômetro do humor de todos, sempre descreveu William como sensível. Mas William pertencia a Julia desde o momento em que Sylvie o conheceu, então ela nunca o considerou verdadeiramente como algo além do homem que sua irmã escolhera. Perguntou-se então, pela primeira vez, se Julia cometera um erro. Quem escrevera aquelas páginas estava repleto das qualidades menos favoritas de sua irmã: indecisão, insegurança, tristeza. Julia era como uma estrela do beisebol sempre a postos, eliminando qualquer incerteza com seu bastão. A única explicação que fazia sentido era a de que Julia não sabia que essas sensações viviam dentro de seu marido — pelo menos não até também ler aquelas páginas.

Sylvie sentiu uma consciência física intensificada no banco do ônibus, suas células formigavam como se acabassem de acordar. Sentia o peso do manuscrito no colo, a vidraça embaçada, o possível erro de Julia, o cansaço de ter passado semanas mal dormidas no sofá de outra pessoa, a ausência do pai. Também sentira algo se mexer dentro dela, mas antes que pudesse descobrir o que era, começou a chorar. Lutara para ficar em silêncio, para não chamar a atenção para si no ônibus parcialmente cheio, mas as lágrimas salgadas escorreram por suas bochechas e encharcaram a frente de seu casaco.

Quando voltou para o apartamento, já era tarde, e sua irmã e William já tinham ido para a cama. Sylvie escovou os dentes, enfiou a camisola pela cabeça e caiu no sofá. Sentia as perguntas de William como alfinetadas em sua pele. Elas reapareceram na escuridão e infiltraram-se nela, exigindo respostas.

O que eu estou fazendo? Estou deitada em um sofá no apartamento da minha irmã.

Por que estou fazendo isto? Porque meu pai morreu e ele era minha casa.

Quem sou eu? Silvye Padavano. Ela ouviu seu nome na voz de Charlie, dito com prazer, e sorriu.

A última pergunta e a resposta fizeram Sylvie perceber pela primeira vez por que sua mãe sempre franzia a testa para ela e não para suas irmãs.

Rose reconhecia em Sylvie o que sempre a incomodou no marido. "*Ugh, Whitman*", Rose dizia com desgosto quando Charlie recitava seus versos líricos. Não porque Rose se importasse com Walt Whitman, mas porque ela culpava o lado poético de Charlie por sua falta de sucesso na vida. A razão pela qual seu salário permaneceu baixo, a razão pela qual ele se recusou a ficar chateado quando a fornalha quebrou e, ainda assim, arrastou-a para fora para admirar a lua cheia, a razão pela qual ele não se importava com o que as pessoas pensavam dele, e, apesar disso, centenas de pessoas compareceram ao seu funeral. Sylvie era feita da mesma essência de Charlie e, portanto, quando Rose olhava para a filha, não via *Sylvie*, mas o fracasso do próprio casamento e a derrota pessoal em convencer Charlie a ser quem ela queria que ele fosse. Sylvie pensou em Julia, que tinha tanto de Rose em seu interior. Ela sabia que qualquer vislumbre das frases hesitantes dentro de William também seria desprezado por Julia.

De olhos fechados, Sylvie se colocara na vastidão da incerteza do cunhado. Parecia um dos pântanos enevoados e irregulares que ela e suas irmãs adoravam nos romances vitorianos. Sylvie se sentia em casa no terreno acidentado, enchendo os pulmões com o ar turvo. Desde a morte de Charlie, sentia-se como se estivesse transbordando e tentando se recompor ao mesmo tempo. As irmãs e a mãe estavam seguras, com suas aspirações e rotinas; Sylvie *era* seu desgosto e sua perda. William também não estava seguro, e suas perguntas faziam companhia a Sylvie. Ela e o cunhado estavam lutando para habitar a própria pele, uma meta que soaria absurda para quase qualquer outra pessoa.

Quando Julia apareceu, Sylvie se aproximou e abraçou a irmã mais velha com mais força do que o normal.

— Você está bem? — sussurrou Julia.

Sylvie balançou a cabeça e enterrou o rosto no pescoço da irmã. Ela podia sentir o bebê se agitar dentro de sua irmã e, depois, em sua própria barriga. Ela precisava desse abraço e também estava ganhando tempo antes que Julia fizesse suas perguntas e Sylvie tentasse responder da melhor forma possível.

— O manuscrito é bom?

— Sim e não.

— Isso o ajudará a conseguir um emprego como professor?

— Não.

— O que isso significa... O que é?

— Não sei. Nunca li nada parecido.

Rose convocou uma reunião de família para um sábado, quando Julia estava no oitavo mês de gestação e Izzy tinha quatro meses.

— Uma reunião de família, incluindo Cecelia? — perguntou Julia quando visitou a mãe em sua horta. ("*A roupa dela está ainda pior*", dissera Julia a Sylvie naquela noite. "*Ela usa o pijama do papai por baixo do traje de beisebol.*")

— Claro que não — disse Rose. — Você, William, Sylvie e Emeline.

As pessoas listadas apareceram na casa às quatro horas da tarde do dia designado. As três irmãs pararam no degrau da frente e olharam para a rua em direção à casa da Sra. Ceccione. Nenhuma delas contara a Cecelia sobre a reunião — elas não suportariam dizer que ela fora excluída —, mas é claro que Cecelia sabia. Sylvie conseguira um emprego de meio período para Cecelia na biblioteca, e seus turnos frequentemente se sobrepunham. Emeline dormia em uma cama no quarto de Cecelia, e Julia ligava para Cecelia uma vez por dia para ver como ela e a bebê estavam. Cecelia, como todas, ouvia a tudo o que suas irmãs diziam e o que não diziam. Aquela reunião havia sido omitida de modo tão ostensivo, o horário fora removido do calendário compartilhado, que talvez fosse a única coisa que Cecelia sabia com certeza.

Rose já estava em seu lugar na mesa da sala de jantar quando eles entraram. Ela parecia mais magra nas bochechas e usava um vestido desbotado.

— Tenho que vender este lugar — disse ela quando se sentaram à sua volta. — Não tenho mais condições de morar aqui. — Ela acenou com a mão casualmente, para indicar as paredes, os quartos e a história que os cercava. — E nem preciso de um imóvel desse tamanho.

Sylvie se recostou na cadeira. Nunca lhe ocorrera que aquela casa pudesse ser vendida. Quando Rose e Charlie se casaram, Charlie conseguiu um bom negócio na compra, provavelmente fruto de uma aposta em um dia de bebedeira — embora isso nunca tenha sido declarado claramente — durante um período de tensão racial em Chicago, quando muitos brancos estavam fugindo da cidade. Aos olhos de Rose, fechar aquele negócio talvez tenha sido a maior conquista da vida de Charlie.

As irmãs de Sylvie pareciam tão chocadas quanto ela se sentia: o rosto de Julia estava pálido, e Emeline piscava mais do que o normal, que era o que ela fazia quando estava assustada ou surpresa.

— Pensei que você fosse a dona da casa — disse Julia. — Papai sempre se gabou de não ter que pagar uma hipoteca.

Rose franziu a testa.

— Eu tive que hipotecar essa casa há mais ou menos dez anos, para que pudéssemos alimentar e vestir vocês, meninas.

Essa informação veio como um soco no estômago. Os santos nas paredes olharam para eles. Havia um espaço vazio onde Santa Clara de Assis costumava estar. Todos sabiam que a imagem emoldurada agora vivia debaixo da cama de Cecelia, rua abaixo.

— Você não pode abandonar sua horta — disse Emeline.

Julia, William e Sylvie assentiram com alívio. Essa afirmação era verdadeira. O que era Rose sem sua horta? Sua existência sempre se passara ali, como se suas raízes se entrelaçassem às das ervas, da alface e da berinjela.

— Me dá muito trabalho — disse Rose. — Eu já cumpri meu papel. Essa casa já cumpriu o papel dela. Vocês já se mudaram.

Ela não olhou para Sylvie quando disse isso, mas Sylvie sentiu o dardo lançado pela mãe atingir seu peito. *Você disse que queria ficar sozinha*, pensou ela. *Eu fiz o que você pediu.*

— Estou me mudando para a Flórida — anunciou Rose. — Para um apartamento na praia. Conheço algumas senhoras na região, e elas estão ajeitando tudo para mim. Com a venda desta casa, ficarei bem.

— Flórida? — Esta foi a primeira palavra que William disse desde que eles se sentaram. — Você não pode fazer isso!

Rose fixou os olhos nele.

— Suas filhas precisam de você. — Ele respirou fundo. — Mãe. Nós precisamos de você.

— Estou prestes a ter meu bebê — disse Julia. — Você precisa esperar, por favor.

O ar na sala parecia estranho: pesado, mas prestes a se mover, como se estivesse no limiar de uma tempestade. As garotas Padavano se remexeram em seus lugares. Podiam sentir Cecelia rua abaixo, segurando a filha como se fosse um colete salva-vidas, tentando ouvir palavras que, pela distância, não conseguia.

— Eu queria contar pessoalmente a todos vocês — disse Rose.

Onde você está?, pensou Sylvie. *Você já está na Flórida?* Ela se lembrou de seu vislumbre de Charlie no caixão — ceroso e vazio. Isso foi quase pior. Sua mãe estava na frente deles, com o sangue bombeando por seu corpo, mas ela estava ausente. Havia se despedido: talvez desde o dia do funeral? Enquanto Sylvie se sentava no chão ao lado dela, logo após receber a notícia? Ou ela queria estar em outro lugar havia anos e agora viu a chance de se libertar?

— Todos sentimos falta do papai. Deveríamos ficar juntos. Eu trouxe fotos de Izzy, mamãe. Ela é tão linda! — disse Emeline.

Ela tirou as fotos de debaixo da mesa, mas a menção fez com que Rose se levantasse. Ela estava se afastando quando retrucou:

— Sintam-se à vontade para pegar um pouco de vegetais da horta ao saírem.

Três das quatro garotas Padavano permaneceram agarradas à mesa da sala de jantar, como se tudo estivesse sendo arrancado delas de uma só vez.

WILLIAM

Novembro de 1982 — Março de 1983

William aderiu a uma rotina diária. Primeiro, café da manhã, em seguida, comprava comida para Julia ou realizava qualquer outra tarefa doméstica necessária. Tentava agradar a esposa a todo custo, para recuperar o terreno que perdera por causa de um erro de cálculo. Presumira que Julia apreciaria o fato de que, após a morte de Charlie, ele pediu dispensa de seu cargo de professor assistente pelo resto do semestre. O departamento foi compreensivo; afinal, eles tinham muitos alunos de pós-graduação para preencher seu lugar na sala de aula. Mas Julia demonstrara certo pânico quando William lhe contou — ela não gostava de surpresas —, então ele percebeu que cometera um erro. Julia dependia de mais do que apenas seu amor e sua atenção; ela precisava que ele ganhasse dinheiro, embora eles tivessem economizado o suficiente com presentes de casamento para durar o resto do semestre. Sua esposa também não sabia sobre o cheque não descontado, escondido na gaveta de sua cômoda; ele não tinha intenção de usá-lo, nunca, mas ele existia, em caso de emergência. Julia também não precisava de William em casa para ter companhia; Sylvie havia se mudado para lá, e geralmente era a ela que Julia recorria quando se sentia triste. Isso fazia sentido para William, é claro, mas ele ficou consternado com a forma como errou a matemática em todas as contas.

Depois de William lavar a louça do café da manhã, perguntou se havia mais alguma coisa que pudesse fazer. Julia balançou a cabeça e segurou a porta aberta para ele sair. Felizmente, ela beijou sua bochecha na saída, sinalizando que sua decepção era temporária. Ele caminhou até a biblioteca Northwestern, onde estudou para as aulas noturnas. A caminho de sua sala de estudos favorita, William geralmente passava pelo idoso professor de história em cuja aula conhecera Julia. Aquele senhor parecia não reconhecer William, mas ele não levou isso para o lado pessoal. Suspeitava que aquele seria o último ano de ensino do professor. Os olhos e o nariz do professor marejavam quando ele falava. William se perguntou se ele ainda se importava com as matérias que lecionava.

Tinha novas opiniões sobre o Pacto Molotov-Ribbentrop de 1939 ou a Batalha de Berlim? Ou aquelas eram apenas palavras que o idoso recitava, como falas de uma peça?

William fazia uma pausa nos estudos na hora do almoço e caminhava até o prédio do atletismo. Sentava-se nas arquibancadas, com a quadra de basquete à sua frente, e comia sua marmita. Às vezes havia uma aula de educação física acontecendo, com uma variedade de alunos de todas as formas e níveis de condicionamento físico sendo persuadidos por um professor a executar uma série de exercícios calistênicos. Às vezes, alguns dos arremessadores do time estavam lá para um treino extra. William conhecia todos os jogadores, exceto os calouros, e uma ou duas vezes, depois de terminar o sanduíche, deixava os caras o convencerem a fazer alguns arremessos do canto. Sabia que seu joelho não aguentaria girar ou mesmo correr de um lugar para o outro, então ele ficava parado e treinava um arremesso longo após o outro enquanto seus ex-companheiros gritavam de prazer. Quando a bola passava pela rede, a respiração de William voltava ao normal e ele podia fingir que ainda experienciava uma vida reconhecível.

Com a bola de basquete nas mãos, ele podia esquecer que o sogro falecera, que a cunhada dormia em seu sofá e que levava um susto toda vez que via a esposa. A gravidez de Julia ainda não era visível, mas ela não se parecia mais com a mulher com quem ele se casara. Seus quadris se alargaram drasticamente e suas bochechas estavam frequentemente coradas. Ela era linda, maravilhosa, cheia de vida, mas estava em uma jornada fixa, desde a concepção até o nascimento, que William achou difícil localizar em qualquer mapa. *Onde você está?*, ele queria perguntar. *Você sabe para onde está indo? Tem certeza de que é o caminho certo?*

Ele tinha vergonha de admitir a verdade até para si, a verdade de que nunca havia pensado em ter um filho. William se apaixonou por Julia — ele ainda nadava em um oceano de gratidão por dormir ao lado dela todas as noites e acordar com ela todas as manhãs —, então o casamento fazia todo o sentido. Mas gerar e educar um novo ser era uma proposta muito diferente. Ele disse a Julia que estava feliz e animado com a gravidez dela, porque sabia que era isso que deveria sentir, mas, na verdade, não conseguia se ver como pai. Quando tentava se imaginar com um bebê, a imagem ficava borrada. Talvez ele devesse ter expressado alguma hesitação sobre o plano de Julia, mas sua esposa sugerira que engravidasse, e no mês seguinte, toda vez que ele entrava no apartamento, ela parecia estar esperando por ele, nua. William não conseguia e não queria falar sobre os prós e contras da paternidade quando Julia não estava usando roupas.

Agora ele morava com uma esposa grávida e uma cunhada que entrava e saía do apartamento com uma expressão de culpa. Ele não se sentava mais no sofá, porque era a cama de Sylvie. Lia livros didáticos durante as refeições e revisava suas anotações, tentando memorizar todas as partes de um determinado ano da história norte-americana. Quando William acordava no meio da noite, o lado da cama de Julia estava vazio, e ele a encontrava dormindo nos braços da irmã. Ao observá-las, sentia uma estranha solidão. Pareciam pertencer uma à outra, e quando ele voltava para o quarto, pensava que talvez fosse ele, e não Sylvie, o intruso.

Após o almoço no ginásio, William voltou à biblioteca para ler sobre o Pânico de 1893. O orientador de pós-graduação de William era um professor de olhos brilhantes que sempre usava gravata-borboleta e sentia dificuldade em ficar parado, presumivelmente porque tudo o empolgava demais. Durante o encontro inicial, no primeiro mês do programa, o professor perguntara a William o que ele *realmente amava* no período da história norte-americana que escolhera como foco. Essa pergunta fizera com que William sentisse tudo se movimentando em seu interior — seu sangue, seus pulmões, seu coração — e desacelerando até quase parar. Ele estava mortificado; nunca lhe ocorrera que o *amor* devesse fazer parte dessa empreitada. Finalmente, ele conseguiu dizer algo sobre as grandes mudanças pelas quais o país havia passado entre 1890 e 1969 — a Era Dourada, duas guerras mundiais, o movimento pelos direitos civis —, mas era tarde demais. Houve uma confusão nos olhos do professor, e ele parecia pensar: *Que estranho, não sinto nenhuma paixão histórica vindo desse jovem.*

Na maioria dos dias, William ficava no ginásio até mais tarde do que pretendia depois de terminar o almoço. Ele precisava revisar capítulos para suas aulas noturnas, mas demorava a voltar para a biblioteca. Foi numa dessas tardes que Arash o viu atravessando a quadra e foi sentar-se ao seu lado.

— Como está o joelho? — perguntou.

— Bem.

Essa era a resposta padrão de William quando questionado sobre seu joelho. Ele achava que era a resposta correta, pois o joelho funcionava e permitia que ele andasse de um lugar para o outro. Sempre doía — a dor era pior à noite —, mas não parecia másculo admitir isso. E quem se importava? Ele não precisava mais de um joelho sem dor. Afinal, os professores podiam se sentar. Seu corpo agora era mais ou menos irrelevante.

Arash o analisou.

— Ouvi dizer que você está fazendo pós-graduação aqui. Parabéns.

William ficou surpreso.

— Onde você ouviu isso?

Arash sorriu.

— Nós acompanhamos vocês, rapazes. Eu acompanho meus feridos, então você está na minha lista. Mas gostamos de ficar de olho em todos os nossos jogadores. Nós não somos insensíveis, você sabe. Não podemos enviar um bilhete simpático em comemoração a alguma conquista se não estivermos atentos.

William refletiu sobre isso. Ele não estava preparado para a bondade, e isso o fez pensar em Charlie. O funeral de seu sogro foi o primeiro a que William compareceu. Ouvira, no funeral, as histórias de como Charlie fora generoso com as pessoas em Pilsen e no trabalho. Depois que um trio de homens bêbados tentou explicar como Charlie os ajudou a apaziguar um senhorio furioso, William quis se levantar e dizer à sala que seu sogro fora um excelente motorista e que escondera sua competência, ou talvez esta fora ignorada por Rose e suas filhas. *O que mais Charlie sentiu que tinha de esconder de nós?,* ele queria perguntar. Em vez disso, observou Rose endurecer, hora após hora, e observou o pânico e a dor estamparem o belo rosto de sua esposa.

Depois que o caixão foi enterrado, Julia levou William para visitar Cecelia e sua filhinha. A criança foi colocada em seus braços sem nenhum aviso. Nunca segurara um bebê antes, mas sua esposa e a mãe de Izzy se afastaram de William casualmente, como se confiassem nele para, de alguma forma, saber o que fazer. A bebê o olhou, e seu rosto estremeceu; ela parecia querer chorar. Era incrivelmente pequena; estava enrolada em cobertores de modo que ele não podia ver seus membros. Parecia quente. Estava com febre? Os cobertores eram necessários? William se sentou em uma cadeira para que, caso o bebê caísse, fosse de uma altura menor, e então deslizou para se sentar no chão. Julia e Cecelia riram dele, mas com afeto nos olhos, e então se sentaram no chão com ele, como se dissessem que sua ação fora perfeitamente satisfatória.

— Boa finalização! — disse Arash, com os olhos na quadra. — Aquele calouro ali, o ala-pivô. Ele tem sido um excelente substituto para o Kent. Tem um bom primeiro passo.

— Quem me substituiu?

Arash fitou o chão.

— Tem um cara novo que contra-ataca bem. Ele é do tipo grandão; não é um cara inteligente que nem você. — Arash assentiu, como se concordasse com a própria avaliação. — Você leu *The Breaks of the Game*?

— O quê?

— É um livro sobre jogadores inteligentes como você, como eles jogam e *pensam* no jogo. Eles repassam o filme na mente, entendem como usar o espaço. Os grandes estão sempre em um jogo de xadrez. Você deveria ler.

William tentou absorver as palavras de Arash; ele soube imediatamente que repetiria essa conversa mais tarde, quando estivesse sozinho. Pareciam as palavras e frases pelas quais ele estava esperando. William cometera o que pareciam ser pequenos fracassos e decepções durante cada hora de sua vida atual;

ele gostaria de ainda ser um jogador de basquete com inteligência posicional, que fazia parte do time. Uma lembrança acendeu sua mente: aos dez anos, ele estava parado na quadra do parque observando os meninos, que haviam acabado de recebê-lo em seu jogo, correrem para chegar em casa a tempo para o jantar. *Voltem*, pensou o jovem William.

Arash deu-lhe um tapinha no ombro.

— Tenho um compromisso. Talvez eu veja você aqui de novo.

— Estou aqui quase todos os dias — disse William, confuso com o sentimento em seu peito (era saudade?) enquanto o homem se afastava.

William e Julia passaram várias semanas naquele dezembro repetindo a mesma discussão toda vez que Sylvie estava fora.

— Devíamos nos mudar para o outro apartamento antes que eu fique enorme — disse Julia. Ela e William agora se qualificavam para um apartamento de dois quartos em um dormitório para casados, porque estavam esperando um filho. — Quero me organizar. Vamos ter que montar um berço e um trocador, pelo menos. Você voltará a lecionar no próximo mês, então devemos usar esta janela de tempo para nos mudarmos, enquanto você tem um pouco de tempo livre. — Ela fez uma pausa. — Por que você continua me olhando assim?

William tentou manter uma expressão neutra.

— Assim como?

— Como se o que estou dizendo fosse chocante. Você sabe que teremos um bebê em abril, certo?

— Claro que sei. Só estou dizendo que estamos confortáveis neste apartamento. Você sempre disse que amava este lugar. Vamos ficar aqui até o final do ano letivo. Podemos nos mudar em julho, nas férias de verão.

Julia olhou para ele com os olhos arregalados, irritada.

— É muito pequeno, com Sylvie ficando conosco. Se mudarmos agora, ela pode dormir no quarto do bebê. Não entendo por que você está discutindo comigo.

William não sabia o que dizer, como explicar que ele simplesmente queria adiar a mudança o máximo possível. Nada dentro dele faria sentido para sua esposa. Ele pensava, estupidamente: *Se não nos mudarmos, o bebê não nascerá, porque ele ou ela não terá um quarto.* O apartamento maior ficava em um prédio próximo, no *campus*, então não seria uma grande mudança, mas agora, com a morte de

Charlie, a barriga de Julia crescendo e Sylvie em seu sofá, tudo parecia incerto para William. Ele precisava acordar em sua cama em seu quarto atual, comer duas torradas com geleia de morango e depois caminhar até a biblioteca. Ele precisava sentar-se em seu cantinho de estudo favorito e espalhar seus livros da maneira exata que gostava. Precisava fazer uma pausa nos estudos para almoçar no ginásio — ocasionalmente com Arash — e se lembrar de como era correr na quadra à sua frente com uma bola de basquete nas mãos. No final de cada dia, após assistir às aulas, William voltava para casa, para a mulher por quem se apaixonara apenas alguns anos antes. As batidas ritmadas dessa rotina exata deram a William uma infraestrutura, e a ideia de qualquer mudança o fazia olhar fixamente para a esposa, embora soubesse que ela estava sendo razoável, e ele não.

Vários dias por semana, Arash trazia sua sopa e um pequeno pão integral — seu almoço nunca variava — e se sentava ao lado de William na arquibancada. Ele falava com William como se fosse um colega, o que era uma gentileza que William apreciava.

— Estou preocupado com Paterson — disse Arash, acenando com a cabeça para o ala-armador do segundo ano que corria de um lado para outro na quadra, esperando sua vez de arremessar.

— Ele tem um belo arremesso — disse William. — Você não acha?

— Boa técnica no arremesso, sim. Mas preste atenção em como ele pousa.

William observou o garoto esguio driblar três cones e depois arremessar.

— Não vejo problema.

— Tente desacelerar sua visão enquanto assiste. Observe-o em câmera lenta nas próximas três voltas.

William não fazia ideia do que Arash queria dizer com isso, mas observou atentamente durante os vinte minutos seguintes. Tentou separar as diferentes partes dos movimentos de Paterson: o ângulo de seu corpo quando ele corria, a rotação de seus joelhos quando ele girava, a despreocupação com que ele saltava em direção à cesta. Na quarta exibição, notara a torção do torso de Paterson enquanto ele arremessava, o que o fez perder o equilíbrio ao cair. Tentou explicar isso para Arash, que assentiu.

— Isso mesmo. Acho que ele pode precisar fortalecer os tornozelos, há uma possível fraqueza nos ligamentos. Sua experiência me fez repensar meu trabalho, sabe. Quero saber sobre as lesões anteriores dos jogadores. Se eu tiver essa informação, posso ajudar a se desenvolverem melhor. No entanto, estou preocupado que eles mintam para mim se eu apenas perguntar sobre as lesões. — Ele fez uma careta.

— Eles não vão querer que você pense que há algo de errado. Eles não querem ser vistos como avariados e ter menos tempo de jogo.

— Exatamente. Malditos idiotas.

William assentiu e colocou a mão sobre seu joelho fraco.

— Neste semestre, pelo menos no próximo mês, não vou lecionar — disse ele. — Tenho algum tempo livre. Você se importaria se eu te visse trabalhar às vezes? Acompanhasse você?

Arash se virou no assento para olhá-lo. Ocorreu a William que ele sabia muito pouco sobre aquele homem. Ele era fisioterapeuta na Northwestern há mais de uma década, ok, mas tinha uma esposa? Filhos? Morava no *campus*? De onde era? Estudar história exigia escopo, entender o cenário que cercava o evento crítico. Nada e ninguém existia no vácuo. Charlie na poltrona de sua casa era apenas uma parte de seu cenário. O velório revelara a mulher no ponto de ônibus, os amigos de bar, os colegas amantes da poesia, bons homens em seu trabalho miserável. Parentes amargurados, filhas atordoadas.

— Você não está na pós-graduação em tempo integral?

— Eu dou conta — disse William.

Arash voltou a olhar para a quadra.

— Não vou atrapalhar você. — William se encolheu porque sua voz soava desesperada, mas também porque percebeu que *estava* desesperado. Algo se abriu dentro dele naquele ginásio, enquanto observava os jogadores. Ele queria estar mais ali. Precisava estar, para ter alguma chance de se sentir bem.

— Isso seria ótimo — disse Arash. — Você poderia me ajudar.

William se arrependeu de ter dado seu livro a Julia no momento em que o entregou a ela. Se Charlie não tivesse morrido, ele não cederia aos seus repetidos pedidos, mas não suportava deixá-la mais infeliz do que já estava. Além disso, William sentiu que devia algo a ela em troca de seu acordo relutante em ficar em seu apartamento atual até o final do ano letivo.

— Ainda não está legível. Você não vai saber o que pensar disso. Não passa de um rascunho, um rascunho confuso — disse ele.

— Eu sei disso. Estou muito feliz por você me deixar ver. Obrigada.

Na manhã seguinte, William a viu lendo as páginas na mesa amarela da cozinha; nunca mais a vira lendo depois disso. Alguns dias depois, vira o manuscrito no sofá, embrulhado no saco de papel, e encolheu-se ao vê-lo ao ar livre. Sentira como se tivesse entregado à sua esposa o interior confuso de sua cabeça, ou talvez sua alma. Escrevera o livro por quase cinco anos, mas o fez aos trancos e barrancos. Na verdade, ele não pensava naquilo como um livro — era assim que Julia o chamava. Para William, era algo a que se dedicava porque havia um silêncio em seu interior que às vezes o assustava. O basquete era barulhento — o jogo acontecia em ritmo, com dez homens pulando, arremessando, defendendo, cortando a cada momento —, e escrever sobre isso mascarava o silêncio interno de William. Ele podia ouvir as batidas da bola de basquete, no ginásio ou na página, e imaginar que eram as batidas do próprio coração.

Costumava voltar para seu dormitório depois de um treino duro e recriar um jogo famoso numa página. Quando escrevia sobre as jogadas características de grandes jogadores — a finta de cabeça de Oscar Robertson ou o glorioso gancho mortal de Kareem Abdul-Jabbar —, sentia as ondulações desses movimentos em seu corpo. Essas ondulações eram as únicas vezes em que a quietude dentro dele cessava e ele experimentava algum alívio. Mas devido à maneira como William escrevia, a narrativa do livro era complicada e seguia apenas o caminho irregular de suas paixões. Sabia que não faria sentido para sua esposa, e o simples fato de não estar na posse daquelas páginas o fez sentir como se tivesse perdido parte de si. Dias se passaram sem que Julia mencionasse o livro, e ela parecia fazer um grande esforço para não encará-lo nos olhos. A névoa que havia chegado com o ferimento de William voltou à sua visão periférica, como uma nuvem cobrindo uma montanha. O livro era terrível; ele era terrível.

Finalmente, uma noite, na hora de dormir, Julia lhe entregou a pilha de páginas e declarou:

— É bom!

Ele fechou os olhos para não ver o sorriso radiante e forçado dela.

— Você não precisa dizer isso. Não é verdade. É só para mim. Lamento que isso não vá me dar um emprego depois da pós-graduação.

— Não vai precisar de um livro para isso. Vamos arrumar um emprego para você.

Seus contornos se cobriram de névoa, e ele se sentiu mal pela esposa. Ela tinha de fingir que achava o marido melhor do que de fato era. Ela tinha de fingir que não estava preocupada por ter se atrelado a um cavalo ruim. Não era a primeira vez que William via esse tipo de sorriso forçado no rosto de Julia, e odiava tê-la colocado nessa posição. Uma névoa escura o envolveu.

— As notas de rodapé eram muito interessantes. Muito incomuns — comentou Julia.

— Preciso de um copo d'água — disse ele, pouco antes de sair da cama. Caminhara rapidamente para a sala e então recuara, com o coração disparado, ao ver Sylvie no sofá. Esquecera que ela estava ali; esquecera tudo.

— Sinto muito — disse ela. Ele a assustara também.

— Foi culpa minha — disse ele. — Entrar de repente assim.

— Você está bem?

Havia algo na voz de Sylvie, uma compreensão, que fez William parar. Ele imaginou sua esposa e Sylvie dormindo lado a lado no sofá. Eram cuidadosas e gentis uma com a outra; ele sempre admirou isso nelas. Uma das coisas que ele mais amava em Julia era como ela tratava a família. As irmãs eram tão próximas que, na verdade, sua esposa nunca estava sozinha; as quatro garotas Padavano compartilharam a vida, celebrando e aproveitando os pontos fortes umas das outras, compensando mutuamente suas fraquezas. Julia era a organizadora e líder; Sylvie, a leitora e a voz comedida; Emeline, a educadora; e Cecelia, a artista.

A esposa de William não era mais uma leitora. É claro — ele percebeu — que Julia teria pedido a Sylvie para ler seu livro. Não como um ato de traição, mas como uma forma de dar o melhor de si para a tarefa. O amor e a ambição de Julia aliados às habilidades de leitura crítica de Sylvie.

William ficou parado sob a penumbra do canto da sala enquanto essa compreensão se desenrolava dentro dele. Podia sentir Julia, ansiosa, atrás de si. William sempre soube que se casara não apenas com sua esposa, mas também com a família dela. No início do relacionamento, Julia levou suas três irmãs para o jogo de basquete da faculdade para deixar claro que ela fazia parte de uma unidade, e ele aceitou isso. Julia mudou legalmente seu sobrenome para o dele, mas para todos os efeitos, ele se juntou aos Padavano. A união mais profunda naquele apartamento era entre as duas irmãs que adormeciam nos braços uma da outra.

Agora, Sylvie estava sentada ereta no sofá, como se fosse uma visita, e não uma mulher de camisola e o cabelo solto. Ela encarou o cunhado com o mesmo olhar preocupado com que Julia fitava as costas do marido.

William se afastou das duas mulheres e foi para a cozinha. Precisava ficar sozinho. Precisava lutar para controlar sua respiração.

Encostou-se na geladeira e apoiou as mãos sobre as coxas. Ele ofegava como se estivesse correndo na quadra, em um jogo que seu time estava perdendo por uma diferença avassaladora. Não importava quantos minutos restassem no relógio, não havia chance de vitória.

Em janeiro, quando começou o novo semestre, William voltou a lecionar, além de frequentar as aulas. Julia ficou claramente aliviada por ele ganhar um salário e fez um pequeno alvoroço quando ele trouxe seu primeiro contracheque para casa. William ficou satisfeito por ela estar feliz, mas agora ele achava seus dias tão longos e exigentes que precisava gerenciar sua energia para ir de uma ponta à outra. O programa de história acreditava que era benéfico para os alunos de pós-graduação lecionar fora de sua área de foco, então William era agora o professor assistente de uma disciplina de graduação intitulada A História do Egito Antigo. Cada aula exigia uma preparação intensa de sua parte, então ele estava sempre cansado, mesmo quando dormia bem à noite. Ele desenvolveu o hábito de chacoalhar a cabeça vigorosamente, uma vez, antes de entrar em uma aula de pós-graduação, e isso ativava um motor interno que lhe permitia acenar com a cabeça, sorrir e fazer anotações enquanto o professor falava. Um motor mais potente era necessário quando William era o professor assistente à frente de sua própria turma. Seu batimento cardíaco acelerava e os minutos pareciam voar pela janela afora, alados de ansiedade. Ele tinha de verificar constantemente o relógio para ter certeza de que não estava passando pela matéria com muita rapidez. Sentia que estava administrando mal o tempo; um professor melhor se prepararia para terminar a matéria assim que a aula chegasse ao fim, alinhando os minutos com algum relógio interno que faltava a William.

Quando chegava em casa tarde da noite, ele dava o melhor de si a Julia e percebia que ela tentava dar seu melhor para ele. Contudo, ele sabia que a leitura de seu manuscrito prejudicara permanentemente a opinião de Julia sobre ele. Para ela, o "livro" dele fora uma presença marcante ao longo do relacionamento: no começo, ficara empolgada, porque viu o projeto como um sinal da maturidade e ambição de William. Com o passar dos anos, ela usou a ideia para abafar quaisquer preocupações que tivesse sobre a falta de planos e objetivos pessoais dele. Julia contava com o livro para provar que ele era o homem que escolhera. E agora que o leu, sabia que ele não era. William temia que isso acontecesse; era como cair de um penhasco, e ele nunca soube em que estado chegaria ao chão. Ele se perguntava, todos os dias, se deveria dizer a ela que entenderia se quisesse deixá-lo. Mas Julia estava grávida — visivelmente agora — e, portanto, estava presa. Eles estavam presos: a cada dia, ele se tornava menos parecido com o homem com quem ela se casara, enquanto a família deles só crescia.

Julia contou a ele sobre a consulta médica que teve naquela tarde e perguntou se ele queria colocar a mão em sua barriga esticada. William colocou a mão onde ela apontou, mas ele sabia que não tinha a expressão certa no rosto — um pouco de seu medo deve ter transparecido. Julia suspirou e se virou, dizendo que precisava ir para a cama. William ficava aliviado nas noites em que chegava em casa e Julia não tentava fingir normalidade. Ela apenas acenava para ele de seu assento no sofá ao lado da irmã, mas não se levantava para jantar ou perguntar sobre seu dia.

— Você não está animado com o bebê — disse Julia a ele uma vez, apenas afirmando o fato.

William levou um momento para se lembrar do que era empolgação e então disse:

— Estou. — Mas ele sabia que tinha falhado em soar convincente. — Desculpe.

— Por favor, pare de se desculpar. Às vezes, William, sinto que estou tendo o bebê com Sylvie, e você é apenas um cara que mora aqui. — Julia o desafiou com os olhos. Ela queria uma resposta, queria que ele retrucasse, se sentisse insultado, mas tudo o que ele conseguiu fazer foi outra expressão de arrependimento.

Certo dia, tarde da noite, William estava voltando para casa depois da aula quando notou, na escuridão, uma mulher sentada em um banco. Ele piscou na direção dela por um momento, sem entender por que ela havia prendido sua atenção, e então percebeu que era Sylvie. O coração de William deu um salto rápido no peito. Ele poderia ter atravessado a rua ou dobrado uma esquina antes que sua cunhada pudesse vê-lo, mas era tarde demais. Ela também o notara.

Durante semanas, ele vinha evitando Sylvie. Toda vez que estava na mesma sala com ela, pensava: *Você leu minhas notas de rodapé ridículas.* Isso o fazia desejar cair num buraco; ele sabia que Sylvie devia ter ficado horrorizada com o que havia lido. Ele não havia tirado o manuscrito do saco de papel desde que Julia o devolveu; esse foi o maior período que ele já passou sem adicionar conteúdo às suas páginas.

— Esqueci minhas chaves do apartamento na biblioteca — disse Sylvie, sentada no banco.

William notou que ela parecia cansada e se lembrou de que ela também frequentava aulas noturnas. Então, olhou para o relógio; eram quase dez horas.

— O que você ia fazer?

Ela deu de ombros.

— Eu estava tentando descobrir. É tarde demais para telefonar, porque Julia precisa dormir, e eu não sabia se você estaria em casa. Meu palpite é que eu ia ficar sentada aqui mais um pouco, não está muito frio, e depois pegar um ônibus para dormir na casa da dona Ceccione.

William sentou-se na beirada do banco, ao lado dela.

— Bem, problema resolvido, porque eu tenho as chaves.

Ela sorriu.

— Aproveitei para admirar as estrelas.

— As estrelas? — A princípio ele não sabia do que ela estava falando, mas depois inclinou a cabeça para trás. Lá estavam elas.

— Você não gosta de olhar as estrelas?

Esta é uma conversa estranha, pensou William. Mas ele havia saído de sua rotina diária e se sentia menos nervoso com Sylvie na escuridão sombria do que dentro do apartamento.

— Acho que não — disse ele. — Quero dizer, não tenho nada contra elas.

Eles ficaram quietos por alguns momentos, com as cabeças inclinadas para trás para contemplar o céu.

— Sinto falta do meu pai o tempo todo — disse Sylvie. — Continuo achando que vai ficar mais fácil...

William olhou para ela, e havia lágrimas em seu rosto. Ele podia vê-las presas nos cílios dela, e perdeu o fôlego. Podia ver sua tristeza traçada nas linhas de seu corpo, cobrindo seus braços e suas pernas e os contornos de seu rosto. Isso o impressionou; ele nunca foi capaz de ver com tanta clareza o que outra pessoa estava sentindo.

Sylvie foi ferida pela morte de Charlie; Julia também havia naufragado. Charlie Padavano parecia essencial para as filhas, como se fizesse parte de sua estrutura. William também sentia falta do sogro; ele se lembrou de Charlie pedindo-lhe para explicar o basquete. William se pegou desenhando a quadra em um pedaço de papel e explicando as ações dos cinco jogadores de um time, o homem mais velho assentindo com a cabeça, concentrado ao lado dele.

— Esse tipo de perda... deve ser difícil — disse William.

— Eu não esperava... — Ela fez uma pausa. — Que isso tomasse conta de tudo, de cada minuto. Eu não sabia que era possível perder alguém e isso significaria que você perderia muito mais.

William refletiu sobre isso.

— Como se tudo estivesse conectado.

Ela emitiu um leve ruído ao lado dele, nem um sim nem um não.

Ele ajustou seu peso contra as ripas de madeira do banco. Seu corpo parecia estranho, como se o sangue estivesse correndo em um ritmo mais rápido do que o normal. Observou um policial caminhar pela calçada do outro lado da rua.

— Você parece cansado — comentou Sylvie.

William se virou para ela e viu-se olhando diretamente nos olhos de Sylvie. Teve a estranha sensação de que ela estava olhando para dentro dele, para a verdade dele. Não sabia que isso era possível. Quando Julia olhava para William, estava tentando ver o homem que ela queria que ele fosse. Ela não podia, ou não queria, ver quem ele realmente era.

William pensou em Charlie novamente; seu sogro parecia interessado em *conhecê-lo*. E então, brevemente, pensou em seus pais. Sua mãe ou seu pai alguma vez olharam diretamente para ele? Achava que não. Imaginou que sua mãe devia tê-lo segurado quando bebê com o rosto virado para outro lado. Talvez fosse por isso que sentia dificuldade em se imaginar como pai, porque seus pais sempre queriam sair do cômodo em que ele estava.

William respirou fundo. Por que estava tendo esses pensamentos? Parecia que a atenção de Sylvie o revelara a si mesmo. As estrelas estavam muito brilhantes. Agressivamente brilhantes.

— Tenho estado muito cansado ultimamente. — Ouviu-se dizer.

— Eu também.

— Você perdeu seu pai e sua casa. — Ele não havia pensado nisso antes, mas sabia, como se o ar entre eles estivesse repleto de respostas, que essa era a verdade.

— Sim — disse ela, e sua voz tremulou.

Algo tremulou dentro de William em resposta, e ele ficou com medo — por uma fração de segundo — de que *ele* pudesse chorar. Mas não podia fazer isso na frente da irmã de sua esposa; muito já havia se passado entre eles. Então, levantou-se e disse com voz brusca:

— Vamos entrar.

Alguns dias depois, Julia disse a ele, chateada, que Sylvie havia encontrado um lugar para ficar; ela estava se mudando. William sentiu uma pontada no peito e pensou: *A culpa também é minha.* Algo havia acontecido com ele naquele banco e, desde então, achava sua rotina diária ainda mais difícil de cumprir. Ele quase chorou na frente da cunhada, mesmo que nunca chorasse. Não desde que era criança, e William tinha poucas lembranças de lágrimas mesmo naquela época. Sua falta de compostura deve ter parecido desagradável para Sylvie. Compreensivelmente, a combinação de ler suas embaraçosas notas de rodapé e aquele momento no banco fora demais — o que exatamente, ele não tinha certeza — para Sylvie suportar.

Um mês depois, Rose anunciou que estava se mudando para a Flórida, e as irmãs se reuniram na noite seguinte no apartamento de Julia e William, que queria ser útil, mas não sabia como. Sentou-se na poltrona e observou as quatro irmãs perambularem pela sala. As mulheres compartilhavam a mesma ruga entre as sobrancelhas e a mesma necessidade de movimento. Ficavam passando Izzy entre si, embora a bebê chutasse e se contorcesse nos braços delas.

— Ela está treinando para engatinhar — disse Cecelia, desculpando-se.

— Claro que está. — Julia falou como se estivesse ficando sem ar. Ela estava tão grávida que tinha dificuldade em encher os pulmões. — Izzy é muito esperta.

Nenhuma das mulheres sorriu, porque Julia não estava brincando, e todas concordavam com ela.

— O que podemos fazer? — perguntou Emeline. — Se mamãe quiser ir embora, não podemos impedi-la.

— Ela pode não gostar da Flórida. Talvez volte — disse Sylvie.

William fizera contato visual com Sylvie muito brevemente quando ela chegou. Eles trocaram um aceno de cabeça que parecia um código para: *Eu vi você naquela noite e você me viu, mas está tudo bem.* Desde que Sylvie se mudou, William tomava cuidado para nunca ficar sozinho com ela. Ele finalmente havia recuperado uma sensação de progresso que o ajudava a enfrentar seus dias, e não queria perdê-la. Além disso, ele tinha visto as emoções de Sylvie como se estivessem estampadas no corpo da cunhada, e isso parecia assustadoramente íntimo, como se ele tivesse a visto nua. William não entendia o que havia acontecido entre ele e a cunhada no banco naquela noite, mas parecia perigoso, como uma adaga brilhante que poderia cortar sua vida como se fosse feita de papel.

Examinou as outras mulheres na sala. Ninguém ali jamais estivera na Flórida ou mesmo em um avião. Rose já tinha sua passagem. William tinha olhado na seção de imóveis do jornal local naquela manhã e visto que a casa dela estava à venda, por muito mais do que ele teria pensado que valeria.

— Não acredito que ela está indo embora *agora* — disse Julia. — Ela provavelmente vai perder o nascimento do bebê.

Izzy foi passada de Sylvie para Julia, que beijou a bochecha da menina e depois aninhou o rosto em seu pescoço.

As outras três irmãs pareciam aflitas, com os olhos fixos na irmã mais velha; Julia era a líder e não tinha um plano. William sentiu uma onda de irritação por elas esperarem que Julia resolvesse isso. Sua esposa estava tendo dificuldade para dormir e suas costas doíam o tempo todo.

— Sinto que o bebê está me pressionando — disse ela a William naquela manhã durante café. Ela parecia desconfortável e inchada a cada minuto do dia.

— As pessoas mais velhas costumam se mudar para o sul quando se aposentam — disse ele, notando que sua voz masculina mais profunda soava estranha na sala. — É muito comum. Isso não é necessariamente uma má notícia... vocês apenas não estavam esperando por isso.

Houve um momento de silêncio. Ninguém olhou em sua direção. Ele se perguntou se não tinha credibilidade no assunto porque sua árvore genealógica havia definhado prematuramente. Ou ele carecia de credibilidade simplesmente porque era um homem sentado em sua poltrona, como Charlie tinha sido?

William olhou para seu joelho fraco.

— Alguém gostaria de algo para comer? — perguntou Julia. — Temos macarrão. Ou ovos?

— Este foi um ano difícil. — Emeline parecia fazer um discurso que não havia escrito e no qual não acreditava totalmente. — Mas ficaremos bem sozinhos. Nós cuidaremos um do outro. Consegui que minha grade seja noturna, para que eu possa trabalhar em tempo integral, e ganhei um aumento na creche. Cecelia e eu poderemos nos mudar para nossa própria casa em breve.

— Estou pintando murais nas paredes da creche — disse Cecelia. — E se der certo, farei o mesmo em outras creches e, talvez, escolas.

— Vocês dois — acrescentou Emeline, gesticulando na direção de Julia e William — estão maravilhosamente bem. Sylvie está prestes a ser uma bibliotecária oficial, a melhor da cidade.

— Ainda temos sorte — disse Sylvie timidamente, como se estivesse testando a hipótese das gêmeas.

— Vamos superar isso — disse Julia.

William entrou na cozinha para ferver água para o macarrão e esconder o fato de que estava comovido com a maneira como as irmãs haviam conseguido recolar os cacos bem diante de seus olhos. Sentia-se sozinho, diante da pia, com o joelho bambo e o coração palpitante. Ele cozinhou o macarrão, acrescentou o molho marinara refrigerado que Julia havia feito no início da semana e levou a tigela para a mesa. Emeline ficou de pé num salto para pegar pratos e talheres.

— Obrigada — disse Julia, e ele viu a gratidão em seus olhos.

— Vou dar uma volta — avisou. — Volto logo.

As quatro irmãs olharam para ele, e a bebê deu um súbito grito feliz, o que fez as mulheres sorrirem na direção dele antes de se virarem para Izzy. William deixou o apartamento iluminado e fechou os olhos com alívio ao se ver sozinho no crepúsculo arroxeado. Pensou por um momento em seu livro, mas este havia ficado dentro da casa, e não queria voltar até que todas, exceto Julia, tivessem ido embora.

Olhou para o relógio; certamente haveria um jogo informal acontecendo no ginásio ou talvez um treino tardio da equipe. Atravessou o *campus* a passos largos, aspirando o ar da noite. Ele ocuparia seu lugar habitual nas arquibancadas e examinaria os passos, os saltos e as aterrissagens dos jovens, procurando lesões futuras. Qualquer fraqueza que conseguisse identificar na quadra de basquete poderia ser consertada.

JULIA

Abril de 1983 — Julho de 1983

Julia e Rose não se falaram a caminho do aeroporto. William não queria que Julia dirigisse o carro emprestado, porque sua barriga estava tão grande que tocava o volante mesmo com o assento empurrado para trás. Ele se ofereceu para conduzi-las até O'Hare, mas Julia sabia que tinha de estar sozinha com sua mãe. Se Rose planejava dizer algo a ela — qualquer coisa que explicasse sua partida ou seu arrependimento pela decisão —, isso não aconteceria com William presente. Mas Rose não esboçou nenhuma reação enquanto estacionavam o carro, despachavam sua bagagem e caminhavam até o embarque.

— Vou mandar uma foto do bebê quando ele nascer — comentou Julia.

Rose assentiu.

— Não tenha tanta certeza de que é um menino.

— Todo mundo diz que é, por causa da minha barriga pontuda.

Julia e Rose pararam de repente. Cecelia estava parada no portão de embarque, segurando Izzy apoiada no quadril. Vestia suas roupas de pintura: jeans e uma camisa de manga comprida manchada. Seu cabelo estava preso com um lenço amarelo que pertencia a Charlie. Era um espelho da expressão pétrea de sua mãe.

— Não vou deixar você ir embora sem conhecer sua primeira neta — disse Cecelia.

Os olhos de Rose escureceram. Ela parecia pálida e rígida. Julia percebeu que sua mãe estava pensando em seu marido caído no chão do hospital.

— Meu primeiro neto está bem aqui — disse Rose, apontando para a barriga de Julia.

— Não — rebateram Cecelia e Julia, ao mesmo tempo.

Rose deu um passo para trás.

Izzy, que estava perdendo sua soneca matinal, esfregou os olhos com as costas das mãos e franziu a testa para todas.

— Vai estar muito calor na Flórida — disse Julia, tentando conduzir a conversa para um assunto que fizesse sentido, que tivesse potencial para a paz. Porém, quando as palavras saíram de sua boca, ela sabia que não tinham sentido. — Você nunca gostou do calor, mamãe.

— Você não precisa ser tão teimosa — disse Cecelia.

Julia sentiu um tremor percorrer seu corpo. Sabia que haveria uma conversa importante com sua mãe no aeroporto, pôde sentir em seus ossos, mas não sabia que Cecelia seria parte disso. Sentiu uma pontada de ciúmes, porque sua irmã mais nova havia tomado a frente, de novo. Cecelia tinha quase dezenove anos e parecia mais poderosa, mais segura na maternidade do que antes. Ela era bonita e usava roupas que lhe caíam bem. Julia se sentia tão grande quanto o oceano e seus pensamentos nadavam como peixes em sua cabeça.

— Você está tentando me matar também? — perguntou Rose a Cecelia. — Logo antes de eu entrar em um avião para relaxar um pouco pela primeira vez na minha vida?

Ah, não, pensou Julia.

— Não é possível que você acredite que eu tenha tido algo a ver com a morte do papai. — Cecelia lançou um olhar para Rose que dizia: *Se a culpa é de alguém, é sua.*

Havia pessoas ao redor delas comendo, tomando café, certificando-se de que tinham na bagagem de mão aquilo de que precisavam, mas Julia não saberia dizer se havia dez estranhos no terminal ou cem. Eles estavam assistindo e ouvindo a mãe e a irmã dela se magoarem?

— Papai disse que você nunca mais falou com sua mãe depois que ela te expulsou. — Cecelia balançou a cabeça, então Izzy balançou a dela também. — Eu queria me despedir e dizer que sempre amei você e que contarei a Izzy apenas boas histórias sobre a avó. E sabe por quê? Não por você, mãe. Eu vou fazer isso por mim. Não quero acabar amarga e irritada como você. Eu *quero* sentir sua falta, porque eu amo você.

— Você não deveria falar assim — disse Rose. — Eu gostaria de me sentar.

E ela foi se sentar em uma das cadeiras da área de espera. Os tremores que percorriam o corpo de Julia pareciam passar pelo rosto de sua mãe, mas Rose não disse nada até que o anúncio do embarque foi feito.

— Você tem tudo do que precisa para o voo? — perguntou Julia, e então pensou: *Por que só consigo dizer coisas estúpidas?* Ela queria estar neste momento com sua mãe e irmã, mas não estava. Ela se sentia uma bola de borracha quicando em meio a um tiroteio.

Rose dirigiu sua atenção para Cecelia.

— Eu escolho as conversas que tenho, mocinha. Você não. Não há nenhuma virtude em falar demais. — Rose assentiu, como se concordasse consigo mesma, e então caminhou lentamente em direção ao túnel de embarque, onde mostrou sua passagem à comissária e desapareceu de vista.

Izzy fez um barulho suave e saltitou nos braços de sua mãe.

As duas irmãs se entreolharam.

— De manhã, quando acordei, eu não sabia que viria aqui — disse Cecelia. — Quando dei por mim, estava caminhando para o trem.

Havia ruídos no aeroporto: anúncios aéreos, o barulho de malas sendo colocadas no chão, o burburinho das conversas.

— Você poderia dirigir o carro de volta para a cidade? Acho que o bebê está chegando — anunciou Julia.

— Agora? — Os olhos de Cecelia se arregalaram, então, ela beijou a irmã na bochecha. Izzy se inclinou dos braços da mãe para fazer o mesmo. Um beijo firme e o outro suave, como o toque de uma borboleta. — É claro que ele está. Vamos.

— Você foi tão corajosa — disse Julia, enquanto se deixava conduzir pelo corredor. Sua voz soou fraca em seus ouvidos, e essas seriam as últimas palavras que ela pronunciaria em voz alta por um tempo. Podia sentir algum tipo de vasto poder puxando-a para dentro de si.

Como não tinham cadeirinha, Julia estava meio sentada e meio deitada no banco de trás, segurando Izzy com as duas mãos.

— Fica calma — pediu Cecelia. — Aguenta firme até chegarmos ao hospital. Achei uma bobagem quando papai nos ensinou a dirigir, já que moramos na cidade e nunca tivemos carro. Ele me disse que era uma habilidade valiosa para a vida e que eu poderia ser a motorista quando nós quatro assaltássemos um banco um dia.

Julia sabia que sua irmã estava falando para distraí-la da dor, mas não era exatamente dor o que sentia — era mais uma pressão sufocante. A cada poucos minutos, ela sentia como se um elefante invisível se sentasse sobre ela — o peso a esmagava —, e então o elefante se levantava e ela voltava a ser quem era. Concentrou-se em manter as mãos em Izzy, que adormecera ao seu lado. A bebê parecia tão perfeita e linda dormindo que Julia começou a chorar. *Nenhum outro bebê poderia ser tão fofo assim*, ela pensou. *O que significa que meu bebê não será tão fofo.*

— Lá está o rio — disse Cecelia do banco da frente. — Mais cinco minutos. Vou pintar um quadro de Izzy e seu bebê juntos. Vou pintar um para cada uma de nós.

Quando o elefante se levantou, Julia pensou: *Mamãe está no avião. Ela não está mais aqui. Está literalmente inacessível.*

Cecelia pareceu ouvir seus pensamentos.

— Quem está perdendo é a mamãe, não você — disse ela. — Ela é quem vai perder tudo, não você. Nem eu. Vou ligar para William e as outras quando chegarmos ao hospital. Estaremos todos lá.

Quando chegaram ao hospital, Cecelia soltou os dedos de Julia, agarrados no macacão de Izzy, e pessoas — estranhos sem rosto cujas vozes ela não conseguia entender — ajudaram-na a se sentar em uma cadeira de rodas. Julia se perguntou se eram as mesmas pessoas do aeroporto. Ela podia ouvir o timbre da voz de Cecelia, mas as palavras não assumiam formas distintas. Julia continuou mudando de posição, contorcendo-se na cadeira, tentando fugir do elefante, que agora se recusava a se levantar.

Mais tarde, ela seria informada de que seu trabalho de parto fora surpreendentemente rápido para uma primeira gestação e que ela chegou tarde demais para receber uma epidural. Cecelia ligou para o departamento de história da Northwestern, mas ninguém conseguiu rastrear William imediatamente. Demorou trinta minutos até que ele fosse encontrado no ginásio da universidade, e então ele correu, apesar do joelho machucado, até a esquina do *campus* da Northwestern, onde era possível encontrar um táxi. Sylvie abandonou sua mesa na biblioteca. Emeline estava sentada sozinha na casa em que cresceram, com a intenção de passar cada minuto no interior da propriedade naquele último dia em que eram donos dela. Porém, quando recebeu a ligação de sua irmã gêmea, saiu correndo pela porta da frente.

Como tudo foi muito rápido e William ainda não havia chegado, Cecelia estava na sala de parto, assim como Julia havia estado com ela.

A habilidade de ouvir e entender palavras foi a primeira das capacidades de Julia a desaparecer. Logo ela estava pensando em frases sem preposições ou adjetivos. *Não, chega, para, bebê vindo.* Parecia que, dentro dela, uma represa se rompera, revelando seu instinto animal. Isso foi uma surpresa para Julia, mesmo naquele estado. Ela grunhiu, berrou e uivou enquanto se contorcia. Os ruídos pareciam internos e externos, mas ela não sentiu vergonha. Sentiu poder. Sentia-se como uma leoa, coberta de suor, levantando-se na cama dura em que a deitaram, mandando-a que empurrasse, enquanto todo o seu ser, em sincronia, guiava o bebê para fora de seu corpo.

— É uma menina! — gritou Cecelia, pouco antes de cair no choro.

O elefante sumiu, o aperto parou, e Julia voltou a ser ela mesma. Em grande parte, pelo menos. Percebeu que certamente era um mamífero, com a capacidade de abalar o mundo e criar um humano quando libertava seu poder. Tornou-se mãe. Essa nova identidade invadiu seu corpo, bem-vinda como água no leito de um rio seco. Parecia tão elementar e verdadeiro que Julia já devia ser mãe sem saber, simplesmente esperando que seu bebê se juntasse a ela. Nunca se sentira assim antes. Seu cérebro era um máquina brilhante, e seus recursos pareciam imensos. Ela *era* a própria clareza.

Julia segurou a filha pelo que pareceram apenas alguns segundos antes de a enfermeira levá-la ao berçário para tomar banho e ser enrolada em um cobertor. Cecelia saiu da sala para contar a novidade aos outros. Julia balançou a cabeça, em descrença e alegria. Não acreditava na rapidez com que sua mente se movia, mas talvez essas verdades estivessem dentro dela o tempo todo e haviam ficado acessíveis agora porque ela dera à luz. Ela viu tudo muito claramente. Passara a vida inteira tentando consertar outras pessoas — seus pais, suas irmãs, William —, mas foi um esforço infrutífero; e podia ver isso agora. Não poderia manter seu pai vivo, sua mãe em Chicago, Cecelia celibatária ou William ambicioso. Ela estava apenas aprimorando suas habilidades para este momento, para o que importava: a maternidade. Julia protegeria e celebraria sua filhinha, e deixaria todos os outros fazerem o que quisessem. Com a filha, ela estava completa. Percebera, maravilhada: *Eu me amo*. Isso de alguma forma nunca fora verdade antes.

William entrou na sala com um sorriso nervoso no rosto. Julia estava frustrada com o marido havia semanas, mas dentro de seu novo eu, sentia afeição por ele. Ela *era* amor. Então, sorriu radiante para William e pensou: *Nunca precisei de você. Sabia disso? Achei que precisava de um marido, mas, na verdade, não preciso de ninguém. Eu poderia ter feito tudo sozinha.* William curvou seu longo corpo para abraçá-la, e Julia passou os braços em volta do pescoço dele. Contou-lhe sobre como estava animada para que ele visse a menininha que ela havia feito.

Quando Julia e a bebê Alice chegaram ao apartamento da Northwestern, com a luz do sol entrando pela janela da sala, acomodaram-se na poltrona. A enfermeira do hospital ensinara Julia a amamentar, e Alice aceitara com facilidade, então elas passavam os dias naquela cadeira garantindo que a alimentação e o descanso fossem suas únicas atividades. A amamentação deixava Julia e Alice sonolentas. Julia se surpreendia toda vez que acordava e descobria que dormira sentada, no meio do dia. O tempo se movia como ondas em um leito d'água; horas e minutos avançavam e depois se aquietavam sob seu corpo mais pesado. Ela nunca sabia que dia da semana era, tanto que, cada vez que William lhe dizia que estava saindo para o trabalho, Julia se assustava. Quando o marido estava em casa, levava comida e copos d'água para ela, cuidava da louça e da roupa e abria a porta para as irmãs entrarem quando tocavam a campainha. Julia se sentia inebriada por uma espécie de felicidade atordoada com a bebê nos braços.

Seu poder recém-descoberto era como um segredo maravilhoso. Ela sorria para si mesma em momentos estranhos, pensando nisso, mas se permitia esse descanso, essa recuperação, para reunir suas forças. Às vezes, quando a bebê cochilava, Julia se deitava ao lado dela e sonhava acordada com o futuro. Ela se tornaria verdadeiramente independente. Quando sua filha estivesse um pouco mais velha, ela ligaria para o professor Cooper e pediria trabalho. Ela usaria seu cérebro brilhante e, enquanto William estivesse na pós-graduação, ganharia dinheiro. Com ela na jogada, não haveria mais problemas financeiros. Enxergava essa nova vida claramente. Emeline trabalhava em uma creche, então Julia podia deixar Alice com sua querida tia quando ela fosse trabalhar. Com duas rendas, ela e William poderiam comprar uma casa mais cedo do que o planejado. Eles poderiam mandar Alice para uma escola particular. Essa visão era menos complicada e problemática do que qualquer outra que Julia tivera em sua vida, porque, em vez de depender do marido, ela dependia da própria capacidade, que se revelara ilimitada.

De hora em hora, porém, a bebê atraía a atenção de Julia como se ela fosse um ímã. Julia pensou que Alice seria um menino, mas, independentemente do sexo, ela esperava que a bebê se parecesse com Izzy, que tinha olhos escuros e uma expressão séria. Alice, porém, tinha olhos azuis como o mar e feições amigáveis. Ela parecia interessada e, de alguma forma, otimista sobre a paisagem ao seu redor. Sylvie usou a velha câmera de Charlie e tirou uma foto de Julia e Alice na poltrona, para enviar a Rose. Julia esperava que fosse difícil sorrir para essa foto em particular, expressar qualquer coisa que não fosse perda ou raiva. Para sua surpresa, porém, ela sorriu. A dor da partida da mãe quase desaparecera; tudo o que restava era um leve vestígio de uma contusão. A explicação óbvia era a de que o nascimento de Alice mudara o lugar de Julia em sua família. *Ela* era a mãe agora. Alice era a filha. Julia se perguntou se Rose percebera que estava prestes a se tornar uma personagem coadjuvante, em vez da principal, e partiu para evitar esse destino.

No meio da noite, na poltrona, Julia se pegava falando em voz alta, não com a mãe, mas com o pai. Era dele que ela sentia falta naqueles momentos. Na escuridão, era fácil imaginar Charlie sentado no sofá, com seus olhos cheios de alegria cada vez que Alice acenava com a mãozinha ou franzia os lábios.

— Papai, ela é linda, não é? Você a adoraria. Seu nome do meio é Padavano. Alice Padavano Waters.

Emeline aparecia quase todos os dias durante o pequeno intervalo entre seu turno na creche e suas aulas noturnas na faculdade comunitária. Ela brincava que estava percorrendo o caminho mais longo para a formatura, porque só conseguia fazer uma ou duas matérias de cada vez para obter o diploma de educação infantil. Estava encantada com a nova bebê e não suportava ficar longe.

— Eu posso ficar grudada com a Alice — disse ela na bochecha da recém-nascida — e depois voltar para casa no final da noite para Izzy. Eu sou tãããо sortuda.

Julia sorriu com a felicidade da irmã.

— Precisamos encontrar alguém pra fazer bebês com você — disse ela. — Você será a mãe mais incrível do mundo.

— Eu sei, eu gostaria de poder pular para esse ponto da minha vida. — Emeline sempre ficava tímida e nervosa perto dos homens. Ficava atrás de suas irmãs em ambientes sociais, da mesma forma que se escondia atrás delas em festas quando era criança. *Sou uma pessoa caseira*, dizia sempre que precisava se explicar para alguém novo. Sua propensão a ficar em casa era ainda maior desde que Izzy nascera. Emeline só saía do lado de Izzy para visitar Alice.

Alice tinha três semanas de vida quando Emeline disse, certa tarde, quando estavam sozinhas no apartamento:

— Parece que William não, ahn... segura muito a bebê. Você acha que ele está com medo?

Alice estava dormindo, era um peso sólido e delicioso contra o peito de Julia, que respondeu baixinho:

— Você tem razão. Eu também notei isso.

William só segurava a bebê quando Julia lhe pedia diretamente — por exemplo, quando ela usava o banheiro ou tomava banho. E ele sempre caminhava diretamente para o berço ou trocador e colocava Alice ali. Nunca a aconchegava ou abaixava o rosto para beijar sua bochecha macia.

— Não sei se ele está com medo — disse Julia. — Eu não sei *o que* ele está sentindo, porque ele não me conta.

— Eu me pergunto se talvez seja porque seus pais não eram... normais — disse Emeline. — Talvez ele não saiba como agir com ela.

Isso não havia ocorrido a Julia, mas ela balançou a cabeça.

— Não acho que seja isso. Ele sempre diz que está bem, que está tudo bem.

Ela se mexeu na cadeira, tomando cuidado para não acordar a bebê. Descobrira que estava aliviada por ter a chance de compartilhar sua frustração com a irmã.

— Achei muito legal que William esteja lavando a louça e a roupa, mas sei que ele está fazendo essas coisas porque elas o mantêm longe da Alice. Emmie, ele nem olha para ela.

— Bem, pode ser que ele só precise de mais tempo. Os homens não tem um instinto natural com bebês como nós. Ele vai mudar de ideia. Como não poderia? Alice é tão fofinha — disse ela, e salpicou o pé da bebê com beijos.

Domingo era o único dia em que William não tinha aula nem trabalho, e sua presença no apartamento atrapalhava Julia e a rotina da bebê. A esposa o mandava sair para fazer qualquer coisa em que pudesse pensar e tirava uma longa soneca à tarde, mas, ainda assim, parecia que toda vez que erguia os olhos, William estava em sua frente, fazendo uma pergunta boba. Qual camisa ele deveria usar? Ele deveria contatar os responsáveis pela mudança para saber a que horas eles planejavam aparecer no dia designado? Ela gostaria que ele perguntasse ao superintendente sobre o botão do elevador? As uvas parecem boas para comer?

Julia finalmente disse:

— Não posso lhe dar todas as respostas do universo! Estou ocupada com a bebê e não tenho tempo para cuidar de duas crianças.

William pareceu magoado e se desculpou. Isso também a irritava. Julia se mexeu na cadeira, com a bebê no colo, e desejou que fosse segunda-feira de manhã. Ela podia sentir as verdadeiras perguntas em seu casamento à espreita sob a superfície das questões irrelevantes de William. As perguntas dela eram: *Você realmente quer esta vida? Comigo e com Alice? Você quer estar aqui conosco?*

William fez menos perguntas depois disso, o que significava que ele falava menos. Isso também irritava Julia, e a forma como ele evitava a bebê a deixava cada vez mais triste. Agora que uma das principais equações de seu casamento — as perguntas de William mais as respostas de Julia resultavam em um plano — havia falhado, eles se sentiam estranhos um com o outro.

— Estou fazendo algo errado? — perguntou o marido certa noite, depois de apagarem as luzes.

— Não, William, você está fazendo tudo certo — disse ela na escuridão, e então adormeceu.

Na próxima visita de Cecelia, Julia tentou explicar sua revelação durante o parto e como ela estava diferente agora.

— Você também se sentiu como um animal? — perguntou para a irmã.

Cecelia refletiu sobre isso.

— Bem, eu não acho que fiz o tipo de barulho que você fez ou fui tão selvagem. — Ela sorriu para a irmã. — Mas eu sei o que você quer dizer, eu acho. Se alguém tentasse machucar Izzy, eu arrancaria a cara da pessoa.

— Você está mais poderosa desde que teve Izzy.

— Estou? — perguntou Cecelia, com dúvida em sua voz. Izzy estava em seu colo. A bebê já conseguia ficar de pé sozinha por alguns momentos vacilantes, mas gostava de acariciar Alice com muito entusiasmo, então Cecelia ficou por perto.

— Convenci William a fazer pós-graduação — disse Julia. — Mas sou eu quem deveria ter ido. Eu poderia ter obtido um doutorado em psicologia organizacional ou ter ido para a escola de negócios. Eu poderia administrar um negócio, você não acha?

Cecelia beijou a bochecha macia de Izzy.

— Acho que você está sob o efeito de hormônios poderosos e deveria aproveitá-los.

Naquela noite, na escuridão, Julia disse:

— Sinto sua falta, papai. Eu gostaria que você pudesse ter me visto sendo mãe. Teria feito você sorrir.

Julia e William se mudaram para o apartamento maior em julho, quando Alice tinha onze semanas de vida. O apartamento tinha dois quartos e uma cozinha nova, mas as janelas da sala davam para outros prédios, em vez de para céu e um pátio tranquilo. Alice acordava com menos frequência durante a noite, então Julia dormia na cama com o berço ao lado dela. Embora quisesse se mudar antes do nascimento de Alice, ela passou a apreciar o momento. Era ali que ela começaria sua nova vida. Decidira, sem falar com William, que começaria a trabalhar quando Alice completasse seis meses. Olhara seu armário e destinou metade dele para os ternos que compraria em breve. Ela andava de cômodo em cômodo do apartamento, pensando: *Quando eu ganhar dinheiro, vamos comprar um sofá novo para colocar lá e um tapete macio para a Alice engatinhar.*

William passava longas horas fora, estudando na biblioteca, frequentando aulas de pós-graduação e ministrando um curso de verão. Ao lecionar e ter aulas durante o verão, ele se formaria mais cedo, mas parecia exausto e com os olhos vidrados quando estava em casa. Agora que a bebê estava um pouco mais crescida, as irmãs de Julia a visitavam com menos frequência. Cecelia e Emeline tinham o próprio apartamento — um porão com um pequeno quintal para Izzy —, e Sylvie havia alugado um estúdio no último andar de um pequeno prédio perto da Biblioteca Lozano. Suas irmãs estavam ocupadas, e Julia não era mais o foco delas.

Uma vez por semana, Julia telefonava para Rose. A qualidade da chamada refletia a longa distância entre elas: às vezes havia estática, e Rose se sentava na varanda de seu apartamento, onde ela podia ver um pedaço de oceano, então também havia barulho ao seu redor. Vento, buzinas ocasionais de carros, talvez o mar.

— O ar é diferente aqui — comentou Rose. — Mais suave. E mais salgado também.

— Alice quase pode rolar — disse Julia. — Você viu as fotos? As que tirei no parque?

— Sim. Ela parece saudável. Eu disse a você que as outras mulheres e eu nos revezamos para preparar o jantar?

Julia olhou para Alice, que estava deitada em seu colo. A bebê estava segurando e inspecionando um de seus pés. *Que maravilha*, Alice parecia pensar. *Olhe esta obra de arte*. Julia sorriu.

Ela ouviu a mãe dizer: *Você tem que me deixar ir*.

— O que você disse? — perguntou Julia.

— Fiz enchiladas pela primeira vez. Não ficaram ruins.

Julia balançou a cabeça para clarear as ideias. Então, perguntou:

— Mamãe, você se sentiu diferente depois que nasci? Depois de ser mãe?

— Que pergunta! Mal me lembro dessa época, Julia. Quando você tinha a idade de Alice, eu estava grávida de Sylvie, não é? Eu estava ocupada demais para pensar em como me *sentia*.

Julia assentiu. O que aconteceu parecia ter acontecido apenas com ela.

— Eu tenho que ir agora, mamãe. Esta ligação é cara.

Quando desligou, Julia colocou Alice para dormir. A bebê sempre foi receptiva à ideia de dormir. Cada vez que ela era colocada no berço, parecia se concentrar na tarefa que tinha em mãos. Alice fechou os olhos, com um leve sorriso, e tentou ao máximo dormir.

Julia fechou as persianas e deitou-se em sua cama. Descobrira por que era seu pai que ela tanto desejava desde que Alice nasceu. Ela queria explicar a Charlie como ela via o mundo, porque era ele quem entenderia. Seu pai tinha visto seu poder — entendido seu alcance — antes dela. Quando Julia disse a ele que ela e William iriam se casar, Charlie pareceu desapontado por uma fração de segundo. Essa reação não fez sentido para Julia na época, porque ela sabia que seu pai gostava de William. Mas Charlie havia parado de chamá-la de foguete na mesma época, e Julia percebeu agora que seu pai esperava mais dela. Ele tinha visto seu potencial e queria vê-la voar alto, não se casar e construir um lar.

— Eu posso fazer as duas coisas, papai — disse, agora no quarto suavizado pelo leve ressonar da bebê. — Vou descobrir como fazer as duas coisas.

SYLVIE

Fevereiro de 1983 — Agosto de 1983

Houve um intervalo de três meses entre Sylvie deixar o sofá no apartamento de Julia e William e encontrar a própria casa. Ela disse a Julia que tinha um apartamento para ficar quando se mudou. No entanto, isso não era verdade. Não havia um lugar em vista. Ela simplesmente soube, na noite em que esqueceu as chaves e conversou com William naquele banco, que era hora de se mudar. Foi a segunda vez que Sylvie chorou desde a morte de seu pai; a primeira foi depois de ler o manuscrito de William.

Ficou surpresa ao se ouvir desabafar sobre como sentia falta de Charlie, ao falar sobre as estrelas, ao começar a chorar e ao sentir a tristeza de William ao seu lado, como se fosse uma resposta à dela. Parecia que Sylvie havia acionado um interruptor e atingido um ponto em que enxergou o verdadeiro estado de seu cunhado, e ele, o dela. William reconheceu a perda que ela carregava dentro de si e expressou em palavras. Ninguém mais na vida dela havia identificado o exato turbilhão de sua dor; ninguém a *compreendia* desde a morte de seu pai. Essa compreensão foi como aspirar bocados gigantes de ar depois de prender a respiração por um longo tempo.

Mais tarde naquela noite, deitada no sofá enquanto sua irmã e William dormiam no quarto no final do corredor, Sylvie decidiu que era muito arriscado para ela continuar ali. Ela se sentia vulnerável, em risco, na companhia de William. Isso não parecia culpa dele ou dela; parecia que a amálgama de sua dor por Charlie, somada à leitura das notas de rodapé de William e aos poucos minutos naquele banco, quando estava cansada demais para impor limites, tornava impossível para Sylvie agir normalmente perto de seu cunhado. Ela também sabia que, quando William anunciou que eles deveriam entrar, ela quase agarrou seu braço e disse não. Ela se sentiu *vista* durante aqueles minutos no banco e quis permanecer com William naquele momento. Sylvie sabia que não era apropriado desejar mais tempo sozinha com o marido de sua irmã; tinha consciência disso.

Depois de se mudar, dormiu no chão e nos sofás dos colegas de trabalho e, várias vezes, com Emeline em sua cama de solteiro. Quando saía de férias, a bibliotecária-chefe Elaine deixava a biblioteca sob responsabilidade de Sylvie, que, nessas noites, dormia na copa do trabalho. A sala tinha um sofá amarelo macio que funcionava bem como cama. Sylvie usava uma toalha para se limpar na pia do banheiro antes de abrir a biblioteca ao público. Muitas vezes, ela carregava sua mochila para as aulas noturnas, porque dormiria em um local diferente da noite anterior. O vento que soprava do lago estava brutal naquela primavera, e ela tinha de lutar a cada passo.

Essa transitoriedade fez com que Sylvie se sentisse nervosa e dispersa — sem um lar, seus movimentos muitas vezes pareciam aleatórios. Ela sempre morou com a família e não tinha percebido a importância que acordar de manhã ao som de seus pais, ou de Julia, tinha para a própria identidade. Sua família era um espelho no qual ela reconhecia seu reflexo. Quando acordava no sofá de um colega de trabalho, sem saber onde estava por alguns momentos, ela também não sabia quem era. As perguntas de William a assombravam: *O que estou fazendo? Por que estou fazendo isto? Quem sou eu?*

Sylvie precisou inventar truques para gerar uma sensação de continuidade e manter o controle. Onde quer que dormisse, ela ia direto para o banheiro pela manhã e se examinava no espelho. Nunca tinha feito isso. E nunca foi particularmente vaidosa ou interessada em sua aparência, mas agora precisava lembrar à garota diante do espelho que ela era praticamente a mesma pessoa dia após dia. Certa vez, olhou para o estado de seu cabelo, algo que nunca estava sujeito a alterações — ela aceitava qualquer formato maluco ou topete que aparecesse depois de uma noite de sono —, e notou as manchas verdes em seus olhos castanhos. Disse "Bom dia, Sylvie" e depois escovou os dentes.

Ela começou a reler o exemplar de *Folhas de Relva* do pai, no qual havia sublinhado passagens e escrito na margem incontáveis vezes: *Maravilhoso!* Fazia vários anos desde que lera a coleção do começo ao fim e, desta vez, ficou surpresa com a quantidade de mortes. Em "Canto de mim mesmo", Whitman listou várias definições de erva, mas a favorita de Sylvie era *a bela e revolta cabeleira dos túmulos*. Sylvie pensou nisso quando visitou o túmulo de seu pai. Segundo o poeta, a morte não era definitiva, porque a vida estava emaranhada nela. Sylvie e suas irmãs existiam por causa do homem que enterraram. Esses pensamentos e a leitura das palavras de Whitman faziam mais sentido para Sylvie do que a conversa educada da senhora no assento ao lado dela no ônibus ou o fato de que nunca parecia haver dinheiro suficiente em sua bolsa.

Rose partiu para a Flórida no meio desse período. Dar um beijo de despedida na bochecha de sua mãe e, em seguida, correr para o hospital para conhecer a bebê, Alice, algumas horas depois, parecia correto para ela — combinava com o nível de agitação em seu interior. Seu pai se fora, e agora sua mãe e a casa de sua família. Certa vez, Sylvie viu uma foto das consequências de um grande terremoto, e a imagem ficou gravada em sua mente. Uma estrada dividida ao meio longitudinalmente, revelando as entranhas da Terra, e como os humanos eram tolos em construir casas, escolas e carros no topo e fingir que estavam seguros. Sylvie sentiu como se passasse seus dias carregando uma mala e um livro, saltando sobre aquele abismo. Na manhã em que Rose partiu, Sylvie parou na frente do espelho do banheiro e disse: *"Adeus, mamãe. Bom dia, Sylvie."*

A bibliotecária-chefe Elaine oficializou a promoção e o novo salário de Sylvie algumas semanas antes de ela concluir as matérias necessárias para seu diploma em biblioteconomia. Sylvie tinha dinheiro suficiente guardado para um depósito caução, então ela alugou um pequeno estúdio na esquina da biblioteca no mesmo dia. Quando o corretor de imóveis colocou a chave em sua mão, Sylvie desabafou:

— Desculpa, estou muito emocionada.

O corretor de imóveis, que trabalhava em Pilsen havia décadas, deu de ombros.

— Mais pessoas choram do que você imagina. Ter seu próprio apartamento é uma grande conquista.

Sylvie não tinha móveis, então a mudança foi simples; Julia e as gêmeas pegaram alguns itens de sua casa de infância antes de Rose partir, mas Sylvie era uma sem-teto e, por isso, não ficou com nada. Ela comprou um colchão e pagou dois dólares a um garoto da vizinhança para ajudá-la a carregar a mesa de cozinha que encontrara na rua até o apartamento. Como Rose sempre passava a noite no lixo vasculhando a vizinhança em busca de tesouros que outras pessoas jogavam fora, Sylvie sabia onde encontrar aquilo de que precisava. Estantes, uma caixa de pratos, uma panela e uma frigideira. Lindas almofadas bordadas e cortinas que pareciam novas. Ela se perguntou por que as pessoas jogavam fora itens em tão boas condições.

Depois de meses tentando passar despercebida na casa de outras pessoas, Sylvie dormia de braços abertos no colchão. Mantinha a janela aberta para a brisa entrar. Convidou suas irmãs e sobrinhas para comer ovos, que ela cozinhou na panela encontrada no lixo. Ela ficava ouvindo os barulhos de seu apartamento e da rua ao redor — crianças rindo no parquinho, o ônibus da cidade sibilando até parar, o homem que dirigia a bodega no andar de baixo falando em espanhol enquanto bebia inúmeras xícaras de café nos degraus da loja. Sylvie até começou a ler romances novamente e experimentava o prazer vertiginoso de mergulhar em novos mundos ficcionais. Estava grata por se sentir equilibrada o suficiente para fazê-lo.

Ela ligava para as irmãs da própria linha telefônica sempre que desejava ouvir a voz delas. Mas tinha o cuidado de ligar para Julia apenas quando sabia que William estava no trabalho. Ela não confiava em si mesma ao telefone com ele. Deitada na cama à noite, ainda pensava na meia hora que passaram no banco. Memorizara a breve conversa e repassava a cena em sua mente. Dizia a si mesma que não tinha sido grande coisa. Ela se sentia perdida desde a morte de Charlie, então o que ela queria, ou até mesmo o que pensava, não fazia mais sentido. Mas Sylvie não conseguia se imaginar conversando ao telefone com William; as palavras educadas ficariam presas em sua boca. Ela queria perguntar: *Como é ser William Waters? Qual foi sua experiência no banco naquela noite?*

Sylvie pensou secretamente que era culpa de Julia ela ter acabado nessa estranha situação com o cunhado; sua irmã sabia sobre as notas de rodapé, sabia que o manuscrito incluía pensamentos e questões pessoais de William, e, ainda assim, pediu a Sylvie para lê-lo. Se Sylvie não tivesse lido o manuscrito, nada disso teria acontecido. Um dia depois de chorar no banco ao lado de William, ela mentiu para a irmã mais velha pela primeira vez. Disse a Julia que seu novo apartamento fictício não tinha telefone e que, não, Julia não poderia visitá-la lá, porque era muito pequeno e bagunçado. *"Estou bem"*, Sylvie insistira várias vezes para Julia durante aqueles três meses, mesmo ciente de que sua irmã sabia que era mentira. E a cada vez que essa mentira era contada, as duas sentiam o impacto.

A formatura de Sylvie na faculdade aconteceu no abafado auditório da faculdade comunitária na manhã de uma terça-feira de junho. Ela disse às irmãs para não irem, porque a cerimônia seria quente e chata. *E anticlímax*, pensou ela quando jogou seu capelo de papelão em uma lata de lixo a caminho de casa. Sylvie agora estava formada na faculdade, que era o que Rose sempre quis, mas sua mãe não se importava mais. Sylvie nem contou a ela que havia oficialmente se formado. Não queria ouvir a mãe suspirar com a notícia; sabia que Rose havia perdido a fé, e talvez o interesse, na linha de chegada que ela estabelecera para suas filhas quando elas eram pequenas.

Três meses depois de Sylvie se mudar para seu estúdio, em uma tarde de agosto, Ernie entrou na biblioteca e na fileira onde ela estava guardando livros na seção de jovens adultos.

Sylvie o encarou; não o via desde o velório de Charlie. Não tinha visto nenhum de seus ficantes desde então. Andou pelas fileiras da biblioteca sozinha por todo esse tempo.

— Bem, olha só quem decidiu dar as caras — Sylvie conseguiu dizer.

— Tenho pensado em você — disse ele. — Estive ocupado. Acabei de me formar, sou oficialmente um eletricista.

— Parabéns! Eu também me formei.

Eles sorriram um para o outro, e ela observou o cabelo ondulado e a covinha no queixo dele. Conheciam-se desde o ensino fundamental; ela o viu crescer de um menino magro para um jovem atarracado. Sylvie fez um inventário do que havia dentro dela: já quisera esse menino em seus braços uma vez, mas não tinha mais certeza se ainda queria. Ela não era a garota que costumava ser; aquela menina tinha pai e mãe e sonhava com o futuro. Agora Sylvie era uma bibliotecária lutando para estruturar a própria casa. Suas fantasias foram suspensas quando seu pai morreu, as terceiras portas foram seladas, e o único homem em quem ela pensava era aquele casado com sua irmã.

Sylvie balançou a cabeça, tentando afastar esses pensamentos, e disse:

— Você vai me beijar ou o quê?

O sorriso de Ernie se aprofundou e cada um deu um passo à frente, até que seus corpos se encontraram. As mãos dela na nuca dele, os braços dele em volta da cintura dela. Sylvie sentiu seu corpo emitir um gemido silencioso de alívio. Era bom, como costumava ser. Graças a Deus. Ela se perguntou sobre a sincronicidade de Ernie aparecer justo agora, quando a chave do apartamento dela estava no bolso da calça, quando ela precisava se distrair. Talvez essa fosse uma chance para Sylvie recomeçar. Talvez essa versão dela *assumisse um relacionamento* com Ernie, como suas irmãs queriam que ela fizesse.

Quando se separaram e olharam em volta procurando clientes ou a bibliotecária-chefe Elaine, Sylvie perguntou:

— Você sabia que tenho meu próprio apartamento?

Ele balançou a cabeça.

— Fala sério. Isso é incrível!

Era incrível que ela tivesse o próprio lugar. A maioria das pessoas com quem eles estudaram ainda morava com os pais ou, como Julia, mudou-se diretamente da casa do pai para a casa do companheiro. Sylvie apreciava o fato de ser diferente. Cecelia era ainda mais incomum, é claro, com sua bebê órfã de pai e seu apartamento dividido com Emeline. Julia era a única que seguia a linha tradicional. Olhando para Ernie, com a chave no bolso, Sylvie sentiu-se esperançosa. Tinha a própria vida de volta, em seus próprios termos.

Então, perguntou:

— Você gostaria de ver? Meu apartamento?

Ernie inclinou a cabeça para o lado.

— Claro — respondeu.

Armaram um plano e, quando ele saiu da biblioteca, ela foi até a mesa vazia no canto dos fundos e pegou o telefone. Ela sabia que William poderia estar em casa a essa hora, então ligou para as outras irmãs.

Emeline atendeu o telefone.

— Residência das irmãs Padavano.

Sylvie riu.

— Por que você está atendendo o telefone assim?

— Por alguma razão, isso diverte Izzy. Você está na biblioteca?

— Eu só precisava contar a alguém que Ernie voltou. Hoje. Ele me encontrou em meio às pilhas de livros.

— Ah, graças a Deus! — Todas as irmãs sabiam que os meninos de Sylvie haviam evaporado quando Charlie morreu. Elas discutiram, inúmeras vezes, porque isso teria acontecido. — Ele disse por que sumiu?

— Emmie, eu o convidei para meu apartamento esta noite.

Houve um silêncio. Então, Emeline disse:

— U-a-u!

Sylvie podia ouvir sua irmã sorrindo e Izzy balbuciando em algum lugar perto do telefone.

— Serei a única de nós que ainda é virgem — comentou Emeline. — Você tem que me ligar depois e me contar tudo.

— Você quer que eu pergunte se ele tem um amigo legal para te apresentar?

— Céus, não! — exclamou Emeline com um tom alegre. — Estou muito ocupada com as aulas e o trabalho. Mas isso é muito emocionante, Syl! Não se esqueça de depilar as pernas. Olhe para o seu corpo e tente vê-lo como um estranho.

— Ele não é um estranho. Eu o conheço por toda a minha vida.

— Você sabe o que eu quero dizer.

Sylvie olhou para sua calça jeans e seu tênis. Ela tentou se lembrar de qual calcinha havia vestido naquela manhã.

— Você contou a Julia que ele apareceu, não é? — perguntou Emeline. Quando Sylvie não respondeu de imediato, ela acrescentou: — Você tem que ligar para ela, Sylvie. Ela vai ficar arrasada se você não contar.

Sylvie suspirou. Pela matemática complicada que unia as irmãs, Emeline estava correta. Eram quatro, mas dentro das quatro havia dois pares: Sylvie e Julia, Emeline e Cecelia.

— Você tem seu próprio canto agora — disse Emeline. Ela quis dizer: *Era compreensível agir de forma estranha com a Julia quando estava sem um teto e dormindo ao meu lado à noite, mas agora você tem sua casa, então precisa fazer melhor que isso.*

— Que maldição, Emeline! — retrucou Sylvie. Ela sabia que Emeline não gostava quando ela praguejava. — Por que você tem que ser tão sábia?

— Eu sou a única sem uma vida pessoal, então tenho tempo para cuidar de vocês.

— Preciso voltar ao trabalho — comentou Sylvie, e desligou. Sempre que tinha uma pausa na biblioteca, ela disse a si mesma para ligar para Julia, mas não o fez, e, antes que percebesse, já era hora de fechar.

Ernie chegou às oito horas em ponto, e Sylvie suspeitou que ele tivesse dado voltas no quarteirão até chegar a hora exata. Ele não estava usando seu uniforme habitual de camiseta branca e calça escura com bolsos projetados para guardar ferramentas. Usava uma camisa de botão, e seu cabelo estava penteado. Em suas mãos, havia uma garrafa de vinho tinto.

— Você gosta de vinho? — perguntou ele.

Sylvie assentiu, embora se perguntasse se conseguiria beber. Ela estava tão nervosa que um nó se formara em sua garganta. Ela olhou ao redor de seu minúsculo apartamento e tentou enxergá-lo através dos olhos dele. Parecia desgastado e triste sob a luz da luminária?

Ernie tocou o rosto dela e disse:

— Posso ir, se você quiser. Não precisamos fazer isso, seja lá o que for.

— Sim, precisamos — disse ela. Esta era sua nova vida, *sua vida,* estivesse ela pronta ou não. — Me beija. Isso vai fazer eu me sentir melhor.

De fato, o beijo a fez se sentir melhor. Afinal, eles se beijavam havia anos. Nem sequer abriram o vinho. E nem tiveram que se afastar depois de noventa segundos ou pensar em clientes ou na bibliotecária-chefe Elaine. Sylvie pôs os dedos no cabelo de Ernie. Quando ele desabotoou a camisa dela e gentilmente afastou seu sutiã para beijar seu seio, Sylvie pensou que poderia morrer de prazer.

Ele se levantou para checar a expressão no rosto dela e perguntou:

— Você gosta disso?

— Ah, sim! — respondeu ela.

Mais beijos, e então eles estavam despindo um ao outro. Sylvie não conseguia acreditar que seu corpo fosse capaz de tantas sensações. Não podia acreditar que algo pudesse ser tão bom. Com os olhos fechados, ela viu cores quentes: tons de vermelho e laranja. Até falaram algo, mas Sylvie mal prestou atenção nas próprias palavras. O corpo dela estava respondendo ao corpo dele, sua boca, aos lábios dele.

Depois, porém, quando estavam deitados nos braços um do outro, o pânico fez cócegas na nuca de Sylvie. Ela ouviu-se dizer, em uma voz que soava muito alta para seus ouvidos:

— Só para você saber, não estou procurando um namorado.

— Ok. — A barba por fazer de Ernie roçou contra o ombro dela. — O que você está procurando?

Sylvie imaginou William sentado no banco e fechou os olhos com força para fazer a imagem desaparecer.

— Eu não tenho certeza.

— Então podemos apenas nos divertir juntos — sugeriu Ernie, girando o corpo dela em sua direção.

Podemos? Sylvie pensou. Isso com certeza *foi* divertido. Ela nunca tinha estado tão perto do peito de um homem. Era muito diferente do dela. Peludo. Ela passou o dedo ao longo do abdômen dele, que fez o mesmo no dela. Os dedos dele desenharam um caminho sinuoso para caber entre os seios dela.

Beije-os, pensou Sylvie. E de alguma forma, ele sabia, e o fez.

— Acho que não deveria ter esperado nada normal — disse Ernie finalmente — da garota que me enfeitiçou como uma sereia para beijá-la.

Ele parou de tocá-la por um momento, e Sylvie quase gritou para ele continuar. Seu corpo se arqueou em direção ao dele.

— Eu enfeiticei você?

Ele sorriu ao ver o desejo percorrer o corpo dela e pressionou a bochecha na lateral de seu seio.

— Há alguns anos — disse ele, contra a sua pele. — Eu estava na biblioteca. Para escrever um trabalho para a Sra. Brewster. Você saiu de uma fileira de livros e me olhou. Ninguém nunca tinha olhado para mim daquele jeito. Eu olhei para trás. Então, empurrei minha cadeira para trás e a segui.

— E nós nos beijamos. — Sylvie gostava daquela história; e gostava do que ele estava fazendo com seu corpo; gostava da garota que costumava ser.

— Mmm-hmm. Mesmo quando minha vida era terrível, eu sabia que poderia ir à biblioteca e beijar você. — Ele se afastou um pouco, olhou para ela. — Embora uma vez eu tenha ido lá e visto você beijando outro cara.

Sylvie corou.

— Eu não te vi.

Ernie aproximou seu corpo robusto. Ela segurou seus braços.

— Eu fiquei com raiva — confessou ele. — Inicialmente. Mas eu não tinha o direito de estar, sabe? Não estávamos namorando. Mas quando você me pediu para vir aqui, pensei naquele outro cara. Eu me perguntei, eu me pergunto, se ele esteve aqui primeiro.

— Você é o primeiro. — Sylvie de repente se sentiu triste, e sua voz soou triste também. Havia alguma verdade humana básica que ditava que, quando você está nu não consegue controlar o tom de sua voz? A voz dela estava nua também? Então ela disse, o mais calmamente que conseguiu: — Não teve mais ninguém.

Mas ficou aliviada quando Ernie disse que tinha de trabalhar cedo na manhã seguinte e precisava ir para casa.

— Talvez possamos nos ver amanhã à noite? — perguntou ele, e ela fez um barulho que nem ela reconheceu como um sim ou um não.

Sylvie acenou sem jeito enquanto ele saía do apartamento. Sozinha na cama, ela cobriu o rosto com as mãos. Sentia uma confusão de emoções: estava envergonhada, satisfeita com o quão bom era o sexo e desconfortável com Ernie. Ele disse que eles poderiam apenas se divertir, e ela se pegou repetindo a palavra *diversão* dentro de sua cabeça. Não achava que havia algo moralmente errado em fazer sexo com alguém de quem gostava, mas não amava; porém, uma nova solidão havia surgido dentro dela. Ela sabia que, se sua mãe soubesse o que ela havia feito, a arrastaria para a St. Procopius e a deixaria lá de joelhos. Mas sua mãe agora morava em uma praia na Flórida, e isso também parecia um castigo. Sylvie se encolheu como uma bola sob as cobertas e esforçou-se para dormir.

O telefone tocou ao lado do colchão de Sylvie na manhã seguinte, e ela rolou para atender. Apertou os olhos para o céu através da janela: a luz pálida listrada com nuvens rosa. O alvorecer.

— Espero que não seja muito cedo — disse Julia. — Alice estava acordada, e eu sei que você acorda cedo.

Sylvie bocejou.

— Você está bem?

— Acho que sim. — Julia fez uma pausa. — Mas algo estranho aconteceu.

O tom de sua irmã fez Sylvie se sentar, e ela percebeu que ainda estava nua. Nunca tinha dormido nua antes. Ela pensou: *Daqui a pouco, quando for a minha vez, vou contar a Julia a coisa estranha que aconteceu comigo.*

— O que aconteceu? — perguntou à irmã.

— Liguei para o departamento de história para perguntar algo a William ontem. Não me lembro qual era a pergunta. E a secretária do departamento, quando soube que eu era a mulher dele, disse que ele não aparecia há mais de uma semana e que havia faltado em três aulas que deveria dar. Ela disse que ouviu um professor dizendo que ele poderia ser colocado em período probatório. Acho que ela me contou porque se sentia mal por mim.

Sylvie puxou as cobertas para mais perto; as palavras de sua irmã lhe causaram arrepios.

— Fiquei brava quando desliguei, porque pensei que ela devia estar errada. Achei que ela estava confusa e que era irresponsabilidade contar esses absurdos para a esposa de alguém.

— Para mim também não parece certo — disse Sylvie.

— Sim — disse Julia, pensativa. — Mas a mulher estava certa, e eu simplesmente não conhecia William tão bem quanto pensava.

Parte do cérebro de Sylvie notou que sua irmã havia usado o pretérito. Ela se lembrou da nota de rodapé do livro de William:

Isso é terrível, eu sou terrível.

E se inclinou para a frente, tentando entender o que significavam as palavras de Julia.

— Ontem à noite, perguntei a William como foi seu dia, e ele me contou sobre uma aula que deu, o que um dos alunos disse e com quem ele almoçou no refeitório da faculdade. Eu disse a ele que tinha ligado e falado com a secretária do departamento. Contei a ele o que ela disse, e ele ficou muito pálido. — Julia hesitou. — E então, ele me deixou.

— O que você quer dizer com ele te deixou?

— Ele me deu um bilhete e um cheque e foi embora.

Algo estava terrivelmente errado. Essa informação bateu em Sylvie como uma onda.

— Vou me vestir e estarei aí assim que puder — avisou ela. — Vamos resolver isso, Julia. Não se preocupe.

— Não há nada para resolver. — A voz de sua irmã estava calma. — William está mentindo há uma semana, pelo menos. E ele não quer mais estar casado comigo.

WILLIAM

Agosto de 1983

William perdeu a primeira aula por acidente. Era final de verão, e o calor estava escaldante. Ele havia acabado de concluir o lote final de entrevistas com jogadores que Arash lhe pedira para conduzir e ficou no ginásio da Northwestern um pouco mais para assistir aos treinos. Sabia que estava muito ocupado estudando e lecionando, sem mencionar que havia um bebê em casa, para ficar tanto tempo ali, mas não conseguia se conter. Era o acampamento de treinamento de verão, e ele conhecia apenas metade dos jogadores do time agora; os alunos do terceiro e do quarto ano tinham sido companheiros de equipe de William, mas os calouros e a maioria dos alunos do segundo ano eram desconhecidos.

Quando o acampamento começara, Arash pediu a William que o ajudasse, entrevistando os novos jogadores sobre lesões anteriores.

— Você é o homem certo para essa função — argumentara ele. — Os mais novos ainda não sabem qual membro da equipe é importante e qual não é. Eles olham para mim e pensam que posso colocá-los no banco, então não vão me dizer a verdade.

— Meu trabalho é fazer com que se abram — disse William.

— Compartilhe sua história, e eles se sentirão à vontade.

E assim, William se viu em um pequeno escritório nos fundos do ginásio com uma prancheta contendo os detalhes de cada jogador da lista. Um a um, os alunos foram vê-lo. Repetidas vezes, William contou a história de seu joelho. Os detalhes da primeira lesão no colégio e, depois, a jogada aérea que o lesionou na sua última temporada.

Quando ele terminava de falar, o jogador quase sempre perguntava:

"Como está seu joelho agora?"

Nas primeiras entrevistas, William dissera:

"Está bem."

Mas com a repetição, ele pensou: *Isso não é verdade, e o objetivo de eu estar nesta sala abafada é falar a verdade, para que eles façam o mesmo.* Depois disso, ele passou a dizer alguma variação de: *O joelho ainda dói, mas não o reabilitei adequadamente. Eu ainda posso sentir os lugares onde quebrou.* Invariavelmente, os jogadores se inclinavam para trás nesse ponto, como se o dano pudesse ser contagioso.

No entanto, a verdade funcionou. Os meninos — os calouros pareciam jovens para William — contaram-lhe tudo que havia acontecido com seus corpos até então. Apenas um ou dois estavam ilesos e intactos — isso é o que alegaram, pelo menos. *Não, zero lesões. Sem acidentes. Eu tive sorte, eu acho.* Todo mundo tinha uma história. Dois dos garotos haviam sofrido acidentes de carro por causa de motoristas bêbados que resultaram em um ombro quebrado, em um caso, e uma hérnia de disco, no outro. Um jovem sardento de uma escola famosa pelo basquete em Oklahoma sofria de doença de Sever recorrente: uma dor terrível no calcanhar por crescer tanto, tão rápido, somado a horas e horas jogando basquete. Os meninos que também jogavam futebol americano tinham histórico de concussões. Um calouro arrogante que se apresentou como um "talento nato" havia rompido um tendão da coxa. Um jovem robusto de um 1,98 metro com uma testa proeminente disse a William que seu ombro se deslocava com frequência, mas ele nunca contara isso a um técnico ou treinador, porque sabia como colocá-lo de volta no lugar. Um jogador de Los Angeles perguntou:

— Ter sido esfaqueado conta? Porque fui esfaqueado na parte inferior das costas há alguns anos.

— Conta, claro — respondeu William, tentando esconder seu choque. — Certamente, sim.

Ao final da última tarde de entrevistas, William saiu cambaleante da sala abafada. Ele sentiu o impacto de todas as histórias de lesões que ouviu. Quando aqueles jovens corriam pela quadra, não pareciam universitários; sua sobrenatural habilidade atlética os fazia parecer sobre-humanos. Os escoltas se juntavam como uma barreira para os pesos-pesados, que, por sua vez, faziam jogadas desde a tabela, fazendo passes para um jogador livre da marcação. Os treinos eram pontuados com gritos de prazer por saberem como era bom jogar naquele nível. Antes das entrevistas, William nunca teria imaginado a dor guardada em cada um daqueles talentosos jovens jogadores. Ele se lembrava de ter visto a tristeza de Sylvie. Lembrou-se um pouco da própria angústia quando lesionou o joelho e quando abriu o envelope do pai. Agora podia ver a dor como se fosse uma nuvem negra perseguindo cada um dos jogadores pela quadra. Eles ainda conseguiam escapar, por enquanto. William também conseguira por um tempo.

— Eles estão me contando tudo de ruim que aconteceu com seus corpos — disse William a Arash. — Não apenas o que aconteceu na quadra.

Arash assentiu.

— Estou feliz.

— Você está feliz? — questionou William.

— Eles precisam desabafar com alguém. Quase nunca temos oportunidade de falar sobre o que nos machuca. Você se saiu melhor do que eu esperava, William. Excelente trabalho.

William ficou surpreso. Arash raramente fazia elogios. Mas quando as palavras ressoaram dentro dele, ele sabia que aqueles garotos não teriam compartilhado tanto, talvez não tivessem compartilhado nada, com outra pessoa. E não sabia exatamente o porquê; seu joelho lesionado era parte disso, mas não todo o motivo.

Depois de deixar o ginásio, William percorreu os caminhos ensolarados do *campus*, olhando para estranhos e se perguntando não *se*, mas *como* eles haviam se machucado e como haviam se recuperado. Quando prestava muita atenção, quase podia visualizar as histórias ocultas em seu silêncio, como o rastro de um barco. Pais abusivos, namorados distantes, más escolhas, dívidas, sonhos de sucesso de diversos tipos que eles temiam que nunca seriam alcançados. Quando William estava perto da biblioteca da universidade, avistou o idoso professor de história sentado em um banco. Havia um desânimo em sua postura que atraiu William na direção dele.

— Está tudo bem, professor? Posso ajudar você?

O velho olhou para William, que teve um vislumbre de Charlie o olhando de sua poltrona.

— Você é aquele jovem alto.

— Sim, senhor, sou William Waters. Está muito quente aqui fora.

— Sim, está, William Waters. Está, sim.

William se posicionou em frente ao professor para protegê-lo do sol.

— Precisa de ajuda?

— Ah, bem, não precisamos todos? Por que você não se senta ao meu lado, William Waters? Um pouco de sol nunca fez mal a ninguém.

William sentou-se ao lado dele e observou os alunos — cerca de metade do número normal, porque estavam no recesso de verão e só havia atividades extras — movendo-se sonolentos pelo pátio. Podia ouvir a respiração irregular do idoso. O professor cheirava a limão, ou talvez limonada. William fechou os olhos por um momento. A bebê acordava algumas vezes à noite para ser alimentada, e Julia e Alice voltavam a dormir logo depois, mas William muitas vezes não conseguia. Ele ouvia a respiração de Julia, mais profunda do que antes, como se agora precisasse de mais ar. A única maneira de ter certeza de que a bebê estava respirando era inclinar-se sobre o berço e colocar o ouvido perto do rosto de Alice. Suas inspirações e expirações eram quase silenciosas, então William se levantava da cama e ouvia, várias vezes durante a noite, para ter certeza de que ela estava respirando.

Quando ele abriu os olhos novamente, o ar estava roxo-claro, e o professor havia sumido. Era o crepúsculo. As árvores em sua linha de visão se transformavam em meras silhuetas. William piscou várias vezes, tentando entender o que estava vendo. Seu corpo estava rígido. Seu joelho latejava. Ele olhou para o relógio e inspirou de forma tão súbita que tossiu. Sua aula de revolução científica havia terminado há quarenta e cinco minutos. Ele era o professor assistente. Não havia mais ninguém no comando; para todos os efeitos, ele era o professor. William examinou a paisagem, procurando uma solução. A estranheza dessa situação exigiria uma correção igualmente estranha. Talvez uma árvore mágica que pudesse voltar no tempo para o momento em que ele se sentara naquele banco.

Durante todo seu período de formação, William teve apenas um professor que não compareceu às aulas, e descobriu-se que o homem havia ficado trancado para fora de casa durante uma tempestade torrencial, sem acesso às chaves ou ao telefone. Fora essa ocasião, todos os professores entraram na sala de aula na hora certa, se não mais cedo. Em casos de doença ou emergência familiar, o procedimento era avisar com antecedência suficiente para que um substituto fosse chamado. Uma sala de aula de faculdade com um professor misteriosamente ausente era impensável. William imaginou seus alunos, a princípio, entediados e, depois, confusos. Eles teriam contado à secretária do departamento ao sair do prédio que ele não compareceu.

William sentou-se imóvel no banco. O calor abrasador do dia se fora. A luz do Sol se fora. Ele pensou nos ligamentos rompidos e nas concussões, nos calcanhares doloridos e nas articulações deslocadas dos jogadores, e se sentiu paralisado. Havia cometido um erro terrível, um que não podia apagar. Quando a escuridão o cobriu, e só era possível enxergar a própria mão se estivesse bem diante de seu rosto, ele voltou para casa. Ele ficou aliviado por Julia o ter cumprimentado normalmente; isso lhe informou que o departamento não havia ligado procurando por ele. Pensou que talvez devesse contar a ela o que havia acontecido. Julia era ótima em resolver problemas, e isso provavelmente seria brincadeira de criança para ela. Ele podia ouvi-la dizer que simplesmente tinha de ligar para o departamento logo pela manhã e pedir desculpas, e tudo ficaria bem. Mas, pensou, sua esposa não estava mais interessada em responder a suas perguntas. E não entenderia por que ele havia passado tanto tempo no ginásio — Julia não tinha ideia de que ele havia se infiltrado no time de basquete. Ele teria vergonha de contar que havia adormecido em um banco no meio da tarde

— que tipo de homem faz isso? Ele se perguntou o que o velho professor tinha pensado dele dormindo ao lado dele.

— Você está bem? — perguntou Julia, perto da hora de dormir.

— Sim — respondeu ele. — Claro.

Seu sono foi ainda mais perturbado do que o normal naquela noite. Alice chorou, e o coração de William disparou. *O que eu faço?*, pensou, tantas vezes que se esqueceu de qual problema estava tentando fugir na escuridão. Ele ficou apenas com a pergunta e a sensação visceral de pânico. Quando acordou cedo na manhã seguinte, abriu a porta da frente para pegar os dois jornais diários — um local e um nacional — do capacho. *É um novo dia,* pensou. Decidiu que *contaria* a Julia sobre a falta à aula. Estava exausto e não sabia o que mais fazer. Visualizou sua esposa antes de tê-la decepcionado, antes de o bebê nascer. Essa versão de Julia envolveria os braços em volta da cintura dele e daria instruções claras. Com a cabeça doendo, ele pensou que talvez a antiga Julia viesse quando ele a chamasse, sentindo lá das sombras do passado que William não tinha outra esperança.

Ele se abaixou para pegar o jornal de Evanston e correu os olhos pela primeira página. Estava prestes a entrar na cozinha quando viu, no canto inferior esquerdo da página, uma pequena fotografia do velho professor. O texto abaixo da foto dizia que o homem havia morrido de um AVC fulminante na noite anterior, na hora do jantar, em sua casa. O professor ganhara um prestigioso prêmio de história no início de sua carreira e era amplamente conhecido por um livro best-seller sobre a Segunda Guerra Mundial. *Ele está morto?*, pensou, e a palavra *morto* afundou em seu interior como uma âncora.

Com essa notícia, e com o peso daquela palavra, o silêncio dentro de William se expandiu até preenchê-lo completamente. Ele vinha lutando para encontrar coerência, para dar um sentido à sua vida, há um tempo, mas a luta não era mais possível. Ele soube disso, segurando o jornal na mão.

William levou o jornal consigo quando saiu de casa. Durante cinco dias, deixou o apartamento à hora habitual, carregando a marmita, os livros e os trabalhos acadêmicos. Ele ignorou a biblioteca, entrou e saiu do ginásio. Observou o treino por alguns momentos, das sombras na parte de trás. Não deixou ninguém vê-lo. Contornou o pátio e o banco onde ele e o professor haviam se sentado. Passou por estranhos e avaliou a dor de cada um. Ficou longe do prédio da faculdade de história, mas observou, como que para documentar o próprio desaparecimento, o tempo passar enquanto perdia a segunda aula e depois a terceira. Também perdeu uma reunião com seu orientador e imaginou a confusão cada vez maior nos olhos do professor enquanto o aguardava na hora marcada. O professor de gravata-borboleta nutria uma paixão tão profunda pela história que só conseguia se sentir perplexo com a falta de comprometimento dele.

A parte de William que conhecia a história — as datas, os estadistas, os momentos críticos em que o futuro estava em jogo — tornara-se inacessível para ele. A ideia de que ele poderia ficar na frente de uma sala de aula cheia e falar por uma hora era impensável. Quando comprou um sanduíche em um carrinho de comida, sua voz era tão suave que ele teve de repetir três vezes para ser ouvido. William fechou os olhos e viu suas anotações sobre as lesões dos jogadores. O desenho grosseiro de um cotovelo ou um joelho. Ficou tão surpreso quando o calouro com cara de bebê lhe contou sobre ter sido esfaqueado que desenhou uma faca.

Ele ia para casa todas as noites no horário normal. Julia olhava para ele com leve curiosidade, mas não fazia nenhuma pergunta. William sabia, no fundo, que ela não gostaria de ouvir sobre sua experiência nos últimos dias. Ele não era nada parecido com o marido que Julia idealizou quando se casaram, e quis se desculpar com ela por esse fato, mas sabia que o pedido de desculpas a irritaria. Então, apenas pressionou um saco de ervilhas congeladas contra o joelho; caminhar o dia todo fez a articulação doer. Sentiu-se levemente aliviado pelo departamento ainda não ter ligado para sua esposa. Ele sabia que aqueles eram os últimos dias de seu casamento — ele não poderia continuar assim ou manter-se casado. Quando Julia lhe ofereceu a bochecha, ele a beijou; tentou memorizar a sensação do peso dela na cama ao lado dele. William estava fingindo ser marido, mas não restava muito dele, e o tempo acabaria. E acabou. Na sétima noite, com o garfo no peito de frango, depois de contar mentiras sobre seu dia, ele soube que Julia sabia a verdade. Parte da verdade, de qualquer maneira.

— Eu não entendo. — Sua esposa o encarou. — Por que você não foi dar aulas? Onde você estava?

Ele estava decepcionando todo mundo: sua esposa, seu orientador, seus alunos. William lembrou-se da versão mais jovem de si sendo atraído pela história porque ensinava causa e efeito. Se uma pessoa faz isso, então isso acontece. Mas as alavancas de causa e efeito dentro de William não funcionaram bem; ele era uma máquina defeituosa.

— Eu gostaria de ter sido melhor para você — disse ele.

— Eu simplesmente não entendo — disse Julia, e agora, misturada à sua confusão, estava a raiva. Ela odiava surpresas, odiava ter o chão tirado de debaixo seus pés.

— Eu sei. — Ele não conseguia explicar; não tinha como elaborar uma defesa. William era uma farsa, um mentiroso, um impostor. Ele empurrou a cadeira para longe da mesa, entrou no quarto e puxou uma bolsa de ombro da prateleira do armário. Pensou em colocar seu manuscrito dentro, mas não o fez. Pegou um suéter, pensado: *Posso sentir frio*. Abriu a gaveta da cômoda e tirou a velha carteira do fundo. Puxou o cheque da carteira e rabiscou *Para Julia Waters* no verso. Escreveu algumas frases em um pedaço de papel do bloco que Julia mantinha ao lado da cama. Teve o cuidado de não pensar no que estava escrevendo e de não reler o texto depois de concluído.

Foi até a sala e entregou o cheque à esposa.

— O que é isso? — perguntou ela, encarando o marido. — O que está acontecendo? — Como William não respondeu, Julia olhou para o cheque. — Dez mil dólares. Do seu pai? Seu pai deu isso a você?

— Você deveria depositá-lo. É para você. — Então ele entregou a ela o pedaço de papel dobrado e saiu do apartamento. Mais tarde, ocorreria a ele que não havia sequer olhado para Alice no berço, não havia pensado nela antes de sair. Julia o chamou, mas ele continuou descendo as escadas em um ritmo constante.

O tempo correu de maneira estranha naquela noite. Ele começou a andar e finalmente se viu na margem do Lago Michigan, que sempre foi uma presença marcante — visto entre as árvores ou das janelas de alguns prédios do *campus* —, mas William nunca havia ido até lá. O lago o lembrava de Boston, do oceano agitado que fica ao lado de sua cidade natal. O fato de essa enorme extensão de água ser um lago, embora se estendesse a perder de vista, parecia um erro. Certamente essa bacia plana e aparentemente infinita merecia uma designação diferente de *lago*, o tipo de coisa que se pode contornar correndo em trinta minutos.

No entanto, o calçadão à beira do lago convinha a William naquela noite. Ele poderia caminhar em linha reta, e quando estivesse cansado demais para continuar, havia bancos. Poderia descansar os olhos na água escura. Dormiu sentado algumas vezes, acariciado pela suave brisa de verão. Havia bêbados ou sem-teto deitados em alguns dos bancos, e William avistou vultos curvados sob algumas árvores. Ele alternava entre caminhar e se sentar naquele mundo noturno. No último banco em que sentou, antes que o Sol começasse a surgir no horizonte, ele se perguntou até onde poderia andar no lago antes de ficar totalmente coberto pela água.

Com a chegada do novo dia, o cérebro de William religou, como se alimentado pela luz. Mas era como um motor feito de peças retificadas. Ele não sabia o que fazer. Nunca mais voltaria ao apartamento que chamava de lar. Julia e Alice mereciam o melhor marido e pai possível e estavam melhor sem ele. Ele não poderia frequentar a Northwestern — o tempo todo ele só estava fingindo ser um aluno de pós-graduação, e eles certamente haviam descoberto isso. Não deveria ter sido aceito no programa, em primeiro lugar; imaginou que já tivessem oferecido seu cargo de professor assistente outra pessoa. Também parecia significativo que a farsa de sua vida com Julia e de sua carreira como professor tivesse chegado ao fim junto com a vida do velho professor. William conheceu Julia na aula dele, antes que a pele do professor se tornasse translúcida e seus olhos, lacrimejantes. O professor de verdade havia morrido e, como uma onda quebrando na praia, varreu para longe os míseros esforços de William para ter uma vida. Para ele, era mais difícil se concentrar no ginásio da universidade. Pensar em Arash e em arremessar bolas na cesta era como colocar a mão no fogo. Não exatamente doloroso, mas abrasador e destinado a manter William e seus pensamentos afastados.

Teve a sensação de ter se cortado de sua própria vida, como uma criança recorta uma figura em uma folha de papel em branco. O Sol brilhava em um céu sem nuvens enquanto William vagava por áreas desconhecidas de Chicago. Uma parte de seu cérebro continuava trabalhando na mesma questão: como seria a sensação da água fria do lago envolvendo sua pele? William cruzou o rio e os canais, passou por fábricas movimentadas, atravessou bairros que o teriam assustado no passado, porque seus moradores eram pobres e costumavam ficar ao ar livre no calor do verão. Ninguém lhe disse nada naquele dia, porém, nem mesmo sobre sua altura. Ou ele estava desaparecendo ou parecia perigoso demais — diferente demais — para ser abordado. Mais tarde, pensaria: *Ninguém quer ficar perto de alguém que está prestes a desaparecer.*

No meio da escuridão da noite, ele viu Charlie parado em uma porta. Seu sogro encontrou os olhos de William e ofereceu seu sorriso mais caloroso. William foi capaz de ver a dor em Charlie, da mesma forma que a vira nos jogadores de basquete da faculdade, do jeito que tinha visto em Sylvie no banco. Seu fígado sobrecarregado, seu trabalho insatisfatório, seu coração partido... William viu tudo e disse:

— Estou feliz em vê-lo.

E de fato estava. Mas quando as palavras saíram de sua boca, Charlie havia desaparecido. William olhou para o espaço vazio que seu sogro havia ocupado e continuou andando.

JULIA

Agosto de 1983

William deixou o apartamento pouco antes das oito da noite. Os pratos do jantar ainda estavam sobre a mesa. Julia olhou para o cheque que lhe fora entregue. Estudou a assinatura do sogro. Ela nunca havia visto a caligrafia do homem antes; seu nome parecia rabiscado no papel, como se tivesse sido escrito o mais rápido possível. Dez mil dólares pareciam uma quantia impossível de estar associada àquela caligrafia. Aparentemente seu sogro havia enviado o cheque para seu marido havia dezesseis meses, e William nunca lhe contara.

Julia teve dificuldade em entender o motivo. No outono anterior, quando estava grávida e William pediu para ser dispensado de seu cargo de professor, a ansiedade financeira a teria atingido com menos intensidade se ela soubesse que eles tinham esse dinheiro extra. Em vez disso, as preocupações sobre quanto ela poderia dar a Cecelia e gastar em comida, somada à morte do pai, se entrelaçaram em seu interior, e ela sentia uma dor de cabeça constante.

Julia lavou os pratos do jantar e higienizou as bancadas da cozinha. Limpou o rosto e vestiu a camisola. Alice estava dormindo no berço aparentemente tranquila. Julia observou seus traços perfeitos por alguns minutos — seu nariz minúsculo, suas bochechas rosadas e seus cílios longos — e, então, se sentou no sofá. Ela terminou sua rotina noturna, mesmo que aquela não fosse uma noite normal. Pela primeira vez, Julia pensou na folha de papel dobrada que William lhe entregara. Quando ele saiu, ela a colocou, ainda dobrada, na mesa de centro. Ela sentiu um formigamento no peito, ciente de que estava com medo de desdobrar o bilhete. *Não seja boba*, pensou e, com confiança fingida, alisou a página no colo. A caligrafia de William era diferente daquela de seu pai: suas letras eram redondas e fáceis de ler. A caligrafia dele era tão familiar para Julia quanto a dela.

Não sirvo para você e Alice. Se eu ficasse, arruinaria sua vida. Você merece ser livre, Julia. Nosso casamento acabou. Perdoe-me por tudo.

Ela lia as frases sem parar, como se fossem um livro que recomeçava assim que chegava à última página. Depois de um tempo, parou e se deitou no sofá. Desejou que Sylvie estivesse ao seu lado nas almofadas, para abraçá-la. Julia não estava pronta para conversar, mas estava sozinha de uma forma que parecia perigosa. Levantou-se e verificou novamente a fechadura da porta da frente. Desenterrou a velha caixa de ferramentas debaixo da pia da cozinha e removeu o martelo enferrujado que eles usaram para pendurar quadros quando se mudaram. Então, colocou o martelo ao lado do bilhete e do cheque na mesinha de centro, caso precisasse de proteção, e se deitou. Tentou dormir, mas descobriu que não conseguia fechar os olhos. Ao menor ruído ela se levantava, imaginando se era a chave de William na fechadura. Ele já havia ficado fora depois das dez? Não. Já era meia-noite. Depois da meia-noite, os bares estariam fechados, assim como os prédios do *campus*. Alice acordou e Julia a alimentou para que voltasse a dormir. Às três da manhã, ela ainda estava no sofá e pensou: *Isso está realmente acontecendo?*

Julia não havia perdido sua clareza mental desde o nascimento de Alice. Quando prestava atenção, podia ver tudo. Mas prestara o mínimo de atenção possível a William desde que Alice nascera. Preferiu ignorá-lo, em parte porque descobriu o que, aparentemente, seu marido também havia descoberto: eles não funcionavam juntos. Ou talvez *tivessem* funcionado, enquanto Julia pretendia consertar o mundo e as pessoas ao seu redor. Ela havia pressionado William a seguir a carreira de professor, a fazer a pós-graduação e até a se casar com ela. Mas parou de pressioná-lo quando Alice nasceu. E quando parou de impulsioná-lo, algo em seu casamento começou a ruir. Ela continuou a desempenhar seu papel de esposa, e ele continuou a desempenhar seu papel de marido, mas eles não fizeram mais do que seguir em frente por um tempo.

— Mas eu ia ficar com você mesmo assim — disse para o quarto vazio. — Eu assumi um compromisso.

Doía-lhe saber que William não sentia o mesmo. *Mas, apesar disso*, pensou, *foi corajoso da parte dele partir*. Ele sempre teve dificuldades em tomar decisões, e este provavelmente havia sido o movimento mais ousado de sua vida. Julia pensou que havia mascarado seu novo senso de independência após o nascimento de Alice, mas ele viu através dela. Percebeu que ela não precisava dele. Notou que ela havia tirado as mãos de suas costas e que ele não estava mais sendo impulsionado na direção que ela havia escolhido.

Julia ligou para Sylvie quando o Sol nasceu. Depois, tomou banho e cuidou da aparência. Ela prepararia o palco para sua nova vida certificando-se de que a mulher no espelho parecesse apresentável. Julia sempre acreditou que deveria se vestir para o papel que queria e não desejava parecer uma vítima desgrenhada. Lembrou-se de sua infância rodopiando ao entrar em uma sala, cantarolando *Ta-da!* Demorou um pouco na frente do espelho e aplicou um pouco de batom e de delineador. Prendeu o cabelo em um penteado elegante. Depois de vestida, deixou uma mensagem profissional na secretária eletrônica do professor Cooper, explicando que estava disponível para trabalhar e que tinha certeza de que poderia agregar muito valor à empresa dele. *Posso fazer isso*, pensou quando desligou. *Posso fazer qualquer coisa.*

Mas essa confiança ricocheteou, como um elástico, transformando-se em dúvida. Ela tinha uma boa noção do que era capaz? Julia sabia que não deixaria William, mesmo quando ele a desapontasse e irritasse. Ela se casara com ele para o bem e para o mal. Mas também sabia que, se o casamento deles terminasse, a decisão seria dela, não dele. William precisava dela; ela não precisava dele. Como era possível que fosse ela quem estava sendo abandonada?

Julia esfregou a testa e se forçou a afugentar esses pensamentos. Como se respondesse a uma questão de redação para a escola, ela tentou descobrir quem seria William sem que ela o pressionasse. *Ele provavelmente gostaria de ser um técnico de basquete do ensino médio*, pensou, e ficou satisfeita consigo mesma por ser tão madura e generosa com o homem que mentiu para ela e abandonou a família. Igualmente verdadeiro era o fato de que ela nunca teria se casado com um treinador de basquete do ensino médio. Homens assim moravam em casas pequenas em Pilsen, como aquela em que ela crescera. Usavam moletom para trabalhar e mal ganhavam dinheiro para pagar o aluguel.

Julia queria se casar com um professor universitário. Ela tinha aspirações secretas para William: que ele fosse reitor de faculdade em sua carreira posterior ou talvez até concorresse a um cargo público. No entanto, essas aspirações desapareceram depois que ela leu o livro dele. Ela percebeu, então, que havia algo de errado dentro dele — afinal, que tipo de homem digitaria as palavras *sou terrível* em uma página? —, o que significava que ele nunca seria bem-sucedido. Um professor universitário ainda parecia possível, e até mesmo inevitável. Julia assistiu a uma das aulas de William durante a primavera, e, ao final, ele disse, gentilmente, que a visão dela sorrindo como um Gato de Cheshire no fundo da sala tornou difícil para ele se concentrar. Mas William foi excepcional, intercalando o conteúdo com pequenas piadas, fomentando uma discussão interessante sobre a ética da guerra, mesmo sendo um curso expositivo. Pela primeira vez, ele parecia utilizar seu tamanho fora da quadra de basquete. Sua altura conferia significado à sua presença. Ele estava destinado a se destacar, então fazia sentido ficar sozinho na frente da sala. *Olhem para mim*, disse seu corpo, e os alunos obedeceram.

Julia teria continuado casada com aquele homem diante daquela sala de aula. Mas o homem que acabara de sair, o que havia escondido dez mil dólares e sabe-se lá o que mais, era um estranho. Há muito tempo ela não sabia e nem queria saber quem era William. Quando o marido chegava em casa depois de passar o dia fora, ela nunca perguntava onde — ou *com quem* — ele havia estado.

Julia precisava ver Sylvie, porque nada em sua vida parecia real a menos que compartilhasse com a irmã. Mas Sylvie apareceu pálida e em pânico, como se o prédio estivesse pegando fogo. Julia ficou perturbada com a intensidade da irmã desde o momento em que abriu a porta. Parecia que ela havia chegado com mais um problema, em vez de ajuda para o de Julia.

Sylvie estudou as evidências na mesa de centro: o bilhete, o cheque. E disse:

— Antes de sair, William explicou por que havia faltado às aulas? O que mais ele disse para você?

— Ele não disse nada.

— Nada mesmo?

— Está no bilhete, Sylvie. Não estávamos nos dando bem desde que a bebê nasceu. Desde que engravidei, na verdade. — As razões pelas quais ela e William não davam certo eram como uma série de becos sem saída; Julia entrava por um deles e logo voltava para tentar outro. — Somos como um relógio que não marca mais o tempo. Ele não é ambicioso. Nunca sabia o que fazer, então queria que eu lhe desse instruções para tudo, coisas grandes e pequenas. Eu caminho depressa, e ele é lento. Eu pensei que precisava de um marido, porque era o que nos diziam quando éramos crianças, não é? Ou talvez não tenham dito expressamente, mas demonstrado com ações. Não me ocorreu que eu poderia estar melhor sozinha. Eu o carregava nas costas, Sylvie.

Sua irmã ouviu, ligeiramente curvada na cintura, como se o ato de se inclinar para a frente a ajudasse a entender. Com Sylvie à sua frente, Julia sentia menos clareza do que quando estava sozinha. Ela podia sentir os efeitos da noite insone; seus olhos pareciam cheios de areia e suas mãos tremiam ligeiramente. Ela colocou as mãos no colo para que Sylvie não visse. E continuou:

— Alice e eu ficaremos bem. Eu não *preciso* de um marido. William — ela hesitou por uma fração de segundo — estava certo em ir embora.

— Você acha que ele está bem?

Julia piscou para ela, confusa.

— Se eu acho que William está bem?

— Sim. — Sylvie olhou para os pedaços de papel e o martelo na mesinha de centro. — Acho que para ele fazer isso... faltar às aulas, escrever aquele bilhete... algo deve estar muito errado.

Julia pousou os olhos no bilhete também, de modo que ela e Sylvie agora focavam o mesmo ponto.

— Não acho que o fim de um casamento deva ser fácil para ninguém. Por que você está preocupada com William? — Ela ouviu o tremor em sua voz. — Você deveria estar preocupada comigo.

— E estou, claro! Sinto muito por você. Mas, Julia — Sylvie hesitou. —, é só que, se houver uma emergência, temos que fazer alguma coisa.

— Meu marido me deixou. Não acho que isso se qualifique como uma emergência.

Ela se sentia distante de Sylvie, embora as irmãs dividissem o mesmo sofá. Um pensamento inusitado ocorreu a Julia. Será que Sylvie *conhecia* de alguma forma o homem que mentiu para Julia, entregou-lhe um cheque e depois foi embora? Será que a irmã conheceu uma versão de William que era um estranho para a própria esposa? Ela balançou a cabeça; isso não fazia sentido. Julia estava cansada e não pensava com clareza.

— Mas somos as únicas que sabemos o que aconteceu — disse Sylvie. — Acho que talvez devêssemos ligar para Kent, só para ele saber também.

Julia refletiu sobre isso.

— William provavelmente está com Kent. Se você quiser, tudo bem. O número dele está na agenda ao lado do telefone.

Sylvie assentiu com a cabeça, com os lábios pressionados.

— Você quer ligar?

— Não — respondeu Julia. — A ideia foi sua.

Sylvie levantou-se e foi até a poltrona. A mesinha ao lado da cadeira continha o telefone e a agenda. Ela olhou para o aparelho enquanto digitava os números.

Julia percebeu que sua irmã se sentia desconfortável e pensou: *Ótimo. Você deveria se sentir desconfortável. Você deveria estar sentada aqui me abraçando. Por que está preocupada com o William?*

— Oi. Kent? É a Sylvie, cunhada de William. Temos uma situação aqui, e eu queria que você soubesse. — Ficou em silêncio por um momento, então continuou: — William saiu de casa na noite passada. Ele escreveu um bilhete para Julia. — Sylvie pigarreou. — Dizendo que o casamento deles chegou ao fim. Ele também faltou ao trabalho... Não, ninguém sabe dele. Ele não disse para onde estava indo. Você não teve notícias dele? — Houve uma pausa. — Sim, claro, obrigada.

E então, Sylvie desligou o telefone.

— Ele está vindo para cá — explicou a Julia. — Ele está preocupado.

Uma raiva ardente percorreu Julia.

— Ele não vai entrar neste apartamento — disse ela. — Se você quiser encontrar Kent lá fora e conversar com ele, tudo bem. Perdoe-me se não estou *preocupada* com o homem que acabou de me abandonar, Sylvie. E você também não deveria estar. Cruzes! — Ela se levantou. — Eu vou dormir um pouco. Fiquei acordada a noite toda.

Sylvie parecia prestes a falar algo e depois mudou de ideia. Apenas assentiu.

Julia foi para o quarto, deitou em sua cama e observou Alice no berço. Julia odiava que Kent agora soubesse que William a deixara. Ele pensaria que ela era uma vítima, embora não fosse. Ele não saberia que ela estava usando um vestido bonito. Não saberia que ela arrumou o cabelo, passou batom e ligou para o professor Cooper. E poderia pensar que ela não tinha sido uma esposa boa o suficiente. Ela estava pensando nessas questões quando adormeceu.

Quando acordou, uma intensa luz amarela entrava pelas persianas, o que significava que era fim de tarde. Ela percebeu que devia ter dormido por horas. Alice estava acordada em seu berço, brincando com os pés. Julia a pegou e beijou sua bochecha macia.

— Você é literalmente a melhor bebê do mundo — disse.

O apartamento estava silencioso quando ela abriu a porta do quarto.

— Sylvie?

Não houve resposta, então Julia carregou o bebê para a sala. Ela notou um pedaço de papel na mesa de centro e o pegou.

Eu, Kent organizou uma equipe de busca. Peguei sua chave extra na panela de espaguete, então posso entrar sozinha. Volto logo, prometo.

Uma equipe de busca? A frase parecia desnecessariamente dramática. Julia balançou a cabeça, irritada e ainda grogue de sono. Por que Sylvie saiu com Kent? Julia não entendia no que a irmã estava pensando, e isso nunca acontecera antes. Até quando Sylvie faltava às aulas do ensino médio ou beijava garotos na biblioteca, Julia entendia seu raciocínio, mesmo que discordasse dele. Mas esta manhã, depois de contar que o marido a deixara, Sylvie também a abandonara.

— Por que você faria isso? — questionou para o silêncio.

Julia alimentou Alice e depois a deitou sobre um cobertor no meio do chão da sala. Entrou na cozinha, ciente de que estava com fome, fez um sanduíche com o que havia na geladeira — salada de atum, alface e tomate — e colocou em um prato. Julia não comia desde o dia anterior e devorou cada pedaço, lambendo a ponta dos dedos. Quando o sanduíche acabou, ainda estava com fome, então comeu uma maçã até o miolo. Bebeu uma das cervejas que William deixara na geladeira. Finalmente saciada, trocou a fralda de Alice e leu *Boa noite, Lua* para ela.

— Você é uma boa menina — murmurou para a bebê.

Alice olhou para Julia. Sua expressão era suave, otimista. Ela tinha quatro meses e começara a irradiar amor para sua mãe como um sol. Quando Julia entrava em um cômodo, o corpo de Alice se sacudia de empolgação. Agora ela estava estendendo a mão para acariciar o queixo da mãe, algo que fazia em busca de conforto enquanto mamava.

Às seis da tarde, ouviu batidas à porta. Julia olhou pelo buraco da fechadura e abriu a porta para Cecelia e Emeline, com Izzy em um carrinho. As duas hesitaram logo depois de entrar, avaliando-a.

— Tadinha — disse Emeline. — Você deve estar tão chateada!

— Tem sido um dia estranho — confessou Julia.

— Sylvie não explicou muito ao telefone — disse Cecelia. — Ela estava com pressa. Pelo que pude entender, ela parece muito preocupada, muito mais preocupada do que faz sentido para mim. Tenho certeza de que William está bem. Emmie e eu estamos mais preocupadas com você.

Lágrimas brotaram nos olhos de Julia.

— Eu agradeço por isso — disse ela.

— Eu não sabia que as coisas estavam tão ruins entre vocês dois. Foi por causa de como ele agia com a bebê? — Era como se essa notícia tivesse atrasado o relógio biológico de Emeline. Com os olhos arregalados, ela parecia uma criança. — Como William pôde deixar vocês?

Cecelia analisava o bilhete de William, que Julia lhe entregara.

— Eu não entendo nada disso: ele ter te deixado; Sylvie e Kent procurando por ele como se estivesse desaparecido. Nada disso faz sentido.

— Eu sei — disse Julia. — Isso é inesperado, tudo isso, mas não é... — Ela balançou a cabeça. — Eu posso me virar. Eu ainda sou jovem, certo? Eu tenho um diploma universitário, graças à mamãe, e estamos nos anos 1980, não nos anos 1950. Alice e eu teremos um novo começo.

— Bah — disse a criança de dez meses no carrinho, acenando para a tia. Julia se agachou e pressionou o nariz contra o de Izzy, o que fez a bebê rir. Do outro lado da sala, Alice chutou o cobertor, animada para ver sua prima.

Julia se sentiu melhor com as gêmeas ali. Sylvie a fez sentir que havia um problema além do fato de seu marido ter partido, e isso a deixara desorientada. Mas agora Julia estava com os pés no chão; para William o casamento havia terminado no início da noite e, quase vinte e quatro horas depois, Julia chegou à mesma conclusão. O fim do relacionamento era uma realidade para ambos. Ela acreditava que ficaria bem sozinha, mas para se convencer, tentou imaginar um dia possível em um futuro possível. A futura Julia estava vestindo um lindo terninho, sentada atrás de uma moderna mesa preta. Seu cabelo estava preso em um coque magnífico. Sua competência era evidente. *Vou ficar melhor do que bem*, pensou, e sentiu seu rosto se iluminar. *Serei incrível.*

Ela viu que Cecelia e Emeline pareciam preocupadas. Elas não confiaram no otimismo dela e pensaram que poderia ser um sinal de alerta de um colapso iminente. Julia voltou sua atenção para o cobertor de bebê no meio da sala. Cecelia colocou sua filha ao lado de Alice, e Izzy estava entregando um brinquedo para a bebê mais nova. Julia lembrou-se de sua versão anterior, que engravidou desejando ver sua bebê ao lado da prima brincando em um cobertor em um dia ensolarado. As duas deveriam ser o ímã que atrairia e manteria os adultos unidos, mas, na realidade, foram o oposto. Quando elas chegaram, os adultos se dispersaram. Izzy dera início a algo, bem como Julia, com o próprio nascimento, mas em que trajetória Izzy lançou a todos? Charlie morreu, Rose foi embora, e, agora, William também. Julia não culpou a bebê, é claro; ela sentiu uma fisgada de amor ao olhar para a criança de cabelos e olhos escuros.

— Você ligou para a mamãe? — perguntou Cecelia.

Julia olhou para a irmã, que tinha uma mancha de tinta amarelo-vivo na mão direita, e soube que, por ter sido abandona por Rose, Cecelia sempre pensaria primeiro na mãe.

— Ainda não — respondeu Julia. — Não há nada que ela possa fazer além de se preocupar. Mas queria que Sylvie estivesse aqui. Ela está agindo de forma muito estranha.

— O que podemos fazer para ajudar? — Emeline estava parada perto da janela. Parecia esperar ver Sylvie, ou talvez William, da mesma forma que, quando criança, olhava pela janela da frente depois que as aulas terminavam, esperando por suas irmãs mais velhas. — Podemos fazer o jantar para você? Quer que a gente durma aqui?

Julia balançou a cabeça. Ela apreciava que Emeline e Cecelia tivessem vindo, da mesma forma que ela fora apoiar Rose em sua horta quando o coração da mãe estava partido. Mas as irmãs não podiam dar os próximos passos com ela, embora se recompor sempre significasse puxar as irmãs para perto dela. Agora ser forte significava ficar sozinha, com a filha nos braços. Era uma posição solitária, embora parecesse a correta, afinal, ela era adulta e mãe.

— Se mamãe estivesse aqui — disse Cecelia —, ela nos arrastaria até a St. Procopius para rezar.

Essa afirmação soou verdadeira. As quatro meninas haviam ido à igreja e rezado rosários para Rose, não para Deus. Não havia como saber disso enquanto todos viviam na 18th Place, porque a igreja e sua mãe estavam muito interligadas. O catolicismo teve sucesso porque nutria a culpa em seus paroquianos e, com isso, garantia igrejas lotadas todos os domingos, mas nenhuma das meninas Padavano havia pisado na St. Procopius desde que sua mãe se mudara. As únicas crenças genuínas das meninas, enquanto cresciam, eram em personagens fictícios, em seus jogos e umas nas outras.

Quando Julia estava no ensino médio, uma garota acusou a ela e suas irmãs de serem um clã de bruxas. Julia não sabia o que era um clã e precisou procurar a palavra. A definição a encantou, e ela esperava que a garota estivesse correta. As quatro irmãs Padavano se fantasiaram de bruxas para o Halloween daquele ano, e Charlie alegremente recitara *Macbeth* para elas. Julia, no auge de sua juventude, com um chapéu pontudo preto na cabeça, sabia que elas *eram* um clã de bruxas, pelo menos até certo ponto. Ela, Sylvie, Cecelia e Emeline tinham um poder compartilhado, uma ferocidade.

— Vocês deveriam ir para casa — disse Julia. — Eu estou bem, e as bebês precisam dormir.

As gêmeas beijaram a bochecha de Julia quando saíram. E pressionaram seus corpos contra o dela, brevemente, antes de passarem pela porta.

Julia voltou para o sofá. Tinha sido um dia estranho, e ela se sentia estranha. A partida de William fora repentina, mas caiu como um raio no meio de uma tempestade. Inesperado, mas natural. No clarão da eletricidade, Julia pôde ver claramente, pela primeira vez, as semelhanças entre seu marido e seu pai. Ela queria se casar com alguém que fosse o oposto de Charlie. Escolheu William porque achava que ele era assim: sério, maduro, sóbrio, atencioso. Charlie era um sonhador — Rose costumava dizer que ele vivia com a cabeça nas nuvens. Ele também era regularmente rebaixado no trabalho e gastava o dinheiro de que Rose precisava para pagar contas nos bares da vizinhança.

William não vivia com a cabeça nas nuvens, mas, como o pai dela, carecia de ambição e confiabilidade. Charlie fora um pai amoroso, mas um peso morto como marido. Ele não deu a Rose nada que ela pudesse usar. Talvez Charlie tivesse reconhecido essa faceta de si em William. Julia lembrou-se da decepção no rosto de seu pai quando lhe contou sobre seu casamento. *Meu pai sabia tanto*, pensou. Ela nunca dera crédito suficiente a Charlie quando ele estava vivo, mas sabia o suficiente para entender que, se seu pai estivesse ali agora, ele piscaria para ela e diria: *Vamos ver o que meu foguete pode fazer.*

SYLVIE

Agosto de 1983

Sylvie caminhou pela cidade com Kent e os outros jogadores de basquete, embora ela os atrasasse com suas pernas de comprimento comum e condicionamento físico normal. Eles tinham mais de 1,80 metro de altura, a maioria deles com 1,95 metro, pelo menos. Caminhavam à frente dela, um grupo visualmente intimidador que esvaziava a calçada. Mais de uma vez, Sylvie viu as pessoas pararem para observá-los. Não era apenas a altura que se destacava, mas a determinação com que os homens caminhavam. Eles se moviam como o time que eram na faculdade — no mesmo ritmo, seguindo dicas direcionais um do outro. Vários caras chamavam Kent de *Capitão*, o que divertiu Sylvie a princípio, já que Kent não era o capitão deles havia dois anos e eles nem estavam mais juntos em um time. Mas se referiam a William como seu companheiro de equipe também, e Sylvie começou a se perguntar se fazer parte de um time era um tipo de compromisso diferente do que ela havia entendido. Nem ela nem suas irmãs haviam praticado esportes — não era uma opção para as meninas de seu bairro — então ela não tinha como saber. Admirava o entendimento tácito entre aqueles homens: Kent tomava as decisões, e os outros seguiam suas ordens da maneira mais eficiente possível. Quando o grupo atravessava as ruas, um deles acenava com o braço comprido, como se cumprimentasse os carros que esperavam, enquanto continuavam se movendo em um ritmo que só eles conseguiam manter.

Sylvie não parava de pensar em fugir do grupo, virar uma esquina e voltar para a casa de Julia. Ela não queria ter ido com Kent. Falara com ele na frente do prédio de apartamentos, com o sol batendo forte. Planejara dar a notícia como uma tigela de maçãs podres e depois se afastar. Mas não fora capaz de fazer isso; ela o seguiu para encontrar os amigos dele e de William, movida por um forte sentimento de que, se não ajudasse, William não seria encontrado. Isso não fazia sentido, é claro, mas desde o momento em que Julia telefonou, Sylvie sentiu medo, como se seu corpo soubesse algo que seu cérebro não sabia sobre aquela situação.

Ela se lembrava de sentir as emoções de William no banco naquela noite e de como ele estava exausto. Lembrava-se da luz fraca que irradiava. E das perguntas em seu manuscrito. Sylvie havia contado a William sobre a saudade do pai e só mais tarde se lembrou de que ele tinha um pai e uma mãe que não queriam contato com ele. Ela mostrou o bilhete e o cheque a Kent porque queria que ele tomasse uma decisão por conta própria. Talvez Sylvie estivesse errada. Se Kent pensasse que a situação era tão simples quanto Julia — apenas um homem deixando sua esposa —, Sylvie se obrigaria a se acalmar. Ela deitaria na cama ao lado de Julia e ficaria lá até que sua irmã acordasse de seu cochilo. Sylvie lhe prepararia um jantar reconfortante e ficaria com ela até que se recuperasse. Por semanas ou meses, se necessário. Até que a dor de morar naquele apartamento sem o marido desaparecesse.

"William até pode ter desejado terminar seu casamento", disse Kent, depois de estudar o pedaço de papel. *"Posso aceitar essa ideia sem ouvir isso direto dele. Mas não gostei do tom desse bilhete, e William jamais faltaria às aulas. Algo está errado. Precisamos encontrá-lo."*

Sylvie sabia que sua preocupação com William havia deixado Julia confusa. Sabia que não era certo deixar a irmã sozinha naquele apartamento. Mas com as palavras de Kent, seu medo tornou-se tão intenso que ela sabia que tinha que fazer algo para aplacar esse sentimento ou não seria útil para ninguém. Antes de sair com Kent, Sylvie voltou ao apartamento para devolver o bilhete e o cheque, e ligou para Emeline e Cecelia, para pedir que fizessem companhia a Julia, mas desligou antes que as gêmeas pudessem fazer qualquer pergunta.

Sylvie havia encontrado Kent apenas uma vez, no casamento — no qual ele fora jovial e charmoso e várias garotas da vizinhança o consideraram encantador. Agora ele parecia cansado e estressado, o tipo de pessoa que não tem tempo a perder. Sylvie correu pelas agora escuras ruas de Chicago, tentando acompanhar o grupo. Os rapazes olhavam por cima dos ombros e reduziam a velocidade por causa dela. Cobriram o vasto *campus* da Northwestern, falaram com o segurança do prédio histórico e verificaram o ginásio. Eles esperaram na calçada enquanto o cara mais alto espiava pelas portas dos bares e restaurantes frequentados por alunos e professores da Northwestern e perscrutava o local à procura de William. Serpentearam pelos bairros que margeavam a universidade, percorrendo uma rua e entrando na seguinte. Isso levou muito tempo, pelo menos algumas horas, embora Sylvie não tivesse certeza, porque não estava usando relógio. Agora eles estavam indo buscar um homem chamado Arash, o qual todos os jogadores pareciam conhecer.

Sylvie observou Kent ficar cada vez mais abatido. Não brincava com os outros caras, que às vezes riam porque, mesmo sendo uma situação tensa, estavam felizes por estarem juntos. A maioria dos jogadores presumia que eles encontrariam William bêbado em algum lugar, infeliz pelo fracasso de seu casamento. *Ele deve estar de porre* foi um comentário que Sylvie ouviu mais de uma vez. Isso lhe parecia improvável, já que William bebia muito pouco, mas ela esperava que estivessem corretos. Nesse ínterim, Kent parecia envelhecer a cada minuto, como se o peso de passar a vida toda com seu amigo desaparecido se compactasse em uma única noite. A única pessoa com quem ele falava regularmente era um jogador chamado Gus, que parecia ter uma energia infinita. O jovem corria à frente do grupo e, então, voltava para falar ao ouvido de Kent.

Um jogador chamado Washington se aproximou de Sylvie.

— Você parece exausta. Está tudo bem? — perguntou.

Sylvie olhou para ele nas sombras. Estava quase chorando tentando acompanhar o ritmo dos homens. Usava um tênis que achava confortável, mas que causou uma bolha no calcanhar. Estava preocupada com William. Com a irmã. E, de uma forma distante, consigo mesma. O empenho dos jogadores em ajudar seu cunhado comoveu Sylvie e, diante disso, percebeu que também estava empenhada. Precisava acompanhar essa busca até o fim, qualquer que fosse o desfecho.

— Estou bem — respondeu, e parou de prestar atenção ao desconforto em seu corpo. Apenas seguiu em frente, o mais rápido que pôde. No encalço dos jogadores, Sylvie estava ciente de como sua realidade física era diferente da deles. Aqueles jovens eram poderosos, inatingíveis. Na vida cotidiana de Sylvie, ela evitava ruas desertas depois de escurecer e atravessava a rua se sentisse qualquer possibilidade de agressão ou comportamento preocupante de um homem. Ela ignorava as cantadas, mantinha a cabeça baixa e dobrava a esquina mais próxima. Até na biblioteca, sabia quando encolher os ombros, minimizar o movimento dos quadris ao caminhar e cruzar os braços sobre o peito. Ela, e todas as mulheres, eram presas. Mas, na companhia desses homens, Sylvie abandonou sua preocupação habitual com sua segurança física. A proximidade deles significava que estranhos a deixariam em paz.

Cada quarteirão que percorriam parecia um quebra-cabeça, e Sylvie olhava de um lado para o outro, tentando encontrar a peça que faltava: William. Quando chegaram a um canto distante do *campus* da Northwestern, encontraram Arash, um homem de estatura mediana com sobrancelhas grossas e olhar intenso, que relatou que havia perguntado por toda a universidade e que já fazia vários dias que ninguém via William.

— Arash é nosso fisioterapeuta — disse Washington a Sylvie, que assentiu.

Ela não questionava mais o uso de verbos no presente por Washington. No coração deles, esses homens ainda estavam em um time de basquete, juntos, e tinham um fisioterapeuta e provavelmente um ou dois treinadores. A equipe dela eram suas irmãs, e ela estava separada delas. Sabia que Julia devia estar acordada agora e chateada com ela. Sylvie sentiu que parte de si *estava* naquele apartamento, no sofá ao lado de sua irmã mais velha.

Atrás de Arash, estava um grupo de jovens, veteranos do atual time de basquete da Northwestern. Eles também foram companheiros de equipe de William, e Kent foi o capitão deles, então apareceram para ajudar. Os olhos de Sylvie arderam, e quando ela tocou o rosto, percebeu que estava chorando. Aliviada por ninguém ter notado, ela se aprofundou nas sombras.

— Precisamos nos separar — disse Kent. — William está desaparecido há mais de vinte e quatro horas. Precisamos cobrir mais terreno. — Ele dividiu o grupo em dois e mandou Arash e os jovens jogadores em uma direção. Todos os outros, incluindo Sylvie, seguiriam para o centro da cidade com ele.

Agora havia mais de vinte jogadores e ex-jogadores de basquete percorrendo Chicago, explorando parques famosos por suas quadras de basquete, checando as pessoas que dormiam em bancos. Em algum momento, o Sol começou a nascer — um orbe laranja preencheu os espaços entre os prédios. Sylvie tentou se lembrar da última vez que vira um novo dia raiar. Tentou se lembrar de que dia da semana era e a que horas deveria ir à biblioteca. Perguntou a Washington, que usava um relógio, que horas eram, mas ela estava tão cansada que os números que ele disse não faziam sentido. Ela não iria trabalhar, e sabia disso. Também sabia que a bibliotecária-chefe Elaine não ficaria feliz; ela tinha algumas normas favoritas, e uma delas era a responsabilidade.

Em certo ponto, Kent diminuiu o ritmo e ficou para trás a fim de andar ao lado dela. Ele falava como um homem que estava poupando suas energias, e ela precisou se inclinar para perto para escutá-lo:

— William já sumiu antes. Ele faz dessas coisas. Uma vez, parou de falar e de comer por uma semana quando achou que Julia estava brava com ele e o técnico o colocou no banco. Ele se recuperou bem depressa, mas acho que eu sou o único que ele deixa vê-lo nesse estado.

O rosto de Sylvie doía, uma sensação que parecia alívio. Era bom saber que ela não era louca. Quase contou a Kent sobre as notas de rodapé do livro de William, mas, em vez disso, disse:

— Ficamos acordados a noite toda. — Então, esfregou os olhos, porque isso era uma coisa estúpida de se dizer. Ela tinha uma lembrança das mãos de Ernie em sua cintura e se lembrou da sensação de deitar nua ao lado dele sem nenhum medo ou consciência de que seu mundo estava prestes a virar de cabeça para baixo. Parecia uma lembrança de outra vida. Ocorreu a Sylvie que ela possivelmente havia decepcionado Ernie, da mesma forma que estava prestes a decepcionar a bibliotecária-chefe Elaine. Era provável que ele tivesse esperado na porta do apartamento dela na noite anterior, confuso por ela não ter voltado para casa. *Não estou em nenhum lugar em que deveria estar*, pensou. *E não faço ideia de onde estou.*

Eles visitaram três bibliotecas no centro da cidade em sequência, entrando em cada uma delas para verificar as cabines de consulta. No meio da manhã, Sylvie, Washington, Gus e Kent entraram em uma lanchonete para comprar refrigerantes para todos. Sylvie notou que, sob a iluminação da loja, o rosto dos rapazes parecia distorcido pelo cansaço. Ela só podia imaginar como estava a própria aparência e teve o cuidado de evitar qualquer superfície reflexiva. Fazia horas desde que alguém mencionara a possibilidade de William estar de porre ou em algum bar. Agora parecia que, se o encontrassem, seria terrível, e se não o encontrassem, também.

Quando saíram da lanchonete, pararam na calçada, com os refrigerantes gelados suando em suas mãos. O resto dos jogadores estava a meio quarteirão de distância, esperando. Sylvie notou a pausa; ela suspeitava que Kent não sabia para onde ir a seguir. O ar tinha um novo peso; o Sol subia no céu, trazendo consigo um calor denso. Um barulho alto se aproximou deles pelo lado — o lamento de uma sirene. Sylvie virou-se na direção do som, mas ele imediatamente se dividiu ou duplicou. Uma ambulância passou zunindo por eles enquanto os carros abriam caminho, e duas viaturas de polícia, com sirenes estridentes, viraram uma esquina e seguiram a ambulância. O ar pulsava com o barulho. Kent, Sylvie, Washington e Gus se entreolharam; havia um medo compartilhado em cada rosto. Sylvie sabia que todos tiveram o mesmo pensamento: *William?*

— Gus — disse Kent —, corre!

Gus partiu, descendo o quarteirão antes que Sylvie pudesse entender o que estava acontecendo. Ele era incrivelmente rápido. Mais tarde, Sylvie seria informada de que ele era o armador e conseguia percorrer três quartos da quadra em três segundos cravados. Os demais partiram atrás de Gus enquanto ele seguia atrás da ambulância e das viaturas. As latas de refrigerante foram jogadas na calçada, onde giraram como piões. Kent também era rápido, assim como a maioria deles; eles correram pela avenida, com as mãos levantadas para tentar controlar o trânsito. Precisavam ser rápidos para não perder Gus de vista. Washington aparentemente era o jogador mais lento, e ficou atrás de seus companheiros. Ele tinha 2 metros de altura e corria como uma árvore arrancada de uma floresta. Sylvie não conseguia acompanhar Washington, mas podia ver suas longas costas serpenteando pelo tráfego de pedestres à frente, o que possibilitava que ela não se perdesse do grupo.

O lago surgiu abruptamente, e a superfície brilhante fez Sylvie semicerrar os olhos. Ela estava ofegante agora, e seu coração martelava em seus ouvidos. A água parecia um espelho, que se estendia até o horizonte. Charlie costumava levar as filhas ao lago nas tardes de domingo quando elas eram pequenas. Ele bebia cerveja e conversava com estranhos na margem, enquanto as meninas construíam castelos de areia e disputavam quantas cambalhotas conseguiam dar debaixo d'água. Sylvie sentiu uma pontada de dor pelo pai, e então a dor aumentou ainda mais. Ela havia perdido o outro homem em sua família. E se perdesse William também? Ela tentou sentir o que seu cunhado estava sentindo — projetando-se além de seu corpo —, mas não sentiu nada.

Estava no calçadão que circundava o lago agora, ainda correndo. A ambulância e os carros da polícia pararam à frente, mas mantiveram as luzes acesas. Sylvie estava zonza e ligeiramente enjoada. Havia manchas cinzentas em sua visão que ela sabia que não faziam parte da paisagem. Estava correndo, mas ficando para trás, na retaguarda do grupo. *Por favor, não seja William*, pensava, no ritmo de seus passos. *Por favor, não seja William.* Ela parou quando finalmente alcançou a ambulância estacionada. E ficou parada, tremendo de exaustão e nervosismo, na beira do calçadão. Por causa do calor, a margem à sua frente já estava meio cheia de famílias e banhistas. Na areia, as crianças haviam parado de brincar, e homens e mulheres em trajes de banho estavam de pé sobre as toalhas, com as mãos protegendo os olhos para ver o que acontecia no lago. *O que pode estar acontecendo no lago?*, pensou. Kent e os outros jogadores desceram voando até a margem, onde os paramédicos e alguns policiais estavam parados na beira da água. Ela se virou na direção que eles estavam olhando e viu um barco se aproximar lentamente. Um dos paramédicos e alguns jogadores de basquete entraram no lago. Os outros dois paramédicos esperavam na beira da água com uma maca. O barco estava perto o suficiente para Sylvie ver um homem deitado no convés. Ela não conseguia ver o suficiente para identificá-lo. Kent e Gus estavam com água até a cintura. Junto com o paramédico, eles ergueram os braços acima da cabeça e, então, levantaram o homem. Seu rosto virou para o lado. Era ele.

— William — sussurrou Sylvie, como um chamado, como se em seu estado atual ele pudesse ouvir apenas sussurros.

Os olhos de William estavam fechados, o corpo flácido nos braços de seus amigos. Vestia uma camisa de botão para fora da calça. Os pés descalços. Um de seus braços pendia, tocando a água, e o outro estava pousado sobre o peito. Mais amigos se juntaram a Kent e Gus; mais mãos apoiaram William enquanto se esforçavam para carregá-lo para fora do lago. Kent cambaleou, e Washington estava imediatamente ao seu lado, com o braço em volta dos ombros dele. Eles deitaram William na maca com um movimento suave.

Um adolescente parado perto de Sylvie disse sem se dirigir a ninguém em particular:

— Aquele cara parece morto.

— Sylvie — gritou Kent, e foi isso que a descongelou. Ela correu até eles e, sem saber mais o que fazer, como ajudar, segurou a mão gelada de William enquanto eles o carregavam para fora da água, até o outro lado do calçadão. Quando chegaram à ambulância, um paramédico disse:

— Apenas um de vocês pode acompanhá-lo.— Ele olhou para Sylvie. — Você é a esposa?

Sylvie olhou para o paramédico. Ela sentiu como se não pudesse soltar a mão de William. Os dedos dele estavam tão frios que a pele dela parecia ter congelado na pele dele, se dissesse que era a esposa, ela poderia ir na ambulância. Então, sem olhar para Kent ou qualquer outra pessoa, Sylvie acenou que sim e subiu na parte de trás do veículo.

A ambulância já estava em movimento antes que Sylvie percebesse que William estava respirando — superficialmente —, e ela quase vomitou de alívio. Ela estava presa entre a lateral da ambulância e a maca na qual ele estava amarrado. O paramédico se inclinou sobre William. Levantou a pálpebra. Pressionou os dedos na lateral do pescoço dele. Cobriu o corpo com um cobertor. O rosto de William parecia inchado, e sua pele estava com um tom acinzentado. Ele tinha um hematoma perto de uma das maçãs do rosto. E estava imóvel. *Imóvel demais*, pensou Sylvie.

O hospital para o qual eles dirigiram era o mesmo onde Julia e Cecelia deram à luz e Charlie morreu. O tempo parecia desacelerar e acelerar em um ciclo contínuo. Médicos vestindo jalecos tiraram William da ambulância. Kent já estava à espera; deve ter pegado um táxi. Ele estava conversando com a paramédica sobre pressão arterial, e Sylvie se lembrou de que ele cursava medicina.

— Eu deveria ligar para Julia — disse ela, e entrou no hospital, sem saber se alguém a ouvira.

Enquanto ouvia os toques da chamada — ela estava em uma cabine ao lado da sala de espera da emergência —, Sylvie piscou e tocou o rosto. Seu cabelo estava duro, provavelmente devido ao suor seco. Foi bom se sentar no assento minúsculo da cabine. Seu corpo era uma profusão de dores e alfinetadas; músculos que ela não sabia que tinha estavam atordoados e perturbados pela provação das últimas horas.

— Alô? — disse Julia.

— Sou eu. — Sylvie teve dificuldade de falar. Percebeu que não queria colocar em palavras o que havia acontecido. Quando ela contasse a história para sua irmã, seria real. Teria acontecido, e haveria consequências. Quais seriam essas consequências, ela não tinha ideia. Estava muito cansada, e sua imaginação havia sido atropelada pela realidade.

— Onde você esteve? — perguntou Julia. — Onde você está?

— Estou no hospital. Você deveria vir aqui. Encontramos William. — Sylvie hesitou. — Ele estava no Lago Michigan. Ele tentou se matar.

Houve uma pausa, e Julia disse:

— Não, não pode ser isso. Está calor, então ele deve ter ido nadar e não é um bom nadador. Ele nunca aprendeu quando era criança.

— Ele estava inconsciente, Julia...

— Não, não, ele não faria algo assim. — Mas agora havia hesitação na voz de Julia.

— Você pensou que o departamento de história também estava errado, sobre ele faltar às aulas. Julia, isso é real. Está acontecendo.

Julia estava quieta do outro lado da linha. Cada parte de Sylvie se sentia péssima. Péssima para sua irmã, péssima para William.

— Só, por favor — pediu —, pegue um táxi e venha aqui. Vou ligar para Emeline também, ela pode nos encontrar aqui para cuidar da Alice.

— Ele me deixou — disse Julia, em uma voz lenta. — Ele foi muito claro. Ele não iria me querer aí.

Sylvie olhou para a divisória embaçada que contornava a cabine. Ela estava de frente para a sala de espera, e, perto dela, havia um homem mais velho sentado com a cabeça entre as mãos. Ao lado dele, uma mulher de óculos escuros estava com os braços cruzados sobre o peito. Mesmo que ignorasse o fato de estarem em um hospital, Sylvie saberia que eles estavam esperando por más notícias.

— Você não vem? — perguntou à irmã.

— Ele está com Kent. Kent cuidará bem dele. — Julia pigarreou e acrescentou: — Eu preciso de você, Sylvie. Por favor, volte para cá.

Sylvie abriu a boca para falar. Ela se sentia como uma marionete com dobradiças enferrujadas: sua mandíbula, cada junta de seu corpo.

— Deixe-me ajeitar as coisas aqui primeiro — respondeu Sylvie, e então recolocou o fone no gancho e ficou na cabine até que um homem bateu no vidro para indicar que precisava fazer uma ligação.

Ela não teve dificuldade em encontrar Kent na sala de espera. Ele e seus amigos ocuparam os assentos no canto mais distante. Pareciam exatamente o que eram: um time de basquete que havia entrado em um lago. As outras pessoas na sala de espera pareciam ter escolhido lugares o mais longe possível da equipe.

— O médico não quer falar conosco — disse Kent. — Você precisa ir até a recepção e perguntar se pode ficar com William até que Julia chegue. Não quero que ele fique sozinho.

— Ela não vem.

Kent a encarou.

— Em momento algum?

— Não sei, pelo menos agora não.

Kent fechou os olhos por um segundo e disse:

— Tudo bem. O motorista da ambulância pensou que você era a esposa dele, diga a mesma coisa à senhora da recepção para que eles deixem você entrar. E quando falar com o médico, certifique-se de que William não passe apenas por exames físicos, mas também por uma consulta psiquiátrica.

Diga a Kent que você tem que ir embora. Diga a ele que sua irmã precisa de você, pensou Sylvie, mas só conseguiu dizer:

— Você está na faculdade de medicina. Não seria melhor você entrar?

Kent balançou a cabeça.

— Só permitem a entrada de familiares. Não posso fingir que sou parente dele.

Lágrimas brotaram dos olhos de Sylvie, embora não conseguisse compreender o que estava sentindo, porque parecia tudo ao mesmo tempo. Apenas acenou com a cabeça para Kent e caminhou até o balcão.

— Sou a esposa de William Waters — mentiu.

A enfermeira a conduziu por uma porta e depois por dois corredores, passando por quartos com as portas abertas, onde havia homens, mulheres e crianças em vários estados de urgência: chorando, sangrando, inconscientes. Sylvie sentia-se cada vez mais indisposta. Suas roupas roçavam contra sua pele. A bolha em seu calcanhar ardia a cada passo.

A enfermeira parou e apontou para uma porta. Sylvie entrou no quarto sozinha. William estava deitado em uma cama. Os olhos fechados. Os pés estavam cobertos por uma manta, mas pendiam para fora do leito pequeno demais. Com William estendido diante dela, Sylvie pôde ver que a pele dele parecia estranha. Excessivamente pálida e, de alguma forma, esticada. Como se ele tivesse sido inflado e agora estivesse voltando ao seu tamanho normal. As enfermeiras haviam retirado as roupas molhadas. Ele usava uma bata hospitalar, e seu braço estava conectado ao soro. Era a primeira vez que Sylvie ficava sozinha com ele desde a noite no banco, seis meses antes.

— Pensei que você estava morto — sussurrou ela.

Havia uma janela na sala, que dava para uma árvore verdejante e frondosa. A maternidade ficava um andar acima deste, do outro lado do enorme prédio. Foi lá que Sylvie esteve, onde suas sobrinhas nasceram e seu pai morreu. Ao lado da cama havia cadeira dura, e ela se sentou.

Sylvie fechou os olhos doloridos. E percebeu uma sensação brotar em seu peito — um tamborilar, como uma chuva leve — e, lentamente, percebeu que era alívio. Estava aliviada. Por William estar vivo, bem diante dela. E por ser ela a pessoa naquela cadeira, naquele quarto. Quando falou com Julia ao telefone, Sylvie se concentrou no que *deveria* acontecer — a esposa de um homem doente *deveria* estar ao seu lado —, mas era melhor para William estar com ela. Sylvie podia conectar os pontos que o levaram àquele quarto; ela sabia, de alguma forma, que isso não era impossível. Com os olhos fechados, podia imaginar William entrando no lago, sentindo-se como um punhado de água que não podia mais ser contido. Não havia mais gravidade para segurá-lo, então ele tentou se dissolver no gigantesco corpo d'àgua. Sylvie sentou-se ao lado da cama, solta dentro da própria pele, para que pudesse lhe transmitir um pouco de sua força enquanto ele dormia.

WILLIAM

Agosto de 1983 — Novembro de 1983

Ele caminhou pela cidade a maior parte da noite e depois voltou à margem do lago. Ainda estava escuro. Não havia ninguém por perto, e até o ar estava imóvel enquanto ele entrava na água. Nenhum canto de pássaro, nenhum barulho de trânsito, nenhuma voz humana. Parecia que o mundo havia parado. William precisou caminhar por um longo tempo antes que estivesse fundo o suficiente a ponto de submergir a cabeça. Ele não pensou em levar nenhum objeto pesado; havia parado de pensar horas antes. Tinha apenas um anseio pela água, pela escuridão, pelo sossego. Queria afundar, mas seu corpo gigante continuava tentando flutuar. Mesmo depois de muito tempo na água, quando estava praticamente alheio à realidade, seus pés se moviam para os lados, e ele ficava de costas, flutuando como um barco, olhando para o Sol. Já não era mais uma pessoa com nome e história; àquela altura, ele era uma rolha boiando e só conseguia sentir as mãos macias e enrugadas, o Sol queimando seu rosto, a água entrando em seus olhos e ouvidos. Estava dormindo, ou inconsciente, quando ouviu um rugido, vozes e mãos puxando-o. Ele não conseguia abrir os olhos para ver o que estava acontecendo. Todavia, escutou — ouviu Kent chamar seu nome depois de um tempo —, mas apenas porque não tinha escolha. Quando acordou no hospital, seco, e viu Sylvie em uma cadeira ao lado dele, seu primeiro pensamento foi que havia falhado. O fato de ter falhado significava que ele tinha continuar caminhando com sua história de vida — seus erros — pendurada nos ombros como uma mochila pesada. Esse fato o deixava exausto, mas ele estava cansado demais para rejeitar essa realidade.

William estava em um hospital diferente daquele em que acordou após o incidente, e depois de quase uma semana de avaliação, foi transferido para uma clínica de internação psiquiátrica no centro de Chicago. O lago ficava a três quarteirões de distância, fora de vista. Porém, apesar da distância, William estava ciente do corpo d'água. Enquanto dormia e acordava, ainda se sentia encharcado, longe da costa e incapaz de ficar submerso.

Durante os primeiros dias no novo hospital, Sylvie ou Kent sempre estavam no quarto quando ele adormecia e despertava. Ele os viu, mas não estava foi forte o suficiente para falar. Kent falou com ele, disse que ele melhoraria, que seus médicos eram excelentes e que precisava voltar para a faculdade, mas que retornaria para vê-lo em alguns dias. Sylvie raramente dizia alguma coisa, apenas se sentava na única cadeira no quarto e lia um livro.

À medida que ele ficava mais alerta, a presença dela se tornava complexa. Suspeitava que Sylvie fosse a única pessoa, além de Kent, que não ficara completamente chocada com o que ele havia tentado fazer. Ela tinha visto a desolação dentro dele naquela noite no banco e nas notas de rodapé de seu manuscrito. Sua esposa também lera, é claro, mas ele sabia que a reação inicial de Julia era de desânimo ao perceber que William tinha esses pensamentos. Para Julia, isso significava que ele era o homem errado para ela, não que houvesse algo errado com ele.

William se sentia grato pela presença de Sylvie, embora algo não parecesse certo — a família Padavano não deveria querer nem saber dele. Toda vez que Sylvie estava no quarto, ele esperava que a porta se abrisse e Julia entrasse. Ele se agitava com o peso dessa possibilidade e tentava ficar inconsciente pelo máximo de horas possível durante o dia.

— O sono é um ótimo remédio — disse a Dra. Dembia, a médica designada para ele na unidade psiquiátrica. — Você tem se esforçado demais por muito tempo, William. Dê um descanso a si mesmo.

Uma tarde, quando William acordou de um cochilo inquieto, Sylvie perguntou:

— Posso fazer uma pergunta?

Ele ouviu a angústia em sua voz. E precisou limpar a garganta para dizer:

— Sim. — E então ele se resignou, porque, não importava o que ela perguntasse, ele tinha de responder. Não conseguia mais mentir. Como uma peça de porcelana incapaz de suportar qualquer peso, ele não aguentava mais.

— Você quer que Julia visite você? Não temos certeza do que fazer.

Sentiu seu corpo se esvaziar sob o peso da pergunta. No entanto, ele sabia a resposta. Escrevera no bilhete antes de sair do apartamento. Compreendia que era um adendo necessário, um esclarecimento.

— Não — disse ele, com a voz sem fôlego. — Julia e Alice devem ficar longe de mim. Para sempre.

Não soube como Sylvie recebeu esse anúncio, porque não olhou para ela. Sabia que era uma coisa horrível de se dizer, mas era o que sentia, mais do que nunca.

— Diga a ela que eu abro mão de Alice — disse ele, e virou o rosto para a parede. E ficou assim, com os olhos fechados, até que Sylvie se foi.

Suas palavras foram tão brutais, e sua rejeição à irmã e à sobrinha de Sylvie foi tão definitiva, que William sabia que ela nunca mais voltaria. A noite que se seguiu foi longa. William lembrou-se de estar no lago. Tentou considerar o que restava de sua vida: Kent e seus outros amigos do time; os medicamentos que a Dra. Dembia havia prescrito para ele. Isso era tudo o que ele tinha, e ele sabia que era sorte ter alguma coisa. Sua antiga vida estava no fundo do lago. Ele tinha acabado de expulsar a última peça, Sylvie, e essa perda doeu. William sentira uma estranha paz ao lado dela no banco naquela noite — como se ele tivesse sido capaz de deixar de fingir e apenas *ser* — e sentiu alívio cada vez que ela entrou em seu quarto de hospital. Mas ele se revelou o tipo de monstro que abandona a esposa e a filha, e isso tinha consequências.

A porta do quarto de William tinha de permanecer aberta, mesmo à noite, para que a enfermeira que supervisionava os corredores pudesse vê-lo a qualquer momento. Não havia fechaduras dentro da unidade, nem mesmo nos banheiros. A unidade em si era protegida por uma grossa porta de metal, sempre trancada. Os visitantes tinham suas malas revistadas, e a porta principal precisava ser destrancada para deixá-los entrar e trancada novamente.

A Dra. Dembia se reunia com William por meia hora todas as tardes. Ela tinha cabelos grisalhos curtos, mas um rosto jovem. William não sabia se ela era velha ou jovem: talvez a cor do cabelo dela significasse que era mais velha do que seu rosto indicava, ou talvez seu cabelo tivesse ficado grisalho prematuramente. Ele estava sob seus cuidados por uma semana quando ela o informou:

— Finalmente consegui falar com um de seus pais. Liguei para o escritório de seu pai.

Um sentimento enterrado bem fundo em William vibrou, e ele desejou que as coisas não tivessem chegado ao ponto de envolver seus pais. Havia fornecido à médica os nomes de sua mãe e de seu pai enquanto ela preenchia seu histórico.

— Suponho que ele tenha dito que não poderia ajudar — disse William.

— Ele disse que você é adulto e, portanto, deveria resolver sozinho. Ele literalmente desligou na minha cara. William, quero que saiba que essa não é uma resposta parental normal. É cruel e injusto. Você merece, e merecia, mais de seus pais. Você é fruto de duas pessoas abaladas por questões profundas, e é por isso que está aqui.

— Você acha que ele é um babaca.

Ela sorriu.

— Bem, essa palavra realmente não se enquadra no meu vocabulário técnico. Eu diria que suspeito que seu pai também sofra de depressão.

William achou difícil imaginar o rosto de seus pais. Ele os via na estação de trem, acenando, mas suas formas estavam borradas. A ideia de seu pai estar deprimido não se firmava na mente de William; simplesmente evaporava. Essas sessões com a médica, que prestava atenção nele — cravava os olhos nele como anzóis — eram exaustivas. Os outros dois médicos que o visitavam eram distraídos; William só conseguia uma fração de seu foco. E estava mais confortável com esse cenário.

— Ele e minha mãe não fazem parte da minha vida — disse. — Já há muito tempo.

A médica inclinou a cabeça para o lado, e William pôde vê-la considerando a veracidade dessa afirmação. Ocorreu-lhe, pela primeira vez, que só porque você nunca pensa em alguém não significa que essa pessoa não estivesse dentro de você.

William acordou uma manhã enjoado e suado. Ele sabia que isso era uma reação à sua medicação; encontrar a combinação mais eficaz de antidepressivos e ansiolíticos era um processo de tentativa e erro. Ele manteve os olhos fechados por mais alguns minutos, pois sabia que seria um dia difícil e não tinha pressa para que começasse. Quando abriu os olhos, viu Sylvie sentada ao lado de sua cama. William piscou. Ela estava sentada muito ereta na cadeira, como se sua postura estivesse sendo avaliada.

— Pensei que você não voltaria — disse, sem saber se ela tinha de fato voltado ou se só estava tendo alucinações.

Ela assentiu.

— Eu precisava fazer mais uma pergunta — disse ela. — Você disse que não queria ver Julia ou Alice. Tudo bem se eu te visitar? Ou você quer que eu vá embora também?

Vá embora, pensou William. Ele estivera sonhando com sua conversa com a Dra. Dembia sobre seus pais. No sonho, estava nadando para longe de sua mãe e de seu pai enquanto eles nadavam para longe dele. E ele disse à esposa e à filha para se afastarem. Tanta gente se abandonando. Havia uma atmosfera claustrofóbica no sonho, um pressentimento, como se estivessem todos prestes a descobrir que estavam nadando em um aquário. Eles estavam tentando se afastar um do outro e estavam fadados ao fracasso.

William olhou para a jovem na cadeira. Ele sabia que ela era real, e não uma alucinação. E sabia que a queria ali. Não sabia por que, mas isso não importava agora. William estava tentando reaprender como era querer qualquer coisa.

— Não vá embora. — Sua voz estava cansada, sonolenta e grogue pelo efeito dos medicamentos. — Sinto muito por ter magoado sua irmã.

— Você se magoou também — disse Sylvie.

Ele balançou a cabeça, rejeitando isso.

— Julia está bem?

Sylvie sentou-se ainda mais ereta; ela parecia esticada, como se estivesse tentando estar em mais de um lugar ao mesmo tempo.

— Julia está chateada — disse. — Obviamente. Mas ela vai ficar bem. Ela não sabe que estou aqui. É só que eu acho... — hesitou — que você merece receber visitas. Eu sei que Kent o visita, mas ele está muito ocupado para vir com frequência. Você não merece ficar sozinho.

Essa frase atingiu William como se tivesse levado um soco no peito. Ele não merecia ficar sozinho? Não achava que isso fosse verdade, mas acreditava que Sylvie estava sendo sincera.

— Obrigado — disse ele.

Sylvie assentiu, e eles ficaram em silêncio por alguns minutos. O silêncio zunia, como um ruído de fundo. William se perguntou se havia algo mais que deveria dizer. Sylvie também parecia inquieta. Parecia que eles haviam chegado ao fim de um roteiro e agora um deles precisava inventar algo ou sair do palco. William ansiava por dormir. Talvez ele pudesse desaparecer deste momento, mergulhar na inconsciência.

Sylvie se inclinou para a frente e disse:

— Estava pensando se você poderia me contar mais sobre Bill Walton.

— Bill Walton. O jogador de basquete?

Ela assentiu.

William ficou surpreso, mas a resposta era fácil.

— Ele é um grande craque. Jogou pelo Portland e foi MVP da temporada e das finais. Mas foi atormentado por lesões. Quebrou o pulso duas vezes. Torceu o tornozelo. Deslocou dedos das mãos e dos pés.

— Minha nossa! — Sylvie parecia mais leve, aliviada por terem encontrado algo para conversar.

— Walton quebrou um osso do pé, e ele teve que usar uma espécie de tala de gesso para tentar diminuir a dor. Teve que tomar analgésicos injetáveis, e com isso ele continuou jogando, mas lesionou ainda mais o pé. — William não conseguia acreditar que estava falando tanto, mas agora que havia começado, precisava dar a Sylvie informações suficientes para que ela realmente entendesse. — Walton definitivamente é um ótimo jogador, talvez quem tem o melhor passe de bola do time, certamente o melhor para um pivô. Ele adora basquete, mas seu corpo é terrível. Seus joelhos são... impossíveis, e ele tem inúmeras lesões nos pés. Ele está no banco de reserva dos Clippers este ano.

— Parece impressionante que ele tenha conseguido jogar, quem dirá ganhar o MVP, com tantas lesões.

— É — disse William. — É impressionante.

Mas falar tanto o deixou exausto, e ele adormeceu. Quando abriu os olhos, Sylvie havia sumido.

Dra. Dembia anunciou que ele teria uma lição de casa:

— Quero que você escreva todos os segredos, todas as partes da vida que escondeu das pessoas próximas a você.

Ele olhou para o caderno comum que lhe foi entregue, assentiu e colocou o objeto de lado. Desde que conseguia se lembrar, tentava se afastar de qualquer coisa desconfortável, não permitindo que se aproximasse. Mas ele se afastou tanto que não sobrou nada. E sabia que, para se curar, precisava levar em consideração sua esposa, sua infância e seu fracasso em administrar o que de fora parecia uma ótima vida. Ainda não estava pronto, no entanto. Por ora, bastava saber que a hora estava chegando e que ele não podia mais se esconder. Quando William dormia, sonhava com água, e enquanto estava acordado, caminhava pelos corredores da unidade psiquiátrica.

Kent sentava-se na cadeira no canto quando o visitava, suas longas pernas alcançavam o meio do quarto. Ele parecia sonolento e às vezes fechava os olhos.

— Pare de se sentir culpado — disse ele. — Você teria feito a mesma coisa por mim.

— Não estou na faculdade de medicina com dois empregos de meio período. Você não deveria estar aqui agora. Quantas horas de sono você teve na noite passada? E agora tem que dirigir de volta para Milwaukee.

— Só venho aqui uma vez por semana. Meu colega está cobrindo meu turno hoje. Você não pode me impedir de vir.

A afeição de Kent por William era muito clara e descomplicada. Aquecia William como um sol. Ninguém jamais o amara incondicionalmente assim, e esse amor, no momento de sua vida em que se sentia menos merecedor, fez William se sentir como se estivesse queimando. Então, ele andou pela sala, tentando se acalmar com o movimento.

— Acho que você acha que ainda estou em perigo. Mas não estou. Não vou fazer isso de novo — disse. — Eu prometo.

Kent o analisou por baixo das pálpebras abaixadas.

— Eu quero mais do que isso, você sabe. Eu quero que você se sinta melhor. Que ame a sua vida.

William riu, um som breve e seco. Quando ele tinha rido pela última vez?

— Isso não é engraçado — disse Kent.

William se sentiu repreendido.

— Sinto muito. Eu pensei que era. — Ele pensou por um momento. — Você ama sua vida?

— Com toda certeza, sim. — Suas palavras eram firmes.

William olhou para o amigo, que ainda tinha o porte de jogador e parecia irradiar juventude e saúde. Ambos tinham vinte e três anos. William sentia-se com, pelo menos, quarenta — um ancião. Ele colocou a mão sobre o joelho lesionado.

— Vou lhe dar algo pelo qual viver — disse Kent. — Estou de olho em Michael Jordan... Sabe? O garoto da Carolina do Norte que deu aquele show no ano passado? Ele parece *bom*. Talvez os Bulls possam escolhê-lo quando ele entrar no draft.

William assentiu. Ele pensou na conversa em que contara a Sylvie sobre Bill Walton. Michael Jordan era alguém muito mais difícil para William pensar. Kent estava entusiasmado com Jordan porque ele parecia ser o futuro do basquete, mas William achava impossível contemplar os dias e as semanas que tinha pela frente.

— Escuta — Kent o estudou. — Tem certeza de que seu casamento acabou? Porque posso falar com Julia, se quiser. Ajudá-lo a fazer as pazes ou o que for necessário.

— Tenho certeza.

— Tudo bem. — Kent sentou-se ereto na cadeira pela primeira vez. — Vamos assistir aos Bulls juntos na TV este ano. Todos os jogos. Você irá para Milwaukee ou eu virei até você.

Vir até mim, pensou William. *Onde? Onde estarei?*

William havia entrado no hospital em agosto, e agora era final de setembro. As folhas do lado de fora de sua janela estavam perdendo a cor, o verde-escuro de verão desbotando. William apreciava esse momento em que as cores desbotavam, uma espécie de respiração visual profunda antes da chegada da nova estação.

— Você terminou seu dever de casa? — perguntou a Dra. Dembia.

Já fazia um tempo que ela não lhe perguntava sobre o caderno. Ele sabia que isso era uma cutucada sutil, então balançou a cabeça.

— Ainda não.

Quando Sylvie chegou à porta de William, ele percebeu que se sentia grato por vê-la. Ele estava recuperando a consciência em geral. O que havia sido uma massa opaca de emoções dentro dele agora tinha mais textura. Sylvie trouxera recentemente meias que Emeline tricotou para ele e um livro de arte enviado por Cecelia. Ficou claro que as gêmeas também estavam preocupadas com ele, apesar de não terem ido visitá-lo no hospital.

De maneiras diferentes, três das quatro irmãs Padavano continuaram cuidando dele, como se essa maioria numérica e a proximidade delas com Julia pudessem encobrir o buraco que ele havia criado na própria vida. *Você não está sozinho*, a atenção delas lhe dizia, e ele ficou comovido com aquela gentileza.

William sabia que Julia odiaria que Sylvie o visitasse. Sua esposa teria considerado, com razão, o bilhete que ele havia deixado — junto com o adendo que ele havia dado a Sylvie — como o fim de seu casamento. O fato de Sylvie ter decidido continuar, mesmo que temporariamente, seu relacionamento com William era, na melhor das hipóteses, confuso e beirava a deslealdade. As irmãs Padavano haviam agido com total união, ele sabia, por toda a vida. Ele havia observado Sylvie e Julia dormirem nos braços uma da outra em seu sofá. E achou difícil acreditar que Sylvie havia desafiado aquela relação por ele.

Ela colocou a bolsa na cadeira do canto e disse:

— Estou curiosa sobre Kareem Abdul-Jabbar... Por que ele mudou de nome no início de sua carreira?

William sorriu; seus pensamentos ainda estavam em sua ex-esposa, que não teria lhe feito essa pergunta nem em um milhão de anos. Julia não se interessava por basquete e estava sempre tentando desviar a atenção de William de seu jogo favorito. Ela tinha as próprias expectativas sobre quem William *se tornaria* após a próxima oferta de emprego ou uma vez que ele tivesse um título de doutor. Não culpou a esposa por essa aceitação condicional, afinal, crescera com pais que nunca o aceitaram.

— William? — Sylvie disse, com a cabeça inclinada para o lado. — Você está bem? Parece distante.

— Estou aqui.

Ele sabia, com sua nova consciência, que deveria dizer a Sylvie para voltar de vez para a irmã. Deveria dizer a ela que ficaria bem sem suas visitas. A enfermeira que supervisionava os corredores e espreitava cada quarto tinha acabado de passar e passaria de novo dentro de quatro minutos. William sentiu-se mais centrado. Kent estaria ali no sábado. *Você deveria ir embora*, pensou. Mas não conseguia se obrigar a dizer as palavras.

Sylvie estava sentada na cadeira, e William andava de um lado para o outro do quarto. Ele estava no hospital havia mais de dois meses. Era quase Halloween, e as enfermeiras haviam colado pôsteres de abóboras nas paredes do salão comunitário. William não podia abrir a janela, mas pôde ver que as pessoas do lado de fora agora usavam jaquetas ou coletes enquanto caminhavam pela calçada.

— Quantos anéis da NBA Bill Russell ganhou no total? — perguntou Sylvie, depois de vários minutos observando-o caminhar ricochetear lentamente de uma parede para a outra.

— Onze em doze anos — respondeu ele, e parou de andar. O calor, aquele desconforto que ele sentia quando Kent o olhava com uma expressão radiante, queimou dentro dele. Sylvie também lhe mostrava afeição, e, embora fosse difícil, ele estava tentando aceitar isso. Havia sorrido uma vez, durante a última visita de Kent, e seu amigo lhe deu um tapa nas costas, satisfeito. Lembrou das palavras da Dra. Dembia: *"O desconforto é apenas uma sensação, William. Não há problema em se permitir sentir seus sentimentos."*

— Sei que você menciona o basquete para me deixar confortável, Sylvie. É muito legal da sua parte — comentou William.

Sylvie ergueu as sobrancelhas, surpresa.

— E eu sei que você leu meu livro. — Sem parar para pensar, William pegou o diário vazio em sua mesa de cabeceira. — Eu tenho um dever de casa da médica para fazer. Talvez você possa me ajudar com isso. Sou muito grato por suas visitas. Eu deveria ter dito isso antes.

— Eu gostaria de ajudá-lo — disse Sylvie, com uma voz cautelosa.

— Você pode escrever o que eu digo, como uma lista? Eu devo escrever os segredos que guardei de... bem, Julia.

Sylvie estendeu a mão para pegar o caderno. Como ele, ela cresceu confessando-se na igreja. Entrando na cabine escura e ajoelhando-se. Confessando seus pecados à treliça que a separava do padre. William pensou naquele sacramento agora e sentiu pena das crianças que foram forçadas a dividir a vida em pecado e não pecado para que pudessem ter algo a dizer a um estranho de batina.

— A primeira é que eu sabia que você leu meu livro — disse ele. — Eu nunca contei a Julia que tinha descoberto isso. — Seu manuscrito ainda estava na prateleira de cima do armário de seu apartamento, a menos que sua esposa tivesse o jogado fora.

Sylvie escreveu no caderno, de cabeça baixa.

Ele se sentou na beira da cama, preparado para manter o corpo imóvel.

— Nunca quis ser professor.

William fez uma pausa para ver se havia alguma reação e depois continuou.

— Eu nunca disse a Julia que almoçava no ginásio da Northwestern todos os dias e que estava ajudando Arash com os jogadores de basquete. Ela não tinha ideia de quanto tempo eu passava lá. Não contei a ela o quanto fiquei infeliz por ela ter lido o que eu estava escrevendo. Era muito mais um diário, para mim, do que um livro. — Sua cabeça abaixou mais. — Eu não queria ter um filho. — Ele fechou os olhos, afundou-se na parte mais profunda de si mesmo. — Eu não disse a ela que tinha uma irmã.

Houve um suspiro.

— Você tinha uma irmã? — sussurrou Sylvie, como se as palavras fossem sagradas, importantes demais para serem ditas em alta voz.

— Ela morreu quando eu era recém-nascido. De gripe ou pneumonia, talvez. Isso destruiu meus pais. Acho que eles nunca foram capazes de olhar para mim sem se lembrar dela.

— Ah, William!

Ele e Sylvie ficaram sentados no mesmo silêncio atordoado. Sentaram-se sobre a impensável — William nunca se permitiu pensar nisso —, a perda que precedeu todas as outras. Nunca havia contado a ninguém sobre sua irmã, e algo desabrochou com a confissão. Quando William fechou os olhos, a garotinha sentou-se ao seu lado. Ao finalmente contar a história da irmã, ela ganhou forma. Ele tinha convicção de que seus pais nunca a mencionaram porque não suportariam. Se apenas três pessoas se lembrassem de sua breve história e nunca a pronunciassem em voz alta, ela seria apagada da história. William estava naquele hospital para tentar habitar o próprio corpo, a própria história. Sua irmã fazia parte disso, mas ela também era uma pessoa por si só.

— Qual era o nome dela?

— Caroline. — Ele nunca tinha dito o nome dela em voz alta.

William sentiu a garotinha radiante por ser objeto de tanta atenção. Ele também podia sentir as cores vermelha e amarela brilhantes das folhas do lado de fora da janela e a emoção aflorada na mulher à sua frente. Ele nunca havia tido esse nível de consciência molecular, nunca sentira tanto em um único momento. William sempre evitou as lanças pontiagudas que as emoções cravavam dentro dele e era rápido em sufocar qualquer sensação desconfortável. E sentia dificuldade em acreditar que outras pessoas seriam capazes de suportar viver se esse sentimento brotasse dentro delas com essa intensidade.

— Eu não conseguiria contar isso a mais ninguém — disse William. — Não sei por que, mas precisava contar para você.

Sylvie o olhou, e ele sabia que os dois estavam se lembrando daquela noite no banco, sob as estrelas.

— Posso fazer uma pergunta? — indagou Sylvie.

Ele assentiu.

— No seu manuscrito, nas notas de rodapé, você disse algo como *Deveria ter sido eu, não ela.* Estava falando da sua irmã?

William ficou olhando.

— Não me lembro de ter escrito isso. — Como ele ainda estava surpreso com os segredos dentro de si? Mas era a verdade; sempre soube que seus pais teriam preferido que ele morresse. — Imagino que me referi a minha irmã, sim.

Ele olhou para o rosto franco de Sylvie e soube que poderia lhe contar qualquer coisa e ela não o julgaria. Ele havia contado a ela as coisas terríveis guardadas dentro dele, e ela ainda segurava uma caneta, pronta e disposta a escrever mais.

— Acho que é tudo — disse ele. — Talvez você devesse contar tudo isso para Emeline e Cecelia também. Isso não deveria mais ser segredo. — William fez uma pausa para respirar. — Acho que não há mais nada a acrescentar à lista. Não fui um bom marido para Julia. Ela merecia muito mais.

Sylvie estremeu, e foi assim que ele percebeu que ela estava chorando.

Quando ela estava saindo — parecendo tão exausta quanto William, como se tivessem acabado de correr uma maratona juntos —, parou na porta.

— Você disse que não queria ser professor. Queria ser um jogador profissional de basquete?

— Sim, mas eu não era bom o suficiente, mesmo antes da lesão.

— Isso deve ter sido terrivelmente decepcionante — disse Sylvie, e ele assentiu.

William sabia que tinha mais uma coisa a dizer antes que Dra. Dembia permitisse que ele deixasse o hospital. Ela sempre repetia *"Só mais alguns dias"*, e ele entendeu que não havia dito tudo. Ele não entendia por que tinha de confessar tudo, mas havia regras para ficar bom, e ele tinha de segui-las. A médica estava satisfeita com os níveis de medicação, e William não se sentia mais como se tivesse atravessado a cidade pendurado no para-choque de um carro que de repente parou. Suas mãos não estavam mais úmidas, ele conseguia dormir à noite e havia momentos de calma. Estava aprendendo a diferença entre calmo e desconectado e trabalhava para tornar seus dias mais calmos e menos desconectados.

Arash chegou e lançou um olhar severo para William.

— Lembra-se que eu disse que acompanhamos nossos jogadores?

William assentiu.

— Nem todo mundo tem boas notícias para compartilhar quando perguntamos, e nós tentamos ajudar quando podemos. Você acha que é o primeiro a ter problemas? A comissão técnica teve uma reunião sobre você.

— Ah, Deus! — disse William, horrorizado.

— Você trouxe valor ao nosso programa quando entrevistou os jogadores neste verão. Não posso garantir a você um emprego na equipe. Obviamente estar aqui... — Arash franziu a testa. — É um obstáculo a ser superado. Mas a universidade sempre precisa de conselheiros residentes, e sua médica disse que você poderia assumir a responsabilidade, então vamos conseguir um quarto para você. Isso cobrirá suas despesas. Veremos o que acontece a partir daí.

William se viu incapaz de falar. Estava preocupado sobre onde dormiria quando saísse dali. Ele tinha muito pouco dinheiro no banco e nenhuma possibilidade. A única opção em que conseguiu pensar foi viajar para Milwaukee e dormir em um colchonete na casa de Kent, mas isso também era problemático, porque seu amigo tinha uma nova namorada, uma colega estudante de medicina. Compreensivelmente, ela não ficaria feliz em ter o amigo deprimido de seu namorado ocupando seu espaço na sala.

— Você sente pena de mim — William disse finalmente, e as palavras tinham um gosto amargo.

Arash balançou a cabeça com firmeza.

— Você está deprimido, não louco. Não é loucura estar deprimido neste mundo. É mais sensato do que ser feliz. Nunca confio naqueles indivíduos otimistas que sorriem o tempo todo, não importa o que esteja acontecendo. Na minha opinião, são esses que têm um parafuso solto. Além disso, não estou lhe oferecendo um emprego. Estou oferecendo um quarto.

O cérebro de William se agarrou a um novo mantra depois das semanas no hospital: *Sem besteiras e sem segredos.* Ele podia reconhecer ambos agora e, quando analisou as palavras de Arash, soube que não era besteira. Os treinadores acompanhavam seus jogadores, e ele havia dado valor ao time no passado. As horas que ele passara ouvindo os jovens explicarem como haviam se machucado significavam algo — para William, talvez para os garotos, e para Arash, em sua missão de manter todos os jogadores fortes e intactos. A lembrança das horas passadas naquela sala abafada — mesmo agora que tantas coisas em seu cérebro pareciam danificadas ou distorcidas pela água — permanecia intacta, e era um lugar que William não se importava em revisitar. Quando ele pensou mais sobre isso, percebeu que poderia ser a única memória que tinha que não causava sentimentos de arrependimento ou consternação. Ele havia sido útil.

— Obrigado — disse.

Quando caminhou pelos corredores naquele dia, percebeu que havia parado de sentir a água do lago contra a pele. O líquido frio não fazia mais cócegas em sua espinha. E ele tinha um quarto onde dormir, o que lhe permitiu acreditar, pela primeira vez, que haveria um próximo passo.

William não ficou surpreso naquela tarde quando Dra. Dembia comentou:

— Você nunca menciona Alice.

Ele, que estava de pé, virou-se para olhar pela janela. Era disso que ele precisava falar. Isso era o que ele tinha a dizer para sair. Isso era o que ele precisava saber para recomeçar. Esse era o último segredo, que ele não podia mais guardar.

— Comecei a ficar mais sombrio, tudo estava ficando mais sombrio, antes de ela nascer. Não foi por causa dela, mas ela apareceu quando nada mais fazia sentido, e eu tive que ficar apagando as luzes na minha cabeça para aguentar os dias. A coisa era... — William parou, procurando a linguagem certa.

— Continue — incentivou a médica.

— Alice é uma lâmpada. Uma lâmpada brilhante, desde o momento em que nasceu. Ela parece brilhar. Olhar para ela feria meus olhos, e eu tinha medo de tocá-la.

— Você estava com medo dessa luz?

— Não. Eu estava com medo de apagar a luz dela. Que minha escuridão destruísse sua luz.

— Então você sentiu que tinha que ficar longe dela, para mantê-la segura.

— Eu tenho que ficar longe dela, sim.

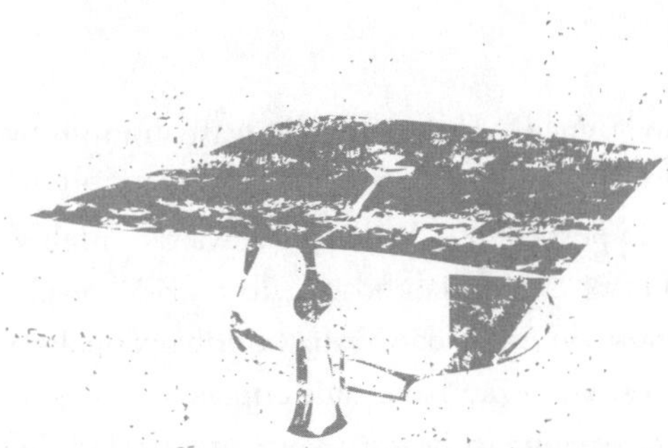

JULIA

Agosto de 1983 — Outubro de 1983

Quando o telefone tocou naquela manhã quente de agosto, William já tinha partido havia um dia e meio. Julia estava sentada no sofá com Alice no colo. Estava fazendo cócegas na barriga da bebê, que gorgolejou quando riu; era o melhor som que Julia já ouvira. Sempre a fazia rir também. Ela levou Alice até o cobertor colorido no chão e a deitou. Então pegou o telefone ao lado da poltrona, e tudo mudou.

Algo dentro de Julia congelou enquanto ouvia Sylvie falar. A notícia de que William havia tentado se matar era tão significativa que ela não conseguia assimilar. Suas mãos ficaram frias, e, quando desligou o telefone, soprou-as como se estivesse no inverno. Carregava Alice de cômodo em cômodo, embora a bebê não tivesse pedido colo. Percorreu as quatro janelas do apartamento; parecia estar procurando alguma coisa, mas não seria capaz de dizer como estava o tempo lá fora ou que horas eram.

Cecelia e Emeline chegaram ao apartamento, e Julia lhes disse que precisava de um tempo sozinha para pensar. Elas assentiram, com o rosto sério. Todas ficaram abaladas com a ideia de que William queria deixá-las, abandonar tudo. A escolha dele fez com que se sentissem vulneráveis; elas nunca consideraram nada além de uma morte natural, e ele apontou outra saída. O mundo parecia mais assustador depois do que quase aconteceu.

As três mulheres ficaram na porta de Julia por vários minutos.

— Como ele pôde fazer isso? — A voz de Cecelia soou ríspida.

Emeline esfregou o braço de sua irmã.

— Não acho que faça sentido ficar com raiva dele.

— Mas — disse Cecelia — eu literalmente não entendo como ele pôde desistir de tudo isso. Ele ia abandonar Alice? Não há nada mais errado no universo.

Julia ouvia as gêmeas conversarem da mesma forma que ouvira Sylvie ao telefone. Tudo era novo para ela; parecia que sua compreensão anterior sobre o mundo havia sido apagada. Considerava cada frase como se ouvisse as palavras pela primeira vez.

— Como eu não percebi que William estava tão infeliz? — disse ela.

A falta de ambição, de confiabilidade, do marido revelou-se um pequeno sintoma em um oceano de escuridão. Julia continuava gelada de medo. Estava assustada consigo mesmo, como havia sido ingênua, e a escuridão de William a aterrorizava. Havia se deitado, noite após noite, ao lado de um homem que não queria viver. Agora, quando ela olhava para o passado recente, as memórias estavam cobertas por sombras. Sua vida era uma mentira.

— Ele está doente. — Emeline parecia infeliz. — Sylvie disse que ele provavelmente vai precisar ficar no hospital por um longo tempo.

— Mesmo assim — disse Cecelia. — Ninguém deve desistir. É tão egoísta fazer isso! Tão errado!

Julia se viu concordando, com um movimento de cabeça.

Quando as gêmeas se foram, Julia percebeu a própria raiva. Sentiu como se tivesse sido contagiada por Cecelia, como se a emoção fosse um resfriado. Ela caminhou de janela em janela novamente, com o coração martelando perguntas:

Como William poderia ter feito algo tão embaraçoso quanto tentar se afogar no Lago Michigan?

A vida comigo era tão insuportável que ele precisou não apenas me deixar, mas também se matar?

Por que ele não me disse como se sentia?

Mesmo que Julia tivesse jurado não mais resolver problemas para as pessoas ao seu redor, ela ainda tinha suas habilidades à sua disposição e poderia ter ajudado. Poderia, ao menos, tê-lo impedido de fazer algo tão dramático, tão desesperador, tão humilhante.

Quando Sylvie apareceu mais tarde naquela noite, Julia deixou sua irmã entrar no apartamento, mas, novamente, permaneceu perto da porta da frente. Ela não suportava visitas longas e precisava de que sua casa fosse ocupada apenas por ela e sua filha.

Sylvie se desculpou:

— Não sei por que fui com Kent. Eu sinto muito. Eu deveria ter ficado com você.

Ela passou os braços em torno de Julia, que fez o mesmo, e as duas irmãs se abraçaram por um longo tempo, cada uma se apoiando no corpo da outra como edifícios que exigiam apoio.

— O que eu faço? Tenho que *fazer* alguma coisa? — perguntou Julia, com o rosto afundado no cabelo da irmã.

Quando ligou do hospital, Sylvie havia sugerido que o colapso mental havia anulado o bilhete que William havia escrito e o cheque que ele assinou para ela. Isso era verdade? Julia ainda teria que ser a esposa, na pior das hipóteses, de um homem que ela não reconhecia mais?

— Não sei — disse Sylvie. — Mas eu vou descobrir.

Na manhã seguinte, Julia decidiu fazer uma boa limpeza no apartamento. Ela precisava se movimentar. Então, empurrou a mesinha de centro para o lado e enrolou o tapete fino da sala. Com Alice acomodada em um canguru de bebê, ela arrastou o tapete até uma enorme máquina de lavar no porão do prédio e, com esforço, o colocou dentro. Quando o tapete estava limpo, Julia puxou uma escadinha do armário do corredor e usou-a para tirar as cortinas da janela da sala. Essas cortinas também foram usadas no apartamento menor da Northwestern. A cor era magenta, e seu tecido grosso fora escolhido por Julia nos primeiros dias de casamento porque, para ela, tinha um ar adulto. *Eu era uma idiota*, pensou. *Uma idiota imatura.* Ela carregou Alice e as cortinas para o porão e colocou a máquina de lavar em um tempo de molho extralongo.

Sentia dificuldade para dormir. Quando tentava descansar, preocupava-se. Tudo parecia possível depois que William tentou se afogar no lago em que ela nadava quando criança. Ela pensou em cenários *se... então*. Se a hospitalização de William anulasse de alguma forma o bilhete que ele lhe dera, Julia teria que ir para o hospital e continuar casada. Se ela e William se divorciassem — um cenário preferível —, ele ainda seria o pai de Alice. Ele ainda iria querer um papel na vida de sua filha. Julia teria de encontrar uma maneira de protegê-la do que quer que tivesse enviado William para aquele lago. Se ele passasse algum tempo com Alice, a filha deles poderia se contagiar com a depressão dele. Julia ficava pensando que não poderia ser bom para a felicidade de Alice passar um tempo com alguém que via a vida como algo descartável. A vida era uma oportunidade, uma cômoda com gavetas a serem abertas, uma após a outra, e William tentou arremessar a cômoda pela janela.

Às três horas da manhã, Julia usou a escada para esvaziar as prateleiras de cima dos armários da cozinha. Essas prateleiras estavam cheias de presentes de casamento, itens pouco práticos para uso regular. Uma tigela de cristal absurdamente pesada. Um conjunto de xícaras de porcelana, delicadas demais para serem usadas em uma casa com criança. Taças de vinho em miniatura, destinadas a algum tipo de bebida alcoólica antiquada após o jantar. Brandy ou xerez, Julia não conseguia lembrar qual. Ela encheu a pia com água e sabão e limpou cuidadosamente cada peça quebrável, até que o Sol apontou no céu e Alice acordou.

Julia se sentia presa: em seu apartamento, no estranho limbo de seu casamento, na própria pele. Esperava que William ligasse, talvez, e dissesse que a queria de volta e precisava dela. Ou que Sylvie retornasse com o mesmo apelo. Ela esperava saber se tinha de ser uma esposa ou não. Quando Sylvie voltou ao apartamento, pouco mais de uma semana depois de William ter tentado se matar, a irmã mais nova de Julia aparentava tanto cansaço que parecia ter envelhecido cinco anos. Seu cabelo estava preso em um rabo de cavalo. A pele sob os olhos parecia um hematoma.

— Sente-se — pediu Julia, preocupada. — Parece que você vai desmaiar.

Sylvie balançou a cabeça.

— William me pediu que lhe dissesse que ele não quer que você o visite.

O alívio invadiu Julia, que afundou na poltrona.

— Ele também falou — a voz de Sylvie era monótona, como um correspondente relatando as notícias — que está abrindo mão de Alice.

— Abrindo mão dela? — Este termo não fazia sentido para Julia, e ela pensou que poderia ter ouvido mal. — O que isso significa?

— Acho que isso significa que ele não será mais o pai dela. Você seria uma mãe solo.

Julia virou a cabeça lentamente e olhou para Alice deitada em seu cobertor de bebê. Ela estava vestindo um macacão rosa e chutando os pés descalços no ar como se estivesse andando de bicicleta de cabeça para baixo. Suas bochechas redondas estavam vermelhas pelo esforço. Julia reprimiu as palavras: *abrindo mão dela.*

— William parecia estar falando sério — disse Sylvie. — Ele usou a palavra "para sempre".

Outras palavras guardadas dentro de Julia: *para sempre.* Ela pensou: *Ah, graças a Deus.* Embora não tivesse orado desde a morte do pai. Mesmo assim, o alívio foi tão grande que ela pensou novamente: *Graças a Deus.*

Sylvie apoiou a mão na parede como se quisesse se firmar. Ela parecia ter dormido tão pouco quanto Julia.

— Você deveria se deitar no sofá do quarto da Alice. — Julia descobriu que não se importava com a ideia de sua irmã ficar em seu espaço agora. Ela não precisava mais se esconder com Alice. Sentiu-se livre depois que William a deixou, depois se sentiu presa quando ele tentou morrer, e agora estava livre novamente. Essa liberdade invocava a sensação de se jogar de costas em uma cama fofa; decadente e deliciosa. — Por favor, descanse um pouco, pelo menos

— pediu, feliz por ter a chance de se preocupar com alguém que não fosse ela mesma. — Você parece um fantasma.

Sylvie deu um leve sorriso.

— Estou bem. E tenho que trabalhar na biblioteca. Eu só queria te contar primeiro.

— Obrigada por me contar.

— Eu queria que tudo ficasse claro para você. Foi tudo muito confuso, sem conclusão, e eu sei que você odeia isso. Eu queria saber se ele realmente queria que seu casamento acabasse.

Julia ficou olhando para a irmã, que parecia ter decifrado seu casamento e o quase fim de William. Sylvie estava sofrendo na frente dela agora, como se tivesse sido capturada pelo campo gravitacional da depressão de William e fosse incapaz de se libertar completamente. Para Julia, parecia que Sylvie estava sofrendo no lugar dela, em um esforço para oferecer clareza à irmã como um presente. Julia era grata por isso. Ela amava Sylvie por isso. Mas queria acabar com o sofrimento antes que sua irmã se transformasse para sempre, tornando-se permanentemente triste e cansada.

— Preciso ajudar você. Vou te fazer ovos do jeito que você gosta, para comer antes de ir. — Julia pegou a mão de Sylvie e a levou até a cozinha.

Depois que sua irmã mais nova saiu para a biblioteca com um pouco mais de cor nas bochechas, Julia colocou Alice em seu carrinho e saiu. Precisava passar em dois lugares. Ela se viu sorrindo enquanto caminhava, e seu rosto parecia estranhamente esticado, porque já fazia muito tempo que ela não sorria tanto. Ficou aliviada por William não querer nada com ela. Não era a responsável pelos problemas dele e não seria obrigada a consertá-lo. E, o mais importante, ele não queria contato com a filha deles. Isso era inconcebível para Julia — ela mal conseguia ficar fora da vista da bebê —, mas eliminava sua maior preocupação. William escolheu abrir mão de Alice.

Julia decidiu que falaria com um advogado o mais rápido possível, para formalizar que William havia dito antes que ele mudasse de ideia. Ela foi até o banco e depositou o cheque que William lhe dera. Então, comprou uma secretária eletrônica para seu apartamento, para poder ter algum controle sobre sua vida. Nunca mais queria atender o telefone sem saber que notícias terríveis poderiam estar do outro lado da linha.

Julia passava os dias encaixotando o que havia no apartamento. Aquele apartamento fora pensado para um futuro diferente, que não aconteceria mais, e ela precisava se mudar. Ela havia imaginado uma família feliz ali: um professor de sucesso e uma profissional com uma filha perfeita. Mas esse futuro estava condenado, sem o conhecimento de Julia. Agora, enquanto esvaziava os armários, ela se sentia envergonhada pela própria tolice. Uma nova casa era imprescindível para que ela e Alice pudessem recomeçar.

Em uma manhã de outubro, o telefone tocou enquanto Julia puxava um moletom pela cabeça. Tinha esfriado durante a noite. Ela se sentiu irracionalmente satisfeita com a queda da temperatura, porque indicava uma nova estação, e isso significava um pequeno passo em direção ao seu futuro e para longe de seu passado desastroso. Quando a secretária eletrônica foi acionada, a pessoa desligou. Porém o telefone tocou de novo imediatamente e, após o bipe, ela ouviu a voz de Rose.

— Julia Celeste Padavano, é melhor atender o telefone agora mesmo. Como ousa pedir a sua mãe para falar...

Julia correu pelo apartamento, tropeçou em uma caixa, endireitou-se e escalou uma cadeira presa entre duas caixas. Alice a observava do seu cantinho em um cobertor. Primeiro, arregalou s olhos arregalados e, depois, riu, aparentemente pensando que sua mãe estava fazendo um show para sua diversão.

Julia estava sem fôlego quando atendeu o telefone.

— Sim, mamãe, estou aqui!

— Julia? — Rose parecia desconfiada, como se talvez a tecnologia estivesse imitando a voz da filha.

— Sou eu.

Julia quase pôde ouvir a mãe assentir e se acomodar na cadeira na varanda estreita.

— É realmente você? Eu achei que *minha* filha me telefonaria se o marido dela tentasse se matar no lago.

Julia pediu às irmãs que não contassem a Rose o que havia acontecido, e elas concordaram. Ela ligara para a mãe uma vez desde que William havia partido, mas manteve a conversa curta e cheia de perguntas sobre a vida de Rose na Flórida. Julia queria ganhar tempo até que o caos se instalasse, até que ela soubesse como lidar com os acontecimentos, até que tivesse forças para absorver a reação da mãe. Mas uma história tão dramática não poderia ser abafada por muito tempo, e a fofoca que Julia temia deve ter começado em Pilsen e se espalhado até a Flórida.

— Bem, obviamente estou chateada, mamãe. E ocupada...

— Você não esteve ocupada. Não minta para mim, mocinha. Emeline conta tudo a Grace Ceccione, que me contou que você mal saiu do seu apartamento e ainda não colocou os pés no hospital. E que você deixou *Sylvie* — Rose disse o nome de *Sylvie* com a mesma incredulidade com que ela poderia ter dito *Papai Noel* — encarregada de lidar com os médicos de William. Eu não pude acreditar no que ouvi.

— Sylvie não está encarregada disso. Você não enten...

Rose a interrompeu.

— Você se recusou a ir para o hospital. O que ela deveria fazer? Deixá-lo ali sozinho, quase morto? William é órfão; você sabe disso. Ele não tem outra família.

Julia olhou para Alice, que estava deitada sobre um cobertor no chão. A bebê parecia sonolenta, para alívio da mãe. Isso significava que a filha não estava sendo afetada pelo estresse da mãe. Se estivesse, Alice estaria chorando agora. Julia sentia vontade de chorar.

— William me deixou, mamãe, antes de ir parar no hospital. Estamos nos divorciando. Tem sido um momento muito difícil.

— Não use essa palavra horrorosa. Ouvi dizer que William deixou um bilhete para você. — Rose disse *bilhete* em um tom desdenhoso. — Seu marido está no hospital porque está doente, Julia. Você falou com ele?

— Não. Ele disse que não queria que eu o visitasse. E, mamãe, você não vai acreditar nisso, mas ele não quer mais que Alice seja filha dele. Ele está abrindo mão dos direitos sobre ela.

Ela esperava que sua mãe ficasse horrorizada com essa afirmação, mas Rose suspirou, um barulho que soava exatamente como os suspiros das irmãs de Julia. A confusão do som e das mulheres fez Julia esfregar a testa. A mãe e as irmãs estavam todas entrelaçadas em sua mente e em seu coração, mas ninguém era capaz de fazê-la questionar esses laços como Rose.

— William não está bem — disse Rose. — Nenhuma pessoa em sã consciência diria isso sobre um filho. É uma blasfêmia.

Julia queria dizer: *Você abriu mão de uma filha. Você desistiu de Cecelia.* Mas ela não queria magoar a mãe e sabia que Rose diria que isso era completamente diferente porque Cecelia já era adulta. Quando Julia encenou essa discussão em sua cabeça, no final, ela e sua mãe perdiam. Ela suspirou e disse:

— William falou sério.

— Ele está chateado, e você também. Ouça o que eu estou dizendo. Seu marido é um bom homem. Ele não bebe e não fica de brincadeira por aí. Talvez a pós-graduação não tenha dado certo, mas ele pode conseguir um emprego. Você tem uma bebê, pelo amor de Deus! Você tem que pensar com clareza. É uma coisa horrível ser uma mulher divorciada. Os homens podem se recuperar do fim do casamento, mas as mulheres não. Você realmente quer jogar sua vida fora? Você só tem vinte e três anos.

Julia balançou a cabeça.

— Mais pessoas se divorciam agora do que na sua época, mamãe. Não é grande coisa.

Rose bufou ao telefone.

— Não é grande coisa?! É uma grande coisa para a igreja, posso lhe assegurar. E nós somos o assunto do bairro. Todo mundo adora uma tragédia. Padre Cole batizou e casou você, imagine como ele ficará com o coração partido se você continuar com essa história. Lembra como a Sra. Callahan parou de pentear o cabelo depois que o marido foi embora e ninguém mais a quis?

— Eu nunca ficaria assim — disse Julia, ofendida.

— William está passando por um momento difícil, mas todos passamos. Nada tão radical quanto tentar nos afogar no Lago Michigan, espero, mas todos batemos em uma parede a toda velocidade em um ponto ou outro. O papel da esposa é apoiar o marido quando isso acontece. Daqui a vinte anos, vocês olharão juntos para trás e verão isso como um pequeno contratempo em seu casamento. Vocês ficarão felizes por terem enfrentado isso juntos.

Julia examinou as caixas ao seu redor. E pensou na expressão de decepção no rosto de Rose na horta depois que Cecelia anunciou que estava grávida. Rose tinha batido em uma parede. E William também, é claro. Mas Julia não. Ela era saudável, completa e cheia de capacidade. Ela havia visto a mãe suportar o próprio casamento, e esse caminho não era para Julia. Ela era o foguete de seu pai. Ela e Alice estariam melhor sozinhas.

— Vou me mudar — disse ela. — Estou esperando notícias do professor Cooper sobre um trabalho e preciso sair deste apartamento, porque William não está mais matriculado na Northwestern.

— Você tem que se mudar agora? Essas pessoas não vão te dar um mês extra, depois do que aconteceu?

— Não, não vão. — Isso não era verdade, ou, pelo menos, não era verdade até onde Julia sabia. Ela não sabia quando teria de se mudar. Tinha uma pilha de correspondência para examinar, e talvez parte dela fosse da Northwestern, mas ela já havia colocado a correspondência, fechada, em uma caixa chamada *Julia*. Quase todas as caixas foram rotuladas como *Julia* ou *Alice*. Seu marido parecia ter apenas roupas, algumas bolas de basquete e seu manuscrito, que ainda estava embrulhado no saco de papel.

— Isso é ridículo — disse Rose, e Julia percebeu que ela não acreditara na desculpa. — Você quer que eu a ajude a encontrar um apartamento em Pilsen?

Minhas amigas daqui têm bons contatos no ramo imobiliário em todos os lugares. Vamos cuidar disso. Posso ligar para algumas pessoas do bairro. Podemos ajudar você a se mudar, e quando sua cabeça estiver no lugar, você reconsiderará as coisas com William.

— Você está muito longe para ajudar na mudança. Mas obrigada mesmo assim.

— Não seja boba. E não me use como desculpa para mau comportamento, Julia. Você foi criada melhor do que isso. Como está minha netinha?

Julia olhou e sorriu, porque Alice havia adormecido no cobertor. No meio de pilhas de caixas; na frente da mãe, que usava jeans e um moletom velho; apesar de sua avó gritando pelo telefone na alma de Julia.

— Ela é perfeita — disse Julia. — Vou garantir que ela permaneça assim.

O professor Cooper havia dito a ela que estava esperando que um projeto específico se concretizasse para saber quais cargos ele precisaria preencher. Ele ligou uma tarde e deixou uma breve mensagem na secretária eletrônica. Julia sabia que ele era inteligente demais para não ter percebido que ela não atendia o telefone, já que sempre ligava de volta logo depois que ele deixava uma mensagem. No entanto, ela não se importava se ele suspeitasse que algo estava acontecendo em sua vida. Suspeitar não era um problema. Julia também não sabia nada sobre a vida pessoal do professor Cooper. E gostava que o relacionamento deles fosse puramente profissional.

Quando retornou a ligação, o professor Cooper disse:

— Julia, lamento informar que não poderei usar seus serviços agora. Provavelmente não até maio, para ser honesto. Sinto muito, pois sei que não era isso que você esperava ouvir.

— Mas hoje ainda é — Julia procurou a data em sua mente — doze de outubro.

— Eu sei. Mas me ofereceram um grande projeto de seis meses em Nova York, então estarei fora da cidade até que esteja concluído. Meu trabalho aqui será retomado no final da primavera, e nesse momento eu ficaria muito satisfeito em ter você trabalhando comigo.

Julia tentou processar essa informação. O que ela faria durante o inverno e a primavera? Além de babá e dos tipos de trabalhos feitos quando adolescente, ela nunca havia trabalhado para ninguém além do professor Cooper. E ele pagava o suficiente para que ela pudesse bancar uma boa creche para Alice. Ela planejava colocar a bebê na creche de Emeline quando começasse a trabalhar, para que pudesse ser cuidada pela tia e brincar com Izzy, que estava lá quase todos os dias.

Julia se considerava muito sortuda por ter tido aulas com o professor Cooper; ela se inscrevera no curso de psicologia organizacional por curiosidade, sem entender a natureza do assunto.

Cooper era um homem reservado; pareceu desconcertado quando ela o abordou na época em que era estudante e perguntou se poderia ajudá-lo durante as férias de verão. Ela se ofereceu para anotar recados, buscar café, o que ele quisesse. E ela tinha feito um pouco disso, mas o professor parecia perceber que a presença dela quando ele atendia pessoalmente os clientes os deixava felizes. Julia era inteligente e tinha ideias perspicazes.

"Eu aprecio sua mente de iniciante", dizia o professor Cooper, e então contava a ela o complicado problema de fluxo de trabalho que ele estava lutando para resolver. Às vezes ela não entendia bem o suficiente para ajudar, mas, em diversas ocasiões, ela tinha sugestões ou ideias que o levavam a uma nova direção.

— Vou com você — Julia se ouviu dizer. — Posso ajudá-lo com o grande projeto.

— Vai comigo para Nova York? — O homem parecia chocado.

Julia também ficou chocada com a sugestão.

— Desculpe — o professor Cooper hesitou —, mas você não tem marido e filha?

— Eu levo a bebê — disse Julia. — Eles devem ter boas creches em Nova York. E são apenas seis meses.

Um plano se formou na mente de Julia. Isso poderia resolver ou, pelo menos, postergar vários de seus problemas. Ela poderia guardar seus móveis e pertences e adiar a procura por um novo apartamento até voltar de Nova York. Estaria bem longe de William enquanto o divórcio e a revogação dos direitos paternais ocorressem, o que ela achava que poderia ajudar a manter o processo mais objetivo. Se William mudasse de ideia e Julia morasse em Chicago, ele poderia discutir com ela pessoalmente. Mas se ela estivesse em Nova York, ele teria de recorrer a um telefonema ou a escrever uma carta. A poeira e o drama teriam assentado em seis meses. Talvez, quando Julia voltasse, pudesse viver em Pilsen, perto das irmãs. As amigas de Rose estariam menos dispostas a persegui-la na rua perguntando por que seu casamento havia acabado e o que ela havia feito de errado. Seis meses ofereceriam um terreno muito diferente das brasas em que sua família estava pisando.

— É uma proposta interessante — disse o professor Cooper. — Hipoteticamente, eu pagaria sua passagem de avião, é claro, mas todo o resto... Eu estava planejando contratar alguém local.

— Eu cubro as despesas da mudança — disse ela. — Posso me dar ao luxo de fazer isso. — Ela quase disse *Nunca estive em Nova York, então ver seria emocionante*, mas temia que isso a fizesse parecer pouco séria em relação ao trabalho e também menos útil do que um contratado local, que quase certamente saberia onde comer e como funcionava o sistema de metrô.

— Tenho uma regra sobre não tomar decisões por telefone — disse o professor Cooper.

— Claro — concordou Julia.

O professor Cooper tinha muitas regras, a maioria delas relacionadas com a tomada de decisões acertadas e a eficiência. Ele comprava um terno por ano e nada mais, assim, acompanhava a moda, mas também aproveitava bem suas roupas. Ele mantinha a forma comendo seis saladas grandes por semana. Não importava quando ele as comia ou o que mais comia além das saladas; comer seis saladas grandes era a regra.

— Mas se você acha que pode lidar com a mudança, Julia, aceito sua oferta. Você é a melhor assistente que já tive. Entrarei em contato, com os detalhes, em breve.

Quando Julia desligou, foi inundada por uma energia inebriante que a fez dançar freneticamente no meio das caixas. Ela sabia que deveria estar com medo, tendo tomado essa decisão radical, mas estava animada. Pensou em contar a Rose e sorriu; seria divertido chocar a mãe com essa notícia. Rose fugiu, e isso teve consequências. Uma delas era que Julia também tinha o direito de fugir, mesmo que por pouco tempo. Na verdade, ocorreu a Julia — no meio da dança — que sua mãe talvez pudesse ajudá-la a encontrar um apartamento em Nova York. Rose havia dito que suas amigas de Miami tinham bons contatos no ramo imobiliário em todos os lugares; certamente uma delas saberia de um apartamento disponível na cidade de Nova York. Talvez uma das senhoras tivesse um lugar disponível, que Julia e Alice pudessem ocupar.

Julia tirou um atlas encadernado de uma das caixas de William; era um de seus poucos pertences que não eram roupas. Ela encontrou o estado de Nova York e depois uma página da cidade de Nova York e traçou a ilha de Manhattan com o dedo. Havia crescido em uma cidade; quão diferentes as grandes cidades poderiam ser umas das outras? Olhou para as pilhas de caixas e para a bebê adormecida. Ela havia descoberto seu próximo passo, e nem sua mãe nem suas irmãs poderiam impedi-la.

Julia adiou dar a notícia para as irmãs até que os detalhes fossem confirmados com o professor Cooper e até que ela e Alice tivessem as passagens de avião para partir para Nova York em duas semanas. Uma ou mais de suas irmãs apareciam quase todas as noites para jantar, mas Julia não queria contar a elas pessoalmente, pois temia que, se suas irmãs ficassem chateadas na sua frente, ela perdesse a coragem e mudasse de ideia sobre a mudança. Afinal, as irmãs nunca haviam se separado assim, nunca moraram a mais de vinte minutos uma da outra, nunca deixaram de se ver pelo menos uma vez por semana, e era comum se verem todos os dias. Julia decidiu que o melhor plano era contar a uma delas por telefone e depois deixar que a irmã escolhida contasse às outras. Ela esperava estar no avião antes que elas pudessem despejar sobre ela suas emoções coletivas.

Quando considerou para qual irmã contar, pensou primeiro em Sylvie, mas era uma escolha complicada, pois sua irmã a visitava com a mesma frequência que as gêmeas, mas era a mais calada quando estava no apartamento. Ela e Julia se abraçavam mais do que de costume, e depois do jantar sentavam-se lado a lado no sofá assistindo à televisão com uma irmã descansando a cabeça no ombro da outra. Davam-se as mãos ocasionalmente, estendendo a mão para apertar os dedos uma da outra. Seus corpos se uniam como se estivessem magnetizados, como se estivessem se comunicando durante um período em que as duas irmãs Padavano mais velhas pareciam hesitantes em falar. Julia nunca perguntou *por que*, nas vinte e quatro horas após a saída de William, Sylvie ficou mais preocupada com ele do que com a própria irmã. E nunca quis ouvir os detalhes daquele dia. Apenas presumiu que Sylvie havia parado de ir ao hospital depois que William disse a ela que não queria nada com Julia e Alice, mas algo que a médica de seu marido disse fez Julia se perguntar se isso era verdade.

A Dra. Dembia deixara uma mensagem na secretária eletrônica pedindo dez minutos do tempo de Julia, pois esperava que ela pudesse fornecer algumas informações sobre o que ela chamava de "colapso" de William. Mas Julia não sabia que ele estava deprimido, ela não esperava que isso acontecesse, e ficou chocada com tudo. Quando a médica lhe pediu informações, ela percebeu que nem sabia muito sobre a infância dele. William nunca havia falado sobre isso.

— Acho que nosso casamento teria acabado de qualquer maneira — afirmara Julia durante a conversa. Houve uma pausa, e então a médica comentou:

— Sei que isso deve ter sido muito perturbador para você, mesmo que seu casamento já estivesse em risco.

Por um momento, Julia não conseguiu falar. Havia um nó em sua garganta, e ela pensou que fosse chorar. Esperava que a médica a repreendesse por não conhecer o marido. E que a julgasse por nunca ter ido ao hospital, embora lhe tivessem dito para ficar longe. Não esperava bondade. O diagnóstico da médica estava correto: o que acontecera *deixou* Julia perturbada. Ela foi derrubada como uma torre de blocos infantis e, mesmo quando teve a chance de se recompor, sentiu como se tivesse perdido parte do coração para sempre.

— Lamento não poder ser mais útil — desculpou-se Julia, quando pôde confiar em sua voz.

— Obrigada pelo seu tempo, Sylvie.

Julia piscou.

— Sylvie?

— Ah, me desculpe! Eu falei errado. Julia. Mas agradeço muito por ter falado comigo.

Depois de desligar, Julia se perguntou por que o nome de Sylvie estivera na cabeça da médica. A Dra. Dembia havia visto Sylvie recentemente? Sua irmã estava parada na frente dela durante a conversa? O deslize da médica pode não ter significado nada, mas agora Julia tinha perguntas, que a distanciaram de Sylvie. Então decidiu ligar para Emeline para contar sobre a mudança para Nova York. Emeline tinha uma voz gentil e quase sempre estava com um bebê no colo, então nunca gritava. Cecelia era propensa à raiva quando era surpreendida com o que poderia considerar uma má notícia. Então, em uma quarta-feira da última semana de outubro, Julia ligou para Emeline na creche.

— É a hora mais movimentada do dia — disse Emeline. — Os bebês estão enlouquecidos. Posso ligar de volta quando chegar em casa mais tarde?

— Preciso lhe dizer que consegui um emprego com o professor Cooper.

— Nossa, parabéns! Isso é maravilhoso.

— Os primeiros seis meses serão na cidade de Nova York, e depois voltarei a trabalhar aqui.

Houve um silêncio, e Julia ouviu Emeline dizer, longe do telefone:

— Josie, você pode me substituir? Preciso atender esta ligação na cozinha. — Houve uma pausa, presumivelmente enquanto Josie segurava o telefone até Emeline atender na cozinha. — Obrigada, Josie — disse Emeline, e a outra extensão desligou. — Na cidade de Nova York?

— Só por seis meses. É uma grande oportunidade, e eu preciso do emprego.

— Você não pode fazer isso — disse Emeline, e sua voz soou cortante, como a de Cecelia. Mas ela era uma faca de manteiga; Cecelia, uma faca de carne. — Você não pode ir embora agora. No meio de tudo. Isso é um erro, Julia. Você não pode fugir.

— É por pouco tempo. Eu não estou fugindo.

Mas isso frustrou Julia, porque ela sabia que Emeline se referia a fugir do casamento, e no que dizia respeito a Julia, isso nem era possível. William tinha sido perfeitamente claro. O casamento deles havia acabado. Não havia do que fugir.

— Você precisa de nós — afirmou Emeline. — Pode não perceber isso agora, mas sabe que estou certa. Precisamos uma da outra.

— Você pode ir me visitar em Nova York, Emmie. Não seria divertido?

— Estou desapontada — respondeu Emeline, e Julia percebeu que tinha feito o cálculo equivocado. Havia ligado para a irmã errada. Emeline era a consciência delas. Julia deveria ter ligado para Cecelia, e elas poderiam ter gritado uma com a outra. Poderia até ter ligado para Sylvie e ouvido a notícia ecoar no silêncio da irmã. Emeline estava operando a partir de uma posição de certo e errado. Ela não estava tentando ganhar a discussão. Cecelia e Sylvie teriam tentado vencer. Julia teria sido mais capaz de manter uma posição firme nesse tipo de disputa.

— Alice está chorando — disse Julia. — Eu amo você. Preciso ir.

Quando desligou, sabia que havia falhado até mesmo em encerrar a conversa. Bebês chorando eram vida para Emeline. Cinco ou seis provavelmente estavam chorando ao redor dela agora. Julia conseguia imaginar a irmã voltando às suas responsabilidades, pegando bebês e colocando-os nos quadris, oferecendo chupetas, arrulhando amor para bebês com os quais ela não tinha nenhuma relação, simplesmente porque era a coisa certa a fazer.

SYLVIE

Agosto de 1983 — Novembro de 1983

Durante os primeiros dez dias de hospitalização de William, as enfermeiras e os médicos acreditavam que Sylvie era a esposa dele. Afinal, no dia em que William tentou se matar, ela mesma havia afirmado que era. Nunca mais usou essas palavras, mas nem ela nem Kent corrigiram o erro. Como esposa, Sylvie tinha acesso a informações sobre os cuidados médicos de William. Os médicos e as enfermeiras tratavam-na com respeito e lhe mostravam o prontuário dele, e Sylvie contava a Kent tudo o que diziam.

Alguns dias depois de William ser transferido para o segundo hospital, porém, Sylvie contou a verdade a Dra. Dembia. O objetivo naquela unidade era tratar a depressão severa diagnosticada de William, e quando Sylvie ouviu a Dra. Dembia dizer a ele *"Preciso que você seja impiedosamente honesto"*, foi imediatamente inundada pela culpa. Sentiu como se tivesse sido pega mentindo durante uma confissão na St. Procopius. Então, seguiu a médica até o corredor e teve dificuldades para explicar como havia acabado naquela situação. Ela estava grata por Dra. Dembia ser mulher; enquanto falava, Sylvie tentou fingir que a diligente médica de cabelos grisalhos curtos era uma de suas irmãs.

— William disse à minha irmã que o casamento deles havia acabado antes de ele tentar se matar. Então Julia não queria ir ao hospital quando isso aconteceu, e os pais de William... não sei qual é o problema, mas eles não querem nem saber dele. Kent não podia alegar ser irmão de William, por razões óbvias, e alguém precisava cuidar dele enquanto ele estava inconsciente. O motorista da ambulância presumiu que eu fosse sua esposa, e não o corrigi. Então foi assim que aconteceu. — Sylvie deu de ombros, sentindo-se um pouco zonza com a informação que acabara de sair de sua boca.

A Dra. Dembia ergueu as sobrancelhas.

— Parece que você fez a coisa certa — disse ela. — Vou mudar sua designação para cunhada na folha de visitas. Obrigada por me avisar.

Se as irmãs de Sylvie soubessem disso tudo, teriam ficado surpresas; Sylvie também ficou. Sentia-se uma estranha. Havia sido transformada pela noite e pelo dia em que percorrera as ruas da cidade, com os amigos de William, em busca do cunhado. Aquele momento tinha sido diferente de qualquer outra sequência de horas na vida de Sylvie — o esforço, a companhia, o medo, a noite sem dormir. Nunca esqueceria aquilo; sentiu-se marcada pela experiência, como se fosse uma tatuagem.

Sylvie disse a si mesma que continuava visitando William por dois motivos: primeiro, porque seu cunhado ainda estava fisicamente doente e incapaz de cuidar da própria saúde, então ajudava ter alguém lá para falar com a médica. Kent não pôde fazer isso porque teve de voltar para a faculdade de medicina. E segundo, porque Julia lhe pediu que descobrisse se precisava ir ao hospital, se ainda precisava fazer o papel de esposa.

"Preciso fazer alguma coisa?", perguntara Julia quando Sylvie a visitou.

Sylvie já havia decepcionado a irmã uma vez, ao deixá-la sozinha com Alice para procurar William, e não queria decepcioná-la novamente. Então esperou ao lado da cama do cunhado até que ele ficasse alerta o suficiente para falar.

As muitas horas que ele passara no lago haviam afetado temporariamente sua visão, seus níveis de eletrólitos e sua tireoide. Ele tinha dificuldades em se manter acordado, e Sylvie lia uma coleção de poemas enquanto ele dormia. Poemas combinavam com seu senso de atenção fraturado, mas ela também os escolhera para se sentir mais próxima do pai. Charlie estava quase sempre em sua mente enquanto ela ficava sentada ao lado do paciente adormecido. Seu pai a entendia, e ela sabia que ele teria reconhecido a desolação de William também. Sylvie sabia do fundo do coração que, se Charlie estivesse vivo, ele também estaria naquele quarto de hospital, capaz, como sua filha do meio, de compreender a jornada interna do homem na cama.

Certa tarde, William despertou lentamente e se sentou, foi quando Sylvie largou o livro. O corpo dela se agitou, e ela sabia que era a hora. Quase podia sentir Julia irritada no próprio apartamento do outro lado da cidade. William realmente tinha a intenção de dizer o que escrevera no bilhete? Ele realmente não queria que Julia fosse sua esposa? Quando William afirmou — em um tom de voz firme e claro — que não, não queria que Julia o visitasse, assim como não queria mais ser pai de Alice, e estava desistindo de ambas de uma forma mais drástica do que Sylvie, Julia ou as gêmeas teriam considerado possível, Sylvie olhou para o rosto dele virado de lado, seu corpo comprido na cama, o céu branco pela janela, e sentiu seu corpo se contrair e relaxar em soluços silenciosos.

Acontece que ela também precisava dessa resposta. Sylvie estava soterrada por perguntas e sentimentos que não sabia como lidar, como se suas mãos estivessem ocupadas e sua calça não tivesse bolsos. Ela também enfrentava uma batalha interna naquele quarto de hospital. Sentia falta da irmã, mas se Julia aparecesse no hospital, não haveria mais lugar para Sylvie ao lado da cama de William. E se Julia e o marido se reconciliassem, Sylvie sabia que não caberia em lugar nenhum; o apartamento deles e aquele hospital de alguma forma não teriam mais espaço para ela. Sentiu como se tivesse sido internada naquele quarto junto com William, e ela precisava de mais tempo. Não estava doente, mas também não estava bem.

Sylvie pretendia parar de visitá-lo depois disso. Havia atingido ambos os seus objetivos: William estava bem o suficiente para falar com o médico, e Julia recebera a notícia que desejava. Mas Sylvie descobriu que não conseguia ficar longe. Dizia a si mesma todas as manhãs que não iria visitá-lo naquele dia, mas, quando se dava conta, já estava dentro do ônibus a caminho do hospital. Sentia-se atraída, como que por uma força magnética, para a biblioteca, o hospital e o apartamento da irmã mais velha. Ela carimbava livros, enviava avisos de atraso, sentava-se ao lado da cama de William e comia refeições para viagem com as irmãs.

O que eu estou fazendo?, ela se perguntava repetidamente, e nunca teve uma boa resposta. No hospital, passou horas sentada ao lado de alguém que queria morrer. Ele certamente não parecia estar totalmente vivo. Às vezes, seus olhos ficavam vazios quando olhava para Sylvie, que percebia que ele precisava se esforçar para se lembrar do nome dela. Ela ficava sentada em silêncio, com um livro aberto no colo, desejando que o homem na cama se costurasse de volta ao tecido da vida. A Dra. Dembia havia conversado com ela sobre a complexidade da depressão, sobre a arte e a ciência de encontrar a combinação e a dosagem certas dos medicamentos.

— Ele precisará ser medicado pelo resto da vida — disse a Dra. Dembia. — Ele não será capaz de controlar essa depressão sem isso. É notável que ele tenha chegado tão longe.

Sylvie se esforçou para pensar em um assunto seguro para conversar com William à medida que ele ficava mais alerta. Ela não podia tentar assuntos triviais; não suportava conversar com o cunhado sobre o tempo ou a péssima comida do hospital. A ideia de conversar com William sobre bobagens deixava sua boca tão seca que ela não conseguia dizer nada. Certa vez, por desespero, fez uma pergunta relacionada ao basquete. Isso funcionou e se tornou a solução para conversas que não eram constrangedoras ou desconfortáveis. Sylvie relembrou um jogador específico ou um trecho da história do basquete do manuscrito e fez perguntas. Sentiu uma onda de alívio quando viu o alívio no rosto de William ao respondê-las. Nesses momentos, uma centelha se acendia nos olhos dele, o que fez Sylvie pensar em uma chama piloto. Ela encontrou uma enciclopédia de basquete na biblioteca e fez anotações sobre possíveis perguntas que poderia fazer. Queria acender aquela chama novamente. E questionou a si mesma se, caso fizesse perguntas suficientes, ela poderia permanecer acesa.

Certa noite, após um jantar, Sylvie, Cecelia e Emeline deixaram o apartamento de Julia, que parecia mais leve desde que soubera que William não queria mais a esposa e a filha. Ela sorriu, provocou as irmãs, deu opiniões sobre a comida e falou sobre Alice e Izzy. Sylvie observou a irmã mais velha e invejou sua leveza. Sylvie se sentia presa dentro de si mesma, como se estivesse soterrada em segredos. Sempre que abria a boca para falar durante o jantar, sentia uma confusão turva sobre o que podia ou não dizer.

Cecelia havia pegado emprestado um carro de um escultor que queria sair com ela, então elas entraram no pequeno sedã verde. Emeline estava sentada no banco de trás ao lado de Izzy, que estava sonolenta e presa em uma cadeirinha.

— Sem correr — disse Emeline, em advertência. Quando Cecelia dirigia, ela dirigia rápido.

— Acho que não gosto de asas de frango fritas — afirmou Cecelia. — Que galinhas têm asas tão pequenas, afinal? Parece suspeito.

— E ela apagou — disse Emeline, ao ver que Izzy havia adormecido. A expressão da menina era séria, como se seu inconsciente estivesse contemplando problemas difíceis: como otimizar os déficits orçamentais em uma economia moderna, talvez, ou se o livre-arbítrio é compatível com o determinismo.

Os músculos de Sylvie estavam tão tensos que ela sentiu dificuldade em afivelar o cinto de segurança. Quando o carro acelerou depois de virar uma esquina, ela soube que precisava dizer alguma coisa ou ficaria paralisada e incapaz de falar. Tossiu e disse apressada:

— Tenho que contar uma coisa a vocês duas. Estive visitando William. Às vezes. Eu o visitei algumas vezes. Não quero contar para Julia, mas não posso deixar de contar para vocês também.

Cecelia a encarou do banco do motorista. Sylvie pôde ver a irmã avaliando o que ela havia dito.

— Ah, que bom! — disse Emeline, com óbvio alívio.

Sylvie se virou para olhá-la por cima do ombro.

— Estou muito preocupada com William — continuou Emeline. — Ele não tem família. Eu sei que devemos ficar do lado de Julia, e eu estou, é claro. — Os olhos dela estavam arregalados. — Mas William não é um idiota. Ele deveria estar sofrendo muito para fazer o que fez. É uma situação horrível, realmente. Eu não aguento. Estou muito feliz por você ir visitá-lo.

— Ah, Emmie — Sylvie sentiu os ombros relaxarem. Percebeu o quão estressada estava, carregando esse segredo. — É como eu me sinto.

Cecelia estava curvada sobre o volante.

— O quê? — perguntou ela, sentindo os olhos de suas irmãs sobre ela.

— Você está com raiva de mim? — perguntou Sylvie.

— Que bom que você nos contou — disse Cecelia —, mas eu não vou visitá-lo.

Sylvie sabia que Cecelia sentia raiva de William pela tentativa de suicídio. *"Qualquer uma de nós o teria ajudado, se ele tivesse pedido"*, disse várias vezes nos dias seguintes ao ocorrido. Sylvie achava que sua irmã não suportava a ideia de que alguém de quem ela gostava tentasse se destruir em segredo. Cecelia agia com honestidade e franqueza. Ela acreditava que se você estivesse infeliz, deveria dizer isso. Se precisasse de ajuda, deveria solicitá-la. O silêncio de William ofendeu Cecelia tanto quanto sua escolha de entrar no lago.

— Não acho que você *deva* visitá-lo — disse Sylvie. — Julia odiaria se soubesse que eu estou fazendo isso. Não deveríamos todas ter algo a esconder dela.

Cecelia não parecia estar ouvindo.

— Emmie fica me infernizando, quer que eu entenda a dor que William deve ter sentido, mesmo que isso não faça sentido para mim — disse ela.

Emeline acenou com a cabeça no banco de trás.

— Estou feliz que você não esteja com raiva de mim. Eu não poderia suportar isso — confessou Sylvie.

— Isso não é uma possibilidade — tranquilizou-a Cecelia, e Sylvie sorriu, porque sabia que sua irmã estava sendo sincera. Cecelia tinha certas questões inegociáveis e, durante esse período de turbulência familiar, ela se curvaria em qualquer direção necessária para apoiar suas irmãs.

Quando Cecelia deixou Sylvie em casa, Ernie a esperava do lado de fora da porta do apartamento. Ela não o via desde a noite em que dormiram juntos e raramente pensava nele, mas fazia sentido que Ernie aparecesse agora. Sylvie havia começado a contar a verdade — pelo menos parte dela, para algumas pessoas —, o que significava que ela não poderia mais evitar seu eu anterior.

Quem eu quero ser agora?, pensou. *Eu tenho escolha?*

— Faz um tempo que a gente não se vê — disse Ernie, e ela concordou.

Ambos estavam claramente nervosos sobre o desenrolar das coisas. Ernie disse que a porta do prédio dela estava quebrada e que ela deveria informar ao síndico. Sylvie disse que a porta já estava quebrada havia algum tempo. Ernie estava vestindo jeans e uma camisa de boliche, e ela percebeu, como se estivesse somando números em uma coluna, que ele estava lindo. Sylvie sorriu, e ele sorriu de volta. Ela permitiu que ele a tomasse nos braços e lhe beijasse o pescoço.

Então, ela recuou, com os braços ao lado do corpo. Sentiu um zumbido percorrer seu corpo, uma espécie de sinal de alerta. Ela contou a Ernie o que havia acontecido depois que o viu pela última vez, e descobriu que Ernie já tinha ouvido falar do resgate no lago pelo rádio.

— Não acredito que era seu cunhado — comentou ele.

— Sim — disse Sylvie. — Ando ocupada ajudando a ele e minha irmã agora, então realmente não tenho tempo livre. — Ela fez uma pausa.

Eu não quero você, pensou. *Eu gostaria de querer. Eu gostaria de ser uma garota normal que quisesse dormir com um homem bonito na sua frente.*

— Ah... tudo bem — disse ele, com compreensão em seu rosto. Eles ainda estavam no corredor.

— Talvez eu te veja na biblioteca?

— Claro — disse Ernie, e então foi embora.

Sylvie encostou-se na parede. Por ter certeza do que não queria, estava sozinha. Já não era mais quem costumava ser e ainda não era quem estava se tornando. Estava grata por seu pai tê-la preparado para esse tipo de terreno difícil e solitário. Por causa dele, Sylvie sabia que poderia existir além dos limites de seu eu passado e futuro, pelo menos por um tempo. Mesmo que doesse. Porém ela agora entendia por que o pai aplacava a beleza brutal desse tipo de vida — esse tipo de honestidade — com álcool, e por que ela sempre se sentira mais confortável na biblioteca, com livros, do que no mundo, com as pessoas.

Ela ainda estava no corredor. Queria entrar em seu aconchegante apartamento; as paredes desgastadas e a iluminação fluorescente do corredor aprofundaram ainda mais os arranhões de desespero dentro dela, mas o desconforto parecia necessário. Havia uma pergunta que ela precisava fazer a si mesma — uma pergunta coberta de espinhos pontiagudos.

O que você quer?

Sylvie não teria feito essa pergunta antes, porque teria medo da resposta, mas queria ser profunda e verdadeiramente ela mesma e experimentar o mundo da maneira mais profunda e verdadeira. Ela vinha se compartimentando havia muito tempo, certamente ainda mais depois da morte do pai. Era uma pessoa com Julia, uma pessoa um pouco mais honesta com as gêmeas, controlava os próprios pensamentos e sentimentos, tentando lutar consigo mesma para trilhar os caminhos que sentia que deveria seguir. Havia apenas uma pessoa com quem Sylvie se sentia plenamente quem era: William. Ela era *totalmente* ela mesma com ele e até sentia que havia espaço para se tornar mais. Quando ele pousava os olhos nela, era sem julgamento ou expectativa, e, naquele momento, Sylvie sentia seu potencial: para a coragem, o brilhantismo, a bondade, a alegria. Todas essas velas repousavam no convés de seu navio; eram dela, mas ela não as tinha notado. Não tinha consciência delas antes das muitas horas que passara no quarto de hospital de William. O amor de seu pai dizia: *Faça tudo. Seja tudo.* Ela sabia, quando estava perto de William, que tinha a capacidade de içar aquelas lindas velas gigantes e *partir.*

Sylvie pensou: *Quero ficar com ele.* E precisou recuperar o fôlego diante da enormidade desse desejo. Parecia que vinha segurando um guarda-chuva para negar que estava chovendo, e agora o guarda-chuva havia desaparecido, e ela estava no meio de uma tempestade. Sylvie foi inundada de surpresa, vergonha e tristeza, porque, é claro, *não poderia* estar com ele. Nem depois que ele saísse do hospital e nem de nenhuma maneira que importasse.

Uma tarde, a Dra. Dembia parou Sylvie no corredor do hospital.

— Estou tentando juntar as peças, e talvez você possa ajudar. William disse que você estava conversando com ele sobre basquete.

Sylvie assentiu, animada pela médica estar pedindo sua ajuda.

— Ele gosta de falar sobre isso. Ele fica... mais feliz quando fala sobre basquete.

— Sim — concordou a médica. — Por que você acha que o basquete é tão importante para ele?

— Bem, ele joga desde que era criança. Estava no time da faculdade. — Sylvie ponderou por um momento. — Você perguntou ao Kent?

— Ele disse que o basquete foi a primeira língua de William. Que preferia jogar bola do que falar quando era criança.

— Sua primeira língua — repetiu Sylvie. Isso fazia sentido. Ela havia conversado com ele por acaso na primeira língua de William, talvez a única língua que ele falava fluentemente. Foi por isso que sua chama se acendeu.

— Acho que faz sentido. — A médica acenou com a cabeça para um paciente que passava, mas manteve os olhos em Sylvie.

— Ele me disse uma vez que seus pais não o amavam — acrescentou Sylvie. — Acho que mal falavam com William quando ele era jovem.

Ouvir a frase em voz alta a chocou um pouco. Rose e Charlie nunca *paravam* de falar com as filhas quando eram crianças. Sylvie tentou imaginar como teria sido crescer em um lar sem afeto ou risadas e imaginou um espaço frio e cheio de ecos. Ela viu um garotinho driblando uma bola de basquete em busca de um som repetitivo e reconfortante. Sylvie experimentou a mesma sensação que costumava sentir quando lia um bom romance e a história se formava subitamente dentro dela, acompanhada por uma nova compreensão.

— O basquete foi a primeira coisa na vida de William que retribuiu o amor dele. A única coisa que o amou, por muito tempo — completou Sylvie.

— Sim — concordou a Dra. Dembia, com os olhos brilhantes. Ela era uma cientista, e Sylvie acabara de lhe entregar uma parte útil de uma equação. — É isso. Sim.

No dia em que William pediu a Sylvie que anotasse seus segredos, ela saiu do quarto e percebeu que suas mãos tremiam. O que acabara de acontecer era como ela sempre imaginou que a igreja deveria ser. O ar pareceu se abrir, e o que aconteceu entre eles parecia sagrado.

Sylvie geralmente pegava o ônibus bem na frente do hospital, mas naquela tarde, ela caminhou até a biblioteca. Queria sentir o vento em sua pele. E até correu alguns trechos, porque seu corpo ansiava por movimento, e ela gostava da sensação de ficar com os dois pés levitando no ar por uma fração de segundo. Naquela noite, no apartamento de Julia, ela sussurrou para Emeline e Cecelia que precisava conversar com elas, que logo entenderam que isso significava sem a presença de Julia, então, quando entraram no carro do escultor depois de uma refeição de curry e chamuças, Cecelia dirigiu alguns quarteirões e parou. A Sra. Ceccione estava cuidando de Izzy; eram apenas as três irmãs no carro. Sylvie e Cecelia viraram o corpo para que ambas pudessem ver Emeline no banco de trás.

— O que aconteceu? — perguntou Emeline. — William está bem?

Sylvie repetiu tudo o que William havia lhe contado. A única coisa que não mencionou foi o comentário dele de que não seria capaz de compartilhar seus segredos com ninguém além dela. Essa frase aquecia o interior de Sylvie e pertencia somente a ela.

— Ai, meu Deus! — disse Emeline, quando Sylvie terminou. Ela ficou quieta por um minuto. — Isso foi tão corajoso da parte dele!

— Não acredito que ele tinha uma irmã — disse Cecelia.

As três mulheres se entreolharam com admiração compartilhada. Uma irmã escondida e perdida era algo monumental.

— A médica, de quem eu gosto muito, disse para ele que, para ficar bem, ele não podia mais guardar essas coisas dentro de si. E deu a ele um mantra: sem besteiras e sem segredos — continuou Sylvie.

— Eu tenho que contar uma coisa para vocês. — As palavras saíram de Emeline como se uma torneira tivesse sido aberta. — Parte da razão pela qual me senti tão mal por William é que às vezes fico deprimida. Nos últimos anos. Eu até já tive esse tipo de pensamento.

As janelas do carro estavam fechadas. Era uma noite tempestuosa de outubro; o vento sacudia os galhos no alto, fazendo parecer que as árvores estavam batendo palmas.

— Não, você não teve. — A voz de Cecelia soou ríspida. — Não diga isso. Não é verdade.

— Eu não teria chegado às vias de fato — disse Emeline. — Eu juro.

— Por que você esconderia isso de nós? — perguntou Sylvie. — Por que você não nos contou que estava triste?

Emeline virou o rosto para a janela do carro.

— Tive medo de contar. Mas a médica de William está certa. Não deveríamos ter segredos.

Cecelia estudou o perfil de sua irmã gêmea. Ela ficou claramente surpresa ao saber que havia algum segredo entre elas.

— Emmie, você pode nos contar qualquer coisa.

— Estou gostando de uma pessoa. Estou apaixonada.

Sylvie e Cecelia levaram as mãos ao peito, o mesmo gesto que Rose fazia quando recebia uma notícia importante. Julia fazia igual.

Os olhos de Emeline estavam fechados agora. Sua cabeça ainda estava virada para o lado, como se ela temesse um tapa.

— Mas não é por um homem. É Josie, a mulher que trabalha comigo na creche.

— Josie? — perguntou Cecelia.

— Eu achei que estava enganada, que meus sentimentos significavam apenas que eu gostava muito dela, o que é verdade. Trabalhamos maravilhosamente bem juntas, e ela me faz rir. Os bebês a adoram. Mas meu coração bate mais rápido quando estou perto dela, e quero muito beijá-la.

O corpo de Sylvie se contraiu de surpresa. Ela tentou pensar no que dizer.

— Eu sei — disse Emeline, com tristeza.

Sylvie nunca conhecera pessoalmente uma lésbica. Havia uma senhora que andava de bicicleta pela vizinhança usando um boné de beisebol, e corria o boato de que ela morava com outra mulher, mas ela nunca ia à biblioteca, então Sylvie nunca a vira de perto. Ela pensava que lésbicas eram mais duronas e menos femininas, e Emeline era o oposto disso. Ela era a mais doce e delicada das irmãs.

— Ah, Emmie — disse Cecelia. — Tem certeza?

Os olhos de Emeline se encheram de lágrimas. Sylvie estendeu a mão no banco de trás para tocar o joelho da irmã mais nova.

— Nós amamos você — disse ela. — Isso é apenas... inesperado, só isso.

— Não tenho ideia se Josie gosta de mim desse jeito — disse Emeline. — Provavelmente não.

— Mamãe ficaria horrorizada — disse Cecelia. Isso era sem dúvida verdade. Rose era católica até os ossos e dissera várias coisas depreciativas ou insultuosas sobre gays na frente das meninas ao longo da vida. Uma nova doença terrível que parecia afetar principalmente homens gays fora identificada recentemente, e essa notícia gerou repulsa e fascínio em Rose na mesma medida.

— Eu sei. É a primeira vez que fico feliz por ela ter se mudado.

O alívio nos olhos de Emeline fez as outras mulheres rirem.

— Achei que, se eu contasse, vocês me odiariam. Mas William lhe contou coisas horríveis, e só sinto pena dele. — Ela hesitou e, então, sussurrou: — Mas não poderei ter filhos. Não poderei ser mãe.

Sylvie e Cecelia trocaram olhares rápidos, para compartilhar sua surpresa com o que acabaram de saber e sua tristeza devido à última declaração. William não queria ser pai, e Emeline não poderia ter o que mais desejava, ser mãe.

— Você pode adotar, talvez — perguntou Sylvie. Ela sentiu mais uma pequena fissura dentro de si; outra faceta da vida estava separando as irmãs dos sonhos que uma vez tiveram para si e para as outras.

Emeline balançou a cabeça.

— Eu me pergunto como William se sente. Eu me sinto melhor. — Seu rosto estava mais brilhante; ela se sentou mais ereta. — Agora vocês têm que me contar uma verdade de suas vidas. Sua vez. Em homenagem a William.

Isso lembrou Sylvie do jogo de previsão do futuro que costumavam jogar. Embora tivessem acabado de sair da casa de Julia, Sylvie sentia falta da irmã, uma sensação semelhante a uma facada dolorosa na costela. Ela percebeu que suas irmãs também estavam se lembrando do jogo, e havia uma ruga entre as sobrancelhas de Emeline que significava que ela se arrependia de como havia formulado o pedido. Haviam descoberto recentemente que Julia as deixaria por seis meses. Para elas, essa partida parecia um erro.

"O momento é totalmente inoportuno", dissera Cecelia.

"Ela está fugindo", concluíra Emeline.

Mas Sylvie suspeitava que a irmã estava correndo *em direção* a alguma coisa. Uma nova vida. Julia queria se reimaginar, e era difícil fazer isso na presença de pessoas que a conheciam desde pequena. Sylvie temia, porém, que Julia tivesse percebido que ela estava escondendo algo dela, e esse segredo abriu espaço para Julia se afastar. Se as duas tivessem permanecido unidas e honestas, a irmã mais velha não teria considerado a partida uma possibilidade. No fundo, Sylvie acreditava que era sua culpa o fato de que Julia em breve iria para longe.

— Eu falo primeiro — disse Cecelia. — Eu gostaria de poder fazer sexo. Só fiz isso uma vez.

Emeline devia saber disso, mas Sylvie ficou surpresa. Ela presumira que Cecelia havia transado com muitos ficantes sobre lonas de pintura, antes ou depois de um projeto. Sentiu como se Cecelia tivesse conduzido a vida adulta com mais facilidade do que o restante delas. Ela se movia com uma confiança que faltava a Sylvie e parecia não se incomodar com as expectativas das outras pessoas. Quando Cecelia estava com Izzy, as duas riam muito; era nítido o encantamento entre elas. Sylvie presumira que a irmã escolhia cuidadosamente homens para lhe proporcionar prazer.

— Eu sei que faço parecer que está tudo ótimo — disse Cecelia, respondendo à expressão de Sylvie. — E está tudo muito bem, mas não ótimo. O dono deste carro ficaria feliz em fazer sexo comigo, mas ele tem um bilhão de anos e é desprezível. Tenho contas a pagar, e os meninos da minha idade são tão imaturos que não os suporto.

— Sylvie? — chamou Emeline.

— Ah — começou Sylvie, e a sílaba saiu como um pequeno gemido. Estava quente no carro agora, e os vidros estavam embaçados. Sylvie havia se *tornado* um mistério. Ela estava mudando de uma forma que não conseguia acompanhar, muito menos explicar. Deveria contar que pensava em William o tempo todo e sentia falta dele assim que saía do quarto do hospital? Que às vezes, enquanto ele dormia, Sylvie queria deitar-se ao seu lado na esperança de que ele a confundisse com sua esposa e a abraçasse? Em vez disso, ela disse: — Estou escrevendo algo.

O rosto de suas irmãs expressou certo prazer. *Claro*, Sylvie as viu pensar.

— Não — continuou ela, — não é o que vocês estão pensando. Não é um livro. Estou tendo problemas para dormir, então, quando chego em casa à noite, escrevo algo sobre nossa infância. São apenas cenas. Ontem à noite, escrevi sobre a festa de aniversário em que aquele garoto desafiou Julia a prender a respiração o máximo que pudesse, e ela prendeu a respiração por tanto tempo que desmaiou.

— Nosso aniversário de nove anos — disse Cecelia. — Aquele com o bolo horrível.

— Com cobertura amarelo-ovo — completou Emeline. — Sylvie! Que maravilha! Estou tão feliz que você esteja fazendo isso!

— Não é bom. — Sylvie tentou cravar essa verdade nelas com os olhos. Ela precisava que suas irmãs entendessem. — Não se trata de fazer algo bom. — A ideia, a possibilidade, surgiu ao ler o livro de William, é claro. E de Whitman também. Sylvie sempre pensou que quando, e *se*, ela escrevesse, teria que ser perfeito. Um romance lindamente elaborado, pronto para ser entregue ao mundo. Mas William lhe mostrara que ela podia escrever por e para si. E Whitman reescreveu, expandiu, cortou e reinventou seus poemas ao longo da vida. Ele criou não um belo livro, mas diferentes tentativas de excelência e beleza à medida que envelhecia, amava e reconsiderava tudo.

Sylvie achava difícil habitar o presente; sua pele estava desconfortavelmente tensa desde que William fora resgatado. Ela tinha consciência de que escrevia sobre sua infância na tentativa de abrir uma terceira porta; ela precisava derrubar a parede com uma marreta para encontrar uma maneira de sair do aqui e agora. Quando finalmente dormia, estava em choque na praia, vendo homens carregando um William morto para fora do lago. E uma dor a percorreu, porque Julia estava saindo de Chicago e ela não tinha ideia da dor e da saudade que Sylvie carregava dentro de si. Todas as noites, Sylvie sentava-se à sua pequena escrivaninha perto da janela, com vista para Pilsen, lembrando e tentando recriar os tempos em que sua família estava completa. Quando Charlie estava vivo, Rose vivia em sua horta, as gêmeas rindo no quarto e Julia andando pela casa distribuindo planos como se fossem presentes. Cada momento que Sylvie capturou na página não poderia ser perdido.

Sylvie sentiu-se exausta com seu desejo de honestidade, mas também atraída por ele, como se fosse um ímã. Ela adorava poder ver uma versão mais completa de Emeline agora, depois de contar a verdade a Sylvie e Cecelia.

Certa tarde, Sylvie passou na creche com a intenção de conhecer Josie; ela queria sorrir para a jovem ruiva que conquistara o coração de sua irmã. Emeline estava corada e soltando faíscas de felicidade em seu ambiente de trabalho, cercada por bebês, com Josie por perto. Ver a amplitude de Emeline empolgou

Sylvie, embora sua irmã ainda não tivesse confessado seus sentimentos a Josie e não soubesse se seriam correspondidos.

Sylvie percebeu que a cura de William se baseava na verdade. Ela se lembrou da Dra. Dembia dizendo ao paciente que queria que ele fosse implacavelmente honesto. O problema era que, em seu novo estado de consciência intensificada, Sylvie percebeu desonestidade no comportamento de William, e isso a incomodou. Manteve a boca fechada, porque não era da conta dela, e William estava sob os cuidados da Dra. Dembia, não dela. A médica veria o que Sylvie havia visto e consertaria? Mas nada parecia mudar, e Sylvie sentia como se William estivesse construindo sua nova vida sobre uma base frágil.

— Você parece mal-humorada. Algo está errado? — disse William, certa tarde.

— Não estou mal-humorada — respondeu Sylvie, embora pudesse sentir a expressão carrancuda.

— Se você diz.

— Bem... Há uma coisa que está me incomodando. William, é claro que você pode fazer o que quiser, e não estou julgando sua escolha. Mesmo. — Ela hesitou. — Mas eu conheço o seu mantra e acho que você está mentindo para si mesmo sobre algo importante.

Ele olhou para ela, que sabia que ele podia ver seu medo. Ele podia ver a preocupação dela com a possibilidade de dizer algo que pudesse atrasar sua recuperação.

— Não se preocupe — disse William. — Estou bem. Apenas diga.

— É sobre Alice.

Ele se encolheu, um movimento quase imperceptível; esta foi a primeira vez que qualquer um deles mencionou a bebê.

Sylvie disse:

— Você desistiu dela porque acha que a prejudicaria, mas isso está errado. Você não faria mal à Alice. Eu sei que não.

William ficou quieto por um minuto.

— Dra. Dembia também acha que a decisão de renunciar meus direitos parentais é uma besteira. — Seu rosto parecia abatido, como se ele estivesse vivo há muito tempo e tivesse visto todos os desgostos possíveis.

— Mas eu discordo e não posso correr esse risco. Alice está melhor com Julia.

Sylvie sentiu os ombros relaxarem. William *tinha* falado com a Dra. Dembia; ele pensou no assunto e tomou uma decisão cuidadosa. Ela ainda achava que ele estava errado, mas a decisão não era dela, e ocorreu-lhe que talvez a verdade fosse mais complicada para William por causa de seu passado. Agora que ela sabia sobre a irmã perdida — uma menina que havia morrido —, fazia sentido para Sylvie que a preocupação dele com a filha pudesse aumentar. Talvez as duas bebês dividissem espaço dentro dele, e o certo para ele *fosse* se afastar. Ela podia ver essa possibilidade e o modo como a dor e a depressão se enredavam dentro dele; Sylvie descobriu que poderia aceitar a escolha dele, mesmo que não entendesse totalmente.

William se inclinou para a frente e perguntou:

— Você tem alguma preocupação, algum receio, de que Julia não cuidará bem de Alice?

Sylvie nem precisou pensar nisso.

— Não.

Ele assentiu.

— Eu sou o fator de risco — disse ele. — É por isso que me afastei.

Julia não queria uma despedida em grupo; disse que seria muito doloroso. Pediu a Sylvie que fosse até lá na manhã anterior ao voo para Nova York. Sylvie encontrou a irmã e Alice em uma pequena clareira no meio de pilhas de caixas na sala.

— Na verdade, não consigo fazer isso — disse Julia, sem olhar para Sylvie. — Não consigo dizer adeus.

— Eu também não consigo. — Sylvie voltou sua atenção para Alice, que estava sentada no pequeno cobertor no chão. Julia havia colocado um laço rosa no cabelo louro e ralo da bebê, e Alice parecia tremendamente satisfeita com esse acontecimento. Sylvie sentiu-se ligeiramente sem fôlego. Ela sentia falta da irmã desde que William fora hospitalizado, e agora Julia estava indo embora. Parecia uma perda dupla. Aquela linda bebê, que sorria para a mãe e a tia, também desapareceria de sua vida. Sylvie amava muito Alice, e seis meses era muito tempo na vida de um bebê. Alice teria um ano de idade na próxima vez que Sylvie a visse. Ela poderia estar andando, assim como poderia ter esquecido a imagem de suas três tias que a adoravam.

— Ba-bah — disse Alice com alegria, e Sylvie se inclinou para beijar sua bochecha.

Julia estava vestindo jeans e uma camiseta velha. Ela parecia excessivamente cafeinada, agitada.

— Nunca pensei que sairia de Chicago. Mas também não pensava que papai fosse morrer. Ou que mamãe fosse se mudar — fez uma pausa e continuou. — Nunca pensei que você visitaria meu marido no hospital todos os dias.

Chocada, Sylvie recebeu as palavras como um soco no estômago. Ela estava de joelhos para ficar perto da bebê, mas agora se levantou.

— Não todos os dias — ela conseguiu dizer.

Julia assentiu.

— Eu não tinha certeza se você realmente o visitava.

Sylvie olhou diretamente para a irmã pela primeira vez. Ela podia sentir a crescente distância entre elas nos últimos meses.

— Você não precisava me enganar — disse. — Você poderia simplesmente ter perguntado.

— Eu não tinha certeza se você diria a verdade.

Sylvie processou isso.

— Ele não tem mais ninguém — explicou. — Eu me sinto mal por ele.

Julia saiu do meio das caixas e voltou segurando uma pasta.

— Estes são os papéis do divórcio e da guarda de Alice — disse ela. — Por favor, entregue-os a William na próxima vez que você o vir.

Sylvie sentiu um desespero. Sentiu a irmã cortando os fios que as conectavam. Isso era culpa de Sylvie? Ou Julia estava atacando porque, caso contrário, ela não suportaria ir embora?

— Eu te amo — disse Sylvie.

Julia tirou o cabelo do rosto. E balançou a cabeça ao mesmo tempo, como se estivesse irritada, como se esse sentimento não fosse o ponto principal. Mas disse:

— Eu também te amo.

Sylvie chegou cedo na manhã fria de novembro em que William teria alta. Ela sabia que Kent viria, assim como Arash. A Dra. Dembia provavelmente estaria presente. Sylvie percebeu que a médica se preocupava com William como pessoa e sentiria falta do tempo que passava com ele. Cecelia, cujo antagonismo em relação a William se extinguira com a revelação de que Emeline também estava deprimida, iria encontrá-los em seu novo apartamento na Northwestern para avaliar se as paredes precisariam de um quadro colorido. Quando Sylvie saiu do elevador no andar da unidade psiquiátrica, ela se viu procurando por Julia. Sua irmã havia partido, estava a 1.300 quilômetros de distância, mas Sylvie ainda acreditava que encontraria Julia ali, com o queixo cerrado, pronta para encaixar o marido de volta em sua vida.

William estava parado perto da janela quando Sylvie chegou ao quarto. Quase não tinha nada para embalar. Ele não quisera pedir nenhum de seus pertences a Julia quando chegou ao hospital. Fora inflexível quanto a isso, embora precisasse de roupas e fosse tão alto que não conseguia usar nada dos achados e perdidos do hospital. Ao ouvir isso, seus amigos do time de basquete doaram algumas peças. William estava vestindo calças cáqui, tênis surrados e um moletom da Northwestern. Ele assinara os papéis do divórcio e da guarda, e Sylvie os enviara pelo correio ao advogado. Ao sair de Chicago, Julia providenciou para que seus pertences fossem colocados em um depósito para ele. No dia em que saiu do hospital, William não era mais casado e nem pai.

— Grande dia — anunciou ela.

— Sylvie — disse ele, e olhou para suas mãos. — Não sei como agradecer por tudo que você fez.

— Não precisa.

— Eu tenho sido egoísta. Eu deveria ter dito para você parar de vir, mas gostava de sua presença. Espero que saiba que, quando eu sair do hospital, você não precisará mais se preocupar comigo. Por favor, saiba disso. Eu tenho meus remédios... — Ele esboçou um sorriso — E meu mantra. Vou tentar ajudar Arash. — Ele fez uma pausa. — Todo mundo tem sido muito gentil comigo. Não vou desperdiçar a gentileza deles.

Essas palavras atingiram Sylvie de maneira estranha. Parecia que William havia juntado frases que visavam o que havia dentro dela. Ela conseguia perceber, racionalmente, que ele havia dito uma coisa boa, algo com que ela concordava. William estava mais saudável. Ele estava dizendo que ela poderia ir embora, mas ela sabia — o conhecimento era agudo, como uma dor — que ela não queria e que talvez não conseguisse. Esse era seu verdadeiro segredo, aquele que ninguém poderia saber. Os olhos de Sylvie arderam, e ela teve um lampejo de preocupação com a possibilidade de chorar.

— Você sabia que procurei por você aquela noite inteira com Kent e os outros caras? — perguntou ela.

William semicerrou os olhos, como se houvesse uma luz na sala que machucasse suas pupilas.

— Sim — respondeu. — Kent me contou.

Por que estou pensando nisso? Por que estou falando sobre isso?

— Quando tiraram você da água, pensei que estivesse morto — acrescentou ela. Ela não conseguia parar de visualizar a cena: os jovens altos e cansados carregando o corpo inerte de William. — Eu não sabia o que fazer. Não pude ajudar a mover você, mas queria fazer algo para ajudar. Então, segurei sua mão enquanto Kent e Gus levavam você para a ambulância. E na ambulância também.

William ficou quieto por um momento e, depois, disse:

— Eu não sabia disso. Não me lembro da maior parte daquele dia. Sylvie, sinto muito que você tenha passado por isso. Deve ter sido muito assustador.

Quando Sylvie estava deitada na cama à noite, ela se lembrava, repetidas vezes, de Kent chamando seu nome, e ela correndo pela areia. Ela se lembrava das pontadas de pânico e tristeza em seu peito porque William havia partido. Ela se lembrava de quando estendeu a mão e pegou a mão gelada de William. Não queria que William ficasse sozinho, mesmo que ele não estivesse mais vivo. E, ainda assim, ela nunca havia se sentido tão sozinha quanto naquele momento.

— Posso segurar sua mão de novo, por um segundo? — Ela se ouviu perguntar.

William atravessou a sala para ficar na frente dela. Ele estendeu a mão, com a palma voltada para cima. Sua pele era macia e quente, muito diferente daquele dia. Uma onda de sentimentos percorreu o corpo de Sylvie. Um rádio ecoava dentro dela, em alto volume. *Eu te amo*, pensou, e as palavras agora impossíveis de negar lhe trouxeram ao mesmo tempo desolação e profunda alegria. William era seu escolhido. Ele era o coração dela. Ele havia mudado todas as moléculas dentro dela. Sylvie sabia que o amor chegaria até ela com a força de um tsunami. Ela sonhava com isso desde pequena, e seu sonho realmente se tornou realidade. Mas não sabia que seu amor seria impossível, um beco sem saída, indescritível, porque ele havia sido casado com a irmã dela.

Pensou: *Estou tão encrencada!* E o pensamento a fez rir.

— Você está bem? — perguntou William.

Ela não queria que ele se preocupasse, então respondeu:

— Estou, sim.

Ela e William ficaram de mãos dadas por mais alguns segundos, até que houve um barulho no corredor, e eles se separaram.

Kent chegou animado, como se estivesse prestes a participar de um jogo decisivo, pronto para comemorar uma vitória.

— Você está livre daqui! — disse ele, e deu um grande abraço em William. Normalmente, apenas um visitante era permitido por vez, mas como William estava recebendo alta, a regra foi dispensada.

Arash entrou, deu uma olhada no rosto de Kent e disse:

— Você sempre será um bobão. — Mas ele também estava sorrindo.

William abriu a boca para falar e, depois, a fechou. Ele deu uma pequena sacudida de cabeça. Kent, entendendo que seu amigo queria dizer *obrigado*, ou mesmo *eu te amo*, mas que não conseguia dizer as palavras sem começar a chorar, deu um tapinha nas costas dele, e as quatro pessoas no quarto apenas sorriram umas para as outras.

Sylvie saiu do hospital com aqueles três homens uma hora depois, a mão que William segurara ainda formigava. O céu de novembro estava cinzento, e a previsão indicava que naquela noite cairia a primeira nevasca do ano. Eles caminharam sob um dossel de árvores desfolhadas a caminho do carro de Kent, e Sylvie pensou na lembrança que havia registrado ao sentar-se em sua pequena escrivaninha na noite anterior. Ela não estava escrevendo a história da família em nenhuma ordem específica, embora as lembranças parecessem se sobrepor como ondas. Na noite anterior, ela havia se pegado lembrando da vez em que o cachorro malvado e barulhento da Sra. Ceccione perseguiu Emeline até o alto de uma árvore. Mesmo depois que o cachorro foi levado embora, a menina de oito anos se recusou a descer. Julia, Sylvie e Cecelia ficaram na base da árvore por uma hora, persuadindo Emeline com lanches e promessas de trançar seu cabelo — ela adorava que mexessem em seu cabelo —, sem sucesso. *Não consigo viver sem você*, Cecelia disse a certa altura, como que em alerta. *Não seja ridícula*, disse Julia. *Nenhuma de nós pode viver sem a outra.* Rose foi alertada e gritou com a filha para descer imediatamente. *Não, obrigada*, disse Emeline, agarrando o galho da árvore. *Aqui tenho uma bela vista. Eu não posso descer.* As crianças da vizinhança também se reuniram em volta do tronco, querendo ver como a história terminaria. Sylvie lembrou-se de que seu pescoço doía de tanto olhar para cima. Cecelia começou a chorar, o que fez Emeline chorar também, mas agora ela parecia enraizada na árvore, incapaz de sair de seu poleiro. Era difícil para suas irmãs imaginá-la voltando para casa enquanto o Sol se punha e a escuridão começava a cair. Quando Charlie chegou em casa, do trabalho, se juntou à multidão no pé da árvore, ainda vestindo camisa branca de manga curta e gravata. Ele não falou nada. Olhou para a filha, como um raio magnético enviando amor. Emeline também não disse uma palavra, mas desceu em seus braços.

Sylvie evitou pensar em como seria sua vida depois que William saísse do hospital. Havia se mantido discreta e o visitado naquele quarto, sabendo que era ali que deveria estar. Ela esperava, a princípio, que a alta dele do hospital a fizesse voltar ao que costumava ser antes. Mas agora ela sentia como se estivesse sentada no galho da árvore ao lado da pequena Emeline, sem querer descer. Sua vida anterior era o chão abaixo dela. Ela viu Ernie, com covinhas no queixo e expressão jovial. Seu trajeto solitário do apartamento até a biblioteca. Seus colegas de trabalho conversando sobre clientes peculiares, o clima, seus planos para o fim de semana. Mas não havia nenhum olhar magnético de Charlie, porque não havia Charlie, e nem Julia. Ela veria William com menor frequência, ou talvez nunca mais, porque a crise havia passado e seria perigoso para ela conviver mais tempo com ele. Ela poderia ficar tentada a segurar a mão dele ou ser incapaz de silenciar seus sentimentos. Sylvie se aproximou do pequeno corpo de Emeline e segurou com força o galho. Não havia como ela voltar para aquele terreno solitário e desolado, onde as irmãs, que acreditavam que morreriam se fossem separadas, haviam se separado.

WILLIAM

Novembro de 1983 — Dezembro de 1983

Depois de deixar o hospital, William viveu da maneira que imaginava que os bêbados vivessem depois de parar de beber: com cuidado e um dia de cada vez. Sentia-se recém-alojado em seu corpo, consciente de que qualquer negligência poderia causar o desabamento do edifício. Todas as manhãs, ele se levantava da cama de solteiro, tomava quatro dos oito comprimidos que tinha de engolir todos os dias e fazia quantas flexões conseguisse — cinco, no início — e, depois, os exercícios para os joelhos que o cirurgião lhe havia prescrito anos antes, mas que ele havia ignorado, até então. William quase achou graça ao ouvir como seu joelho rangia durante os alongamentos, emitindo reclamações em voz alta por ser solicitado a funcionar. Mas não parou e não pulou um dia; tinha de tomar ações deliberadas em direção à estabilidade e à saúde.

— Quando eu te visitar, vamos correr juntos — disse Kent, em um de seus telefonemas. — Você precisa entrar em forma.

William acenou com a cabeça para a sala vazia. Ele teve sorte de a suíte do dormitório estar mobiliada com sofá e cama quando chegou; aquelas paredes tinham testemunhado uma sequência de adultos questionáveis ao longo dos anos: homens com vidas pequenas o suficiente para caber em quitinetes tão minúsculas, que estavam dispostos a lidar com emergências no meio da noite e retirar os estudantes universitários do edifício em caso de incêndio.

"Mais um divorciado, hein", observou o segurança idoso ao entregar as chaves a William, como se estivesse fazendo um inventário dos motivos pelos quais os homens acabavam ali. William poderia ter dito *Hospital psiquiátrico, na verdade*, para chocá-lo, mas não o fez. Quanto menos pessoas soubessem de onde ele estava vindo, melhor.

— Vou correr, mas não perto do lago — comentou William.

Ele sabia que provavelmente não precisava ter verbalizado isso, para que Kent naturalmente os mantivesse longe do lago, mas William queria deixar claro o que não queria, quando soubesse o que era. Antes da hospitalização, fazia coisas que não queria o tempo todo, e era tão bom em abafar as próprias preferências que raramente tinha consciência delas. Saber que ele não queria correr às margens do lago e declarar isso parecia um progresso.

Ele tentou essa abordagem novamente com Cecelia quando ela levou uma pintura de Alice para pendurar na parede de sua quitinete no dormitório estudantil. Ela achou a configuração de cômodos aceitável — um quarto e uma pequena área de estar com uma cozinha ao longo de uma parede.

— Pelo menos eles lhe deram estantes — disse ela. — Mas uma demão de tinta não faria mal. Vejo que Sylvie trouxe um pilha de livro da biblioteca para você.

Era verdade; todos os livros nas estantes estavam embalados em plástico e tinham o selo da Biblioteca Lozano na lombada. Sylvie chegou certa tarde com quantidades iguais de ficção, não ficção e poesia; a não ficção era toda relacionada ao basquete — biografias de jogadores e histórias do esporte.

— Cuidado, Iz — disse Cecelia.

A menina de treze meses caminhava lentamente pelos cômodos, com o rostinho concentrado e atento sob os cachos rebeldes. Ela parecia estar avaliando o espaço: as paredes e os móveis. Olhou embaixo da cama e foi até o banheiro para verificar a banheira. Quando William foi para o hospital, Izzy ainda era uma bebê que todos carregavam no colo; ele não parava de olhar para ela agora, surpreso com o minúsculo ser humano independente estudando seus pertences.

— Sylvie disse que iria trocar os livros quando o prazo da biblioteca expirasse — disse ele. — Quer dizer, eu disse a ela que ela não precisava, mas...

Ele encolheu os ombros. Estava perfeitamente consciente de seu alívio por Cecelia, e não Sylvie, estar aqui agora. Sentia-se confortável com Cecelia. Ela era a mesma que sempre havia sido com ele, e os sentimentos dele por ela permaneceram inalterados. Não era assim com Sylvie. Parecia que William tinha visto Sylvie através da fresta de uma porta, e agora a porta estava escancarada. Ela monopolizava toda a sua atenção de uma forma que o confundia, e sempre que estavam juntos, William sentia arrepios. Sylvie aparecia na casa dele de tempos em tempos, e a presença dela sempre o abalava, como se eletricidade percorresse o corpo dele.

Ele sabia, racionalmente, que essa mudança poderia ser explicada pelo fato de Sylvie o ter acompanhado no momento mais turbulento de sua vida. Ela se sentara ao lado da cama do hospital e conversara com a psiquiatra. Ela descobrira seus segredos. Ele ficara confuso quando acordou no hospital e encontrou Sylvie ao seu lado, mas ela também parecia confusa, e, de alguma forma, eles recomeçaram em um mesmo estado de torpor. Ela o aceitou sem questionar, mesmo quando seu corpo estava inchado com a água do lago. Isso surpreendeu William e ainda o surpreendia. Ninguém em sua vida, exceto talvez Kent, jamais o aceitou como ele era, e Sylvie o acolheu quando ele estava tão quebrado que mal era uma pessoa.

— A cozinha é um pouco sem graça — disse Cecelia, franzindo a testa para a pia, a minigeladeira e o fogão elétrico. — Não tenho certeza do que podemos fazer sobre isso.

— Cecelia — chamou ele.

Ela olhou para ele. De todas as irmãs, ela era a que mais lhe lembrava Julia. Ela compartilhava o foco abrasador de sua irmã mais velha. Cecelia era mais curiosa do que Julia e mais interessada em saber tudo que estava acontecendo a sua volta. Ele ouviu Cecelia dizer às irmãs uma vez: *"Não dou a mínima para o que as pessoas pensam de mim."*

William ficou surpreso com isso, porque acreditou nela e porque não lhe ocorreu que isso fosse uma opção.

— Obrigado pela pintura de Alice, mas não quero pendurá-la. Eu... — hesitou — Eu não quero ficar com ela.

Cecelia não pareceu ofendida; ela estudou o rosto de William da mesma forma que Izzy analisava a maçaneta da porta do quarto.

— É muito doloroso olhar para ela?

— Eu não sou mais o pai dela.

Os olhos de Cecelia brilharam; William estava interagindo com ela, e isso a agradava.

— Você ainda é o pai dela — disse ela. — Desistiu dela por causa de sua depressão. E para agradar Julia. Isso não significa que você não ama Alice. E isso não significa que não mereça olhar para ela.

William foi criado por pais infelizes e era infeliz desde as primeiras lembranças. Ele sabia que um pai poderia estar presente na vida de uma criança e, mesmo sem ser violento, destruí-la. A dor dos pais de William o moldara, como uma geleira movendo-se silenciosamente através de um vale. Alice estaria melhor se seu universo fosse preenchido com a luz de Julia, sem a escuridão que o acompanhava.

— Eu não quero — repetiu.

Cecelia lhe lançou um olhar avaliador.

— É interessante te conhecer agora — disse ela —, depois de estar na sua vida por tanto tempo. Você tomou uma decisão ousada. Não tenho certeza se foi a correta, mas foi ousada. É o tipo de decisão que Julia tomaria.

William quase sorriu, porque Cecelia tinha razão. Sua ex-mulher era a orquestradora de grandes planos e mudanças de vida. Parecia irônico que ele tivesse tomado o mesmo tipo de decisão na ausência dela. William quase disse a Cecelia que não teria problemas em ter um retrato de Julia na parede, que isso não o incomodava. O casamento deles acabara. William havia se despedido dos pais na estação de trem e da esposa na sala de estar. Estava grato por Julia ter deixado Chicago. Ele havia abandonado sua antiga vida, e ela também. Mas William se recusava a pensar em Alice, então naturalmente recusaria a pintura de Cecelia.

— Vou pintar outra coisa para você — disse Cecelia. — Você sabe que vai passar o Natal na casa de Sylvie, certo? Ela disse que você estava insistindo em ficar sozinho, mas isso não é aceitável. Nossa família já ficou pequena demais.

Ela pegou a pintura de Alice que estava encostada na parede e pendurou a bolsa no braço.

— Vamos, docinho — chamou.

Izzy saiu do armário aberto e foi na direção deles. *Você estava contando meus tênis?*, pensou William, e deu um passo para trás, saindo do caminho dela, mas Izzy caminhou em sua direção. Ela se aproximou da perna dele, a cabeça na altura do joelho machucado, e abraçou com força sua panturrilha.

— Muito bem, Iz — disse Cecelia, e Izzy o soltou e foi segurar a mão da mãe.

Depois que elas saíram, William ficou parado no meio da sala até conseguir respirar normalmente. Foi difícil para ele ser tocado, e o gesto de Izzy foi totalmente inesperado.

William se sentava na arquibancada do ginásio e assistia aos treinos. Ele não tinha nenhuma função oficial na equipe; estava lá apenas para ser útil, por enquanto. O programa estava forte naquele ano, com um excelente elenco de atletas. A NBA estava enfeitiçada pela rivalidade entre Magic e Bird, e os jogadores universitários foram inspirados a imitar seus passes sem olhar. Os treinos eram barulhentos, cheios de conversa fiada e gritos de incentivo quando um dos jogadores tentava uma jogada ousada e conseguia realizá-la.

Arash deu a William uma pasta de informações que incluía as transcrições de suas entrevistas durante o verão; William as documentara em um gravador de cassete, a pedido de Arash. O jogador do time com o salto vertical mais alto foi aquele que contou a William que havia sido esfaqueado, e ele notou a expressão preocupada em seu rosto enquanto jogava. O jovem de testa grande levava a mão ao próprio ombro às vezes, e William se perguntava se ele o havia deslocado recentemente e se estava com dor. Os meninos com concussões anteriores às vezes evitavam o contato, e ele se perguntou se eles estavam com medo de que seus cérebros se chocassem contra seus crânios uma segunda vez. William observava enquanto os jogadores, e suas respectivas histórias, corriam pela quadra. Relia o conteúdo da pasta à noite, na cama, porque, quanto mais preparado estivesse, maiores seriam as chances de ser útil. William podia sentir a informação rodopiando dentro dele. Ele acreditava — mesmo que essa crença fosse fundada em preocupação — que *poderia* prestar um serviço àquela equipe que ninguém mais poderia. Podia ser algo pequeno, quase imperceptível, mas havia alguma coisa. Ele só precisava descobrir o que era.

Ao reler as transcrições de suas entrevistas com os meninos — seus olhos estavam tão cansados que pousavam pesadamente em cada palavra —, William se lembrou do próprio manuscrito, onde suas perguntas também apareciam em fonte tipográfica. O manuscrito estava em uma caixa fechada em seu armário, junto com outros itens do apartamento da Northwestern; William e Kent esvaziaram o pequeno armário logo depois que ele saiu do hospital. Do lado de fora da caixa, com a letra de Julia, estava escrito:

Pertences de William.

Ele não estava pronto para ler o manuscrito, para pensar se queria escrever mais sobre o basquete. Quando tentou relembrar suas perguntas nas notas de rodapé, tudo de que conseguiu se lembrar foi de dúvidas e ansiedade, como se estivesse pisando em gelo fino. Também identificava um tom de preocupação em suas perguntas nas transcrições. Lá, ele parecia preocupado com o estado dos meninos. William perguntava: *Você já se machucou? Durante o ensino médio ou no verão? Com que gravidade? Alguém estava lá para ajudá-lo?*

Ele apareceu no apartamento de Sylvie no Natal, mas só porque pensou que uma ou todas as irmãs iriam buscá-lo se ele não fosse, e ele não queria que elas estragassem a data esperando na neve por um ônibus para Northwestern. Ele teria passado o feriado com Kent, mas seu amigo estava viajando para Des Moines para conhecer a família da namorada. William entendeu que as três irmãs estavam tentando continuar a ser uma família para ele e apreciou profundamente a gentileza delas, mas sabia que precisava parar de passar tempo com elas.

Ele tinha uma visão clara de como deveria ser sua nova vida. Ele seria uma figura solitária e monástica. Afinal, essa era a maneira mais segura de não machucar mais ninguém. Ele tinha as horas passadas com o time de basquete, a amizade com Kent e um teto sobre sua cabeça. A maior parte de sua nova vida aconteceria ao lado de uma quadra de basquete, onde ele poderia ajudar os jovens jogadores a evitar o tipo de lesão que ele sofrera. Seria uma vida boa, cheia de propósito e amizade. Ele não precisava de família, nem de cunhadas, e certamente não precisava do que quer que Sylvie tivesse se tornado para ele. Prometeu a si mesmo, na viagem de ônibus para Pilsen, que aquela seria sua última noite com as Padavano. Elas ficariam melhor sem ele.

Chegou levando um caminhão de bombeiros embrulhado para Izzy e três suéteres femininos idênticos que havia comprado de última hora na loja do *campus* de Northwestern. O apartamento de Sylvie era pequeno, especialmente com a árvore de Natal ocupando um dos cantos, então William encostou-se na parede, perto da janela aberta. Era bom sentir o ar frio em suas costas. Izzy andava em círculos pelo espaço livre, cambaleando de vez em quando, pois estava muito animada naquela tarde para tirar uma soneca. Sylvie serviu a comida natalina favorita de Charlie: sanduíches de peru. As três irmãs pareciam felizes juntas, mas se revezavam olhando para a porta fechada do apartamento. Ocorreu a William que elas esperavam que seus familiares ausentes pudessem aparecer magicamente: Julia e Alice, Rose, até mesmo seu pai. Os Padavano nunca haviam passado as festas separados assim, e as três irmãs presentes ainda pareciam assombradas por fantasmas.

William não perguntou, mas presumiu que Julia não tinha ideia de que suas irmãs passariam o Natal com ele. Ele queria se desculpar por lhes dar outro motivo para mentir para a irmã mais velha, mas sabia que isso as deixaria desconfortáveis. Ele não deveria ter ido. Perdas e fantasmas eram sua sombra, e sua escuridão se espalhava pelo pequeno apartamento.

— Você está bem? — perguntou Emeline, se aproximando para sentar ao lado dele.

Ela estava usando o suéter listrado de branco e roxo que ele lhe dera; Cecelia e Sylvie também. Pareciam fazer parte de algum time não identificado da temporada de inverno.

Ele assentiu e tomou um gole de vinho.

— Vou embora daqui a pouco. Os ônibus param de passar cedo esta noite.

Emeline olhou para ele com os olhos arregalados e depois colocou a mão em seu braço. William percebeu que ela estava embriagada.

— Você sabe — começou ela — que eu sou lésbica? Elas te contaram? Eu acabei de começar a me chamar assim.

Ele não sabia disso. Pensou por um momento, depois desconsiderou o assunto como se não fosse da sua conta.

— Você parece feliz — disse ele, porque era verdade.

O rosto dela expressava felicidade, e ele percebeu que nunca tinha visto Emeline assim. Ela carregava uma hesitação dentro de si desde que ele a conhecera no jogo de basquete, quando ela tinha catorze anos. Emeline sempre pareceu ocupada em observar todo mundo e tentar ser útil, mas ficava à margem, como se não fosse sua vez de viver. William tinha pensado que essa hesitação era parte dela — parte de sua personalidade —, mas agora isso havia desaparecido. Ela parecia mais viva.

Então, Emeline se aproximou do ouvido dele e confessou:

— Estou apaixonada.

Algo aconteceu na cabeça de William; as palavras fizeram seu rosto corar, e ele sentiu uma nostalgia tão intensa que por um momento pensou que fosse chorar. Essa frase — *estou apaixonado* — o atingiu como uma flecha de seu passado. Ele sabia que nunca teria sido capaz de amar Julia de uma forma verdadeira e profunda, nem ela o amaria. E agora, em sua vida nova e segura, ele estava ancorado no litoral, e o amor era o mar; William escolheu a estabilidade, em vez de qualquer risco ou perda. Sorriu brevemente para Emeline, pegou o casaco do sofá e disse adeus, Feliz Natal e agradeceu enquanto caminhava para fora da única porta do apartamento. Parado no ponto de ônibus sob as tênues luzes da cidade, com a neve caindo, sentiu um grande alívio. Este era o seu lugar, sozinho na penumbra.

William estava de volta ao seu dormitório havia apenas meia hora — a maior parte do prédio estava vazia, restando apenas alguns estudantes estrangeiros e os atletas mais dedicados durante as férias — quando alguém bateu à porta. Ele suspirou, imaginado que seria um estudante solitário, ou talvez o segurança idoso esperando que William lhe oferecesse uma bebida. Abriu a porta lentamente, com relutância.

Sylvie estava parada no corredor, com neve derretida nos ombros do casaco pesado. Contorceu os ombros para tirar o casaco enquanto entrava. Ainda estava usando seu suéter listrado.

Ele piscou para ela, confuso.

— O que você está fazendo aqui? Você pegou o ônibus também?

Ela passou por ele e entrou na pequena sala.

— Acha que não percebi o que você está fazendo?

— O que foi?

— Você está tentando se afastar, ficar distante. De mim, de nós. É como se... — ela mordeu o lábio por um segundo — Já que Julia foi embora, você também precise ir.

O tique-taque do relógio de parede ecoava pela sala. Era um dos móveis originais do apartamento, talvez para lembrar a todos que moravam ali de que o tempo estava passando. O suor começou a escorrer pela nuca de William. Ele se dedicara muito, quando ele e Julia decidiram ficar juntos, para que a família Padavano o aceitasse. Lera um livro sobre encanamento para descobrir como consertar um cano enferrujado embaixo da pia da cozinha. Passou várias tardes arrancando ervas daninhas da horta de Rose. Pegara livros de poesia da biblioteca para tentar entender as referências que Charlie fazia durante as conversas. Agora se sentia culpado por esses esforços e por ter tido sucesso. Ele e a esposa haviam se separado, mas ele ainda fazia parte da família dela. Uma semana antes, Cecelia havia ligado para ele quando seu banheiro inundou, e William foi para lá com ferramentas. As três irmãs Padavano que ainda estavam em Chicago pareciam deliberadamente alheias à verdade da situação: William não merecia a família que Julia se sentiu compelida a abandonar.

Por favor, vá embora, pensou. Seu corpo e seu cérebro queriam puxá-lo para o lugar escuro e protegido onde ele não tinha consciência de suas emoções, onde tudo estava entorpecido. Mas ele não podia mais fazer isso.

— Você não deveria estar aqui — disse ele. — Existem regras sobre receber convidadas depois do expediente.

— Ah, por favor — disse Sylvie.

Ele silenciosamente concordou com ela. Era uma desculpa tão esfarrapada quanto ele. A verdade é que William se sentia acordado e desconfortável, e tinha *desejos* na presença de Sylvie. Desejos que ele não merecia e que criariam mais confusão. Quando decidiu se distanciar das Padavano, ele se referia a Sylvie, na verdade. Cada vez que ela entrava no quarto do hospital, o coração dele batia mais rápido. Ele sabia que precisava se afastar dela. E poderia ter feito isso com mais facilidade se Sylvie não tivesse pedido para segurar sua mão no último dia no hospital. Durante toda a vida de William, ele tentou se controlar. Foi o garotinho que tossia dentro do armário, tentando não incomodar os pais. O estudante universitário instável, sempre um segundo atrasado para sorrir ou retribuir um cumprimento descolado. O jogador de basquete que só tinha a bola como companhia. O jovem que ficou aliviado por ter sido escolhido por uma mulher decidida que arquitetava seus planos, seus horários e até seus pensamentos. Ele seguiu todas as instruções dela, mas chegou um momento em que essas instruções o levaram para tão longe de si mesmo que ele não era mais uma pessoa.

No hospital, William permitiu-se sentir empatia pela criança solitária que um dia fora e pelo jovem que perdera as esperanças depois de uma lesão o obrigar a abandonar a quadra de basquete. William encontrou sua voz no hospital, e a medicação fez com que, quando ele abrisse os olhos pela manhã, seu primeiro pensamento não fosse sobre como poderia chegar ao fim do dia. Seu objetivo constante — e, segundo ele, o de seus médicos também — era que ele fosse saudável *o suficiente*, bom *o suficiente* e feliz *o suficiente*. Mas quando Sylvie pegou sua mão, William experimentou uma sensação que nem sabia que existia. Com a mão dela na dele, ele se sentiu inteiro. O choque e o prazer daquele momento reverberaram dentro dele.

Agora ele preferia que Sylvie não estivesse ali na sala, obrigando-o a ter essa conversa, e, ainda assim, queria segurar a mão dela. Ele ansiava pela sensação do toque dela. E esse desejo era intenso.

— Você mal olhou para mim ou falou comigo esta noite, e acho que fingiu não estar em casa quando passei por aqui há alguns dias — disse Sylvie.

Ele assentiu. Deixara as luzes apagadas e ficara quieto quando ela bateu à sua porta.

— Você deveria me deixar em paz — aconselhou ele. — Deveria sair para namorar e se divertir. Sou um homem destroçado. Você tem que viver sua vida.

Sylvie ouviu enquanto ele falava e, enquanto a expressão de Cecelia tinha sido de curiosidade, a de Sylvie foi pensativa.

— Mas isso quebra o seu mantra — disse ela. — Você não pode fingir que não está em casa se quiser viver sem besteiras e sem segredos.

William refletiu sobre isso. Ela não estava errada. Ele estava cometendo erros, e era por isso que precisava que ela fosse embora. Ele precisava viver com calma e cautela, sozinho.

— Eu preferiria que você tivesse atendido a porta e dito por que queria que eu fosse embora. — Sylvie respirou fundo, e o som fez William pensar em uma janela sendo aberta. — Não quero que você se esconda, e eu não quero me esconder — acrescentou.

Você não está se escondendo, pensou ele. *Vejo muito em você, mais do que em qualquer pessoa que já conheci.* Tudo havia começado no banco naquela noite fria, mas agora ele podia ver a dor dentro dela. Podia ver que ela também estava cheia de desejo. William ainda estava parado perto da porta. Sylvie estava no meio da pequena sala, em frente ao sofá vermelho. William se perguntou por um segundo o que seus pais estariam fazendo naquele momento. Imaginou-os sentados em silêncio na sala de estar, com a lareira acesa e bebidas nas mãos. Seus rostos marcados pelos anos e pela infelicidade.

— Você não vai dizer *nada?* — perguntou Sylvie.

Ele olhou para ela, tentou expressar com o rosto que sentia muito, porque parecia não conseguir falar; sentia-se incapaz de acessar o turbilhão de sentimentos e a linguagem dentro dele e expulsar as palavras de sua boca.

Ela balançou a cabeça, claramente frustrada.

— Vou te contar uma coisa. Algo que descobri por sua causa. Quando eu era criança, meu sonho era encontrar um grande amor, como aquele dos romances de Brontë. Ou Tolstoi.

William imaginou isso, como se estivesse folheando um álbum: ele passou da imagem de seus pais abatidos para Sylvie usando um vestido de gola alta, parada em uma estação de trem russa.

— Quando éramos adolescentes, minhas irmãs queriam que eu namorasse meninos e não fizesse o que eu fazia, que era ficar com eles na biblioteca. Mas eu não tinha nenhum interesse em ser uma namorada e não me preocupava em me tornar uma esposa. Eu sabia que se nunca encontrasse meu grande amor, preferiria ficar solteira a me contentar com um relacionamento medíocre. Não suporto fingir felicidade. — Sylvie acenou com as mãos por um segundo, como se estivessem molhadas e quisesse secá-las. — Mas percebi que sempre pensei que esse era meu sonho porque era romântica e estava destinada a ter uma vida grandiosa, mas isso não era verdade. Criei esse sonho porque a vida real me assustava, e aquele sonho parecia tão improvável que pensei que nunca aconteceria. Eu nunca tinha visto esse tipo de amor na vida real. Meus pais se amavam, mas de uma forma errada e eram infelizes. O mesmo acontecia com todos os outros casais da minha vizinhança. Você já viu esse tipo de amor?

William balançou a cabeça. Ele se casou por medo, porque não achava que seria capaz de chegar à idade adulta. Ele precisava que Julia fosse sua mãe mais do que sua parceira. Tinha vergonha disso, mas era verdade.

— Achei que nunca encontraria um homem, além de meu pai, que realmente me entendesse. Que entenderia a maneira como vejo o mundo, o que a leitura significa para mim, como questiono tudo. Alguém que enxergaria a melhor versão de mim e me faria acreditar que eu poderia ser essa pessoa. — Sylvie piscou várias vezes, como se tentasse conter as lágrimas. Suas mãos estavam cerradas ao lado do corpo. — Achei que esse tipo de amor fosse um conto de fadas. Achei que esse tipo de homem não existisse. O que significava que eu me sentia bem com o fato de ter tido um sonho e, ainda assim, poder me manter em segurança na companhia de minhas irmãs.

Sylvie lhe lançou um olhar demorado, e William percebeu que ele estava em apuros. Ele não estava indo embora — estava no meio do fogo.

— Eu vejo você por inteiro — disse ele, mas sua voz estava baixa.

— Eu sei que você vê. Eu sabia que era possível quando li seu livro. E quando segurei sua mão.

Ela parou.

Ele se lembrou de Emeline dizendo: *Estou apaixonada.*

— Isso não pode acontecer, Sylvie.

William falou com firmeza agora, rodeado pelo fogo, para que não houvesse dúvidas. *Eu era casado com a sua irmã*, pensou ele. E desejou que, quando conheceu Julia Padavano no pátio da faculdade, ele tivesse ido embora e a deixado sozinha. Ele sabia, já naquela época, que havia algo de errado com ele; apenas não sabia o que era ou o que fazer. Julia, aos dezoito anos, brilhava para ele como um farol, e ele usou o brilho dela para iluminar o caminho à sua frente.

— Posso sair de Chicago — disse ele, sabendo, enquanto pronunciava as palavras, que se deixasse as Padavano, e o *campus* da universidade, e Arash, e o time de basquete, ele se quebraria em pedaços pequenos demais para serem remontados. — Olha — continuou, desesperado agora. — Deve haver outros caras. Encontre outro cara. Continue procurando.

— Não há outro cara — disse ela. — Você é o único.

— Eu não mereço isso.

Ele estava falando sério: aquele momento, aquela mulher na sua frente, o toque da mão dela, porque ela havia atravessado a sala e agora segurava a mão dele. Um calor percorreu seu corpo.

— Bem, eu mereço — disse Sylvie. Então ela se inclinou e o beijou.

SYLVIE

Dezembro de 1983 — Agosto de 1984

No último dia no hospital, quando Sylvie segurou a mão de William e admitiu para si que o amava, pretendia guardar isso com ela. Sylvie limitaria seu contato com ele. Ela trabalharia horas extras na biblioteca, adotaria novos hobbies — o que exatamente, ela não tinha certeza — para se ocupar e, privados de oxigênio, os sentimentos dentro dela morreriam aos poucos. Mas esse plano não funcionou. Nada funcionou. Os sentimentos pareciam apenas se expandir. Na biblioteca, as mãos de Sylvie tremiam enquanto ela guardava os livros. Ela descobriu que não conseguia ler porque, se ativasse a imaginação, entraria não no mundo do romance, mas em um quarto habitado por William. Os olhos dela encontraram os dele, e Sylvie e William contaram silenciosamente um ao outro tudo o que importava. Ela se obrigava a fazer longas caminhadas depois de sair do trabalho, para se cansar e dormir, mas todas as noites, quando de deitava na cama, sentia suas costuras invisíveis se esticando a ponto de estourar.

No dia de Natal, depois que William examinou cada centímetro do apartamento dela, exceto onde Sylvie estava, fazendo com que seu olhar desviasse cirurgicamente dela até que ela se sentisse novamente como um fantasma, ela o perseguiu na neve. Estava brava. E planejou — como costumava planejar qualquer coisa durante os trajetos de ônibus — aparecer no dormitório dele e fazê-lo olhar para ela. Isso era tudo o que ela pretendia fazer. Mas, na presença dele, olhando para seu rosto doce e triste e para os olhos azuis que assombravam seus sonhos, ela queria mais. Queria paz e a capacidade de se deitar na cama sem sentir que explodiria. Queria proferir as palavras aprisionada dentro dela. Queria tudo, porque podia sentir os muros que ambos haviam erguido para conter seus desejos e a enorme beleza que havia do outro lado daqueles muros.

Quando eles finalmente se beijaram, no meio da minúscula sala de William, com neve caindo lá fora, a pressão dentro de Sylvie desapareceu. Com o corpo leve, ela experimentou um novo tipo de alegria e significado.

Sylvie pensou: *É para isso que vivemos*. Ela e William se abraçaram e conversaram: ela aninhada no peito de William, e ele, em seus cabelos. Entre frases e às vezes palavras, trocavam beijos. Sylvie passou as mãos pelos ombros dele, pelos cabelos. Ela queria tocá-lo havia tanto tempo, que o prazer era quase doloroso, e a proximidade de seus corpos tornava difícil para ela se concentrar na conversa. Queria tudo de uma vez. Esteve sozinha e fraturada desde que Charlie morrera. E estava mentindo para Julia desde que se mudara do apartamento dela e de William. A noite no banco abriu William e Sylvie um para o outro, e ela tentou fugir dessa conexão, mas seus esforços para escapar a sufocaram. Nos braços dele, ela conseguiu respirar profundamente pela primeira vez em quase um ano.

Nenhum deles se preocupou em pontuar frases ou com a possibilidade de ofender o outro. Eles simplesmente compartilharam seus sentimentos, que, em algum nível, cada um já conhecia. Sylvie contou a William como se sentiu vista no banco e como o viu também, em suas notas de rodapé, e ele lhe contou que sentia uma tranquilidade ao lado dela, uma plenitude, que nunca havia sentido em sua vida.

— Não podemos contar a ninguém — sussurrou ela, e ele concordou.

Sylvie disse a si mesma que eles não estavam violando os termos do mantra de William, porque não havia segredos entre *eles*. O amor e a honestidade deles teriam de permanecer dentro daquela sala, que parecia enorme depois do confinamento interno em que Sylvie vivera.

Imaginou seu pai sorrindo em aprovação enquanto ela e William evitavam os rótulos e se abraçavam nas sombras. Ela voltou para a minúscula quitinete na noite seguinte ao Natal e em quase todas as noites depois disso. Com William, Sylvie se sentiu livre para desabrochar. Ela lhe mostrou as cenas que havia escrito sobre sua vida em família quando ela e as irmãs eram jovens. Contou sobre a conversa com Charlie atrás da mercearia. E se deliciava com o fato de poder mostrar e contar a William tudo o que lhe vinha à cabeça, sem se preocupar com a possibilidade de ele entender mal ou achá-la esquisita. Ela repetia as piadas terríveis que um usuário da biblioteca — um velho com óculos fundo de garrafa — contava aos bibliotecários todas as tardes, e algumas delas eram tão ridículas que ela e William riram até ficarem com lágrimas nos olhos. Com ele, Sylvie era tudo: boba, triste, inspirada, contente em cada célula de seu corpo.

— De qualquer forma, nosso relacionamento não parece um relacionamento para mim — disse ela uma noite, enquanto ele assistia a um jogo dos Bulls em sua pequena televisão.

Ela estava sentada ao lado dele, mergulhando e emergindo de um romance. O volume do jogo estava baixo, e a porta havia sido trancada duas vezes, para dar tempo a Sylvie de se esconder no banheiro caso alguém batesse. Ela dormia na quitinete de William algumas noites por semana, o que envolvia sair antes do amanhecer e fazer silêncio para que William não tivesse problemas.

— O que parece? — perguntou ele, sem desviar o olhar da tela.

— Como se todas as paredes tivessem sido derrubadas. Como se já não precisássemos de telhado ou portas. Eles são irrelevantes.

— Então estamos a céu aberto. — Ele virou a cabeça e sorriu para ela.

Era seu novo sorriso, que surgiu após o primeiro beijo. William raramente sorria, e quando o fazia, a ação parecia obediente, como se soubesse que o momento pedia aquilo, e então seu rosto puxava as alavancas corretas para formar um sorriso. Sylvie queria passar o resto da vida provocando esse novo sorriso. O rosto de William parecia vivo, agradecido e feliz. Sylvie sabia que William estava feliz com ela, sabia que ele estava grato; ele sussurrava sua felicidade em sua pele à noite.

Ele também queria manter o relacionamento deles em segredo para sempre, o que para ele significava até que Sylvie recuperasse o juízo e terminasse. William não achava que isso contradizia seu mantra; *esse* segredo era, na verdade, apenas uma tática de adiamento, um momento de alegria roubada antes de eles reunirem forças para se afastar um do outro.

"Eu não mereço isso", era o que ele dizia quase diariamente, até que Sylvie lhe pediu para que, por favor, parasse. Mas ele repetiu agora, porque não conseguiu se conter.

— Eu mereço felicidade e plenitude? — retrucou ela.

— Claro.

— Então faça isso por mim.

— Amar você por você? — William levantou-se para desligar a TV.

Pendurado acima da televisão, estava o quadro que Cecelia havia deixado recentemente. William contou a Sylvie como Cecelia ficara apreensiva ao lhe mostrar sua obra.

— Eu sempre pinto retratos — dissera ela. — Mas gosto de desafios. Não tenho certeza do que é isso, mas tecnicamente, algo nele funciona.

Sylvie achou a pintura linda. Se ela não soubesse que sua irmã a pintara, nunca teria adivinhado. Era uma mescla de paisagem com um trabalho elaborado de luz e chuva. Sylvie se lembrou de Cecelia explicar às irmãs que queria pintar a chuva como Van Gogh pintava as estrelas. Havia água caindo na tela, misturada com uma luz fraca. Foi a luz que atraiu sua atenção.

— Vou amar você, não importa o que aconteça — disse William. — Mas não quero machucar mais ninguém. Eu não suportaria machucar você, Sylvie. Eu deveria ficar sozinho. O que sua família vai dizer? E Julia? — Ele fez uma careta ao dizer o nome dela. — Essas memórias que você está escrevendo. A maioria é sobre vocês duas.

— Bem, claro. São sobre nós quatro.

William balançou a cabeça com tristeza. Ela podia ouvi-lo pensando: *Sem besteiras e sem segredos.*

— Posso perceber o quanto sente falta da sua irmã quando leio o que você escreve — retrucou ele.

Sylvie ficou irritada, o suficiente para motivá-la a fechar o livro, guardar a camisola e a escova de dentes de volta na bolsa e ir embora. Ela caminhou pelo *campus* em direção ao ponto de ônibus, com o ar frio gelando seu rosto quente. Estava irritada consigo mesma por ter reagido de forma exagerada ao comentário de William. Ligaria para ele quando voltasse para seu apartamento. Ele estava certo, é claro. Para ela, isso era sobre Julia. William queria que eles permanecessem em segredo para que pudessem se afastar um do outro sem que ninguém tomasse conhecimento ou fosse sugado por sua órbita. Sylvie queria manter o amor deles em segredo por causa de sua irmã mais velha. Quando tentou imaginar como seria se Julia descobrisse que ela e William estavam apaixonados, Sylvie teve de balançar a cabeça com força para dissipar as imagens de decepção. Julia a odiaria; Sylvie a estava traindo; a única solução era que ninguém soubesse.

Era março, Julia e Alice já estavam ausentes havia quase cinco meses. O projeto do professor Cooper havia sido prorrogado, e Julia, sem consultar ninguém da família, decidira ficar em Nova York.

— Por quanto tempo? — perguntou Cecelia ao telefone.

— Veremos — disse Julia. — Estou com saudades de vocês, mas Alice e eu estamos bem aqui.

Sylvie ficou aliviada ao saber da prorrogação. Ela e a irmã mais velha conversavam duas vezes por mês, à noite depois que Alice dormia; revezavam quem iniciava a cara chamada de longa distância. Nem ela nem Julia mencionaram a tensão da despedida; ambas fingiram que não tinha acontecido. Julia estava sempre cansada após um longo dia de trabalho, mas também estava animada, com a cidade, com as pessoas inteligentes com quem trabalhava, com as roupas que as mulheres de Nova York usavam. Ela parecia radiante, exalando alegria e mais viva do que em muito tempo.

— Conte-me sobre você — Julia pedia a Sylvie quando terminava de compartilhar suas novidades. — Estou com saudades. Conte-me tudo.

E Sylvie falava sobre os assuntos triviais em sua vida — seu trabalho, o vazamento da pia em seu apartamento, a última vez que fora babá de Izzy, mas deixava de lado o que importava.

— Você parece feliz — Julia disse no final de uma ligação.

— Você também.

— Estou feliz por nós — disse a irmã.

Sob as árvores de troncos pesados do *campus*, Sylvie imaginou sua irmã mais velha balançando a cabeça para ela agora. *Você não pode fazer isso para sempre*, aconselhou a Julia imaginada. *Você tem que fazer uma escolha.* Sua irmã mais velha *era* parte dela, de uma forma que as mais novas não eram; as duas Padavano mais velhas foram entrelaçadas na infância. Talvez por causa disso — ou talvez porque Sylvie soubesse que não havia fronteiras, o que significava que Julia *era* parte dela — carregava a irmã consigo, mesmo ela tendo saído de Chicago. Julia descia a rua ao lado de Sylvie, sentava-se à mesa com ela em restaurantes e ficava ao seu lado olhando para os espelhos do banheiro. Sylvie era grata por essa versão da companhia de sua irmã.

Recentemente surgira um assunto durante uma conversa, algo sobre Julia, e Emeline comentara: *"Você deve sentir falta dela."* E Sylvie respondeu: *"Sim, mas não muito."* E isso era verdade, porém de uma forma que ninguém mais poderia entender, exceto talvez a própria Julia.

Kent foi o primeiro a descobrir. Ele e Nicole — uma jovem otimista com um sorriso que rivalizava com o de Kent — foram visitar William no início de abril, e Kent soube imediatamente que algo havia acontecido. William tentou perguntar sobre o noivado deles e admirou o anel de Nicole, que havia pertencido à amada avó de Kent, mas o amigo apenas olhou para ele e disse:

— Me conta o que está acontecendo. Você parece completamente diferente.

— Não estou diferente — explicou William. — Estou em uma situação um pouco menos terrível, talvez. Posso correr cinco quilômetros agora.

Kent balançou a cabeça.

— Talvez seja uma garota — sugeriu Nicole, estudando William como se ele fosse um paciente em sua clínica.

Kent começou a balançar a cabeça novamente, porque isso era impossível, mas algo mudou no rosto de William ao ouvir essas palavras, então Kent parou e o encarou.

— Uma garota? Quem é?

Kent conhecia todo mundo na vida restrita de William, todo mundo envolvido no basquete de Northwestern, todo mundo do hospital.

William observou seu amigo examinar as possibilidades e então disse, em voz baixa:

— Sylvie.

Houve uma pausa enquanto Kent juntava as peças que lhe haviam sido entregues e as encaixava. A cena à beira do lago, a viagem de ambulância até o hospital, Sylvie sentada ao lado da cama de William.

— Mas e claro! — conclui, e abraçou William, o que fez Nicole rir.

— Cuidado, não o machuque, Kent — alertou ela, porque seu noivo pesava vinte quilos a mais que William.

Kent ligou para Sylvie na biblioteca e disse que ela precisava ir até lá imediatamente. Ele a abraçou também, com força, e ela pôde sentir seu alívio no abraço.

— Isso é maravilhoso — comemorou Kent. — Eu deveria ter imaginado. Estou um pouco decepcionado comigo mesmo. — Ele olhou para os dois. — Mas já posso prever as complicações inerentes.

Sylvie se sentiu estranha diante de Nicole, que acabara de conhecer. Ela se perguntou se aquela linda jovem a considerava uma pessoa terrível por ter se apaixonado pelo marido da irmã. Era a primeira vez que Sylvie se preocupava com a opinião de estranhos, e ela se sentiu nua, falha, sob o olhar de Nicole. Ela percebe que William quase perdera a consciência ao compartilhar a notícia, e ele se sentou no sofá vermelho com uma expressão perplexa no rosto. Sylvie apertou a mão dele para lembrá-lo de que estava ali. Para evitar que ele afundasse na água dentro de si.

— Isso não pode continuar. Vamos terminar em breve — disse William. — Por Sylvie.

Kent olhou para Sylvie, que balançou a cabeça.

— Precisamos manter isso em segredo — disse ela.

Ela estivera fazendo as contas e achou que não tinha problema que Kent e Nicole soubessem. Eles não tinham contato com as gêmeas ou Julia. Moravam em Milwaukee. O fato de eles saberem significava simplesmente que o minúsculo dormitório onde o amor de William e Sylvie habitava havia crescido um pouco. Sylvie achou que seria bom; ela e William poderiam, talvez, sair para jantar com Kent e Nicole. Um encontro duplo, como um casal normal. Ela e William poderiam arquitetar uma expansão pequena e controlada de sua vida secreta. William poderia conversar com seu melhor amigo.

Kent andava de um lado para o outro na frente deles.

— Vocês se amam?

Eles assentiram em sincronia. William mais relutante; Sylvie determinada.

— Fantástico. Isso é maravilhoso. Mas o sigilo tem que acabar. Imediatamente. Não é saudável, e sua saúde é a principal prioridade, William. Você sabe que tenho razão.

Sylvie cobriu os olhos com as mãos. Ela se sentia como uma criança de três anos à beira de um acesso de raiva, corada de irritação e vergonha. Kent encarava William, para lembrar a Sylvie de que ele era a parte frágil da equação. Para lembrá-la de que, se William fraquejasse, tudo desmoronaria.

— Você contou à sua terapeuta? — Kent estudou o rosto do amigo. — Não? Isso não é bom. Você tem que contar para todo mundo. Isso é crucial. — *Crucial para William sobreviver*, dizia a expressão de Kent. — Você não pode esconder o amor — disse ele, e Sylvie, com as mãos ainda sobre o rosto, se perguntou: *Será que é verdade?*

Onde estava o amor deles? Estaria escondido? Sylvie viu o amor emanando do rosto de William quando ele olhou para ela, como a luz penetrando pelas rachaduras de uma parede. O amor de Sylvie por ele era parte dela tanto quanto suas próprias mãos, seu rosto. Ela nunca teria escolhido amar William; nunca teria *escolhido* acolher o marido da irmã no próprio coração. Mas não era um sentimento que ela e William ofertavam um ao outro; eles *eram* o amor deles. Sylvie sentia que, caso se afastasse dele, ela deixaria de existir. Não seria mais Sylvie; seria uma sombra de quem havia sido, passando por dias que não significavam nada.

— Para ser claro, vocês precisam terminar ou contar a todos. — Ele olhou para Sylvie. — Essas são as duas únicas opções — concluiu Kent.

Uma névoa dentro de Sylvie se dissipou. Ela sabia que a sobrevivência de William exigia que ele vivesse nos próprios termos. Mentir para si e para os outros era um afastamento do chão firme, e Sylvie não poderia participar disso. William estava certo, desde o primeiro beijo, ao dizer que esse segredo precisava ser temporário, e ela sabia, desde o primeiro beijo, que não poderia voltar a viver sem ele. William havia se tornado o oxigênio de que ela precisava para respirar. Sylvie simplesmente não tinha conseguido fundir essas verdades, até agora.

Kent continuava andando pela sala.

— Você contará à sua médica, William. Vou contar ao Arash. Não se preocupe, agirei com naturalidade. E ele ficará empolgado, ele ama Sylvie. E com isso todas as pessoas que convivem com você estarão sabendo. Sylvie... — Kent olhou para ela, para avaliar seu progresso. Ele assentiu, vendo que ela havia acompanhado seu raciocínio. — Você tem que contar para todo mundo.

Sylvie assentiu e disse:

— Sim, capitão.

Ela contou às gêmeas juntas. Chamou-as ao seu apartamento em uma tarde ensolarada de maio. A janela estava aberta, e o ar que circulava cheirava a primavera.

Cecelia usava roupas de pintura: um macacão cor de oliva com muitos bolsos para pincéis e trapos. Ela trabalhava em um mural na Loomis Street quase vinte e quatro horas por dia. Pintava durante o dia, mas depois saía de casa novamente às duas da manhã — deixando Izzy segura com Emeline — e trabalhava naquela parede até querer dormir novamente. Aquele era seu primeiro mural encomendado, por um conselho artístico local, em que ela poderia pintar o que quisesse. Sylvie passava todos os dias para acompanhar o trabalho da irmã no caminho de ida e volta para a biblioteca. Ela sabia que Cecelia não gostava de falar sobre uma pintura em andamento, então apenas observava. O contorno do rosto e dos ombros de uma mulher apareceu primeiro na parede. Na semana anterior, à medida que a mulher era apresentada ao mundo, ela começou a parecer familiar para Sylvie. Ela parecia orgulhosa e valente. Sylvie se perguntou se a mulher seria a própria Cecelia, ou talvez Emeline ou Julia. Hoje ela sentiu um arrepio de preocupação com a possibilidade de a mulher ser ela. Cecelia poderia estar revelando o verdadeiro eu de Sylvie na parede. Se o retrato na parede fosse ela, então seu amor e seu segredo estariam à mostra para todos verem. Foi essa possibilidade que fez Sylvie parar de procrastinar, ligar para as irmãs e pedir que fossem até sua casa. A ideia de ser revelada pelo pincel de Cecelia era inaceitável; ela precisava se revelar por si mesma.

— Sabíamos que algo estava por vir — disse Emeline —, porque você está agindo de forma estranha. — Ela tinha ido direto da creche, o que significava que parecia um pouco pegajosa de geleia e massa de modelar.

— Você também é gay? — perguntou Cecelia com um sorriso. Ela se sentou ao lado da irmã na pequena mesa da cozinha de Sylvie.

Sylvie balançou a cabeça. E pensou: *Quem me dera fosse essa a minha notícia.*

— Vocês querem uma água? Ou... — ela tentou pensar no que tinha em seus armários — biscoitos?

— Desembuche — disse Cecelia. — Emeline tem aula hoje à noite e a Sra. Ceccione está cuidando de Iz, então preciso chegar em casa logo.

Sylvie respirou fundo, como se estivesse prestes a mergulhar, e contou-lhes o segredo guardado em seu coração. Desde o momento em que pegou a mão de William na beira do lago. E explicou que, com ele, sentia-se viva, sentia-se um círculo completo, que podia ser inteira e caótica ao lado dele.

— Quando damos as mãos... — disse, mas não conseguiu terminar a frase com William, e não conseguia agora. Às vezes as palavras eram como pedras atiradas contra uma janela, e o que ela procurava era a própria janela.

Suas irmãs ficaram quietas quando ela terminou. Houve um leve ruído de tráfego vindo do lado de fora. Eram os freios barulhentos de um ônibus.

— Ah, Sylvie. — Cecelia parecia cansada pela falta de sono, por cuidar do próprio mundo sozinha. Izzy havia descoberto a palavra *não*, e a criança acordava de manhã gritando do berço.

Emeline desviou o olhar de Sylvie.

— Escolha qualquer outro homem do mundo e ficarei feliz por você — disse ela. — Qualquer outro homem.

— Eu sei — disse Sylvie. Ela não esperava que suas irmãs ficassem satisfeitas, mas a tristeza delas era palpável e caiu sobre ela como um cobertor pesado. — Se eu pudesse, eu faria.

Os olhos de Emeline eram suplicantes. Sylvie se lembrou de estar sentada com Julia e Emeline à mesa da sala de jantar de Rose, implorando à mãe que não se mudasse. Sylvie era quem tinha as notícias indesejadas agora. Era ela quem suas irmãs queriam impedir.

— Julia passou por tanta coisa — disse Emeline. — Você não pode simplesmente ser amiga dele?

— Você poderia ser apenas amiga de Josie?

Emeline apertou os lábios. Balançou a cabeça. Ocorreu a Sylvie que ela e Emeline haviam feito escolhas com riscos semelhantes. Sylvie estava sentada ali partindo o coração de suas irmãs porque não conseguia imaginar a vida sem William, e William não conseguiria sobreviver com esse segredo. Emeline sufocara sua sexualidade — sem admitir isso nem para si mesma — até conhecer Josie.

— Eu tive que dizer a ela que a amava — disse Emeline. — Mesmo que me matasse. E eu pensei que mataria.

Isso ressoou em Sylvie: esse momento parecia de vida *e* morte. Ela estava se abrindo, quebrando as barreiras que havia construído, mas a sensação era de estar quebrando a si mesma.

— Como você sabe que ele não está com você porque sente falta de Julia? — Cecelia observava a irmã enquanto falava; ela sempre queria toda a verdade. — Vocês são parecidas, você sabe. Não é saudável, Sylvie, é? É como se você estivesse se apropriando do casamento dela.

Sylvie não tinha nada a dizer sobre isso. No começo, ela se perguntou, quando tirou a roupa, se William estava desapontado por seus seios serem menores que os de Julia e seus quadris menos curvilíneos. Julia tinha sido uma amante melhor? Sylvie nunca perguntou a William se ele tinha esses pensamentos, porque ela não queria ouvir as respostas.

Ela ficou surpresa ao descobrir que não se sentia na defensiva com a reação das irmãs; não estava inclinada a discutir. Pensou na mulher que Cecelia estava pintando no muro de três andares a alguns quarteirões de distância e em como o contorno estava lentamente se enchendo de cores e detalhes. Sylvie também estava se preenchendo, descobrindo e mostrando as próprias cores. Ela podia sentir a tristeza que emanava de suas irmãs mais novas como o calor de suas peles. Sylvie sabia que isso não terminaria bem. Ela sabia que Cecelia e Emeline amavam William como um irmão; elas o conheciam desde o nono ano. Mas aquela era uma notícia difícil, e elas não estavam pensando em William. Estavam pensando em suas versões pessoais da ponte brilhante que existia entre as três irmãs em Chicago e Julia em Nova York. Sylvie sabia que Emeline enviava a Julia recortes de jornais sobre apartamentos disponíveis em Pilsen. Cecelia continuava pintando Alice e Izzy juntas. Ela tirava fotos das telas e as enviava para Julia, perguntando qual delas ela queria. Julia ainda não tinha escolhido uma.

— Mas se você fizer isso — disse Emeline, e depois fez uma pausa, como se estivesse prestes a mergulhar também —, Julia e Alice nunca mais voltarão para casa.

O Sol se escondeu atrás de uma nuvem ou de um prédio, e as três irmãs ficaram envoltas em sombras. A ponte brilhante estava virando pó aos seus pés. Sylvie pensou em seu sonho de infância e em como Julia reclamava que os romances que Sylvie citava como representações de um grande amor eram tragédias. Sylvie, em sua inocência, insistia que a parte da tragédia era evitável. Não estava entrelaçada no romance. Mas ela estava errada.

— Eu sei — disse ela. — Sinto muito.

Emeline e Cecelia se afastaram de Sylvie após a notícia. Ela sabia que elas estavam magoadas e sensíveis e precisavam de um tempo longe. Temia que pudessem precisar ficar distante para sempre, mas afastou esse pensamento terrível, sentindo-se magoada e sensível também. Continuou visitando o mural que Cecelia estava pintando em Loomis, mas programou suas visitas para quando a irmã não estivesse lá. A mulher na parede mostrava-se mais a cada dia. Sylvie finalmente a reconheceu quando Cecelia terminou de pintar os olhos. Não era uma das irmãs Padavano; era Santa Clara de Assis — a santa que Rosa havia feito sua filha carregar como penitência. Mas Cecelia — ao pintá-la repetidas vezes — fez de Santa Clara seu talismã.

A mulher na parede parecia poderosa. Não parecia um alerta de como não viver. Na verdade, ela irradiava da parede, como exemplo do contrário. Ao estudá-la, Sylvie se lembrou de que, quando as meninas eram pequenas, Rose usava as santas como exemplos inspiradores de mulheres realizadas. Ela só começou a usá-las como sistemas de alerta e punição quando Sylvie e suas irmãs cresceram — quando sexo, casamento e gravidez estavam em jogo. Santa Clara ocupava três andares na lateral do prédio. Ela contrariou as expectativas de sua família e da sociedade ao recusar ser uma noiva adolescente, ao recusar a abrir mão de sua vida antes mesmo de tê-la iniciado. Personificava a bravura, e a mulher que a pintava certamente também era corajosa. Talvez, refletiu Sylvie, testando o pensamento, todas as irmãs Padavano fossem corajosas. Cecelia fizera o equivalente a fugir de casa aos dezessete anos e era uma mãe solo cuja arte era cada vez mais requisitada. Emeline estava em um relacionamento com Josie agora e não escondia esse fato. A Sra. Ceccione quase teve um ataque cardíaco quando Emeline e Josie ficaram de mãos dadas na frente dela, e Emeline pediu desculpas por tê-la perturbado — Cecelia caíra na risada na mesma sala —, mas não se desculpou por seu amor. Julia, quando confrontada com um marido que precisava ser salvo, desafiou séculos de misoginia que exigiam que as esposas priorizassem os maridos e optou por se salvar. E Sylvie pensou que talvez ela também fosse corajosa por se permitir viver um sonho tão extraordinário que presumiu que ele passaria despercebido.

Sylvie acreditava que permaneceria solteira e segura com as irmãs. Afinal, seu coração sempre lhes pertenceu. As quatro irmãs eram um só coração batendo durante a maior parte da vida. Sylvie se perguntou, olhando para o mural, se a bravura estava ligada à perda: fazer uma coisa impensável e pagar o preço. Julia ainda não sabia a verdade, mas saberia em breve. Cecelia dissera que ela e Emeline dariam a notícia; uma das gêmeas viajaria para Nova York para contar pessoalmente a Julia. Sylvie ficou aliviada ao ouvir isso. As gêmeas diriam a Julia gentilmente e tentariam protegê-la, enquanto tudo o que Sylvie seria capaz de fazer seria causar dor.

Quando Sylvie ligava para Julia, pensava, sempre, que aquela poderia ser a última conversa delas. Ela não sabia quando Cecelia ou Emeline chegariam a Nova York; não estava a par de seus planos. Ela ouviu Julia descrever a creche de Alice e como a bebê disse sua primeira palavra: *Mamãe*. Julia contou a Sylvie como o professor Cooper pediu sua opinião após uma reunião e como ele valorizava seus pensamentos. Sylvie fez perguntas para que a ligação durasse mais. Ela tentou memorizar a voz da irmã e o som de seu amor. Sylvie não teria acreditado, quando criança, que alguma coisa pudesse fazê-la afastar a irmã mais velha de sua vida; agora, saber que um machado estava prestes a cortar esse laço e não fazer nada para impedi-lo parecia um requinte de tortura. *Eu te amo*, pensou ao telefone. *Desculpe*.

Os conselheiros residentes eram obrigados a dormir no dormitório todas as noites, então Sylvie sempre viajava para a Northwestern, em vez de William ir para Pilsen. Ela sentia como se estivesse passando a maior parte de sua vida no mundo real, suportando o silêncio das gêmeas, esperando que Julia recebesse a notícia, enquanto William conseguia existir em uma bolha na universidade. Ela estava feliz por ele estar em uma bolha; só queria ter uma também. Para seu grande alívio, William havia descongelado depois do terror inicial. Durante algumas semanas depois da descoberta de Kent, William ficava pigarreando, como se não pudesse confiar na própria voz para falar. Mas, com o passar dos dias, o mundo não desabou sobre ele da maneira que esperava. Ele disse à terapeuta, que adorava Sylvie, e a médica — que o incentivava a estabelecer conexões reais com outras pessoas — considerou a notícia majoritariamente positiva. Kent informou Arash, que, como previsto, ficou encantado. Arash ficou dando tapinhas nas costas de William por dois minutos na primeira vez que o viu depois de falar com Kent. Cecelia e Emeline pararam de visitá-lo, mas suas visitas nunca foram regulares, e ele se sentia mais confortável com a ideia de sua ausência do que com sua presença.

Era Sylvie quem respirava fundo enquanto caminhava até a biblioteca, quem fazia vigília com Santa Clara na calçada algumas vezes por dia e quem comia ovos mexidos sozinha em seu estúdio. Ela vivia no silêncio que criara e sentia que se aprofundava nele. Não se arrependeu de sua escolha; às vezes, quando estava com William, seu rosto doía, e ela percebia que era porque não parava de sorrir havia horas. Dormia com o corpo pressionado contra a pele quente dele à noite e, quando acordava às quatro da manhã, escrevia lembranças de sua infância.

Depois de três meses de silêncio, Sylvie estava na biblioteca em uma tarde de agosto, empurrando um carrinho de lançamentos para fora da sala dos fundos, quando Emeline apareceu ao seu lado. Sua irmã não falou nada, apenas passou os braços em volta de Sylvie. Ela pressionou a cabeça contra o ombro dela, e seus cachos ficaram um em cima do outro. Sylvie segurou as únicas partes de Emeline que conseguia alcançar: a mão e o topo da cabeça inclinada. As duas irmãs ficaram assim durante vários minutos, no canto dos fundos da biblioteca. Quando se separaram, parecia um novo começo. De um lugar onde estavam com os corações partidos, apaixonados e livres.

JULIA

Outubro de 1984 — Setembro de 1988

Emeline visitou Julia quando Alice tinha dezoito meses e mãe e filha moravam em Nova York havia um ano. A mudança foi intensa para Julia. Desde o momento em que ela e Alice embarcaram no voo para Nova York — o primeiro da vida de Julia, e viajando sozinha com uma bebê —, cada dia parecia desafiador e totalmente novo. Não necessariamente de um jeito ruim. A novidade fora um alívio; Julia havia saído às pressas de sua cidade natal porque *precisava* de algo novo e diferente. Porém Manhattan proporcionou isso em um volume e em uma escala que ela não poderia ter previsto. A cidade era barulhenta e as ruas, lotadas de pessoas sempre apressadas; Julia se viu caminhando rapidamente pelas calçadas, tentando acompanhar o ritmo, mesmo quando não tinha certeza se estava indo na direção certa.

Começou seu trabalho com o professor Cooper — em que todas as pessoas e tarefas que encontrava não eram familiares — e tentou construir um lar temporário para sua bebê.

— Seis meses — cantarolou para Alice, enquanto tentava colocá-la para dormir. — Podemos fazer isso por seis meses.

Ela e Alice estavam hospedadas em um apartamento temporariamente desocupado por uma das amigas de Rose na Flórida. Em vez do aluguel, tudo que Julia precisava fazer era regar a extensa coleção de plantas da Sra. Laven. Ela percorria o apartamento no final de cada dia com um regador na mão e depois desabava na cama para dormir. Julia nunca havia tentado administrar uma vida, muito menos uma com tantas exigências, e sozinha.

Ela sempre teve a ajuda das irmãs, da mãe ou de William. Agora carregava um carrinho em um braço e uma bebê no outro enquanto subia as escadas do metrô. Ela sentia como se estivesse sempre suando ao mesmo tempo que se esforçava para parecer apresentável. Era responsável por tudo: a creche ter fraldas suficientes para Alice, pagar as contas, ter papinha e leite na cozinha e lavar a roupa. Alice era responsável pelo excesso de roupa suja. Mesmo assim, Julia sentia uma profunda gratidão por Manhattan, tanto por exigir toda sua atenção quanto por não oferecer nenhuma lembrança de sua antiga vida.

Houve uma breve pausa quando Rose comprou passagens para Julia e Alice irem visitá-la na Flórida, no Natal. Julia foi a primeira das filhas de Rose a viajar para Miami, e Rose exibiu a filha e a neta às amigas com visível orgulho. Quando Julia se recusou a lutar por seu casamento, Rose expressou sua decepção, mas agora sua mãe parecia arrebatada pela empolgação da nova vida de Julia.

— Minha filha trabalha para um consultor de negócios muito importante no centro de Manhattan. Meu marido sempre disse que Julia tinha inteligência e coragem. E a bebê dela não é linda?

Julia ficou impressionada ao ver como a mãe reescreveu a história da filha mais velha e do próprio marido: Julia não era mais um fracasso, e a opinião de Charlie deveria ser respeitada. Mesmo assim, foi bom ter a aprovação da mãe, e ela ficou feliz em abrir os presentes para Alice, de oito meses, ao lado da árvore de Natal de Rose. À tarde, ela e Rose telefonaram para o apartamento de Sylvie para desejar boas festas ao restante da família. Izzy pegou o telefone e balbuciou durante vários minutos, enquanto as mulheres, em Miami e em Chicago, riam.

Quando o projeto do professor Cooper com a empresa de comunicações foi prorrogado, na primavera, ele perguntou a Julia se ela queria voltar para Chicago.

— Adoro trabalhar com você — disse ele. — E vou começar a aceitar clientes adicionais aqui, então ficarei um pouco mais. Mas sei que você tem família em Chicago. Entendo perfeitamente se você quiser voltar.

Julia respirou fundo com a notícia; não foi uma total surpresa, já que ela sabia que o cliente estava entusiasmado com o trabalho do professor Cooper e o projeto não estava concluído, mas ela vivia de acordo com um cronograma de seis meses desde que havia se mudado. Durante os dias difíceis, ela sentia muita falta das irmãs, sentia falta de estar em uma cidade pela qual pudesse transitar sem pensar duas vezes. E queria que Alice tivesse a chance de brincar com a prima e ser mimada pelas tias.

— Posso dar uma resposta amanhã? — perguntou ela.

— Claro — respondeu o professor Cooper.

Ela andou os trinta quarteirões do escritório até a creche de Alice naquela noite e, no final do trajeto, já sabia a resposta. Em Manhattan, Julia sentiu que estava no caminho certo para atingir seu potencial; ela *era* a mulher poderosa e de visão que emergiu com o nascimento de sua filha. Quando se imaginou em Chicago, a versão de si estava sobrecarregada de preocupação. Ela havia sido esposa lá; havia interpretado mal o marido; havia tomado decisões erradas. E parecia complicado pensar em voltar à mesma cidade em que o ex-marido vivia.

William havia desistido legalmente de Alice, e o sobrenome *Waters* havia sido removido dos documentos oficiais de Julia e Alice, mas e se William fosse a um parquinho de Chicago onde a bebê estava, para vê-la? E se Julia e Alice passassem por ele na rua? E se ele mudasse de ideia?

Julia não havia descoberto como explicaria tudo isso para a filha quando Alice tivesse idade suficiente para entender. Como sabia que ainda tinha tempo para descobrir, evitou pensar nisso com seriedade. Afinal, quais eram as opções para dizer a Alice? *Tecnicamente, você tem um pai, mas ele desistiu de você? Seu pai simplesmente não quer você na vida dele? Ele está tão doente que não poderia ser pai?* Parte da complicação era que *Julia* não entendia, embora estivesse grata pela decisão de William. Alice era uma bebê de um ano de idade, de olhos brilhantes, sorridente e bochechas rechonchudas. A visão dela transformava estranhos na calçada em palhaços — eles faziam caretas, mostravam a língua, tentavam fazer a criança rir. Ela era, Julia acreditava, a criança mais maravilhosa do mundo, com Izzy em segundo lugar. Como *alguém* poderia não querer Alice em sua vida? A confusão embutida nessa questão, e na escolha de William, lembrou Julia do final pantanoso de seu casamento. O resultado, decidiu Julia, era que ela gostava de Nova York e queria ficar mais tempo.

A parte agridoce dessa decisão, claro, eram suas irmãs. Pelo menos uma vez por dia, Julia pensava ter visto Sylvie entrando em um táxi ou atravessando a rua, e havia uma mulher no prédio de Julia cuja risada parecia a de Cecelia. A cada telefonema, Julia pedia uma visita às irmãs. *"Não. Venha para casa"*, respondia Cecelia. Ela foi a única que resistiu totalmente à ideia. Cecelia parecia enraizada em Chicago com uma teimosia que era surpreendente em alguém tão independente em outros aspectos. Sylvie parecia aberta à ideia, embora sempre fosse vaga quanto ao momento certo. E Emeline se preocupava com os detalhes: o custo da visita, o medo de avião, o fato de não ter os sapatos certos.

"As pessoas vão rir de mim", disse ela. *"Todo mundo em Manhattan é muito estiloso."*

Porém, tendo tomado a decisão de ficar na cidade, Julia acordava animada todas as manhãs. Ela e Alice começaram a fazer uma festa dançante todas as noites em sua cozinha; a criança mexia o bumbum com grande seriedade, para desempenhar seu papel. A Sra. Laven estava voltando de Miami para Manhattan, mas descobriu-se que ela era a chefe do conselho da cooperativa do prédio e ajudou Julia a alugar um lindo apartamento de dois quartos no mesmo edifício em Upper East Side. Julia adorava ter a própria casa e adorava a configuração de seus dias nesse calendário novo e em aberto. Ela deixava Alice na creche e depois pegava o ônibus do centro da cidade até a rua 42nd, onde entrava em um prédio de escritórios de vidro que refletia a magnificência da estação Grand

Central em suas janelas; em um andar alto com vista para a cidade, ela participava de reuniões com o professor Cooper.

Quando Emeline anunciou que superaria seus medos e faria uma visita em outubro, Julia ficou empolgada. Ela mal conseguia dormir de excitação antes da chegada de Emeline. Julia não teve tempo de fazer amigos em Nova York, mas também não tinha ideia de como fazer isso. Suas irmãs sempre foram suas melhores amigas; em Chicago, nunca houve necessidade de mais ninguém em sua vida. Ela, Sylvie e as gêmeas conheciam cada versão, cada idade, cada humor uma da outra; Julia não conseguia compreender como criar uma amizade íntima com um estranho. Às vezes ela via na creche de Alice uma mãe cujo estilo ela admirava ou que parecia ter um emprego de tempo integral, assim como Julia, e considerava abordar a mulher. Mas o abismo entre ela e a estranha era oceânico, e Julia não tinha ideia de como atravessá-lo. Seria possível que uma amizade começasse ao se perguntar o nome de alguém? Certamente era preciso conviver com uma pessoa para realmente conhecê-la, e isso não fazia sentido prático.

Julia tirou uma semana de folga do trabalho para poder passar cada minuto com Emeline. As duas irmãs faziam longas caminhadas, com Julia conduzindo Emeline pela mão ao atravessar as ruas, porque sua irmã olhava para os arranha-céus, em vez de para os carros ao seu redor. Passaram um dia no Metropolitan Museum of Art — um lugar que conheciam de filmes e livros — e fingiram, enquanto caminhavam pelas salas, que estavam elas mesmas em um filme. Ficavam acordadas até tarde todas as noites, conversando. Julia estava sedenta por essa proximidade, sedenta por uma conversa fácil e boba. Ela estava sozinha. Falaram sobre Rose — como se sua mãe ainda fosse um sol que elas orbitavam — e como ela era arrogante com todas elas do alto de seu pedestal na Flórida. Emeline era ótima com crianças pequenas, é claro, e ficava sentada no chão brincando com Alice por horas.

— Você é a melhor Alice do mundo — disse Emeline à menina. Elas brincavam com blocos no chão, enquanto Julia ficava sentada na poltrona, observando.

— Tiemie — disse Alice, com cuidadosa concentração. Ela estava tentando dizer *tia Emeline.*

— Muito bom! — Emeline bateu palmas.

Alice sorriu, mostrando os dentinhos. A menininha tinha bochechas rechonchudas, e o cabelo era liso e dourado. Seus olhos azuis eram inconfundivelmente os do pai.

— Ela se parece com William — disse Emeline. — Mas os olhos dela brilham como os do papai. E aposto que o cabelo dela ficará mais cacheado à medida que ela crescer. Nas fotos, meu cabelo era mais liso quando eu era criança. E na creche, vejo muitas crianças pequenas mudarem as feições, de um dos pais para o outro.

— Espero que ela acabe se parecendo pelo menos um pouquinho comigo — disse Julia. As duas irmãs olhavam para Alice com adoração compartilhada. — Mas, na verdade, desde que ela não tenha a *escuridão* dele — disse Julia, expressando em voz alta seu medo secreto —, não me importo com a aparência dela.

Emeline piscou surpresa, mas disse:

— Claro. Você tem razão.

Julia prendia o cabelo de Emeline para trás pela manhã, ambas olhando para rostos semelhantes no espelho. *Preciso de você*, pensou Julia, sabendo que *você* significava mais do que apenas essa irmã, mas a necessidade era tão grande que ela não podia ser exigente. Ela não podia deixar Emeline ir embora sem saber quando e como a veria novamente. No final do primeiro dia da irmã em Nova York, Julia lançou uma campanha para convencer ela e Josie a se mudarem para sua cidade. Transplantar a irmã para lá seria uma solução perfeita. Havia creches em Manhattan que clamavam por mulheres com a experiência profissional de Emeline e Josie, e ninguém ali se importava se uma pessoa era gay. Julia descobriu, depois de se mudar para Nova York, que o professor Cooper morava com um homem havia trinta anos. Seu namorado, Donny, era adorável; ele usava ternos lindamente cortados e ajudou Julia a escolher tapetes (o mercado de tapetes se revelou secretamente muito caro e confuso) para seu apartamento.

— Não consigo me imaginar morando em outro lugar que não seja Chicago — disse Emeline quando Julia puxou o assunto.

Mas ela estava tão encantada com a cidade e tão feliz com Alice nos braços que Julia se sentiu confiante de que em poucos meses conseguiria convencê-la. Ela planejava falar com a Sra. Laven sobre o aluguel de um apartamento para a irmã no prédio. Julia imaginou Alice correndo de um lado para outro entre os dois apartamentos, sentindo-se em casa em mais de um espaço. E a perspectiva de compartilhar seus emocionantes dias de trabalho com Emeline, tomando uma taça de vinho todas as noites, fazia Julia vibrar de alegria. Parecia que vinha sorvendo o ar por um canudo desde que saíra de Chicago e, de repente, conseguiu respirar fundo. Na presença de Emeline, ela ria sem motivo algum e ficava satisfeita porque Alice jogava a cabecinha para trás e ria também. Julia pensou: *Estou melhor com minhas irmãs*.

— Como está Sylvie? — perguntou Julia. Era o último dia de Emeline na cidade. Alice estava com a Sra. Laven, para que as duas irmãs pudessem passar algumas horas a sós. Elas estavam tomando café na cozinha. Emeline lhe contou tudo sobre a arte de Cecelia e o músico de jazz italiano com quem ela estava saindo. Contou como Izzy, de dois anos, havia descoberto recentemente um tubo de cola forte no estúdio de Cecelia e criado um arranha-céu colando todos os legumes e feijões enlatados que encontrou na cozinha. Mas Emeline mal mencionou Sylvie.

— Você é a única que não pareceu chateada com meu amor por Josie — disse Emeline. — Sylvie e Cecelia tentaram esconder, mas a verdade é que, a princípio, ficaram chocadas. Quer dizer, eu entendo. Fiquei chocada também. E eu esperava que mamãe enlouquecesse, o que de fato aconteceu. Mas você parecia feliz por mim.

— Estou feliz por você. Eu gostaria que você tivesse trazido Josie junto para que eu pudesse conhecê-la.

— Eu não *queria* amar Josie — disse Emeline. Ela olhou para sua xícara de café. — Foi difícil para mim aceitar o fato de que não escolhemos quem amamos, porque quem você ama muda tudo.

Elas conversaram bastante sobre Josie durante a visita de Emeline, porque as duas haviam decidido morar juntas e Rose teve um ataque fúria à distância. Julia se virou para olhar para a irmã e sentiu uma onda de afeto por ela.

— Você concorda que não podemos escolher quem amamos? — perguntou Emeline.

— Acho que sim. Por quê?

— Quero que você saiba que no início fiquei chateada com isso, e acho que ainda estou. Mas... — Emeline fechou os olhos. — Sylvie e William estão apaixonados.

Julia balançou a cabeça, em descrença e negação. Sentou-se na cadeira mais próxima, para o caso de a sentença de Emeline se repetir.

— Cecelia estava brava com Sylvie. Eu também estava. Tudo ficou tranquilo depois que você saiu. Todo mundo estava bem. Você estava longe, mas ia voltar. Eu entendo agora, no entanto. Como eu não poderia? Julia, eles não tiveram escolha.

O choque da notícia abriu espaço dentro de Julia, e ela se lembrou de como Sylvie de alguma forma sabia que William precisava ser procurado e salvo. Lembrou-se da despedida tensa dela e de Sylvie. Os telefonemas das duas irmãs, desde que Julia se mudou, repletos de fatos e logística, como se elas estivessem compartilhando suas agendas semanais. Sylvie, em particular, nunca havia falado sobre seus sentimentos nem sobre o que estava imaginando ou pensando, embora isso fosse tudo o que as versões mais jovens de Sylvie e Julia falassem enquanto deitavam lado a lado em suas camas de solteiro à noite. Julia deveria saber que algo estava acontecendo; talvez ela soubesse, mas tivesse desviado os olhos e não permitido que esses pensamentos viessem à tona. Ela sabia que havia feito a mesma coisa com a depressão de William. Foi Sylvie quem lhe disse que seu marido havia tentado se matar e, mais tarde, que seu marido não queria vê-la, não queria mais ser casado ou ser pai. Só agora Julia percebeu como era estranho Sylvie ter dado a notícia. William deveria ter falado diretamente com ela, mesmo que fosse por telefone. Mas a voz dele passou por Sylvie. Sempre que Julia estudava seu rosto no espelho, pensava: *Sylvie também tem sardas naquele lugar, mas são mais claras. O cabelo de Sylvie é mais disciplinado que o meu.* Julia pensava na irmã com a mesma naturalidade com que pensava em si: Sylvie era parte de Julia. E William ficava deitado ao lado de Julia na cama à noite. Ele foi o único homem com quem ela já esteve nua. As duas pessoas de quem Julia era mais próxima escolheram uma à outra.

Julia se levantou e foi até a pia. Seu peito se contraiu, um movimento exagerado, como se estivesse tentando desobstruir um cano entupido, e ela inalou muito ar. Ela fez um som alto e ofegante. Emeline acariciou suas costas, como as irmãs sempre faziam com as outras quando não estavam bem.

— Eles se amam? — perguntou Julia, quando pôde falar. A palavra *amor* apertou sua garganta ao sair.

Emeline apoiou o rosto na omoplata dela e assentiu. Julia sentiu o movimento em sua pele. Imaginou Sylvie parada atrás da mesa da biblioteca e pensou: *Como você pôde fazer isso? Eu nunca faria isso com você.*

— Sinto muito, Julia — sussurrou Emeline.

— Estou muito feliz por ter decidido me mudar para cá — disse ela. — Foi a coisa mais inteligente que já fiz.

Julia percebeu, com as mãos apoiadas no balcão da cozinha, que Emeline tinha ido a Nova York para lhe contar a notícia. Sylvie não estava em casa quando Julia ligou para ela nas últimas semanas, e Julia presumiu que sua irmã simplesmente estava fora, ocupada. Mas Sylvie não atendeu o telefone porque sabia que Emeline estava vindo para lá. E Emeline nunca se mudaria para Nova York; essa possibilidade estava inteiramente na imaginação de Julia. Ela havia sido uma idiota e mal conseguiu olhar para a irmã mais nova nas horas restantes antes do voo de Emeline de volta para Chicago.

Durante as semanas seguintes, todas as manhãs, quando Julia entrava no quarto de Alice e a tirava do berço, Alice dizia "Tiemie?" com uma voz esperançosa, e Julia balançava a cabeça. Ela odiava decepcionar a filha e estava com raiva de si mesma por ter sido tola novamente. Havia se esquecido de que a melhor versão de si mesma era independente e ambiciosa. Durante a visita de Emeline, Julia passou a depositar sua felicidade nas mãos de outra pessoa, o que era um resquício de sua personalidade em Chicago. Ela não queria mais ser aquela pessoa. Em Chicago, fazia parte da correntinha de bonequinhas de papel das irmãs

Padavano; elas nunca haviam vivido de forma independente, e se uma tivesse um problema, todas teriam um problema. O fato de Sylvie ter feito algo terrível e despachado a irmã mais doce, Emeline, para entregar a notícia bombástica a Julia foi um exemplo de como Julia não podia mais se dar ao luxo de viver daquela forma. Só ela faria Alice feliz e nunca a desapontaria.

À noite, depois que a bebê adormeceu, Julia se deitou na cama e olhou para a parede. Ela se sentiu vazia. Lembrou-se de Sylvie beijando meninos na biblioteca e desprezando a ideia de um namorado, pois estava esperando seu grande amor. Julia achava o sonho bonitinho, mas impraticável, e em algum momento Sylvie perceberia que os relacionamentos eram uma questão de compromisso. Como foi que o grande amor de Sylvie acabou sendo o marido de sua irmã? Isso não parecia predestinado ou romântico. Parecia uma escolha brutal. Sylvie escolheu trair a irmã, e as gêmeas aparentemente acharam isso aceitável. Emeline comprara uma passagem de avião e viajara para a Costa Leste para dar a notícia como se fosse uma fofoca banal.

Tarde da noite, chateada, Julia ligou para Rose.

— O que você acha de tudo isso? — perguntou ela. — Como Sylvie pôde... — Ela descobriu que não conseguia terminar a frase.

— É inacreditável — disse Rose. — Uma das minhas filhas é lésbica, a outra é divorciada, e eu nem sei do que chamar Sylvie. Ah, e esqueci da filha que deu à luz ainda adolescente, sem se casar. — Ela deu uma risada forçada. — Graças a Deus fui embora de Pilsen! A quantidade de fofocas que circulam na vizinhança sobre nossa família é absurda.

— Você está bem com isso, de alguma forma? — perguntou Julia. Ela queria dizer: *O que Sylvie e William fizeram foi cruel. Estou sofrendo. Ajude-me, mamãe.*

— Não, não estou bem com isso, mas quem se importa com o que eu penso? — suspirou Rose. — Eu sei que você se sente uma vítima, Julia, mas a verdade é que você empurrou sua irmã para William quando decidiu não pisar no hospital e saiu de Chicago. E agora Sylvie expulsou você de Chicago ao namorar William. — Ela fez um barulho estridente. — Sylvie se apaixonar por ele é ridículo, obviamente. Não posso nem contar isso às minhas amigas mais próximas aqui, é coisa de novela! Duas das minhas filhas escolhendo o mesmo homem. E não é como se William fosse um Kennedy, ou... um Cary Grant, pelo amor de Deus!

Eu sou a vítima, pensou Julia. *Minhas irmãs desistiram de mim e desistiram de Alice também. Para sempre.* Sylvie e William tinham entrelaçado suas vidas, e agora Julia tinha de ficar longe não apenas do ex-marido, mas também da irmã mais próxima. Quando dormia, tinha um pesadelo recorrente em que Alice, com oito ou nove anos, perguntava se poderia conhecer o pai, e esse encontro de alguma forma acontecia. No sonho, Sylvie estava ao lado de William na porta de uma bela casa, e a pequena Alice corria para os braços abertos de Sylvie. A cena era tão vívida que parecia uma lembrança e fazia Julia querer vomitar. A imagem era uma versão perversa da vida da qual ela fugiu, com Sylvie tomando seu lugar. *Por favor*, dizia Alice no sonho, *posso ir morar com papai e tia Sylvie? Eles são uma família normal, com mãe e pai. Eu gostaria de ficar com eles.*

— Vou dizer a Alice que William está morto — Julia se ouviu dizer.

— O quê? — Rose quase se engasgou com a palavra. — Do que diabos você está falando?

— É a única coisa que faz sentido. Ele não quer nada com ela, e eu não quero ter que dizer isso a ela. Ela vai pensar que há algo de errado com ela, e obviamente não há. Ela é perfeita. E ele está morto, no que me diz respeito. Não vamos voltar para Chicago, nunca mais. Assim tudo ficará bem. — Essa ideia já havia ocorrido a Julia, mas parecia extrema demais. Agora não parecia mais. Fazia sentido. Ela e Alice estariam seguras em Manhattan, sozinhas em sua minúscula família. Ninguém seria capaz de machucá-las novamente.

— William e Sylvie provavelmente vão logo terminar. Sylvie é como seu pai, o que significa que ela não tem determinação. Você deveria viver sua vida em Nova York por um tempo, e vamos ver como as coisas se desenrolam.

Julia sabia que sua mãe era incapaz de aceitar que William tivesse renunciado a seus direitos parentais. Seu cérebro não conseguia entender o fato de um pai desistir de um bebê. *"Nunca ouvi falar de tal coisa"*, Rose dissera, e para ela o assunto estava encerrado.

— Eu não contaria para Alice agora, obviamente — explicou Julia. — Ela não tem nem dois anos.

— Bom — disse Rose, com alívio na voz. — Você vai se acalmar com o tempo. Tudo vai se acalmar. Eu te amo, Julia.

Foi assim que Julia soube que sua mãe se sentia mal por ela. Rose raramente dizia essas palavras em voz alta.

— Eu também te amo.

E elas desligaram.

Nas semanas seguintes, Julia mudou sua abordagem em relação ao trabalho. Ela ficou tão grata ao professor Cooper por permitir que se juntasse a ele em Nova York que se dedicou simplesmente a ser útil para ele. Ela processava os dados coletados em entrevistas com as partes interessadas e fazia anotações durante grandes reuniões em que novos processos de negócios eram debatidos. Também ia buscar café e passava muito tempo na máquina de fotocopia. Julia fez todo o possível para garantir que o professor Cooper não se arrependesse de contratá-la.

Agora, porém, Julia se lembrava do futuro com que sonhara, no qual estaria atrás de uma mesa de chefe, usando salto agulha e um terno caro. Ela não sabia se esse sonho era realizável, mas poderia ser. Sylvie namorar William parecia algo impossível, mas aconteceu. Claramente, a vida era mais volátil do que Julia pensava.

Julia queria ser promovida. Ela queria ganhar mais dinheiro e tornar a vida dela e a de Alice tão estável — e intocável — quanto possível. Um mês depois da visita de Emeline, o professor Cooper convidou Julia para participar de uma reunião e fazer anotações. Ela fez o seu papel, mas também interrompeu a reunião para dar algumas ideias. Julia gostava de observar a cabeça dos homens (nessas reuniões, eram sempre todos homens) se virar de surpresa, porque as suas ideias eram inteligentes. Seis meses depois, Julia perguntou ao professor Cooper se ela poderia participar da reunião inicial com um cliente novo e menor, e ele concordou. Ela se preparou durante semanas — aprendendo tudo sobre a empresa de eletrônicos que passava por um processo de fusão com uma concorrente, duplicando assim seu próprio quadro de funcionários — e apresentou um plano de reestruturação da nova empresa que era tão elegante que o cliente pediu que ela ficasse responsável por todo o processo. Ao receber a notícia, o professor Cooper abriu um champanhe para brindar com Julia.

— Estou tão orgulhoso de você! — disse ele, e Julia teve de pedir licença para chorar no banheiro. Eram lágrimas de felicidade, e ela sentiu que Charlie também estava orgulhoso dela, onde quer que estivesse. *Meu foguete*, diria ele, com admiração na voz.

Julia percebeu pela primeira vez que os homens vinham lhe dando sinais que simplesmente não notava antes. Havia um homem barbudo e bonito que sempre ficava ao lado dela no elevador do escritório pela manhã. Ela elogiou suas abotoaduras. Ele a convidou para tomar uma bebida. Enquanto se vestia para o encontro — passava perfume e uma sombra mais escura do que usaria no escritório, escolhia um vestido que realçasse suas curvas —, Julia riu alto, porque sentiu como se tivesse acabado de lembrar que tinha um corpo pela primeira vez desde que Alice nascera. Quando passou as mãos pelos quadris, seu corpo todo vibrou, como se estivesse animada por um futuro melhor.

Ela disse ao homem barbudo a mesma coisa que diria a todos os homens com quem saísse: que não estava procurando namorado ou marido e que nunca o levaria para casa, para seu apartamento. Ela só queria se divertir. Ela e o homem barbudo beberam martínis em um bar na cobertura, sob um crepúsculo cor-de-rosa, e depois se beijaram na rua, encostados em uma caixa de correio da cidade. Eles tiveram um segundo encontro no final de semana seguinte; ele a levou para um jogo dos Yankees, e eles fizeram sexo no chão da cozinha dele porque não conseguiram chegar ao quarto. Foi divertido, e Julia sentiu que havia otimizado sua vida: ela tinha um ótimo emprego, uma filha perfeita e uma vida sexual nos próprios termos. Dois anos após a visita de Emeline, o professor Cooper anunciou que Julia seria responsável pela filial de sua consultoria empresarial em Nova York. Ele e Donny viajariam entre Chicago e Nova York, mas Julia administraria o escritório de Nova York.

Julia contou à mãe e às gêmeas a boa notícia por meio cartões-postais. Ela começou a colecionar cartões postais com várias cenas da cidade de Nova York para se corresponder com sua família. Preferia cartões-postais a telefonemas. Havia apenas um pequeno espaço para escrever, então ela contava um ou dois destaques da vida dela e de Alice, escrevia *beijos* e enviava os cartões. Rose odiava os cartões-postais e resmungava que apenas um psicopata se comunicaria dessa maneira com a própria mãe. Para apaziguar Rose, Julia lhe enviava pelo correio algumas fotos de Alice a cada duas semanas, além dos cartões. Cecelia e Emeline enviavam em troca cartões-postais de Chicago, como se estivessem inscrevendo sua cidade em um concurso de cartões-postais, e Cecelia e Julia ocasionalmente trocavam fotos de Izzy e Alice. Julia e Sylvie nunca se corresponderam, de forma alguma.

Se Julia estava com a filha quando visse um cartão-postal colorido na caixa de correio no saguão do prédio, nunca deixava Alice vê-lo. Ela guardava o cartão-postal na bolsa e, depois de lê-lo, jogava-o na lata de lixo da rua. Também jogava fora as fotos da sobrinha. Julia lia a maioria dos cartões-postais sozinha em uma calçada movimentada, com ônibus e táxis passando. Foi assim que ela soube que Emeline, Josie e Cecelia haviam se mudado juntas para uma nova casa. Foi assim que descobriu que Sylvie e William haviam se casado, em uma pequena cerimônia nos fundos da Biblioteca Lozano.

WILLIAM

Outubro de 1984 — Setembro de 1988

Depois que Emeline voltou de Nova York, exausta e pálida, William era cuidadoso não só consigo mesmo, mas também com Sylvie e as gêmeas. Ele gostava de viver sua verdade, por mais difícil que fosse. Kent estava certo: William não poderia agir de outra forma. Durante os meses de total sigilo, quando ele e Sylvie limitaram seu amor à pequena quitinete, a mente de William ficou confusa, e ele precisava direcionar seus pensamentos para enfrentar os dias. Não se lembrava dos meses finais de seu casamento, porque Sylvie o deixava entorpecido de felicidade, e na minúscula quitinete, eles compartilhavam tudo um com o outro. Mas a fricção entre a vida dentro e fora daquelas paredes fazia com que ele se sentisse como uma agulha aranhando a superfície do vinil.

O psiquiatra de William — um porto-riquenho careca que gostava de explicar a William por que o futebol era um esporte melhor que o basquete — terminava cada sessão dizendo: *"Você precisa sair e fazer exercícios, tomar seus remédios e cuidar das outras pessoas."* O mantra *sem besteiras e sem segredos* não precisava mais ser repetido. Havia sido incorporado e se tornado a base da vida de William. Muitas vezes, ele se perguntava, no caminho para casa, se pessoas saudáveis usavam mantras para organizar a vida. Sempre que William sentia suas entranhas dormentes ou ficava várias horas calado, ele retomava a lista do psiquiatra e executava um dos comandos.

Ele corria quilômetros pela pista da Northwestern, reabilitava o joelho e tomava seus medicamentos. Agora estava oficialmente na equipe como o mais jovem dos assistentes técnicos da Northwestern e se concentrava em cuidar dos jogadores lesionados. William desenvolveu um exercício de reabilitação bem-sucedido para um garoto com problemas recorrentes no tornozelo, e a gratidão do jovem (ele temia que sua carreira de jogador pudesse acabar) fez com que William se sentisse satisfeito e útil de uma forma que nunca havia sentido. O impacto da ajuda parecia ser cumulativo; quanto mais garotos ele ajudava, mais firme se sentia no próprio corpo. Procurou as gêmeas quando Emeline voltou de Nova York. Ele havia ficado longe delas desde que Sylvie contou às irmãs mais novas sobre seu amor por ele. As gêmeas precisaram se distanciar de Sylvie por um tempo, e ele entendeu que também queriam distância dele. Mas agora ele sabia que Sylvie não seria capaz de suportar sua nova vida sem Julia se ele, Emeline e Cecelia não se dessem bem.

— Não estamos zangadas com você, William — disse Emeline quando ele pediu às gêmeas que o encontrassem para tomar café da manhã. Ele não contou a Sylvie sobre o encontro; ela teria ido ao café da manhã para tentar proteger os sentimentos de todos, e ele queria a chance de, pelo menos uma vez, cuidar dela.

Olhou para Cecelia, que estava cortando uma panqueca para Izzy, sentada em um cadeirão.

— É verdade — retrucou Cecelia. — Você não fez nada disso de propósito. Eu entendo isso agora. E... — ela fez uma pausa — nunca vi Sylvie tão bem. Tenho feito vários retratos para capturar isso.

— Não é que ela esteja feliz — disse Emeline —, porque sei que ela está com o coração partido por causa de Julia. Mas ela está linda. Está sendo totalmente ela.

William esperava algum nível de ressentimento, verbalizado ou não, por parte das gêmeas, mas elas pareciam absolvê-lo de toda a culpa. Ele balançou a cabeça, confuso, mas se lembrou das noites em que saiu do quarto e viu Julia e Sylvie dormindo juntas no sofá. E de quando Emeline saiu de casa para *acompanhar* Cecelia, embora não fosse ela quem engravidou e se meteu em apuros, e dormia em um colchonete na casa da Sra. Ceccione. Embora William tenha desempenhado um papel importante nesse drama, não importa sob qual aspecto o encarasse — o fim de seu casamento, sua hospitalização, seu relacionamento com Sylvie —, as quatro irmãs gerenciavam suas emoções entre si. Ele sempre foi irrelevante, de uma forma que costumava entristecê-lo, mas agora parecia libertador. Ele estava livre para viver a própria vida como seu eu verdadeiro e imperfeito, e Sylvie e as gêmeas o aceitaram. William sentiu uma pontada de culpa em relação à ex-mulher; ele havia desistido de Julia e Alice, mas acabou cercado pelas mulheres que Julia mais amava. Não parecia justo, mas ele tentaria não pensar nisso. Tentaria seguir as ordens do médico e cuidar das pessoas ao seu redor.

— Se você acha que precisa nos recompensar — disse Cecelia —, pode ser nosso faz-tudo não remunerado. Há muito trabalho a fazer. — Ela havia acabado de comprar uma casa em ruínas em Pilsen por uma pechincha, de um negociante de arte que admirava seu trabalho. Cecelia, Emeline, Josie e Izzy morariam lá juntas assim que a casa estivesse habitável.

— Com todo prazer — respondeu ele, tentando parecer alegre, mas estava falando sério. Ele se sentia incrivelmente sortudo por ter deixado para trás todo aquele turbilhão de emoções ao lado de Sylvie em sua cama todas as noites e por Emeline e Cecelia estarem dispostas a mantê-lo em suas vidas. William se lembrou de ter visto Charlie parado à porta, sorrindo para ele, na mesma noite em que entrou no lago. Pensou que seu sogro ficaria orgulhoso das gêmeas por manterem seus corações abertos. Ele teria gostado de ver Cecelia vivendo de sua fazendo arte e Emeline permitindo-se amar quem seu coração mandasse. William não sabia o que Charlie pensaria dele e de Sylvie — já que o amor deles impactava sua filha mais velha, ele provavelmente não teria ficado entusiasmado —, mas Charlie queria que suas filhas vivessem plena e profundamente, e Sylvie estava fazendo isso.

Durante quatro meses, William passou suas noites de semana e finais de semana trocando o isolamento térmico do segundo andar da nova casa de Cecelia, reformando a cozinha e substituindo a banheira e o vaso sanitário. A casa ficava a poucos passos de onde as meninas Padavano cresceram e tinha um layout semelhante ao da casa na 18th Place. Sylvie sempre ia com ele à casa de Cecelia e pintava paredes com as irmãs ou tomava conta de Izzy enquanto elas desempacotavam as caixas. William gostava de ouvir o burburinho das vozes das mulheres e os risos abafados enquanto rebocava azulejos e desenroscava porcas antigas de canos enferrujados. Izzy ocasionalmente aparecia na porta de qualquer cômodo em que William estivesse e lhe entregava ferramentas aleatórias. Ele acabava com uma pilha de chaves inglesas, chaves de fenda, martelos e alicates em volta dos pés e, quando a criança se afastava, ele os colocava de volta na caixa de ferramentas.

Nas noites em que não era necessário na casa de Cecelia, William encontrava Sylvie na biblioteca, e os dois jantavam juntos. Havia um restaurante mexicano de que eles gostavam bastante, onde compartilhavam uma margarita e comiam tacos. Durante o período de segredo, eram cuidadosos ao conversar. Comentavam sobre livros, basquete e as memórias que Sylvie estava escrevendo. Outros tópicos permitidos eram o que haviam feito naquele dia, com quem conversaram e qualquer coisa engraçada que fora dita. Evitavam falar do passado ou de qualquer assunto que extrapolasse o momento presente. No final do outono, porém, quando estavam juntos já havia onze meses e Julia sabia a verdade, eles se permitiram imaginar um futuro compartilhado. Sorriam timidamente um para o outro durante essas conversas. William ainda acreditava que não merecia Sylvie, não merecia o modo como ela o amava por completo, com todos seus estados de espírito e pensamentos, mas ela sorria radiante para ele do outro lado da mesa, e ele descobriu que, com o brilho dela, seus planos se tornaram mais concretos, mais claros.

Ele admitiu que queria ser fisioterapeuta. Desejava uma compreensão mais profunda da fisiologia e das motivações dos atletas da equipe Northwestern. Por que as articulações de alguns jovens eram mais resistentes do que as de outros? Como as lesões poderiam ser evitadas? William percebeu que quando os jogadores erravam os arremessos, eles tinham reações diferentes. Alguns desanimavam e ficavam com medo de arremessar novamente. Outros ficavam com raiva e começavam a marcar pontos. Alguns, os raros, eram os peixinhos dourados esquecidos que o treinador recomendava que todos fossem: o fato de perderem ou acertarem uma cesta era logo esquecido. Viviam o momento. William queria entender cada peculiaridade dos atletas da Northwestern, para que pudesse ajudá-los não apenas a permanecer na quadra, mas também a prosperar.

Arash ajudou William a se inscrever no programa de pós-graduação em fisiologia do esporte na Northwestern. O mestrado de dois anos permitiria que William mantivesse seu emprego na equipe e frequentasse as aulas à noite; ele também teve permissão para incluir algumas aulas de pós-graduação em psicologia e,como William trabalhava para a universidade, o programa era praticamente gratuito. Ele agradeceu repetidamente a Arash por sua ajuda, até que o homem mais velho ficou irritado e pediu que ele parasse. Mas a ideia de se comprometer com outro programa de pós-graduação, depois do terrível fracasso na primeira vez, deixou William tão ansioso que ele sabia que não teria conseguido fazer isso sozinho.

Certa manhã de sábado, quando eles estavam analisando sua inscrição final, Arash disse:

— Pare de pensar em quem você era quando vivia como outra pessoa, William. Você nasceu para a vida que está levando agora. Você tem o dom de ver o que há de errado com esses meninos. Além disso, *não há como* falhar quando se faz o que ama.

William ficou em silêncio, pensativo.

— Você não entende? — perguntou Arash, exasperado. William começou a responder, mas o treinador mais velho o interrompeu. — Não importa se você entende, na verdade. É um fato.

Durante um de seus jantares, Sylvie anunciou:

— Quero que a gente more junto.

Ela entrava e saía furtivamente da quitinete de William havia quase um ano, ajustando o alarme para as cinco da manhã para que nenhum dos alunos soubesse que ela esteve lá.

William assentiu e, pela primeira vez, se permitiu imaginar essa possibilidade. O prazer de voltar para Sylvie todas as noites, de compartilhar uma geladeira, um armário e uma cama. A paz de estar totalmente confortável em sua casa, com ela. Ele não conseguia pensar em nada mais maravilhoso. William informou à universidade que não seria mais um conselheiro residente no semestre seguinte e, pouco antes do Natal, deixou a quitinete no dormitório estudantil e foi para o apartamento de Sylvie.

Quando estava guardando as camisas no pequeno armário dela, ele e Sylvie não paravam de sorrir um para o outro, exultantes. Essa era a primeira vez que William morava fora do *campus* da Northwestern desde que chegou a Chicago, e ele gostou de tornar Pilsen o seu bairro. Escolheu uma cafeteria preferida, um barbeiro, uma farmácia onde pegava a medicação prescrita mensalmente pelo psiquiatra. Parecia irreal dormir ao lado de Sylvie a noite toda, sem alarme programado, sem nada a esconder. William preparava o jantar, aprendendo a cozinhar sozinho com livros, da mesma forma que aprendeu sobre encanamento e carpintaria. Nas noites em que não tinha aula, estudava enquanto Sylvie lia ao seu lado. Ele desviava os olhos do livro para admirá-la, sem se importar se ela notasse, sem se importar se ela também desviasse os olhos da página. Às vezes ele a puxava para seus braços, ou ela subia em seu colo, e seus corpos se enroscavam, eles despiam um ao outro, em movimentos suaves, gentis, reverentes.

Quando Kent e Nicole visitavam Chicago, os dois casais saíam para comer, geralmente em um restaurante mexicano. Nicole tinha seis irmãos e irmãs, então ela e Sylvie compartilhavam histórias de como era crescer em lares caóticos e amorosos. Kent e Nicole gostavam de horrorizar a bibliotecária e o assistente técnico com coisas perturbadoras que viam durante os turnos do hospital: um homem entrando no pronto-socorro carregando um balde que continha sua perna decepada; dois universitários que colaram seus corpos juntos com supercola; um dinossauro de brinquedo alojado em uma parte da anatomia de um homem à qual não pertencia. Sylvie enumerava os títulos dos livros mais emprestados da biblioteca, porque Kent estava interessado em saber como essa lista se transformava, ou não, ao longo do tempo. Eles discutiam os planos em constante mudança de Nicole e Kent para o casamento. Em uma visita, o evento seria realizado em um barco fluvial; em outra, seria em Detroit, no pequeno quintal dos pais de Kent, ou em um salão de baile cercado de janelas em um arranha-céu de Chicago.

— Talvez a gente fuja para Paris — disse Nicole uma noite, e Kent a beijou no rosto. O casal claramente se divertia fazendo planos, mas adiava o evento enquanto tentava economizar dinheiro. Ambos estavam cursando a faculdade de medicina com o auxílio de uma profusão de empréstimos.

— E vocês dois? — perguntou Kent. — Vocês vão se casar — pronunciou como uma afirmação, não como uma pergunta.

William e Sylvie não haviam conversado sobre casamento. William esperou para ver se o assunto o assustava, mas nada mudou em seu interior. Ele estava sentado ao lado de Sylvie na cabine do restaurante, com as laterais das coxas se tocando.

— Nunca me importei muito com casamentos e sinto como se já fôssemos casados — disse Sylvie. — Ou mais do que casados, se é que existe tal coisa. E... — hesitou — não parece certo fazer isso.

William assentiu. Ele sabia que Sylvie estava pensando em Julia; era um pensamento recorrente. Ela escrevia sobre a irmã no meio da noite; um holofote brilhava sobre Julia em cada lembrança que ela colocava na página. Sylvie se preocupava com a irmã mais velha tanto quanto sempre e, se pudesse poupar Julia de mais dor, ela o faria.

Kent observou o casal do outro lado da mesa. Ele buscara William no ginásio da Northwestern antes do jantar, e os dois amigos jogaram basquete em homenagem aos velhos tempos. Eles mostraram a Nicole a lavanderia no subsolo onde trabalharam durante a faculdade. Sareka já havia ido embora para casa, então Nicole não pôde conhecê-la. Quando o tempo estava bom, William às vezes almoçava com Sareka em um banco do pátio. Ela contou a ele sobre seus três filhos, e ele contou tudo pelo que havia passado. Ela ouviu atentamente, com a cabeça inclinada em direção a ele. Assim como Cecelia, Sareka claramente ficou feliz em poder conhecê-lo de verdade depois de todo esse tempo. William novamente sentiu pena de sua versão mais jovem, porque havia perdido amizades verdadeiras como a dela. Ele se lembrou de como costumava tentar sair de cada conversa o mais rápido possível para que Sareka não tivesse a chance de perceber que ele estava à beira de um colapso. Agora ele lhe contava as maneiras pelas quais havia sido ferido, e ela lhe contava sobre o desemprego do marido e como o filho do meio tinha a voz mais linda que ela já ouvira.

— Você está tentando esconder o seu amor ao não tornar isso oficial? — perguntou Kent para Sylvie. Ele ainda era o autoproclamado defensor da saúde mental de William.

Ela tomou um gole de sua margarita.

— Eu não acho que seja o caso. Simplesmente não precisamos desse rótulo ou de um papel. E não quero fazer mais nada que possa machucar alguém.

— Não me leve a mal — disse Nicole. — Mas sinto que você esqueceu o fato de que William e Julia já haviam terminado quando vocês ficaram juntos, então, tecnicamente, vocês não fizeram *nada* de errado. Escolheram a honestidade, o que foi corajoso. E escolheram ser feliz, em vez de ficar com o coração partido e infeliz. — Ela fez uma pausa e lançou-lhes seu olhar clínico. — Vocês dois são adoráveis, é lindo o jeito como vocês se iluminam. Aposto que nunca brigam. Kent e eu brigamos o tempo todo. — Ela sorriu quando disse isso. — Somos mais temperamentais, mas vocês dois são sempre gentis um com o outro.

Isso não ocorreu a William, mas era verdade que ele e Sylvie nunca brigaram, nem chegaram perto. Todas as manhãs, eles tomavam café da manhã juntos: torradas e ovos que Sylvie preparava. Depois, iam trabalhar e se sentiam felizes ao se ver no final do dia. Às vezes, dançavam lentamente na cozinha ao som de uma música que tocava no rádio. Nas noites de coleta de lixo, Sylvie mostrava a William todos os tesouros que as pessoas deixavam nas calçadas. Ele adorava como ela ficava animada quando encontrava uma torradeira nova ou um par de tênis do tamanho de Izzy. Por que diabos eles brigariam? Para ver quem leva o lixo para fora? Ou por quanto dinheiro um deles gastou no supermercado?

— Vocês deveriam se casar — afirmou Kent. — Tudo que vocês passaram para estar aqui... merece ser comemorado.

— Faremos o que Sylvie quiser — disse William.

— E que tal se... — respondeu Sylvie, com um sorriso. — Nós nos casaremos depois de vocês.

— Cuidado — disse William. Ele olhou para seu amigo, que já havia aberto um largo sorriso. — Kent é competitivo. Ele vai ao juiz de paz amanhã de manhã, porque verá isso como uma vitória.

Na maioria dos domingos, Sylvie lia e William estudava para as aulas. Às vezes, ele estudava com Emeline, que ainda tinha um ano de aulas pela frente. *"Eu quero meu diploma"*, dizia ela quando estava exausta de trabalhar em tempo integral e frequentar as aulas noturnas. *"É importante para a creche, mas sei que só estou fazendo isso pela mamãe, embora ela não fale mais comigo."* Suas irmãs a abraçavam forte em resposta, porque entendiam perfeitamente e sabiam que não havia palavras que pudessem ajudar. Quando Emeline finalmente se formasse, eles fariam um bolo de chocolate de três camadas — o favorito dela — e a cobririam de confetes.

No final das tardes de domingo, William e Sylvie saíam para passear. Não importava o caminho que tomassem, eles faziam questão de passar pelos murais de Cecelia. Pilsen era conhecida pelos seus murais coloridos desde a década de 1960, mas uma comissão de artes local começou a apagar os antigos murais e a contratar mais artistas para criar novos nos últimos anos. Quase todos os cantos apresentavam uma representação de três andares de Martin Luther King Jr. ou Frida Kahlo, ou uma citação da Bíblia. Sempre que Cecelia terminava um novo mural, Sylvie e William compareciam à inauguração, que geralmente consistia em um grupo de pessoas em pé na calçada e um lençol cobrindo do topo do prédio até o chão. Haveria fotos do mural no jornal local no dia seguinte. Quando Cecelia teve permissão para pintar o que quisesse, ela gostava de pintar rostos de mulheres. As mulheres retratadas — algumas restritas ao canto de uma parede, outras ocupando três andares inteiros — pareciam valentes e belas. Sylvie ria a cada inauguração, porque William sempre dizia a mesma coisa: *"Ela se parece com você e suas irmãs."* Sylvie inclinava a cabeça para trás para estudar o rosto da mulher. *"Não podem ser todas parecidas conosco, William. Não nos parecemos em nada com essa santa do século XV."* William encolhia os ombros, porque discordava. Ele via as quatro irmãs Padavano o encarando de vários muros da vizinhança e se lembrava do dia que as irmãs apareceram em seu jogo de basquete universitário, olhando para ele em sincronia.

William começou a descobrir como poderia ser mais eficaz no trabalho. Sua compreensão da fisiologia dos atletas estava agora mais bem informada, e ele era capaz de diagnosticar lesões e vulnerabilidades com precisão. Ele desenvolveu um programa no qual entrevistava os jogadores do Northwestern três vezes por temporada — no início, no meio e no final. Criou uma lista de perguntas para descobrir o histórico de lesões e se eles estavam confiantes ou passando por dificuldades. Queria saber onde o gelo era mais fino sob seus pés para evitar que caíssem. Ele compartilhava as informações que reunia com os treinadores, e todos trabalhavam para atender às necessidades de cada aluno naquele momento específico de sua vida. Eles fortaleciam os pontos fracos do físico de cada jogador e tentavam prepará-los mentalmente também.

— Eu tentava ser atencioso com os jogadores depois que eles se formavam — disse Arash assim que terminaram a primeira temporada do programa —, acompanhando e ajudando quando pudesse. Mas você construiu para nós uma rede de bondade.

Os resultados foram positivos e quase imediatos. Depois de vários anos com um histórico de derrotas, a Northwestern havia subido para o meio da tabela de classificação — o que foi considerado por todos um grande avanço —, e William podia se deitar ao lado de Sylvie à noite inundado de gratidão por sua vida.

— Quero construir mais redes de bondade — disse Arash a William e, algumas semanas depois, iniciou uma oficina de basquete mensal gratuita de em Throop Park, não muito longe da Biblioteca Lozano. O homem mais velho convocou William e dois assistentes técnicos da Northwestern para ajudar.

Treinadores de ensino médio de distritos vulneráveis de Chicago enviaram seus melhores jogadores, os mais esforçados e os mais inteligentes para treinamento avançado. Arash adorava provérbios e muitas vezes fazia as crianças recitarem para ele frases como: *A oportunidade não bateu até que eu construí a porta*. Arash e William procuravam maus hábitos em quadra — como posições erradas na hora de arremessar e aterrissagens instáveis que poderiam causar lesões. Eles passavam exercícios para que os adolescentes fortalecessem os tornozelos ou recomendavam que fizessem quinze minutos de ioga antes de dormir.

Às vezes, ao ver aqueles jovens correrem pela quadra, ávidos pela bola e pelos elogios de Arash, William se lembrava de quando tinha a idade deles. Ele estaria no ginásio de sua escola católica, incrivelmente magro e alto, correndo pela quadra, sem esperar elogios de ninguém. Sem esperar que seus pais assistissem ao jogo, sem esperar receber a bola, mas profundamente aliviado quando ela chegava às suas mãos. Sylvie perguntou a ele uma noite, com sua voz mais gentil:

— Você quer reconsiderar sua decisão sobre Alice?

William balançou a cabeça. Ele sabia que parte da dor que sentia no corpo ao ver aqueles meninos naquela idade vulnerável só era suportável porque ele não era pai. Cada célula de seu corpo se importava com Sylvie; a ideia de ver alguém que ele amava percorrer seu caminho desde a infância até a idade adulta era assustadora. Ele mal havia sobrevivido à transição para a maioridade.

Julia já estava ausente havia quase cinco anos quando o espaço para eventos que Kent e Nicole alugaram para o casamento inundou alguns dias antes da cerimônia, e Emeline e Cecelia ofereceram seu grande quintal. O casal esperou tanto para se casar que todos queriam que seu grande dia fosse especial. As Padavano, os ex-companheiros de equipe de Kent e William, e parentes de Kent e Nicole apareceram de jeans e camisetas para deixar o quintal lindo em pouco tempo. William, Gus e Washington construíram um pergolado seguindo as instruções de um livro da biblioteca, e Izzy e Sylvie enfeitaram a estrutura com flores. Cecelia pintou pequenas maletas de médico nas cadeiras dobráveis e deu uma nova demão de tinta nos fundos da casa. Quando o casamento começou, todos estavam exaustos, e quando Kent chorou de felicidade sob o pergolado, todos os presentes choraram também.

— Lembrei de algo durante a cerimônia. Algo que nunca te contei — disse Sylvie, na cama, mais tarde naquela noite.

William já estava olhando para ela; eles tinham acabado de fazer amor e estavam deitados um de frente para o outro. Já passava da meia-noite, e os dois estavam um pouco bêbados. Sylvie e William quase nunca ficavam acordados até tão tarde e raramente bebiam o suficiente para ficarem embriagados. Viviam de modo comedido, porque o sono era um elemento essencial da saúde de William, e o excesso de álcool tornava seus medicamentos menos potentes. Tanto ele quanto Sylvie se sentiam um pouco travessos agora, como crianças que desafiaram as ordens dos pais.

— No dia em que levamos você ao pronto-socorro, eu disse ao motorista da ambulância e a uma enfermeira que era sua esposa. Na verdade, todos no hospital pensaram que éramos casados durante todo o tempo em que você esteve inconsciente.

— Você foi minha esposa por dez dias — disse William, satisfeito com a ideia.

— O que eu gosto nisso... é que era verdade — disse Sylvie. — Eu queria ser sua esposa. Eu simplesmente não conseguia admitir para mim mesma. Eu disse que era sua esposa por uma questão logística, para que os médicos falassem comigo, mas era verdade.

A ideia de que, de alguma forma profunda e invisível, eles tivessem se casado antes mesmo de se beijarem encantou os dois, e William a puxou para mais perto dele na escuridão.

Casaram-se oficialmente um mês depois, nos fundos da Biblioteca Lozano. Sylvie queria realizar a cerimônia ali, e William simplesmente concordou. Ele sabia que ela se sentia segura e completa na biblioteca. Era um lugar que pertencia apenas a ela, além de suas irmãs. William comprou uma aliança de prata para Sylvie e um terno novo para a ocasião. Sylvie usava um vestido de festa cinza simples e deixou o cabelo solto, porque sabia que William gostava mais assim. A bibliotecária-chefe Elaine, enferma e de cadeira de rodas, compareceu ao casamento, e os outros convidados foram Emeline, Josie, Izzy, Cecelia, Kent e Nicole. Arash casou o casal. William podia sentir seu coração batendo durante a curta cerimônia e descobriu que não conseguia parar de sorrir.

Depois, todos, exceto a bibliotecária-chefe Elaine, foram jantar no restaurante mexicano. Houve uma confusão com a reserva quando eles chegaram e, por alguns minutos, houve uma cadeira extra na mesa. William sabia que cada uma das irmãs Padavano imaginava Julia sentada no assento vazio, e uma onda de dor cruzou o rosto delas. A cadeira foi retirada pelo garçom, e Kent contou uma piada para descontrair. Perto do final da refeição, Cecelia se levantou e fez um brinde:

— Ao amor.

Todos na mesa repetiram e sentiram as palavras — a beleza, e o custo, do amor.

ALICE

Outubro de 1988 — Março de 1995

Quando Alice tinha cinco anos, Julia lhe disse:

— Acho que você já tem idade suficiente para saber a verdade. Seu pai morreu em um acidente de carro no ano passado.

Pelo resto da vida, Alice se lembraria desse momento, nos mínimos detalhes. Elas estavam sentadas à mesa quadrada da cozinha de seu apartamento na rua 86th East. O cabelo de Alice estava trançado, porque a mãe dizia que ela não o mantinha bem arrumado quando estava solto. Ela estava usando sua saia favorita, de veludo em tom de mostarda, e comendo cereal. Julia comprava Cheerios porque eram saudáveis, mas Alice sempre colocava uma colher de açúcar em sua tigela.

Alice largou a colher e disse:

— Ah. — Suas mãos estavam formigando, então ela as colocou debaixo das pernas. Notou que sua mãe não parecia triste.

— A vovó Rose sabe?

Sua mãe ergueu as sobrancelhas. Ela usava um terno lilás-claro com uma pequena corrente de ouro no bolso do peito e a maquiagem reservada para os dias da semana. A mãe de Alice era muito bonita; todo mundo dizia isso. A Sra. Laven, que era amiga da avó e morava no apartamento do fim no corredor, a chamava de *Bela* Julia, como se fosse o nome dela. Alice também sabia que sua mãe era cética em relação à própria beleza. O cabelo de Julia sempre a incomodava; sempre que passava por um espelho, tentava remodelá-lo com as mãos.

"Você tem muita sorte de não ter esses cachos, Alice", dizia ela pelo menos três vezes por semana. Alice tinha cabelos longos, lisos e claros, que não eram nem loiros nem castanhos. Ela achava que seu cabelo era sem graça, comparado ao da mãe, que se movia como se tivesse planos próprios para o dia. No trabalho, Julia o usava preso, para que não a envergonhasse.

— É claro que vovó Rose sabe! — Julia tomou um gole de café. Ela não comia de manhã, mas bebia três cafés antes do almoço. — Só não mencione isso para ela ao telefone. Ela não vai querer falar sobre isso, e você sabe como ela fica quando está chateada.

Alice assentiu, embora tenha ficado confusa. Ela não pensava que vovó Rose ficaria chateada, certamente não de uma forma que fosse assustadora ou que devesse ser evitada. Alice e sua mãe visitavam vovó Rose uma vez por ano em seu apartamento na Flórida. Sua avó levantava a voz e gesticulava com os braços enquanto contava histórias sobre adultos que Alice não conhecia, mas vovó Rose parecia gostar disso. Ficar agitada fazia parte da rotina dela, como escovar os dentes ou se sentar em sua pequena varanda. Alice sempre considerou a agitação da avó reconfortante. Isso a fazia se sentir segura, porque ela sabia que se alguém fosse mau com ela, vovó Rose cuidaria disso.

Alice percebeu que sua mãe a observava com atenção, então ela se endireitou na cadeira.

— Eu sei que você nunca conheceu seu pai — disse Julia —, mas eu não queria esconder isso de você. Isso não nos afeta, certo? Sempre fomos só você e eu, minha bebezinha. Não precisamos de mais ninguém.

Alice assentiu novamente. Todas as noites, quando a mãe a colocava na cama, a última coisa que Julia dizia antes de apagar a luz era: *"Somos você e eu para sempre, querida."*

Alice terminou o cereal. Depois, ela e a mãe dobraram a esquina até a escola de Alice, e Julia seguiu em frente a caminho do trabalho. A notícia percorreu a mente de Alice o dia todo. Parecia importante, embora ela não pudesse dizer por quê. De certa forma, era como se a mãe dela tivesse lhe entregado um pai e depois o levado embora em uma frase. Antes disso, Alice sabia vagamente que tinha um pai, mas ele quase nunca era mencionado. A mãe dela disse uma vez que ele não queria uma família, e isso era tudo o que ela sabia até então. Talvez Alice esperasse inconscientemente por notícias do pai esse tempo todo. Era como se uma pergunta dentro dela tivesse sido respondida. Aos cinco anos, ela não tinha muitas perguntas, o que tornou aquele dia importante.

No pátio da escola, ela disse à sua melhor amiga, Carrie:

— Meu pai morreu.

A boca da amiga se abriu de surpresa. Carrie fazia essa expressão com frequência, porque tudo a surpreendia. Conforme elas cresciam, Alice manteria um registro de todos os acontecimentos da vida que *não* surpreendiam a amiga, porque era uma lista muito mais curta.

— Eu não sabia que você tinha pai — disse Carrie.

— Ele morava em Chicago.

— Chicago — repetiu Carrie como se fosse uma surpresa. — Eu não sabia disso. Você nunca o conheceu?

— Não desde que eu era um bebê.

— Você quer um abraço?

Alice assentiu, e ela e Carrie se abraçaram até o sinal tocar e elas entrarem na sala do jardim de infância.

Depois disso, Alice se interessou por pais. Ela se perguntou o que os distinguia das mães e se uma criança realmente precisava de um. Havia principalmente mães e babás na entrada e na saída da escola, mas ocasionalmente havia um pai, e Alice o estudava atentamente. Alguns se vestiam como os pais da televisão, em ternos elegantes, segurando valises. Às vezes, um pai pegava seu filho e o rodopiava pelo ar, e Alice nunca tinha visto uma mãe fazer isso. Julia certamente nunca lutou com ela do jeito que Alice assistiu um pai brincar de luta com seu filho no trepa-trepa uma tarde. O pai de Carrie era o único pai que Alice conhecia pessoalmente, embora ele raramente se lembrasse do nome dela. Ele chamava todas as crianças, exceto sua filha, de "pequena". O homem usava óculos grossos e camisas de flanela e geralmente não parecia notar as menininhas quando elas estavam no apartamento, como se elas fossem baixas demais para estar em seu campo de visão. Ele era o encarregado do café da manhã — tinha uma expressão sisuda enquanto virava as panquecas — e era responsável por levar o lixo para fora, mas essas eram suas únicas funções específicas, até onde Alice sabia.

Alice não sentia falta de um pai, pessoalmente; sua vida era tranquila e feliz. Julia entrava no quarto dela todas as manhãs e a acordava sussurrando *"Bom dia, minha bebezinha"*, e à noite, elas jantavam juntas enquanto assistiam ao *Jeopardy!* na pequena televisão da cozinha. O trabalho de Alice era fazer a salada, e ela a preparava em cima de um banquinho perto do balcão. Julia tirava os saltos altos, o paletó e os brincos antes de entrar na cozinha, e essa versão suavizada de sua mãe — sem todos os botões e pontas afiadas — fazia Alice agir como sua versão mais boba. As perguntas do game show eram geralmente muito difíceis para Alice, mas ela dava uma resposta sem sentido com uma voz tão confiante que Julia se contorcia de tanto rir. Sextas-feiras eram sempre "noites das meninas", e mãe e filha passavam a semana inteira discutindo qual filme alugariam na Blockbuster da esquina. Assistiam ao filme vestindo roupas felpudas e pintando as unhas. Se Julia tivesse um encontro no sábado à noite, a Sra. Laven e Alice pediriam comida chinesa e depois jogariam Escadas e Escorregadores, seu jogo de tabuleiro favorito. Na maioria dos domingos, Julia e Alice iam dar um passeio no Central Park e compravam pretzels gigantes de seu vendedor favorito, um nigeriano chamado Bou que sabia que Julia gostava de mostarda extra. Todos os dias da semana tinham um ritmo e uma rotina próprios, e Alice gostava de todos eles.

Em uma sexta-feira, no terceiro ano do fundamental, a professora de Alice, uma mulher mais velha chamada Sra. Salisbury — que ficava de cara feia a aula toda, como se isso fosse parte integrante de sua pedagogia — disse a Alice para ficar na sala de aula depois do último sinal. A Sra. Salisbury saiu da sala e depois voltou com a mãe de Alice. Julia, em seu elegante terno e salto alto, parecia deslocada e desconfortável em meio ao mar de pequenas escrivaninhas. Ela e a Sra. Salisbury pareciam um par improvável de adultos. A Sra. Salisbury tinha uma cabeça cheia de cachos grisalhos gigantes que ela arrumava uma vez por semana no salão de beleza. Pareciam ondas que nunca quebrariam; cilindros imóveis através dos quais era possível enxergar o outro lado.

— Senhora Padavano, tenho certeza de que está se perguntando por que a chamei aqui — disse a professora.

— Senhorita Padavano, se não se importa — disse Julia. — Não senhora.

Alice inclinou a cabeça, perguntando-se se sua mãe continuaria com a explicação. Havia ouvido Julia se descrever como divorciada recentemente, mas apenas porque uma mãe intrometida tornou impossível evitar a pergunta. Sua mãe claramente não gostava de dizer a palavra. Ela normalmente dizia que era mãe solo. *"Eu falo isso"*, explicara a Alice, *"porque a parte mais importante da minha vida é ser sua mãe"*.

— Senhorita Padavano, gostaria de saber se está ciente do trabalho que Alice apresentou para a turma hoje?

— Não... Tento dar independência a ela nas tarefas — disse Julia. — Ela me chama quando precisa de ajuda.

Alice estava sentada em sua pequena mesa e arrastou os pés no chão de linóleo.

— Não contei para minha mãe sobre o trabalho. Fiz tudo na biblioteca depois da escola.

— Eu imaginei — disse a professora com uma voz seca. — Senhorita Padavano, leciono nesta escola há trinta e dois anos e nunca vi uma criança fazer uma apresentação como esta. Os alunos podem escolher o assunto que quiserem, isso os ajuda a se dedicar mais à tarefa, e então eles têm que fazer uma pesquisa básica e falar sobre o assunto para a turma. Sua filha fez uma apresentação sobre acidentes automobilísticos. Ela nos contou sobre todas as celebridades que morreram em acidentes de carro, incluindo detalhes sobre como Jayne Mansfield foi decapitada em um acidente...

— Ai, meu Deus — murmurou Julia.

— Alice relatou à turma estatísticas sobre quantas pessoas morrem em acidentes de carro todos os anos. Ela fez parecer que se uma pessoa colocasse os pés em um carro, estaria correndo risco de morrer. E então terminou nos mostrando fotos de carros destruídos.

Julia olhou para a filha com os olhos arregalados.

— Várias crianças da turma começaram a chorar, senhorita Padavano. Posso garantir que receberei muitos telefonemas de pais chateados neste fim de semana.

— Sinto muito — disse Julia. — Vou falar com Alice.

— Não permitirei que ela se apresente para a turma de novo sem que me conte suas ideias antes.

— Claro que não. E vou garantir que nada assim aconteça novamente. — Julia pegou Alice pela mão e a levou para fora da sala de aula. Na calçada em frente à escola, ela parou. — Mas o que você tinha na cabeça? — O rosto de Julia estava pálido. — Por que faria uma coisa dessas?

Alice encolheu os ombros, embora a mãe lhe tivesse dito que encolher os ombros era uma resposta inaceitável a uma pergunta. *"Preciso que você responda com palavras"*, Julia lhe dizia desde que ela era pequena.

— Espera — disse Julia, — é por isso que você se recusou a pegar táxis esse último ano todo? É porque você tem medo de carros?

— Desculpa por fazer você sair do trabalho — disse Alice. A menina normalmente ficava na escola até mais tarde e frequentava um programa extracurricular ou lia livros na biblioteca da escola. E quem a buscava, geralmente, era uma babá ou Julia, dependendo do dia. — Sinto muito por ter feito algo errado. — Ela não gostava de incomodar a mãe; Alice se orgulhava de não causar problemas a Julia. Ela tirava boas notas e muitas vezes assinava os próprios formulários de permissão para excursões escolares, para que Julia tivesse uma coisa a menos para fazer. Alice sentia que a escola era seu trabalho e ficou decepcionada consigo mesma por ter estragado tudo.

A expressão de Julia mudou, como se uma ideia tivesse acabado de lhe ocorrer.

— Isso é por causa do... Isso é por causa do seu pai?

Alice encolheu os ombros novamente, mas dessa vez foi por cansaço.

— Ele ainda estaria vivo se não tivesse sofrido aquele acidente.

— Entendi — disse Julia, depois de uma pausa.

— Não imaginei que as crianças fossem chorar, mamãe. Pensei que elas achariam isso interessante e queria que soubessem que os carros são muito perigosos.

— Parece que você conseguiu, minha bebezinha.

Naquela noite, elas não tiveram a noite habitual das meninas, porque Julia estava com dor de cabeça e precisava se deitar. Alice comeu pipoca com manteiga extra e usou o controle remoto para passar de um canal para o outro. Ela foi sozinha para a cama porque a porta do quarto da mãe estava fechada e pensou que Julia poderia estar dormindo.

Meia hora depois, porém, a mãe de Alice abriu a porta do quarto dela.

— Você está acordada? — sussurrou ela da porta. Julia estava de camisola e com o cabelo solto.

— Sim — respondeu Alice. — Sempre levo pelo menos dezenove minutos para dormir. — Ela mantinha registro disso, por curiosidade. Tinha de dar atenção a todos os pensamentos em sua cabeça antes que seu corpo a permitisse dormir.

— Eu preciso saber... Você está bem? Você está aborrecida por causa de acidentes de carro? Ou... — ela fez uma pausa — com alguma coisa? Preciso que você me diga se estiver triste.

A voz da mãe parecia tão ansiosa que Alice pensou: *Será que eu deveria estar triste?* Ela considerou a questão.

— Não — respondeu, depois de fazer um inventário interno. — Eu não me sinto triste.

— Que ótimo — disse a mãe, com sua voz normal. — Isso é maravilhoso. Você vai dormir agora, tudo bem? Eu te amo, bebezinha.

A porta se fechou, e Julia desapareceu.

No ensino fundamental, Alice teve um surto de crescimento implacável. Parecia que ela e seu corpo estavam na mesma trajetória, e então, em um dia aleatório, seu corpo seguiu em uma direção diferente a toda velocidade, e Alice ficou se perguntando o que estava acontecendo. Ela estava sempre com fome, e Julia tinha de estocar caixas de barras de cereal para alimentar Alice entre uma refeição e outra. Seu estômago roncava tão alto na aula que as crianças ao seu redor riam, e ela ficava mortificada. Sentia dores agudas nas coxas e na parte inferior das costas, que o pediatra diagnosticou como dores normais de crescimento, mas Alice, incrédula, pensava: *Como isso pode ser normal?* A única coisa que aliviava seu desconforto era ficar deitada no chão com as pernas apoiadas na parede, então essa era a posição em que Alice ficava na maior parte do tempo quando voltava da escola. Para seu horror, riscos vermelho-vivo surgiram em suas costas e na parte superior dos braços — estrias de crescimento —, que o médico disse que desapareceriam, mas nunca completamente.

Em meados do sexto ano do fundamental, Alice já havia ultrapassado a altura da mãe: 1,62 metro. Ela sentiu um novo tipo de tristeza quando isso aconteceu. Seu corpo a levava para longe da infância e para longe de sua mãe aos galopes. Subitamente, era dois centímetros mais alta que a mãe; depois, três. Ela descobriu que conseguia alcançar os itens da prateleira de cima da cozinha. Olhou para o topo da cabeça da mãe e entendeu, pela primeira vez, que ela era apenas uma mulher. Julia não era mais especial ou mais forte do que ninguém, e claramente não seria mais capaz de salvar Alice se precisasse ser salva. Se a casa pegasse fogo, Alice teria de pegar a mãe e correr, e não o contrário. Essa realidade a fez entrar em pânico, e ela teve problemas para dormir pela primeira vez na vida. Não sabia o que fazer.

Estava ciente de que a altura crescente também incomodava a mãe. Julia muitas vezes parecia assustada quando Alice se levantava de uma cadeira ou entrava na sala. Elas compartilhavam um olhar que dizia: *O que está acontecendo?* O equilíbrio entre elas foi perturbado; agora Julia tinha de levantar a cabeça para falar com a filha que ainda estava no ensino médio, e Alice olhava para a mãe e pensava: *Será que posso confiar em você?*

Foi nessa fase que Alice transferiu suas investigações de fora para dentro do apartamento. Com a nova consciência de que sua mãe tinha defeitos — porque todas as pessoas tinham —, ela precisava descobrir os problemas específicos de Julia para mitigá-los quando chegasse a hora. Ocorreu-lhe que talvez fosse por *isso* que uma criança precisava de um pai, uma mãe e de irmãos. Irmãos e irmãs eram úteis porque poderiam conversar uns com os outros para confirmar se o mau humor ou a reação exagerada dos pais não era culpa deles. E em um lar com dois pais, se as fragilidades de um deles fossem reveladas, a criança poderia se apoiar no outro genitor. Era um sistema de backup que não existia na casa dela. Se algo acontecesse com Julia, Alice estaria sozinha. Ela se certificou de que sua mãe fosse fazer um check-up com o médico e sugeriu que elas fizessem jantares saudáveis para o coração, um comentário que fez Julia rir, até que percebeu que sua filha não estava brincando.

Um dia, quando Julia estava no supermercado, Alice vasculhou o armário e as gavetas da mãe. Ela não sentiu culpa por fazer isso. Na sua opinião, aquela era uma investigação importante, com consequências de vida ou morte. Se Julia tinha um problema secreto, Alice precisava saber. Vasculhou os itens que esperava encontrar: roupas, joias, maquiagem e produtos de higiene pessoal. E realmente encontrou uma coisa interessante durante sua busca na mesa de cabeceira de Julia: um envelope com algumas fotos dentro.

As fotografias tinham pelo menos quinze anos e eram de Julia e suas irmãs. Havia uma foto das quatro irmãs com os braços nos ombros uma da outra; Julia e Sylvie pareciam estar no final da adolescência. Alice conseguiu identificar as diferentes irmãs porque, em cada visita à Flórida, ela examinava os álbuns de fotos da avó, tentando guardar o conteúdo na memória. Não havia espaço entre as irmãs naquela foto; estavam pressionadas uma contra a outra, como se estivessem tão confortáveis com o corpo uma da outra quanto com o próprio. A cabeça de Sylvie repousava no ombro de Julia, e Emeline e Cecelia lançavam sorrisos idênticos para a câmera. As irmãs pareciam profundamente parecidas, como se fossem quatro versões diferentes da mesma pessoa. Alice nunca tinha visto sua mãe com um ar tão feliz.

Havia também uma foto de Sylvie mais velha sentada em um sofá segurando um bebê — Alice se perguntou se o bebê era ela. Mas talvez Sylvie tivesse o próprio filho; Alice não sabia. E a foto final devia ser de uma festa — havia cerca de trinta pessoas olhando para a câmera. Vovô Charlie estava na foto, com o rosto radiante e os braços estendidos para as filhas. Rose devia estar balançando a cabeça, porque seu rosto estava ligeiramente desfocado. Uma Julia mais jovem estava na foto, vestindo jeans e com o cabelo solto. Suas irmãs estavam tão próximas que ela poderia estender a mão e tocá-las. Alguém deve ter contado uma piada, porque as pessoas na foto pareciam surpresas e risonhas. Alice examinou a foto, procurando por um homem que se parecesse com ela; nunca havia visto uma fotografia do pai, mas sabia que tinha a mesma cor de cabelo que ele e os mesmos olhos azuis. Todos na foto, porém, pareciam um Padavano.

Depois de colocar as fotos de volta no envelope e na gaveta, Alice ficou no chão ao lado da cama da mãe. A descoberta das fotografias de alguma forma confirmou a sensação de Alice de que havia algo que ela precisava descobrir ou, neste caso, lembrar. Ela raramente pensava no fato de ter tias morando em outra cidade. Vovó Rose contou a Alice histórias sobre suas quatro filhas quando eram pequenas, sobre o vovô Charlie e sobre sua casa na 18th Place, mas sua mãe se comportava como se sua vida tivesse começado quando ela e Alice se mudaram para Nova York. Por que as únicas fotos daquela época estavam escondidas e não em quadros? Se ela tivesse mais família em sua vida, Alice estaria mais segura.

Essa prova tátil de que ela tinha família, mas nenhuma conexão com ela, fez com que o pânico crescesse em seu interior, e ela teve de pressionar as pernas para baixo para que não doessem.

Naquela noite, enquanto ela e a mãe preparavam o jantar, Alice perguntou:

— Por que você não fala com suas irmãs?

Julia já havia separado todos os ingredientes para o bolo de carne, mas abriu a porta da geladeira e olhou lá dentro mesmo assim. Houve alguns instantes de silêncio, e Alice percebeu, pela primeira vez, em seu corpo alto, que sua mãe estava usando aquele silêncio contra ela de forma intencional. Tal silêncio havia sido projetado para fazer Alice parar de perguntar esse tipo de coisa. Alice podia ver esses densos bolsões de silêncio espalhados por sua infância sempre que ela trazia à tona assuntos que sua mãe não queria discutir. O pai de Alice e sua morte, a infância de Julia, suas irmãs.

— Às vezes falo com Emeline e Cecelia, mas moramos em cidades diferentes. E temos vidas ocupadas. Quando se tem irmãos, vocês são próximos quando jovens, porque moram na mesma casa. Mas quando crescem, vocês seguem caminhos separados — disse Julia.

No passado, Alice aceitava às dicas da mãe e mudava de assunto. Mas agora ela precisava saber o que havia por trás do silêncio. Foi por isso que ela revirou as gavetas da mãe, para o caso de que ela precisasse cuidar de si.

— As outras três, Sylvie, Emeline e Cecelia, ainda são próximas?

Julia olhou para ela com o rosto inexpressivo.

— Não sei. Eles moram na mesma cidade, então talvez. — Ela fez uma pausa e continuou. — Sou uma adulta autossuficiente, Alice. Isso é raro para uma mulher, e tenho orgulho disso. Se eu te educar direito, você também não precisará de ninguém.

Alice imaginou sua mãe em uma pequena ilha deserta e ela mesma em uma ilha diferente, ao alcance de um aceno de mão.

— Por que você está me fazendo essas perguntas agora? — perguntou Julia.

Alice sentiu vontade de dizer: *Porque acho estranho que as únicas fotos de família que temos estejam num envelope numa gaveta, e acho estranho que a única família que vemos seja a vovó Rose e passemos as festas sozinhas ou com a Sra. Laven e seus parentes. E porque você tem três irmãs e eu gostaria de ter uma irmã com quem dividir o quarto e conversar no escuro à noite.*

— Temos uma vida maravilhosa — disse Julia. — Não temos?

— Sim — respondeu Alice, porque sua mãe claramente esperava essa resposta e porque era verdade. Por enquanto. E pensou: *Mas e se algo der errado?*

Na vez seguinte em que Julia saiu do apartamento para alguns afazeres, Alice telefonou para vovó Rose e perguntou:

— Minha mãe brigou com as irmãs?

Ela sabia que a pergunta surpreenderia sua avó, mas também achava que havia uma boa chance de Rose responder. Havia vestígios da vida pré-Nova York de sua mãe por todo o apartamento da vovó Rose: quatro fotos emolduradas das filhas dependuradas sobre o sofá e retratos de santas de sua casa em Chicago — para as quais Julia sempre revirava aos olhos — na parede acima da mesa da cozinha. E Rose era tagarela; não havia bolsões de silêncio em sua companhia.

— É claro que Julia brigou com elas. Todas as irmãs brigam, você sabe. Faz parte de estar em família.

— Minha mãe e eu nunca brigamos — disse Alice. — E eu nunca briguei com você.

— Bem — disse Rose —, isso é verdade. Talvez cada geração seja melhor que a anterior. Mas o que aconteceu entre sua mãe e as irmãs dela é problema delas. Você acha que elas me contam alguma coisa? Eu sou a mãe delas.

— Parece estranho que eu nunca tenha falado com nenhuma das minhas tias. Eu sei que Emeline nos visitou, mas eu era muito pequena para lembrar. Minha amiga Carrie vê seus tios e tias o tempo todo. Sinto que... — Alice hesitou — está faltando alguma coisa. Minha mãe nunca fala sobre nada que ela não queira.

— Essa é a pura verdade — disse Rose. — E não vou me meter em problemas contando nada a você sem a aprovação dela.

— Não sei o sobrenome do meu pai. Você pode me dizer isso?

— Pergunte à sua mãe — respondeu Rose, e desligou.

Alice tentou obter informações sobre a mãe com a Sra. Laven, mas a mulher mais velha ficou indignada ao ser questionada.

— Sua mãe é linda e brilhante, e ela trabalhou duro para administrar o próprio negócio — disse. — Você é, sem dúvida, a garotinha mais sortuda do mundo.

Alice suspirou e mudou de assunto. Ela sabia que sua mãe havia dado um estágio para o sobrinho problemático da Sra. Laven em um verão e que Julia dava à Sra. Laven uma bolsa cara de uma loja chique todo Natal; estava claro que se este fosse o único caminho a que Alice tinha acesso, ele estava fechado. Ela considerou, como último recurso, escrever uma carta para uma de suas tias, mas não sabia o endereço delas e nem o que dizer. *Olá, sou sua sobrinha. Como vai você?* Ela sabia que era possível que sua mãe estivesse certa, que as irmãs se distanciassem quando chegassem à idade adulta e não tivessem mais um lar em comum. Como Alice saberia? Talvez elas mal pensassem mais uma na outra.

Ela parou de fazer perguntas à mãe. Parecia não haver sentido, e o interrogatório deixava Julia agitada, algo que Alice não podia arriscar. O estresse poderia contribuir para a hipertensão, o que poderia levar a um ataque cardíaco ou um AVC, e a saúde de Julia precisava ser priorizada. Alice disse a si mesma: *Se eu parar de fazer perguntas, vou parar de crescer.* Ela vinha fazendo esse tipo de aposta consigo mesma desde o início do surto de crescimento. *Se eu parar de roer as unhas, vou parar de crescer. Se eu desistir dos doces. Se eu levantar a mão na aula quando o professor pedir.* Porém nenhuma dessas promessas tinha dado certo, e esta também não. Alice se calou sobre o passado de sua mãe, mas continuou crescendo.

SYLVIE

Setembro de 1989 — Dezembro de 2003

Cecelia adotou o mantra de William para questões parentais: sem besteiras e sem segredos. Se Izzy fizesse uma pergunta, não importava qual fosse, Cecelia respondia honestamente. Sylvie e Emeline estavam na cozinha de Cecelia, uma noite, quando Izzy, de seis anos, perguntou de onde vinham os bebês.

Sylvie jantava com as irmãs alguns dias por semana, quando William estava na Northwestern para os treinos tardios. Ela e William estavam juntos havia quase seis anos e tinham se casado no ano anterior. Eles haviam se mudado recentemente para um apartamento de dois quartos não muito longe de onde as gêmeas moravam, e William estava prestes a começar um emprego no Chicago Bulls. A franquia criou um cargo para ele, com responsabilidades tanto no desenvolvimento de jogadores quanto como fisioterapeuta. Os Bulls estavam cheios de otimismo e ansiosos para expandir sua equipe. Eles ainda não haviam vencido nenhum campeonato, mas com Michael Jordan no elenco, o troféu parecia inevitável. A descrição do trabalho de William estipulava que ele não viajaria com a equipe; ficaria em Chicago e usaria seu programa especializado para tentar atingir áreas em que os jovens jogadores precisassem de assistência. William provavelmente teria escolhido ficar na Northwestern por lealdade a Arash e à universidade, apesar da oferta lisonjeira dos Bulls, mas Arash estava se aposentando e o treinador principal estava saindo para outro emprego, então Sylvie convenceu William de que ele deveria seguir em frente também.

— Temos que continuar crescendo — disse ela —, ou não viveremos.

Ele sorriu para ela, porque ela evitou dizer a palavra *morrer*. Ele sabia que Sylvie estava empenhada em mantê-lo longe até mesmo de pensar nessa palavra.

— Um bebê é feito por um homem e uma mulher fazendo sexo — respondeu Cecelia.

Izzy assentiu, e seus cachos escuros balançaram em torno de seu rosto atento.

— E o que é sexo?

Emeline e Sylvie coraram de fúria enquanto Cecelia desenhava várias posições sexuais em um bloco de desenho. Izzy prestou muita atenção e perguntou:

— Como tia Emmie e tia Josie fazem isso?

— Ai, meu Deus! — disse Emeline, e saiu da cozinha enquanto Cecelia fazia desenhos para ilustrar isso também.

Sylvie riu no canto, desconcertada. De repente, sentiu saudades de Alice, uma sensação que sempre surgia como se tivesse caído do céu, quando ela menos esperava. Tinha a sensação de que Alice pertencia àquela cozinha, àquele momento, àquela cena ridícula. Ela deveria estar ali, sentada ao lado de sua prima. Sylvie carregava Julia consigo, mas sofria pela menina que se distanciara da família junto com a mãe.

Essa foi uma das tristezas inesperadas que surgiram após a perda de Julia. Sylvie sabia em seu coração que sua irmã estava prosperando em Nova York. Julia parecia animada e viva quando Sylvie falou com ela durante seu primeiro ano na cidade, quando ela estava construindo seu novo eu e sua nova vida. Julia era o foguete que seu pai sabia que ela poderia ser, sem nada que a impedisse. Mas Sylvie só conheceu Alice quando ela era bebê; estava na posição incomum de amá-la sem conhecê-la, e Sylvie não conseguia afastar a sensação de que a garota pertencia ao restante da família em Pilsen. Sylvie imaginava Alice jogando xadrez com Izzy na biblioteca, as cabeças, uma loira e a outra morena, inclinadas uma para a outra. E ela reproduzia, como um vídeo em loop, uma cena em que ela caminhava pela rua com a mão de Alice na sua. Afinal, a criança era metade William e metade Julia, o que a tornava o coração de Sylvie.

Mas Sylvie havia magoado Julia, o que significava que ela não tinha direito a Alice. E William não apenas desistiu legalmente da filha, mas de alguma forma conseguiu remover o pensamento dela de sua mente. Essa remoção parecia quase cirúrgica; Sylvie o observava atentamente e não via qualquer sinal de que ele alguma vez tivesse considerado a existência da filha. Havia pinturas de Alice na casa de Cecelia, e Sylvie observava William desviar o olhar de cada uma delas enquanto caminhava pelos corredores, uma pista de obstáculos tão conhecida que ele nem percebia que a estava percorrendo. Quando jantava com Sylvie na casa das gêmeas, ele conversava com Izzy sobre um fato histórico que ela estava aprendendo na escola. Ele parecia ter esquecido a própria história e o fato de que Alice havia entrado no mundo logo após Izzy. Havia se esquecido de que já existiram duas meninas em seu universo, e não uma. Sylvie nunca mencionava Alice quando William estava por perto. Quanto mais se distanciavam da tentativa de suicídio do marido, mais grata ela ficava pela sua firmeza e pelo seu óbvio contentamento. Ela o viu criar raízes nessa nova vida, viu-o preencher as lacunas dentro de si com amor e trabalho significativo. Sylvie aceitou a escolha de William de ficar longe da filha; ela o aceitava por completo, todos os dias, e ele fazia o mesmo por ela.

Em 1993, quando Izzy tinha dez anos, Emeline e Josie compraram a casa vizinha a de Cecelia. Josie, uma mulher afetuosa de cabelos ruivos, era formada em administração e muito experiente com dinheiro. Ela negociou a compra da creche onde ela e Emeline se conheceram; pouco depois, comprou outra creche local. As gêmeas decidiram unir as duas casas; afinal, viveram juntas a vida inteira. Derrubaram a cerca que separava as propriedades, e a família passou o verão reformando e limpando a nova casa. Sylvie, depois de alguns anos de rotina regular, gostou da agitação e da maneira como sua família mais uma vez se reuniu e trabalhou junta em todo seu tempo livre.

Sylvie era agora a bibliotecária-chefe da Biblioteca Lozano, então ela podia definir o próprio horário. Ela ficou um pouco surpresa ao descobrir que gostava de administrar a biblioteca; a tomada de decisões que o cargo implicava era satisfatória, e ela gostava de ser a pessoa que tinha a palavra final sobre questões grandes e pequenas. Sylvie agora conhecia não apenas todos os clientes regulares, mas, no caso de muitos deles, também seus pais e filhos. Frank Ceccione, que cresceu a duas portas dos Padavano, lia o jornal todos os dias em uma mesa perto das janelas da frente. Ele lutou contra o vício durante grande parte de sua vida adulta, e ela achava que os dois se sentiam reconfortados ao se cumprimentarem todas as manhãs. Para a alegria de Sylvie, Izzy adorava a biblioteca quase tanto quanto ela e costumava ir até lá depois da escola. Nada deixava Sylvie mais feliz do que ver a sobrinha jogar xadrez ou ler em uma das mesas enquanto ela trabalhava em sua escrivaninha.

Izzy e Sylvie passaram as primeiras semanas do verão pintando as paredes de um dos quartos em um tom de azul profundo.

— Vou dormir aqui quando minha mãe tiver um namorado — disse ela a Sylvie.

— Boa ideia — disse Sylvie. — Eu adoraria ter um quarto só meu para me refugiar e ler, quando criança.

— Me conta histórias daquela época. — Izzy dizia essas palavras desde que aprendera a falar. Ela adorava ouvir sobre quando sua mãe e suas irmãs eram jovens.

Izzy já conhecia a maioria das histórias por causa da política de sua mãe de não esconder nada. Mas durante as noites quentes de verão que passaram pintando o quarto com a cor do céu da meia-noite, Sylvie contou as histórias em ordem cronológica. Ela ficava no topo da escada, pintando perto da borda do teto, e tentava se lembrar de todos os detalhes que conseguia. Ela começou com a infância delas, que, claro, incluía a história que, por algum motivo, mais encantou Izzy, sobre a época em que a horta de Rose estava sendo sistematicamente destruída por um animal misterioso que ninguém jamais via. O animal estava destruindo os vegetais, partindo tomates ao meio e roendo folhas e caules de tudo que havia na horta. Furiosa, Rose atribuiu turnos aos membros da família, durante os quais tinham de se sentar em uma cadeira de jardim no meio das frutas, legumes e ervas e ficar de guarda vinte e quatro horas por dia. Rose e Charlie dividiam o turno da noite, embora Rose sempre assumisse os dois, porque Charlie acabava se distraindo. Ele conversava com um vizinho por cima da cerca ou adormecia na cadeira do gramado. As meninas desciam para tomar café da manhã e viam a mãe pela janela dos fundos: o cabelo desgrenhado, um taco de beisebol na mão, olhando para a terra ao seu redor.

— O que você vai fazer quando pegar o animal? — perguntou Sylvie, e Rose respondeu calmamente:

— Vou matá-lo.

O animal sabiamente nunca se mostrou — os Padavano nunca souberam se era um roedor, um pássaro ou um fantasma —, mas a devastação dos vegetais parou sob sua vigilância. Com o tempo, Rose se declarou a vencedora e voltou a dormir em sua cama.

Depois de um tempo, a narrativa de Sylvie chegou à gravidez de Cecelia; depois, à de Julia; e depois, à morte de Charlie. Contou que Rose desistira de Izzy e da própria mãe, que o tio William fora hospitalizado e se casara com duas tias dela e que Izzy tinha uma prima da mesma idade que ela nunca conheceria. Emeline entrava e saía do quarto enquanto as histórias eram contadas, carregando lâmpadas ou livros, e balançava a cabeça como se estivesse admirada.

— Céus — dizia ela baixinho.

Algumas vezes, ela chamou Josie para ouvir.

— Sei que já lhe contei quase tudo isso — disse ela —, mas Sylvie é a melhor contadora de histórias.

— Eu gostaria de ter conhecido Charlie — disse Josie, depois de ouvir por um tempo. — Ele parece uma pessoa maravilhosa.

As histórias e as pessoas nelas contidas pareciam realmente extraordinárias, quando contadas em voz alta, pensou Sylvie. Ela e as gêmeas raramente conversavam sobre o que havia acontecido. Afinal, elas sobreviveram àquilo, e a perda de Julia as deixou silenciosas. Mas a admiração de Josie pelas histórias e o claro deleite de Izzy pelo que ela via como uma novela em que desempenhou um pequeno papel aliviaram a dor daquela época. Quando Sylvie contava a história de sua família, tudo o que ouvia era amor.

Várias vezes, Izzy balançou a cabeça e disse:

— Adultos são idiotas. Meu objetivo é crescer e não ser idiota.

— Excelente objetivo — disse Sylvie uma dessas vezes, pensando que seria incrível se Izzy seguisse seu caminho pela vida sem desgostos. Isso era possível? Então, algo lhe ocorreu, e ela disse: — Iz, na verdade, estou escrevendo essas histórias há anos. Elas estão meio bagunçadas, mas talvez você queira lê-las.

Izzy olhou para ela. Ela tinha a própria versão dos cachos Padavano — os dela eram mais escuros e mais fechados. Seu rosto era redondo e sério. Apesar de todas suas perguntas sobre a família da mãe, ela não demonstrou interesse em saber mais sobre o pai biológico. Quando questionada, Izzy disse que já tinha adultos mais do que suficientes para criá-la, muito obrigada. Além disso, se a mãe dela não queria aquele cara em sua vida, ela também não queria.

— Você está brincando? — perguntou Izzy. — Seria um sonho!

Sylvie riu, pega de surpresa pelo entusiasmo da menina. Ela escrevera cerca de trezentas páginas; encadernou-as na copiadora na tarde seguinte e entregou o manuscrito à sobrinha. Izzy leu e depois deu o livro para Cecelia e Emeline.

— É realmente muito bom. Você deveria publicá-lo — disse Cecelia, mas quando Sylvie disse que estava escrevendo apenas para ela e sua família, a irmã assentiu. Muitas vezes, ela pintava peças que não tinha intenção de vender, então isso fazia sentido para ela. Josie leu o manuscrito mais de uma vez; ela era filha única e agora se interessava tanto pela história da família Padavano quanto Izzy.

Trabalhando na casa em obras naquele verão, com histórias preenchendo todos os cantos e recantos, as irmãs se pegaram lembrando mais da história de sua família. Elas compartilharam memórias enquanto organizavam armários ou guardavam potes e panelas na cozinha. Às vezes, quando Sylvie, Emeline ou Cecelia contavam uma história engraçada durante o jantar, Izzy ou Josie acrescentavam detalhes ou diálogos, como se também estivessem presentes no momento em que acontecera.

Certa noite, estavam comendo pizza no chão da sala quando Emeline disse:

— Ouvir todas aquelas histórias novamente me fez lembrar de mim mesma, de certa forma. Eu sei que isso aconteceu principalmente com vocês duas e Julia — ela acenou para as irmãs —, mas me lembro de como me senti em cada momento.

Sylvie e Cecelia sorriram para encorajá-la a continuar. Emeline raramente falava sobre si; ela concentrava sua atenção nas pessoas ao seu redor. Levava crianças da creche para casa quase todas as tardes, e as crianças esperavam em seu colo até que os pais as buscassem. Ela continuou sendo uma pessoa caseira, mais feliz no sofá com Josie à noite. A ampla extensão do superduplex — era assim que Izzy batizara as duas casas — fazia todo o sentido para Emeline; a casa agora continha mais quartos, mais espaço e as pessoas que ela amava.

— O que você sentiu? — perguntou Izzy a Emeline. Ela e William estavam jogando xadrez no sofá, entre mordidas na pizza. William era o único adulto da família que jogava com ela seu jogo favorito. Izzy era uma péssima perdedora, mas trabalhava para se controlar com o tio, que gostava do desafio do xadrez. Determinar uma estratégia que envolvesse dois adversários e uma batalha por espaço o lembrava do basquete.

— Isso me fez lembrar do quanto eu queria ser mãe — disse Emeline. — Como isso era tudo que eu sempre quis.

William hesitou e começou a se levantar para sair da sala; Sylvie sabia que ele achava que a conversa estava ficando pessoal demais. Ele sempre teve o cuidado de dar espaço às irmãs para conversarem e, se quisessem, preservarem seus segredos.

Porém Emeline fez um gesto com a cabeça, então ele se sentou novamente.

— Josie e eu conversamos sobre tudo isso ontem à noite. — Seu rosto estava iluminado. — E vamos nos inscrever para abrigar recém-nascidos que estão para adoção. Há uma necessidade disso e há bebês que precisam de amor.

Josie apertou o ombro de Emeline.

— Na prática — disse ela —, nós cuidaríamos de bebês que nasceram de mães viciadas em drogas ou jovens adolescentes durante dois ou três meses, e então a agência de acolhimento devolveria o bebê à mãe biológica ou encontraria uma família definitiva. As pesquisas mostram — agora Josie se iluminou, porque ela adorava pesquisar — que se um recém-nascido for segurado no colo sempre que chora e receber um sorriso durante os primeiros três meses de vida, suas chances de saúde e felicidade em longo prazo aumentam em cerca de cinquenta por cento.

— Incrível! — disse Sylvie. — Emmie, que ideia maravilhosa!

Cecelia sorriu para a irmã e Josie.

— Claro que você deveria fazer isso! Teremos que comprar um daqueles balanços para bebês que Izzy adorava quando era pequena.

— Aham — disse Izzy, com uma expressão sombria no rosto. — Ouvi dizer que os recém-nascidos choram muito.

— Eu prometo que nunca vou pedir para você ser babá — disse Emeline. — E o bebê vai dormir conosco, então você não ouvirá nada à noite.

— Então você tem minha aprovação.

O pedido para se tornar um lar de acolhimento foi aprovado rapidamente. As duas mulheres estavam preocupadas com a possibilidade de serem recusadas — às vezes, recebiam olhares tortos no supermercado e uma família tirava uma criança da creche porque elas eram homossexuais —, mas o sistema de assistência social estava tão sobrecarregado que eles pareceram entusiasmados por ter candidatas com as excelentes referências e a experiência em cuidados infantis de Emeline e Josie. No final do verão, Emeline carregava um menininho em um canguru enquanto caminhava pela casa totalmente reformada.

No futuro, Sylvie pensaria naquele verão como o período em que sua família se aceitou totalmente. O superduplex, com suas casas compartilhadas e layout inusitado, espelhava a inusitada configuração da família Padavano, ou o que restava dela. Sylvie, suas irmãs e William construíram a própria vida à sua medida, para servir ao tamanho e ao papel que ocupavam. A área de estar envolvia um quintal e um jardim, que era uma mistura de horta e canteiros de flores. Cecelia utilizava o sótão da casa de Emeline e Josie como estúdio secundário, pois gostava da luz daquele espaço. Emeline construiu um armário de secagem na casa de Cecelia, que ambas as famílias usavam para secar ervas e flores do jardim. Ambas as casas tinham balanços e mamadeiras, além de berços. William guardava sua caixa de ferramentas na lavanderia de Emeline, e ele e Sylvie tinham as chaves de ambas as casas. Os utensílios de cozinha e pratos das gêmeas foram misturados, por comerem juntos ao ar livre e revezarem na limpeza. Izzy tinha um quarto em cada casa e trocava de um para o outro quando bem queria. Se ela estava lendo um bom livro, ficava na casa de Emeline, porque o quarto dela tinha uma luz de cabeceira melhor. Quando a mãe estava sem namorado, ela dormia na casa de Cecelia.

Com a ajuda de William, Izzy criou uma oficina em um dos quartos de hóspedes e construiu um sistema de alto-falantes que permitiu que as duas casas lado a lado se comunicassem sem o uso de telefone. Tanto Cecelia quanto Emeline acharam isso ridículo no início, mas logo passaram a usar a invenção diariamente. *Emmie, onde você colocou meu pincel favorito? Josie, você está em casa? Você pode me fazer um sanduíche? Izzy, o que você está fazendo aí que faz tanto barulho?*

Quando Kent terminou a residência, ele e Nicole se mudaram para Chicago, e ele também conseguiu um emprego no Bulls, como médico esportivo. Os dois casais se encontravam para jantar no restaurante mexicano pelo menos uma vez por mês, e às vezes Gus, Washington e as esposas se juntavam a eles. Essa era a única socialização que Sylvie e William faziam, além de ver as gêmeas. Mas quando Kent e Nicole começaram a ter dificuldades para engravidar, Nicole parou de querer sair, e os jantares se tornaram menos frequentes. William e Sylvie ficaram tristes pelos amigos, mas não se importaram de passar mais noites em casa. Ambos ficavam desconfortáveis na presença de estranhos. Quando um novo conhecido perguntava a Sylvie ou William como eles se conheceram, eles eram vagos, porque o relato verdadeiro era complicado demais para ser contado. Sylvie tinha lido em algum lugar que quanto mais vezes uma história era contada, menos precisa ela se tornava. Os humanos são propensos ao exagero; eles se afastam das partes da narrativa que consideram tediosas e se concentram nos pontos emocionantes. Detalhes e cronogramas mudam ao longo dos anos de repetição. A história se torna mais mito e menos verdadeira. Sylvie pensou em como ela e William raramente contavam sua história e ficou satisfeita; por não ser compartilhada, sua história de amor permaneceu intacta.

— Você e William são tão legais um com o outro! — disse Emeline uma tarde, quando eles estavam fazendo algumas tarefas domésticas. — Sinto que estou sempre jogando um bebê para Josie ou pedindo que ela pegue as meias do chão.

Sylvie sorriu.

— Bem, não temos bebês e não moramos em uma estação de trem como você.

— Verdade. — Emeline suspirou, embora ambas soubessem que ela adorava viver em um lugar cheio de bebês chorões, de crianças pequenas que os pais ainda não tinham vindo buscar, de latas de tinta pela metade e de uma criança que era capaz de entrar no quarto com um vibrador e dizer: *O que é isso?*

Sylvie também sabia que sua irmã estava certa: ela e William eram mais gentis um com o outro do que a maioria dos casais. Ela o observava engolir os comprimidos antes do café da manhã e de se deitar e via os olhos dele procurarem os dela em um cômodo quando ele estava começando a se sentir sobrecarregado. Ela se via estendendo a mão para ele no mesmo momento em que ele estendia o braço para pegar a dela. William preparava o almoço dela todas as manhãs para que levasse ao trabalho, e ela fazia com que a vida deles permanecesse tranquila, porque ele se saía melhor assim. Ele sussurrava "sou um cara de muita sorte" quase todas as noites antes de dormirem, e ela sabia que era verdade para os dois. Sylvie quase perdera a chance de viver ao lado desse homem e, por causa dessa quase perda, ela apreciava os momentos que passavam juntos, não importava quanto tempo passasse.

ALICE

Setembro de 1997 — Fevereiro de 2002

Quando o nono ano do fundamental começou, Alice tinha 1,85 metro de altura. Isso chocava todos ao seu redor. Os treinadores de vôlei e basquete de sua escola particular a seguiam pelos corredores, tentando convencê-la a ingressar em seus times, mesmo quando ela explicava que era muito descoordenada para praticar esportes. Sua altura também trouxe seu pai de volta à cena. Todos, da Sra. Laven ao carteiro e ao diretor, pareciam compelidos a dizer alguma versão de: *Uau, seu pai deve ter sido um cara muito alto, hein?*

Julia e Alice agora não se pareciam em quase nada. Quando Alice era jovem, havia algo no formato de seus olhos que a ligava à mãe, mas até isso parecia ter desaparecido. Seus gostos diferentes para roupas também não ajudaram. Julia usava terninhos e blusas de seda durante a semana e calça preta justa e uma blusa drapeada nos finais de semana. Já Alice tinha uma coleção de tênis e usava calças de moletom de diferentes cores. Era difícil para ela encontrar roupas e sapatos que lhe servissem, devido à sua magreza e altura. Os tênis, porém, eram unissex, o que lhe dava mais opções. Sua mãe a observou de cima a baixo certa manhã e disse:

— Você não parece nada feminina.

Alice riu e retrucou:

— Estamos em 1997, mãe. Eu não preciso parecer feminina.

Alice sentiu algum prazer pelo fato de supostamente se parecer com o pai. Isso a fazia sentir como se tivesse dois pais, mesmo que um deles tivesse morrido. Seu pai estava sempre com ela — ou seus genes, pelo menos —, e isso a fazia se sentir mais forte. Ela precisava de força. No último ano do fundamental, era alta demais para manter a postura curvada, algo que ela havia dominado no ensino médio — uma tática eficaz para parecer "normal". Não havia mais como contorcer seu corpo para que ela se parecesse com as meninas baixinhas de sua escola. Carrie havia parado de crescer quando atingiu 1,50 metro, o que evidenciava ainda mais a altura de Alice, já que as duas meninas estavam sempre juntas. Quando Alice abraçava a mãe ou Carrie, ela tinha de dobrar os joelhos de uma forma que sempre parecia estranha. Ela andava mais rápido do que os demais porque seus passos eram muito longos. Seu pescoço muitas vezes doía no final do dia porque ela tinha de olhar para baixo enquanto falava com as pessoas. Era regularmente chamada de *Girafa* ou *Gigante* pelas crianças com quem crescera. Uma professora de matemática lhe disse, claramente querendo ser gentil: "*Você deve sempre evitar saltos, minha querida, para deixar os meninos mais confortáveis.*" Os homens na rua se esticavam ao máximo e estufavam o peito quando passavam por Alice, como se o tamanho dela de alguma forma desafiasse sua masculinidade.

Alice decidiu, quando começou o nono ano, que pararia de perder tempo sentindo vergonha de sua aparência. Quer ela se sentisse envergonhada ou confiante, o resultado era o mesmo: ela era muito alta, e as pessoas falariam sobre isso e zombariam dela. Ela não conseguiu se misturar; sua altura a mantinha separada dos demais, literalmente. Isso significava que Alice se sentia solitária, mas como não havia alternativa, apenas decidiu aceitar sua realidade. Ela caminhava pelos corredores da escola ostentando toda a sua altura e se obrigava a sorrir quando um garoto franzino contava uma piada sobre como a escola precisaria subir o teto. Mais para provar a si mesma que poderia fazer isso do que por qualquer outro motivo, Alice usou salto alto em seu primeiro baile da escola.

— Você é muito corajosa — sussurrou Carrie enquanto entravam no ginásio, mas Alice balançou a cabeça.

— Não é bravura — disse ela. — Todo mundo olha para mim, não importa quais sapatos eu use.

Ela ficou chocada, no entanto, quando o capitão do time de basquete a convidou para dançar. Ele era tímido e gago, mas olhou diretamente nos olhos dela enquanto dançavam, e isso foi emocionante. Quando ele a convidou para sair naquela semana, ela ficou chocada novamente. A surpresa abriu espaço dentro de Alice, porém, e ela ouviu uma vozinha — era dela ou de sua mãe? — sussurrar "não". Havia se isolado dos jovens de sua idade e permaneceria assim. Sentia-se mais segura desse modo.

— Não, obrigada — respondeu Alice, com a voz mais gentil que conseguiu, e foi embora. Ela sentiu uma onda de alívio em seu interior. O garoto alto lhe fez uma pergunta que ela nunca havia considerado, e a verdade saiu de sua boca. Ela queria ser como a mãe: independente. Alice não contou a ninguém, nem mesmo a Carrie, mas, no final do dia, a escola inteira, de alguma forma, sabia que ela havia rejeitado o popular aluno do ensino médio.

Foi estranho, mas nas semanas que se seguiram, o rosto de outros jovens se voltou para ela como flores. A maioria era tímida ou, de alguma forma, socialmente desajeitados. Olhavam na direção de Alice por trás da franja ou por cima de um livro. Eles cronometravam suas visitas aos armários para coincidir com as dela. Caminhavam ao lado dela nos corredores. Eles achavam que Alice era corajosa, e isso os fazia se sentir corajosos também. Queriam se sentir melhor consigo mesmos e descobriram que se sentiam assim na companhia de Alice. *Não sou corajosa*, Alice teve vontade de lhes dizer, porque esses colegas eram regularmente insultados como ela — chamados de gordos, estúpidos ou feios —, e ela não queria enganá-los. Mas ela não conseguia pensar em uma maneira de se explicar que não os fizesse se sentir mal, então ficava quieta e lhes fazia companhia.

— Mas o que é que anda acontecendo, hein? — perguntou Carrie com os olhos arregalados. Ela passara todo o fundamental repreendendo meninos e meninas por provocarem Alice por causa de sua altura e começara o último ano preparada para fazer o mesmo. Alice encolheu os ombros. Ela tinha uma noção do que era a verdade — ela se recusava a sentir vergonha, e isso dava aos seus colegas permissão para fazer o mesmo —, mas era incapaz de colocar isso em palavras. Ninguém mais a convidou para sair, e isso foi um alívio.

Provavelmente porque Alice tinha uma vida mais fora de seu apartamento, ela agora conseguia aceitar os silêncios de sua mãe sobre seu passado e a falta de fotografias nas paredes. A pequenez de sua família de duas pessoas não parecia mais profundamente frágil para ela. Alice e Julia ainda jantavam juntas na maioria das noites e assistiam a filmes com seus roupões felpudos às sextas-feiras, se Alice não estivesse dormindo na casa de Carrie. Ela e a mãe divertiam uma à outra imitando vozes bobas e competindo para responder primeiro às perguntas do *Jeopardy!*. Mas Alice também sentia alguma satisfação por seu corpo — com sua altura ridícula e desajeitada e seu cabelo liso cor de palha — ser de alguma forma a personificação do passado que sua mãe se recusava a mencionar. Alice ainda não conhecia os detalhes, ou mesmo os aspectos gerais, da vida de sua mãe em Chicago, mas já não sentia que *precisava* da informação. Ela estava se tornando ela mesma e era madura o suficiente para ter certeza de que, se chegasse a hora de se salvar, teria forças para fazê-lo.

No final do ensino médio, Alice já havia descoberto como administrar sua vida. Ela se sentia menos como um animal de zoológico andando pelos corredores da escola. Dormia na casa de Carrie na maioria dos finais de semana, e no meio da noite, as amigas citavam suas falas favoritas de filmes, cantavam junto com os discos e conversavam sobre o que lhes passasse pela cabeça. Alice visitava a avó na Flórida uma vez por ano, sem Julia, porque a mãe e a avó já não se davam bem. Alice agora estava plenamente consciente de que sua mãe havia eliminado suas irmãs, sua cidade natal e, em grande parte, a própria mãe de sua vida, e por isso Alice teve o cuidado de viver dentro dos limites traçados por sua mão ao redor delas. Alice amava a mãe, e embora não achasse que poderia perder Julia, esses fatos diziam o contrário. Mesmo assim, Alice não pôde deixar de notar a expressão que às vezes passava pelo rosto de Julia quando a filha entrava na sala ou se levantava. Sua mãe sentia um tremor naqueles momentos, um portal se abria para outra vida, e embora Alice não tivesse permissão para entrar, ela ficava feliz por ser aquela que ocasionalmente sacudia a porta.

Julia levou Alice para a Universidade de Boston no início de seu primeiro ano. Ela conversou com a filha enquanto ela dirigia. Alice achava que conhecia todos os estados de humor de sua mãe, mas hoje Julia estava soltando faíscas que ora pareciam empolgação, ora sinais de alerta de um motor que precisava de conserto.

— Quero que você se divirta na faculdade — disse ela.

— Claro — concordou Alice. Suas mãos suavam, faziam isso quando ela estava nervosa, e ela as enxugou no short.

— Você não se divertiu o suficiente no ensino médio. Eu quero que você seja feliz. — Julia lançou um olhar para a filha, para deixar claro que ela estava levando a conversa a sério.

— Eu me diverti — disse Alice. E era verdade. Ela se divertia ficando acordada até tarde ouvindo música no quarto de Carrie e assistindo a filmes com a mãe. Havia começado a tomar café no penúltimo ano, e envolver aquela caneca quente com as mãos todas as manhãs a deixava animada — isso se enquadrava na categoria de *diversão*, não é? Uma de suas preocupações em relação à faculdade era que o café no refeitório não tivesse um sabor tão bom quanto o que ela fazia em casa. Alice tinha muitas preocupações em relação à faculdade, na verdade. Ela não gostava da ideia de ficar enfiada em um dormitório com muitas jovens de sua idade, porque eram barulhentas e bagunceiras, e Alice nunca ficaria sozinha. Felizmente, Carrie estava estudando na Emerson, que também ficava em Boston; Alice ficou muito aliviada ao saber que sua melhor amiga estaria por perto.

— Ah, esses motoristas — disse Julia. Elas estavam viajando de Nova York a Boston pela I-95, uma rodovia gigante que subia pela Costa Leste. Motociclistas, enormes veículos de dezesseis rodas e carros dançavam uns em torno dos outros, em busca de espaço. — Você deveria namorar, ir a festas, ficar acordada a noite toda, coisas assim.

— Foi isso que você fez na faculdade? — perguntou Alice.

Julia pareceu pensar a respeito.

— Minha situação era diferente. Eu tinha que morar em casa por motivos financeiros, então não fazia parte da vida no *campus*. Mas você pode fazer o que quiser, querida. Até fumar maconha. Ou, como os jovens chamam isso, ficar chapada.

— Meu Deus, mãe!

A Sra. Laven deixou de chamar Alice de *minha menininha* para — depois que Alice a ultrapassou em altura — *minha alma velha*. Alice não se importou; ficou um pouco orgulhosa do apelido, porque sugeria que ela era madura. Essa era a razão pela qual ela não tinha interesse em namorar garotos. Ela era diferente, antiga por dentro e se saía melhor sozinha. A ideia de flertar, beijar e fazer sexo a enchia de horror. A alma velha de Alice também ajudava a explicar o pavor em seu peito em relação aos quatro anos seguintes.

Ela suspirou. Sabia que sua mãe ficava assustada quando pensava que Alice poderia estar triste, e por isso Julia sempre tentava empurrar a filha em direção à felicidade. Alice aprendeu sozinha a sorrir quando entrava nos cômodos em que sua mãe estava. Ela sabia que sorrir relaxaria Julia imediatamente. Mas esse era um trabalho cansativo, e Alice disse, com a voz mais próxima às lágrimas do que ela gostaria:

— Farei o meu melhor, está bem, mãe?

A agitação em Julia diminuiu, e ela assentiu. Ambas ficaram em silêncio durante o resto da viagem. Quando chegaram ao *campus* da Universidade de Boston, sua mãe a ajudou a carregar suas coisas até o dormitório do segundo andar. Eles chegaram antes da colega de quarto de Alice, uma garota chamada Gloria, da Louisiana, então Alice escolheu o beliche de baixo e a escrivaninha mais próxima da janela. Ela deixou a mãe abraçá-la para se despedir, mas não conseguiu retribuir o abraço, pois achava que, se o fizesse, algo dentro dela poderia quebrar, e ela cairia no choro. Alice nunca chorou, outra perda de controle que ela evitava, e ela não podia se dar ao luxo de começar agora.

Ela achou o primeiro mês de faculdade estressante. Temia que a falta de solidão a incomodasse, e de fato incomodava. Gostava da colega de quarto, que tinha uma risada maravilhosa e estridente, mas Gloria só falava em tom de fofoca: *"Você viu o cara de boné flertando com aquela loira?"* ou *"Aqueles dois claramente se odeiam"*. Alice assentia em vaga concordância, mas parecia muito cedo para fofocas, como sair de férias e comprar uma casa no primeiro dia. Ela pensou: *Mas não conhecemos nenhuma dessas pessoas. Eu não conheço você. Somos todos estranhos.*

Por causa de sua altura, ela não conseguia passar despercebida. Ela atravessava o *campus* a caminho da aula e sentia o olhar das pessoas. As meninas pareciam chocadas quando a viam, mas raramente diziam alguma coisa. Algumas adotavam uma expressão de pena, a personificação da palavra *coitadinha*. Ela sabia que estavam sussurrando orações de gratidão pela sua pequenez, pelo fato de serem femininas e poderem se camuflar quando necessário. Os meninos perguntavam se ela estava no time de basquete ou de vôlei. Quando ela negava, ficavam chocados. *"Seu pai é o Larry Bird?"*, um cara perguntou a ela. Alice pensou que ele estava brincando, mas percebeu que não. Certos meninos só aceitariam sua altura se ela fosse uma atleta séria ou, aparentemente, parente de alguém que fosse. Caso contrário, o tamanho dela os incomodava, como uma correspondência para a qual não conseguiam encontrar um destinatário. Ainda assim, havia outros rapazes — as versões um pouco mais velhas dos garotos do ensino médio que andavam pelos corredores com ela — que sorriam ao ver Alice.

— É um prazer — um garoto chamado Rhoan disse a ela quando eles foram apresentados em um evento de orientação. — Pode apostar.

O sorriso dele era tão contagiante que ela não pôde evitar retribuir. Ele e Alice tornaram-se amigos e, certa noite, quando ele ficou chapado, tentou explicar a ela sua reação inicial.

— Você era uma giganta, e se orgulhava disso. Você é durona, Alice.

— Na verdade, não sou — disse Alice. — As pessoas confundem minha altura com bravura. Já faz algum tempo que isso acontece.

Rhoan pareceu refletir.

— Tudo bem — disse ele. — Justo. Talvez o que estou vendo em você seja o potencial para você *se tornar* durona.

Alice sorriu.

— Isso não vai acontecer — disse. — Mas obrigada.

Carrie a visitou em uma tarde de sábado em outubro, e depois de passear pelo vasto *campus* da Universidade de Boston, ela, Alice, Rhoan e Gloria ficaram no quarto de Alice e Gloria. A porta delas estava aberta, então puderam observar o tráfego de estudantes. Alguém no fim do corredor estava interpretando James Taylor, e sua voz melancólica se retorcia no ar.

— Gosto de você — Gloria disse a Carrie a certa altura. — Estou feliz que minha garota tenha uma amiga legal. Alice é tão tímida que eu estava ficando preocupada. Eu fico tentando apresentá-la a diferentes homens altos no *campus*. Ela é muito bonita, e sua beleza está se aflorando.

— Ah, por favor! — Alice revirou os olhos.

— Eu também gosto de você. — Carrie estava de pernas cruzadas no pufe no canto, radiante sob seu cabelo bem curtinho. — Alice floresce lentamente, só isso. Ela vai chegar lá, é só questão de tempo. — Carrie lançou a Alice um olhar de advertência: *Vou ser sincera*. — Agora que está longe da mãe, espero que comece a viver mais.

— Ei — disse Alice, surpresa.

— Então esse é o problema? — perguntou Gloria. — Conheço minha cota de mães controladoras, pode acreditar. Sinto muito, amiga.

— Alice está se dando muito bem — disse Rhoan. Ele era encorajador por natureza; ia a eventos de atletismo da faculdade apenas para torcer pelos corredores mais lentos. — Você e eu podemos procurar homens juntos. Ou eu procuro e você pode me fazer companhia. Você quem manda, querida.

Parte de Alice ficou entusiasmada com a gentileza de Rhoan e a atenção desses amigos, novos e antigos. Outra parte dela, porém, estava desconfortável. Aquela tarde estava sendo exatamente como ela temia que fosse a faculdade. Muito tempo livre, muitas horas sem rumo com seus colegas, inventando dramas em vidas perfeitamente boas.

— Para ser clara — disse ela —, o modo como vivo não tem nada a ver com minha mãe. Eu a amo.

Carrie encontrou os olhos azuis de Alice com os seus.

— Eu não disse nada sobre você não a amar.

Alice franziu a testa, para sinalizar que não ia mais falar no assunto. Carrie sabia que ela era sensível quando se tratava de sua mãe, então geralmente guardava seus pensamentos para si. Mas Carrie dissera à amiga uma vez, durante o ensino médio, para não se inspirar em Julia. *"Gosto muito da sua mãe"*, disse Carrie, *"mas qualquer pessoa que se veste e penteia o cabelo com tanto cuidado como a sua mãe faz todos os dias é infeliz. Ela está tentando esconder a própria bagunça interna, e eu quero algo melhor do que isso para você."*

Em uma tarde de terça-feira, em meados de fevereiro, Alice voltou para seu dormitório depois de uma aula e encontrou a mãe lá. Julia estava ao lado da escrivaninha. Ela vestia um terno, e seu cabelo estava preso em um coque elegante, em camadas.

Alice parou na porta. Sua mãe não havia voltado ao *campus* desde que deixara a filha lá, no início do ano letivo — Alice tinha viajado para casa nos finais de semana prolongados e feriados — e nunca aparecia em lugar nenhum sem avisar ou planejar.

— Mãe? — disse. — O que você está fazendo aqui?

Julia não olhou para a filha. Ela se inclinou para mais perto da parede.

— Essas fotos — disse ela, com voz tensa. — De onde eles são?

Alice sentiu algo afundar dentro dela. Entrou no quarto, fechou a porta e tirou o casaco de inverno. A parede acima de sua escrivaninha estava coberta de fotografias dos murais de Cecelia Padavano. Rhoan era um aspirante a arquivista de arte e ajudou Alice a reunir as imagens de várias revistas de arte. Eles tiveram que encomendar algumas delas, enviando um cheque de alguns dólares pelo correio para pagar uma revista de arte desconhecida de Chicago que parecia cobrir a maior parte do trabalho de Cecelia. Rhoan havia ampliado algumas das imagens menores com equipamentos que tinham no departamento de arte. Era um projeto em andamento; Alice estava aguardando a chegada de uma revista que trazia um mural que Cecelia havia pintado para uma escola municipal.

— São da sua irmã — disse Alice. Ela não tocava no assunto da família de Julia havia anos. Enquanto estava no ensino médio, tanto ela quanto a mãe se comportavam como se não tivessem outros parentes. Alice visitou Rose na Flórida, mas ao retornar, mal mencionou a viagem para a mãe. Julia fechou aquela porta entre elas tantas vezes, que Alice a trancou.

Foi Rose quem uma vez mencionou, durante a visita da neta, que sua tia Cecelia era artista. Alice tentou encontrar as pinturas de sua tia durante o ensino médio, mas não tinha ideia de onde procurar. O trabalho de Cecelia não estava em museus nem em livros de história da arte. Alice também sabia que, enquanto morasse em casa, qualquer coisa que encontrasse teria de ser escondida da mãe. Ela decidiu que retomaria a busca na faculdade, quando seus pertences e passatempos estariam fora do alcance de sua mãe. A promessa de procurar a arte de Cecelia e poder exibi-la foi um dos incentivos que Alice usou para se convencer a ansiar pela vida na faculdade, e valera a pena; a parede acima de sua mesa era sua vista favorita. Quando Gloria saía para festas, Alice ficava no quarto, lendo ou apenas olhando para a parede à sua frente. Quanto mais imagens ela conseguia adicionar, mais satisfeita se sentia.

— Ela ficou tão boa! — murmurou Julia. Estava encostada na mesa agora, para chegar o mais perto possível das imagens.

— Você percebeu? — Alice podia sentir seu coração batendo no peito. — Você e eu estamos nos murais.

Julia lançou à filha um olhar difícil de decifrar, havia incredulidade e medo nele, e voltou a atenção para as imagens.

A maioria dos murais e, portanto, a maior parte da parede de Alice eram de retratos de mulheres, closes pintados com cores vivas em paredes de tijolos. Havia o rosto de uma mulher em particular que aparecia em alguns prédios e na parte inferior de um viaduto. Na maioria das pinturas, seus olhos estavam abertos; em uma parede, eles estavam fechados. Havia algo de antigo em seu rosto — ela parecia ser de outra época. Os murais não eram todos retratos individuais; havia uma imagem que Rhoan ampliou de um grupo de crianças, talvez vinte no total. A legenda dizia que o mural estava localizado em um playground de Chicago. As crianças sorriam; parecia que alguém tinha acabado de lhes contar uma ótima notícia. Na última fila do grupo, estava uma garota branca com cabelo castanho-alourado que era inconfundivelmente Alice, com cerca de dez anos de idade.

— Mandava fotos suas para Cecelia quando você era pequena — disse Julia, novamente com a voz abafada, como se não estivesse falando com pessoas no mesmo cômodo.

— Você está bem aqui — disse Alice, e apontou. A imagem mostrava uma parede pintada de azul-vivo, sobreposta com o contorno do rosto de uma mulher. Cachos poderosos inundavam o espaço ao seu redor. Seu queixo estava erguido. Esse retrato era diferente dos outros, mais despojado. Era Julia, sem dúvida, mas apenas aqueles que a conheciam intimamente saberiam.

O quarto estava silencioso; Gloria estava no laboratório de biologia e ficaria fora até o jantar. Julia estava pálida, e Alice sabia que, se tocasse a mão da mãe, estaria úmida.

— Sente-se, caso sinta tontura — disse ela.

— Eu não vou desmaiar.

— Eu apenas gosto da arte dela — disse Alice. — Não entrei em contato com ela nem nada. Você não precisa se preocupar.

Julia olhou da parede para a filha. Seu batom se destacava contra a palidez de seu rosto. Parecia que ela ia falar, mas não o fez. Em vez disso, ela assentiu.

Mãe e filha caminharam silenciosamente em meio ao frio até um restaurante italiano próximo. Assim que se sentaram, com o lugar fervilhando ao redor delas, Julia começou a se animar. Ela parecia se lembrar de quem era e por que estava ali.

— Aceitei um cliente em Boston — disse ela. — Eu me encontrei com ele hoje. É claro que — ela sorriu para a filha — o que me ajudou a tomar essa decisão foi o fato de que isso me dá um motivo para vir a Boston e ver você. Fico muito sozinha em Nova York.

Alice também sentia falta da mãe. Mas ela se sentia sozinha agora à mesa com ela. Sabia que sua mãe estava prestes a perguntar se ela havia decidido sua área de interesse — ela não tinha — e se ela tinha namorado — ela não tinha — e se ela estava se divertindo. Mas também sabia que uma parte dela e de Julia ainda estavam lado a lado diante da parede de fotos, olhando para os próprios rostos pintados por uma mulher em outra cidade, da outra vida de Julia.

Alice se lembrou da época de escola, quando ultrapassou a altura da mãe e percebeu que Julia não era uma super-heroína perfeita, que sua mãe era humana, o que significava que ela tinha defeitos e um passado, que parecia combinar com seu cabelo selvagem. Alice passou a vida vendo a mãe tentar controlar seu cabelo e seu passado, sufocando-os, tentando impor seu controle sobre eles todos os dias. Desejando estar de volta ao quarto, sozinha diante da parede de fotos, Alice pensou: *Ela fez o mesmo comigo.*

SYLVIE

Setembro de 2008

Sylvie saiu mais cedo da biblioteca. Disse ao bibliotecário assistente que estava com dor de cabeça. Voltou para casa pelo caminho habitual, passando pelos murais de Cecelia. Pilsen parecia particularmente colorida naquela tarde de final de setembro, e Sylvie ficou feliz por estar cercada pela arte da irmã. Sempre que visitava a casa das gêmeas, percorria os corredores para ver se algum retrato havia sido acrescentado ou removido. Ela tinha certeza de que veria as mulheres de sua vida: suas irmãs, suas sobrinhas, sua mãe e ela mesma. Parte do desejo de Sylvie de voltar para casa mais cedo hoje era apreciar a obra de arte de Cecelia que estava pendurada em sua sala de estar: a paisagem que ela havia pintado para William logo depois que ele havia saído do hospital.

Sylvie e entrou no apartamento silencioso. William demoraria algumas horas para chegar em casa. Ela sentiu seus ombros relaxarem. O espaço era tranquilo e decorado exatamente ao gosto deles. Sylvie e William raramente recebiam visitas; grandes jantares comunitários aconteciam no superduplex, e Kent era viciado em comida, então ele sempre sugeria que eles se encontrassem em restaurantes que ele queria experimentar. O apartamento era onde ela e William não precisavam silenciar seu amor nem prestar atenção em mais ninguém. Eles gostavam de ficar no mesmo cômodo, então Sylvie lia ao lado de William enquanto ele assistia aos jogos de basquete com o volume no mudo. Quando Sylvie cozinhava, preparava os pratos favoritos do marido: qualquer tipo de massa ou de ensopado. Quando William cozinhava, a receita geralmente incluía grão de bico, porque era o favorito de Sylvie.

Ela se apoiou no encosto do sofá e estudou a pintura de luz, vento e chuva. A paisagem sempre pareceu uma esperança para ela, e Sylvie precisava de alguma. Ela havia ido ao médico na semana anterior, por causa de uma dor de cabeça estranha e recorrente. Sylvie conseguia visualizar a dor quando ela chegava: era lilás e emanava de algum lugar perto de sua têmpora direita em anéis concêntricos. Desenhou a dor de cabeça em um pedaço de papel para o médico, que a encaminhou para consultar um especialista. Os exames foram feitos. Sylvie ficou deitada em um aparelho de ressonância magnética, estranhamente orgulhosa de sua capacidade de ficar perfeitamente imóvel, porque isso agradava ao técnico. Ela não mencionou suas dores de cabeça a William ou às gêmeas e não lhes contou que iria ao médico. Presumiu que as dores não seriam nada grave, ou talvez um sintoma da perimenopausa. Afinal, ela tinha quarenta e sete anos.

O especialista, um homem que falava com rapidez — provavelmente porque era muito requisitado e, portanto, tinha pouco tempo — disse-lhe que havia um tumor em seu cérebro. Sylvie assentiu em resposta, para ser educada. Ele falou sobre a localização do tumor e o tamanho. Ele usou a palavra *terminal*. Sylvie assentiu novamente, ouviu mais um pouco e saiu do consultório. O prédio de onde ela saiu ficava perto de Northwestern, e ela decidiu voltar para casa a pé. Não prestou atenção na direção que seguia; sabia que, como um pombo-correio, seu corpo voltaria sozinho para Pilsen.

Enquanto caminhava, Sylvie descobriu que não havia ficado surpresa com o diagnóstico. A notícia se instalara tão rapidamente dentro dela que ela percebeu que devia saber, em algum nível, que estava prestes a acontecer. Quando o especialista usou a palavra *incurável*, ela pensou: *Claro. Isso parece certo.* Sempre que algo dava errado em sua casa quando ela era criança — faltava eletricidade, a máquina de lavar inundava, a geladeira morria —, as primeiras palavras de sua mãe eram: *"Estamos sendo punidos."* Sylvie estava sendo punida pela escolha que fizera vinte e cinco anos atrás. Embora ela tenha parado de se considerar católica após o funeral do pai, reconheceu em seus ossos a justiça retributiva da religião. Ela *ficou* surpresa, porém, ao descobrir que, inconscientemente, manteve esse sistema de crenças. Ela teria pensado que havia evoluído para além da culpa que estava entrelaçada ao catolicismo e à sua infância, para além do conceito de olho por olho. Mas aparentemente, aceitou essa estrutura de retaliação, talvez nos bancos da St. Procopius, quando criança. Sylvie traiu a irmã, então seu corpo a traiu.

Também é possível que você esteja apenas em estado de choque, pensou Sylvie agora. A pintura à sua frente estava se tornando menos potente; a luz, a esperança na tela, estava desaparecendo. Sylvie sabia que isso acontecia porque ela estava olhando a pintura havia muito tempo; seu significado fora perdido, da mesma forma que o significado de uma palavra se perde quando repetida cinquenta vezes. Ela sabia que a esperança ainda estava na pintura; simplesmente não conseguia mais ver.

Ainda não tinha contado a William; planejava lhe contar naquela noite. Desejava que seu marido permanecesse ignorante sobre isso; desejava poder simplesmente adoecer e morrer sem que ele tivesse de assistir. Sylvie sabia que quando William olhava para ela, via a garota de vinte e poucos anos por quem se apaixonara. Parecia possível, e, ainda assim, impossível, que ela pudesse desaparecer enquanto permanecia inteira sob seu olhar. *Desejava?*, Sylvie pensou, mas então se conteve, porque *desejar* era um caminho perigoso para se percorrer. Ela precisava aceitar *a realidade.*

Sylvie não estava preocupada consigo mesma. Ela estava agora na posição incomum de saber como a própria história terminaria — ela morreria devido a um aglomerado anormal de células em seu cérebro —, mas estava profundamente preocupada com seu marido, sobre como e se continuaria vivendo depois que ela morresse. William estava muito mais saudável, muito mais forte do que quando jovem, mas ela sabia que ambos acreditavam que sua base sólida havia sido construída sobre três pilares: os medicamentos antidepressivos, o cuidado diário com sua saúde mental e o amor deles. Removendo um terço dessa equação, ele desmoronaria? Se o fizesse, Sylvie não estaria mais lá para salvá-lo. Desde que saíra do consultório do especialista, ela vinha refletindo sobre William, imaginando se haveria alguma brecha que possibilitasse que ele ficasse bem. Ao mesmo tempo, o restante de Sylvie, sua mente e seu corpo, havia se voltado para uma direção surpreendente: Julia. O diagnóstico trouxera uma saudade física da irmã mais velha, uma saudade tão profunda que Sylvie ficou sem fôlego. Sentiu falta do timbre da voz de Julia quando ela estava bolando um plano. Sentiu falta do abraço específico e do cheiro da irmã.

Sentia falta de ficar deitada no escuro no quarto de sua infância, ouvindo Julia organizar toda a vida de ambas. Esse anseio envolveu o corpo de Sylvie agora, enquanto ela tentava encontrar a luz na pintura. Ela se perguntou se o tumor era um castigo por ter magoado a irmã e até mesmo se foi criado pela separação entre elas. Talvez o corpo de Sylvie tenha sido incapaz de suportar a distância entre Chicago e Nova York.

Naquela noite, na cozinha do apartamento deles, Sylvie contou a William o que o médico havia dito. Ela queria fechar os olhos para não ver a notícia fraturar seu amado e dilacerar seu rosto, mas se obrigou a assistir. Ela precisava pegá-lo se ele caísse.

— Você tem certeza? — questionou ele.

— Sim.

Depois de alguns minutos, ele perguntou:

— Do que você precisa? O que posso fazer?

Ela não disse nada, mas a saudade ainda estava presente, e William sempre a via por inteiro. Amava-a por inteiro.

— Você precisa da Julia — disse ele. O nome dela soou estranho saindo da boca de William. Eles nunca mais haviam falado dela.

Sylvie balançou a cabeça.

— É impossível. Eu nunca pediria nada a ela.

William estudou sua esposa, com os olhos vidrados de choque e tristeza. Ele não acreditava em palavras como *impossível*, por causa daquilo pelo que havia passado. Acreditava em tentar ajudar; era isso que ele fazia no trabalho — ajudava jovens atletas a permanecer saudáveis e inteiros — e acreditava em seu casamento com Sylvie. Ela o observou tentar descobrir o que poderia ser feito com os materiais disponíveis, enquanto o Sol se punha no céu atrás dele.

WILLIAM

Setembro de 2008

Quando William chegou ao centro de treinamento dos Bulls, ele acenou com a cabeça para o segurança e, depois, para o garoto atrás da mesa. Estava ciente de sua respiração curta; estava sem fôlego com o que Sylvie havia lhe contado na noite anterior. Ele sentiu a notícia apenas em seu corpo; entrando e saindo de seus pulmões. Precisava ir ao centro de treinamento antes de se permitir absorver aquilo completamente. William se dirigiu às quadras; o ar se movia com as bolas quicando no chão. Ele contornou o amplo espaço e entrou na sala de exames, onde sabia que Kent estaria. E ele estava lá, aplicando fita de fisioterapia no joelho de um novato.

O garoto avistou William primeiro e fez a expressão que a maioria dos jogadores adotava perto dele quando estavam mancando, machucados ou feridos de alguma forma. Não era incomum um jogador lesionado avistar William e tentar fugir, como um caranguejo.

— Não é nada grave, Will — disse o novato. — Kent está confiante; você está confiante, certo, doutor? Estarei pronto para o primeiro jogo.

William balançou a mão no ar.

— Eu vi você se aquecendo ontem. Você vai ficar bem. Tem pernas fortes.

O novato desabou de volta para trás na mesa de exame, visivelmente aliviado.

Kent riu com o rolo de fita nas mãos, e o movimento fez seus dreads tremerem.

— Você vê coisas — disse o garoto, ainda deitado. — Todo mundo sabe disso. Todos já ouvimos sobre os ferimentos que você previu. Você é famoso por ser... — Ele parou por um momento, procurando as palavras certas. — Clarividente, talvez. Ou seja lá como chamam um cara bruxo.

William se encostou na outra mesa de exame, subitamente cansado.

— Um feiticeiro.

— Não — disse o garoto, em direção ao teto. — Não é isso. Mas você pode ver quando não estamos bem.

William não tinha mais sorrisos, mas se tivesse, teria usado um agora. O novato estava certo; o trabalho dele era ver quando um jogador não estava bem.

— Na maioria das vezes, o que William vê pode ser consertado — disse Kent. Ele pressionou a última tira de fita fisioterápica sobre o joelho e estudou seu trabalho. — Vocês, covardes, deveriam implorar para que ele olhasse para vocês, e não se esconder dele como crianças. Você está liberado.

— Tenho pernas fortes — repetiu o novato. — Estou feliz com isso. — Ele pulou da mesa sobre a perna saudável, pegou os tênis e saiu da sala.

Kent se endireitou. O médico parecia mais um jogador de futebol americano do que o ala pivô que costumava ser. Devido a uma combinação de levantamento de peso e entusiasmo pela comida, ele havia aumentado consideravelmente sua massa corporal desde a faculdade. Ele e Nicole haviam se divorciado um ano antes, e Kent só recentemente começara a recuperar sua energia propulsora e suas risadas. Muitas vezes, cortava por dentro da quadra ao entrar e sair do prédio, tentando roubar a bola de um jogador, embora tivesse quase cinquenta anos e seus pacientes fossem atletas de elite no auge. Os jogadores fugiam de William, mas queriam ficar perto de Kent.

O rosto de Kent estava sério enquanto ele estudava seu amigo por trás dos óculos de armação preta. Ele inclinou levemente a cabeça, um sinal para William falar.

— Sylvie lhe mostrou sua ressonância magnética?

Os ombros de Kent caíram.

— Ela lhe contou.

William fechou os olhos por um momento. Ele imaginou Sylvie entregando seu prontuário médico a Kent; ele era a pessoa em quem ambos pensavam em caso de emergência. Sylvie pode ter pensado: *Talvez Kent possa me salvar.*

— Desconfiei — disse William — que ela poderia ter falado com você primeiro, perguntado sua opinião.

— Ela consultou o melhor especialista da Northwestern. Fiz algumas ligações, falei com o médico. Houve uma segunda opinião. O diagnóstico está correto.

O ar na sala parecia escuro, mas talvez fosse apenas William desfalecendo.

— Ela disse que recusou a maior parte do tratamento. Que tem cerca de seis meses.

Kent deu um aceno de cabeça único e esforçado, como se tivesse de lutar contra o ar para se mover.

— Achei que ela fosse fazer isso.

— O que você acha?

— Eu faria a mesma coisa, no lugar dela. É a escolha corajosa. O tratamento é quase tão ruim quanto o que ela tem.

William percebeu o braço de Kent se contraindo e disse:

— Não quero um abraço.

— Eu sei.

William olhou para o relógio, embora não se importasse com a hora. Ele havia conseguido o que precisava ali. Confirmação. A notícia de Sylvie era real, porque Kent havia dito isso. Ele saiu da sala.

— Preciso cuidar de algumas coisas — disse ele. — Talvez eu volte à tarde, ainda não sei.

— Eu vou ajudar você a superar isso. — Kent correu para alcançar William. — Eu não vou te deixar sozinho. Seus remédios são suficientes. Vai ser difícil, mas você vai conseguir aguentar.

— Tenho que pensar — disse William, mas a essa altura ele já havia empurrado a porta da frente do prédio e estava sozinho na calçada. Podia sentir seu amigo atrás dele, querendo segui-lo, mas se contendo.

William caminhou em direção a Pilsen. Sua pele doía. Seu cabelo doía. Seu joelho, que raramente o incomodava, doía. Esperava que Kent dissesse que Sylvie havia interpretado mal o médico ou que havia uma cura da qual ela ainda não sabia. Ele seguiu pela memória muscular até Throop Park. Era ali que Arash ainda realizava seu atendimento semanal, por isso William conhecia cada centímetro da quadra ao ar livre. Ele encontrou uma bola de basquete surrada debaixo de um banco e começou a driblar. O som de uma bola quicando no chão o acalmou; isso desembaraçou seus batimentos cardíacos e permitiu que ele pensasse com mais clareza. William notara uma mudança em Sylvie — uma ligeira hesitação em seus movimentos — alguns meses antes, mas achou que era apenas devido ao envelhecimento. Uma desaceleração infinitesimal de seus músculos, articulações e tendões. William pensou: *Afinal, já percorremos metade de nossas vidas.* Ele nunca teria chegado a este ponto, a metade, sem ela.

Quicou a bola contra o cimento. Na noite anterior, sua esposa olhara para ele com seu rosto lindo e radiante. Ela era sua âncora, seu céu. Ela lhe dera uma vida, duas décadas e meia antes. Ele não merecia isso; durante os primeiros anos de relacionamento, dizia a si mesmo: *Você deveria ir embora. Você deveria terminar com ela.* Mas não conseguia. Sempre soube que a ruptura ocorrida na família Padavano era culpa dele. O silêncio que se seguiu entre Sylvie e Julia era culpa dele. Julia se mudar para Nova York e nunca mais voltar era culpa dele. Sylvie discordava, mas ela era muito gentil, e ele sabia que ela havia se convencido de que isso era verdade porque o amava. William deixou a mentira continuar por tanto tempo porque amava sua vida com Sylvie; ele a amava e estava tão feliz quanto lhe era possível. Não queria que nada mudasse. Fora um covarde.

Não mais, pensou. William perderia tudo o que era importante para ele. Mas primeiro ele poderia fazer todo o possível para que Sylvie se sentisse amada e completa.

Ele olhara para o rosto de sua esposa na noite anterior e sabia o que tinha de fazer. Havia apenas uma resposta. Quando William driblou o suficiente para suar e todo seu corpo estava quente, tirou o celular do bolso e ligou para a primeira esposa.

JULIA

Setembro de 2008

Julia estava em sua mesa, esperando receber uma apresentação de sua assistente e pensando em Alice. Ela sabia racionalmente que sua filha havia crescido e tinha a própria vida — tornara-se uma jovem de vinte e cinco anos e não morava mais com Julia, afinal de contas —, mas os padrões no cérebro de Julia haviam sido estabelecidos anos antes, e ela estava programada para se preocupar com a vida de sua filha pelo menos uma vez por hora. Talvez *preocupação* não fosse a palavra certa: Julia habitualmente revirava a filha mentalmente como se ela fosse um cubo mágico que não conseguia resolver. Ela conhecia a filha melhor do que ninguém, mas havia uma parte de Alice trancada a sete chaves, e Julia temia que isso fosse culpa dela. A vida de sua filha era simples demais, organizada demais, para alguém de vinte e poucos anos. Alice nunca permanecia fora até tarde ou ficava muito bêbada. Ela nunca chorou por causa de um homem, nem sequer chorava, pelo que Julia sabia. O mais preocupante, na opinião de Julia, era o fato de Alice nunca ter tido um namorado. Julia estava com muito medo de perguntar diretamente, mas achava que havia uma grande chance de sua filha ser virgem. Essa ausência na vida da filha — de amor, de toque, de relacionamento — deixava Julia em pânico. Por que sua linda filha teria aberto mão da intimidade? Ela sabia que a altura de Alice devia intimidar alguns homens, mas não todos; Julia só ia para a cama com homens que concordassem com seus termos e, embora tivesse desistido de namorar alguns anos antes, nunca teve dificuldade em encontrar homens agradáveis. Esse espaço em branco na vida de sua filha era presumivelmente deliberado, e Julia queria entender o porquê, mas Alice era hábil em se esquivar de conversas sobre sua vida pessoal. Certa vez, quando Julia ignorou os sinais de Alice e pressionou muito, sua filha disse:

— Por que tenho que viver do jeito que você acha que eu deveria? Você nunca precisou de um homem, e eu também não preciso.

Na faculdade, Alice adiou a escolha de uma especialização porque achava a maioria das matérias igualmente interessantes. Isso confundiu Julia; sua filha era inteligente, mas não estava focada em nenhuma carreira.

"Que tal fazer pós-graduação?", havia sugerido Julia. *"Você é boa em ciências, eu ficaria feliz em pagar a faculdade de medicina."* Alice balançou a cabeça, com uma expressão distraída no rosto, e limitou-se a dizer: *"Não, obrigada."*

Depois da faculdade, ela trabalhou como editora freelancer para algumas editoras, um trabalho que exigia que ela analisasse frases durante dez horas por dia e mal pagava o suficiente para viver. Alice nunca foi uma leitora ávida enquanto crescia — ela preferia televisão —, mas agora ela lembrava Sylvie, com sua atenção sempre voltada para um livro. Mas Sylvie realmente adorava ler; não estava claro o que estava prendendo os olhos de Alice nas páginas. *O que ela vai fazer da vida?*, Julia se perguntava. *Quem ela realmente vai ser?* Porque essa versão controlada e impermeável de sua filha não poderia ser o produto final, poderia? Julia se preocupava — ela sempre se preocupou com isso — que Alice estivesse deprimida, mas sua filha parecia muito firme, muito equilibrada, para que fosse esse o caso. E quando perguntava à filha se ela estava bem, Alice sempre respondia que sim.

Quando a luz do telefone de Julia piscou, ela ficou feliz com a distração de seus pensamentos. Ela pegou o aparelho e disse, no tom confiante e profissional que dominava havia muito tempo:

— Julia Padavano.

— Olá, Julia. — Houve uma pausa. — Sou eu, William.

Ela ouviu a voz dele, mas o som veio acompanhado de um eco. Julia havia fechado seu passado como se fosse uma torneira, e o rangido da abertura da válvula era ensurdecedor. Ela repetiu o nome dele, porque não conseguia pensar em mais nada para dizer.

— William?

Ela nunca pensou nele, afinal, por que pensaria? Seu trabalho era pensar em Alice, e então ela imaginou a jovem alta debruçada sobre um manuscrito, procurando erros. No mesmo momento, ela se lembrou de estar no apartamento da Northwestern, com os seios inchados de leite. Julia sentiu o rosto corar, como se o ar quente daquela sala tivesse atravessado o tempo e a distância para encontrá-la.

Ela pigarreou.

— Por que está me ligando?

— É Sylvie — disse ele.

Sylvie, pensou. Julia olhou em volta, mas ninguém estava olhando para ela. Ninguém em seu escritório parecia ter percebido que o passado de Julia havia acabado de retornar através da linha telefônica e arrancado seu coração do peito.

— Sylvie está morrendo, Julia. Ela está bem agora, mas tem menos de um ano de vida.

Julia avaliou superficialmente o que William havia dito. Ela não podia se aprofundar demais, porque as palavras eram brasas. Teve o desejo de dizer: *Adoro meu trabalho e sou uma das melhores do mundo na minha área. Ganhei trezentos mil dólares no ano passado.* Ela queria que ele soubesse que ela era bem-sucedida e, portanto, ocupada demais, ou talvez até importante demais, para esse tipo de notícia. Mas não conseguiu dizer isso. Teve o desejo de desligar o telefone com cuidado, como uma criança que atendeu a ligação de outra pessoa.

— Não — disse ela.

— A única coisa que ela quer é você, Julia. Ela precisa de você.

Julia olhou para baixo. Ela estava vestindo um terno cinza-azulado. Havia um fio puxado nas meias, que ela resolveu com esmalte transparente. Tentou entender; parecia que William estava pedindo que ela falasse em um idioma que ela não usava havia muito tempo.

— Sylvie pediu para você me ligar?

Ele fez uma pausa, e Julia se lembrou de que era assim que William falava: com relutância e hesitação, sem nunca ter certeza se sabia as palavras certas. Julia presumiu que William e Sylvie ainda eram casados, mas apenas porque parecia que a notícia do divórcio teria chegado até ela. Ela nunca pensava na vida em Chicago, nem no passado nem no presente.

Finalmente, William respondeu:

— Não. Sylvie não sabe que estou fazendo isso.

— Tenho uma agenda cheia — disse Julia. — Eu administro meu próprio negócio. Não tenho tempo para ir a lugar nenhum.

Ela ergueu a mão no ar e acenou. Do outro lado da parede de vidro, sua jovem assistente se levantou da cadeira, com um bloco de notas e uma caneta na mão, e seguiu em sua direção. Julia não tinha nada a dizer a ela, é claro. Iria dispensá-la, assim como dispensaria William. Ambos eram becos sem saída, paredes vazias. Mas ela havia entrado em pânico, e colocou a jovem em ação.

— Julia? — disse William.

Ela esperou, e os anos pulsaram entre eles ao longo da linha telefônica.

— Nunca vi duas pessoas se amarem como você e Sylvie. — Ele pigarreou. — Achei que talvez fosse só pela forma como fui criado, porque não fui exposto a esse tipo de coisa, mas não é isso. Nunca vi nada como você e sua irmã.

Algo dentro de Julia começou a desmoronar, como aquelas imagens horríveis de geleiras lançando pedaços gigantescos no oceano gelado abaixo. Ele dissera que Sylvie estava morrendo. Sua *irmã*, que costumava ser tão familiar para Julia quanto o próprio corpo. Sua irmã, que não era sua irmã havia mais de duas décadas. Julia tossiu, e dentro da tosse havia um som estranho, como se suas entranhas tivessem começado a chorar, sem que as lágrimas chegassem à superfície. Seu ecossistema estava mudando sob sua pele.

— Por favor, volte para casa — suplicou William.

Julia sabia como controlar a voz. Manipulava a situação a seu favor, com homens em salas de reuniões e em encontros românticos, havia décadas. Era uma especialista em estabelecer uma meta e conduzir as coisas nessa direção. Quando sua voz saiu confiante e clara, ela ficava satisfeita.

— Sinto muito, William, mas não posso fazer isso — disse ela.

Quando Julia desligou, percebeu que suas mãos tremiam. *Não tem problema*, ela pensou. *Consigo lidar com isso.* Ela se levantou e se concentrou em caminhar graciosamente até o banheiro. Escolheu aleatoriamente dois funcionários diferentes para sorrir ao atravessar o escritório. No banheiro, ela jogou água fria no rosto e pensou: *Siga com sua agenda, Padavano. O que você precisa fazer a seguir? Não pense em mais nada.* Afinal, não era da conta dela que Sylvie estivesse doente. O telefonema não mudava nada em sua vida atual. Sua irmã não fazia mais parte de seu mundo.

Quando Julia saiu do banheiro, iniciou uma conversa com um de seus funcionários mais inteligentes — um pós-graduado do MIT que, Julia sabia, achava que ela não merecia sua posição como chefe dele — sobre um projeto em que estavam trabalhando. Porém teve dificuldade em prestar atenção na voz do jovem. Seu nível de concentração oscilava — *atenção, atenção, distração* — como se fosse seu batimento cardíaco. Ela pediu licença, disse que tinha uma ligação importante a fazer e se afastou. Quando voltou para sua mesa, percebeu que estava descalça. Olhou para os saltos altos, cuidadosamente posicionados embaixo da mesa. Talvez os tivesse tirado enquanto falava com William, mas não se lembrava de ter feito isso. Será que o graduado no MIT percebeu que ela estava descalça no meio do escritório? Julia tinha uma regra pessoal sobre não ficar descalça no trabalho, mesmo quando trabalhava até tarde, e agora essa regra havia sido quebrada.

Ela abriu e fechou as gavetas da escrivaninha, como se estivesse procurando alguma coisa, pois precisava de alguns momentos de vazio para se reequilibrar.

Quando o celular tocou, Julia olhou para a tela, viu que era Alice e sentiu uma pontada de medo. Será que sua filha havia percebido que ela acabara de falar com o pai? O fato de William e Alice *telefonarem* para ela, um após o outro, era altamente improvável. William estava morto, Chicago estava morta. Sylvie estava... Julia não conseguiu terminar esse pensamento.

— Oi, meu amor — disse ela, e dedicou todo seu esforço e sua atenção para usar sua voz normal.

— Tudo certo para hoje à noite? — perguntou Alice. — Não tem problema se você não puder. Tenho um novo projeto, então posso trabalhar.

A mãe e a filha assistiam juntas a um filme ou programa de televisão uma vez por semana. Alice ia ao apartamento de Julia depois do trabalho, elas pediam o jantar e se sentavam de pernas cruzadas no sofá, como faziam desde que Alice era pequena. Julia sabia que ambas achavam a experiência reconfortante, embora Julia também se sentisse desconfortável sabendo que sua filha deveria estar *por aí*, vivendo uma vida, e não *ali* com a mãe, como se ela ainda tivesse dez anos.

— Estou muito ocupada. Outra noite seria melhor — respondeu Julia. Teve a sensação de que a programação daquele dia estava escapando de suas mãos, como um prato caindo da mesa. Ela ainda estava descalça; alguma parte dela resistiu a calçar os saltos novamente. Então, como a Julia normal — aquela que ela era antes de William ligar — continuaria a conversa, ela perguntou:

— Qual é o novo projeto?

— Ah, estou revisando um romance. Eu disse a Naveen que não gosto de trabalhar com romances, prefiro não ficção, mas ele disse que ficção é algo bom para mim.

— É sobre o quê?

— É uma versão moderna de *Mulherzinhas*. Você leu quando era criança?

— *Mulherzinhas?* — O corpo de Julia parecia estar cheio de areia molhada e incômoda. Ela conseguiu fazer um barulho de assentimento. E se lembrou de estar deitada na cama ao lado de Sylvie, no escuro, no quartinho delas na 18th Place. Ela adormecera ao som da voz da irmã inúmeras vezes. Em suas camas, elas retomavam a discussão: qual delas era mais adequada para ser Jo March. *"Tenho a coragem e a determinação de Jo"*, dissera Julia. *"Mas eu vou ser escritora"*, retrucara Sylvie. *"Sou eu quem poderia contar nossas histórias."*

— Jo coordena uma editora feminista em Nova York — disse Alice. — Meg ainda se casa por amor, Amy é uma rebelde caótica, e Laurie é uma mulher por quem todos estão apaixonados.

— Beth ainda morre? — perguntou Julia.

— Beth morre — respondeu Alice. — É muito triste.

E, simples assim, as duas meninas em suas camas na 18th Place foram silenciadas. A criança dentro de Julia estava de olhos arregalados no escuro, sabendo que ela *era* Jo, mas apenas porque Sylvie era Beth.

SYLVIE

Outubro de 2008

Sylvie pegou um livro e o colocou em outro lugar. Ela empurrou três carrinhos de livros para a parede lateral, para os adolescentes guardarem no dia seguinte. Olhou para a prateleira superior de um dos carrinhos — estava cheia de lançamentos. As capas brilhantes e reluzentes dos livros novos sempre deixavam Sylvie um pouco triste. Os autores e editores esperavam que seu livro conquistasse o mundo, e isso quase nunca acontecia. Ela trabalhava naquela biblioteca desde os treze anos e já tinha visto centenas de milhares de livros entrarem e saírem das prateleiras.

Sylvie pensou que testemunhar esse interminável carrossel de livros foi o que a impediu de tentar publicar o seu. O que ela estava escrevendo era precioso demais para ser colocado no mercado comercial. Além disso, a publicação exigia que a história tivesse um final, e a dela ainda não havia terminado. Ela continuou escrevendo e revisando nos anos seguintes, após imprimir o manuscrito para Izzy, incluindo algumas lembranças que as gêmeas compartilharam com ela. Sylvie estava interessada em saber como as diferentes histórias e períodos exigiam ritmos diferentes. Escrever sobre a gravidez de Cecelia e a de Julia, ou sobre a raiva de Rose, foi como lutar contra um tornado. Mas as lembranças da infância permaneceram separadas, como nuvens fofas em um mesmo céu azul. Elas nunca se misturavam: havia o episódio em que o padre Cole repreendeu Sylvie na frente de toda a igreja por ler um romance durante a missa; o dia em que Cecelia trancou a família fora de casa por uma hora enquanto terminava uma pintura; o incidente em que o carro alugado quebrou na beira da estrada, e Rose lhes ensinou uma música de sua infância para passar o tempo. Mas durante o início da idade adulta das irmãs Padavano, os acontecimentos se sobrepunham. Somente ao colocá-las no papel, Sylvie compreendeu verdadeiramente que no mesmo dia em que sua amada Izzy veio ao mundo, Charlie partiu. E no dia em que Alice nasceu, Rose se mudou de Chicago.

Sylvie não pôde deixar de se perguntar o que sua morte acarretaria. Qual seria o segundo impacto? Ninguém na família dela estava grávida; suas irmãs eram velhas demais, e Izzy não estava nem perto da maternidade, embora tivesse um namorado legal que gostava de vê-la jogar xadrez e administrava as contas de seu negócio de aulas particulares. Cecelia brincava com Izzy dizendo que ele era mais um assistente do que um namorado. *"Para mim está bom assim"*, dizia Izzy, encolhendo os ombros. *"O sexo é ótimo."*

Talvez Alice esteja grávida, pensou Sylvie, depois balançou a cabeça em autorrecriminação. Ela não sabia nada sobre a vida de Alice; não era da conta dela e certamente não teria nada a ver com a vida ou a morte de Sylvie.

Desde o diagnóstico, Sylvie retomou a leitura de *Folhas de Relva*. Ela queria absorver a visão otimista de Whitman sobre a morte; queria compartilhar a mente aberta do poeta sobre o que viria a seguir. Sempre que sentia um tremor de medo, ela repetia para si a frase: *E morrer é diferente do que qualquer um supôs, e mais promissor.* Ela ouviu essas palavras na voz de Charlie, o que a transportou para o jardim atrás da mercearia. Seu pai estava perto da morte naquele dia, e agora era a vez de Sylvie. Charlie havia dito à filha aquilo em que talvez ele precisasse acreditar: que tudo era lindo, o que significava que a vida dele — mesmo que desapontasse Rose, mesmo que estivesse quase no fim — tinha beleza. Era verdade: tinha beleza, tudo tinha. Desde o diagnóstico, Sylvie via beleza em todos os lugares: em uma estante de livros perfeitamente arrumada, no sorriso que Emeline oferecia ao bebê em seus braços, nas linhas familiares do rosto de William. Sylvie se pegava olhando para as faixas de luz no chão da biblioteca, maravilhada com sua beleza.

Ela não pensava em sua doença, exceto quando sentia uma daquelas dores de cabeça peculiares que a levaram ao médico. Ela continuou desenhando a dor de cabeça e seus anéis concêntricos, quase como se estivesse escrevendo um diário. A dor de cabeça era tão pessoal e única que Sylvie quis documentá-la. Se ela tivesse pedido, William teria olhado para o desenho e ouvido ela explicar como às vezes chegava a ouvir uma música fraca dentro da dor, mas isso teria sido cruel. Sylvie queria ajudar William, não aumentar seu sofrimento. Ela se perguntava todos os dias como poderia ter certeza de que William sobreviveria — mais do que isso, de que ele *quisesse* sobreviver — depois que ela morresse.

Quando encontrou Kent em um café, longe de Pilsen e das instalações dos Bulls, para mostrar a ele seu prontuário e sua ressonância magnética, ela lhe disse: *"Talvez você precise salvar William novamente, depois que eu partir. De uma forma ou de outra. Sinto muito por isso."*

Kent, mais pesado em todos os sentidos desde o divórcio, respondeu: *"Não se preocupe, Sylvie. Eu dou conta disso."*

Ela desejou que William ainda estivesse trabalhando em seu manuscrito, porque achava que escrever poderia ajudar a se agarrar à vida. No entanto, ele havia parado de escrever cerca de seis meses após o início do relacionamento deles. "*Não preciso mais disso*", dissera a ela, e Sylvie entendeu. Naquela época, William trabalhava para o time da Northwestern e substituiu o silêncio dentro dele por amor e amizade, seus remédios e o estrondo diário de bolas de basquete quicando na quadra. Afinal, a escrita de William nunca foi um livro, mas uma luta interna. Cada frase que ele escrevia sobre o esporte que amava era um fósforo aceso contra sua escuridão interior. Em sua vida com Sylvie, ele não precisava mais dessa prática.

Uma colega de trabalho chamou o nome dela, e Sylvie se virou. O marido caminhava pelo tapete da biblioteca em sua direção. William sorriu para a esposa, mas era um sorriso fabricado, do tipo que ele usava quando ela o conheceu, muitos anos antes. Ele voltou a precisar de alavancas e roldanas para fazer seu rosto fazer o que ele queria. Ela podia senti-lo pensando: *Faça Sylvie pensar que você está bem para que ela não se preocupe.*

Ela sabia que não podia se dar ao luxo de se preocupar agora. Ele estava ali para buscá-la para que pudessem contar a Emeline e Cecelia sobre seu diagnóstico. Sylvie disse a William que ele não precisava ir, mas ele insistiu. A expressão de seu marido estava tensa desde que ela lhe contara que estava doente, duas semanas antes. Algo dentro de William havia tomado uma nova direção, e ele tinha a intenção de garantir que suas palavras e ações estivessem alinhadas com seu novo caminho. Sylvie sabia que esse caminho tinha a ver com ela, mas não sabia o que isso implicava. Ela recentemente percebera um ralo — como o de uma banheira — bem dentro dela, através do qual sua energia estava se esvaindo. Ela não podia mais tentar entender tudo. Precisava abrir mão desse controle. E se perguntou se morrer seria simplesmente um exercício de abrir mão de uma coisa após a outra.

Ela e William andaram de mãos dadas enquanto percorriam os poucos quarteirões até o superduplex. Era meado de outubro, e as folhas mudavam de cor. *Que árvore linda*, pensou Sylvie quando passaram por um velho carvalho. Ela acenou com a cabeça para um cardeal empoleirado no teto de um carro. Era um dia nublado, mas havia um triângulo azul no canto esquerdo do céu. William e Sylvie não se falaram; eles não precisavam.

Cecelia e Emeline os receberam na porta da casa de Emeline, com os rostos franzidos de preocupação. Sylvie havia pedido que elas voltassem para casa e dissera que tinha algo para contar. Os quatro ficaram na cozinha — Josie estava no trabalho, e Izzy havia saído — enquanto Sylvie dava a notícia. Isso a lembrou da última vez em que reunira as irmãs mais novas para lhes contar algo que elas não queriam ouvir; o segundo impacto daquele dia foi que todos tiveram de abrir mão de Julia, como se soltassem um balão. Sylvie ainda era grata a Emeline e Cecelia por a perdoarem e se sentia péssima por estar prestes a partir seus corações novamente. Foi um alívio que Izzy não estivesse lá; a jovem agora tinha o próprio apartamento, mas ainda flutuava de um quarto para outro, como fez durante toda a vida. Seria demais ter de contar para Izzy também. Sylvie precisava fazer isso devagar, em um ritmo que pudesse suportar. Ela sabia que teria de contar a Rose também, mas ainda não era capaz de suportar a reação da mãe. Dentro de alguns meses, quando estivesse se sentindo mais doente, ela ligaria para a mãe ou pediria a uma de suas irmãs que o fizesse.

Quando Sylvie conseguiu dizer as palavras, as gêmeas reagiram de forma diferente do que ela esperava. Cecelia chorou, enquanto Emeline ficou brava.

— De jeito nenhum — disse ela, com a voz elevada. — Sem chance. Isso não está certo!

William olhou para Emeline.

— Nada nesta situação está certo — disse ele.

— Você checou tudo com Kent? — perguntou Cecelia.

Sylvie assentiu. Era notável o quanto todos confiavam em Kent. Ele era médico esportivo — nem mesmo um clínico geral, e certamente não um oncologista —, mas todos ligavam para ele quando estavam com febre alta ou mandavam mensagens de texto com a foto de um corte nas costas da mão para saber sua opinião sobre a necessidade de dar pontos. Médico era uma identidade inabalável, e Sylvie e sua família, e todos os muitos amigos de Kent, mostravam-lhe suas feridas e seus sintomas com um olhar que questionava: *"Você pode me curar?"*

Emeline andava de um lado a outro da cozinha. Cecelia enxugou as lágrimas do rosto, que não paravam de cair.

— Era para ser eu — disse Emeline, com uma voz firme.

Sylvie e Cecelia olharam para ela.

— Por quê? — perguntou Cecelia.

— Eu deveria ser a Beth, dentre todas nós. Não você. Eu sempre soube que morreria primeiro. — Sua voz ficou mais baixa. — Beth e eu até temos a mesma personalidade. Eu sou a quieta, a caseira.

Sylvie olhou para a irmã, maravilhada. Aparentemente, Emeline escrevera uma narrativa para a própria vida, e Sylvie havia acabado de apagar o final. Emeline deve ter pensado que seria assim desde que eram meninas. Ela sempre cuidou e protegeu suas irmãs, e isso significava assumir a dor para si. Se houvesse uma bala, Emeline desejaria se colocar diante dela. Ela havia planejado fazer isso e odiava que pudesse haver qualquer outro resultado.

— Ah, Emmie! — disse Sylvie. — Sinto muito.

— Beth não é uma personagem fictícia? — perguntou William, em tom hesitante.

— Isso é horrível — comentou Cecelia.

— Não podemos suportar isso — confessou Emeline.

Um grande cansaço percorreu o corpo de Sylvie, como se seu sangue tivesse ficado pesado. E pensou: *Nós nos sentimos assim quando Julia se mudou. Mas nos acostumamos com a ausência dela, o que significa que vocês também vão se acostumar com a minha.*

Mais tarde naquela noite, Sylvie se sentou na cama com um livro aberto no colo. Ela estava com muito sono para ler, mas o contato com o livro era reconfortante. Contar às irmãs exigiu mais força do que ela tinha, e ela ficou aliviada por ter acabado. William estava deitado ao lado dela; ele foi para a cama sem um livro. Se estava distraído ou sem desejo de ler, ele não fingiria. Sylvie sempre admirou isso no marido. Ela sempre carregava um livro — para ler, sim, mas também como um escudo útil para quando quisesse desviar a atenção de outras pessoas. Ela posicionava um livro na frente do rosto e pensava, ou simplesmente se escondia. Para William, o ato de pegar um livro envolvia querer ler o conteúdo.

— Você e suas irmãs têm tantos pontos de referência, uma história tão densa! — disse William. — Eu nunca me acostumo com isso.

Sylvie estudou seu rosto. Ela viu algo novo ali, um indício de que ele estava considerando um pedaço antigo da própria história. Um ponto de referência próprio. Ela perguntou:

— Você está pensando na sua irmã?

William deu seu menor sorriso.

— Como você sabe? Não penso nela há... — Ele fez uma pausa. — Muito tempo.

Sylvie pensou, *eu simplesmente sabia*. Ela tinha consciência de que recentemente começara a pensar, em vez de falar em voz alta, como se as duas coisas fossem a mesma coisa. Como se ambas carregassem o mesmo peso e percorressem a mesma distância.

Mas William pareceu ouvi-la e assentiu.

— Eu estava me lembrando de quando estava no ensino médio e quebrei minha perna. Essa é a única vez que me lembro de pensar em Caroline quando era criança. Eu não podia jogar basquete e queira partir, como ela. Mas eu acho... que em parte é porque queria estar *com* ela. Eu não gostava de morar na minha casa sem ela. Nunca me ocorreu isso com tantas palavras, mas eu sentia falta dela. — Ele fez uma pausa. — De alguma forma, sinto falta dela, embora nunca a tenha conhecido. Não é estranho?

Sylvie colocou a mão sobre a dele. Ambos tinham visto a dor pungente estampada no rosto de suas irmãs mais cedo, quando Emeline e Cecelia foram forçadas a considerar a vida sem Sylvie. Parecia verdade que se uma das quatro irmãs Padavano tivesse morrido quando era bebê, as outras três sentiriam a sua falta — e sentiriam falta de parte de si mesmas — pelo resto da vidas.

— Faz sentido para mim — disse ela, e apertou a mão de William com ainda mais força. Ela se lembrou de ter segurado a mão congelada dele na ambulância, décadas antes. E queria segurá-la agora, com tanta força a ponto de nada poder separá-los.

WILLIAM

Outubro de 2008

Três semanas se passaram depois que William ligou para Julia, e depois quatro. Era final de outubro. Seria possível que ela não viesse? Julia era a pessoa mais teimosa e obstinada que William já conhecera, e sua ex-mulher certamente não apareceria em Chicago simplesmente porque ele havia pedido. Mesmo assim, William acordava todas as manhãs pensando: *Hoje pode ser o dia.* Ele não contou a ninguém — nem mesmo a Kent — sobre o telefonema. Todas as noites, quando Sylvie voltava da biblioteca para casa, William estudava o rosto da esposa para ver se algo havia acontecido. Sylvie fez Cecelia e Emeline jurarem que não contariam a Julia ou Rose sobre sua doença, então, pelo que ele sabia, todos os caminhos para a irmã mais velha estavam bloqueados. Todas as noites, Sylvie parecia a mesma: um pouco cansada e feliz em vê-lo. Parte de William ficou aliviada, apesar de acreditar que Sylvie precisava de Julia. A *ideia* de ter sua ex-mulher, o que também poderia significar sua filha, em sua cidade e em sua vida era impossível de ser concebida. Ele nem tentou imaginar, mas a possibilidade — que ele havia desencadeado — permaneceu em sua visão periférica, como se Julia e Alice estivessem no limite do horizonte.

Ele chegou até ali porque quase nunca pensava em Alice. Havia conseguido fechar essa parte de sua história. E não se permitiu ter uma filha, então, em sua mente, ele não tinha uma. Essa convicção não foi fácil. Havia pinturas de Alice que ele tinha de evitar na casa de Cecelia, e Izzy passou por um período, quando tinha cerca de dez anos, em que tentou fazê-lo falar sobre a filha. Ele sempre gostou de Izzy; ela não tinha paciência para conversa fiada, e ele não era bom nisso. Mas houve um tempo em sua infância em que ela era dolorosamente direta, e todos os adultos ao seu redor foram alfinetados de uma forma ou de outra.

"Você sempre come mais do que precisa" — disse ela uma vez a Josie, e a mulher corou até a linha do cabelo, com uma garfada de torta mousse de chocolate na mão.

"Por que você não vai até Nova York para ver Alice?", perguntou Izzy. *"Você não está curioso para saber como ela é? E se ela não estiver bem porque você não está na vida dela?"*

William se forçou a ficar parado, a responder. Se Izzy fosse adulta, ele teria saído da sala. *"Você está bem sem seu pai"*, respondeu ele.

Izzy pareceu refletir. *"Sim. Mas eu tenho você e toda a minha família. Quem Alice tem?"*

"Ela tem a mãe dela." Isso, para William, sempre foi o mais importante.

Todos os outros — Kent, Sylvie, as gêmeas — entendiam que, se tivessem algo a dizer sobre Julia ou Alice, escolheriam um momento em que ele não estivesse presente. Essa nova situação, esperar que uma bomba que William acendera explodisse, ou não, era exaustiva. William seguiu sua rotina — assistia aos treinos dos jogadores, almoçava com Kent, jantava com Sylvie — e esperou. Ele não estava mais tentando ficar confortável. Estava engajado no projeto de longo prazo de erradicar as besteiras e os segredos de sua vida e cuidar de Sylvie de qualquer maneira que pudesse imaginar.

Certa manhã, depois que Sylvie saiu para a biblioteca, William abriu o armário do quarto e tirou uma caixa de papelão média com apenas um item dentro. Ele tirou da caixa a foto emoldurada de Caroline e olhou-a pela primeira vez desde que chegara pelo correio após a morte de seus pais, dois anos antes. Na noite em que Sylvie contou às irmãs sobre seu diagnóstico, a irmã de William apareceu como uma convidada surpresa em sua mente. A vida parecia repleta de pequenas surpresas desde que Sylvie ficara doente. Emeline gritando sobre um personagem de um romance de sua infância. William telefonando para a primeira esposa. Sua irmã ocupando um novo lugar em seu coração. E depois que Caroline apareceu, veio para ficar.

A pequena garotinha ruiva, resgatada de tão longe em seu passado, o acompanhava durante seus dias. E ele desejara ver o rosto dela.

A mãe de William aparentemente morreu primeiro, de doença hepática. Seu pai teve um ataque cardíaco fulminante em sua mesa de escritório alguns meses depois. Eles deixaram seus bens para a paróquia católica. O advogado deles ligou para dar a notícia a William e pedir-lhe que voltasse a Boston para desocupar a casa e decidir o que fazer com os itens pessoais.

"Como o quê?", perguntara William, realmente incapaz de imaginar o que poderiam ser.

"Álbuns de fotos", respondera o advogado. *"Porcelana? Joias?"* William havia contratado um serviço para empacotar e vender ou doar tudo o que havia na casa, com exceção da fotografia emoldurada da garotinha ruiva que ficava na mesinha de canto da sala de seus pais. Esse único item foi enviado para ele, e

embora Sylvie — que ficou tão encantada ao ver a foto quanto ficaria ao conhecer a irmã de William — quisesse pendurá-la na parede, William a guardou no armário do quarto.

Ele passou o polegar de leve pelo rosto da irmã. E se lembrou de ter contado a Sylvie sobre Caroline quando estava no hospital, mas depois a selou de novo dentro de si. Sempre soube que seus pais teriam preferido que ele tivesse morrido, em vez de sua irmã. Estava claro, na casa em que cresceu, que a perda de uma menininha era a pior dor imaginável. Perder Caroline arruinou os pais de William, e conviver com aquelas duas pessoas arruinadas também deixou William com um pouco de medo da irmã. Ele percebeu agora, com a foto nas mãos, que havia se afastado da irmã *e* da filha para se proteger desse tipo específico de devastação. Ele havia se certificado de que não poderia perder uma garotinha. Claro, a ironia era que, para garantir isso, ele as excluiu de sua vida.

As mãos de William ficaram suadas enquanto ele sentia as verdades se encaixarem dentro dele. Sua mãe e seu pai se fecharam sob o peso de sua imensa dor; eles escolheram seguir a correnteza da vida, o que era muito diferente de *viver*. William pensou que poderia ter feito a mesma escolha depois de receber alta do hospital, se não fosse por Sylvie. Ele teria passado pelos dias como o ponteiro dos minutos em um relógio, com tudo trancado em seu interior, se Sylvie não tivesse insistido que ele se permitisse amá-la. Mas seus pais não tiveram ninguém para salvá-los e não haviam conseguido olhar para o filho sem se lembrar da perda da filha. Eles se afastaram de William, e ele agora entendia que havia feito o mesmo com Caroline e Alice. Ele não era melhor que sua mãe e seu pai, na verdade. Os três tinham desprezado o amor e o tempo que poderiam ter vivido com pessoas que mereciam ambos. Quando William se imaginou como um garotinho solitário driblando uma bola de basquete no parque, ele acreditou, talvez pela primeira vez, que merecia a atenção dos pais. E, naquele momento, ele os perdoou.

Sua irmã sorriu para ele de dentro da moldura, alheia ao próprio poder. Ela parecia animada e pronta para se divertir. Como teria sido a vida de William se ela tivesse vivido? Se ele tivesse crescido com uma irmã mais velha, numa família que não fora silenciada pela perda?

Com os pais mortos, aquela foto era a única prova da existência de Caroline, e ele era o único que sabia que ela havia existido. William saiu do apartamento levando a foto emoldurada. Ele caminhou pelo zigue-zague de quarteirões que o levaram ao superduplex. Balançava a cabeça, com divertimento, toda vez que se referia às duas casas pelo nome que Izzy lhes dera anos antes. Ele achou isso ridículo na época, mas o apelido pegou. Bateu à porta da casa de Cecelia, sabendo que ela poderia estar na casa ao lado ou em algum lugar da cidade, pintando. Ele não via as gêmeas desde que Sylvie lhes dera a notícia.

Ficou aliviado quando Cecelia abriu a porta. Ela vestia jeans, e seu cabelo estava preso para trás com a bandana amarela que ela usava enquanto trabalhava. Parecia pálida, mas ainda parecia a Cecelia de sempre. William percebeu que estava preocupado, depois de ver a normalmente plácida Emeline se enfurecer e a geralmente firme Cecelia chorar, que a perspectiva de perder Sylvie pudesse tê-las tornado irreconhecíveis. Ele nunca tinha ouvido Emeline levantar a voz, até aquele dia. É claro que Cecelia poderia ter se transformado completamente abaixo da superfície — William mudou —, mas o rosto familiar ainda era um alívio. William amava as irmãs mais novas da esposa; esse reconhecimento havia surgido nele com o passar dos anos. As gêmeas o aceitaram de volta depois que suas ações separaram a família. Esse ato de generosidade — Cecelia e Emeline não tinham nada a ganhar com ele, pessoalmente — ainda lhe parecia extraordinário.

— William — disse Cecelia, com surpresa na voz. — O que aconteceu? É a Sylvie...?

— Ela está bem. Eu não estou aqui por causa dela. — Ele estendeu a foto emoldurada. — Eu gostaria que você a pintasse. É a Caroline. — Ele limpou a garganta. Sua respiração estava curta novamente; seus pulmões pareciam cheios. — Por favor.

Cecelia olhou para a foto.

— É a sua irmã — disse ela em tom admirado, e estudou a imagem. — William, ela era linda.

William tinha medo de que, se ficasse parado na frente de Cecelia, fosse chorar. Ele queria deixar sua linda irmã com ela, para ser replicada e talvez pintada em uma tela enorme. Dessa forma, ela continuaria existindo, separada dele. William havia sido cruel com Caroline durante esses anos, aprisionando-a dentro de si. De alguma forma, ele temia que, se abrisse os olhos e o coração para a irmã, ela partiria seu coração como fez com os pais. Mas isso era um absurdo. A garotinha da foto merecia muito mais.

— Você faria isso? — perguntou ele.

— Claro. — Cecelia segurou a moldura com as duas mãos, como se tivesse medo de deixá-la cair.

William assentiu — ele não conseguia falar — e começou a se afastar.

— Obrigada por me pedir — gritou ela atrás dele.

A oficina semanal de basquete de Arash era naquela tarde. William faltou algumas semanas depois da notícia de Sylvie, mas era hora de voltar. A um quarteirão de distância, viu Kent, Arash e vários garotos na quadra. Izzy também estava lá, conversando com uma jovem jogadora. Ela havia dado aulas particulares para vários deles no ensino médio. Arash estava passando sua aposentadoria auxiliando jovens jogadores, tanto na oficina de basquete quanto diretamente em vários times de escolas públicas. "*Se ajudarmos uma única criança...*", disse ele, quando iniciou o curso, para convencer William e os outros a se juntarem a ele. Todos concordaram, entendendo que ajudar uma criança poderia significar muitas coisas.

— William! — gritou Arash em saudação. Kent acenou no meio da quadra, claramente satisfeito em vê-lo. Bolas de basquete estavam quicando no concreto, e William tentou se concentrar no som. Não havia redes nos aros do parque, mas William podia imaginar o barulho da bola a cada cesta feita. Só quando chegou mais perto é que percebeu que havia mais gente ali do que o normal. Lá estavam os adultos de sempre, e os garotos, claro, já arremessando e se aquecendo no outro extremo da quadra. Mas Washington também estava lá, e Gus. Ambos tinham empregos no mundo real — era assim que ele e Kent chamavam qualquer trabalho fora do basquete. Washington era um estatístico que trabalhava para o governo municipal, e Gus era professor de inglês no ensino médio. Eles nunca tinham ido à oficina de basquete.

— Olá a todos — disse William, em tom cauteloso.

— Estamos muito felizes por você estar aqui — disse Arash, e os homens ao seu redor, Kent, Washington, Gus, acenaram com a cabeça ao mesmo tempo, como se quisessem mostrar que realmente falavam sério. Izzy ignorou William e continuou a conversa com a jovem jogadora. William sentiu uma pontada de gratidão pela sobrinha. Ela tinha ouvido falar de sua tia, é claro, mas não comentaria sobre isso em público.

Ele foi até a arquibancada para se sentar. Sabia que não daria aula aos adolescentes naquele dia. Estava ali simplesmente como um dos pilares que apoiavam a iniciativa. Era o menos jovial dos adultos envolvidos, então sua presença mantinha as crianças bem-comportadas.

Washington e Gus sentaram-se um de cada lado dele.

— É bom ver você, amigo — disse Washington. — Como estão os Bulls este ano?

— Estou animado para ver Pooh jogando — disse Gus. Pooh era o apelido do escolhido número um do draft, Derrick Rose. — Ele pode realmente ser nosso próximo Jordan. — Isso era o que os habitantes de Chicago desejavam desde que MJ deixara os Bulls, nove anos antes. Cada novato que entrava na franquia tinha um peso impossível sobre os ombros.

William olhou para cada um dos homens.

— Presumo que vocês estejam aqui porque Kent lhes contou sobre Sylvie.

Seus rostos ficaram sombrios. Eles não olharam para ele; ficaram observando as crianças indo e vindo pela quadra.

— Kent é inteligente. Ele sabe que você será gentil conosco e nos deixará estar ao seu lado — Washington disse.

Se William tivesse tido energia, teria sorrido da astúcia do amigo. O raciocínio estava correto. Kent era uma parte tão arraigada da vida dele que William não precisava se preocupar em ferir seus sentimentos. Mas depois que os outros amigos de William passaram vinte e quatro horas de suas vidas procurando por ele na cidade e o salvaram, sempre sentiu que estava em dívida com eles. Assim que saiu do hospital, ele insistiu em fazer favores a eles. Ele ajudou Washington a mudar de apartamento duas vezes e fazia palestras para o time de basquete da escola de Gus todas as temporadas. Dois outros companheiros de equipe da Northwestern precisaram de alguma forma de apendicectomias no meio da noite durante o período de um ano, e ambos ligaram para William para uma carona até o hospital. Ele estava programado para não sentir nada além de gratidão pelos dois homens altos que o flanqueavam.

— Você não precisa dizer nada, William — disse Gus. — Vamos apenas sentar aqui e ver as crianças jogarem. Estaremos aqui na próxima semana também. Se você quiser dizer alguma coisa, fique à vontade.

— Maldição — disse William, e olhou ao redor do parque, como se procurasse uma saída, sabendo que não havia nenhuma.

— Isso mesmo — disse Washington, e deu um tapinha no joelho dele.

SYLVIE

Outubro de 2008

Dez dias depois de contar a notícia a Emeline e Cecelia, Sylvie saiu da biblioteca durante o horário de almoço para comprar uma casquinha de sorvete. Esse era seu novo hábito. Antes, ela acreditava firmemente que sorvete e donuts eram apenas para crianças, mas quando removeu as regras e a culpa em relação à comida, percebeu, para sua surpresa, que essas eram duas de suas coisas favoritas para comer. Agora ela ia todas as manhãs à padaria cara que tinha um cheiro delicioso para comer um donut e comprar uma casquinha de sorvete para o almoço. Era uma caminhada de três quarteirões da sorveteria até a biblioteca, três quarteirões que lhe eram tão familiares que funcionavam mais como memórias do que como calçadas, ruas e lojas. Ela estava sentada ao lado de Cecelia naquela calçada quando descobriu que sua irmã mais nova estava grávida de Izzy. A lavanderia da esquina que antes era o açougue onde Rose havia negociado uma variedade grega de abóbora que cultivava em sua horta em troca de carne. Sylvie passou pelo primeiro apartamento e inclinou a cabeça para trás para olhar as janelas. Ela adorava aquele apartamento, foi lá que ficou nua com um homem pela primeira vez. Essa lembrança a divertiu, porque bem do outro lado da rua havia um ponto de ônibus com um anúncio da empresa de serviços elétricos de Ernie. Incluía uma foto dele, agora mais forte, com bigode, sorrindo para a câmera. Ela sabia que Ernie morava perto com a esposa e quatro filhos. A passagem do tempo e os detalhes que transformaram alguns momentos em lembranças inesquecíveis e reduziram outros a pó — a atmosfera rodopiante de sua própria vida — caminhavam ao lado de Sylvie.

Quando ela entrou na biblioteca, viu Emeline parada de costas na recepção e pensou: *Essa não.* Sylvie estava cansada, e conversar com a irmã com certeza seria um trabalho árduo no momento. Sylvie se preparou e caminhou em direção a ela. Não tinha visto a irmã mais nova pessoalmente desde que lhe contara a notícia — elas apenas trocaram mensagens de texto e falaram ao telefone — e esperava que Emeline tivesse tido tempo suficiente para recuperar o equilíbrio.

Mas quando Sylvie se aproximou, uma sensação estranha tomou conta dela. Emeline não usava blusas de seda como aquela, e seu cabelo também parecia diferente.

A mulher se virou, e uma carga estática percorreu o corpo de Sylvie.

Era Julia.

As irmãs se entreolharam. Sylvie se sentiu cambalear ligeiramente. Ela vinha imaginando a irmã havia tanto tempo, que parecia que o próprio reflexo tinha saído de um espelho.

— É você mesma? — perguntou ela.

Julia, aos quarenta e oito anos, parecia majestosa. Seu cabelo revolto — semelhante ao de Sylvie, era mais denso e, por isso, mais volumoso — erguendo-se, como se tivesse vida própria, para longe do rosto. Estava vestida com elegância; enquanto Sylvie estava com roupas para ir à biblioteca, usando tênis All Star e um cardigã. A última vez que ela esteve no mesmo cômodo que Julia — se é que ela estava realmente no mesmo cômodo agora —, a irmã estava vestindo jeans e uma camiseta velha. Elas estavam no meio de caixas de mudança, com uma bebê aos seus pés, enquanto Julia dizia à irmã que sabia que estava escondendo segredos dela. Julia lhe entregou os papéis do divórcio, e Sylvie nunca mais a viu.

— Acho que sim — respondeu Julia, como se não tivesse certeza.

— Achei que nunca mais veria você — disse Sylvie. — As gêmeas te contaram? — Elas haviam prometido que não o fariam, mas devem ter reconsiderado. *Deve ter sido Emeline*, pensou Sylvie.

Julia balançou a cabeça.

— William me contou.

— William? — perguntou Sylvie, incrédula. Mas sua voz estava fraca, e ela não conseguia ouvir uma resposta. A estática dentro dela havia aumentado. Quando Sylvie era criança, observava com espanto quando suas amigas, chateadas por um dia ruim na escola ou por serem ignoradas por um garoto por quem tinham uma queda, começavam a chorar ao ver a mãe. A mãe delas era seu porto seguro e, assim, com a mãe, elas se permitiam vivenciar cada pedacinho de seus sentimentos. Julia sempre foi essa pessoa para Sylvie. Rose era muito volátil e parecia ter uma questão a resolver com Sylvie, mesmo quando ela era jovem demais para que isso fosse provável. Por causa disso, Sylvie sempre passava correndo pela mãe até o próprio quarto, onde se jogava nos braços de Julia. Ela encharcou o uniforme escolar de Julia de lágrimas, desabafou com ela, foi abraçada por ela, vezes demais para contar. Se ela alguma vez ficou confusa sobre como estava se sentindo, a presença da irmã mais velha proporcionou clareza.

Sylvie estava bem, racional, calma, até aquele momento. Mas agora ela entendeu, pela primeira vez, que estava morrendo. Estava perdendo tudo o que amava. Todos a quem amava. E a irmã dela estava ali — o que era impossível por si só —, e por causa disso, Sylvie sentiu tudo de uma vez.

Ela fechou os olhos e ouviu uma voz de homem perguntar:

— Você é Julia Padavano?

— Sim? — respondeu Julia, em uma voz que deixava claro que ela não tinha ideia de quem ele era.

— Imaginei. Eu morava na mesma rua da sua família. Sua irmã Cecelia dormia no meu quarto quando estava grávida e eu estava na reabilitação.

— Ah.

Sylvie abriu os olhos para observar a irmã se lembrar do adolescente Frank Ceccione, que passeava pela vizinhança nas tardes de sábado com seu uniforme de beisebol, parecendo forte e lindo, e se lembrar de como Rose usou o equipamento descartado de Frank em sua horta depois que ele deixou o time.

— Que surpresa! — disse Julia.

— Você sempre andava por aí como se soubesse o que estava fazendo — comentou Frank. — Como uma abelha que sabe onde está o mel. E você tinha aquele namorado alto.

Ah, meu Deus, pensou Sylvie. *O namorado alto.* Ela esperava que Julia não fosse embora porque ele havia dito isso, tendo acabado de chegar. Para sua surpresa, Julia sorriu para o homem de aparência idosa. Sylvie sentiu o próprio rosto sorrir em resposta. Ela notou pela primeira vez que sua irmã parecia cansada. Havia olheiras sob os olhos de Julia.

— Qual é a piada? — perguntou Frank, e seus olhos se estreitaram.

— Nenhuma — respondeu Sylvie. — Nenhuma mesmo. — E disse em voz baixa, para Julia: — Podemos ir a algum lugar para conversar?

— O bar favorito do papai — sugeriu Julia.

As duas mulheres não conversaram enquanto caminhavam pelas calçadas. Nenhuma delas conseguia acreditar que estavam juntas. Sylvie se perguntou o que aquele ambiente estaria provocando nas entranhas da irmã depois de mais de vinte anos longe. Ela se perguntou como William havia encontrado coragem para ir contra a vontade dela e fazer um telefonema com o qual não tinha nada a ganhar. Elas passaram pela floricultura do Sr. Luis, onde a vitrine estava tão cheia de rosas que o idoso não conseguiria ver, muito menos reconhecer, as duas irmãs. O ar estava denso com o perfume das flores.

Sylvie tinha um mapa interno dos murais de Cecelia na vizinhança e avistou um com o canto do olho, em uma rua lateral. Ao lado dela, Julia estava com os olhos vidrados, carregada de emoções, e não pareceu notar. A pintura era de Santa Clara de Assis. Sylvie tinha visto o mural com tanta frequência — quase todos os dias, desde que Cecelia o pintara — que sentia que a mulher era real. Mais real do que a irmã ao seu lado, que apareceu do nada, diretamente de seus sonhos. A santa era como uma velha amiga, e Sylvie teve vontade de apontar para Julia e sussurrar para Santa Clara: *Olha quem está aqui!* Mas ela não o fez; continuou andando, imaginando se aquele momento poderia ser verdade, enquanto a mulher gigante as encarava, como se estivesse na parede da sala de jantar de sua infância.

JULIA

Outubro de 2008

Julia se sentiu instável na calçada ao lado da irmã; ela teve a estranha sensação de fazer parte de tudo o que via. Em Nova York, ela caminhava *sobre* as calçadas; aqui, ela estava espalhada, como pólen, pelo concreto. A loja de ferragens; o minúsculos e precário supermercado; a floricultura do Sr. Luis. O recorte familiar dos edifícios contra o céu. Senhorinhas, parecidas com sua mãe, empurrando carrinhos de compras pela calçada. Ela se lembrou da menina e da jovem que fora quando morava em Pilsen; tinha tanta pressa em ter sucesso, o que ela acreditava exigir um marido ambicioso e uma casa. Havia acelerado para a idade adulta porque sempre quis estar no comando. Julia se lembrava do prazer que sentia, quando menina, em fazer com que as irmãs se alinhassem em ordem de altura e a seguissem pela casa.

Julia notou um dos murais de Cecelia em sua visão periférica. Era uma pintura da santa de Cecelia; vira a imagem pela primeira vez na parede do dormitório de Alice. A mulher gigante olhou na direção de Julia, que apertou o passo. Ela não queria ninguém espiando sua alma. Não sabia o que havia lá; sentia-se perturbada em todos os sentidos. Ela conduziu Sylvie até o bar irlandês, que não havia mudado, exceto pelo barman, que parecia incrivelmente jovem. Os bartenders que serviram Charlie haviam se aposentado ou morrido. Julia pediu um uísque, e Sylvie, uma Coca Diet, e elas se sentaram a uma mesa.

— Não posso beber álcool por causa dos meus remédios — disse Sylvie em tom de desculpas. Ela estava mais velha, mas ainda se parecia com Sylvie. As sardas salpicadas pelo rosto, o leve tom esverdeado em seus olhos castanhos. Julia sentiu pedras se movendo dentro dela. Olhar para Sylvie era como se olhar no espelho, mas não para si. Era outra parte dela, a parte que esteve escondida durante vinte e cinco anos.

— Eu não planejava vir aqui — disse Julia. — Eu disse a William que não viria.

— Achei que você me odiava — disse Sylvie. — Eu nunca teria te incomodado com isso. Acho que devo me desculpar por William ter te ligado.

— Não — respondeu Julia. — Você deveria se desculpar por se casar com ele.

Sylvie congelou por um segundo e, depois, disse:

— Você está certa. Eu sinto muito. Eu não tinha outra escolha.

Julia tomou um longo gole da bebida, a favorita de Charlie. Ela não bebia muito e, quando bebia, geralmente escolhia vinho branco. O uísque tinha gosto de cores: vermelho e laranja, dourado e branco. Ela fez muitas escolhas em sua vida. Acreditava em escolhas, se é que acreditava em alguma coisa. Estabelecia uma meta e trabalhava duro para alcançá-la. Não aceitou que Sylvie não tivesse outra escolha quando Emeline lhe disse isso décadas antes, e não aceitava agora. Mas não era com isso que estava irritada. Nem sequer sabia com o que estava irritada.

Depois do telefonema de William, Julia passou a ter problemas para dormir. Conseguia acumular apenas algumas horas de sono por noite. Deu endereços errados aos motoristas de táxi duas vezes a caminho do trabalho. E tinha a estranha sensação, desde o momento em que desligara o telefone com William, de que sua sombra havia ganhado vida própria; algumas vezes, ela a flagrou se afastando dela, como se estivesse tentando escapar. Depois de uma semana de insônia, Julia se sentia como uma pintura de Picasso: seus olhos não se alinhavam e seus ombros tinham alturas diferentes. Ela fez o possível para agir como si mesma, mas ficou tão cansada que esqueceu como era. Esqueceu como agir e ligou para o trabalho para avisar que estava doente. Enviou uma mensagem para Alice, não queria falar com ela ao telefone porque havia perdido a fé em sua voz.

— Eu não queria ir trabalhar esta manhã — disse. — Então peguei um táxi e fui para o aeroporto. Eu só trouxe minha bolsa. Pensei, às três da manhã, que talvez, se eu visse você, como William queria que eu fizesse, poderia voltar a me sentir normal.

Sylvie assentiu, como se isso fizesse sentido.

— É um voo de apenas duas horas — continuou Julia. — E, por favor, não aja como se o que estou dizendo fosse razoável. Eu sei que não é.

— Ah, por favor — disse Sylvie, e por um segundo Julia viu a Sylvie que ela conhecia, a irmã que não tinha medo de falar o que pensava, que não estava envolta em culpa. — O que é razoável? Estou morrendo, pelo amor de Deus!

Ocorreu a Julia que talvez ela se sentisse péssima *porque* Sylvie se sentia péssima. Seria possível que ela estivesse desmoronando em Nova York porque a irmã estava morrendo em Chicago? Que havia fios invisíveis que as conectavam, que ela não conseguia ver e, portanto, não conseguia cortar? Julia se sentia tão confusa, cansada e fora de si naquele momento, que quando perguntou "*Como você se sente?*", era como se estivesse perguntando para si mesma.

Sylvie abriu as mãos e olhou para elas.

— Achei que me sentia muito bem, até ver você. Às vezes sinto dores de cabeça. Algumas noites, vou dormir às sete. — Ela se inclinou para a frente. — Julia. Você está *realmente* aqui? Talvez eu esteja tendo alucinações por causa da minha medicação. Há anos que imagino você comigo, mas isso parece muito mais real.

O bar tinha um burburinho suave — era o meio da tarde de um dia de semana, e as pessoas ali eram bebedores profissionais. Ninguém estava causando problemas ou fazendo muito barulho. Eram principalmente homens mais velhos, alguns dos quais talvez conhecessem Charlie. Todos pareciam cansados. O ato de viver os havia esgotado. Eles não sabiam que Sylvie, que estava na meia-idade, mas parecia mais jovem, não teria a chance de se cansar de nada.

— Eu gostaria que você estivesse tendo alucinações — disse Julia. — Minha presença aqui não faz sentido.

Sylvie olhou ao redor, como se avaliasse o que poderia ser ou não real.

— Amei essa alucinação. Nada tão maravilhoso acontece comigo há muito tempo.

Julia suspirou.

— Vai se tornar real quando você contar a William e às gêmeas que me viu.

— Isso é verdade. — Sylvie pareceu considerar isso. — Mas geralmente não conto a eles sobre meus sonhos e visões. Vou guardar isso para mim, por um tempo. Você vai contar a Alice que veio aqui?

— Céus, não! — Sylvie não sabia da mentira que a irmã contara à filha e Julia não se sentiu disposta a explicar. Ela se lembrou, com a irmã à sua frente, de que parte do motivo de ter matado William foi o medo de que Alice a deixasse para morar em Chicago, porque Alice amaria Sylvie mais do que a própria mãe. Essa tinha sido uma preocupação ridícula; Julia sabia disso agora. Mas a Julia mais jovem sentiu que isso era possível, porque *ela* sempre amou Sylvie mais do que amou todas as outras pessoas. Julia a amava agora, do outro lado da mesa de madeira. Ela havia fechado uma porta para Sylvie havia muito tempo e trancado três vezes, e isso funcionou até o telefonema de William. Agora, com a irmã no mesmo cômodo, Julia tinha consciência do quanto sentia falta dela.

Aquilo não era uma alucinação, pensou, mas, ao mesmo tempo, ninguém em sua vida sabia que ela estava em Chicago. A viagem não estava em sua agenda, o que significava que aquele momento poderia existir como um universo paralelo a sua vida real. Ela estava ali e ao mesmo tempo não estava, em um estado de incerteza quântica.

— Olha — disse ela —, fico mais aliviada que você se sinta mal com o que aconteceu. Mas você provavelmente me fez um favor ao visitar William no hospital. Eu me perguntei por que a médica dele só me telefonou uma única vez, mas isso foi porque você estava lá. Se você o tivesse deixado sozinho como eu queria, eu teria que ajudá-lo. Mamãe teria me obrigado. Ou alguém precisaria assinar alguma papelada. Mas você interveio, e isso me permitiu partir. Sou grata por isso.

Sylvie olhou para ela, e Julia pôde ver os anos de separação em seu rosto. Ela não conseguia mais ler Sylvie com perfeição. Não sabia o que sua irmã estava pensando. Julia se lembrou de como estava agitada na última vez que vira Sylvie. O marido a havia abandonado, depois tentou se matar, depois a abandonou novamente, e Julia aceitou um emprego longe das irmãs e de casa. Aquela sequência de semanas puxou sua vida de debaixo dela como um tapete. Julia havia se dedicado a nunca mais perder o controle sobre suas circunstâncias, e assim o fez, até recentemente.

— Conte-me sobre Nova York — pediu Sylvie. — Conte-me sobre Alice.

— Alice — repetiu ela, e fez uma pausa.

Sua irmã estava sorrindo para ela do outro lado da mesa. Julia se lembrou de Sylvie segurando Alice, ainda bebê, nos braços. Havia uma fotografia das duas juntas, na gaveta de cabeceira de Julia. Podia ver agora, no rosto dela, uma verdade que havia esquecido. Sylvie amava Alice de todo o coração. De alguma forma, não ocorreu a Julia que ela havia separado as duas quando saiu de Chicago. Ela estava preocupada com a possibilidade de Alice amar Sylvie, mas apenas como um risco futuro, não como algo que já tivesse acontecido. Mas Sylvie estava animada e ansiosa por ouvir notícias sobre a bebezinha para quem ela costumava sussurrar "*eu amo você*" toda vez que a via.

— Ela está ótima. Bem, não ótima, talvez, mas bem. Ela se formou com honras na faculdade, o que foi fantástico. Tem um trabalho decente como editora. Vamos ver. Ela gosta de correr; corre no Prospect Park todas as manhãs. — Julia sentiu o olhar interrogativo de Sylvie e se lembrou de ficar deitada ao lado da irmã no escuro, no quarto onde elas nunca contavam nada além da verdade. Elas podiam distorcer as palavras para outras pessoas, mas não uma para a outra. — Acho que posso ter estragado tudo — acrescentou.

Ela contou à irmã como o sorriso de sua filha era cuidadoso, como seu comportamento despreocupado era deliberadamente planejado e como a vida de Alice era monótona. Julia contou algo que Rose havia dito recentemente: que Alice vivia como um gato que se recusava a sair de sua caixa de papelão.

Sylvie sorriu com isso.

— Ela ainda é um criança — disse. — Você se lembra de como éramos jovens quando tínhamos vinte e cinco anos? Se houver algo errado, você terá tempo para consertar.

Consertar, pensou Julia. Ela poderia consertar isso? Na companhia da irmã, ela se sentiu corajosa o suficiente para considerar essa possibilidade. Tinha uma noção do que seria necessário. Julia teria de pular de um penhasco, sem saber se conseguiria sobreviver à queda.

— Não nos tocamos — disse Sylvie. — Você e eu. Notou isso? Nós não nos abraçamos. O que faz sentido, se isso não for real. Fantasmas não se abraçam, porque passariam um pelo outro. Fantasmas apenas gostam da companhia uns dos outros.

Julia sorriu com a excentricidade da irmã. Sylvie era parte dela e, durante a separação, Julia sentiu falta desse tipo de pensamento. Sylvie era a parte dela saída das páginas de um romance, que beijava garotos por noventa segundos por diversão, que falava sobre terceiras portas e fantasmas com a mesma facilidade com que fazia uma lista de compras. Talvez ela e a irmã *fossem* fantasmas ou alucinações, ou talvez isso não importasse. Julia tinha consciência de que se sentia melhor — mais feliz, mais relaxada — do que há muito tempo. Ela deveria estar em uma cidade diferente. Mas estava com Sylvie, que havia extirpado de sua vida um quarto de século antes. Julia sentiu uma onda de alegria percorrer seu corpo como bolhas na superfície de uma bebida. Ela se libertara de seu verdadeiro eu, de sua vida real, por algumas horas, e quando partiu para o aeroporto, pouco tempo depois, ela e Sylvie sabiam — embora nenhuma delas pronunciasse as palavras em voz alta — que Julia voltaria. Elas encontraram uma brecha que lhes permitiu passar um tempo juntas sem o conhecimento de ninguém, o que significava que essa vez não significou nada, o que significava tudo.

ALICE

Novembro de 2008

Alice esperou pela mãe no restaurante grego de que Julia gostava. Ela não se importava com o atraso. Durante o horário de trabalho, Alice se perdia em seus pensamentos e em qualquer manuscrito que estivesse revisando — questionando os detalhes de cada linha —, assim, após o expediente, ela inicialmente achava qualquer conversa desafiadora, com suas pausas estranhas, perguntas e mudanças de assunto. Ela gostava de seu trabalho pelo silêncio e pelos detalhes. Era capaz de pegar um livro e analisar, alterar e verificar até que cada fato e linha do tempo estivessem impecáveis. Quando terminava um manuscrito, ela sabia — e seu empregador apreciava — que ele estava tão correto quanto era humanamente possível.

O garçom continuou enchendo o copo de Alice com água, e ela continuou bebendo, porque parecia a coisa educada a fazer depois que ele se dera ao trabalho.

— Não quero ser indelicado — disse o garçom, quando voltou com a jarra de água de novo. — Mas você não joga no Liberty?

— Não, eu trabalho no ramo editorial — respondeu Alice.

O garçom corou.

— Desculpe. Eu apenas pensei...

— Tudo bem.

Quando estava de bom humor, Alice se divertia ao ver como sua altura incomodava as pessoas. Sua estatura expunha imediatamente os homens (eram geralmente homens) que tinham alguma insegurança. Se um cara agisse como um idiota por causa do tamanho de Alice, então ele era um idiota. Ela não achava que aquele garçom fosse necessariamente um idiota, mas não pegava bem para ele o fato de não conseguir pensar em mais de uma opção de carreira para uma mulher alta. Ou o fato de ele não conseguir simplesmente manter a boca fechada.

Alice sentiu a energia da mãe adentrar o ambiente e detectou seu perfume. Então olhou em direção à porta.

— Oi, mãe — disse. Uma onda de ar frio atingiu a nuca de Alice; era início de novembro, e a cidade de Nova York começava a se aproximar do inverno. Alice não via a mãe havia algumas semanas, o que era incomum. Julia estava ocupada com o trabalho. — Você está usando muito perfume. — Alice torceu o nariz.

— Estou? — Julia se sentou à sua frente e imediatamente olhou para o cardápio, embora sempre pedisse a mesma coisa: uma salada grega com uma taça de vinho branco. — Devo ter esquecido e reaplicado antes de sair do escritório.

Alice estudou a mãe e percebeu que ela acabara de retocar o batom também. Julia geralmente tirava o visual do escritório antes de ver a filha; hoje ela parecia tê-lo reforçado. Seu cabelo estava preso em um coque, como sempre, mas um cacho havia escapado de um lado. Alice estava olhando para esse cacho rebelde quando sua mãe disse:

— Tenho uma série de coisas para lhe contar.

— Uma série? — Alice sorriu. Ela presumiu que se tratava de um novo cliente, da contratação de mais funcionários e talvez de uma obra de arte que Julia havia comprado. A mãe às vezes narrava suas negociações a Alice porque ela as achava emocionantes, sem perceber que a filha nunca tivera qualquer interesse no acúmulo de riqueza ou no prestígio profissional da mãe.

Quando Alice aceitou seu primeiro trabalho como revisora, Rose dissera: *"Sei que você escolheu esse tipo de trabalho para enlouquecer sua mãe. E vai funcionar."* Ela se referia ao tipo de trabalho com salários baixos, sem perspectiva de crescimento e sem maneiras de *vencer*. Alice havia rido disso.

"Você tem um pouco de razão, vovó", respondera. Mas ela também gostava do seu trabalho e da ausência de política envolvida. O mercado de ações havia desabado no início daquele outono, e Alice pensou que os pedestais que sua mãe tanto valorizava eram feitos de madeira podre. Seus amigos estavam com dificuldades financeiras, apesar dos diplomas universitários. Carrie era uma bartender que publicou seis poemas em revistas literárias e estava trabalhando em uma antologia. Rhoan morava em um apartamento de um quarto com seus três irmãos e ganhava um salário mínimo como estagiário em uma biblioteca de artes, embora tivesse feito mestrado.

— Minha irmã Sylvie está morrendo — disse Julia.

A atenção de Alice voltou ao presente.

— Morrendo? — Ela se lembrou das fotografias que encontrara na mesa de cabeceira da mãe, anos antes. As quatro irmãs com cabelos cacheados. — Sinto muito. Sylvie é a mais próxima de você em idade, não é?

— Quando eu estava grávida de você, às vezes dormia com Sylvie, no sofá. Dividíamos um quarto quando éramos crianças. Costumávamos ser muito próximas.

Alice tentou imaginar a mãe quando era uma menina, dividindo o quarto com outra menina. Julia acabara de falar mais sobre sua infância em noventa segundos do que em toda a vida de Alice, que sentiu uma incerteza dentro de si, como se os móveis estivessem sendo empurrados para dentro de uma sala vazia.

— Você vai voltar para Chicago para vê-la? — perguntou a jovem.

Julia fez uma cara estranha, como se estivesse lutando contra as lágrimas, ou talvez um sorriso.

— Não — respondeu. Ela ajeitou delicadamente o cabelo e continuou. — Sylvie é casada com seu pai.

Sylvie é casada com seu pai. Alice repassou a frase em sua mente, mas havia muitos erros para uma revisora corrigir. A estrutura cedeu sob o próprio peso. Ela tentou alterar o tempo verbal.

— Sylvie *era* casada com meu pai?

Julia balançou a cabeça.

O interior de Alice ecoou, como uma caverna.

— Você não está fazendo sentido, mãe.

— Foi seu pai quem me ligou para dizer que Sylvie está doente.

— Mas meu pai está morto.

— Eu te disse isso porque ele abriu mão dos direitos parentais quando você ainda era uma bebê. Ele tinha problemas de saúde mental e acho que não se sentia capaz de ser pai. Mas eu não queria que você se sentisse rejeitada ou sentisse que isso tinha algo a ver com você, porque não tinha.

— Espera.

Julia esperou.

Alice queria clareza; queria ter certeza de que entendia a mecânica do que estava sendo dito.

— Você está dizendo que meu pai me abandonou e por causa disso você me disse que ele estava morto?

Havia uma veia visível na têmpora de Julia.

— Parecia mais simples dizer isso a você. Parecia uma espécie de verdade. O nome dele é William Waters e ele mora em Chicago.

Alice balançou a cabeça. Podia ouvir seu coração batendo em seus ouvidos, como se seus órgãos estivessem se movendo pelo corpo. Ela não tinha certeza do que sua mãe disse depois disso ou mesmo se ela disse alguma coisa. Alice sorriu por reflexo para o garçom, que estava passando, e sentiu uma lança atravessar seu corpo. Sentia falta de *alguma coisa*. Ela sentia falta — desesperadamente

— de tudo o que desejava quando era jovem. Precisava de alguém que pudesse substituir a mãe, que estava dizendo coisas malucas e usando perfume e maquiagem demais. Precisava de um irmão para quem revirar os olhos. E precisava de alguém para dizer: *Não dê ouvidos a ela. Ela perdeu a cabeça. Você está bem. Nada disso é verdade.*

— Com licença — disse Alice, não para a mãe, mas para a toalha de mesa e para o garçom, se ele estivesse ouvindo. Ela empurrou a cadeira para trás e caminhou com as pernas bambas pelo restaurante e saiu pela porta. Ficou no ar escuro da noite. A Broadway estava à sua frente, com um barulho constante de táxis e ônibus ao fundo. As janelas dos prédios estavam iluminadas de amarelo contra o céu noturno. Os batimentos cardíacos de Alice ainda ecoavam em seus ouvidos.

Ela tirou o celular da mochila, percorreu rapidamente seus contatos e apertou o botão de chamada.

O telefone tocou três vezes, e então Rose disse:

— Alô?

— Vó.

— Alice! — Rose parecia feliz. Alice geralmente telefonava para a avó algumas vezes por mês, porque sabia que Rose era sozinha.

— Minha mãe acabou de me dizer que meu pai está vivo.

Houve um silêncio chocado do outro lado da linha.

— Meu Deus! — disse Rose finalmente.

— É verdade? — perguntou Alice.

— Bem, quer dizer, não tenho falado com ele ultimamente, mas sim, suponho que seja verdade. Eu teria ficado sabendo do contrário. — Ela fez uma pausa. — Por que diabos ela diria isso a você agora?

— Sylvie está doente — disse Alice, como se entregasse uma correspondência destinada a outra pessoa. Ela desejou estar em casa, no apartamento que dividia com Carrie, onde uma das paredes estava coberta com murais de Cecelia. Desejou estar diante daquelas imagens, olhando para uma mulher forte após outra, em vez de estar parada na rua enquanto sua avó fazia pequenos ruídos ao telefone e sua mãe estava em algum lugar atrás dela, como uma bola de demolição humana que acabara de atingi-la.

Alice parou de perguntar sobre Chicago e o passado de sua mãe quando era criança, pelo bem de Julia. Ela aceitou que o lugar e as pessoas que sua mãe decidiu ocultar nunca fariam parte de sua vida. Quando se tornou fácil pesquisar coisas na internet, no final de sua adolescência, Alice pensou em procurar as irmãs da mãe, mas, além de rastrear as obras de arte de Cecelia, desistiu da ideia quase imediatamente. Alice sabia que sua mãe não iria querer que ela fizesse isso, e como Alice não precisava mais de outros familiares para se sentir segura, ela não procurou mais informação.

Mas tinha sido uma idiota. Ela sempre soube que sua mãe estava escondendo alguma coisa; foi por isso que revirou as gavetas de Julia durante o ensino fundamental. Ela pensava que o segredo era de Julia, no entanto, e que não tinha nada a ver com ela. Alice verificava fatos para ganhar a vida. E sabia como procurar evidências e confirmar fontes. Julia, entretanto, havia oferecido poucos fatos à jovem Alice, e não havia fontes a quem recorrer para verificação. As informações que Julia lhe passara nunca tinham sido verificadas, e Alice podia ver isso agora. Ela podia ver a fragilidade de tudo que lhe fora dito e podia ver a própria fraqueza em aceitar isso como verdade.

Talvez outras pessoas pudessem tê-la ajudado a descobrir os fatos — Rose, Carrie, Rhoan —, mas a jovem Alice havia crescido tanto que ninguém jamais pensou em ajudá-la, e ela se orgulhava de nunca pedir ajuda. Todos — homens e mulheres — corriam em auxílio de Carrie, mesmo quando ela estava perfeitamente bem, porque ela era bonita e tinha 1,50 metro de altura. Mas a suposição era a de que Alice nunca precisou de ajuda. Afinal, ela conseguia alcançar as prateleiras altas e carregar a própria bagagem sem problemas. Quando alguém tentava ajudá-la, ela suspeitava de segundas intenções.

— Você ainda está aí? — perguntou Rose.

— Sim.

O som se intensificou na rua, vindo do nada, um barulho atordoante. Incontáveis decibéis a atingiram ao mesmo tempo. Duas ambulâncias passaram por Alice, seguindo em direções opostas. Taxistas buzinaram. O ar vibrava com o som, e Alice e Rose tiveram de esperar para ter alguma chance de falar ou ouvir. *A cidade está falando conosco*, Carrie teria dito se estivesse lá.

— Sua mãe e suas tias têm criado uma verdadeira bagunça ao longo dos anos. Não há como negar isso — disse Rose.

— Por que você não me contou a verdade, vovó?

Rose bufou.

— Você acha que eu não disse para sua mãe que ela era louca por mentir para você? Ela não falou comigo por alguns anos por causa disso. E começou a me enviar aqueles malditos cartões postais.

— Não — disse Alice. Ela teve aulas de economia doméstica no ensino médio, que envolviam principalmente aprender a bordar. Alice era péssima nisso, e a professora se inclinava sobre a mesa, cheirando a canela, e cortava os pontos com uma tesoura minúscula. Alice sentiu como se alguém, sua mãe, ela supôs, estivesse cortando pequenos pontos dentro dela agora. — Não foi isso que eu perguntei. Se você não quis me contar enquanto eu morava com mamãe, eu posso entender, acho. Mas tenho vinte e cinco anos agora. Você poderia ter me contado a verdade quando te visitei no outono passado. Poderia ter me contado a qualquer momento.

Alice podia ouvir sua avó se agitar na cadeira da cozinha, como uma nuvem antes da tempestade.

— Não acho que seja comigo que você deva ficar brava — disse Rose. — William poderia ter lhe contado diretamente, não é? Ele é seu pai, e se tivesse aparecido, não teria importância o que sua mãe disse a você.

Alice pensou por um instante.

— Isso é verdade — concluiu. — Preciso saber a cronologia.

— A cronologia? Como assim?

Alice balançou a cabeça. Ela ouviu a porta do restaurante abrir e fechar atrás dela e sentiu novamente a energia da mãe por perto. Sentiu os ombros se curvarem, como se quisesse se proteger. Ela não explicaria linhas do tempo para a avó, que quando a cronologia de uma história não é clara, nada faz sentido. Quase gritou, porque sua mãe estava bem ao seu lado agora. A pequena tesoura estava cortando, cortando, dentro dela.

— Qual o problema desta família? — perguntou Alice.

— Essa é uma pergunta justa — respondeu Rose.

Julia segurava a bolsa como se fosse uma boia salva-vidas. Havia uma incerteza estampada no rosto dela. Alice olhou para ela e pensou: *Eu poderia estar brava com você. Eu poderia gritar com você. Mas não vou. Você me criou para eu tomar conta de mim mesma, e é o que farei.*

WILLIAM

Novembro de 2008

Cecelia enviou um endereço por mensagem para William e lhe pediu que fosse até lá.

Este é só o primeiro. Farei outros dela. Mas eu quero que você veja.

Ele saiu do trabalho alguns minutos mais cedo e caminhou por vários bairros. Era a primeira semana de novembro, e ele estava feliz com as temperaturas amenas e a oportunidade de se mover a toda velocidade. Acabou em North Lawndale, uma parte de Chicago que o governo municipal não apenas negligenciou, mas tratou muito mal durante cem anos. William olhou ao redor, para as casas decrépitas, e se lembrou de ter andado por aquela área na noite anterior à tentativa de suicídio. Ele não tinha ideia de onde estava naquela época — conhecia apenas os arredores da Northwestern — e havia visto Charlie. William sorriu ao se lembrar de seu sogro aparecendo em uma porta. Charlie foi considerado um fracasso durante sua vida, mas quase trinta anos após sua morte, o amor de suas filhas por ele era tão profundo que ele poderia ser considerado a pessoa mais bem-sucedida que William já conhecera. Depois de todo esse tempo, as pessoas ainda procuravam Sylvie na biblioteca para lhe contar uma coisa gentil que seu pai havia feito por elas. Sylvie, Cecelia e Emeline contaram a Izzy tantas histórias sobre o avô que provavelmente seria capaz de vencer um concurso de curiosidades sobre o trabalhador da fábrica de papel que morreu quando tinha quase a idade que William tinha agora. As memórias que Sylvie escreveu sobre sua família se concentraram no pai ou na irmã mais velha como os dois pilares de seu ser.

O endereço era um playground. Havia uma quadra de basquete surrada, um conjunto de balanços e um trepa-trepa em péssimo estado. Vários adolescentes jogavam três contra três na quadra. Um deles avistou William e gritou:

— E aí, treinador? O que está fazendo por aqui?

William acenou com o braço em saudação — o menino frequentava a oficina de basquete de Arash — e encolheu os ombros. O playground retangular não estava lotado por causa do horário e da época do ano, mas as crianças andavam em pequenos grupos, e várias meninas estavam empoleiradas em cima do trepa-trepa como se fosse um ninho. Quando chegou ao centro do espaço, William girou em círculos, sem saber o que estava procurando, até que viu. Um mural gigante fora pintado na parede dos fundos. William caminhou naquela direção e se sentou em um banco que oferecia uma boa vista. Examinou o canto inferior e viu o elaborado *CP*, que era como Cecelia assinava seu trabalho. Alguns meninos correram ao redor do banco de William, gargalhando, e depois saíram em disparada em direções diferentes.

O mural mostrava cerca de vinte crianças juntas, como se estivessem tirando uma foto da escola. Elas sorriam em uníssono, sugerindo que o fotógrafo acabara de lhes contar uma piada. William passou os olhos pela fileira de crianças de cima; isso era um hábito, porque ele sempre foi colocado na última fila de todas as fotos enquanto crescia. No final da última fila, estava uma garota branca com cabelos castanho-alourados, com um sorriso tímido. William parou de respirar por um momento. O rosto da menina parecia exatamente igual ao seu quando tinha dez anos de idade. Ela não poderia ser outra pessoa que não sua filha. Era Alice. Ele continuou a mover os olhos, como uma máquina de escrever cuspindo palavras, incapaz de absorver o que acabara de ver. William analisou a fileira do meio, onde crianças sorridentes se alinhavam. Essas crianças pareciam versões mais novas dos meninos e meninas da oficina de basquete de Arash, e poderiam ser, já que muitos dos jogadores moravam naquele bairro. No final da fileira de baixo, havia uma garota ruiva — mais brilhante que as outras crianças, provavelmente porque ela havia sido recentemente pintada na parede. Cecelia teve o cuidado de encaixá-la entre as demais e atualizou alguns traços do restante do mural, para que Caroline não se destacasse. Mas, ainda assim, com seu cabelo ruivo e sorriso animado, ela parecia a mais viva, a mais ansiosa para pular da parede e correr em direção aos balanços.

William ficou muito tempo sentado no banco. Sentiu uma pontada de raiva por Cecelia ludibriá-lo a ver o rosto da filha, mas a raiva desapareceu tão rápido quanto surgiu. Ele se obrigou a olhar para Alice e Caroline. Obrigou-se a olhar sem estremecer, sem medo de extinguir a luz e a beleza com seu olhar. Aquela foi a primeira vez que ele deu toda sua atenção à filha. Os pais moldam seus filhos; ele sabia disso melhor do que ninguém, e agora percebia que devia ter moldado Alice com sua ausência, com seu silêncio, mesmo que com isso pretendesse salvá-la. Essa constatação foi um golpe pessoal, e ele disse *"Sinto muito"* em voz alta. Suas premissas estavam erradas, e ele se perguntou sobre o que mais estaria errado.

William já sabia que visitaria aquele mural novamente, muitas vezes. Ele presumiu que Cecelia pintaria sua irmã sozinha, porque ela geralmente fazia retratos individuais, mas estava grato por ela ter colocado sua irmã e sua filha perdidas juntas no mesmo retrato. As duas garotas existiriam enquanto aquele muro existisse, no mesmo bairro por onde William havia perambulado quando estava no ponto mais baixo de sua vida. O fato de ele também ter visto Charlie naquela vizinhança não parecia uma coincidência. Sylvie escrevera uma vez sobre Emeline ter ficado presa em uma árvore quando era criança e se recusado a descer até que seu pai apontasse seu raio magnético de amor para ela. Charlie teria escolhido aquela área da cidade para assombrar para que pudesse continuar amando sua família. Ele passaria seus intermináveis dias naquele playground, admirando a arte da filha, lendo poesia para as duas menininhas e as iluminando com seu carinho.

William balançou a cabeça, surpreso por acreditar em crianças fazendo companhia umas às outras em uma pintura e em um homem morto perambulando por Chicago. Quando jovem, ele acreditava em muito pouco, e, sem que percebesse, isso havia mudado William também costumava se preocupar com o que merecia ou não, mas ninguém ao seu redor parecia pensar nesses termos, e descobriu que ele também não pensava mais. Ele mandou uma mensagem para a cunhada:

Obrigado.

E ela respondeu:

<3.

William franziu a testa para o telefone, confuso, antes de perceber que Cecelia havia lhe enviado um coração.

SYLVIE

Novembro de 2008

Sylvie e Julia caminharam pela calçada, passando por uma lanchonete decadente e uma loja de tacos. Aquela era a segunda visita de Julia, que ocorreu apenas dez dias depois da primeira.

— Eu fiz uma coisa — disse Julia com um suspiro.

Sylvie percebeu que sua irmã ainda parecia cansada, mas também mais calma, como se um nó tivesse se desfeito sob sua pele.

— Isso é emocionante — comentou.

— Sim — disse Julia em tom seco. — Muito emocionante. Fiz algo para tentar consertar a situação com Alice. Mas para isso tive que bagunçar tudo, e agora ela está com raiva de mim. Talvez esteja com raiva demais para me perdoar.

— Ela sabe que você a ama.

— Mais do que tudo.

— Então provavelmente tudo ficará bem.

Julia fez uma careta.

— Sempre odiei a palavra *provavelmente.* — Ela olhou para cima, como se estivesse verificando as placas das ruas, e então continuou. — Eu tinha tudo sob controle enquanto Alice era jovem. De verdade. Tudo. Era maravilhoso. Mas eu não estava preparada para Alice crescer. Não sei por quê.

Sylvie parou de andar. Elas estavam na calçada oposta ao antigo cinema que frequentavam quando crianças, onde tinham visto *A Fantástica Fábrica de Chocolate*, *Star Wars* e os filmes de Buster Keaton que seu pai adorava.

— Ei, vamos ver um filme — sugeriu ela.

Julia semicerrou os olhos para ver a lista de títulos na marquise.

— Faz anos que não assisto a um filme no cinema — disse ela. — Nunca tenho tempo.

Elas nunca tinham ouvido falar do filme que estava prestes a começar, mas, mesmo assim, compraram dois ingressos. Compraram baldes gigantes de pipoca com manteiga extra e dois refrigerantes enormes. Assim que se acomodaram em seus assentos macios, Sylvie olhou para baixo e se perguntou qual seria o gosto da pipoca. O sabor da comida e da bebida estava começando a mudar em sua boca. Um donut podia ter um sabor amargo, mesmo que fosse coberto de açúcar. O café dela naquela manhã tinha gosto de xarope de bordo, embora ela não tivesse adicionado nenhum adoçante. Sylvie colocou uma pipoca na boca, hesitante, e ficou aliviada ao descobrir que tinha o mesmo gosto de toda a sua vida. Salgada e crocante. E entendeu que isso acontecia porque ela estava com Julia, naquele período além da vida real de ambas. As dores de cabeça de Sylvie recentemente haviam se tornado mais frequentes e intensas, mas ela não teve nenhuma enquanto estava ao lado de Julia; fazia sentido que, com sua irmã, suas papilas gustativas temporariamente voltassem ao normal.

Sylvie sabia que deveria contar a William que havia reencontrado Julia e o faria, em breve. Esses encontros com Julia a lembraram, porém, das semanas em que o amor de Sylvie e William ficou confinado na quitinete do dormitório estudantil, antes de Kent descobrir tudo. Naquela época, Sylvie e William garantiram um ao outro que o que estavam vivendo era mais um adiamento do que um segredo — alguns preciosos momentos roubados — antes que a vida real, com suas complicações inerentes, interviesse. Durante aquelas semanas de privacidade, ela e William respiraram o ar denso com cada molécula do seu amor e da alegria por terem se encontrado. Sylvie sentia todas essas emoções, essa alquimia mágica, com sua irmã agora. Afinal, havia experimentado dois grandes amores em sua vida: primeiro, suas irmãs e, depois, William. Ela podia sentir algo significativo acontecendo dentro de si agora; estava unindo quem ela tinha sido na primeira metade de sua vida com quem ela havia se tornado. Estava costurando sua vida e seu coração juntos e queria manter tudo diante dela: um todo perfeito.

Semana que vem, pensou Sylvie. *Vou contar a ele na próxima semana*. Ela sabia que essa demora e seus motivos eram tecnicamente besteiras *e* segredos, segundo os termos do mantra de seu marido, mas ela dizia a si mesma que o mantra era para os vivos. Ela estava morrendo, o que significava que poderia se sentar ao lado de Julia agora mesmo e se deitar nos braços de William à noite.

O filme era sobre corridas de carros e claramente destinado a adolescentes. Sylvie ria sempre que um carro estava prestes a capotar, enquanto as pessoas ao seu redor prendiam a respiração. Ela percebeu que poderia reagir a qualquer estímulo da maneira que quisesse. Se algo triste acontecesse, ela não precisava chorar. No meio de uma cena tensa envolvendo uma colisão de dez carros, ela estendeu a mão e segurou a de Julia. Elas não haviam se tocado até então. Ambas tomaram cuidado para não fazer isso, porque parecia um parâmetro que as mantinha naquele limiar em que podiam se ver sem contar. Eram as bordas que mantinham a bola na estranha pista de boliche onde estavam jogando. Mas Sylvie estava ficando sem tempo e não estava mais interessada em parâmetros e regras, mesmo aqueles que ela mesma havia inventado.

Ela sentiu o corpo de Julia se contrair por uma fração de segundo e depois relaxar. Ela não se afastou, e, na escuridão do cinema, as duas irmãs eram atemporais. Elas tinham dez e treze anos e estavam na casa dos quarenta. Julia estava absolutamente confiante de que poderia traçar o próprio destino, e Sylvie se aventurava com os livros e com os meninos que entravam na biblioteca. Eram muito momentos, empilhados uns sobre os outros, e o longo período em que se afastaram, para o bem e para o mal.

Sylvie pensou: *Vale a pena morrer por isso.*

Um motorista com um maxilar largo e incríveis olhos azuis fez um belo oito para evitar um acidente. Os adolescentes na plateia gritaram, Sylvie sorriu, e Julia apertou sua mão. Sylvie pensou no romance que acabara de começar — um clássico que adiava havia anos, mas não tinha mais tempo de adiar nada — em que o personagem principal adormecia enquanto lia e, quando acordava, com o cérebro ainda enevoado, ele pensava *ser* parte da história: um cavalo, a rivalidade entre dois reis ou um chalé. Sylvie gostava da ideia e, desde que lera a frase, estava se reimaginando. Ela era o cabelo selvagem de Julia, era o lago de onde seu marido uma vez foi retirado e, não importa o que acontecesse a seguir, ela era amor.

Após o diagnóstico, Sylvie começou a acompanhar Cecelia e Emeline em suas idas quinzenais ao mercado atacadista para comprar as enormes quantidades de papel higiênico, toalhas de papel, sacos ziplock, fórmula infantil e água com gás necessárias no superduplex. Cecelia agora tinha um carro, um sedã amarelo-limão, então elas não precisavam mais pegar emprestado o veículo do vizinho para ir aos lugares. Sylvie não precisava de nada do atacadista, é claro; ela e William não tinham necessidade de grandes quantidades de nada para seu lar de apenas duas pessoas. Mas ela gostava de passear com as irmãs; isso a lembrava de quando eram jovens e as três voltavam do apartamento de Julia para casa e conversavam. Ela gostava de olhar pela janela e ver sua cidade passar rapidamente. Levava um livro e lia no carro enquanto as gêmeas faziam compras e, na viagem de volta, dividia o banco de trás com as sacolas de compras. Ela não sentia culpa por não ter contado às irmãs mais novas que vinha se encontrando com Julia. As gêmeas teriam muito tempo com a irmã mais velha depois que Sylvie partisse. Mas também não achava que elas ficariam chateadas por terem sido excluídas — pelo menos não muito. Elas entenderiam do que Sylvie precisava e ficariam satisfeitas por ela ter tido a sorte de se reconciliar com Julia.

No caminho do mercado para casa, Cecelia sempre passava pelo parquinho onde estavam os retratos de Alice e Caroline. As irmãs ficavam no carro; o sedã reduzia a velocidade, e elas admiravam a obra de arte pela janela. Sylvie adorava o mural, adorava que William tivesse pedido a Cecelia para dar vida à sua irmã. Certa tarde, no caminho de volta para Pilsen, Sylvie quase pediu a Cecelia para não seguir aquele caminho, porque ela sentia uma dor de cabeça chegando e queria voltar para casa. Mas optou por não dizer nada, e Cecelia dirigiu até North Lawndale, diminuindo a velocidade do carro na mesmo ponto de sempre. Sylvie se virou para olhar pela janela e respirou fundo, porque William estava no parquinho. Seu marido alto e de cabelos claros estava sentado em um banco em frente ao mural. Apenas a parte de trás da cabeça e os ombros eram visíveis, mas era inconfundivelmente ele.

— Aquele é...? — perguntou Emeline.

Sylvie assentiu; Cecelia também o reconheceu, e o carro parou lentamente. As três irmãs observaram William absorver os retratos de Caroline e Alice. Ele estava sentado muito quieto no banco, e a leve inclinação de seus ombros dizia a Sylvie que ele estava calmo.

Quando a felicidade chegava a Sylvie naqueles dias, tomava conta de todo o seu corpo, e ela se sentia radiante por estar sentada com as irmãs diante daquela vista. Ela não queria que William a visse e em um ou dois minutos diria a Cecelia para ir embora. Mas a pontada de preocupação que existia no coração de Sylvie desde que ela descobriu que estava doente começou, pela primeira vez, a diminuir. Ela estava deixando William, mas ele tinha aquele parque, aquele banco, aquela pintura, e sua presença ali significava que ele não estava mais evitando as bebês das quais havia se afastado. Ele estava contemplando as duas meninas, o que significava que as portas que estavam fechadas havia tanto tempo dentro dele poderiam estar se abrindo, o que significava que William poderia ficar bem sem a esposa. Ele estava ganhando algo, não apenas perdendo.

ALICE

Novembro de 2008

Durante seus dias de trabalho, o telefone de Alice vibrava em seu bolso a cada poucas horas. As mensagens eram da mãe. Julia lhe enviara pelo menos vinte mensagens de texto desde o jantar no restaurante grego. As mensagens, não importa o que dissessem, deixavam Alice cansada. Mas ela gostava do modo que se acumulavam em seu celular como uma espécie de registro de sua mãe enlouquecendo. Inicialmente, os textos eram desculpas ou explicações incoerentes.

Sinto muito, mas tive meus motivos.

Podemos nos encontrar por alguns minutos para conversar?

Eu te amo, eu te amo, eu te amo. Achei que não te contar seria a melhor coisa para nós duas.

Tive medo de que você quisesse procurar seu pai se soubesse que ele estava vivo. Eu me convenci de que se você fosse a Chicago para vê-lo, escolheria morar com ele e Sylvie. Eles teriam dado a você uma família normal, com mãe e pai. Eu sei que parece loucura, mas eu estava um fora de mim na época.

Você deve ter perguntas, às quais posso tentar responder. Sinto falta da sua voz.

Alice tinha perguntas, mas não pediria respostas à mãe ou à avó. Sua mãe a havia manipulada com silêncios durante toda a vida. Conversas enigmáticas, perguntas evitadas. Ela deixou que Alice tentasse adivinhar e traçasse estratégias sem nenhum dos fatos necessários. Ambas mentiram para ela (Rose talvez por omissão) e não eram fontes confiáveis de informação.

Quando Alice se afastou do restaurante grego e da mãe naquela noite, percorreu o caminho desde o Upper West Side até o apartamento no Brooklyn que dividia com Carrie. Era um apartamento de um quarto, com um sofá-cama na sala. O acordo oficial era o de que as duas mulheres revessassem as semanas no quarto. Havia alguma flexibilidade nisso se Carrie estivesse dormindo no apartamento de um namorado ou se uma delas estivesse cansada demais para abrir o sofá. Nesse caso, dormiriam juntas na cama de casal. Quando Alice entrou, Carrie já estava de pijama, escrevendo em um diário no sofá-cama; era a semana dela. Ela parecia a versão adulta da garotinha com quem Alice fez amizade no jardim de infância: pequena, com grandes olhos azuis e o cabelo castanho bem curtinho. Alice, devido à sua estatura e o quanto ela cresceu ao longo dos anos, não se parecia em nada com a garotinha que fora no jardim de infância.

Carrie a examinou da cabeça aos pés e disse:

— É evidente que algo sério aconteceu. — Ela se levantou e, como se estivesse se preparando para ferver água e pegar toalhas, continuou. — Do que você precisa?

Alice ficou parada na porta até contar tudo a Carrie. Depois largou a mochila e o casaco no chão, tirou as botas de cano baixo e se aninhou no sofá-cama. Ela abraçou os joelhos contra o peito, e Carrie esfregou as suas costas.

— Você tem um pai — disse Carrie, com admiração na voz.

— Mais ou menos, né?! Ele não é meu pai legalmente. Ele não me queria. — O cabelo de Alice cobria seu rosto; ela falava através de uma cortina castanho-alourada.

— Só sua mãe seria capaz de guardar um segredo como esse por vinte e cinco anos. — Carrie contava a estranhos detalhes íntimos de sua vida minutos depois de conhecê-los e sempre achou a compostura de Julia desconcertante. Certa vez, quando eram adolescentes e Carrie estava dormindo no apartamento delas, perguntou a Julia quando ela havia perdido a virgindade. Alice e Carrie viram algo acontecer dentro de Julia que fez seu rosto ficar com um leve tom de roxo, e então ela disse que precisava fazer uma ligação de trabalho — às nove horas da noite de uma sexta-feira — e saiu da sala.

— Ela poderia ter mantido esse segredo para sempre. — Alice olhou para Carrie. — Acho que ela estava tentando me magoar com a revelação. Ela parecia... não sei, um pouco agitada.

— Agitada com o que isso poderia fazer com você?

Alice assentiu. Ela sentiu lágrimas pressionando o fundo de seus olhos.

— Não vejo por que a forma como escolho viver, que não faz mal a ninguém, a incomoda tanto.

— Ah, Alice.

— Gosto de levar uma vida simples. — Alice podia sentir todos os fios soltos dentro dela; a pequena tesoura havia cortado cada um deles. — Eu não gosto de... sentir tanto.

— Eu sei. — Carrie ficou quieta por um minuto e, depois, continuou. — Tenho me mantido calada sobre sua relação com sua mãe, tanto quanto pude, desde sempre. Você sabe disso.

Alice assentiu, já resignada com o que estava por vir.

— Vá em frente — disse. — Fale o que quiser.

Carrie ficou com o rosto sério; ela levou essa permissão, essa oportunidade, a sério.

— Ok, eu acho que aconteceu o seguinte. Do meu ponto de vista, você se fechou, provavelmente logo depois que sua mãe lhe contou que seu pai morreu. As únicas pessoas que você amava antes dessa notícia, essa mentira, no fim das contas, ainda são as únicas pessoas que você ama de todo o coração. As únicas pessoas que você se permite amar. Eu, sua mãe e sua avó. Sinto que quando éramos crianças, às vezes você quase se abria. Lembra que você tinha uma queda por aquele garoto de cabelo espetado quando estávamos no ensino fundamental? Mas então você se fechou completamente. Você tem um coração maravilhoso e não o usa. Sua mãe é responsável por isso. É como se ela tivesse criado você para entrar para as forças especiais ou algo assim, com um conjunto de habilidades único. Julia é ainda mais responsável do que eu pensava, já que ela *mentiu* para você durante toda a sua vida. Ela obviamente está percebendo isso agora e quer tentar consertar os erros.

— Eu não preciso de conserto. — Alice sentiu a própria teimosia aflorar, como um calombo no tapete, mas não se importou. — Eu preferia que ela não tivesse me contado.

Carrie se inclinou e beijou a bochecha de Alice. Ela parecia mais brilhante, como uma lanterna que acabaram de limpar, depois de ter sido autorizada a dizer tudo que vinha reprimindo havia anos.

— Mas Julia contou para você, e isso também é emocionante, sabe? Seu pai está vivo. Você pode conhecê-lo e perguntar por que ele fez o que fez. Afinal, ele está em seus genes. Pode finalmente descobrir de quem herdou toda essa altura.

— Tenho que entender a cronologia antes de poder considerar isso — disse Alice. — Tenho que descobrir o que aconteceu em Chicago. Não sei de nada, Carrie.

Carrie olhou para ela. Ela sabia como Alice funcionava. As duas amigas eram opostas em muitos aspectos, mas ambas eram atentas sobre como viviam, não toleravam idiotas e sempre se protegiam.

— Como posso ajudar? — perguntou ela.

— Você pode sentar comigo enquanto eu faço uma pesquisa no Google — disse Alice. — E me dê tempo para processar tudo. Não há por que ter pressa agora.

As duas jovens ficaram acordadas até as quatro da manhã no sofá-cama. Foi uma tarefa difícil, pois havia um zumbido nos ouvidos de Alice, que tinha dificuldade para ler as frases na tela do computador, e as imagens a sufocavam. Seu pai era o chefe de fisioterapia do Chicago Bulls, então havia inúmeras fotos dele online. Em algumas, ele estava conversando com jogadores de basquete, provavelmente sobre lesões. E em outras, estava ao lado da equipe, com cerca de trinta homens vestindo camisas polo idênticas. Havia apenas uma foto do início de sua vida, da Universidade Northwestern. Era uma foto do time de basquete universitário, e ele estava parado no final de uma fileira, vestia uma camisa de basquete, mas uma calça normal, e usava muletas.

— Ele está superfofo nesta foto — disse Carrie. Nas fotos mais recentes, ele parecia não apenas mais velho, mas também desgastado, como uma pedra na praia. Ela olhou mais de perto. — É de 1982. Um ano antes de você nascer.

Alice assentiu. Ela se sentia inebriada, embora não tivesse bebido nada, exceto alguns litros de água no restaurante. Ela e Carrie adormeceram em algum momento, e como o dia seguinte era sábado, nenhum alarme disparou, e elas acordaram mais tarde do que de costume. Alice estava com dor de cabeça, mas também se sentia aliviada, como se um fardo tivesse sido tirado de suas costas. Só quando estava tomando café da manhã é que lhe ocorreu que havia abafado as perguntas e evitado procurar respostas durante a vida, em deferência à mãe. Ela não precisava mais fazer isso. Poderia perguntar a qualquer pessoa o que quisesse. Isso a fez sorrir tanto que ela sentiu suas bochechas repuxarem, e Carrie ergueu os olhos da tigela de cereal e sorriu de volta.

Alice se perguntou o que isso poderia significar. Quais eram suas perguntas? O que ela queria saber? O que queria dizer? Nunca havia considerado essas possibilidades antes; parecia que estava usando vendas e, do nada, estas foram removidas. O horizonte era infinito, em todas as direções. Houve uma batida na porta; era Rhoan.

— Carrie me contou. — Ele se sentou à mesa da cozinha, como se estivesse participando de uma reunião já em andamento. — Alice, isso faz muito sentido. Sempre senti como se você estivesse esperando por alguma coisa, como se estivesse com o ouvido no chão e não quisesse se mover para não perder o sinal. Achei que você estava esperando algum cara, mas isso é muito mais legal.

— Exatamente — disse Carrie.

— Vou colocar meu quase doutorado em prática. Sou um pesquisador de primeira linha, você sabe. Vamos ajudá-la a encontrar todas as informações que existem sobre essas pessoas.

Alice começou a protestar, mas Rhoan acenou com sua mão grande.

— Você consegue imaginar como estamos felizes por ter a chance de ajudá-la? Você *nunca* nos deixou ajudá-la. Sempre diz que está bem. Você não costuma ser dramática, Alice Padavano, mas isso é um belo *drama*.

— Eu não gosto de drama — disse Alice, sem tirar os olhos do prato.

— Nós sabemos. Mas ter a chance de ajudar você me deixa tão feliz que poderia chorar.

— Eu estou chorando — disse Carrie, e estava mesmo.

— Eu sei que isso é difícil — disse Rhoan. — Mas nos deixe cuidar de você, ok?

Alice levou as mãos ao rosto e riu. Com todos os fios cortados dentro dela, não havia como resistir. Ela podia sentir o amor de seus amigos atravessando sua pele, entrando em seu corpo, e chorou também.

— Esta mesa — disse ela, quando algo lhe ocorreu. — Esta mesa ficava na nossa cozinha quando eu era criança. Quando eu tinha cinco anos, estávamos sentadas nesta mesa quando minha mãe me contou que meu pai estava morto.

— Uau! — disse Carrie.

— Há história em todos os lugares — disse Rhoan. — Eu adoro isso.

Ele trabalhava em uma biblioteca de pesquisa e, uma semana depois, entregou-lhe uma pasta com fotos e dados biográficos de William Waters e das outras três irmãs Padavano. Ele havia encontrado fotos melhores e menos desfocadas do pai dela, e a semelhança entre ele e Alice era notável. Magro, alto, o mesmo cabelo desbotado, os mesmos olhos. Havia uma notícia de jornal sobre o casamento de William e Julia, a qual foi descrita como uma futura dona de casa no texto, e William estava fazendo pós-graduação para se tornar professor de história. A foto era um close do dia do casamento: Julia estava linda, com um vestido branco cintilante. William usava um terno chique, e seu sorriso parecia submisso ao lado do sorriso radiante de Julia. Alice estudou a fotografia, espantada com o quão feliz sua mãe parecia; não havia nenhuma evidência de qualquer sofrimento que a fizesse desistir do casamento e de Chicago dezesseis meses depois.

Havia informações sobre o diploma universitário de William, seu único ano de pós-graduação em história, um mestrado concluído em fisiologia do esporte e seu histórico profissional. As notas detalhavam duas hospitalizações, uma para uma cirurgia no joelho durante a faculdade, e outra em 1983 — quando Alice ainda era um bebê — em um hospital psiquiátrico. Presumivelmente, a doença mental dele foi o motivo pelo qual os pais dela se divorciaram e o pai dela a abandonou. Ela e a mãe chegaram à cidade de Nova York bem na época em que William Waters estava no hospital.

Enquanto folheava a pasta, sua mãe lhe mandou uma mensagem:

Você pode me dizer o que significa na literatura quando uma pessoa perde a sombra? Acho que me lembro de Peter Pan roubando a sombra de Wendy.

Ela mostrou a mensagem para Carrie, que retrucou:

— As coisas estão definitivamente ficando interessantes na cabeça da sua mãe. Você vai responder?

— Não. Veja só: tenho uma prima que é menos de um ano mais velha que eu. Isabella. Cecelia teve uma filha. Ela se parece com todos os Padavano, exceto eu.

Elas estavam sentada à mesa da cozinha. Haviam acabado de comer espaguete, uma das únicas refeições que Alice sabia preparar e não ficava ruim. Essa era a refeição que ela mais gostava de cozinhar; a de Carrie era uma salada na qual colocava tudo o que encontrava, com resultados variados.

— Você terminou de revisar aquele romance triste?

— Aquele inspirado em *Mulherzinhas*? Sim.

— Então é hora de ir para Chicago — disse Carrie. — Você pode tirar alguns dias de folga do trabalho. E tem todas as informações possíveis nesta pasta.

— Pode haver mais — disse Alice. Seu corpo parecia pesado, como se estivesse enraizado na cadeira. Ela procurou uma distração ao redor do cômodo, mas nenhuma apareceu. Tudo o que conseguia ver eram móveis de segunda mão e uma pia cheia de pratos que precisavam ser limpos. Então, continuou: — Carrie, ele não quer me conhecer. Ele nunca quis saber de mim.

Carrie olhou para ela com os olhos arregalados.

— Não vai começar a chorar — disse Alice, em advertência.

— Eu não vou. Escuta. Ele tomou essa decisão há muito tempo, quando estava em uma situação emocional terrível. Ele pode se sentir totalmente diferente agora. Pode ter passado os últimos vinte e cinco anos se arrependendo de ter desistido de você. Ou Julia pode estar mentindo sobre alguma parte dessa história. Droga, Julia pode até ter pagado ao seu pai para ficar longe. Rhoan não consegue encontrar esse tipo de resposta em jornais antigos. Você tem que ir lá e perguntar para ele.

Vá lá, pensou Alice. Ela havia viajado muito pouco em sua vida. Estava familiarizada com a viagem de quatro horas até Boston. E com as visitas a Rose na

Flórida. Mas recusou a opção de estudar no exterior e nunca entendeu por que as pessoas deixavam a cidade de Nova York. Aquela era a sua casa, e certamente não era páreo para nenhum outro lugar.

— Você é adulta — disse Carrie. — Tem vinte e cinco anos. Você não *precisa* de um pai. Só precisa conhecê-lo e perguntar o que aconteceu, para poder seguir em frente com a própria vida.

Alice ouviu a amiga e tentou assimilar as palavras, mas as ideias de ir para Chicago para conhecer o pai e seguir em frente com a vida pareciam contraditórias. Ela estava em sua vida agora; simplesmente embarcar naquele avião destruiria a jovem segura, cuidadosa e calma que ela vinha construindo desde criança.

WILLIAM

Novembro de 2008

Havia algumas coisas que William sabia mesmo sem que lhe contassem. Ele sabia que Kent havia telefonado para seu psiquiatra, para se certificar de que os medicamentos de William estavam perfeitamente ajustados, e que agora o médico o examinava durante as sessões com um novo nível de preocupação. William também podia sentir a preocupação de Kent, uma presença que existia em níveis diferentes desde que os dois se conheceram. Quando Nicole se mudou de casa durante o divórcio, William dormiu no quarto de hóspedes por algumas noites para que Kent não passasse de casado a completamente sozinho. Ele ficou grato pela chance de ajudar seu amigo durante esse período. Quando Kent se desculpou por sua tristeza, William disse que era um alívio retribuir um pouco da preocupação depois de tantos anos sentindo que ela sempre estava direcionada para ele. Após o divórcio, embora Kent tivesse recuperado o entusiasmo e o amor pela vida, o médico gigante ainda estava um pouco cansado, e William também sentia isso. Ele odiava que seu amigo tivesse de reassumir o dever de vigiar sua depressão.

William também sabia que ele era o motivo pelo qual Julia havia deixado Chicago. Com ele na vida de Sylvie, Julia não cederia, embora Sylvie merecesse a devoção da irmã mais velha. E, por fim, ele sabia que Sylvie havia perdido peso nas semanas anteriores. Ela não tinha dito nada, mas estava mais magra e sempre com frio.

Ele preparava o jantar todas as noites agora, tentando aguçar o reduzido apetite de Sylvie. Ele assava grão de bico com sal extra para acompanhar as refeições, pois sabia que ela comeria. Mantinha um estoque de sorvete de menta com gotas de chocolate no freezer e saía bem cedo para comprar donuts frescos. Sylvie sorria quando ele lhe oferecia uma barra de cereais ou empurrava a tigela de grão de bico em sua direção. Ela percebia o que ele estava fazendo; ela sempre percebia, afinal.

Certa noite, durante o jantar, ela disse:

— Sinto muito. Eu sei que não estou falando muito ultimamente.

— Tudo bem — disse ele. — Você está cansada.

— É mais que isso... — Ela fez uma pausa, como se procurasse palavras. — Meus sentimentos estão tão aflorados agora... que tudo chama minha atenção. Você conhece a citação de Mark Twain sobre como o tempo só existe para que tudo não aconteça de uma vez? Sinto que tudo o que já aconteceu na minha vida está acontecendo dentro de mim. Nunca fico entediada. Penso em tudo e todos. Estou com você agora, e você está comigo aqui também. — Ela apontou para a própria cabeça. — Meu pai também está aqui. Ele e eu estamos nos fundos da mercearia.

William assentiu, mais para mostrar que estava ouvindo do que para deixar claro que entendia. Ele sabia que provavelmente não conseguiria entender.

— Isso é bom?

Ela pensou um pouco e assentiu.

— É bom.

Eles foram direto para a cama depois que William colocou a louça do jantar na máquina de lavar. Sylvie precisava de muitas horas de sono, então eles não passavam mais uma ou duas horas das noites no sofá, lendo e assistindo a jogos de basquete. Depois de fazerem amor naquela noite, dormiram nus, pela primeira vez desde que eram jovens. Eles estavam desmantelando seus hábitos e suas rotinas, e era como arrancar as tábuas do piso e encontrar alegria embaixo delas.

Antes de adormecerem, Sylvie disse:

— Ah, eu queria te contar uma coisa. — Ela se apoiou em um cotovelo. — Estou orgulhosa de mim.

A surpresa na voz dela e o caráter inesperado do comentário fizeram William rir.

Ela sorriu, e continuou:

— É só que eu não esperava estar. Quando você e eu ficamos juntos, pensei que iria me odiar, um pouco, para sempre. Porque se eu fosse uma boa pessoa, teria ficado longe de você. Teria escolhido a infelicidade. Mas quando fiz essa escolha... — Sylvie fez uma pausa, e William percebeu que isso estava se tornando uma rotina. As palavras pareciam mais difíceis de alcançar, como frutas nos galhos mais altos de uma árvore. — É difícil explicar, mas nosso amor era tão profundo e amplo que me fez amar tudo e todos que estavam à vista. O que incluía eu mesma. — Ela sorriu ainda mais. — Eu sei que parece bobo, mas estou orgulhosa de mim. Acho que por escolher viver de forma corajosa.

William assentiu, incapaz de falar por um segundo.

— Você deve mesmo estar orgulhosa — disse, enfim.

Ela fechou os olhos, com o sorriso ainda estampado no rosto, e adormeceu rapidamente. William continuou acordado por um longo tempo no quarto escuro. Ficou ouvindo a respiração da esposa. Ele estava orgulhoso de si? William nunca havia pensado nisso. Talvez ele tenha se sentido assim algumas vezes, por momentos fugazes. Quando ele conseguia ajudar um jogador em dificuldades; quando detectava um problema que ninguém mais havia visto e encontrava uma solução. Procurou dentro de si e percebeu, com surpresa, que estava orgulhoso de ter telefonado para Julia.

Ele se lembrou de ter beijado Sylvie pela primeira vez em sua quitinete e de como o amor deles permaneceu restrito àquele espaço durante os primeiros meses do relacionamento. De certa forma, William nunca deixou de conter o amor deles, protegendo-o com as mãos. Ele se sentia mais seguro assim. Sabia que não poderia perder o amor de Sylvie se soubesse onde ele estava. Sua esposa *fora* corajosa — foi ela quem perdeu Julia e magoou as gêmeas —, enquanto William nunca arriscou nada. Ele tinha sido um eterno covarde, com medo do que poderia perder.

Mas quando Sylvie ficou doente, a pior coisa que poderia ter acontecido já estava acontecendo. Ele teve de se abrir para protegê-la. William pediu ajuda à sua primeira esposa, e apenas fazer esse pedido — depois de um quarto de século que os separava — o tornou vulnerável não apenas a Julia, mas a um acerto de contas com o homem quebrado que ele havia sido durante o tempo que passaram juntos. Ele sempre presumiu que abertura era sinônimo de perigo e que, se não se agarrasse firmemente à nova vida que havia construído, ela desapareceria. Mas com as barreiras derrubadas, ele descobriu que a vida se tornou maior. Uma fotografia escondida transformada em mural. Alice e Caroline próximas uma da outra. Seu sogro encontrou uma maneira de transmitir seu afeto através da distância e do tempo. E o amor de Sylvie, assim que William o libertou, mostrou-se exponencial em seu poder; expandiu-se para preencher todo o espaço ao redor dele, a sua vida inteira.

ALICE

Novembro de 2008

O voo mais barato para Chicago partia às seis da manhã, então Rhoan pegou emprestado o carro do irmão bem cedo naquele dia, e ele e Carrie levaram Alice ao aeroporto. Ela sabia que se eles não tivessem feito isso, ela não teria conseguido ir até lá sozinha. Sentia-se estranha e pesada, depois de duas semanas sem falar com a mãe, sabendo que tinha um pai. Ela precisava do apoio dos amigos. Carrie se ofereceu para viajar para Chicago com ela, mas Alice sabia que precisava fazer isso sozinha.

Ela não deixou que eles a abraçassem na despedida.

— Estarei de volta amanhã — informou.

— Você sempre pode alterar sua passagem e ficar mais tempo — disse Carrie.

— Quero que você vá lá e mostre a essas pessoas o que estão perdendo — disse Rhoan. — Elas são sua família. Não tenha medo de repreendê-las, se necessário. Mas também não tenha medo de sorrir.

Alice caminhou pelo aeroporto, carregando sua mochila cinza. Seguiu as instruções dos comissários de bordo ao embarcar no avião e fechou os olhos durante todo o voo. Ela não suportaria que alguém falasse com ela, nem mesmo para lhe oferecer uma bebida. Agarrou com força os apoios de braços e estava consciente de cada solavanco do avião, de cada pequena perturbação no ar e no espaço que ocupava.

Em O'Hare, um aeroporto gigante e labiríntico com tetos de vidro semelhantes aos de uma catedral, Alice esperou na fila do táxi e depois deu ao motorista o endereço do centro de treinamento dos Bulls, no coração de Chicago. Ela tentou prestar atenção na cidade enquanto o carro atravessava o rio e entrava em uma selva de prédios altos. Monotrilhos elevados chacoalhavam acima do carro. Não parecia haver tantas pessoas nas calçadas como em Nova York. Ela esperava ver murais, talvez até os de Cecelia, mas naquela parte da cidade, as paredes estavam vazias.

Alice pensou: *Foi aqui que minha mãe cresceu. É aqui que encontrarei meu pai.* Ela se sentia sozinha, e isso era quase como uma sensação física: sua pele formigava como se ela não fosse tocada há dias. Descobriu que mal conseguia se lembrar do som da voz da mãe, e isso a deixou em pânico. Estar ali fez Alice sentir como se tivesse deixado Julia para trás de alguma forma significativa e permanente. Ela mandou uma mensagem para a mãe pela primeira vez desde a noite no restaurante grego:

Uma sombra representa o bloqueio da luz ou a outra metade de uma pessoa. Quando um personagem perde sua sombra, ele perde uma parte de si e precisa procurar até recuperá-la.

O táxi parou. Alice pagou e desembarcou. Ela sabia que não podia ficar parada ou se permitir pensar, então abriu a porta de vidro à sua frente e entrou em um grande hall. Podia ouvir o barulho das bolas de basquete ao longe, e havia alguns homens extremamente altos sentados em sofás no canto, com os joelhos para cima. Um homem mais velho com um apito dependurado no pescoço passou por ela, parecia ter mais de 2 metros de altura. Alice teve uma estranha sensação de que estava em um lugar onde as pessoas não achariam sua altura peculiar; era um local frequentado por gigantes.

Ela caminhou até a mesa. Um jovem ergueu os olhos do computador, piscou para ela e disse:

— Como posso... — Ele fez uma pausa. — Nossa, você se parece com um de nossos fisioterapeutas.

— William Waters? — perguntou Alice.

Ele assentiu.

— É incrível.

— Posso vê-lo, por favor?

— Acho que ele ainda não chegou. Mas deve chegar a qualquer minuto. Deseja se sentar e esperar?

Ela assentiu e atravessou o hall até os sofás. Percebeu, ao se sentar, que a mobília era excepcionalmente alta, feita para humanos enormes. Alice fez o possível para parecer calma e relaxada e não se assustar toda vez que a porta da frente se abria, o que acontecia com frequência. Depois de quinze minutos, ela mandou uma mensagem para Carrie:

Quanto tempo devo esperar?

A resposta foi:

Um bom tempo.

Depois de trinta minutos, o jovem da recepção se aproximou e disse:

— Lamento que esteja demorando tanto. William geralmente é muito pontual. Deixei uma mensagem no celular dele avisando que você estava aqui. Tenho certeza de que ele chegará em breve.

Alice assentiu com a cabeça em agradecimento e se perguntou, enquanto ele se afastava, como ele a descrevera na mensagem de voz. Será que ele havia dito: *Uma mulher alta que se parece com você está aqui?* Ou: *A filha que você nunca quis apareceu?*

Uma hora se passou, e o estômago dela roncou. Era quase hora do almoço, e ela havia acordado bem antes do amanhecer, nervosa demais para comer. Notou os olhares de pena que as pessoas que trabalhavam lá lhe lançavam. E pensou: *Sou uma idiota. Ele claramente sabe que estou aqui e não virá por esse motivo. Todos se sentem mal por mim.*

Ela mandou uma mensagem para Carrie:

Em dez minutos, estou indo embora.

Sua amiga escreveu de volta na mesma hora.

Você pode sair desse prédio, mas não sairá de Chicago. Você se comprometeu a ficar vinte e quatro horas aí. Sua passagem é para amanhã. Ligue para uma de suas tias. Procure alguém.

Alice pensou por um instante. Ela queria, mais do que tudo, voltar para o aeroporto. Queria estar de volta à sua vida segura e confortável. Havia feito algo corajoso ao ir até lá, e não deu certo. Mas o que Carrie dissera sobre Alice se isolar depois de perder o pai aos cinco anos parecia verdade. Ela havia se emaranhado na teia da mãe; bebera o controle da mãe junto com seu copo matinal de suco de laranja quando criança. Tinha vinte e cinco anos e nunca havia se apaixonado, nunca tinha transado. Havia sido beijada uma vez, por um garoto bêbado em uma festa da faculdade, mas nunca havia beijado. Ela gostava de sua vida segura, mas sabia que poderia precisar abrir algumas janelas, nem que fosse apenas para mostrar a si que conseguia.

— Sinto muito, senhorita. — O jovem estava na frente dela novamente. — Tentei entrar em contato com o colega dele, Kent, também, porque William está sempre com ele, mas o telefone dele também caiu na caixa postal. Eu odeio ver você esperando aqui. Que tal você me dar seu número de celular, assim pode seguir com seu dia? Posso entrar em contato com você quando William aparecer.

Alice escreveu o número de seu celular no bloco de papel que o homem lhe entregou, e agradeceu. Ela saiu do prédio com a cabeça erguida, como se não estivesse envergonhada, como se soubesse o que fazer a seguir. E soube, assim que estava no ar puro da calçada. Ela ligaria para sua tia Cecelia, cujas obras de arte cobriam seu quarto e seus sonhos. Alice tinha o número dela — todos os números de telefone, na verdade — devido à pesquisa de Rhoan.

Enquanto ouvia o telefone tocar, ela pensou: *Se ninguém atender, posso voltar para o aeroporto.* Mas uma voz feminina disse:

— Alô? — E o coração de Alice congelou.

— Falo com Cecelia Padavano? — perguntou ela.

— Não, é a Izzy. Você está ligando do hospital? Posso anotar sua mensagem? Eu sou filha dela.

— O quê? — perguntou Alice. — Não, não estou ligando de um hospital. Eu... Ahn... O meu nome é Alice. Padavano. Eu acho que você é minha prima.

Um silêncio tomou conta de ambos os lados da linha telefônica. Alice mergulhou no silêncio como se estivesse em uma piscina profunda, sem ter ideia de quando ou se chegaria ao fundo.

— Minha nossa — disse Izzy finalmente. — Alice! Onde você está? Você está em Chicago?

Alice assentiu e, então, percebeu que precisava falar.

— Sim.

— Venha para cá agora — disse Izzy. — Nós precisamos de você. Venha para casa.

JULIA

Novembro de 2008

Julia estava em seu escritório quando recebeu a ligação. Já passava das seis, e a maioria de seus funcionários já havia ido embora; nos últimos meses, eles haviam percebido que a atenção total de Julia ao trabalho havia diminuído, então aproveitavam esses lapsos com horários de almoço mais longos e dias de trabalho mais curtos. *Eu percebi*, Julia queria contar a eles, mas ela não sabia o que dizer a seguir, então ficou quieta. Ela mesma continuou faltando, geralmente para passar o dia sozinha em seu apartamento. Não esperava mais que todas suas ações ou seus pensamentos fizessem sentido. Olhava por cima do ombro todos os dias, imaginando se a verdadeira Julia iria alcançá-la, com o rosto sombrio de decepção. *Aquela* Julia havia trabalhado muito exatamente para alcançar esse sucesso, e *aquela* Julia estava se perguntando se valeu a pena.

Quando seu telefone tocou, ela viu no identificador de chamadas que era um número de Chicago. Não era o celular de Sylvie, mas era possível que sua irmã estivesse ligando da biblioteca ou até mesmo de sua casa. Ela nunca havia feito isso; Julia mandou uma mensagem para Sylvie quando estava a caminho do aeroporto para a segunda visita, e essa foi toda a comunicação delas quando não estavam juntas. Mas Julia atendeu o telefone com uma sensação de leveza, uma sensação de que estava prestes a ser a única versão de si que conseguia suportar atualmente — a Julia que era com Sylvie — e ouvir a voz da irmã.

— Alô? — disse ela.

— É Cecelia — disse a voz, e Julia ficou confusa por um momento, porque Cecelia soava como Sylvie e, claro, *era* sua irmã, mas ela não falava com nenhuma das gêmeas havia muito tempo.

— Ah — disse Julia, incapaz de esconder a surpresa em sua voz. — Oi. Como es...

Cecelia a interrompeu:

— Preciso te contar uma coisa. Sylvie estava doente. Ela tinha um tumor cerebral.

— Eu sei. — A garganta de Julia se apertou com as palavras.

— Como você sabe? Ela te contou?

— Por que você falou assim? — Julia não queria dizer *com os verbos no passado*. Ficou escutando enquanto Cecelia lhe contava que Sylvie havia morrido repentinamente naquela manhã. William saiu por vinte minutos, e ela entrou na cozinha e desmaiou. Quando ele voltou, encontrou-a no chão.

— Perguntei a ele qual era a expressão dela — disse Cecelia. — Eu precisava saber se ela parecia assustada. Ele disse que ela estava deitada de lado e parecia que tinha adormecido.

Julia estava ciente de que segurava o telefone junto ao ouvido. Ela teve de se concentrar para não deixá-lo cair. Sua conversa anterior, naquela mesma mesa, com William, parecia se sobrepor a esta de uma forma que parecia claustrofóbica. *Sylvie está doente. Sylvie está morta.*

— Foi rápido demais — disse Cecelia, como se tivesse ouvido os pensamentos da irmã. — A gente deveria ter tido mais tempo. Eu ia ligar para você quando ela ficasse muito doente, para pedir que voltasse para casa. Eu ia fazer a mesma coisa com a mamãe. — Ela fez uma pausa. — Liguei para mamãe para contar a ela, antes de ligar para você.

— Mamãe — disse Julia, como se estivesse nomeando uma tempestade que se aproxima. Rose voltaria para Chicago. A morte de Sylvie a obrigaria a se deslocar da Flórida; todos seriam deslocados de tudo o que conheciam até então.

Cecelia suspirou.

— Emmie disse que preciso continuar fazendo perguntas para lidar com isso, e ela provavelmente está certa, mas falei com o médico do hospital também, e ele disse que o tumor havia pressionado algo em seu cérebro. Ele disse o nome, não consigo lembrar como ele chamou aquilo, o que significa que ela deve ter morrido em questão de segundos. Ela não percebeu o que estava acontecendo.

Julia se obrigou a dizer:

— Isso é bom.

Ela pensou na última vez que vira Sylvie, uma semana antes. Elas deram as mãos enquanto assistiam a um filme. Foi a primeira vez que se tocaram depois de tantos anos, e a energia que veio com esse contato, com todos os anos e identidades que existiam entre elas, todo o amor, fez lágrimas brotarem dos olhos de Julia. Fora quase insuportável segurar a mão da irmã enquanto estava sem falar com a filha, durante uma tarde em que ela não estava onde deveria estar e, ainda assim, exatamente no lugar ao qual pertencia. Será que Sylvie sabia que lhe restavam apenas alguns dias? Foi por isso que ela segurou a mão de Julia e a abraçou quando chegou a hora de ela voltar ao aeroporto? Julia ainda sentia o abraço, a pressão do corpo da irmã contra o seu.

— Graças a Deus Alice está aqui — disse Cecelia. — Não dá nem para acreditar que ela tenha vindo justo agora, mas é um grande presente tê-la conosco.

— Alice? — Julia se perguntou se ela tinha ouvido mal. — Alice está em Chicago?

— Ela chegou aqui esta tarde. Julia, ela e Izzy se deram bem imediatamente, já se amam. Foi incrível, como se elas se lembrassem de quando eram bebês juntas. — Cecelia parou e perguntou. — Você está me ouvindo?

— Estou ouvindo.

— Você tem que voltar para casa agora e ficar conosco.

Julia pegou um táxi até seu apartamento e colocou algumas peças de roupa em uma pequena mala. A última coisa que acrescentou foi o pacote embrulhado que Sylvie lhe entregara no final da visita. Julia pretendia voltar direto para O'Hare depois do filme, mas Sylvie pediu que ela fosse primeiro à biblioteca para que pudesse lhe dar algo.

"Ah, você pode me entregar da próxima vez", dissera Julia.

Sylvie pareceu considerar isso, mas balançara a cabeça.

"Eu preciso te entregar agora."

Julia enterrara o pacote no fundo da bolsa e voltara para o aeroporto. A viagem para o LaGuardia era familiar e pareceu libertadora nas duas vezes em que ela viajara para lá durante o último mês. Julia se libertou de sua história e de sua identidade e voou para o lado de sua irmã. Ela sentiu, a cada vez, como se estivesse caminhando em direção a si. Agora, voando de Nova York a Chicago, Julia sabia que as suas três irmãs eram parte dela. Elas cresceram juntas e por muito tempo dividiram o mesmo coração. Junto de Sylvie, Julia havia se sentido mais viva, mais completa.

Durante sua vida em Nova York, ela pensou que se tornaria o foguete de seu pai, mas essa identidade parecia mais verdadeira quando ela estava sentada em frente a Sylvie em um bar de Chicago, pensando em como poderia ajudar a filha. Sob o olhar da irmã, Julia se sentiu como quando chegou à cidade de Nova York: fervilhando de possibilidades, com as peças que a mantinham unida vibrando de empolgação e medo. Agora parecia claro que ela havia construído um foguete em Nova York, polido e lustrado o veículo, mas o manteve no chão. Para ser o foguete, ela tinha de estar com as irmãs e libertar a filha.

Julia aceitou uma bebida da comissária de bordo e tentou imaginar Alice em sua cidade natal. A ideia era desconcertante, como se uma nova peça houvesse aparecido para um quebra-cabeça já montado e não houvesse onde encaixá-la.

A imagem de Alice pairava acima do mapa de Chicago na mente de Julia, não porque sua filha estivesse no lugar errado, mas porque Julia havia retirado seu bebê daquela cenário havia muito tempo e selado todas as entradas e saídas. Ela sentiu um grande alívio, porém, por Alice saber a verdade sobre seu pai. Sylvie teria aprovado a honestidade de Julia, mesmo que ela tivesse chegado tarde. A ideia da aprovação provocou uma pontada no coração de Julia, e ela teve de fechar os olhos por causa da dor. Todas suas escolhas, daquele momento em diante, seriam desconhecidas por Sylvie.

Quando o avião pousou em O'Hare, já passava das onze horas da noite, e Julia decidiu dormir no hotel do aeroporto. Ela sabia que as gêmeas a esperavam, mas sentia uma necessidade quase física de ficar fora da cidade, de seu passado e da morte de Sylvie por apenas mais algumas horas. Mandou uma mensagem para Cecelia dizendo que estaria na casa delas pela manhã e adormeceu com os braços em volta do corpo. Em seus sonhos, ela tentava alcançar Sylvie, que estava alguns passos à sua frente nas ruas de Pilsen. De manhã, ela tomou um café enorme durante a viagem de táxi até Chicago. Sylvie havia lhe contado sobre a casa dupla das gêmeas. Parecia agora que Sylvie havia tentado preparar Julia para o momento em que voltar para casa não seria segredo. Ela familiarizara Julia novamente com Pilsen — mostrou-lhe os murais de Cecelia, contou-lhe sobre Izzy e explicou como Sylvie, as gêmeas e sua sobrinha entrelaçavam seus dias a ponto de derrubar cercas e compartilhar casas. Sylvie preparara Julia para quando ela não estivesse presente, mas todos os outros estariam.

As gêmeas, Julia sabia, tinham sentimentos complicados em relação a ela. Lutaram durante muitos anos com os limites que Julia impôs à sua comunicação. Cecelia e Emeline haviam agido de maneira muito empática com ela quando Sylvie e William se apaixonaram. Mas claramente esperavam e desejavam que Julia abrandasse sua postura ao longo do tempo, e ela nunca o fez. Cecelia escreveu, certa vez, em um cartão-postal:

Emeline e eu não fizemos absolutamente nada de errado. Deixe a gente ver Alice. Deixe a gente ver você. Poderíamos sair de férias para algum lugar, fazer uma viagem juntas, fazer algo que não tenha nada a ver com Chicago ou Nova York.

Julia havia lido aquele cartão-postal em uma esquina, com a avenida ao lado dela estranhamente silenciosa em uma cidade sempre barulhenta. Ela se lembrava de ter começado a considerar essa ideia, essa abertura, e depois balançara a cabeça negativamente. Sentia-se incapaz de ceder. Ela havia fechado a válvula de seu passado — de seu coração, na verdade —, e uma válvula entreaberta era uma válvula quebrada.

Julia também veria William naquele dia, pela primeira vez desde que ele havia lhe entregado um bilhete e um cheque e saído do apartamento. Isso aconteceu no que parecia ser outra vida, e Julia era uma pessoa diferente então. Quando ela pensou em William agora, descobriu que não se lembrava do telefonema dele alguns meses antes e nem do fim de seu casamento. Ela se lembrava dele saindo do ginásio depois do treino de basquete, jovem, saudável e bonito. Lembrava-se de puxar as lapelas do casaco dele no frio, pedindo-lhe que a beijasse. Lembrava-se de sua juventude e de sua ignorância sobre quem eles eram e o que realmente queriam.

Quando ela bateu à porta da casa de Emeline, suas mãos tremiam, pois sabia que Sylvie não estaria do outro lado da porta. No velório do pai, um jovem operário da fábrica de papel dissera: *Não acredito que ele se foi.* E aquele homem estava certo — foi uma perda inacreditável. Sylvie também foi uma perda inacreditável. Mas talvez o mais inconcebível fosse deixar aquela pessoa para trás. Quando seu amor por uma pessoa é tão profundo que ela faz parte de quem você é, sua ausência se torna parte de seu DNA, de seus ossos e de sua pele.

As mortes de Charlie e Sylvie faziam agora parte da topografia de Julia; as perdas corriam como um rio em seu interior. Ela havia sido uma idiota por ficar longe por tanto tempo, por abrir mão de momentos com a irmã. Julia viveu o início e o fim da vida de Sylvie, e isso não era suficiente.

A porta se abriu e revelou Emeline e Cecelia. Suas irmãzinhas, agora com quarenta e poucos anos, com tênues linhas ao redor dos olhos. Julia ficou sem fôlego ao vê-las. Havia tentado fazer o melhor que podia, mas nos últimos vinte e cinco anos, fez isso sozinha, e, claro, ela percebia agora que isso nunca teria funcionado. Quando contou a Emeline que estava deixando Chicago, sua irmã disse: *Você precisa de nós. Você pode não ver isso agora, mas verá. Nós precisamos uma da outra.*

Ela se ouviu dizer, como se fosse uma saudação:

— Sinto muito.

— Ah, minha bebezinha — disse Emeline.

Julia abraçou as duas mulheres ao mesmo tempo, com o rosto enterrado em seus cabelos. As irmãs se abraçaram, respirando nesse novo organismo composto de três pessoas, tentando encontrar um novo tipo de estabilidade, mesmo que apenas por um momento.

WILLIAM

Novembro de 2008

William não discutiu quando Kent voltou para casa com ele do hospital. Não havia nada que pudesse ser dito para fazer seu amigo deixá-lo em paz. No hospital, enquanto William estava sentado em uma cadeira na sala de espera, esperando uma resposta do médico não sobre se Sylvie poderia ser salva, porque isso não seria possível, mas sobre o que havia acontecido, Emeline segurou a mão dele. Fazia muito tempo que ninguém além de sua esposa segurava sua mão, e esse gesto de sua cunhada foi uma das maneiras pelas quais ele soube que Sylvie realmente havia partido. Cecelia passou a maior parte do dia em pé, tentando obter informações de qualquer enfermeira ou médico que cometesse o erro de olhar em sua direção. Kent também andava pela sala. Ao lado de William, Emeline chorava de uma forma discreta, mas sem constrangimentos. As lágrimas reluziam em suas bochechas sob as luzes fluorescentes.

— Você precisa comer, mas sei que não vai querer — disse ela.

— Eu não quero.

Naquela noite, doeu girar a chave na porta do apartamento. Ela se abriu e revelou o cenário de sua felicidade. William havia passado por aquela porta onze horas antes com uma caixa de donuts na mão e sorrido para si mesmo porque, embora tivesse saído havia menos de meia hora, já estava ansioso para ver Sylvie. Agora Kent estava ao seu lado, e William não conseguira se aproximar da cozinha. Também não queria ir para o quarto. Disse a Kent que dormiria no sofá, sem nem trocar de roupa. Seu amigo assentiu, então pegou um copo de água e lhe entregou junto com um comprimido.

— Isso vai te ajudar a dormir — explicou, e William o engoliu.

Na manhã seguinte, ele acordou grogue e colocou os pés no chão. Ele se sentou, um movimento que exigiu toda a energia que tinha. Olhou na direção da paisagem que Cecelia havia pintado, mas não conseguiu absorvê-la. Inspirou e exalou um ar que tinha gosto de pavor. Ele não queria passar um dia sem Sylvie, mas ali estava ele.

— Onde estão seus comprimidos? — perguntou Kent perguntou.

E William lhe informou. Ele tomou o remédio diário que Kent colocou em sua mão.

— Temos algumas coisas para decidir — disse Kent. — Do funeral. Vamos para a casa das gêmeas. — Ele hesitou. — Recebi algumas mensagens do trabalho no meu telefone ontem à noite. Você está me ouvindo? — O tom de Kent era gentil.

William olhou para ele.

— Aparentemente, Alice apareceu lá ontem. Para te ver.

— Alice? — perguntou William.

— Ela chegou aqui enquanto estávamos no hospital. E dormiu na casa de Cecelia ontem à noite. William, não sei se isso é bom ou ruim.

William assentiu, porque Kent estava sendo honesto. O médico raramente expressava incerteza.

— Eu não a conheço — disse William, e visualizou a imagem de sua filha no mural. Uma menina de dez anos com um sorriso tímido. — Eu não sei nada sobre ela. — Ele sentiu como se estivesse explicando que Alice era uma prova para a qual ele não havia estudado e que nunca teve acesso aos artigos ou livros necessários para começar a se preparar.

Mas ele também pensou: *Sylvie queria ver Alice.* William sabia que Sylvie a amava quando era bebê. Ela passou a vida adulta com saudades de Julia *e* de sua sobrinha. Agora Alice havia chegado, e a pessoa que tanto desejara sua presença não estava ali. William estremeceu.

— Não importa — disse ele, e se levantou.

— Acho que importa, sim — disse Kent. Ele olhou para o telefone e continuou, com um leve indício de diversão na voz. — Emeline disse que Alice tem mais de 1,80 metro. Ela não é mais um bebê que você possa deixar cair ou machucar, William. É uma mulher adulta.

William imaginou uma lâmpada gigante e brilhante e teve de apertar os olhos contra a luz. Ele estava parado em uma escuridão nebulosa. Porém algo nele não se afastou da luz. Ele não fugiria mais.

Eles pararam em uma cafeteria a caminho do superduplex, e Gus e Washington os encontraram lá. Eles deram tapinhas nas costas de William, mas não disseram nada, exceto por um "olá". Quando estavam mais perto das casas das gêmeas, viram Arash descer de um táxi próximo. Era um dia ameno de novembro; todos os homens usavam casacos, mas os deixavam abertos. William não tinha consciência da temperatura ou do céu claro acima. Ele reagiu à presença de seus amigos com um aceno de cabeça. Kent claramente convocara esses homens para que William pudesse fazer parte de uma equipe em um dia em que ele não fizesse mais parte de um casamento. Sylvie teria adorado que Kent tenha feito isso, pensou William, enquanto os homens avançavam pela calçada a passos largos.

Kent abriu a porta da casa de Cecelia, e eles entraram. Apenas Cecelia estava lá, e como os sentidos de William estavam aguçados para todas as maquinações tramadas em seu nome, ele percebeu que aquilo também era intencional. Aquela era uma parada para instruções e um momento para ele recuperar o fôlego. Cecelia contou que Rose estava em um voo com destino a Chicago e chegaria naquela tarde. Alice e Julia estavam na casa ao lado, com Emeline, Josie e Izzy.

William assentiu, porque não poderia simplesmente dizer "*Não, obrigado*", e ir embora. Sylvie não gostaria que ele fizesse isso. Ele seguiu seus amigos e Cecelia para o quintal, atravessou-o e entrou pela porta dos fundos da casa de Emeline. O ar lá dentro cheirava a café e talco de bebê. Eles estavam no corredor, rodeados pelos quadros de Cecelia, quando a campainha tocou, e, por conta disso, todas as mulheres estavam em movimento quando os homens entraram na sala e na cozinha. Um bebê chorava e havia um adolescente parado na porta, segurando um saco de papel gigante com a palavra *Bagels* escrita na lateral, enquanto Emeline procurava dinheiro na bolsa. Em um canto do campo de visão, William registrou uma jovem loira muito alta e, do outro lado da sala, sua ex-mulher. Ele se viu caminhando em direção a Julia, talvez porque soubesse o que dizer a ela e porque ela desempenhava um pequeno papel em sua angústia.

— Podemos conversar? — perguntou ele.

Ela pareceu assustada, mas assentiu, e eles foram para a área da cozinha. Era estranho estar tão perto de Julia. Eles não se viam havia vinte e cinco anos, e embora ela parecesse familiar, não se parecia mais com a mulher com quem ele havia se casado. Seria possível que o rosto dela tivesse mudado? Não parecia mais duro, mas, sim, consolidado. Ele a conheceu na suavidade de sua juventude. Seus cachos ainda eram os mais ferozes dentre as irmãs, mas pareciam mais brandos, mesmos soltos. William tinha consciência de que estava olhando para ela em parte porque ainda não estava pronto para olhar para a filha. Sylvie havia deixado todos os cômodos de sua vida, e Alice estava ali; e essa alternância de corpos era quase insuportável.

— Por que você não veio? Eu disse que ela precisava de você — perguntou ele.

— Eu vim — respondeu Julia. — Eu a vi duas vezes.

Ele tentou processar isso. Sylvie havia visto Julia? Ele sentiu uma pressão no peito, como se tivesse sido atingido pelo alívio. Sentou-se na cadeira mais próxima. Sentia a mesma pressão brotando atrás de seus olhos. Não previra isso, mas também não previra nada daquilo. Sabia que sua esposa estava morrendo, mas não esperava que ela morresse.

— Você precisa de um pouco de água? — perguntou ela.

Um copo de água surgiu em sua mão. Estava ciente de que todos os olhos estavam sobre ele. Aquela não era uma conversa privada. Todos na sala, exceto talvez Alice, estavam sem fôlego e arrasados de tristeza. Eles não conseguiram fingir conversar entre si. Só conseguiam ouvir e torcer para que ele ficasse bem, porque, se isso fosse possível, tudo seria.

— Ela queria manter minhas visitas em segredo — esclareceu Julia. — Tenho certeza de que ela teria contado a você em algum momento, mas ela parecia gostar de que pudéssemos nos ver sem ninguém saber. Fomos ao cinema juntas não faz muito tempo. Eu voava para cá e voltava para casa algumas horas depois. Emeline e Cecelia também não sabiam até esta manhã.

Há muito tempo, William escrevera em seu manuscrito:

Deveria ter sido eu, não ela.

Ele estava pensando em sua irmã naquele momento, mas estaria disposto a morrer ontem, ou neste minuto, se isso pudesse ter salvado Sylvie. Uma saudade estranguladora tomou conta de seu corpo. Se ele *tivesse* morrido, talvez Sylvie ainda estivesse ali. Ou talvez ele pudesse estar com ela onde quer que ela estivesse. William queria unir as mãos novamente, mantendo o amor que sentia pela esposa protegido, guardar o amor dela por ele.

No entanto, isso não era possível. Era tarde demais. Ele abrira as mãos semanas antes e deixara tudo se esvair. As três irmãs de sua esposa estavam ao seu lado agora, com as testas franzidas de preocupação e os cachos rebeldes. William sabia que Sylvie havia passado um tempo com Julia. As duas irmãs se reconciliaram; elas se amaram não apenas no passado, mas também nos últimos dias de Sylvie. Elas consertaram o que havia sido quebrado entre elas, o que significava que sua esposa havia encontrado uma forma de ser inteira novamente. Sylvie conseguiu aquilo de que precisava, e isso possibilitou que voltasse a respirar.

ALICE

Novembro de 2008

Alice se sentia como uma astronauta na casa das tias, como se tivesse de usar um traje e um capacete desajeitados porque não conseguia respirar naquela atmosfera e precisava prestar atenção ao caminhar para não cair. Sua vida normal e segura havia sido destruída, e ela não tinha ideia de como agir, pensar ou sentir. Suas tias não paravam de abraçá-la. Emeline e Cecelia pareciam tanto semelhantes quanto diferentes de sua mãe. Emeline beijava o rosto de Alice da mesma forma que Julia, e a voz de Cecelia soava quase exatamente como a de sua mãe. Izzy estava tão animada com a chegada dela que ficou claro que havia esperado pela prima a vida toda. Ela falava muito, e Alice se perguntava se, em sua angústia por causa da tia, Izzy estava falando mais do que o normal para tentar aplacar a tristeza. Ela contava histórias sobre sua família e conversava sobre o futuro como se Alice fosse fazer parte dele. As tias também falavam como se a presença dela fosse inevitável, como se Alice tivesse saído para fazer alguma coisa e se atrasado terrivelmente, mas enfim voltado para casa.

Alice passou a noite no mesmo quarto que Izzy, cada uma delas em uma cama de solteiro.

— Não deveríamos ficar sozinhas — disse sua prima — depois do que aconteceu.

O que aconteceu? Alice quis perguntar, porque ela teria gostado de ouvir isso como uma lista, em uma forma que pudesse tentar compreender. Ela havia ido a Chicago para conhecer o pai e, no mesmo dia, a esposa dele faleceu. Agora a mãe de Alice e Rose estavam indo para lá, e ela estava cercada pelas pessoas arrasadas que acabara de conhecer. Alice dormira com a prima em camas lado a lado em um mundo onde duas casas lado a lado eram compartilhadas por todos os habitantes, a maioria dos quais eram parentes de Alice. Havia um bebezinho morando na casa de Emeline — outro acontecimento misterioso, porque aparentemente o bebê estava hospedado lá apenas temporariamente. O bebê às vezes explodia em choro, e Alice desejou que fosse apropriado que ela fizesse o mesmo. Ela só ficava sozinha quando estava no banheiro. Cada vez que ela entrava em um cômodo, as pessoas ficavam visivelmente encantadas em vê-la, mesmo que a tivessem visto alguns momentos antes.

Alice acordou muito cedo naquela manhã, antes de todo mundo, e andou pelos corredores. Ela queria ver as pinturas de Cecelia, que estavam por toda parte. Não importava para onde ela olhasse, retratos de rostos de mulheres com quinze centímetros de altura preenchiam os espaços do piso ao teto. Havia uma pintura de Julia quando era adolescente, diante da qual Alice ficou parada por alguns minutos. A ideia de sua mãe ser tão jovem e aberta quanto parecia naquela tela era algo em que era difícil de acreditar. Havia a antiga mulher de aparência valente que Alice havia visto nas gravuras da arte de Cecelia e que também existia nas laterais dos edifícios de Chicago. Izzy explicou a Alice que ela era uma santa, Santa Clara de Assis, importante para as irmãs Padavano. *"Ela parece realmente durona, não é?"*, Izzy havia perguntado.

Cecelia pintou Rose quando ela era jovem e bonita, com o cabelo preto puxado para trás. Uma bisavó severa, que aparentemente ninguém além de Rose havia conhecido, também estava na parede; Cecelia a pintou a partir da única foto que Rose tinha dos pais. As paredes eram decoradas com a linha matriarcal da família Padavano, além da santa que de alguma forma simbolizava sua força e suas loucuras. Havia uma pintura de uma menininha ruiva; Izzy disse a Alice que era a irmã de William, que morreu quando era pequena. *Outra tia*, pensou Alice, porque ter uma tia morta aos três anos fazia tanto sentido quanto qualquer outra coisa. Apenas um homem aparecia na parede: Charlie, o avô que era claramente amado por todos, e o único membro da família sobre o qual tanto Rose quanto Julia contaram histórias a Alice enquanto ela crescia. No retrato, Charlie estava sentado em uma poltrona, com o rosto iluminado pelo sorriso.

Havia retratos de Alice e Izzy quando bebês e pinturas individuais das duas meninas à medida que cresciam. Alice ficou comovida ao se ver, em idades diferentes, em quase todas as paredes. Ela já estivera dentro daquelas casas antes de saber que elas existiam. Talvez isso explicasse a familiaridade com que a prima e as tias a cumprimentaram. Elas pareciam *conhecê-la*, mesmo que fosse apenas por ela ser uma delas, de uma forma que Alice não tinha certeza se ela mesma conhecia.

Quando Julia chegou, Alice abraçou a mãe, mas as duas mulheres mantiveram distância depois disso. Alice não estava pronta e ficara grata por Julia saber que era melhor não a forçar a falar. De qualquer forma, havia tantas outras pessoas que queriam a atenção delas que nem ela nem a mãe tinham um minuto em que não estivesse olhando na direção de uma irmã, tia, sobrinha ou prima emotiva, tentando encontrar as palavras certas para falar em meio à situação desorientadora. *Além disso*, Alice pensou, *eu vim aqui por ele, não por você. Você me deu perguntas, e eu preciso de respostas.*

Alice não parava de olhar para a porta da frente, sabendo que seu pai chegaria em breve. Ela queria estar preparada, queria mostrar compostura tanto quanto possível. Esperava poder dar uma impressão de independência ou até mesmo de indiferença, que seu corpo dissesse: *Nunca precisei de você e certamente não preciso de você agora.* Mas o pai dela entrou pela porta dos fundos, ao mesmo tempo em que a campainha tocou e o bebê que Josie segurava começou a chorar. O ar pareceu evaporar da sala, e Alice não conseguia respirar. Houve um barulho acelerado em sua cabeça. *Não olhe para mim*, pensou, e felizmente ele não o fez, então ela teve a chance de observá-lo. William Waters estava acompanhado por alguns homens gigantes, com expressões sérias. Seu pai não parecia ostensivamente mau ou alguém que não gostasse de crianças e, portanto, tivesse abandonado a filha com facilidade. A expressão dele era de tristeza e vulnerabilidade. Ele tinha o rosto e os olhos de Alice. Era verdade, como ela já suspeitava havia muito tempo, que quando ela se olhava no espelho, seu pai olhava de volta.

Ela o observou caminhar em direção a sua mãe. William estava naquele momento falando com Julia, a uns cinco metros de distância. O homem que desistiu dela e a mulher que tinha sido a família de Alice até vinte e quatro horas antes.

Tarde da noite anterior, da cama adjacente, Alice perguntara:

"Você sabe por que William não quis ser meu pai?"

Izzy havia ficado quieta por um instante e depois respondera:

"Acho que ele estava com medo de fazer mal a você, por causa da depressão."

Izzy surgiu ao lado de Alice agora.

— Você está bem? — sussurrou ela.

Alice fez uma careta para a prima, porque não queria mentir. Ela não sabia se estava bem. Não sabia de nada. Havia se trancado dentro de si mesma anos antes. Nunca disse a um garoto que gostava dele, nem dirigiu um carro muito rápido ou ficou tão bêbada a ponto de perder a noção das palavras que saíam de sua boca, mas agora ela estava em um mural em algum lugar de Chicago e em retratos nas paredes daquela casa, e se via no homem do outro lado da sala. Ela existia fora do próprio corpo — estava espalhada por aquele chão —, mas, de alguma forma, isso a fazia se sentir menos vulnerável. Ela estava retratada naquela família, refletida no rosto de seu pai. E era mais presente do que acreditava ser possível.

William se sentou, e os outros homens e mulheres na sala imediatamente deram um passo à frente, como se fossem uma estrutura externa projetada para evitar o colapso do pai de Alice. Homens imponentes se inclinaram para ele, desejando lhe transmitir um pouco de sua grande força. Alice, no mesmo momento, deu um passo para trás. *Todo mundo aqui o ama*, ela pensou com espanto. *Eles o amam muito.* Ela percebeu que esperava que seu pai tivesse uma vida menor que a dela. Afinal, ele desistira dela. Isso parecia um recuo, uma recusa em viver. Mas alguém que se afastava das pessoas não inspiraria aquele tipo de reação. Ela nunca esteve em uma sala com tanto amor e tristeza, tanta emoção.

Alice recuou até chegar a uma parede e desviou o olhar para fora da janela, para as ruas de Pilsen. A angústia de seu pai era pessoal, e ela não o conhecia como as outras pessoas o conheciam. Ela não queria ficar encarando, como se estivesse diante de um acidente em uma rodovia. E também tinha a estranha sensação de que era um contrapeso para aquele homem que se parecia tanto com ela. Ambos eram pálidos, altos e magros, sombrios de alguma forma elementar. Alice sentiu que se avançasse e fixasse os olhos nele, William Waters não seria capaz de se levantar da cadeira. Ela o aprisionaria ali, suas energias se misturando até que ele ficasse pesado demais para se mover. Ela tinha de ficar a distância, na ponta da gangorra que os conectava, para lhe dar alguma chance. Depois de um tempo, William se levantou e saiu da sala. Ainda de casaco, dirigiu-se para a porta dos fundos da casa.

Alice sentiu como se tivesse se esforçado simplesmente por ficar encostada na parede. Ela estava consciente de seu coração batendo no peito, como se ela tivesse acabado de subir uma colina correndo. *O que está acontecendo comigo?*, pensou.

Um homem com dreads e óculos caminhou até ela.

— Sou o melhor amigo do seu pai. Meu nome é Kent. É uma honra conhecê-la, Alice — disse ele.

Ela apertou a mão do homem. Cada informação era nova. O pai dela tinha um melhor amigo, uma versão própria de Carrie.

— Segurei você em meus braços quando você era um bebê — continuou ele, e então balançou a cabeça como se quisesse clarear as ideias. — Você deve estar se sentindo como se tivesse entrado em um furacão.

Alice imaginou um bebê nos braços daquele homem enorme, e passou a entender que tivera uma vida ali quando criança, que por um curto período, antes de ter uma memória, ela fizera parte daquele mundo. Aquelas pessoas se lembravam dela, embora ela não se lembrasse de ninguém.

— Sylvie te amava muito — disse Emeline a Alice. — Ela teria ficado muito feliz por você estar em casa.

— Quando uma pessoa idosa morre — disse Kent —, mesmo que essa pessoa seja maravilhosa, ela já está preparada de alguma forma, assim como as pessoas que a amavam. São como árvores velhas, cujas raízes se desprenderam do solo. Elas caem suavemente. Mas quando alguém como sua tia Sylvie morre, antes do tempo, suas raízes são arrancadas, o chão é dilacerado. Todos que estão por perto correm o risco de ser derrubados.

Alice refletiu por um instante. Seu mundo sempre foi muito pequeno, composto de muito menos pessoas do que as que havia naquela sala. Eram apenas Alice e sua mãe, com suas raízes entrelaçadas cravadas profundamente na terra. Porém, quando ela olhou para suas tias, para sua mãe, que mantinha distância, e para sua prima de cabelos escuros, a quem Alice de alguma forma amou imediatamente quando abriu a porta para cumprimentá-la, sabia que algo estava acontecendo com as próprias raízes. Algo estava acontecendo sob o solo abaixo de seus pés.

— Seu pai precisa de um pouco mais de tempo — disse Kent. — Por favor, não o deixe.

A última frase a surpreendeu. Afinal, William *a* havia abandonado. Seria mesmo possível ela deixar uma pessoa que nunca conheceu, que havia declarado legalmente, quando ela ainda era um bebê, que não queria nada com ela? Mas o homem enorme na frente de Alice parecia ter tido o próprio chão arrancado de debaixo dos pés. Ele parecia cansado e gentil, então ela disse:

— Eu não vou embora.

Sem saber com que prazo estava concordando ou o que significava não ir embora.

O longo dia parecia não estar limitado pelos movimentos regulares de um relógio. As horas se transformaram em bolhas que flutuavam pelas salas lotadas. Primeiro foram servidos bagels, e depois, pizzas e biscoitos. Ocasionalmente, surgia uma discussão sobre os planos do funeral, mas William ainda estava do lado de fora, e ninguém queria incomodá-lo, então nenhuma decisão pôde ser de fato tomada.

— Sylvie não gostaria de um velório e funeral católico — disse Cecelia, e suas duas irmãs concordaram.

Rose chegou no meio da tarde, usando um vestido preto, dramática em sua tristeza. Na noite anterior, Izzy havia enumerado para Alice as batalhas que sua avó escolhera um quarto de século antes.

— Ela parou de falar com a minha mãe quando ela engravidou de mim, nunca reconheceu que eu existo e está brava com tia Emeline por ser gay. — Izzy contava cada ponto nos dedos. — Ela estava brava com Sylvie por se casar com seu pai. E acho que ela ficou com raiva da sua mãe por um tempo por ter se divorciado, mas superou isso.

Pouco antes de Rose chegar, Cecelia disse:

— Mamãe vai fingir que fomos uma família feliz esse tempo todo, e acho que deveríamos fazer o mesmo.

Cecelia estava certa. Rose entrou em casa e abraçou cada uma das filhas como se as tivesse visto na semana anterior. Quando Izzy deu um passo à frente, a avó e a neta se entreolharam, um momento que evocou séculos de mulheres valentes de sua linhagem. Então Izzy quebrou o gelo:

— Você fez uma longa viagem. Está com fome?

E Rose sorriu com óbvio alívio. Ela aceitou um biscoito da neta e disse que era um dos mais deliciosos que havia comido nos últimos anos. Rose elogiou a cor do cabelo de Josie e disse a Emeline que o bebê que ela estava cuidando tinha traços bonitos. Ela vestiu o casaco novamente para sair e conversar com William por alguns minutos e depois se sentou à mesa da cozinha, como se estivesse reivindicando seu trono. Rose se perguntou em voz alta como era possível que tivesse vivido mais que a própria filha.

Os amigos de William se revezavam caminhando com ele em círculos pelo quintal; às vezes Alice vislumbrava seu ombro, seu cabelo louro, quando passavam por uma janela. No momento em que o céu começou a cintilar em direção ao crepúsculo, chegou um sanduíche gigante e sacos de batatas fritas. Izzy e Alice foram enviadas a uma loja da esquina para comprar mais pratos de papel. Havia café borbulhando na cozinha e uma mesa com bebidas alcoólicas para quem quisesse.

— Sua mãe não está mais brava com Rose? — perguntou Alice a Izzy enquanto caminhavam até a loja da esquina.

— Ela disse que a perdoou logo depois que Rose a expulsou de casa, quando ela tinha dezessete anos — respondeu Izzy. — Disse que fez isso porque queria continuar a amá-la. Tia Emmie diz que é a coisa mais impressionante que minha mãe já fez. Você vai perdoar seu pai?

Alice se espantou novamente. Não havia lhe ocorrido perdoar William Waters; ela só se perguntava se conseguiria perdoar a mãe. Sentia um suspense emocional em reação ao pai, como se estivesse assistindo a um filme e esperando por mais informações antes de decidir qual personagem era o vilão. Ela encolheu os ombros para Izzy, embora isso não fosse uma resposta.

Quando as jovens estavam entrando novamente na casa, ouviram Rose conversando com Julia de algum lugar atrás da porta, fora de vista. Ambas pararam para ouvir.

— Eu me pergunto se não foi bom para vocês, meninas — disse Rose —, eu dar essa trégua por alguns anos. Fui para a Flórida e vocês cresceram bem. Vocês construíram a própria vida. Josie é uma moça boa. Não vejo sentido naquele bebê que pegaram emprestado, mas é um hobby inofensivo, suponho. E Izzy me lembra de mim mesma, ela é incrível. — Rose mal parou para respirar, como se estivesse aliviada por falar depois de anos de silêncio. — Você reparou na horta de Emeline e Cecelia? Não é tão ruim, embora elas claramente não saibam nada sobre vegetais de inverno. Estão desperdiçando espaço, e aquelas batatas pareciam um pouco duvidosas, mas terei que dar uma outra olhada amanhã de manhã para ter certeza.

Alice não conseguiu ver a reação da mãe, mas imaginou Julia revirando os olhos. Mesmo assim, ela não disse nada crítico ou indelicado. Cecelia havia dado o tom, e naquele dia, todos os que estiveram desgarrados — incluindo Julia e Alice, é claro — seriam aceitos como eram.

— Rose é incrível — sussurrou Izzy, e sorriu. — Tudo isso é incrível.

— Será que é? — perguntou Alice, com dúvida na voz, e sua prima riu.

— Você fez uma piada — disse Izzy com alegria. — Você está se soltando! Estava parecendo petrificada desde que chegou aqui.

As jovens entraram e fecharam a porta. Julia estava indo em direção a elas e fez algo que Alice a tinha visto fazer algumas vezes desde que chegara: puxou Izzy para um abraço e deu um beijo na bochecha da sobrinha. Julia sentira falta *daquele* bebê, enquanto todos os outros sentiram falta da bebê Alice. Parecia-lhe que sua mãe era capaz de se conter em relação à filha em parte porque tinha outra garota a quem dedicar seu amor.

As três irmãs estavam por perto: Emeline embalando o bebê; Cecelia com olheiras e uma monte de guardanapos de papel na mão; Julia parecendo desconfortável, com as mãos agora livres ao lado do corpo.

— É verdade — disse Rose — que não haverá um funeral na St. Procopius?

Emeline falou com uma voz suave.

— Não era isso que Sylvie queria, mamãe.

Rose observou sua filha se balançar suavemente para acalmar o bebê. Todos puderam ver a matriarca se esforçando para esconder sua desaprovação, para manter a boca fechada. Alice se sentiu novamente como uma astronauta, com todas aquelas mulheres tão próximas. Tias, avó, mãe, prima. Ela estava cheia de estática, achando difícil respirar.

— Pelo menos Sylvie está com Charlie agora — disse Rose.

Suas três filhas restantes olharam para ela, para essa possível verdade. Por um momento, pareciam meninas, e Alice pôde ver a esperança no rosto delas. Estavam imaginando a irmã ao lado do pai. Ocorreu a Alice que ela havia saído de casa para ver o pai *dela*, e Sylvie havia abandonado sua casa — sua vida —, o que lhe abriu a possibilidade de um reencontro com o próprio pai. Esse paralelo era demais para Alice considerar mais a fundo, mas ela sentiu, como uma sensação física, a presença de William no quintal.

— Você sabe o que papai diria quando visse Sylvie — disse Julia em voz baixa.

Emeline e Izzy assentiram, e Cecelia completou:

— Olá, querida.

Depois de um jantar regado a sanduíche fatiado, batatas fritas e vinho, Julia colocou a mão no braço de Alice, que não estava mais com raiva da mãe. Ela não tinha mais espaço dentro de si para a raiva. Além disso, se ela se sentia como uma astronauta na casa das tias, reconhecia que a mãe também se sentia. Cada uma delas travava suas próprias batalhas ao percorrer os cômodos daquelas duas casas, porque tudo o que Julia havia negado a Alice durante todos aqueles anos, ela também havia negado a si mesma. Mãe e filha chegaram até ali vindas do mesmo lugar e estavam ligadas por um forte laço de amor. Para Alice, parte da estranheza daquela nova família de Chicago era o fato de todos nutrirem um tipo de amor que parecia volumoso; que exigia falarem ao mesmo tempo e viverem entrelaçados, era uma força que parecia incluir pessoas presentes e ausentes, vivas e mortas. Era notável para Alice que as paredes das casas de suas tias estivessem cobertas de retratos das mesmas mulheres que percorriam aqueles corredores.

— Na última vez que vi Sylvie — disse Julia —, ela me pediu para te entregar uma coisa depois que ela partisse. Achei que ela ainda tinha tempo, então tentei não aceitar, mas... — Ela balançou a cabeça ligeiramente. — Vamos para um lugar mais reservado.

Mãe e filha serpentearam pela cozinha. Foi difícil encontrar um pouco de privacidade. Mais pessoas haviam chegado ao longo da tarde. O namorado de Izzy — um jovem corpulento e sardento — andava pela casa, cumprindo tarefas para as tias. Um homem grisalho chamado Frank, que disse ter crescido na mesma rua das irmãs Padavano, estava sentado na poltrona do canto. Bibliotecários que trabalharam com Sylvie durante anos se reuniram perto da cafeteira na cozinha, e mais homens gigantescos chegaram, em tão grande número que parecia que William, de quarenta e oito anos, tinha sido membro de vários times de basquete. Alguns dos homens eram jovens e musculosos; outros eram jogadores de meia-idade com ombros curvados. Kent parecia conhecer todos eles e percorria a sala abraçando cada homem que chegava. Era um grupo eclético, e quando novos pratos de comida eram servidos, Izzy anunciava do centro da sala para chamar a atenção de todos.

Julia viu a filha observando a multidão e disse:

— É tão bobo, mas pensei que a vida aqui ficaria congelada quando eu fosse embora. Que se eu voltasse, seria tudo igual. Mas não é. É muito maior.

— E é barulhento também — acrescentou Alice, porque era. Ela notou, com o passar das horas, que havia uma pitada de alívio na tristeza coletiva por Sylvie. As pessoas que a amavam estavam gratas por ela não ter sofrido mais; por ela ter morrido sem dor e por elas terem sido poupadas de seu declínio final e devastador. Os homens e as mulheres presentes riam ocasionalmente, felizes por terem amado Sylvie e apenas por estarem juntos. A única pessoa cuja dor parecia grande demais para ser aliviada era William. Ele entrou uma ou duas vezes, mas sempre se manteve longe da filha e voltou para o quintal em poucos instantes. Talvez ele precisasse de ar livre, pensou Alice. Seus amigos continuaram lhe fazendo companhia do lado de fora, perto da horta ou da cerca dos fundos. Havia um banco perto de uma pequena fonte de pedra, e, ocasionalmente, William descansava ali com a cabeça entre as mãos.

Julia estendeu um pacote embrulhado amarrado com barbante. Era retangular e de aparência sólida.

— Este é o livro que Sylvie escreveu sobre nossa família. Não li, mas ela disse que é sobre a nossa infância, e sobre o seu avô, e sobre tudo o que aconteceu desde que ele morreu. Ela disse que estava trabalhando nisso há anos e que está uma bagunça. — Julia olhou para o objeto em suas mãos. — Sylvie queria que eu lhe dissesse que agora é seu e que você pode fazer o que quiser com ele. Revise, publique, ou jogue fora. Ela disse que não se importava, mas queria que fosse seu.

Alice pegou o pacote. O peso familiar de um manuscrito em suas mãos era agradável; sentiu-se um pouco tonta com o valor daquele presente.

— Sylvie sabia que eu trabalho no ramo editorial?

— Eu falei para ela. Eu contei tudo sobre você. Ela queria saber tudo.

Alice assentiu. Ela não poderia imaginar um presente mais perfeito; aquelas páginas lhe dariam todas as histórias e pessoas que ela havia perdido. A sua história estava naquele documento. E, como bônus, Sylvie dera à sobrinha uma desculpa para se esconder do mundo barulhento e afetuoso em que ela havia entrado, ou para fazer uma pausa dele, se quisesse. Alice havia decidido — ela não tinha certeza de quando exatamente tomou essa decisão, em algum momento na agitação das últimas vinte e quatro horas — que ficaria em Chicago por um tempo. Por quanto tempo, não tinha certeza. Emeline e Cecelia lhe disseram que esperavam que ela ficasse para sempre e que ela podia escolher um quarto em qualquer uma das casas. Alice nunca havia tirado férias do trabalho, mas agora daria férias para si mesma. Ela queria encontrar uma sala silenciosa e ler.

Izzy havia começado a contar a Alice sobre a infância das irmãs Padavano, e havia algo de mítico e épico nas histórias que ela agora tinha nas mãos. A ideia de que aquela era uma narrativa em que Alice encontraria a si mesma no final parecia estranhamente empolgante. A união e a separação de seus pais; o próprio nascimento. E o que Alice faria com as páginas que ainda não haviam sido escritas? Onde ela moraria? Quem e o que ela amaria?

Julia olhou para a sala lotada e, depois, para a filha.

— Não acredito que vou dizer isso — ela fez uma pausa —, mas acho que você deveria falar com seu pai.

Alice tinha se espantado diversas vezes desde que chegara, mas isso não a surpreendeu nem um pouco. Parecia o que ela esperava ouvir. Alice sempre gostou de manter as coisas simples para que pudesse, se necessário, pegar o que importava e fugir. Mas não havia como ela carregar tudo o que havia encontrado em Chicago — desde aquela refeição no restaurante grego, na verdade — nos braços. Os Padavano lhe mostraram um tipo de amor maior. Era vasto; parecia tudo. E agora ela sentia, por meio da mesma conexão misteriosa que lhe dissera antes que ele precisava de distância, que o homem quieto no quintal seria capaz de suportá-la. William Waters estava pronto, e, inesperadamente, ela também.

Ela colocou o manuscrito na mesa ao lado e abraçou a mãe. Julia a apertou com força, do mesmo jeito que a apertava quando ela era pequena e Julia queria mostrar o quanto a amava. Alice sorriu e encostou a cabeça na da mãe, fazendo com que seus cabelos lisos se misturassem aos cachos da mãe. Izzy havia falado sobre perdão, e naquele momento, Alice se sentiu inundada por esse sentimento. Ela se perdoou por ter se trancado em si mesma e perdoou seus pais pelas escolhas ousadas que fizeram para protegê-la. Ela perdoou todos os erros que leria no manuscrito que acabara de receber. No início daquela tarde, quando Emeline notou Alice observando as lágrimas dramáticas de Rose, ela havia sussurrado no ouvido da sobrinha: *"Dor é amor."* Agora Alice pensou: *Perdoar também é.* A mãe e a filha se abraçaram no corredor silencioso de uma casa cheia de vida.

Quando se separaram, Alice disse:

— Estou com medo.

— Eu também — disse Julia, mas pegou um casaco da cadeira mais próxima e o entregou à filha. Alice o vestiu e caminhou lentamente para fora.

WILLIAM

Novembro de 2008

William deu uma volta no quintal. Ele estava febril de tristeza, e andar de um lado para o outro na grama parecia ser a melhor maneira de expelir a febre, através do suor, dos poros. O início do luto não teve nenhuma semelhança com sua experiência com a depressão. A depressão significava desconexão, desligamento, um silêncio perigoso. Agora os sentimentos de William giravam dentro dele como uma mangueira de água descontrolada. Ele precisava dominar essa mangueira o mais rápido possível, porque Alice estava ali. Ela foi corajosa o suficiente para procurá-lo, e ele tinha que se recompor o suficiente para fazê-la sentir que ela não havia cometido um erro. Quaisquer erros, todos os erros, eram dele.

Seu coração batia com as palavras: *Alice está aqui.*

Na esteira da partida de Sylvie, Alice chegou a Chicago. Só podia ser assim. Sylvie mencionara os impactos duplos, sobre como Charlie morreu no dia em que Izzy nasceu, e Sylvie claramente usou sua magia para de alguma forma levar a filha até William no dia em que seu coração se partiu. Sua esposa estava tentando salvá-lo, mais uma vez.

O Sol havia acabado de se esconder no céu quando William se sentiu calmo e pronto o suficiente. Ele foi em direção à casa e parou abruptamente, porque Alice havia surgido na porta aberta.

— Eu estava indo encontrar você — falou ele.

— Ah — disse ela. Seu rosto estava questionador, pálido, ansioso. — Estava?

William assentiu. Ele podia sentir o ar fresco nas palmas das mãos e na nuca. Quando conheceu as irmãs Padavano, notou suas semelhanças: os cabelos, os olhos castanhos, os gestos compartilhados. As quatro irmãs pareciam versões diferentes da mesma pessoa: eram partes de um todo. A jovem que estava diante de William não se parecia em nada com elas; parecia-se com ele. Uma versão ligeiramente diferente de seus olhos o fitou de volta. William nunca havia se reconhecido no rosto de outra pessoa. Foi como encontrar uma resposta para uma pergunta que ele não sabia que tinha.

— O que você ia dizer? — perguntou Alice.

William quase sorriu, porque a resposta era muito simples.

— Olá — respondeu ele. — Eu ia dizer olá.

O rosto dela relaxou; e a tensão entre eles se dissipou. Nenhum dos dois pressentia um ataque iminente — pelo menos não até então. A aparência de Alice era mais reservada que a de Julia; ela era mais contida, em sua expressão e em seus olhos. William se lembrava dela quando bebê, de como ela parecia amigável, até mesmo otimista, ao observar o mundo ao seu redor. E percebeu quanto tempo havia perdido, a distância entre aquela época e agora. Será que a vida era feita de chegadas e partidas? Ele se casou com alguém da família Padavano e depois abdicou do primeiro casamento e da paternidade; Sylvie entrou no quarto de hospital de William e em seu coração, e agora ela se foi. No mesmo dia, a versão adulta de Alice chegou à sua vida.

— Achei que você estivesse morto até algumas semanas atrás — disse ela.

— Sua mãe disse isso a você? — William assentiu, porém, porque isso parecia certo. Ele *estava* morto, ou amortecido, no que dizia respeito àquela jovem. Ele estava vivo agora, e doía. — Preciso dizer muitas coisas. Eu deveria explicar a escolha que fiz há muito tempo.

— Você não precisa. Não agora. Sinto muito pela sua esposa. Não precisamos conversar sobre tudo hoje.

Eles se entreolharam, e William continuou:

— Temos tempo. — Ele queria que ela soubesse que ele não fugiria. Ele havia aceitado a filha enquanto estava sentado no banco do parquinho, embora isso na verdade significasse que ele finalmente havia aceitado a si mesmo. Alice era a pessoa que ele mais queria salvar de si. Ela era criança, e ele foi ferido quando criança, e essa angústia parecia estender tentáculos que estavam fora de seu controle. William teria feito qualquer coisa para proteger a filha: quando ela era recém-nascida, ele passava as noites debruçado sobre o berço dela, ouvindo, para ter certeza de que ela respirava; ele renunciou aos seus direitos parentais; ele entrou em um lago. Foi por Alice ser tão preciosa que ele acreditou que precisava ficar longe. Agora, enquanto eles estavam frente a frente, tudo o que restava era que ela era preciosa.

Talvez ele tenha dito: *"Vamos sentar no banco"*, ou talvez não tenha sido em voz alta. Estava se sentindo instável sobre os próprios pés. Ele foi na frente, e eles se sentaram no assento de pedra, com as longas costas voltadas para a casa. Toda a vida de William pulsava dentro dele, e ele sabia que Sylvie diria que tudo estava relacionado ao amor — que havia sido represado dentro dele e que ele acreditava não merecer, mas então se permitiu amar a jovem sentada ao seu lado. Ele a amava desde o dia em que ela nasceu. William sentiu o calor do afeto percorrer seu corpo.

— Não olhe agora — pediu ele —, mas quantas pessoas você acha que estão nos espiando?

Alice riu, e o som ecoou no ar noturno. Ela não ria como ele, ou Julia, ou qualquer outra pessoa. Ela tinha uma risada adorável.

— Com certeza, minha mãe — respondeu ela. — Ela provavelmente está com o rosto encostado em uma janela.

— Emeline e Cecelia estão olhando para nós. E Izzy. Kent, com certeza. — William os imaginou, retratos das pessoas que os amavam, emoldurados por janelas nos fundos da casa. Ele podia sentir seu cuidado e sua preocupação. Também podia sentir a esperança deles. A vida surpreendeu a todos, como se a maré tivesse subido drasticamente, elevando seus barcos a uma altura vertiginosa — em meio a um momento de tristeza. Se isso fosse possível, se William e Alice pudessem se sentar lado a lado e conversar sob o céu noturno, então realmente tudo poderia acontecer. Julia poderia compartilhar sua vida com as irmãs novamente; Rose poderia deixar de lado seus rancores e seguir em frente com leveza; Kent poderia encontrar um novo amor.

— Quando cheguei à faculdade — disse Alice —, demorei muito para sentir que não estava morando com estranhos.

Ela fez uma pausa, e William esperou. Ele descobriu que se sentia bem esperando, sentado no banco de pedra fria, com as estrelas começando a brilhar acima, com o que Whitman chamava de *a bela e revolta cabeleira dos túmulos* enrolada sob seus pés. Podia sentir a felicidade de sua esposa, de qualquer janela pela qual Sylvie estivesse espiando, e a de Charlie também. *Vou deixar vocês orgulhosos*, pensou. *Eu prometo.*

Alice balançou a cabeça, e seu cabelo louro ondulou em volta do rosto.

— Quando cheguei ontem, todos agiram como se me conhecessem. — Ela olhou para ele. — Eu sei que não conheço você, mas sinto que conheço. É estranho, no entanto… porque também sinto que não sei realmente quem *eu* sou.

Sons de risadas ecoaram da casa de Emeline. As pessoas lá dentro estavam ficando bêbadas, brindando, contando umas às outras como Sylvie tinha sido maravilhosa. Uma irmã Padavano após outra se afastava das janelas para contar uma história de sua infância; elas não conseguiriam se conter. Contariam a todos que Sylvie quase foi reprovada em várias matérias do ensino médio porque ficava lendo no parque, em vez de assistir a aulas que achava chatas. Os convidados ririam quando ouvissem que a bibliotecária-chefe da Biblioteca Lozano costumava ficar com garotos aleatórios em meio às estantes quando era adolescente. Uma das irmãs descreveria como, quando criança, Sylvie andava pela casa murmurando sozinha — lançando feitiços, afirmavam as irmãs — enquanto memorizava páginas de poesia para encantar o pai.

William ansiava por ouvir essas histórias repetidas nos dias seguintes. Ele sabia que sua esposa não seria esquecida ou deixada de lado. As Padavano falavam de Charlie como se ele ainda fizesse parte da vida delas, ainda fizesse parte delas, e por causa disso, era verdade. Havia um mural de Sylvie na lateral de um prédio não muito longe da biblioteca e pinturas dela emolduradas pelas casas das gêmeas. À distância, por causa de sua altura e postura, Cecelia parecia Sylvie; Emeline tinha os mesmos olhos pensativos da irmã mais velha; e Julia de alguma forma *continha* Sylvie — como vinhas de rosas, as duas meninas Padavano mais velhas haviam se entrelaçado quando eram jovens.

— Por muito tempo, Sylvie me conheceu melhor do que eu mesmo — disse William — Acho que às vezes... — agora foi sua vez de fazer uma pausa — precisamos de outro par de olhos. Precisamos das pessoas ao nosso redor.

Alice virou o rosto para cima, como se quisesse estudar o céu noturno, como se precisasse de um ponto de vista diferente para analisar o que havia dentro dela. William havia escrito uma série de perguntas nas notas de rodapé de seu manuscrito, há muito tempo.

O que eu estou fazendo? Por que estou fazendo isto? Quem sou eu?

Ele podia sentir essas perguntas ecoarem profundamente dentro da filha agora. Ela não estava quebrada, como ele. Julia cuidara disso. Mas Alice estava dando passos hesitantes em direção a um novo terreno, perguntando-se se o gelo conseguiria suportar seu peso.

— Eu sei que você pode fazer isso sozinha — disse ele. — Mas, se você me permitir, eu gostaria de ajudar.

AGRADECIMENTOS

Helen Ellis, Hannah Tinti e eu nos sentamos lado a lado no workshop de Dani Shapiro na Universidade de Nova York em 1995. Apesar das nossas diferenças marcantes, reconhecemos algo uma na outra, e quando a aula terminou, Helen sugeriu que continuássemos nos encontrando. Essas duas mulheres ainda são minhas primeiras leitoras e ouço suas vozes na minha cabeça quando escrevo. Eu sou a escritora que sou, e este livro é o livro que é, por causa delas.

Estou orgulhosa e encantada por ser representada por Julie Barer e pelo The Book Group e por ser publicada por Whitney Frick e The Dial Press. Susan Kamil estava na sala em *Querido Edward*, e sinto que ela permanece na sala conosco agora. Muito obrigada a Rose Fox, Clio Seraphim e Nicole Cunningham por lerem os primeiros rascunhos deste romance e oferecerem notas esclarecedoras. Loren Noveck e Kathy Lord foram editoras incisivas e atenciosas e têm toda minha gratidão. Obrigada à equipe da The Dial Press/Random House, especialmente Andy Ward, Avideh Bashirrad, Maria Braeckel, Carrie Neill, Debbie Aroff, Madison Dettlinger e Donna Cheng. Tenho muita sorte de ter Caspian Dennis, Jenny Meyer e Michelle Weiner como defensores de meu trabalho e estou grata por ter sido publicada no Reino Unido por Isabel Wall e pela Viking Penguin.

Enquanto crescia, eu dormia na casa da minha amiga Leah com a mesma frequência que dormia na minha, e os pais dela, Louis e Cecilia, eram como segundos pais para mim. Havia muitos motivos pelos quais eu adorava estar ali, mas um deles era o desfile constante das muitas irmãs de Ceil (Toni, Celeste, Rosemary, Caroline e Christine), que entravam e saíam da casa como se fosse sua. As irmãs eram todas baixinhas, a maioria delas tinha cabelos cacheados, e seus rostos se assemelhavam a ponto de parecerem versões diferentes de um todo. Elas inspiraram minhas irmãs Padavano, e agradeço a elas por sempre serem legais com a garota tímida que geralmente estava ao lado de Leah.

Meu tio Ed me enviava cartões-postais de sua casa em Chicago quando eu era criança, e a saudação era sempre a mesma: "*Olá, querida.*" Eu sabia que meu tio conhecia muito pouco de minha vida — eu o via muito raramente, mas era por isso que eu adorava a saudação. Parecia que ele acreditava que eu era uma querida, e como (sendo uma criança introvertida e estudiosa) meu interior era a minha parte mais significativa, eu apreciei isso. O título deste romance e o fato de ele se passar no bairro de Pilsen, em Chicago, são uma homenagem ao meu tio. Na infância, terras mágicas surgem dentro de nós, e o bairro coberto de murais do meu tio era um dos meus.

Bibliotecários e livreiros são as melhores pessoas. Os bibliotecários Kolter Campbell e Catie Huggins, do McCormick Special Collections and Archives da Biblioteca da Universidade Northwestern, responderam a várias de minhas perguntas sobre aulas e programas na Universidade Northwestern na década de 1980, e sou grata por sua ajuda. Katharine Solheim, da Pilsen Community Books, ajudou-me a determinar em que rua a família Padavano poderia ter vivido, e a sua experiência em Pilsen foi de um valor inestimável. A maravilhosa Biblioteca Lozano fica no coração de Pilsen, como acontece no meu romance. A biblioteca real abriu suas portas em 1989; eu tomei liberdades fictícias, e a minha versão existe alguns anos antes dessa data. Ainda assim, espero ter honrado essa biblioteca e a profunda importância de todas as bibliotecas públicas para nossa sociedade.

Sou grata à minha amiga JJ Lonsinger Rutherford por responder perguntas sobre como é crescer sendo uma garota muito alta. JJ é valente e engraçada e faz parecer que crescer o máximo possível é a melhor coisa do mundo. Também quero agradecer a Dominic Vendell por responder generosamente às minhas perguntas logísticas sobre como alguém consegue um doutorado em história. Kevin Konty me contou, anos atrás, que sua mãe cuidava temporariamente de recém-nascidos quando ele era adolescente, e isso foi tão interessante para mim que estou surpresa que a ideia não tenha aparecido em nenhum de meus romances até agora.

Li vários livros sobre a história do basquete enquanto escrevia este romance, e ouço tantos podcasts de basquete que já perdi a conta. Nada me deixa mais feliz do que me sentar no sofá com meu marido e dois filhos para assistir a um jogo dos Golden State Warriors. Gostaria de agradecer a Steph Curry pela alegria com que joga, a Klay Thompson por sua energia singular, a Draymond Green por ser Draymond Green com uma intensidade tão admirável, e a Gary Payton II por saltar pela quadra como um pula-pula humano.

O incrivelmente ocupado Fabrice Gautier — o "osteopata voador dos jogadores doloridos e machucados da NBA" — teve a gentileza de me deixar entrevistá-lo sobre como ele aborda a proteção e o fortalecimento do corpo de atletas de elite, e o tempo que ele me dedicou foi extremamente útil.

Os meus bebês são agora mais altos do que eu, e quero agradecer ao Malachy e ao Hendrix por me fazerem rir, por me darem abraços e por serem os meus maiores torcedores. Sou grata por ser mãe deles.

Dan Wilde é meu último leitor e sempre melhora meu trabalho. Adoro o cérebro dele, que é tão diferente do meu, e o coração dele, que é enorme.

SOBRE A AUTORA

Ann Napolitano é autora de *Querido Edward*, que foi um best-seller instantâneo do *New York Times*, fez parte da seleção do *Read with Jenna* e foi lançado recentemente como uma série da Apple TV+. Ela também é autora dos romances *A Good Hard Look* e *Within Arm's Reach*. Tem mestrado em Belas Artes pela Universidade de Nova York e ensinou escrita de ficção no programa de pós-graduação do Brooklyn College, na Escola de Estudos Continuados e Profissionais da Universidade de Nova York e no Gotham Writers Workshop. Ela mora no Brooklyn com o marido e dois filhos.

Twitter: @napolitanoann
Instagram: @annapolitano

Este livro foi impresso nas oficinas gráficas da Editora Vozes Ltda.,
Rua Frei Luís, 100 – Petrópolis, RJ.